PRETTY GIRLS

FLORES CORTADAS

KARIN SLAUGHTER

PRETTY GIRLS

FLORES CORTADAS

HarperCollins *Español*

Para Debra

Una mujer singularmente bella es fuente de terror.
Carl Jung

I

Al principio, cuando desapareciste, tu madre me advirtió que descubrir qué te había pasado exactamente sería peor que no llegar a saberlo nunca. Discutíamos constantemente sobre ese tema, porque en aquella época discutir era lo único que nos mantenía unidos.

—Saber los detalles no lo hará más fácil —me avisaba ella—. Los detalles te harán pedazos.

Yo era un hombre de ciencia. Necesitaba hechos. Quisiera o no, mi mente no paraba de generar hipótesis: secuestrada; violada; profanada.

Rebelde.

Esa era la teoría del sheriff, o al menos su excusa cuando le exigíamos respuestas que no podía darnos. En el fondo, a tu madre y a mí siempre nos había gustado que fueras tan terca y tan apasionada a la hora de defender tus convicciones. Cuando desapareciste, comprendimos que esas cualidades, atribuidas a un chico, lo retrataban como una persona inteligente y ambiciosa. En cambio, aplicadas a una chica, se consideraban problemáticas.

—Siempre hay chicas que se escapan.

El sheriff se había encogido de hombros como si fueras una chica cualquiera, como si, pasada una semana, un mes o incluso un año, fueras a volver a nuestras vidas ofreciéndonos una disculpa desganada acerca de un chico al que habías seguido o de una amiga a la que habías acompañado en un viaje a ultramar.

Tenías diecinueve años. Legalmente ya no nos pertenecías. Eras dueña de tus actos. Pertenecías al mundo.

Aun así, organizamos partidas de búsqueda. Seguimos llamando a los hospitales, a las comisarías y a los albergues para indigentes. Pegábamos carteles por toda la ciudad. Llamábamos a las puertas. Hablábamos con tus amigos. Inspeccionamos edificios abandonados y casas quemadas en los barrios bajos de la ciudad. Contratamos a un detective privado que se llevó la mitad de nuestros ahorros y a una médium que se llevó casi todo lo restante. Apelamos a los medios de comunicación, pero perdieron interés al ver que no había detalles truculentos de los que informar incansablemente.

Esto es lo que sabíamos: estabas en un bar. No bebiste más de lo normal. Les dijiste a tus amigos que no te encontrabas bien y que ibas a volver andando a casa y, según dijeron después, esa fue la última vez que te vieron.

Con el paso de los años hubo muchas confesiones falsas. El misterio de tu desaparición atrajo a una caterva de sádicos. Ofrecían detalles que no podían probarse, pistas imposibles de seguir. Pero al menos eran sinceros cuando los pillaban. Los médiums, en cambio, siempre me culpaban a mí de no poner suficiente empeño.

Porque yo nunca dejé de buscarte.

Entiendo por qué tu madre se dio por vencida. O al menos tenía que fingir que se había dado por vencida. Tenía que rehacer su vida, aunque no fuera por sí misma, por lo que quedaba de la familia. Tu hermana pequeña todavía estaba en casa. Era callada y esquiva y se juntaba con chicas que podían convencerla para que hiciera cosas que no debía hacer. Como ir a un bar a escuchar música y no volver nunca más.

El día que firmamos los papeles del divorcio, tu madre me dijo que su única esperanza era que algún día encontráramos tu cuerpo. A eso se aferraba: a la idea de que algún día, por fin, pudiera depositarte en el lugar de tu eterno descanso.

Yo le dije que podíamos encontrarte en Chicago o en Santa Fe, o en Portland, o en alguna comuna de artistas a la que te habías marchado porque siempre fuiste un espíritu libre.

14

A tu madre no le sorprendió oírme hablar así. Era una época en la que el péndulo de la esperanza aún iba y venía entre nosotros, de modo que algunos días tu madre se metía en la cama vencida por la pena y otros regresaba a casa después de ir de compras con una camisa o una sudadera o unos vaqueros que te regalaría cuando volvieras con nosotros.

Recuerdo claramente el día en que perdí la esperanza. Estaba trabajando en la clínica veterinaria del centro. Alguien trajo un perro abandonado. Daba pena ver al pobre animal, saltaba a la vista que lo habían maltratado. Era un labrador blanco, pero tenía el pelo ceniciento por la intemperie. Tenía cúmulos de pinchos clavados en las ancas y llagas en la piel pelada, donde se había rascado o lamido demasiado, o esas otras cosas que intentan hacer los perros para tranquilizarse cuando se quedan solos.

Pasé un buen rato con él para que se diera cuenta de que no corría peligro. Dejé que me lamiera el dorso de la mano. Dejé que se acostumbrara a mi olor. Cuando se calmó, empecé a examinarlo. Era un perro viejo, pero hasta hacía poco había tenido los dientes bien cuidados. La cicatriz de una operación indicaba que en algún momento le habían tratado una lesión en la rodilla, cuidadosamente y sin reparar en gastos. El maltrato evidente que había sufrido el animal aún no había dejado huella en su memoria muscular. Cada vez que le acercaba la mano a la cara, sentía el peso de su cabeza sobre la palma.

Miré los ojos tristes del perro y mi mente se llenó de imágenes de la vida del pobre animal. No tenía modo de conocer la verdad, pero mi corazón sabía de algún modo lo que había ocurrido. No lo habían abandonado. Se había escapado o se había soltado de su correa. Sus dueños se habían ido a hacer la compra, o de vacaciones, y de alguna manera (por culpa de una verja que alguien había dejado abierta accidentalmente, o de una puerta que la persona encargada de cuidar la casa había dejado entornada sin mala intención, o bien porque el propio perro había saltado una valla), esta criatura amada se había encontrado deambulando por las calles sin saber qué camino tomar para volver a casa.

Y un grupo de chavales o un monstruo incalificable, o una mezcla de ambas cosas, lo había encontrado y había convertido la mascota mimada en un animal torturado.

Al igual que mi padre, yo había consagrado mi vida a curar animales, y sin embargo aquella fue la primera vez que asocié las cosas terribles que la gente les hace a los animales con las cosas aún más terribles que les hace a otros seres humanos.

Hete allí la marca de una cadena al desgarrar la carne, el daño causado por patadas y puñetazos. Hete allí el aspecto que presentaba un ser humano cuando se perdía en un mundo que no le mimaba, que no le quería, que le impedía volver a casa.

Tu madre tenía razón.

Los detalles me destrozaron.

1

El restaurante del centro de Atlanta estaba vacío, salvo por un hombre de negocios sentado a solas en el reservado del rincón y un barman que parecía creer que dominaba el arte de la conversación seductora. La hora punta de antes de la cena estaba empezando su lenta ascensión. En la cocina entrechocaban platos y cubiertos. El cocinero vociferaba. Un camarero soltó una risa ahogada. El televisor de encima de la barra vertía una lenta y constante andanada de malas noticias.

Claire Scott intentaba ignorar el martilleo incesante del ruido mientras permanecía sentada a la barra, tomando despacio su segunda agua con gas. Paul llevaba diez minutos de retraso. Él nunca llegaba tarde. Normalmente llegaba con diez minutos de antelación. Era una de esas cosas por las que Claire siempre le tomaba el pelo, pero que en realidad le hacían mucha falta.

—¿Otra?

—Claro.

Claire sonrió educadamente al barman. No había dejado de intentar trabar conversación con ella desde que se había sentado a la barra. Era joven y guapo, lo que debería haber sido halagador y sin embargo solo la hacía sentirse muy vieja, no porque lo fuera, sino porque había notado que, cuanto más se aproximaba a los cuarenta, más le irritaba la gente que estaba en la veintena. Le hacían pensar constantemente en frases que empezaban por «cuando yo tenía tu edad...».

—La tercera. —La voz del barman adoptó un tono provocativo mientras volvió a llenarle el vaso de agua con gas—. Le estás dando fuerte.

—¿Sí?

Él le guiñó un ojo.

—Avísame si necesitas que te lleve a casa.

Claire se rio porque era más fácil que decirle que se apartara el pelo de los ojos y volviera a clase. Consultó de nuevo la hora en su teléfono móvil. Paul llegaba ya doce minutos tarde. Empezó a ponerse catastrofista: atracado a mano armada, arrollado por un autobús, aplastado por un trozo desprendido del fuselaje de un avión, secuestrado por un loco...

Se abrió la puerta, pero no era Paul, era un grupo de gente. Vestían todos de oficina, pero con aire informal. Seguramente eran empleados de alguno de los edificios de oficinas de los alrededores que querían tomar una copa temprana antes de marcharse a sus casas en las afueras o meterse en el sótano de las de sus padres.

—¿Estás siguiendo ese asunto? —El barman señaló con la cabeza hacia el televisor.

—No, la verdad —contestó Claire, aunque había seguido la noticia, naturalmente. No se podía encender la tele sin oír hablar de la adolescente desaparecida. Dieciséis años. Blanca. Clase media. Muy bonita. La gente no parecía indignarse tanto cuando desaparecía una fea.

—Qué tragedia —comentó el barman—. Es tan guapa...

Claire volvió a mirar su teléfono. Paul llegaba trece minutos tarde. Hoy precisamente. Era arquitecto, no neurocirujano. No había ninguna emergencia tan urgente como para que no pudiera dedicar dos segundos a mandarle un mensaje o hacerle una llamada.

Empezó a dar vueltas a su anillo de boda alrededor del dedo, una costumbre nerviosa en la que no había reparado hasta que Paul se la hizo notar. Habían estado discutiendo por algo que a ella en aquel momento le parecía de vital importancia. Ahora, en cambio, no se acordaba de qué era, ni de cuándo había tenido lugar la discusión. ¿La semana anterior? ¿El mes pasado? Conocía a Paul desde hacía dieciocho años y llevaba casi otros tantos casada con él. No quedaban muchos temas sobre los que pudieran discutir con cierta convicción.

—¿Seguro que no te apetece algo un poco más fuerte? —El barman sostenía una botella de Stoli, pero estaba claro lo que estaba insinuando.

Claire soltó otra risa forzada. Conocía desde siempre a aquel tipo de hombre. Alto, moreno y guapo, con ojos chispeantes y una boca que se movía como la miel. A los doce años, habría garabateado su nombre por todo su cuaderno de matemáticas. A los dieciséis, habría dejado que le metiera mano por debajo de la sudadera. A los veinte, habría dejado que le metiera mano donde quisiera. Y ahora, a los treinta y ocho, solo quería que se esfumara.

—No, gracias —dijo—. El agente que supervisa mi libertad condicional me ha aconsejado que no beba a no ser que vaya a estar en casa toda la noche.

Él le dedicó una sonrisa, dando a entender que no había captado la broma.

—Una chica mala. Eso me gusta.

—Deberías haber visto la pulsera que llevaba en el tobillo. —Le guiñó un ojo—. Ya se sabe: el negro está de moda, es el nuevo naranja*.

Se abrió la puerta. Paul. Claire sintió una oleada de alivio al verlo acercarse.

—Llegas tarde —dijo.

Él la besó en la mejilla.

—Perdona. No tengo excusa. Debería haberte llamado. O mandado un mensaje.

—Sí, deberías.

—Glenfiddich —le dijo él al barman—. Solo, sin hielo.

Claire vio como el joven le servía el whisky a su marido con una profesionalidad nunca vista hasta entonces. Su anillo de casada, sus

---

* Alusión a la serie de televisión *Orange Is the New Black*. (N. de la T.)

suaves intentos de quitárselo de encima y su abierto rechazo habían sido obstáculos insignificantes comparados con la tajante realidad de aquel beso en la mejilla.

—Señor .—Puso la copa delante de Paul y se fue al otro extremo de la barra.

Claire bajó la voz:

—Se ha ofrecido a llevarme a casa.

Paul miró al joven por primera vez desde que había entrado en el bar.

—¿Quieres que le dé un puñetazo en la nariz?

—Sí.

—¿Me llevarás al hospital cuando me lo devuelva?

—Sí.

Su marido sonrió, pero solo porque ella también sonreía.

—Bueno, ¿qué tal sienta estar sin ataduras?

Claire se miró el tobillo desnudo. Casi esperaba ver un hematoma o una marca allí donde había estado la gruesa tobillera negra. Hacía seis meses que no se ponía una falda en público, el mismo tiempo que había llevado el dispositivo de vigilancia por orden judicial.

—Sienta bien, como la libertad.

Paul enderezó la pajita que había junto a la copa de Claire, poniéndola en paralelo a la servilleta.

—Te siguen constantemente la pista con el teléfono y el GPS del coche.

—Pero no pueden mandarme a la cárcel cada vez que apago el teléfono o salgo del coche.

Paul quitó importancia al asunto con un encogimiento de hombros. Aun así, Claire pensó que tenía razón.

—¿Qué hay del toque de queda?

—Lo han levantado. Si no me meto en líos en el próximo año, borrarán mis antecedentes y será como si nunca hubiera ocurrido.

—Como por arte de magia.

—Gracias a un abogado muy caro, más bien.

Él sonrió.

—Ha salido más barato que la pulsera de Cartier que querías.

—No, si le añades los pendientes. —No debían bromear sobre aquel asunto, pero la alternativa era tomárselo muy en serio—. Es raro —dijo Claire—. Sé que el monitor ya no está ahí, pero sigo sintiéndolo.

—La teoría de la detección de señales. —Paul volvió a enderezar la pajita—. Tus sistemas de percepción están predispuestos a sentir que el monitor toca tu piel. Es muy común que la gente tenga esa sensación con el teléfono móvil. Lo notan vibrar cuando no está vibrando.

Eso era lo que pasaba cuando una estaba casada con un loco de la tecnología.

Paul miró el televisor.

—¿Crees que la encontrarán?

Claire no respondió. Miró la copa que sostenía su marido. Nunca le había gustado el sabor del whisky, pero que le dijeran que no debía beber le daba ganas de salir de farra una semana entera.

Esa tarde, ansiosa por tener algo que contar, le había dicho a la psiquiatra nombrada por el juzgado que detestaba que le dijeran lo que tenía que hacer. «¿Y quién no?», había contestado aquella mujer rubicunda en tono de ligera incredulidad. Claire se había puesto colorada, pero había preferido no decirle que ella lo soportaba menos que la mayoría de la gente y que, si había acabado yendo al psiquiatra por orden del juzgado, era precisamente por eso. No iba a darle la satisfacción de confesárselo.

Además, la propia Claire solo se había percatado de ello cuando le habían puesto las esposas.

—Idiota —se había dicho en voz baja mientras una agente la conducía al coche patrulla.

—Eso constará en mi informe —le había espetado la agente con aspereza.

Ese día eran todas mujeres, agentes de policía de diversas formas y tamaños con gruesos cinturones de cuero alrededor de la voluminosa cintura cargados con toda clase de aparatos mortíferos. Claire tenía la impresión de que las cosas le habrían ido mucho mejor si al menos una de ellas hubiera sido un hombre, pero por desgracia no había sido así. Allí era donde la había conducido el feminismo: al asiento trasero de un coche patrulla pegajoso, con la faldita del traje de tenis subiéndosele por los muslos.

En la cárcel, se había llevado su anillo de casada, su reloj y los cordones de sus zapatillas una mujer corpulenta con un lunar entre las cejas peludas cuyo aspecto general le recordó a un chinche. No tenía pelos en el lunar, y a Claire le dieron ganas de preguntarle por qué se molestaba en depilarse el lunar y no las cejas, pero perdió su oportunidad, porque otra mujer, esta alta y estirada como una mantis religiosa, la condujo a la sala siguiente.

La toma de las huellas dactilares no se parecía nada a lo que había visto por la tele. En lugar de tinta, tuvo que presionar con los dedos sobre una placa de cristal sucio para que las crestas de sus huellas quedaran digitalizadas y grabadas en un ordenador. Por lo visto las suyas eran unas crestas muy suaves, porque tuvo que repetir la operación varias veces.

—Menos mal que no he robado un banco —dijo, y añadió para que la funcionaria entendiera que era una broma—: Ja, ja.

—Presione uniformemente —contestó la mantis religiosa mientras le arrancaba las alas a una mosca.

Le hicieron la fotografía policial sobre un fondo blanco, con una regla mal calibraba a la que le faltaban claramente dos centímetros y medio. Se preguntó en voz alta por qué no le habían pedido que sujetara un letrero con su nombre y su número de interna.

—Plantilla de Photoshop —dijo la mantis religiosa en un tono de aburrimiento que indicaba que no era la primera vez que le hacían aquella pregunta.

Fue la única fotografía de su vida en la que no le pidieron que sonriera.

Luego, otra policía que, por romper la pauta, tenía nariz de pato, llevó a Claire a la celda de detención donde, curiosamente, no era la única mujer vestida con traje de tenis.

—¿Por qué te han detenido? —le preguntó la otra reclusa vestida de tenista. Parecía muy dura y nerviosa, y saltaba a la vista que la habían detenido mientras jugaba con otro tipo de pelotas.

—Por asesinato —contestó Claire, que ya había decidido que no iba a tomarse aquello en serio.

—Hey. —Paul había acabado de tomarse su whisky y estaba indicándole al camarero que le pusiera otro—. ¿En qué estás pensando?

Ella soltó un largo suspiro.

—Estoy pensando en que seguramente tú has tenido un día peor que el mío si vas a pedir otra copa.

Paul rara vez bebía. Era algo que tenían en común. A ninguno de los dos le gustaba sentir que perdía el control, de ahí que pasar por la cárcel hubiera sido un auténtico fastidio, ja, ja.

—¿Va todo bien? —le preguntó Claire.

—Ahora sí. —Le frotó la espalda con la mano—. ¿Qué te ha dicho la psiquiatra?

Claire esperó a que el barman volviera a su rincón.

—Ha dicho que no estoy siendo muy franca respecto a mis emociones.

—Eso no es propio de ti en absoluto.

Se sonrieron. Otra vieja discusión que ya no merecía la pena tener.

—No me gusta que me psicoanalicen —repuso Claire, y se imaginó a su psiquiatra encogiéndose de hombros exageradamente y preguntando «¿Y a quién sí?».

—¿Sabes en qué he estado pensando hoy? —Paul la tomó de la mano. Tenía la mano áspera. Se había pasado todo el fin de semana trabajando en el garaje—. En lo mucho que te quiero.

—Tiene gracia que un marido le diga eso a su mujer.

—Pero es la verdad. —Se llevó su mano a los labios—. No me imagino cómo sería mi vida sin ti.

—Más ordenada —respondió ella, porque siempre era Paul quien estaba recogiendo zapatos abandonados y diversas prendas de

23

vestir que debían estar en el cesto de la ropa sucia y que, sin saber cómo, acababan tiradas delante del lavabo del cuarto de baño.

—Sé que ahora mismo las cosas están siendo difíciles —dijo él—. Sobre todo con... —Ladeó la cabeza hacia el televisor, que mostraba una nueva fotografía de la chica de dieciséis años desaparecida.

Claire miró la pantalla. Era una chica realmente guapa. Delgada y atlética, con el pelo oscuro y ondulado.

—Solo quiero que sepas que yo siempre voy a estar a tu lado —dijo Paul—. Pase lo que pase.

Claire sintió un nudo en la garganta. A veces daba por descontado a Paul. Era la ventaja de un matrimonio largo. Pero sabía que lo quería. Que lo necesitaba. Paul era el ancla que le impedía ir a la deriva.

—Tú sabes que eres la única mujer a la que he querido —añadió él.

Claire sacó a relucir el nombre de su predecesora de la universidad:

—Ava Guilford se quedaría de piedra si te oyera decir eso.

—No bromees. Estoy hablando en serio. —Se inclinó para tocar la frente de Claire con la suya—. Eres el amor de mi vida, Claire Scott. Lo eres todo para mí.

—¿A pesar de mi historial delictivo?

Él la besó. La besó de verdad. Claire notó el sabor del whisky y un leve aroma a menta, y sintió una oleada de placer cuando él le acarició con los dedos la cara interna del muslo.

Cuando pararon a tomar aire, dijo:

—Vámonos a casa.

Paul se acabó el whisky de un trago. Dejó algo de dinero sobre la barra. Aún llevaba la mano apoyada sobre la espalda de Claire cuando salieron del restaurante. Una racha de viento frío agitó el bajo de su falda. Paul le frotó el brazo para mantenerla caliente. Caminaban tan pegados que Claire sentía su aliento en el cuello.

—¿Dónde has aparcado?

—En el aparcamiento —respondió ella.

—Yo en la calle. —Le dio sus llaves—. Llévate tú mi coche.

—No, vamos juntos.

—Ven aquí. —Tiró de ella hacia un callejón y la apretó de espaldas contra la pared.

Claire abrió la boca para preguntar qué mosca le había picado, pero él comenzó a besarla. Deslizó la mano bajo su falda. Ella sofocó un gemido, no porque la hubiera dejado sin respiración, sino porque el callejón no estaba a oscuras, ni la calle vacía. Veía a hombres trajeados pasar cerca de ellos: volvían la cabeza, observaban la escena hasta el último instante. Así era como la gente acababa saliendo en Internet.

—Paul... —Le puso la mano en el pecho, preguntándose qué había sido de su marido, siempre tan formal, al que le parecía una extravagancia hacerlo en la habitación de invitados—. La gente nos está mirando.

—Vamos ahí detrás. —La tomó de la mano y se adentró en el callejón.

Claire lo siguió, pisando una alfombra de colillas. El callejón tenía forma de T: se cruzaba con otro que servía de salida trasera a varias tiendas y restaurantes. La situación no mejoró mucho. Claire se imaginó a los pinches de cocina apostados en las puertas abiertas con un cigarrillo en una mano y un iPhone en la otra. Y, aunque no hubiera espectadores, había multitud de razones por las que no debía hacer aquello.

Aunque, por otro lado, a nadie le gustaba que le dijeran lo que tenía que hacer.

Paul la condujo al otro lado de una esquina. Claire dispuso de un momento para echar un vistazo al callejón desierto antes de sentir la espalda apretada contra otra pared. La boca de Paul cubrió la suya. La agarró por el culo. Lo deseaba tanto que ella también comenzó a desearlo. Cerró los ojos y se dejó llevar. Sus besos se hicieron más ansiosos. Él le bajó las bragas. Claire lo ayudó, estremeciéndose porque hacía frío y era peligroso, pero estaba tan excitada que ya nada le importaba.

—Claire... —le susurró él al oído—. Dime que te gusta.

—Me gusta.

—Dímelo otra vez.

Sin previo aviso, le dio la vuelta. La pared de ladrillo raspó la mejilla de Claire. Paul la apretaba contra el muro. Ella empujó hacia atrás. Él gruñó creyendo que le estaba provocando, pero Claire apenas podía respirar.

—Paul...

—No os mováis.

Claire entendió las palabras, pero su cerebro tardó unos segundos en darse cuenta de que no procedían de su marido.

—Date la vuelta.

Paul comenzó a girarse.

—Tú no, gilipollas.

Ella. Se refería a ella. Claire no podía moverse. Le temblaban las piernas. Apenas podía sostenerse en pie.

—He dicho que te des la vuelta de una puta vez.

Paul la agarró suavemente de los brazos. Ella se tambaleó cuando le dio la vuelta lentamente.

Había un hombre justo detrás de Paul. Llevaba una sudadera con capucha negra, con la cremallera subida hasta justo por debajo del cuello grueso y tatuado. Una siniestra serpiente de cascabel se curvaba sobre su nuez, enseñando los colmillos en una sonrisa malévola.

—Las manos arriba —dijo el desconocido, haciendo oscilar la boca de la serpiente.

—No queremos problemas. —Paul había levantado las manos. Estaba muy quieto. Claire lo miró. Él asintió una vez con la cabeza para darle a entender que todo saldría bien, cuando saltaba a la vista que no sería así—. Tengo la cartera en el bolsillo de atrás.

El hombre sacó la cartera con una sola mano. Claire supuso que en la otra sostenía una pistola. Lo vio con el ojo de la imaginación: una pistola negra y reluciente, apretada contra la espalda de Paul.

—Toma. —Paul se quitó el anillo de boda, el de la universidad y el reloj. Un Patek Philippe. Se lo había regalado ella hacía cinco años. Llevaba sus iniciales grabadas en la parte de atrás—. Claire —dijo él con voz forzada—, dale tu cartera.

Claire miró a su marido. Sentía en el cuello el latido insistente de su arteria carótida. Paul tenía una pistola apretada contra la espalda. Los estaban atracando. Eso era lo que estaba pasando. Era real, estaba ocurriendo de verdad. Se miró la mano, moviéndola lentamente porque estaba aterrorizada y en estado de shock y no sabía qué hacer. Sus dedos aferraban aún las llaves del coche de Paul. Las había tenido en la mano todo el tiempo. ¿Cómo iba a hacer el amor con Paul sosteniendo todavía las llaves del coche?

—Claire —repitió Paul—, saca tu cartera.

Ella dejó caer las llaves en su bolso. Sacó su cartera y se la dio al hombre.

Él se la metió en el bolsillo y volvió a extender la mano.

—El teléfono.

Claire sacó su iPhone. Todos sus contactos. Sus fotos de las vacaciones de los últimos dos años. Saint Martin. Londres. París. Múnich.

—El anillo también.

El ladrón miró a un lado y otro del callejón. Claire hizo lo mismo. No había nadie. Hasta las calles laterales estaban vacías. Seguía con la espalda pegada a la pared. La esquina que daba a la calle principal estaba a la distancia de un brazo. Había gente en la calle. Montones de gente.

El hombre adivinó lo que estaba pensando.

—No seas idiota. Quítate el anillo.

Claire se quitó el anillo de casada. No pasaba nada por perderlo. Tenían seguro. Y ni siquiera era el anillo original. Lo habían comprado hacía años, cuando Paul por fin terminó su periodo de prácticas y aprobó el examen que le permitía ejercer como arquitecto.

—Los pendientes —ordenó el ladrón—. Venga, zorra, muévete.

Claire se llevó la mano al lóbulo de la oreja. Habían empezado a temblarle las manos. No recordaba haberse puesto los pendientes de diamantes esa mañana, pero de pronto se vio delante del joyero.

¿Sería su vida pasando ante sus ojos: vacuos recuerdos de *cosas*?

—Date prisa. —El hombre agitó la mano libre para que espabilara.

Claire se esforzó torpemente por desabrochar el cierre de los pendientes. Temblaba tanto que notaba los dedos embotados e inservibles. Se vio a sí misma en Tiffany, eligiendo los pendientes. Su treinta y dos cumpleaños. Paul la miró como diciendo «¿Te puedes creer que estemos haciendo esto» cuando la dependienta los llevó a la sala secreta donde se efectuaban las transacciones más caras.

Claire dejó caer los pendientes sobre la mano abierta del atracador. Estaba temblando. Su corazón latía como un tambor.

—Ya está. —Paul se dio la vuelta. Apretó la espalda contra Claire. Tapándola. Protegiéndola. Tenía todavía las manos en alto—. Ya lo tienes todo.

Claire pudo ver al atracador por encima del hombro de su marido. No sostenía una pistola. Era un cuchillo. Una cuchillo largo y afilado, con el borde aserrado y un gancho en la punta, como los que usaban los cazadores para destripar a un animal.

—No hay nada más —añadió Paul—. Váyase.

El hombre no se movió. Miraba a Claire como si acabara de encontrar algo mucho más valioso que sus pendientes de treinta y seis mil dólares. Sus labios se tensaron en una sonrisa. Llevaba una funda de oro en uno de los dientes delanteros. Claire se fijó en que la serpiente del tatuaje también tenía un colmillo dorado.

Y comprendió que aquello no era un simple atraco.

También lo entendió Paul.

—Tengo dinero —dijo.

—No me digas.

El hombre le asestó un puñetazo en el pecho. Claire sintió el impacto en su propio pecho. Los omóplatos de Paul se le clavaron en la clavícula, su cabeza le golpeó en la cara, y se dio un cabezazo contra la pared de ladrillo.

Quedó aturdida un momento. Delante de sus ojos estallaban estrellas. Notó un sabor a sangre en la boca. Pestañeó. Miró hacia abajo. Paul se retorcía en el suelo.

—Paul...

Alargó los brazos hacia él, pero sintió una punzada de dolor en el cuero cabelludo. El hombre la había agarrado por el pelo. Tiró de ella por el callejón. Claire tropezó. Rozó el asfalto con la rodilla. El hombre siguió adelante, casi corriendo. Ella tuvo que doblarse por la cintura para aliviar el dolor. Se le rompió un tacón. Intentó mirar atrás. Paul se agarraba el brazo como si le estuviera dando un ataque al corazón.

—No —susurró ella, y se preguntó por qué no estaba gritando—. No, no, no.

El hombre seguía tirando de ella. Claire oía el pitido de su propia respiración. Notaba los pulmones llenos de arena. El hombre la estaba llevando hacia la bocacalle. Había allí una furgoneta negra en la que no se había fijado antes. Claire le clavó las uñas en la muñeca. Él le tiró de la cabeza. Ella tropezó otra vez. El hombre volvió a tirar de ella. El dolor era espantoso, pero no era nada comparado con el terror. Tenía ganas de gritar. Necesitaba gritar. Pero la certeza de lo que iba a pasar le cerraba la garganta. Aquel hombre iba a llevarla a algún sitio en su furgoneta. A algún lugar solitario. A algún sitio horrible del que tal vez no volvería a salir.

—No... —suplicó—. Por favor... No... No...

Él la soltó, pero no porque se lo hubiera pedido. Se giró bruscamente, con el cuchillo por delante. Paul se había levantado y corría hacia ellos. Soltó un grito gutural al lanzarse al aire.

Sucedió todo muy deprisa. Demasiado deprisa. El tiempo no se ralentizó para que Claire pudiera contemplar el forcejeo de su marido segundo a segundo.

Paul podría haber vencido a aquel individuo en la cinta de correr, habría resuelto una ecuación antes de que al otro le diera tiempo a afilar su lápiz, pero su rival tenía sobre él una ventaja que no se enseñaba en la universidad: sabía pelear con un cuchillo.

Se oyó solo un silbido cuando la hoja laceró el aire. Claire esperaba que hiciera más ruido: un chasquido súbito y sordo cuando la punta curvada cortó la piel de su marido. Un chirrido cuando el borde aserrado atravesó sus costillas. Un roce cuando la hoja separó tendón y cartílago.

Paul se llevó las manos a la tripa. El mango de madreperla del cuchillo asomaba entre sus dedos. Se tambaleó hacia atrás, contra la pared, la boca abierta, los ojos abiertos casi cómicamente. Llevaba su traje de Tom Ford azul marino, que le quedaba estrecho de hombros. Claire había tomado nota de que había que ensancharlo, pero ahora era ya demasiado tarde, porque la sangre había empapado la chaqueta.

Paul se miró las manos. La hoja estaba hundida hasta la empuñadura, casi equidistante entre su ombligo y su corazón. La sangre floreció en su camisa azul. Parecía asombrado. Estaban los dos en estado de shock. Se suponía que iban a cenar temprano para celebrar que Claire había salido indemne de su paso por el sistema de justicia criminal, no que iba a desangrarse en un callejón húmedo y frío.

Claire oyó pasos. El Hombre Serpiente estaba huyendo, sus anillos y sus joyas le tintineaban en los bolsillos.

—¡Socorro! —dijo en un susurro, en voz tan baja que apenas oyó su propia voz—. ¡So-socorro! —tartamudeó.

Pero ¿quién podía ayudarlos? Paul era siempre quien traía ayuda. Quien se ocupaba de todo.

Hasta ahora.

Se deslizó por la pared de ladrillo y se sentó de golpe en el suelo. Claire se arrodilló a su lado. Movía las manos delante de sí, pero no sabía dónde tocarlo. Dieciocho años queriéndole, dieciocho años compartiendo su cama. Le había puesto la mano en la frente para comprobar si tenía fiebre, le había enjugado la cara cuando estaba enfermo, había besado sus labios, sus mejillas, sus párpados, incluso le había abofeteado de pura rabia, pero ahora ni sabía dónde tocarlo.

—Claire...

La voz de Paul. Conocía su voz. Se acercó a su marido. Lo envolvió con los brazos y las piernas. Lo acercó a su pecho. Pegó los labios a un lado de su cabeza. Sintió cómo el calor iba abandonando su cuerpo.

—Por favor, Paul. Ponte bien. Tienes que ponerte bien.

—Estoy bien —contestó él, y pareció verdad hasta que dejó de serlo.

El temblor empezó en las piernas y se convirtió en una violenta sacudida cuando se extendió al resto de su cuerpo. Le castañetearon los dientes. Sus párpados aletearon.

—Te quiero —dijo.

—Por favor —susurró ella escondiendo la cara en su cuello. Sintió el olor de su *aftershave*. Notó el roce de un trozo de barba que esa mañana, sin darse cuenta, se había dejado sin afeitar. Allá donde le tocaba, tenía la piel muy, muy fría—. Por favor, no me dejes, Paul. Por favor.

—No voy a dejarte —prometió él.

Pero la dejó.

2

Lydia Delgado miró el mar de animadoras adolescentes que ocupaba el suelo del gimnasio y dio gracias para sus adentros porque su hija no fuera una de ellas. No es que tuviera nada en contra de las animadoras. Tenía cuarenta y un años. Su época de odiar a las animadoras había pasado hacía mucho tiempo. Ahora solo odiaba a sus madres.

—¡Lydia Delgado!

Mindy Parker siempre saludaba a todo el mundo por su nombre y su apellido, con un retintín triunfante al final: «¿Ves lo lista que soy? ¡Me sé el nombre completo de todo el mundo!».

—Mindy Parker —repuso Lydia en un tono varias octavas más bajo.

No podía evitarlo. Siempre había ido a la contra.

—¡El primer partido de la temporada! Creo que este año nuestras chicas de verdad pueden hacer algo.

—Desde luego —convino Lydia, aunque todo el mundo sabía que iba a ser una masacre.

—Bueno... —Mindy enderezó la pierna izquierda, levantó los brazos por encima de la cabeza y se estiró hacia las puntas de los pies—. Necesito la autorización firmada de Dee.

Lydia iba a preguntarle a qué autorización se refería, pero se contuvo.

—Mañana te la doy.

—¡Estupendo! —Dejó escapar un gran chorro de aire al cambiar de postura. Con sus labios fruncidos y su acusado prognatismo, a Lydia le recordaba a un proyecto de bulldog francés.

—Ya sabes que no queremos que Dee se sienta excluida. Estamos tan orgullosas de nuestras estudiantes becadas...

—Gracias, Mindy. —Lydia compuso una sonrisa—. Es muy triste que tenga que ser lista para entrar en Westerly, en vez de tener simplemente un montón de dinero.

Mindy también compuso una sonrisa.

—Bueno, genial, ya me darás mañana esa autorización.

Apretó el hombro de Lydia al empezar a subir a saltitos las gradas, de vuelta con las otras madres. O Madres, con mayúscula, como las llamaba Lydia para sus adentros, porque se estaba esforzando para no volver a utilizar la expresión «hijas de mala madre».

Buscó con la mirada a su hija por la cancha de baloncesto. Sintió un momento de pánico que casi le paró el corazón, pero entonces vio a Dee de pie en una esquina. Estaba hablando con Bella Wilson, su mejor amiga, mientras se pasaban una pelota.

¿De verdad aquella jovencita era su hija? Hacía dos segundos le había estado cambiando los pañales. Después había girado la cabeza un momentito y, al volver a mirar, Dee tenía diecisiete años. Faltaban menos de diez meses para que se marchara a la universidad. Para horror de Lydia, ya había empezado a hacer el equipaje. La maleta que tenía en el armario estaba tan llena que la cremallera no cerraba del todo.

Lydia parpadeó para disipar las lágrimas, porque no era normal que una mujer adulta llorara por una maleta. Pensó en la autorización que no le había dado su hija. Seguramente el equipo iba a salir a cenar, y a Dee le preocupaba que Lydia no pudiera permitirse ese gasto. Su hija no entendía que no eran pobres. Sí, habían pasado estrecheces años antes, mientras ella intentaba sacar adelante su peluquería canina, pero ahora estaban firmemente instaladas en la clase media, que era más de lo que podía decir la mayoría de la gente.

Simplemente no eran ricas al estilo Westerly. La mayoría de los padres de la Academia Westerly podían permitirse pagar treinta mil dólares al año por mandar a sus hijas a un colegio privado. Podían ir a esquiar a Tahoe en Navidad, o alquilar un avión privado para viajar al Caribe. Pero aunque Lydia nunca podría darle esos lujos a Dee, podía permitirse que su hija fuera a Chops y pidiera un puto bistec.

Naturalmente, tendría que buscar una forma menos hostil de hacérselo entender a su hija.

Metió la mano en su bolso y sacó una bolsa de patatas fritas. La sal y la grasa le procuraron una oleada instantánea de placer, como dejar que un par de tabletas de Xanax se derritieran en la lengua. Esa mañana, al ponerse los pantalones del chándal, se había dicho a sí misma que iba a ir al gimnasio, y había estado *cerca*, pero solo porque había un Starbucks en el aparcamiento. Acción de Gracias estaba a la vuelta de la esquina. Hacía un frío que pelaba. Lydia se había tomado uno de sus raros días libres. Se merecía empezarlo con un café con leche aromatizado con especias y caramelo. Y le hacía mucha falta la cafeína. Tenía que hacer tantas cosas antes del partido de Dee... Ir a la compra, a la tienda de piensos, a Target, a la farmacia, al banco, y luego regresar a casa para dejarlo todo y volver a salir porque tenía cita con su peluquera, porque ya era tan mayor que no podía simplemente cortarse el pelo: tenía que pasar por el tedioso proceso de teñirse las canas que le salían entre el cabello rubio si no quería parecer una prima lejana de Cruella de Vil. Eso por no hablar de los otros pelos que también necesitaban atención.

Se llevó los dedos al labio superior. La sal de las patatas fritas hacía que le escociera la piel enrojecida.

—Dios bendito —masculló, porque había olvidado que esa mañana le habían hecho la cera en el bigote, y que la chica había usado un nuevo astringente, y que el astringente le había provocado un fuerte sarpullido en el labio superior, de modo que, en vez de tener un par de pelos aquí y allá, ahora tenía un auténtico bigotazo rojizo.

Se imaginó a Mindy Parker informando de ello a las Madres: «¡Lydia Delgado con una erupción en el bigote!».

Se metió otro puñado de patatas en la boca. Masticó ruidosamente, sin importarle que le cayeran migas en la camisa o que las

34

Madres la vieran atiborrándose de carbohidratos. En otra época había puesto más empeño. Pero eso había sido antes de cumplir los cuarenta.

La dieta del zumo. El ayuno del zumo. La dieta sin zumo. La de la fruta. La del huevo. Un gimnasio. Otro. Cardio de cinco minutos. Cardio de tres minutos. La dieta de South Beach. La de Atkins. La paleodieta. Aerobic… Su armario contenía un verdadero almacén de fracasos: zapatillas de zumba, de *cross training*, botas de montaña, címbalos de danza del vientre y un tanga que no había llegado a ponerse para ir a una clase de baile en barra en la que una de sus clientas tenía una fe ciega.

Sabía que tenía sobrepeso, pero ¿de verdad estaba gorda? ¿O solo estaba gorda según el criterio de Westerly? De lo único de lo que estaba segura era de que no estaba flaca. Salvo durante un breve paréntesis al final de su adolescencia y a principios de la veintena, siempre había tenido problemas de peso.

Esa era la turbia realidad que se ocultaba detrás de su odio ardiente por las Madres: no las soportaba porque no podía parecerse más a ellas. Le gustaban las patatas fritas. Le encantaba el pan. Se pirraba por un buen pastel… o dos. No tenía tiempo de hacer ejercicio con un entrenador personal, ni de ir a clases de pilates. Era madre soltera. Tenía un negocio que atender y un novio que a veces necesitaba atenciones. Y no solo eso, sino que además trabajaba con animales. Costaba tener un aspecto glamuroso cuando acababas de aspirarle las glándulas anales a un sucio perro salchicha.

Tocó con los dedos el fondo vacío de la bolsa de patatas fritas. Se sentía fatal. En realidad no le apetecían las patatas. Después del primer puñado, ni siquiera las había saboreado.

Detrás de ella, las Madres prorrumpieron en vítores. Una de las chicas estaba haciendo volteretas laterales por el suelo del gimnasio. Sus movimientos eran fluidos, perfectos, impresionantes, hasta que al acabar levantó las manos y Lydia se dio cuenta de que no era una animadora, sino la madre de una animadora.

Madre de Animadora.

—¡Penelope Ward! —chilló Mindy Parker—. ¡Tú sí que sabes!

Lydia gruñó al agarrar el bolso en busca de algo más que comer. Penelope iba derecha hacia ella. Lydia se limpió las migas de la camisa e intentó pensar en algo que decirle que no fuera una sarta de insultos.

Por suerte, el entrenador Henley detuvo a Penelope.

Lydia soltó un largo suspiro de alivio. Sacó su móvil del bolso. Tenía dieciséis *e-mails* del tablón de anuncios del colegio. La mayoría versaba sobre una reciente plaga de piojos que estaba haciendo estragos en las clases de primaria. Mientras leía los mensajes apareció uno nuevo: un ruego urgente de la directora explicando que no había forma de saber con quién había empezado la epidemia de piojos y que los padres debían dejar de preguntar qué niña era la culpable.

Lydia los borró todos. Respondió a un par de mensajes de texto de clientes que querían una cita. Echó un vistazo a su correo basura para asegurarse de que no se le había traspapelado por accidente la autorización de Dee. No, no se le había traspapelado. Mandó un *e-mail* a la chica a la que había contratado para que la ayudara con el papeleo pidiéndole otra vez que le mandara el cuadrante con las horas que había trabajado. Parecía algo fácil de recordar, sobre todo teniendo en cuenta que era así como le pagaba, pero a la chica la había criado una madre tan agobiante que no se acordaba ni de atarse los zapatos a no ser que hubiera un Post-it con una carita sonriente pegado al zapato en el que pusiera: *Átate los zapatos. Te quiere, mamá. PD: ¡Estoy superorgullosa de ti!*

Eso era una maldad. Lydia también era muy dada a pegar notitas. Pero en su defensa tenía que decir que, cuando se ponía controladora, era siempre para asegurarse de que Dee sabía valerse sola. «Acostúmbrate a sacar la basura o te mato. Te quiere, mami». Ojalá le hubieran advertido que promover esa clase de independencia planteaba otros problemas, como descubrir una maleta atiborrada en el armario de su hija cuando aún le quedaban diez meses para marcharse a la universidad.

Volvió a dejar el teléfono en el bolso. Vio a Dee pasarle la pelota a Rebecca Thistlewaite, una inglesa muy pálida que no sería capaz de marcar ni aunque le pusieran la canasta delante de las narices. La generosidad de su hija la hizo sonreír. A su edad, ella cantaba en un grupo de rock espantoso y amenazaba con dejar el instituto. Dee estaba en el equipo de debate. Trabajaba como voluntaria en la Asociación de Jóvenes Cristianos. Era dulce, generosa y endiabladamente lista. Tenía una capacidad de observación asombrosa, lo cual resultaba muy exasperante en una discusión. Ya de pequeña había demostrado una habilidad increíble para reproducir las cosas que oía, sobre todo si se las oía decir a Lydia. De ahí que la llamaran Dee en vez de usar el precioso nombre con el que Lydia la había registrado al nacer.

—¡Diiiios bendito! —solía chillar su dulce niñita, agitando brazos y piernas sentada en su trona—. ¡Diiios bendito! ¡Diiiiios bendito!

Si echaba la vista atrás, Lydia se daba cuenta de que había sido un error hacerle ver que era gracioso.

—¿Lydia? —Penelope Ward levantó un dedo como diciéndole que esperara.

Lydia se apresuró a mirar las puertas. Luego oyó a las Madres riéndose por lo bajo, detrás de ella, y comprendió que estaba atrapada.

Penelope era una especie de celebridad en Westerly. Su marido era abogado, lo que era normal entre los papás de Westerly, pero él era además senador del estado y acababa de anunciar que iba a presentarse a las elecciones para la Cámara de Representantes. De todos los padres de la escuela, Branch Ward era seguramente el más guapo, sobre todo porque tenía menos de sesenta años y aún no tenía problemas para verse los pies.

Penelope era la esposa perfecta para un político. Podía vérsela en todos los actos promocionales de su marido mirando a Branch con la adoración extasiada de un border collie. Era atractiva, pero no hasta el punto de llamar la atención. Era delgada, pero no anoréxica. Había renunciado a su puesto como socia de un importante bufete de abogados para traer al mundo a cinco hermosos niños arios. Presidía la OPyP, la Organización de Padres y Profesores de Westerly, que era una forma pretenciosa e innecesaria de llamar a la Asociación de Padres y Maestros de la escuela. Dirigía la asociación con mano de hierro. Todos sus memorándums estaban estructurados a la perfección, punto por punto, y eran tan claros y concisos que hasta las Madres de menor rango podían seguirlos sin dificultad. Hacía gala de esa misma concisión a la hora de hablar. «¡Muy bien, señoras!», decía batiendo palmas (a las Madres les encantaba dar palmas), «¡Refrigerios! ¡Guirnaldas de fiesta! ¡Globos! ¡Manteles! ¡Cubiertos!».

—Lydia, ahí estás —dijo Penelope, accionando rodillas y codos a toda velocidad mientras subía las gradas a paso ligero. Se dejó caer junto a Lydia—. ¡Um, qué rico! —Señaló la bolsa de patatas vacías—. ¡Ojalá pudiera comerme yo una!

—Me apuesto algo a que con mi ayuda podrías.

—Ah, Lydia, adoro tu sentido del humor, es tan irónico... —Penelope giró el cuerpo hacia ella y la miró a los ojos como un estirado gato persa—. No sé cómo lo consigues. Diriges tu propio negocio. Te encargas de tu casa. Has criado a una hija fantástica. —Se llevó la mano al pecho—. Eres mi heroína.

Lydia notó que empezaba a rechinar los dientes.

—Y Dee es una niña tan seria... —Penelope bajó la voz una octava—. Fue al colegio con esa chica desaparecida, ¿verdad?

—No sé —mintió Lydia.

Anna Kilpatrick era un año menor que Dee, pero iban juntas a clase de educación física, aunque sus círculos sociales nunca se solapaban.

—Qué tragedia —comentó Penelope.

—La encontrarán. Solo hace una semana.

—Pero ¿cuántas cosas pueden pasar en una semana? —Penelope fingió un escalofrío—. No quiero ni pensarlo.

—Pues no lo pienses.

—Un consejo estupendo —añadió, al mismo tiempo aliviada y condescendiente—. Dime, ¿dónde está Rick? Lo necesitamos aquí. Es nuestra pequeña inyección de testosterona.

—Está en el aparcamiento.

Lydia no tenía ni idea de dónde estaba Rick. Esa mañana habían tenido una pelea espantosa. Estaba segura de que no quería volver a verla.

No, nada de eso. Rick vendría, lo haría por Dee. Aunque seguramente se sentaría en la otra punta del pabellón.

—¡Rebote! ¡Rebote! —vociferó Penélope a pesar de que las chicas todavía estaban calentando—. Dios mío, no me había fijado nunca, pero la verdad es que Dee es clavadita a ti.

Lydia notó una tensa sonrisa en la cara. No era la primera vez que le hacían un comentario sobre lo mucho que se parecían su hija y ella. Dee tenía su piel blanca y sus ojos de color azul violáceo. Sus caras tenían la misma forma. Sus bocas sonreían igual. Eran las dos rubias naturales, lo que no podía decirse del resto de las rubias del pabellón. La esbelta figura de Dee insinuaba apenas lo que podía ocurrir más adelante si se apoltronaba y se dedicaba a comer patatas fritas vestida con chándal. A su edad Lydia había sido igual de guapa y de delgada. Por desgracia, había hecho falta mucha cocaína para mantener su esbeltez.

—Bueno. —Penelope se dio una palmada en los muslos al volverse hacia ella—. Me estaba preguntando si podías echarme una mano.

—Vaaaale. —Lydia alargó la palabra para hacerle notar lo emocionada que estaba.

Así era como te atrapaba Penelope: no te decía que hicieras algo; te decía que necesitaba tu ayuda.

—Se trata del Festival Internacional del mes que viene.

—¿El Festival Internacional? —repitió Lydia como si nunca hubiera oído hablar del festival de recaudación de fondos de una semana de duración, en el que los hombres y mujeres más blancos del norte de Atlanta, ataviados de Dolce & Gabbana, se sentaban a comer empanadillas y albóndigas suecas preparadas por las tatas de sus hijas.

—Te reenviaré todos los *e-mails* —se ofreció Penelope—. El caso es que me estaba preguntando si podrías traer algunos platos españoles. *Arròs negre. Tortilla de patatas. Cochifrito**. —Pronunció cada palabra con firme acento español, seguramente aprendido del chico que le limpiaba la piscina—. Mi marido y yo comimos *escalibada* cuando estuvimos en Cataluña el año pasado. Buenísima.

Lydia llevaba años esperando la oportunidad de decir:

—No soy española.

—¿Ah, no? —Penelope no se inmutó—. *Tacos*, entonces. *Burritos.* O quizás *arroz con pollo* o *barbacoa*.

—Tampoco soy mexicana.

—Ah, bueno, evidentemente Rick no es tu marido, pero yo pensaba que, como te apellidas Delgado, el padre de Dee era...

—Penelope, ¿te parece que Dee tiene pinta de ser hispana?

Su risa aguda podría haber roto el cristal.

—¿Qué quiere decir eso, «tener pinta de ser hispana»? Qué graciosa eres, Lydia.

Lydia también se reía, pero por motivos muy distintos.

—Santo cielo. —Penelope se enjugó cuidadosamente unas lágrimas invisibles—. Pero, cuéntame, ¿qué pasó?

—¿Que qué pasó?

—¡Oh, venga! Siempre eres tan reservada sobre el padre de Dee... Y sobre ti misma. No sabemos casi nada de ti. —Se inclinó hacia ella—. Cuéntamelo. No se lo diré a nadie.

Lydia hizo un rápido balance mental: las ventajas de que el misterioso origen étnico de Dee hiciera encogerse a las Madres de angustia cada vez que decían algo ligeramente racista, frente al fastidio de tener que participar en el festival de la OPyP.

Era una decisión difícil. Su suave racismo era legendario.

—Venga —la animó Penelope, presintiendo que empezaba a flaquear.

—Bien... —Lydia respiró hondo mientras se preparaba para cantar el *Hokey-Pokey* de su vida: meter una verdad aquí, sacar una

---

* Las palabras en cursiva aparecen en catalán y castellano en el original. (N. de la T.)

mentira allá, añadir un poco de almíbar y agitarlo todo a conciencia—. Soy de Athens, Georgia. —*Aunque mi bigote a lo Juan Valdez pueda llamarte a engaño*—. Lloyd, el padre de Dee, era de Dakota del Sur. —*Más bien del sur de Mississippi, pero Dakota suena menos cutre*—. Lo adoptó su padrastro. —*Que solamente se casó con su madre para que no pudieran obligarla a testificar contra él*—. Su padre murió. —*En la cárcel*—. Lloyd iba camino de México para darles la noticia a sus abuelos. —*Para recoger veinte kilos de cocaína*—. Un camión chocó contra su coche. —*Lo encontraron muerto en una parada de camiones. Había intentado meterse medio ladrillo de coca por la nariz*—. Fue muy rápido. —*Se ahogó en su propio vómito*—. Dee no llegó a conocerlo. —*Que es el mejor regalo que le he hecho nunca a mi hija*—. Fin.

—Lydia... —Penelope se tapó la boca con la mano—. No tenía ni idea.

Lydia se preguntó cuánto tardaría en difundirse la historia. «¡Lydia Delgado! ¡Viuda trágica!».

—¿Y la madre de Lloyd?

—Cáncer. —*Su chulo le pegó un tiro en la cara*—. No queda nadie de su lado de la familia. —*Que no esté en prisión.*

—Pobrecillas. —Penelope se dio unos golpecitos con la mano sobre el corazón—. Dee nunca ha dicho nada.

—Está al tanto de todo. —*Menos de las partes que le provocarían pesadillas.*

Penelope miró hacia la cancha de baloncesto.

—No me extraña que seas tan protectora. Es lo único que te queda de su padre.

—Cierto. —*A no ser que cuentes el herpes*—. Yo estaba embarazada de Dee cuando él murió. —*Aguantando la desintoxicación como podía, porque sabía que me la quitarían si encontraban drogas en mi organismo*—. Fue una suerte tenerla. —*Dee me salvó la vida.*

—Ay, tesoro. —Le agarró la mano y a Lydia se le encogió el corazón al darse cuenta de que había sido todo en vano.

Estaba claro que su historia había conmovido a Penelope, o que al menos le había interesado, pero había ido allí con una misión y estaba dispuesta a cumplirla.

—Pero, mira, aun así forma parte de la herencia cultural de Dee, ¿no? Porque los padrastros, aunque sean padrastros, también son familia. En esta escuela hay treinta y una niñas adoptadas, ¡y aun así están integradas!

Lydia tardó una décima de segundo en asimilar aquel dato.

—¿Treinta y una? ¿Treinta y una exactamente?

—Sí, ya sé. —Penelope se tomó su asombro al pie de la letra—. Las gemelas Harris acaban de entrar en preescolar. Son hijas de una exalumna. —Bajó la voz—. Hijas de una exalumna y con piojos, si hay que creer lo que se rumorea.

Lydia abrió la boca y volvió a cerrarla.

—Bueno... —Penelope compuso otra sonrisa al levantarse—. Primero pásame las recetas para que las supervise, ¿de acuerdo? Sé que te gusta que Dee aprenda habilidades especiales. Qué suerte tienes. Madre e hija cocinando juntas en la cocina. ¡Qué divertido!

Lydia se mordió la lengua. Lo único que hacían Dee y ella juntas en la cocina era discutir sobre cuándo el tarro de la mayonesa estaba lo bastante vacío para tirarlo.

—¡Gracias por ofrecerte voluntaria! —Penelope subió al trote las gradas accionando los brazos con vigor olímpico.

Lydia se preguntó cuánto tardaría en contarles a las otras Madres la trágica historia de la muerte de Lloyd Delgado. Su padre decía siempre que para cotillear había que pagar un precio, y era que también cotillearan sobre ti. Deseó que aún estuviera vivo para poder hablarle de las Madres. Se mearía de risa.

El entrenador Henley tocó su silbato para avisar a las chicas de que se había acabado el calentamiento. En la cabeza de Lydia seguían resonando las palabras «habilidades especiales». Así pues, las Madres lo habían notado.

No pensaba sentirse mal por hacer que su hija fuera a un curso de mecánica básica para que supiera cómo cambiar una rueda pinchada. Ni se arrepentía de haberla obligado a apuntarse a un curso de defensa propia en verano, aunque para ello hubiera tenido que perderse su campamento de baloncesto. Ni de insistir en que practicara para aprender a gritar cuando estaba asustada, porque Dee tenía la costumbre de quedarse paralizada cuando tenía miedo, y quedarte callada era lo peor que podías hacer si tenías delante un hombre con intención de hacerte daño.

Habría apostado algo a que en aquellos momentos la madre de Anna Kilpatrick se arrepentía de no haber enseñado a su hija a cambiar una rueda pinchada. Habían encontrado el coche de la chica en el aparcamiento del centro comercial, con un clavo hundido en una de las ruedas delanteras. No era difícil imaginar que la persona que había puesto allí el clavo era la misma que la había secuestrado.

El entrenador Henley dio dos cortos toques de silbato para que el equipo se pusiera en marcha. Las chicas de Westerly se acercaron y formaron un semicírculo. Las Madres comenzaron a dar zapatazos en las gradas para aumentar la emoción de un partido que sin duda sería trepidante, tan trepidante como ver secarse la pintura. El equipo rival ni siquiera se había molestado en calentar. Su jugadora más baja medía más de metro ochenta y tenía unas manos grandes como platos.

Se abrieron las puertas del gimnasio. Lydia vio a Rick recorrer al público con la mirada. Al verla, miró al otro lado de las gradas vacías. Lydia contuvo la respiración mientras él parecía pensárselo. Luego soltó un suspiro cuando echó a andar hacia ella. Rick subió las gradas despacio. La gente que trabajaba para ganarse la vida no solía subir las escaleras a todo correr.

Se sentó junto a Lydia con un gruñido.

—Hola —dijo ella.

Rick tomó la bolsa de patatas vacía, echó la cabeza hacia atrás y dejó que las migas le cayeran en la boca. Se le metieron casi todas por debajo del cuello de la camisa.

Lydia se rio porque costaba odiar a alguien que se reía.

Él la miró con desconfianza. Conocía sus tácticas.

Rick Butler no se parecía nada a los padres de Westerly. Para empezar, trabajaba con las manos. Era mecánico en una gasolinera

43

en la que aún se atendía personalmente a algunos de los clientes más ancianos. Tenía los brazos y el pecho musculosos de tanto levantar ruedas para colocarlas en las llantas. Seguía llevando coleta, a pesar de que las dos mujeres de su vida le pedían encarecidamente que se la cortara. Dependiendo de su estado de ánimo, era un palurdo o un *hippie*. Para Lydia, quererlo en ambos papeles había sido la mayor sorpresa de su vida.

Él le devolvió la bolsa vacía. Tenía migas de patata en la barba.

—Bonito bigote.

Ella se tocó el labio superior irritado.

—¿Todavía estamos peleados?

—¿Sigues estando igual de gruñona?

—Mi instinto me dice que sí —reconoció ella—. Pero odio que nos enfademos. Siento que todo mi mundo se vuelve del revés.

Sonó el timbre de la cancha. Dieron ambos un respingo cuando comenzó el partido, rezando para que la humillación fuera breve. Milagrosamente, las chicas de Westerly se hicieron con la pelota en el salto. Y, lo que era aún más milagroso, Dee corrió con ella por la pista, esquivando adversarias.

—¡Vamos, Delgado! —gritó Rick.

Evidentemente, Dee vio la sombra de tres gigantas cerniéndose tras ella. No tenía nadie a quien pasarle la pelota. La lanzó a ciegas hacia la canasta. La pelota rebotó en el tablero y cayó en las gradas vacías del otro lado del pabellón.

Lydia sintió que el meñique de Rick acariciaba el suyo.

—¿Cómo es que ha salido tan fantástica? —preguntó él.

—Es por los cereales. —A Lydia le costó articular las palabras. Siempre se le hinchaba el corazón cuando veía cuánto quería Rick a su hija. Solo por eso podía perdonarle lo de la coleta—. Siento mucho haber estado de tan mal humor estos últimos días. Bueno, esta última década —puntualizó.

—Estoy seguro de que antes ya lo estabas.

—Era mucho más divertida.

Rick levantó las cejas. Se habían conocido trece años antes, en una reunión de Doce Pasos. Ninguno de los dos era muy divertido entonces.

—Estaba más flaca —insistió ella.

—Claro, y eso es lo que importa. —Rick mantuvo los ojos fijos en el partido—. ¿Se puede saber qué mosca te ha picado, nena? Últimamente, cada vez que abro la boca, te pones a aullar como un perro escaldado.

—¿No te alegras de que no vivamos juntos?

—¿Vamos a volver a discutir por eso?

Lydia estuvo a punto de contestar: «Pero, ¿para qué necesitamos vivir juntos si vivimos puerta con puerta?». Tenía las palabras en la punta de la lengua.

Se le notó el esfuerzo.

—Me alegra ver que, cuando quieres, puedes mantener la boca cerrada. —Rick silbó cuando Dee intentó anotar una canasta de tres puntos.

Falló, pero aun así le hizo un gesto levantando el pulgar cuando Dee miró hacia ellos.

Lydia estuvo tentada de decirle que a Dee le importaría un comino su aprobación si vivieran juntos, pero decidió reservarse aquella pulla para la próxima vez que se gritaran.

Rick suspiró cuando el equipo contrario se apoderó de la pelota.

—Ay, Dios, ahí vamos.

La chica de las manos como platos estaba marcando a Dee. Ni siquiera tuvo la decencia de levantar los brazos.

Rick se recostó en las gradas. Apoyó las botas en el asiento de delante. Eran de cuero marrón resquebrajado y estaban manchadas de aceite. Sus vaqueros también estaban manchados de grasa. Olía ligeramente a humo de motor. Tenía una mirada bondadosa. Quería a su hija. Amaba a los animales. Incluso a las ardillas. Había leído todo lo que había escrito Danielle Steele porque se había aficionado a sus libros estando en rehabilitación. No le importaba que Lydia tuviera casi toda la ropa llena de pelo de perro, ni que su único reparo respecto a su vida sexual fuera no poder practicar el sexo vestida con un burka.

—¿Qué tengo que hacer? —preguntó ella.

—Decirme qué está pasando en esa cabecita tuya tan loca.

—Te lo diría, pero luego tendría que matarte.

Rick se quedó pensando un momento.

—Vale. Pero procura no tocarme la cara.

Lydia miró el marcador. 10-0. Parpadeó. 12-0.

—Es solo que... —No sabía cómo decir lo que necesitaba decir—. Es que vuelve a repetirse la misma historia.

—Eso suena a canción *country*. —La miró a los ojos—. Anna Kilpatrick.

Lydia se mordisqueó el labio. No era una pregunta. Rick le estaba dando una respuesta. Había visto los recortes que guardaba sobre la desaparición de Anna Kilpatrick, y cómo se le llenaban los ojos de lágrimas cada vez que los padres de la chica salían en las noticias.

—He oído que la policía ha encontrado una nueva pista —dijo.

—Lo único que pueden hacer ya es confiar en encontrar el cuerpo.

—Puede que esté viva.

—El optimismo es una esquirla de cristal en el corazón.

—¿Eso es de otra canción?

—Es de mi padre.

Rick le sonrió. A ella le encantaba cómo se le arrugaban las comisuras de los ojos.

—Nena, sé que te pedí que no vieras las noticias, pero creo que hay algo que debes saber.

Ya no sonreía. A Lydia le dio un vuelco el corazón.

—¿Está muerta? —Se llevó la mano a la garganta—. ¿Han encontrado a Anna?

—No, te lo habría dicho enseguida. Ya lo sabes.

Lo sabía, pero su corazón seguía latiendo a toda velocidad.

—Lo he visto en las noticias de sucesos, esta mañana. —Su reticencia saltaba a la vista, pero aun así siguió adelante—. Fue hace tres días. Paul Scott, arquitecto, casado con Claire Scott. Estaban en el centro. Los atracaron. Paul recibió un navajazo. Murió antes de que lo trasladaran al hospital. El entierro es mañana.

Las Madres prorrumpieron en otra tanda de ovaciones y aplausos. Dee se las había ingeniado para hacerse otra vez con la pelota. Lydia vio a su hija correr por la pista. Manos de Plato le arrebató la pelota. Dee no se dio por vencida. Corrió tras ella. Era temeraria. Temeraria en todos los aspectos. ¿Y por qué no iba a serlo? Nadie le había dado nunca un zarpazo. La vida aún no había tenido ocasión de herirla. No había perdido a nadie. No conocía la pena de sentir que te habían robado a alguien.

—¿No vas a decir nada? —preguntó Rick.

Lydia tenía muchas cosas que decir, pero no iba a dejar que Rick viera aquella faceta suya, aquel lado brutal y furioso que había anestesiado a base de cocaína y luego, cuando ya no pudo soportar más cocaína, atiborrándose de comida.

—¿Liddie?

Meneó la cabeza. Las lágrimas le corrían por la cara.

—Solo espero que sufriera.

II

Hoy es tu cumpleaños, el cuarto que pasamos sin ti. Como siempre, he reservado un rato para revisar nuestras fotos familiares y dejar que me embarguen los recuerdos. Solo me permito ese placer una vez al año, porque administrar esos recuerdos preciosos es lo que me permite superar los días incontables, infinitos, sin ti.

Mi fotografía preferida es de cuando cumpliste un año. A tu madre y a mí nos hizo mucha más ilusión que a ti, aunque por lo general eras una niña muy feliz. Para ti, aquel cumpleaños era un día más. No tuvo nada de especial, salvo la tarta, que enseguida destrozaste a puñetazos. Éramos solo dos en la lista de invitados. Tu madre dijo que era una tontería celebrar públicamente un acontecimiento del que no ibas a acordarte. Yo le di la razón enseguida, porque era egoísta, y porque nunca me sentía más feliz que cuando tenía a mis chicas para mí solo.

Me he puesto un plazo de tiempo mientras los recuerdos iban y venían. Dos horas. Ni más, ni menos. Luego he vuelto a guardar con cuidado las fotos en su caja, he cerrado la tapa y la he puesto en la estantería hasta el año que viene.

Después, como tengo por costumbre, he ido a la oficina del sheriff. Hace mucho tiempo que dejó de contestar a mis llamadas. He visto su mirada de aprensión cuando me ha visto a través del panel de cristal.

Soy su rival. Su fracaso. Soy el patético incordio que no acepta que su hija se marchó voluntariamente.

El primer cumpleaños que pasamos sin ti, fui a la oficina del sheriff y le pedí con mucha calma que me dejara leer todos los archivos relativos a tu caso. Se negó. Amenacé con llamar a la prensa. Me dijo que adelante. Salí al teléfono público del vestíbulo. Metí una moneda. Se acercó, colgó el teléfono y me dijo que lo siguiera a la sala de reuniones.

Hemos representado esta misma función de teatro kabuki año tras año, hasta que por fin, este año, se ha dado por vencido sin pelear. Un ayudante me ha llevado a una pequeña sala de interrogatorios, donde había desplegadas copias de todos los archivos de tu expediente. Me ha ofrecido un vaso de agua, pero le he indicado mi tartera y mi termo y le he dicho que no quería nada.

Un expediente policial no tiene una estructura narrativa clara. El tuyo no tiene principio, desarrollo y desenlace. Hay resúmenes de declaraciones de testigos (cuyos nombres están en su mayoría tachados), notas manuscritas de detectives que emplean una jerga que aún no domino, declaraciones que resultaron ser falsas y otras que se sospecha que lo son (de nuevo con tachaduras), declaraciones que se comprobó que eran ciertas (todo el mundo miente hasta cierto punto cuando habla con la policía) y anotaciones de las entrevistas hechas a una lista muy breve de sospechosos (con los nombres también tachados, igual que los otros).

Hay también dos planos distintos: uno del centro y otro del campus, para que puedan seguirse tus últimos pasos por la ciudad. Y fotografías: tu habitación del colegio mayor con algunas de tus prendas favoritas en paradero desconocido y productos de higiene personal desaparecidos misteriosamente, libros de texto abandonados, trabajos a medio acabar, una bicicleta perdida (aunque más tarde apareció).

La primera hoja de tu expediente es la misma que vi en el primer cumpleaños que pasamos sin ti, y también en el segundo, y en el tercero, y ahora en el cuarto:

CASO PENDIENTE HASTA QUE SURGAN NUEVAS PRUEBAS.

Tu madre habría usado un boli rojo para corregir la palabra «surjan», pero a mí me produce un placer íntimo saber que se equivocan desde la primera página.

Este era el tiempo que hacía aquel lunes 4 de marzo de 1991:

Temperatura máxima, 10 º C. Mínima, 3. El cielo estaba despejado. No llovía. El punto de rocío estaba en 1 º C. Soplaban vientos del noroeste, a veinticinco kilómetros por hora. Hubo doce horas y veintitrés minutos de luz solar visible.

Estas son algunas cosas que aparecieron en las noticias esa semana:

Comenzó el juicio por asesinato a Pamela Smart.

Rodney King sufrió una paliza a manos de varios agentes de policía de Los Ángeles.

Un avión de United Airlines se estrelló cerca de Colorado Springs.

El presidente Bush dio por terminada la guerra de Irak.

Tú desapareciste.

Estas son las razones por las que el sheriff cree que te marchaste:

Estabas enfadada con nosotros porque no te dejábamos vivir fuera del campus.

Estabas furiosa porque no te dejamos ir en coche a Atlanta a un concierto.

Te habías peleado con tu hermana por la propiedad de un sombrero de paja.

Le habías retirado la palabra a tu abuela por dar a entender que estabas engordando.

El sheriff no tiene hijos. No entiende que estos estados de alteración son normales en una chica de diecinueve años. Esas trifulcas eran tormentas tan insignificantes en nuestro ecosistema familiar, que al principio de la investigación ni siquiera las mencionamos.

Lo que, a su modo de ver, significa que intentábamos ocultar algo.

Hay que decir, en justicia, que ya habías tenido tus rifirrafes con la policía. Te habían detenido dos veces. La primera te pillaron en un laboratorio de la universidad, protestando en contra de la investigación de organismos modificados genéticamente. La segunda, te sorprendieron fumando hachís en la parte de atrás de Wuxtry, la tienda de discos donde trabajaba tu amiga Sally.

He aquí las presuntas pistas que cita el sheriff para apoyar su teoría de la huida voluntaria:

Tu cepillo de dientes y tu cepillo de pelo habían desaparecido (o quizá te los dejaste accidentalmente en las duchas).

Faltaba un bolsito de cuero del armario de tu compañera de habitación (o puede que se lo dejara a una amiga durante las vacaciones de primavera).

Parte de tu ropa parecía haber desaparecido (o alguien la había tomado prestada sin tu permiso).

Y lo mejor de todo: habías dejado una carta de amor sin terminar sobre tu escritorio:

Quiero besarte en París. Quiero tomarte de la mano en Roma. Quiero correr desnuda en medio de una tormenta. Hacer el amor en un tren, en medio del campo.

He aquí la prueba definitiva de que estabas planeando marcharte, dijo el *huckleberry*.

He aquí, dijo tu hermana, la prueba definitiva de que estabas escribiendo una reseña musical de *Justify my love*, el tema de Madonna.

Había un chico, en efecto, aunque cualquier padre de una adolescente te dirá que siempre lo hay. Tenía el pelo alborotado, se liaba él mismo sus cigarrillos y hablaba de sus emociones con una desenvoltura que me hacía sentirme incómodo. A ti te interesaba, lo que significa que todavía no estabais saliendo. Os pasabais notas. Hay constancia de que os llamabais por teléfono a altas horas de la noche. Y os intercambiabais cintas de música grabadas con temas cargados de sentimiento. Erais los dos tan jóvenes... Lo vuestro era el principio de algo que podía serlo todo o quedarse en nada.

Para responder a la pregunta obvia, el chico estaba de acampada con su familia cuando desapareciste. Tenía una coartada a prueba de bombas. Un guarda forestal lo vio con su familia. Se paró junto a su tienda para advertirles que se había visto un coyote por esa zona. Estuvo un rato sentado con la familia junto al fuego y habló de fútbol americano con el padre, porque el hijo no era aficionado.

La contribución del guarda forestal al caso no se detuvo ahí: le ofreció al sheriff una posible explicación, una explicación que más tarde el sheriff presentó como un hecho fehaciente.

Esa misma semana, el guarda forestal se había topado con un grupo de vagabundos acampados en el bosque. No tenían casa y llevaban algún tiempo vagando por el estado. Vestían ropa oscura. Cocinaban en una hoguera. Recorrían los caminos rurales con las manos unidas detrás de la espalda y la cabeza gacha. Había drogas de por medio, porque con esa clase de personajes siempre las hay.

Algunos decían que eran una secta. Otros afirmaban que eran indigentes. Y otros muchos aseguraban que eran chicos escapados de sus casas. Para la mayoría eran un incordio. Tú, mi dulce niña, decías compasivamente que eran «espíritus libres», muchos de tus amigos te oyeron llamarlos así, de ahí que el sheriff dedujera que, a falta de otras pistas, habías huido para unirte a su grupo.

Trabajabas como voluntaria en el albergue para indigentes, bebías alcohol aunque aún no tenías la edad reglamentaria para hacerlo y te habían pillado fumando hachís, así que todo cuadraba.

Para cuando la teoría de la huida se instaló en la cabeza del sheriff, el grupo de vagabundos, la secta, los espíritus libres o como se los quiera llamar, se habían marchado. Los localizaron por fin en Carolina del Norte, tan colocados y dispersos que no sabían decir quién había estado entre ellos.

«Me suena mucho», escribió en su declaración uno de los pocos miembros originales de la banda. «Pero todos tenemos ojos, nariz y dientes, así que todos nos parecemos, ¿no?».

Estas son las razones por las que sabemos que fuiste secuestrada:

Estabas enfadada con tu madre, pero aun viniste a casa el día anterior y hablaste con ella en la cocina mientras lavabas tu ropa.

Estabas furiosa con tu hermana, pero aun así le prestaste tu pañuelo amarillo.

Despreciabas a tu abuela, pero aun así dejaste una tarjeta para que se la mandáramos la semana siguiente, por su cumpleaños.

Y aunque cabría dentro de lo posible que huyeras al monte a unirte a un grupo de vagabundos errantes, es del todo imposible que lo hicieras sin decírnoslo primero.

Esto es lo que sabemos que hiciste el día en que te secuestraron:

A las 7:30 de la mañana del lunes 4 de marzo, te reuniste con unos amigos del albergue para indigentes y fuiste a Hot Corner a repartir mantas y comida. A las 9:48, Carleen Loper, la recepcionista de Lipscomb Hall que estaba de guardia en el mostrador de entrada, tomó nota en el registro de tu regreso al colegio mayor. Tu compañera de habitación, Nancy Griggs, se marchó al laboratorio de cerámica a las 10:15. Dijo que estabas cansada y que volviste a acostarte. Tu profesor de lengua inglesa recuerda que estuviste en su taller de mediodía. Te hizo algunas sugerencias para que corrigieras tu trabajo sobre Spenser. Recuerda que tuvisteis una viva discusión. (Más tarde fue descartado como sospechoso porque esa noche estaba dando una clase al otro lado del campus).

A eso de la una del mediodía fuiste al Tate Student Center, donde comiste un sándwich de queso a la parrilla y una ensalada que compartiste con Veronica Voorhees.

Lo siguiente es más difuso, pero, basándose en las entrevistas que hizo, el sheriff consiguió hacer una lista probable de tus actividades de esa tarde. En algún momento te pasaste por las oficinas *The Red* & *Black* para entregar un artículo sobre el intento de la Universidad de Georgia de privatizar los servicios de comedor. Regresaste al centro de estudiantes y jugaste una partida de billar con un chico llamado Ezequiel Mann. Te sentaste en los sofás de *tweed* de la sala de recreo con otro chico llamado David Conford. Te dijo que había oído decir que Michael Stipe, el líder de REM, estaría en el Manhattan Café esa noche. Los amigos que estaban por allí aseguran que Conford te pidió que fueras con él, pero él insiste en que no te lo pidió en plan cita.

«Solo éramos amigos», afirmó en su declaración. El ayudante del sheriff que lo entrevistó tomó nota de que era evidente que el chico quería algo más. (Hay testigos de que tanto Mann como Conford estuvieron en el centro de estudiantes esa noche).

Más o menos a las 4:30 de esa tarde, te marchaste del Tate. Volviste al colegio mayor andando y dejaste tu bicicleta fuera del centro de estudiantes, seguramente porque estaba haciendo frío y no querías quedarte helada bajando Baxter Hill. (Dos semanas después la encontraron encadenada a la barra de enfrente del centro).

Según la persona que atendía el mostrador de recepción en ese momento, a las 5:00 estabas de vuelta en tu colegio mayor. Nancy, tu compañera de habitación, recuerda que le contaste muy emocionada que Michael Stipe iba a estar en el Manhattan. Decidisteis reunir a un grupo de amigos para ir a verlo. Ninguno teníais la edad reglamentaria para beber, pero tú conocías del instituto a John MacCallister, un chico de aquí que trabajaba de portero en el bar. Nancy llamó a varios amigos. Quedasteis en veros a las 9:30 de la noche.

Como tu profesora de psicología había fijado un examen antes de las vacaciones de primavera, Nancy y tú fuisteis a la Biblioteca Norte a estudiar. En torno a las 8:30 de la tarde os vieron a las dos en el Taco Stand, un restaurante que hace esquina con el arco de hierro negro de la entrada principal del campus. Os llevasteis la comida a Limpscomb Hall. Entrasteis por la puerta trasera, que estaba abierta de par en par, de modo que la recepcionista nocturna, una mujer llamada Beth Tindall, no anotó vuestra entrada en el registro.

Arriba, os duchasteis y os vestisteis para salir. Tú llevabas zapatos de cordones, vaqueros negros, una camisa de hombre blanca y un chaleco con bordados de color oro y plata. Te pusiste unas pulseras de plata en la muñeca y, en el cuello, un colgante que era de tu hermana.

Más tarde, Nancy no recordaría si trajiste o no de las duchas el cestillo de alambre en el que guardabas tus cosas de aseo (no las encontraron en tu habitación). Nancy menciona en una de sus declaraciones que las cosas que se dejaban en los cuartos de baño normalmente desaparecían porque alguien se las llevaba, o porque las tiraban.

A las 9:30 de la noche os reunisteis con vuestros amigos en el Manhattan Café. Os dejaron entrar, pero os dijeron que el rumor sobre Michael Stipe era falso. Alguien mencionó que el grupo estaba de gira por Asia. Otra persona afirmó que estaban en California.

Os llevasteis todos una desilusión, pero acordasteis quedaros a tomar una copa. Era lunes por la noche. Al día siguiente todo el mundo menos tú tenía clases, lo que más tarde jugó en tu contra, porque Nancy dedujo que te habías ido a casa para hacer la colada y nosotros supusimos que estabas en la facultad.

La primera ronda fue de cerveza Pabst Blue Ribbon, que en el Manhattan costaba un dólar por copa. Más tarde, en algún momento, te vieron sosteniendo un Moscow Mule, un cóctel que costaba 4,50 y que llevaba vodka, *ginger ale* Blenheim y lima. Nancy Griggs indicó que debía de haberte invitado algún chico, porque las chicas teníais la costumbre de pedir los combinados caros cuando pagaba un hombre.

Pusieron en la máquina de discos una canción que te gustaba. Tú te pusiste a bailar. Alguien dijo que la canción era de C+C Music Factory. Otros dijeron que era de Lisa Lisa. En todo caso, tu entusiasmo era contagioso. Al poco rato, el poco espacio libre que había en el bar estaba lleno de gente bailando.

Esa noche no pareciste favorecer especialmente a ningún chico con tus atenciones. Todos tus amigos le dijeron al sheriff que bailaste porque te encantaba bailar, no porque intentaras atraer a un hombre. (De modo que no eras una vampiresa, por más que el sheriff intentara pintarte como tal).

Exactamente a las 10:38 de la noche le dijiste a Nancy que te dolía la cabeza y que ibas a regresar al colegio mayor. Sabe qué hora era porque miró el reloj. Te pidió que te quedaras hasta las once para que volvierais juntas andando a la residencia. Le dijiste que no podías esperar tanto, y que intentara no hacer ruido cuando volviera.

El sheriff debió de preguntarle si estabas muy bebida, porque en sus notas comenta que Nancy dijo que no mostrabas un grado muy alto de embriaguez, pero que bostezabas continuamente y parecías descentrada.

La última frase de la declaración firmada por Nancy dice sencillamente: «Después de las 10:30, no volví a verla».

55

Después de esa hora, nadie volvió a verte. Al menos, nadie que no quisiera hacerte daño.

La última frase de Nancy figura en la última página de tu expediente. No sabemos nada más. Como diría el sheriff, no han *surguido* nuevas pruebas.

He aquí algo que el sheriff no sabe y que tu madre se niega a creer: recuerdo haber mirado mi reloj esa noche. Fue unos minutos después, más cerca de las once, probablemente a la hora en la que te secuestraron.

Estábamos cenando en el Harry Bissett's Grill, en Broad Street, a unas cinco manzanas del Manhattan. Tu madre estaba abajo, en el servicio. El camarero se ofreció a traer la cuenta. Yo miré el reloj: fue entonces cuando me fijé en la hora. Tu hermana pequeña estaba en casa, estudiando con una amiga, pero tenía ya edad de irse a la cama sola, así que decidí pedir el postre preferido de tu madre.

Recuerdo que la vi volver a la planta de arriba. No pude evitar sonreír, porque tu madre estaba especialmente guapa esa noche. Se había recogido el pelo. Llevaba un vestido de algodón blanco que se le ceñía a las caderas. Su piel resplandecía. Había tanta vida en sus ojos... Cuando me sonrió, sentí que me estallaba el corazón. No podía amarla más de lo que la amaba en ese momento: mi esposa, mi amiga, la mujer que me había dado unas hijas tan buenas, tan atentas, tan guapas.

Se sentó enfrente de mí. Yo la tomé de las manos.

—¿Por qué sonríes? —me preguntó.

Le besé la parte interior de las muñecas y respondí lo que en aquel momento me pareció la verdad absoluta:

—Porque todo es perfecto.

Esto es lo que sé que soy:

Un necio.

3

Acababa de enterrar a su marido.

Claire seguía repitiéndoselo a sí misma, como si estuviera narrando una historia y no viviendo un hecho de su vida real.

Claire Scott acababa de enterrar a su marido.

Había más, porque el oficio había sido largo, con muchas partes conmovedoras que Claire recordaba con la fría mirada del narrador:

El féretro era gris oscuro metalizado, con un manto de lirios blancos cubriendo la tapa cerrada. Olía intensamente a tierra mojada cuando la máquina bajó el cadáver a la tumba. A Claire se le aflojaron las rodillas. Su abuela le acarició la espalda. Su madre le ofreció el brazo. Claire negó con la cabeza. Pensó en cosas fuertes: en hierro. En acero. En Paul. Solamente al subir a la parte de atrás de la limusina negra comprendió de verdad que nunca volvería a ver a su marido.

Iban a casa, de vuelta a su hogar, el hogar que había compartido con Paul. Iría gente a verla, aparcarían sus coches a lo largo del camino de entrada curvo, invadirían la calle. Brindarían. Contarían anécdotas. Paul había pedido en su testamento que se le hiciera una vigilia, pero el significado de esa palabra intrigaba tanto a Claire que no pudo llamarlo así. ¿Vigilia en el sentido de que Paul se iba a despertar?, se preguntaba. ¿O en el sentido de mantenerse expectante como el vigía de un barco?

Tenía la impresión de que esta segunda acepción era la más lógica. Se había perturbado la calma. Estaba atrapada en aguas turbulentas. Nadando contra la pena. Ahogándose en compasión.

Había habido tantas llamadas telefónicas, tantas tarjetas y coronas y avisos de donaciones hechas en nombre de Paul... Arquitectura para la Humanidad. Hábitat para la Humanidad. La Sociedad Americana del Cáncer, aunque Paul no había muerto de cáncer.

¿Habría alguna obra benéfica en favor de las víctimas de asesinato? Seguramente debía comprobarlo. ¿Sería ya demasiado tarde? Habían pasado cuatro días desde aquella noche horrible. Había pasado el entierro. Personas a las que no veía desde hacía años ya le habían dado el pésame. Le decían que la tenían en sus pensamientos, que Paul era un buen hombre, que estaban ahí por si los necesitaba.

Claire asentía con la cabeza cuando le decían esto (en la comisaría, en el hospital, en la funeraria, en el cementerio, durante el oficio), aunque no estaba segura de dónde era «ahí».

«¿Cómo estás?», le preguntaban. «¿Qué tal te encuentras?». Desencarnada.

Era el término que mejor definía sus sensaciones. La noche anterior había mirado la definición en su iPad para asegurarse de que no se equivocaba.

Existir sin forma corpórea o fuera de ella.

Carecer de origen físico visible.

De nuevo era la segunda acepción la que mejor encajaba, porque Paul había sido siempre su anclaje físico. Había dado peso a su vida, la había atado al mundo cuando su inclinación natural había sido siempre la de flotar por encima de todas las cosas como si le estuvieran sucediendo a otra persona.

Llevaba cuatro días sintiendo ese intenso descarnamiento. En realidad lo había sentido desde el instante en que el Hombre Serpiente les dijo que se dieran la vuelta. Después había venido la policía, y el encargado de la funeraria, preguntándole si quería ver el cuerpo una última vez, y Claire había palidecido al oír la palabra «cuerpo» y había llorado como una niña porque se había pasado cada segundo desde que le habían arrancado a Paul de los brazos intentando borrar de su recuerdo la imagen de su marido asesinado e inerte.

Claire Scott quería ver otra vez a su marido.

No quería ver su *cuerpo*.

Miró por la ventanilla del coche. Avanzaban muy despacio, en medio del denso tráfico de Atlanta. El cortejo fúnebre había quedado dividido dos semáforos más atrás. Su limusina se había adelantado. Allí no era como en el campo, donde los desconocidos se apartaban respetuosamente al arcén para dejar pasar a la comitiva. Hacían caso omiso de los banderines amarillos de «funeral» que la gente llevaba en sus coches. Hacían caso omiso de todo, excepto de Claire, que sentía que el mundo entero intentaba asomarse a la parte de atrás del coche para espiar su pena.

Le costó recordar cuándo había sido la última vez que había montado en una limusina tan grande. Desde luego hacía décadas que no montaba en coche con su abuela y su madre. Aquel último viaje en limusina debió de ser cuando fue al aeropuerto con Paul. El servicio de coches les había ofrecido una mejora sobre el turismo corriente.

—¿Es que vamos al baile de promoción? —había preguntado Paul.

Iba camino de Múnich para asistir a un congreso de arquitectura. Paul había reservado habitación en el Kempinski. Durante seis días maravillosos, Claire nadó largos en la piscina, se dio masajes, se hizo limpiezas de cutis, pidió al servicio de habitaciones y se codeó en las tiendas con adineradas mujeres de Oriente Medio cuyos maridos estaban en Alemania por motivos de salud. Paul se reunía con ella por las tardes, para cenar y dar un paseo nocturno por Maximilianstrasse.

Si se concentraba lo suficiente, podía recordar la sensación de ir paseando agarrados de la mano junto a los escaparates a oscuras de las tiendas cerradas.

Nunca volvería a agarrarlo de la mano. Nunca volvería a darse la vuelta en la cama para apoyar la cabeza sobre su pecho. Nunca volvería a verlo bajar a desayunar con aquellos odiosos pantalones cortos de felpilla que ella odiaba. Nunca volvería a pasar el sábado en el sofá con él, leyendo mientras Paul veía un partido de fútbol, ni volvería a ir a una cena de empresa, ni a una cata de vinos, ni a un torneo de golf y, si lo hacía, ¿qué sentido tendría si Paul no estaba allí para reírse con ella?

Abrió la boca para tomar aire. Sentía que se ahogaba en la limusina cerrada. Bajó la ventanilla y aspiró el aire frío a grandes bocanadas.

—Enseguida llegamos —dijo su madre, sentada enfrente de ella.

Sujetaba con la mano las botellas de licor del compartimento lateral porque el tintineo del cristal era como el chirrido proverbial de unas uñas arañando un encerado.

Ginny, su abuela, se abrochó el abrigo, pero no hizo ningún comentario sobre el frío.

Claire subió la ventanilla. Estaba sudando. Sentía un temblor en los pulmones. No podía pensar más allá de las horas siguientes. Iba a haber más de un centenar de personas en su casa. Adam Quinn, el socio de Paul en el estudio de arquitectura, había convertido la lista de invitados en un evento de empresa de Quinn + Scott. Un congresista, varios industriales y sus esposas florero, un puñado de gestores de fondos de cobertura, banqueros, hosteleros y promotores inmobiliarios, así como un sinfín de fantoches a los que Claire no conocía y, francamente, nunca había querido conocer, estarían pronto deambulando por su casa.

Por la casa de ambos.

Vivían en Dunwoody, una zona residencial justo a las afueras de Atlanta. La parcela tenía una ligera pendiente. En lo más alto había una casita con un columpio de neumático en el jardín de atrás que las excavadoras habían arrasado el primer día de las obras. Paul había diseñado su casa desde los cimientos. Sabía dónde estaba cada clavo, cada tuerca. Podía decirte adónde llevaba cada cable y qué controlaba.

La contribución de Claire a la infraestructura de la casa había consistido en regalarle a Paul una maquinita para hacer etiquetas adhesivas, porque a su marido le encantaba ponerle etiquetas a todo. Era como el personaje de ese álbum infantil, *Harold y la cera morada*. En el módem ponía «MÓDEM» y en el router, «ROUTER». La llave del agua tenía una etiqueta gigantesca. Cada electrodoméstico llevaba su etiqueta con la fecha exacta de instalación. Había listas de comprobación plastificadas para cada cosa, desde cómo preparar los grifos exteriores para afrontar el invierno a cómo subsanar errores en el sistema audiovisual, que parecía un panel de control de la NASA.

Llevar la casa era prácticamente un trabajo a tiempo parcial. Cada mes de enero, Paul le daba a Claire un listado de empresas de servicios para que fijara la cita de la revisión anual del generador, de las unidades geotérmicas, de las puertas del garaje, de los canalones de cobre, del tejado de pizarra, del sistema de riego, del pozo del sistema de riego, del alumbrado exterior, del ascensor, del equipamiento del gimnasio, del de la piscina y del sistema de seguridad.

Y esas eran solo las tareas que Claire podía recitar de memoria. Faltaban menos de dos meses para enero. ¿A quién debía llamar? Siempre tiraba el listado cuando se marchaba el último operario. ¿Tenía Paul guardado el archivo en alguna parte? ¿Sabría ella cómo encontrarlo?

Empezaron a temblarle las manos. Se le llenaron los ojos de lágrimas. La abrumaba tener tantas cosas que hacer y no saber cómo hacerlas.

—¿Claire? —dijo su madre.

Se enjugó las lágrimas. Intentó sofocar el pánico usando la lógica. Enero era el año próximo. El ágape en honor de Paul era ahora mismo. Y no hacía falta que le dijeran cómo dar una fiesta. Los encargados del *catering* habrían llegado hacía una hora. El vino y los licores habían llegado esa mañana. Cuando se había vestido para el entierro, los jardineros estaban ya en el jardín, con sus sopladores de hojas. La piscina la habían limpiado la tarde anterior, mientras descargaban las sillas y las mesas. Había dos personas atendiendo la barra y seis camareros. Pastelillos de carillas con gambas. Tortillas de calabacín y maíz. Tartaletas de *risotto* con remolacha al vino de borgoña. Pollo al limón con pepinos al eneldo. Salchichitas en hojaldre con mostaza, que Claire servía siempre en plan de broma, pero que eran invariablemente lo que primero se acababa, porque a todo el mundo le gustaban los miniperritos calientes.

Se le encogió el estómago vacío al pensar en toda aquella comida. Miró distraídamente las botellas de licor de la limusina. La mano de su madre descansaba suavemente sobre los tapones. Su anillo, con un zafiro amarillo, era un regalo de su segundo marido, un hombre afable que había muerto apaciblemente dos días después de jubilarse de su consulta de dentista. Helen Reid tenía sesenta y dos años, pero parecía tener casi la edad de Claire. Ella aseguraba que tenía tan buen cutis porque había sido bibliotecaria durante cuarenta años y eso la había preservado del sol. El hecho de que las tomaran a menudo por hermanas había sido una cruz para Claire durante su juventud.

—¿Querrías una copa? —le preguntó Helen.

La boca de Claire formó automáticamente un «no», pero dijo:

—Sí.

Helen sacó el whisky.

—¿Ginny?

Su abuela sonrió.

—No, gracias, querida.

Helen sirvió generosamente un whisky doble. A Claire le tembló la mano al tomar el vaso. Se había tomado un Valium esa mañana y, como le había hecho efecto, se había tomado también un Tramadol que le quedaba de cuando le habían hecho una endodoncia. Seguramente no debía beber alcohol después de las pastillas, pero había un montón de cosas que seguramente no debería haber hecho esa semana.

Se tomó la copa de un trago. En su mente apareció como un fogonazo la imagen de Paul apurando su whisky en el restaurante, cuatro noches antes. Notó una arcada cuando el líquido llegó a su estómago y volvía a subirle, ardiente, por la garganta.

—Santo cielo. —Ginny le palmeó la espalda—. ¿Estás bien, cielo?

Claire hizo una mueca al tragar. Sintió un dolor agudo en la mejilla. Tenía un pequeño raspón en el lugar donde se había rozado la cara contra la pared del ladrillo del callejón. Todo el mundo daba por sentado que se había hecho aquella herida durante el atraco, no antes.

—Cuando eras pequeña —dijo Ginny—, solía darte whisky con azúcar para la tos. ¿Te acuerdas?

—Sí, me acuerdo.

La anciana le sonrió con verdadero cariño, pero Claire no acababa de acostumbrarse a ello. El año anterior, le habían diagnosticado algo llamado «demencia afable», lo que significaba que había olvidado todos los desaires y las obsesiones neuróticas que habían hecho de ella una bruja antipática durante sus primeros ochenta años de vida. Aquel cambio había suscitado la desconfianza de toda la familia. Esperaban constantemente a que la Ginny de siempre se alzara cual fénix de sus cenizas y volviera a abrasarlos a todos.

Helen le dijo a Claire:

—Tus compañeras de tenis han sido muy amables por venir.

—Sí.

A Claire le había sorprendido que se presentaran. La última vez que las había visto, la estaban metiendo en un coche patrulla.

—Iban impecablemente vestidas —observó Ginny—. Tienes unas amigas encantadoras.

Gracias —contestó Claire, aunque no estaba segura de que hubieran asistido al entierro de Paul porque seguían siendo sus amigas o porque no podían perderse un acontecimiento social tan jugoso.

Su actitud en el cementerio no le había ofrecido ninguna pista al respecto. La habían besado en la mejilla, la habían abrazado y le habían dicho cuánto lo sentían, y después se habían marchado mientras Claire saludaba a otros asistentes. No podía oírlas, pero sabía que estarían comentando minuciosamente lo que cada uno llevaba puesto y chismorreando sobre quién se acostaba con quién y quién se había enterado y cuánto costaría el divorcio.

Claire se había descubierto teniendo una experiencia casi extracorpórea en la que flotaba como un fantasma por encima de sus cabezas y las oía murmurar: «Me he enterado de que Paul había bebido.

¿Y, además, qué estaban haciendo en ese callejón? ¿Qué creían que podía pasar en esa parte de la ciudad». Alguien contaría inevitablemente aquel chiste tan viejo: «¿Qué es una mujer con traje de tenis negro? Una viuda de Dunwoody».

Claire conocía bien a esa clase de criticonas: eran sus amigas de toda la vida. Era lo bastante guapa para ser la líder, pero nunca había sido capaz de inspirar esa suerte de lealtad temeraria que hacía falta para gobernar a una manada de lobas. Era, por el contrario, la chica calladita que se reía de todas las bromas, que se quedaba rezagada en el centro comercial, la que siempre se sentaba en la parte más incómoda del asiento de atrás del coche y la que nunca (jamás) permitía que se enteraran de que se estaba follando a sus novios a sus espaldas.

Ginny preguntó:

—¿A cuál de ellas te acusaron de agredir?

Claire meneó la cabeza para despejarse.

—Esa no estaba. Y no fue agresión, fue conducta desordenada. Un matiz jurídico importante.

Ginny sonrió amablemente.

—Bueno, seguro que mandará una tarjeta. A Paul lo quería todo el mundo.

Claire cruzó una mirada con su madre.

Ginny siempre había odiado a Paul. Y lo odiaba más aún cuando estaba con Claire. Se había quedado viuda siendo todavía muy joven, y había criado al padre de Claire con su exiguo sueldo de secretaria. Lucía sus penurias como una medalla de honor, y la ropa de diseño de Claire, sus joyas, sus casonas, sus coches caros y sus lujosas vacaciones constituían una afrenta personal para una mujer que había sobrevivido a la Gran Depresión, a una guerra mundial, a la muerte de su marido, a la pérdida de dos hijos y a un sinfín de infortunios más.

Claire recordaba vívidamente la vez en que se puso unos Louboutin rojos para ir a visitar a su abuela.

—Los zapatos rojos son para bebés o para putas —le había soltado Ginny.

Después, al contárselo a Paul, su marido había bromeado:

—¿No es un poco raro que me parezcan bien las dos cosas?

Claire volvió a dejar su copa vacía en el mueble bar y se quedó mirando por la ventanilla. Estaba tan desorientada que por un instante no reconoció el paisaje. Entonces se dio cuenta de que casi habían llegado a casa.

A su hogar.

Aquel término ya no parecía encajar. ¿Qué era su hogar sin Paul? Esa primera noche, al llegar de la comisaría, la casa le había parecido de pronto demasiado grande, demasiado vacía para una sola persona.

Paul había querido que fueran más. Ya le habló de tener hijos en su segunda cita, y en la tercera, y en muchas otras después. Le había hablado a Claire de sus padres, de lo maravillosos que eran y de lo mal que lo pasó cuando murieron. Tenía dieciséis años cuando los Scott se mataron en un accidente de tráfico durante una colosal tormenta de nieve. Era solo un crío. El único familiar que le quedó fue un tío que falleció estando él en el instituto.

Su marido había dejado muy claro que quería tener familia numerosa. Quería niños a montones para resarcirse de su sentimiento de pérdida, y Claire y él lo habían intentado una y otra vez, hasta que por fin ella accedió a consultar a un experto en fertilidad que le informó de que, si no podía tener hijos, era porque llevaba puesto un DIU y tomaba la píldora.

Naturalmente, Claire no se lo comentó a su marido. Le dijo, en cambio, que el doctor le había diagnosticado algo llamado «útero inhospitalario», lo cual era cierto, porque ¿qué podía haber más inhospitalario que una varilla metida dentro del útero?

—Ya casi hemos llegado —dijo Helen. Alargó el brazo y tocó la rodilla de Claire—. Pasaremos por esto, cariño.

Claire agarró la mano de su madre. Tenían las dos lágrimas en los ojos, y las dos desviaron la mirada sin darse por enteradas.

—Es bueno tener una tumba que visitar. —Ginny miraba por la ventanilla con una sonrisa plácida. Era imposible saber dónde tenía la mente—. Cuando murió tu padre, me recuerdo delante de su tumba pensando: «Este es el sitio donde puedo dejar mi pena». No fue inmediato, claro, pero tenía un sitio adonde ir y, cada vez que visitaba el cementerio, sentía que, cuando volvía al coche, me había desprendido de un trocito más de tristeza.

Helen se sacudió un hilillo invisible de la falda.

Claire intentó evocar algún buen recuerdo de su padre. Estaba en la universidad cuando Helen la llamó para decirle que había muerto. Al final de su vida, su padre era un hombre triste y derrotado. Su suicidio no había extrañado a nadie.

—¿Cómo dices que se llama la chica que ha desaparecido? —preguntó Ginny.

—Anna Kilpatrick.

La limusina aminoró la marcha al tomar la amplia curva que conducía al camino de entrada. Helen se giró en su asiento para mirar por la luna delantera.

—¿La verja tenía que estar abierta?

—Imagino que la gente del *catering*... —Claire no acabó la frase. Había tres coches de policía aparcados detrás de la furgoneta del servicio de *catering*—. Ay, Dios. ¿Y ahora qué?

Una policía indicó a la limusina que estacionara en el aparcamiento que había más abajo de la casa principal.

Helen se volvió hacia su hija.

—¿Has hecho algo?

—¿Qué?

Claire apenas dio crédito a lo que oía, pero entonces se acordó del Valium y el Tramadol, y del whisky y el funcionario encargado de supervisar su libertad condicional que le había dicho que algún día iba a meterse en líos por culpa de su lengua viperina, a lo que ella había contestado que ese día ya había llegado. Si no, ¿por qué iba a tener nadie que controlar su libertad condicional?

¿De verdad iban a hacerle una prueba de detección de drogas el día del entierro de su marido?

—Por amor de Dios. —Helen se deslizó hacia la puerta—. No pongas esa cara, Claire. Cualquiera diría que has hecho algo horrible.

—Yo no he hecho nada —respondió, recurriendo a un tono quejumbroso que no utilizaba desde noveno grado.

—Deja que me ocupe yo. —Su madre abrió la puerta—. ¿Hay algún problema, agente? —dijo con su voz de bibliotecaria, baja, sedosa y enormemente crispada.

La agente levantó la mano.

—No puede entrar, señora.

—Esto es propiedad privada. Conozco mis derechos.

—Lo siento. —Claire se puso delante de su madre. Con razón tenía problemas con la autoridad—. Soy Claire Scott. Esta es mi casa.

—¿Puedo ver su documentación?

Helen dio un zapatazo.

—¡Por todos los santos! ¿De verdad han venido tres coches de policía para detener a mi hija el día del entierro de su marido? —Señaló a Claire con la mano—. ¿Es que tiene aspecto de delincuente?

—Mamá, no pasa nada.

Claire no quiso recordarle que técnicamente era una delincuente. Dado que estaba en libertad condicional, la policía podía entrar en su casa cuando quisiera. Abrió su bolso para sacar la cartera. Y entonces se acordó de que se la había llevado el Hombre Serpiente.

Vio de nuevo el tatuaje, el colmillo con su funda de oro. El Hombre Serpiente era de piel blanca, un detalle que la había sorprendido al informar de ello al detective en comisaría. ¿Era racista dar por sentado que a los blancos ricos solo los atracaban pandilleros negros o hispanos, o es que escuchaba demasiado rap mientras hacía bicicleta en el gimnasio? Era ese mismo razonamiento el que había evocado en ella la imagen de una reluciente pistola negra, cuando en realidad lo que se apretaba contra la espalda de Paul era un cuchillo. Un cuchillo que ni siquiera parecía real y que aun así había conseguido segar la vida de su marido.

La tierra empezó a temblar. Claire sintió cómo su vibración le subía por los pies y se extendía por sus piernas.

—¿Claire? —dijo su madre.

Un par de años atrás, estando en Napa, había habido un terremoto. La sacudida la había arrojado de la cama, y Paul había caído encima de ella. Habían agarrado sus zapatos y poco más y habían salido corriendo entre tuberías rotas y cristales hechos añicos.

—Refuerzo estructural insuficiente —había comentado Paul, en calzoncillos y camiseta interior, mientras esperaban en medio de la calle resquebrajada y abarrotada de gente—. Si el edificio fuera más nuevo tendría apoyos aislados, o un sistema de anclaje de muros resistente a los seísmos que pudiera amortiguar la fuerza de cizallamiento.

Escucharle hablar de medidas antiseísmo era lo único que había logrado calmarla.

—¿Claire?

Abrió los ojos parpadeando. Miró a su madre y se preguntó por qué tenía la cara tan cerca de la suya.

—Te has desmayado.

—No —repuso Claire, aunque todo indicaba lo contrario.

Estaba tumbada de espaldas en el camino de entrada a su casa. La agente de policía se cernía sobre ella. Claire intentó en vano pensar en un insecto al que se le pareciera, pero en realidad solo parecía cansada y agobiada por el trabajo.

—Señora —dijo—, quédese ahí. Llegará una ambulancia en diez minutos.

Claire intentó ahuyentar el recuerdo de los paramédicos que habían corrido por el callejón con su camilla a la zaga. Habían pasado menos de un minuto examinando a Paul antes de negar con la cabeza.

¿De verdad alguien había dicho «Ha muerto» o era ella misma quien lo había dicho? Había oído aquellas palabras. Las había sentido. Había visto como su marido pasaba de ser un hombre a ser un cuerpo.

—¿Puedes ayudarme a levantarme? —le preguntó a su madre.

—Señora, no se incorpore —ordenó la policía.

Helen la ayudó a sentarse.

—¿Has oído lo que ha dicho la agente?

—Eres tú quien me ha ayudado a incorporarme.

—No me refiero a eso. Alguien ha intentado entrar en tu casa.

—¿Entrar en mi casa? —repitió Claire porque aquello era absurdo—. ¿Por qué?

—Imagino que querían robar algo. —Helen hablaba con paciencia, pero Claire notó que la noticia la había inquietado—. Los del *catering* se encontraron con los cacos.

Cacos. Aquella palabra sonaba muy anticuada en boca de su madre.

—Ha habido una pelea —continuó Helen—. El barman está malherido.

—¿Tim? —preguntó, pensando que, si conocía los detalles, le sería más fácil comprender que aquello había sucedido de verdad.

Su madre sacudió la cabeza.

—No sé su nombre.

Claire levantó la mirada hacia la casa. Se sentía otra vez desencarnada, zozobrando por momentos en la estela que había dejado la ausencia de Paul.

Se acordó entonces del Hombre Serpiente y volvió de golpe al presente.

—¿Había más de un ladrón? —le preguntó a la policía.

La mujer contestó:

—Eran tres afroamericanos de complexión media y veintitantos años. Llevaban los tres guantes y pasamontañas.

Su madre nunca había tenido mucha fe en los agentes de la ley.

—Con esa descripción, estoy segura de que los encontrarán en un periquete —comentó.

—Mamá —dijo Claire, porque su actitud no servía de nada.

—Iban en un coche de cuatro puertas plateado último modelo. —La agente agarró la empuñadura de la porra que llevaba colgada del cinto, seguramente porque ansiaba usarla—. Hemos emitido una OBYD válida para todo el estado.

—Joven, para mí una OBYD no es nada más que una sucesión de siglas. —Helen había adoptado de nuevo su tono de bibliotecaria y estaba dando salida a toda la angustia que no podía dirigir contra Claire—. ¿Podría hacer el favor de hablar en cristiano?

—«Orden de búsqueda y detención» —terció Ginny—. ¿Me equivoco? —Sonrió dulcemente a la policía—. Tengo un televisor en color en mi salita.

—No puedo estar así, sentada en el camino —dijo Claire.

Helen la agarró del brazo y la ayudó a levantarse. ¿Qué haría Paul si estuviera allí? Se haría cargo de la situación. Ella en cambio no podía. A duras penas conseguía tenerse en pie.

—¿Se han llevado algo los ladrones?

—Creemos que no, señora —contestó la agente—, pero necesitamos que revise la casa con los detectives para comprobarlo. —Señaló hacia un grupo de hombres parados junto a la entrada. Vestían gabardinas a lo Colombo. Uno de ellos hasta sujetaba un puro entre los dientes—. Le darán un estadillo para que haga inventario. Necesitará un informe detallado para su aseguradora.

Claire se sintió tan abrumada que casi se echó a reír. Aquella mujer muy bien podría haberle pedido que catalogara el Smithsonian.

—Voy a tener invitados. Tengo que asegurarme de que están montadas las mesas. Los del *catering*...

—Señora —la interrumpió la policía—, no podemos dejar entrar a nadie en la casa hasta que hayamos hecho las comprobaciones necesarias.

Claire se llevó el puño a la boca para no decirle que dejara de llamarla «señora» de una puta vez.

—¿Señora? —dijo la agente.

Claire bajó el puño. Un coche se había detenido a la entrada del camino. Un Mercedes gris. Con los faros encendidos. De la ventanilla colgaba el banderín amarillo que indicaba que formaba parte de la comitiva de un funeral. Otro Mercedes se detuvo lentamente tras él. El cortejo fúnebre había llegado por fin. ¿Qué iba a hacer? Desmayarse otra vez parecía la solución más sencilla. ¿Y luego qué? La ambulancia. El hospital. Los tranquilizantes. Al final, la mandarían a casa. Al final, se encontraría de nuevo en aquel mismo lugar, con los detectives y el inventario y la compañía aseguradora y toda aquella mierda. Era todo culpa de Paul. Debería estar allí, ocupándose de aquel asunto. Era su trabajo.

Claire Scott estaba furiosa con su difunto marido por no estar allí para resolver sus problemas.

—¿Cielo? —preguntó Helen.

—Estoy bien.

Había descubierto hacía mucho tiempo que, si mientes con suficiente convicción, normalmente consigues engañarte a ti misma. Lo único que tenía que hacer ahora era redactar una lista de tareas pendientes. Era lo que habría hecho Paul. Siempre decía que no había nada que no pudiera resolverse con una lista. Si controlas los detalles, controlas el problema.

—Voy a acompañar a los detectives a revisar la casa. Habrá que cancelar el bufé. —Se volvió hacia el chófer de la limusina, que aguardaba discretamente a un lado—. ¿Puede llevar a mi abuela de vuelta a la residencia, por favor? Por favor —añadió dirigiéndose a la policía—, anule la ambulancia. Estoy bien. Más de cien personas vienen hacia aquí. A no ser que quiera que inunden la casa, tendrá que poner a alguien al pie del camino para impedirles la entrada.

—De acuerdo.

La agente pareció contenta de poder alejarse. Prácticamente bajó corriendo por el camino.

Claire sintió que su indignación se disipaba en parte. Miró a su madre.

—No sé si voy a ser capaz de hacerlo.

—Ya lo estás haciendo. —Helen le pasó la mano por el hueco del brazo y la condujo hacia los hombres de gabardina—. ¿Te has hecho daño en la cabeza al desmayarte?

—No. —Se palpó la parte de atrás de la cabeza. Los hematomas del callejón seguían estando tiernos. Otro chichón no supondría gran diferencia—. ¿Me había desmayado alguna vez antes?

—No, que yo sepa. Pero la próxima vez intenta que sea en el césped. Creía que te habías roto el coco.

Apretó el brazo de su madre.

—No tienes por qué quedarte.

—No voy a marcharme hasta que esté segura de que estás bien.

Claire apretó los labios. Había habido un tiempo en que su madre no estaba para nada ni para nadie.

—Escucha, sé lo que opinas de la policía, pero tienes que tomártelo con más calma.

—Huckleberris —masculló Helen. Aquel era el término que utilizaba para designar a los policías incompetentes—. ¿Sabes?, se me acaba de ocurrir que soy prácticamente la única persona de nuestra familia que no ha ido a la cárcel.

—Que no ha sido detenida, mamá. Para ir a la cárcel, primero tienen que condenarte.

—Menos mal que nunca he usado esa palabra en mi club de lectura.

—¿Señora Scott? —Uno de los hombres de gabardina se acercó a ellas con su insignia en la mano. Apestaba a humo de tabaco, por si no bastaba con la gabardina para reforzar el tópico—. Soy el capitán Mayhew, del Departamento de Policía de Dunwoody.

—¿Capitán? —preguntó Claire.

El hombre con el que había hablado después del asesinato de Paul era un simple detective. ¿Acaso era más importante un robo que un asesinato, o es que los asesinatos eran tan frecuentes en la ciudad de Atlanta que se los encasquetaban a los detectives rasos?

—Le doy mi más sentido pésame. —Mayhew dejó caer la insignia dentro del bolsillo de su chaqueta. Lucía un bigote tupido y descuidado. Le salían pelos de los agujeros de la nariz—. El congresista me ha pedido que me ocupe del caso personalmente.

Claire sabía quién era «el congresista». Johnny Jackson había favorecido a Paul casi desde el comienzo, concediéndole contratos con la administración que deberían haberse adjudicado a arquitectos con más experiencia. Con el paso de los años, aquella inversión temprana había sido recompensada con creces. Cada vez que el estudio Quinn + Scott recibía un nuevo encargo de la administración, en el recibo de la American Express de Paul aparecían adeudos por el alquiler de aviones privados en los que nunca volaba y de hoteles de cinco estrellas en los que jamás se había hospedado.

Claire respiró hondo y preguntó:

—Lo siento, capitán. Estoy un poco atontada. ¿Puede, por favor, empezar desde el principio y decirme qué ha pasado?

—Sí, imagino que, con el entierro y todo eso, esto es lo último de lo que tiene ganas de ocuparse. Como le decía, mi más sentido pésame. —Mayhew también respiró hondo, con un sonido mucho más ronco—. Sabemos en esencia lo que ha pasado, pero todavía nos queda rellenar algunas lagunas. No es usted la primera persona del condado a la que le ocurre algo así. Sospechamos que se trata de una banda compuesta por varones jóvenes que lee las necrológicas, averigua dónde es el entierro y luego busca la casa en Google Earth y calcula si merece la pena ir a robar.

—Santo cielo —comentó Helen—, qué desvergüenza.

Mayhew también parecía escandalizado.

—Creemos que los ladrones dispusieron únicamente de un minuto antes de que llegara la furgoneta del servicio de *catering*. Vieron los cristales rotos desde la puerta lateral. —Señaló los fragmentos de cristal que seguían dispersos por los escalones de arenisca azulada—. El barman entró. Seguramente no fue buena idea. Le dieron una paliza, pero consiguió impedir que desvalijaran la casa.

Claire miró de nuevo la casa. Paul había dibujado diversas variaciones de los planos desde sus tiempos en la facultad de Arquitectura. Lo único que cambiaba era la cantidad de dinero que podían gastar. Ninguno de los dos procedía de una familia rica. El padre de Claire había sido profesor universitario. Los padres de Paul eran dueños de una granja. A él le encantaba tener dinero porque le hacía sentirse seguro. A Claire, en cambio, le encantaba porque cuando pagabas algo ya no podían quitártelo.

¿Acaso no había pagado lo suficiente por Paul? ¿No se había esforzado y amado lo suficiente? ¿No había sido *ella* suficiente? ¿Por eso lo había perdido?

—¿Señora Scott?

—Perdone.

Claire no sabía por qué seguía disculpándose. A Paul, aquello le habría importado más. Aquella violación de su intimidad le habría indignado. ¡Su ventana rota! ¡Y unos ladrones revolviendo sus pertenencias! ¡Uno de sus empleados agredido! Claire habría estado a su lado igual de indignada, pero sin él apenas tenía fuerzas para actuar mecánicamente.

—¿Puede decirnos si el barman está bien? —preguntó Helen—. Tim, ¿no?

—Sí, Tim. —Mayhew asintió con la cabeza y al mismo tiempo se encogió de hombros—. Las heridas eran superficiales en su mayoría. Lo han llevado al hospital para que le den puntos.

Claire sintió que el horror comenzaba a penetrar en ella. Tim llevaba años trabajando para ellos. Tenía un hijo autista y una exmujer a la que intentaba recuperar, y ahora estaba en el hospital por culpa de algo horrible que había sucedido en su casa.

Helen preguntó:

—Pero, ¿aun así necesitan que Claire revise la casa para ver si los ladrones se han llevado algo?

—Sí, dentro de un rato. Sé que es un momento pésimo, pero lo que necesitamos ahora mismo de la señora Scott es saber dónde están los controles de las cámaras de seguridad. —Señaló hacia el globo negro que había en una esquina de la casa—. Estamos seguros de que una cámara tiene que haberlos captado al entrar y al salir.

—Los acompaño —dijo Claire, pero no se movió.

La miraron todos, expectantes. Había una cosa más que tenía que hacer. Montones de cosas más.

La lista. Sintió que su cerebro volvía a encenderse como si hubieran pulsado un interruptor.

Se volvió hacia su madre.

—¿Puedes decirles a los del servicio de *catering* que donen la comida al albergue? Y avisa a Tim de que nosotros nos hacemos cargo de la factura del hospital. Estoy segura de que lo cubre nuestro seguro de hogar.

¿Dónde estaban los papeles? Ni siquiera sabía cuál era su aseguradora.

—¿Señora Scott?

Había otro hombre junto al capitán Mayhew. Era unos centímetros más alto y vestía ligeramente mejor que el resto del grupo. Iba perfectamente afeitado, su gabardina era más bonita y su traje de mejor calidad. Sus maneras suaves deberían haber tranquilizado a Claire, pero tenía algo que le resultaba profundamente inquietante, quizá porque lucía un feo hematoma en el ojo.

El hombre se señaló el ojo morado, riendo.

—A mi mujer no le gusta que le conteste.

—La violencia doméstica es tan graciosa —replicó Helen, y enseguida advirtió la expresión agotada de Claire—. Estaré en la cocina si me necesitas.

El hombre del ojo morado lo intentó otra vez:

—Lo siento, señora Scott. Soy Fred Nolan. Quizá podamos hablar mientras nos lleva a la entrañas del sistema de seguridad.

Estaba tan cerca de ella que Claire sintió el impulso de retroceder.

—Por aquí. —Echó a andar hacia el garaje.

—Espere. —Nolan le puso la mano en el brazo. Su pulgar apretó el tierno interior de su muñeca—. ¿El panel de control del sistema de seguridad está en el garaje?

Claire nunca había sentido un desagrado tan inmediato y visceral hacia otro ser humano. Miró la mano de Nolan, deseando que la piel se le helara hasta el hueso.

Nolan captó el mensaje y la soltó.

—Ya he dicho que es por aquí.

Reprimió un estremecimiento al echar a andar de nuevo. Mayhew caminaba a su lado. Nolan la seguía de cerca. De muy cerca. Aquel tipo no era solo inquietante: le daba escalofríos. Tenía pinta de gángster, más que de policía, pero saltaba a la vista que era bueno en su oficio. Claire no había cometido ningún delito (al menos últimamente), y sin embargo Nolan había conseguido que se sintiera culpable.

—Normalmente —añadió Nolan—, el control de seguridad está en la parte principal de la casa.

—Es fascinante —masculló Claire.

Sintió en las sienes el principio de una jaqueca. Quizás el intento de robo fuera un golpe de suerte. En lugar de pasarse las siguientes cuatro horas entreteniendo a los amigos y familiares de Paul, pasaría media hora con aquel cretino y después los pondría a todos de patitas en la calle, se tomaría un puñado de valiums y se metería en la cama.

Por razones complejas que Paul había intentado explicarle, todos los controles de seguridad estaban en el garaje, un edificio exento, de dos plantas, construido en el mismo estilo que la casa. El despacho de Paul, en la planta de arriba, estaba equipado con una cocina americana, dos armarios empotrados y un cuarto de baño completo. Alguna vez habían dicho en broma que era más acogedor que un hotel si alguna vez Claire le echaba de casa.

—Señora Scott, ¿le importa que le pregunte por qué no estaba conectada la alarma? —preguntó el capitán Mayhew.

Había sacado una libreta y un bolígrafo y se había encorvado, como si le hubieran pedido que imitara a un personaje de una novela de Raymond Chandler.

—Siempre la dejo desconectada cuando viene el servicio de *catering* —contestó Claire—. La verja estaba cerrada.

El bigote de Mayhew se movió.

—¿Los empleados del servicio de *catering* tienen el código de seguridad de la verja?

—Y la llave de la casa.

—¿Alguien más tiene llave?

Le pareció una pregunta extraña, o puede que le irritara que Fred Nolan siguiera pegado a su cogote.

—¿Para qué iban a romper el cristal de la puerta los ladrones si tuvieran una llave?

Mayhew levantó la mirada de su libreta.

—No es más que una pregunta de rutina. Tendremos que hablar con todo el mundo que tenga acceso a la casa.

Claire sintió un cosquilleo en la base de la garganta. Empezaba a sentirse abrumada otra vez. Sin duda Paul sabría quién tenía llave de la casa. Intentó responder a la pregunta:

—El servicio de limpieza, nuestro empleado de mantenimiento, el ayudante de Paul, su socio, mi madre... Puedo buscarle sus nombres y sus números de teléfono.

—Su madre —comentó Nolan—. Es todo un carácter.

Claire marcó el código en el panel que había junto al garaje de cuatro plazas. La pesada puerta de madera se alzó silenciosamente. Notó que la mirada de los policías se fijaba en el friso metálico y en los armarios a juego. El suelo era blanco y negro, de losetas de goma como las de las pistas de atletismo. Había un soporte para cada cosa: para las herramientas de mano, para los alargadores, para las raquetas de tenis, para los palos de golf, las pelotas de baloncesto, las gafas de sol, los zapatos... El banco de trabajo de Paul ocupaba todo un lateral de la habitación. Tenía una estación de carga, una mininevera, un televisor de pantalla plana y aire acondicionado para los días de calor.

Y luego, claro, estaban el BMW de ella y el Porsche Carrera y el Tesla Model S de Paul.

—Joder —exclamó Nolan en tono admirativo.

Claire sabía de hombres a los que les ponía más cachondos el garaje de Paul que una mujer.

—Es por aquí.

Marcó el código de cuatro cifras en otro panel y los condujo escaleras abajo, hasta el sótano. Siempre le había encantado que a Paul le gustara tanto su garaje. Se pasaba horas y horas allí, trabajando en sus maquetas. Claire solía decirle en broma que, si las construía en casa en vez de hacerlas en el estudio, era porque así podía encargarse de la limpieza él mismo.

—Era un obseso del orden —comentó Nolan como si le hubiera leído el pensamiento.

—Tuve suerte —respondió Claire.

El suave trastorno obsesivo compulsivo de Paul nunca había supuesto un estorbo para sus vidas, ni le impulsaba a hacer cosas extrañas como tocar veinte veces el pomo de la puerta. En realidad, los actos a los que le empujaba su neurosis habrían agradado a cualquier esposa: bajar la tapa del váter, doblar toda su ropa, recoger la cocina cada noche...

Al llegar al pie de la escalera, marcó otro código de cuatro cifras en el panel de la puerta. La cerradura se abrió con un suave chasquido.

—Nunca había visto un sótano así debajo de un garaje —dijo Mayhew.

—Recuerda un poco a *El silencio de los corderos* —comentó Nolan.

Claire encendió las luces y la pequeña habitación de cemento apareció ante sus ojos con toda nitidez. Paul la había diseñado para que sirviera como refugio antitornados. Los estantes metálicos estaban repletos de comida y pertrechos de primera necesidad. Había un pequeño televisor, una radio, un par de catres de *camping* y montones de comida basura, porque Claire le había dicho a Paul que, en caso de que llegara el apocalipsis, iba a necesitar chocolate y Cheetos en abundancia.

Se alegró de llevar todavía puesto el abrigo. Allí la temperatura se mantenía muy baja para conservar mejor los ordenadores. Todo se controlaba desde aquella habitación, no solamente las cámaras de seguridad, sino también los sistemas audiovisuales, los automatismos de las persianas y las luces y todo aquello que hacía que la casa funcionara como por arte de magia. Había paneles de control con lucecitas parpadeantes y un pequeño escritorio con cuatro monitores de pantalla plana colocados sobre soportes articulados.

—¿Trabajaba su marido en secreto para la Agencia Nacional de Seguridad? —preguntó Nolan.

—Sí.

Claire estaba cansada de sus preguntas, que le resultaban aún más crispantes por su plano acento del Medio Oeste. Lo más expeditivo sería darles lo que querían para que se marcharan cuanto antes.

Abrió un cajón del escritorio y encontró la lista plastificada que explicaba cómo manejar las cámaras de seguridad. Paul había intentado explicarle los distintos pasos, pero a ella se le habían nublado los ojos y había temido que le diera un colapso.

Tocó el teclado del ordenador e introdujo el código de acceso al sistema.

—Cuántas contraseñas que recordar. —Nolan estaba de pie

junto a ella, tan cerca que Claire sentía el calor que emanaba de su cuerpo.

Se apartó de él y le entregó a Mayhew las instrucciones.

—Tendrán que seguir ustedes a partir de aquí.

—¿Todas sus casas son así? —preguntó el capitán.

—Solo tenemos una casa.

—«Solo» —repuso Nolan riendo.

A Claire se le agotó la paciencia.

—Mi marido ha muerto y unos ladrones han entrado en mi casa. ¿Qué es lo que le hace tanta gracia de esta situación?

—Caramba. —Nolan levantó las manos como si Claire hubiera intentado arrancarle los ojos—. No se ofenda, señora.

El bigote de Mayhew volvió a moverse.

—Difícilmente se ofende a nadie si uno mantiene la puta boca bien cerrada.

Claire lanzó una mirada a Nolan antes de darle la espalda. Sabía cómo pararle los pies a un hombre. Nolan no se marchó, pero retrocedió unos pasos para hacerle ver que había captado el mensaje.

Ella observó los monitores mientras Mayhew seguía el listado de instrucciones de Paul. Las pantallas estaban divididas de modo que cada una mostraba cuatro ángulos distintos desde dieciséis cámaras distintas. Todas las entradas, los ventanales, la zona de la piscina y varias partes del camino de entrada estaban vigilados. Claire vio que los empleados del *catering* estaban en el patio, dando la vuelta con su furgón. El Ford plateado de su madre estaba estacionado al otro lado del garaje. Helen estaba hablando con un detective delante de la puerta del vestíbulo. Tenía los brazos en jarras. Claire se alegró de que no hubiera sonido.

Mayhew hojeó las páginas de su libreta.

—Muy bien. Tenemos un arco temporal básico para el robo, basado en la hora a la que los empleados del servicio de *catering* llamaron a emergencias.

Pulsó unas teclas y Helen desapareció del monitor. El furgón del *catering* pasó de hacer un brusco cambio de sentido a entrar en el patio. Mayhew hizo retroceder la grabación hasta que encontró lo que buscaba. Tres sujetos a la entrada del camino. Estaban tan lejos que no se les distinguía con nitidez: eran simples borrones, oscuros y amenazadores, avanzando hacia la casa.

Claire sintió que se le erizaba el vello de la nuca. Había ocurrido. Había pasado de verdad, en su casa.

Se fijó en la hora que indicaba la grabación. Mientras los ladrones cruzaban el aparcamiento de delante de la casa, ella se hallaba de pie en la capillita aconfesional del cementerio, preguntándose por qué no había muerto también en el callejón, junto a su marido.

—Allá vamos —dijo Mayhew.

Claire sintió un dolor punzante en el pecho cuando aquellos borrones cobraron la forma de hombres. Ver aquello lo dotaba de realidad, lo convertía en algo a lo que tenía que enfrentarse. Era como le habían dicho: tres varones afroamericanos con pasamontañas y guantes subían al trote por el camino de entrada a la casa. Iban vestidos de negro. Giraban la cabeza a izquierda y derecha, coordinadamente. Uno de ellos empuñaba una palanca de hierro. Otro llevaba una pistola.

—A mí me parecen bastante profesionales —comentó Nolan.

Mayhew estuvo de acuerdo.

—No es su primera vez.

Claire observó el aplomo con que se dirigían hacia la puerta de su vestíbulo. Paul había hecho traer de Bélgica todas las puertas y las ventanas. Eran de madera maciza, con cerraduras de cuatro puntos que no supusieron ningún obstáculo cuando, tras romper con la palanca el cristal emplomado, uno de los ladrones metió el brazo por la ventana y accionó el picaporte desde dentro.

Se le quedó la boca seca. Sintió que se le saltaban las lágrimas. Aquel era su vestíbulo. Aquella era su puerta, la misma puerta que utilizaba incontables veces al día. La misma por la que entraba Paul cuando volvía del trabajo.

Por la que había entrado cuando estaba vivo.

—Estoy arriba si me necesitan —dijo.

Subió las escaleras. Se limpió los ojos. Abrió la boca. Se obligó a aspirar el aire, a expulsarlo, a resistirse a la histeria que se agitaba en la boca de su estómago.

Las escaleras de Paul. El banco de trabajo de Paul. Los coches de Paul.

Cruzó el garaje. Siguió hasta las escaleras de atrás y las subió tan rápidamente como le permitían los zapatos de tacón. No comprendió adónde se dirigía hasta que se encontró en medio del despacho de Paul.

Allí estaba el sofá donde él echaba la siesta. El sillón en el que se sentaba a leer o a ver la televisión. El cuadro que ella le había regalado por tu tercer aniversario de boda. Su mesa de dibujo. Su escritorio, que él mismo había diseñado de modo que no se viera ningún cable. El vade de mesa estaba impoluto. La bandeja de documentos contenía papeles pulcramente apilados, cubiertos con la letra angulosa de Paul. Allí estaba su ordenador. Allí, su estuche de lápices. Y allí una fotografía enmarcada de Claire, tomada hacía tantos años que ya ni se acordaba de cuántos. Paul se la había hecho con una Nikon que había pertenecido a su madre.

Claire tomó la fotografía. Estaban en un partido de fútbol. Tenía la chaqueta de Paul echada sobre los hombros. Recordaba haber pensado en lo calentita y reconfortante que era. La cámara la había captado riendo con la boca abierta y la cabeza echada hacia atrás. Estática, irrevocablemente feliz.

Los dos habían ido a la Universidad de Auburn, en Alabama. Paul, porque su facultad de Arquitectura era una de las más afamadas del país, y Claire porque satisfacía su necesidad de estar lo más lejos posible de casa. El hecho de que hubiera acabado saliendo con un chico que se había criado a menos de treinta kilómetros de su casa era una prueba más de que, por lejos que huyas, al final siempre acabas en el punto de partida.

Paul había sido un soplo de aire fresco comparado con los otros chicos con los que Claire había salido durante sus tiempos en la universidad. Estaba tan seguro de sí mismo, de lo que quería hacer y del rumbo que iba a tomar... Los primeros cursos en la facultad los había sufragado gracias a una beca completa; los demás, hasta acabar la carrera, los había pagado con el dinero heredado tras la muerte de sus padres. Entre el cobro de un pequeño seguro de vida, las ganancias de la venta de la granja y el acuerdo extrajudicial al que había llegado con la empresa de camiones a la que pertenecía el tráiler que mató a los Scott, había dispuesto de dinero más que suficiente para pagar la matrícula y los gastos de manutención.

Aun así, no había parado de trabajar mientras estuvo en la facultad. Se había criado en una explotación agrícola en la que se esperaba que hiciera diversas tareas desde que rayaba el alba. En noveno grado había conseguido una beca para asistir a un internado militar del sureste de Alabama. La vida en la granja y su estancia en el internado le habían inculcado un profundo sentido de la rutina. Era incapaz de estar ocioso. Durante sus tiempos de estudiante había tenido dos empleos: uno en Tiger Rags, una librería universitaria, y el otro como tutor del laboratorio de matemáticas.

Claire se había licenciado en Historia del Arte. Nunca se le habían dado bien las matemáticas. O al menos nunca había intentado que se le dieran bien, que era lo mismo. Recordaba con claridad la primera vez que Paul y ella se habían sentado a revisar uno de sus trabajos de clase.

—Todo el mundo sabe que eres preciosa —le había dicho Paul—, pero nadie sabe que eres muy lista.

Lista.

Cualquiera podía ser inteligente. Pero solo una persona especial podía ser lista.

Claire devolvió la fotografía a su sitio. Se sentó a la mesa de Paul. Apoyó los brazos donde solía apoyarlos él. Cerró los ojos e intentó encontrar un rastro de su olor. Respiró hondo hasta que le dolieron los pulmones. Luego, lentamente, dejó escapar el aire. Tenía casi cuarenta años. No tenía hijos. Su marido había muerto. Sus mejores amigas estarían posiblemente bebiendo margaritas en el bar de más abajo de la calle y cotilleando acerca de lo descolorida que parecía en el funeral.

Meneó la cabeza. Tenía el resto de su vida para pensar en lo sola que estaba. Lo que tenía que hacer en ese momento era pasar el día. O, al menos, la hora siguiente.

Levantó el teléfono y marcó el número del móvil de Adam Quinn. Paul había conocido a Adam antes que a ella. Habían sido compañeros de residencia en su primer año en Auburn. Se habían licenciado al mismo tiempo. Adam había sido su padrino de boda. Y lo que era más importante: ambos tenían por costumbre emplear a las mismas personas para que gestionaran sus asuntos domésticos.

Adam contestó al primer pitido:

—¿Claire? ¿Estás bien?

—Sí, estoy bien —le dijo, aunque solo ahora que tenía algo concreto que hacer se sentía en calma—. Oye, siento molestarte, pero ¿sabes cuál es nuestro corredor de seguros?

—Ah. Sí. Claro. —Pareció confuso, seguramente porque era la última pregunta que esperaba de ella el día del entierro de su marido—. Se llama Pia Lorite. —Le deletreó el nombre—. Puedo mandarte un mensaje con sus datos de contacto.

—No tengo móvil —recordó Claire—. Se lo llevó el Hombre Serpiente. Quiero decir, el tipo que...

—Te lo mando por *e-mail*.

Estaba a punto de decirle que tampoco podía entrar en su *e-mail* cuando se acordó de su iPad. Era un modelo antiguo. Paul amenazaba continuamente con sustituirlo por un ordenador portátil, y ella se empeñaba en que prefería aquel. Ahora seguramente lo metería en la maleta para llevarlo consigo cuando, dentro de treinta y tantos años, se fuera a vivir a una residencia de ancianos.

—¿Claire? —La voz de Adam sonó amortiguada.

Claire dedujo que estaba entrando en otra habitación. ¿Cuántas veces había llamado a Adam y él había entrado en otra habitación para hablar con ella? Media docena, quizá.

Qué cosa tan absurda. Tan estúpida.

—Escucha —dijo él—, siento mucho todo esto.

—Gracias.

Tuvo de nuevo ganas de llorar, y se odió a sí misma por ello. Adam era la última persona ante la que debía llorar.

—Quiero que sepas que si necesitas algo... —Su voz se apagó.

Claire oyó un arañar y adivinó que se estaba rascando la cara. Adam era uno de esos hombres que tenía perpetuamente una sombra de barba, incluso justo después de afeitarse. A Claire nunca le habían resultado especialmente atractivos los hombres peludos, pero de todos modos había logrado acostarse con Adam.

Ni siquiera tenía el consuelo de decir que había sido hacía mucho tiempo.

—¿Claire?

—Estoy aquí.

—Siento sacar el tema, pero Paul debe tener en su ordenador una carpeta con el trabajo en curso. ¿Puedes mandármela por *e-mail*? Lamento pedírtelo, pero tenemos una presentación muy importante el lunes a primera hora y tardaríamos horas en repetir el trabajo de Paul.

—Está bien. Lo entiendo. —Metió la mano bajo el escritorio de Paul y sacó el teclado—. Te lo envío desde su *e-mail*.

—¿Tienes su contraseña?

—Sí. Confiaba en mí —dijo, a pesar de que era tan consciente como Adam de que su marido no debería haber confiado tanto en ella.

Qué error tan estúpido, tan sin sentido.

—Lo tendrás dentro de unos minutos.

Colgó el teléfono. Pensó en las horas que había pasado con Adam Quinn. Horas que debería haber pasado con su marido. Un tiempo que ahora mataría por recuperar.

Pero no había vuelta atrás. Tenía que seguir adelante.

El Mac de sobremesa de Paul era un despejado campo de color azul con la barra de herramientas en la parte inferior de la pantalla. Al lado de los iconos que representaban las distintas aplicaciones que usaba su marido habías tres carpetas: Trabajo, Personal y Casa. Abrió la carpeta titulada «Casa» y enseguida encontró la lista de cosas pendientes para el mes de enero. Encontró también un archivo titulado «Seguro» que contenía no solo el nombre de su corredor de seguros, sino un PDF con descripciones, fotografías y números de serie de todo cuanto había en la casa. Mandó imprimir las 508 páginas.

A continuación abrió la carpeta «Trabajo». Era mucho más compleja y confusa que la anterior. No había ningún archivo con el título «Trabajo en curso», sino solo una larga lista de archivos con números en lugar de nombres. Supuso que eran números de proyectos, pero no podía estar segura. Hizo clic en el campo de fecha para ordenarlos cronológicamente. Había quince archivos recientes en los que su marido había trabajado esas dos últimas semanas. El último lo había abierto la noche anterior a su muerte.

Claire abrió el archivo. Esperaba encontrar una memoria o un esquema de trabajo, pero lo único que ocurrió fue que el pequeño icono de iMovie de la barra de herramientas comenzó a rebotar.

—Uy —dijo, porque al principio no entendió lo que estaba viendo.

Entonces sonrió por primera vez desde que el Hombre Serpiente les había dicho que no se movieran.

Paul había visto una película porno en su ordenador.

Y no una película porno cualquiera.

Una película porno un tanto extraña.

Una joven con corpiño de cuero estaba encadenada a una pared de bloques de cemento. Llevaba puesto un collar de perro con tachuelas. Tenía los brazos y las piernas abiertos, y las bragas de cuero sin bragueta se le tensaban sobre la entrepierna. Dejaba escapar gemidos asustados y algo chillones, pero no parecía asustada. Los ruidos que emitía recordaban más bien a una película subida de tono de los años setenta.

Claire lanzó una mirada culpable a la puerta abierta del despacho de Paul. Apagó el sonido, pero no quitó la película.

La mujer estaba en una habitación mugrienta, razón por la cual resultaba aún más chocante que le hubiera interesado a Paul. Saltaba a la vista que era joven, pero no de manera alarmante. Llevaba el cabello moreno muy corto, con un peinado moderno y chic, y los ojos orlados por una gruesa capa de máscara. El carmín rojo brillante hacía que sus labios parecieran más grandes de lo que eran. Tenía los pechos pequeños y unas piernas fantásticas. A Paul siempre le habían gustado las piernas de Claire, hasta cuando llevaba la tobillera de vigilancia.

De hecho, le encantaba la tobillera. En cuestión de sexo, era lo más raro que Claire había conseguido sacarle, hasta que se había puesto inexplicablemente bruto con ella en el callejón.

Y hasta ese momento, porque aquella película era sin duda muy rara.

De pronto, la cabeza de un hombre ocupó la pantalla. Llevaba un pasamontañas de piel con cremalleras abiertas en la boca y los ojos. Sonrió a la cámara. Había algo de turbador en el modo en que sus labios rojos asomaban entre los dientes metálicos de la cremallera. Pero Claire dudaba de que Paul le hubiera prestado atención.

La imagen se desenfocó entonces y luego volvió a enfocarse. La sonrisa desapareció. Y entonces el hombre comenzó a acercarse a la chica. Claire vio su pene erecto sobresaliendo de los ceñidos calzoncillos de cuero. Tenía un machete en la mano. Su larga hoja centelleaba a la luz del techo. Se detuvo a pocos pasos de la chica.

El machete describió un arco en el aire.

Claire sofocó un gemido.

El machete descendió sobre el cuello de la mujer.

Claire sofocó otro gemido.

El hombre giró la hoja. La sangre lo salpicó todo: las paredes, al hombre y la cámara.

Claire se inclinó hacia delante, incapaz de apartar la mirada.

¿Era real todo aquello? ¿Había ocurrido de verdad?

La chica se convulsionó, tirando de las cadenas con brazos y piernas, y meneando la cabeza. La sangre le chorreó por el pecho y formó un charco a sus pies.

El hombre empezó a follársela.

—¿Señora Scott?

Claire dio un brinco hacia atrás tan fuerte que la silla chocó contra la pared.

—¿Está ahí arriba?

Fred Nolan estaba subiendo las escaleras.

Claire aporreó el teclado buscando a ciegas un modo de detener la película.

—¿Hola? —Los pasos de Nolan se acercaban—. ¿Señora Scott?

Pulsó la tecla de control y apretó furiosamente la Q para salir del programa. Comenzaron a aparecer mensajes de error. Claire agarró el ratón y fue cerrándolos uno por uno. La rueda arcoíris comenzó a girar.

—¡Mierda! —susurró.

—¿Señora Scott? —Fred Nolan apareció en la puerta abierta—. ¿Ocurre algo?

Claire miró el ordenador. Dios bendito. El escritorio estaba otra vez vacío. Procuró que no le temblara la voz.

—¿Quería algo?

—Solo decirle que lamento lo de antes.

Claire hizo un gesto afirmativo con la cabeza: no creía que fuera capaz de articular palabra.

Nolan paseó la mirada por la habitación.

—Bonito despacho.

Intentó no parpadear porque, cada vez que cerraba los ojos, veía a la chica. Al hombre. Y la sangre.

—En fin... —Nolan se metió las manos en los bolsillos—. Quería que supiera que he hablado con el detective Rayman sobre el caso de su marido.

Claire tuvo que carraspear un par de veces antes de decir con esfuerzo:

—¿Qué?

—El detective Rayman, de la policía de Atlanta... Habló con él la noche del asesinato de su marido.

Contuvo el aliento, intentando calmarse.

—Sí.

—Quiero que sepa que hemos investigado toda posible relación y no parece que haya ninguna entre lo que le pasó a su marido y lo ocurrido hoy.

Claire asintió con la cabeza. Tenía los dientes tan apretados que notó una penetrante punzada de dolor en la mandíbula.

Nolan dejó de nuevo que sus ojos recorrieran lentamente la habitación.

—Su marido era un hombre muy ordenado.

Claire no respondió.

—¿Un poco controlador, quizá?

Ella se encogió de hombros, aunque Paul nunca había intentado controlarla. Salvo cuando le aplastó la cara contra aquella pared de ladrillo, en el callejón.

Nolan señaló la cerradura digital de la puerta.

—Menudas medidas de seguridad.

Claire repitió lo que Paul le había dicho tantas veces:

—La verdad es que ninguna sirve de nada si no se conecta la alarma.

Nolan dibujó aquella sonrisa suya tan perturbadora. No se cernía sobre ella, pero Claire tuvo la impresión de que lo hacía.

—De todos modos mandaremos a un equipo aquí arriba.

Ella sintió que se le paraba el corazón. El ordenador. Los archivos. La película.

—No es necesario.

—Toda precaución es poca.

Claire intentó dar con una buena excusa para contradecirle.

—¿Las cámaras de seguridad muestran a esos hombres entrando en el garaje?

—Nunca está uno lo bastante seguro.

Ella imitó desvaídamente el tono de bibliotecaria de su madre.

—Yo diría que dieciséis cámaras bastan para asegurarse.

Nolan se encogió de hombros. Volvía a sonreír.

—Eso por no hablar de que los coches de ahí abajo cuestan medio millón de dólares, y siguen en el garaje —añadió Claire.

Nolan siguió sonriendo, y ella se dio cuenta de que estaba hablando demasiado. Le sudaban las manos. Se agarró a los brazos de la silla.

—¿Hay algo aquí arriba que no quiere que veamos? —preguntó.

Claire se obligó a no mirar el ordenador. Fijó los ojos en los labios del detective y procuró no pensar en la boca roja y húmeda de detrás de la máscara con cremalleras.

—Tengo curiosidad, señora Scott —añadió Nolan—. ¿Su marido le dijo algo antes de morir?

Se acordó del callejón, del tacto áspero de los ladrillos, del escozor de la piel al arañarse la mejilla. ¿Acaso a Paul le interesaban de pronto esas cosas? ¿Por eso tenía aquella película en su ordenador?

—¿Señora Scott? —Nolan confundió su silencio con azoramiento—. No se preocupe. El detective Rayman me dijo qué hacían usted y su marido en el callejón. No es mi intención juzgarlos. Solo tengo curiosidad por saber qué le dijo su marido.

Ella carraspeó de nuevo.

—Me prometió que no iba a morirse.

—¿Algo más?

—Todo eso ya se lo he contado al detective Rayman.

—Sí, pero eso fue hace unos días. A veces hace falta un poco de perspectiva para que afloren los recuerdos. —La presionó un poco más—. También suele pasar con el sueño. He tratado con muchas víctimas de crímenes violentos. Primero hay un subidón de adrenalina que mantiene a la gente en funcionamiento para superar los momentos más duros. Luego tienen que contarle su historia a viejos polizontes como yo y, cuando llegan a casa y están solos y empiezan a derrumbarse porque la adrenalina ha desaparecido y pierden fuelle, caen en un sueño profundo y se despiertan de golpe empapados en sudor porque se han acordado de algo.

Claire tragó saliva. Nolan había descrito perfectamente su primera noche de soledad. Sin embargo, la única revelación que había tenido al despertarse con las sábanas empapadas en sudor era que Paul ya no estaba allí para reconfortarla.

Para reconfortarla...

¿Cómo era posible que el hombre que miraba aquellas guarradas repulsivas fuera el mismo cuya ternura la había reconfortado durante dieciocho años?

—Así que —dijo Nolan—, ¿se ha acordado de algo nuevo? No tiene por qué parecer útil. Solo un comentario que pudiera hacer de pasada, o algo raro que hiciera. Antes o después del ataque. Cualquier cosa que se le ocurra. Quizá no algo que dijera, sino su actitud.

Claire se llevó la mano al muslo. Casi podía sentir los surcos de piel arrancada allí donde Paul la había arañado. Nunca antes le había dejado marcas. ¿Lo había hecho a propósito? ¿Había estado resistiéndose a aquel impulso todos esos años?

—Su actitud general —insistió Nolan—. Cualquier cosa que dijera.

—Estaba en estado de shock. Los dos lo estábamos. —Claire juntó las manos sobre la mesa para no empezar a retorcérselas—. «Complejo Amos del Universo», lo llaman. —Hablaba como Paul, y de hecho aquella expresión procedía de su marido—. Es cuando la gente cree estar protegida contra la tragedia por su dinero y su posición social.

—¿Usted cree que eso es cierto? —preguntó Nolan—. Da la impresión de que ha visto usted más tragedias que la mayoría de la gente.

—Veo que ha hecho usted sus deberes de detective. —Claire hizo un esfuerzo por permanecer en el presente—. ¿Es usted detective? Porque cuando nos hemos conocido ahí fuera no me ha dicho su rango, ni me ha enseñado sus credenciales.

—Tiene razón.

No dijo nada más, de modo que Claire añadió:

—Me gustaría ver su identificación.

Evidentemente, Nolan era un hombre imperturbable. Se metió la mano en el bolsillo de la chaqueta mientras se acercaba a ella. Su cartera era de las baratas, con solo dos hojas. En lugar de una insignia de detective había en ella dos tarjetas detrás de sendas láminas de plástico. En la de arriba todo era dorado: las palabras «Federal Bureau of Investigation», la figura de la Justicia con los ojos vendados y el águila calva. La de abajo, predominantemente azul, mostraba la fotografía en color de Fred Nolan, su nombre y su rango de agente especial de la delegación del FBI en Atlanta, situada en West Peachtree.

El FBI. ¿Qué pintaba el FBI allí?

Pensó en el archivo del ordenador de Paul. ¿Habría rastreado la descarga el FBI? ¿Estaba allí Fred Nolan porque Paul se había topado con algo que no debía tener? Lo que acababa de ver no podía ser real. Era una película de ficción ideada para atraer a algún fetichista tarado.

Un fetichista tarado con el que, al parecer, su marido había tropezado por casualidad, o al que había mantenido oculto a sus ojos durante los dieciocho años anteriores.

—¿Satisfecha?

Nolan seguía mostrándole su cartera. Todavía sonreía. Seguía comportándose como si aquella fuera una conversación normal.

Claire miró de nuevo su identificación. Nolan tenía algunas canas menos en la fotografía.

—¿El FBI suele investigar por rutina intentos de robo?

—Llevo el tiempo suficiente dedicándome a esto para saber que nada es rutina. —Cerró de golpe la cartera—. La banda que ha intentado robar en su casa ha cruzado los límites entre condados. Estamos ayudando a coordinar las labores entre distintos cuerpos de policía.

—¿No le corresponde hacerlo a la Oficina de Investigación de Georgia?

—Está claro que conoce usted bien la jerarquía de las fuerzas de la ley.

Claire tenía que poner fin a aquello o acabaría por delatarse.

—Acabo de darme cuenta de que no ha contestado a mi pregunta, agente Nolan, así que quizá yo también debería dejar de contestar a las suyas.

Nolan se rio.

—Olvidaba que conoce usted de primera mano nuestro sistema judicial.

—Me gustaría que se marchara en este instante.

—Por supuesto. —Señaló la puerta—. ¿Abierta o cerrada?

En vista de que ella no contestaba, cerró la puerta al salir.

Claire corrió al cuarto de baño y vomitó.

4

Lydia intentaba concentrarse en la carretera mientras llevaba a su hija a un partido. Había tardado veinticuatro horas en recibir de lleno el impacto por la muerte de Paul Scott. La resaca que le había dejado la crisis subsiguiente había sido espantosa. Llevaba todo el día sintiéndose agotada y llorosa. Le dolía la cabeza cada vez que le latía el corazón, y el café que había ingerido para mantener a raya la jaqueca le había puesto los nervios de punta. Detestaba la sensación de estar noqueada y detestaba más aún haber pensado esa mañana, nada más abrir los ojos, que le sentaría bien una raya de coca.

No iba a tirar por la borda diecisiete años y medio de sobriedad por aquel gilipollas. Antes de hacer una estupidez semejante prefería tirarse por un puente.

Pero eso no impedía que se odiara a sí misma por pensar siquiera en la cocaína, ni había impedido que se pasara la noche anterior llorando como un bebé.

Había llorado más de una hora en brazos de Rick, que había sido muy tierno con ella, acariciándole el pelo y diciéndole que tenía todo el derecho a estar disgustada. En lugar de obligarla a hablar del asunto o llevarla a una reunión de la asociación de exdrogodependientes, había puesto a John Coltrane y había frito un poco de pollo. El pollo estaba bueno. La compañía era aún mejor. Se habían puesto a discutir cuál era el mejor solo de Coltrane, *Crescent* o *Blue in Green*, y en medio de la discusión Dee había salido de su cuarto y le había hecho el mayor regalo que una hija adolescente podía hacerle a su madre: le había dado la razón.

Pero aquel asomo de cordialidad había durado poco.

Su hija ocupaba ahora el asiento del copiloto de la pequeña furgoneta, arrellanada en lo que Lydia llamaba para sus adentros la «Pose Teléfono» (versión automóvil). Sus deportivas reposaban sobre el salpicadero, apoyaba los codos y los antebrazos en el asiento como los pies de un canguro y sostenía el iPhone a cinco centímetros de su nariz. El cinturón de seguridad seguramente la decapitaría si tenían un accidente.

«¡Me parto!», escribiría en el móvil mientras aguardaran la llegada de la ambulancia. «Dcpitda en acc d trfco».

Lydia pensó en todas las ocasiones en que su madre le había dicho que se pusiera derecha, que dejara de encorvarse, que se apartara el libro de la cara, que se diera crema hidratante, que se pusiera sujetador, que metiera siempre tripa y que jamás hiciera autostop, y le dieron ganas de abofetearse por no haber seguido todos y cada uno de los absurdos consejos que salían de su boca.

Pero ya era demasiado tarde para eso.

La lluvia comenzó a escupir en la luna delantera del coche. Lydia encendió los limpiaparabrisas. La goma de los arcos rechinó en el cristal. Rick le había dicho la semana anterior que se pasara por la gasolinera para cambiarlos, que iba a hacer mal tiempo. Pero ella se había reído porque nadie era capaz de predecir el tiempo.

El metal arañó la luna cuando la goma hecha jirones ondeó al viento.

Dee dejó escapar un gruñido.

—¿Por qué no le has dicho a Rick que te los cambie?

—Me dijo que estaba muy liado.

Dee la miró de reojo.

Lydia encendió la radio, que era lo que solía hacer para resolver los ruidos extraños que hacía su coche antes de decidirse a llamar al taller. Se removió en el asiento, intentando ponerse cómoda. El cinturón de seguridad presionaba su tripa con insistencia. Sus lorzas de grasa le recordaban a rollos de masa hinchada. Esa mañana, Rick le había sugerido con delicadeza que tal vez le conviniera asistir a una reunión. Ella había estado de acuerdo en que era buena idea, pero en lugar de hacerlo había acabado visitando una cafetería especializada en gofres.

Se había dicho a sí misma que no estaba preparada para hablar de sus sentimientos porque aún no había tenido tiempo de asimilar la muerte de Paul. Y luego se había recordado que uno de sus talentos menos elogiados era su capacidad para engañarse a sí misma. Para mantener un consumo de cocaína de trescientos dólares diarios hacía falta cierto grado de autoengaño. Y luego estaba la convicción, propia de alguien muy corto de vista, de que las consecuencias de sus actos nunca eran responsabilidad suya.

El credo del drogadicto: la culpa es siempre de otros.

Durante un tiempo, Lydia había hecho recaer esa culpa sobre Paul Scott. Era su piedra de toque. Su mantra. «Si Paul no hubiera...» era la fórmula con la que daba comienzo a cada excusa.

Después había nacido Dee y ella había enderezado su vida y conocido a Rick, y Paul Scott había quedado relegado al fondo de su mente, del mismo modo que habían quedado arrumbadas todas las cosas odiosas sucedidas durante ese periodo de su vida que ella denominaba «los Años Malos». Como las muchas veces en que se había descubierto en un centro de detención del condado, o aquella ocasión en que se despertó con dos tíos astrosos en un motel y se convenció a sí misma de que cambiar sexo por drogas no era lo mismo que prostituirse.

Esa mañana, en la cafetería, había estado a punto de hacer caso omiso cuando Rick la había llamado al móvil.

—¿Te apetece *ponerte*? —le había preguntado él.

—No —le había dicho ella, porque para entonces ese deseo había quedado sofocado bajo una pila de gofres de altura considerable—. Me apetece desenterrar el cuerpo de Paul y matarlo otra vez.

La última vez que había visto a Paul Scott, tenía un síndrome de abstinencia tan fuerte que prácticamente no podía estarse quieta. Estaban en aquel ridículo Miata que él limpiaba todos los fines de semana con pañales de tela y un cepillo de dientes. Fuera estaba oscuro, era casi medianoche. En la radio sonaban Hall and Oates. *Private Eyes*. Paul se puso a canturrear. Tenía una voz horrible, pero en aquel momento cualquier ruido le habría parecido a Lydia como un picador de hielo metido en el oído. Él pareció advertir su malestar. Le sonrió. Se inclinó y bajó la radio. Y entonces le puso la mano en la rodilla.

—¿Mamá?

Lydia miró a su hija. Y la miró otra vez, fingiéndose sorprendida.

—Perdona. ¿Eres Dee? No te he reconocido sin el teléfono delante de la cara.

Su hija puso los ojos en blanco.

—No vienes al partido porque somos malísimas, ¿verdad? ¿No es porque todavía estés enfadada por lo de la autorización?

Se sintió fatal por que su hija pensara siquiera tal cosa.

—Cariño, claro que es porque sois malísimas. Da pena veros.

—Vale, con tal de que estés segura...

—Segurísima. Sois terribles.

—Duda resuelta —dijo Dee—. Pero ya que estamos siendo brutalmente sinceras, tengo algo más que decirte.

Lydia no podía asimilar una sola mala noticia más. Clavó la vista en la carretera pensando: *embarazo, suspenso en biología, deudas de juego, adicción a la metanfetamina, verrugas genitales.*

—Ya no quiero estudiar Medicina —dijo Dee.

Lydia sintió que se le detenía el corazón. Los médicos tenían dinero. Tenían seguridad laboral. Tenían planes de pensiones y seguro sanitario.

—No hace falta que decidas nada ahora mismo.

—Pero yo sí quiero decidirlo ahora, porque tengo que ir pensando en la matrícula. —Se guardó el teléfono en el bolsillo. Aquello iba en serio—. No quiero que te asustes ni nada...

Lydia empezó a asustarse. *Pastora de ovejas, granjera, actriz, bailarina exótica.*

—He pensado que quiero ser veterinaria.

Lydia rompió a llorar.

—Dios bendito —masculló su hija.

Lydia miró por la ventanilla lateral. Llevaba todo el día luchando intermitentemente por contener las lágrimas, pero estaba vez no lloraba de tristeza.

—Mi padre era veterinario. Yo quería ser veterinaria, pero... —Dejó que su voz se apagara porque era lo lógico cuando una le recordaba a su hija que una condena por posesión de drogas había impedido que se licenciara en cualquier estado del país—. Estoy orgullosa de ti, Dee. Vas a ser una veterinaria estupenda. Tienes buena mano con los animales.

—Gracias. —Esperó a que su madre se sonara la nariz—. Además, quiero empezar a usar mi verdadero nombre cuando vaya a la universidad.

Lydia ya se lo esperaba, pero aun así se entristeció. Dee iba a empezar una nueva fase de su vida y quería un nombre a tono con ella. Le dijo:

—A mí me llamaron «Pepper» hasta que me cambié de instituto.

—¿Pepper*? —rio su hija—. ¿Es que te gustaba la pimienta?

—Ojalá. Mi padre decía que el mote procedía de mi abuela. La primera vez que me cuidó, dijo: «Esta niña pica más que la pimienta». —Lydia vio que aquello exigía una explicación—. Yo era muy trasto de pequeña.

—Vaya, has cambiado un montón.

Lydia le dio un codazo en las costillas.

—Fue Julia quien empezó a llamarme «Pepper».

—¿Tu hermana? —Dee encogió un poco el cuello. Su voz sonó indecisa.

—No pasa nada porque hablemos de ella. —Lydia hizo un esfuerzo por sonreír, porque hablar de Julia siempre le resultaba duro—. ¿Hay algo que quieras saber?

---

* «Pimienta» en inglés. (N. de la T.)

96

Estaba claro que su hija quería saber más de lo que ella podía contarle, pero se limitó a preguntar:

—¿Crees que alguna vez la encontrarás?

—No sé, cariño. Fue hace mucho tiempo. —Apoyó la cabeza en la mano—. En aquel entonces no había pruebas de ADN, ni canales de noticias veinticuatro horas, ni Internet. Una de las cosas que nunca encontraron fue su buscapersonas.

—¿Qué es un buscapersonas?

—Es como enviar un mensaje de texto, pero solo puedes dejar un número de teléfono.

—Qué tontería.

—Bueno. —Quizá le pareciera una tontería a alguien que podía sostener en la mano un ordenador minúsculo con acceso a todo el conocimiento mundial—. Tú te pareces a ella, ¿lo sabías?

—Julia era preciosa —dijo Dee no muy convencida—. Preciosa de verdad, quiero decir.

—Tú también eres preciosa de verdad, cariño.

—Si tú lo dices. —Sacó su teléfono, poniendo fin a la conversación, y volvió a adoptar su pose de antes, versión automóvil.

Lydia observó cómo los limpiaparabrisas batallaban gallardamente con la lluvia. Estaba llorando otra vez, pero no se trataba ya de los sollozos humillantes que había estado intentando contener toda la mañana. Primero Paul Scott y ahora Julia. Estaba claro que aquel era su día de sentirse abrumada por viejos recuerdos. Aunque, a decir verdad, Julia nunca se apartaba mucho de sus pensamientos.

Veinticuatro años antes, Julia Carroll era una estudiante de diecinueve años que cursaba primer curso en la Universidad de Georgia. Estudiaba periodismo, porque en aquella época todavía se podía hacer carrera como periodista. Una noche fue a un bar con un grupo de amigos. Ninguno de ellos recordaba que algún hombre en concreto se fijara más en ella que en las demás, pero tuvo que haber al menos uno, porque aquella noche fue la última que se supo de Julia Carroll.

Nadie la había visto desde entonces. Ni siquiera se encontró su cuerpo.

Por eso Lydia había educado a su hija para que pudiera cambiar una rueda pinchada en tres minutos y supiera que nunca, jamás, había que permitir que un secuestrador te llevara a un segundo lugar: porque ella había vivido de primera mano lo que podía pasarles a las adolescentes que se educaban pensando que lo peor que podía sucederles era que nadie las invitara al baile de promoción.

—Mamá, te has pasado el desvío.

Lydia pisó el freno. Echó un vistazo a los retrovisores y dio marcha atrás. Un coche las sorteó haciendo sonar el claxon.

Los pulgares de Dee volaban sobre la parte inferior del móvil.

—Acabarás matándote en un accidente de tráfico y yo me quedaré huérfana.

Lydia sabía que, si su hija hablaba tan hiperbólicamente, no era culpa de nadie, más que suya.

Rodeó el centro escolar y aparcó en la parte de atrás. En lugar del Valhala que era el Complejo Deportivo de la Academia Westerly, el gimnasio de detrás del instituto Booker T. Washington, en el centro de Atlanta, era un edificio de ladrillo rojo de la década de 1920 parecido al de la fábrica de blusas Triangle.

Lydia recorrió el aparcamiento con la mirada, como hacía siempre antes de abrir las puertas del coche.

—Luego me lleva a casa Bella. —Dee agarró su bolsa de deporte del asiento de atrás—. Hasta esta noche.

—Tengo que entrar.

Dee pareció horrorizada ante la idea.

—Mamá, has dicho que...

—Necesito ir al servicio.

Su hija salió del coche.

—No paras de hacer pis.

—Muchas gracias.

Entre las treinta y dos horas que había estado de parto y el espectro de la menopausia, que se cernía ante ella, Lydia tenía suerte de que la vejiga no le colgara entre las piernas como la ubre de una vaca.

Se giró para recoger su bolso del asiento de atrás y se quedó allí para asegurarse de que Dee entraba en el edificio. Entonces oyó el chasquido de la puerta del copiloto al abrirse. Se volvió instintivamente con los puños levantados y gritó:

—¡No!

—¡Lydia! —Penelope Ward levantó los brazos por encima de la cabeza—. ¡Soy yo!

Lydia se preguntó si sería demasiado tarde para darle un puñetazo.

—Caray —dijo Penelope—, no quería asustarte.

—Estoy bien —mintió. El corazón se le había bajado a la altura de la vejiga—. Solo he venido a dejar a Dee. Ahora mismo no puedo hablar. Tengo que ir a un entierro.

—Ay, no. ¿De quién?

Lydia no lo había pensado con antelación.

—De una amiga. Una antigua profesora. La señorita Clavel. —Estaba hablando demasiado—. Eso es todo. Nada más.

—Vale, pero solo va a ser un momentito. —Penelope seguía bloqueando la puerta abierta—. ¿Recuerdas lo que te dije del Festival Internacional?

Lydia metió la marcha atrás.

—Mándame la receta que quieres que haga y...

—¡Estupendo! La tendrás hoy a las tres.

A Penelope se le daba bien marcarse sus propios plazos.

—Pero, dime una cosa, ¿sigues en contacto con el grupo?

Lydia acercó el pie al acelerador.

—Me acordé de pronto, cuando dijiste que te habías criado en Athens. Yo estudié allí, en la Universidad de Georgia.

Lydia debería haberlo adivinado por sus conjuntos de rebequita de colores pastel y el mohín de chupapollas de sus labios.

—Os vi actuar un millón de veces. Liddie y las Cucharas, ¿no? Dios, qué tiempos. ¿Qué fue del resto de las chicas? Seguramente habrán acabado casadas y con un montón de hijos, ¿no?

—Sí. —*Si te refieres a pasar por la cárcel, divorciarse cuatro veces y llevar en la cartera un cupón de descuento del Centro de Salud Femenina para conseguir el décimo aborto gratis*—. Ahora somos una pandilla de señoras mayores.

—Entonces... —Penelope seguía sin apartarse de la puerta—, se lo pedirás, ¿verdad? Seguro que a Dee le encantaría ver a su madre en el escenario.

—Uy, le haría una ilusión loca. Te lo confirmaré por *e-mail*, ¿vale? —Tenía que salir de allí con la puerta de la furgoneta intacta, o sin ella. Levantó el pie del pedal del freno. Penelope echó a andar junto al coche—. Tengo que irme. —Le indicó que se apartara—. Necesito cerrar la puerta. —Tocó el acelerador con el pie.

Por fin Penelope se apartó para que no la arrollara.

—¡Estoy deseando recibir ese *e-mail*!

Lydia pisó el acelerador tan bruscamente que la furgoneta dio una sacudida. Dios, estaba claro que aquel día tocaba desenterrar su asqueroso pasado y arrojárselo a los pies como un montón de estiércol. Le encantaría reunir al grupo y a Penelope Ward. Se la comerían viva. Literalmente. La última vez que las Cucharas habían estado juntas en la misma habitación, dos de ellas acabaron en el hospital con graves marcas de mordiscos.

¿Fue aquella la primera vez que la detuvieron? Fue sin duda la primera en que su padre la sacó bajo fianza. Sam Carroll se había sentido avergonzado y afligido a partes iguales. Naturalmente, en aquel momento de su vida quedaban ya muy pocos pedazos de su corazón que fueran lo bastante grandes como para poder romperse. Para entonces hacía ya cinco años de la desaparición de Julia, y su padre llevaba cinco años sin dormir. Cinco años de pena diferida. Cinco años llenándose la cabeza con todas las cosas horribles que podían haberle hecho a su hija mayor.

—Papá —suspiró Lydia.

Deseó que su padre hubiera vivido lo suficiente para ver que había vuelto al buen camino. Deseó de todo corazón que hubiera conocido a Dee. Le habría encantado su irónico sentido del humor. Y tal vez, si hubiera conocido a Dee, si hubiera tomado en brazos a su nieta, su pobre corazón roto hubiera seguido latiendo unos años más.

Lydia se detuvo en un semáforo en rojo. Había un McDonald's a la derecha. Seguía necesitando ir al servicio, pero sabía que si entraba pediría todo lo que había en la carta. Clavó la mirada en el semáforo hasta que se puso en verde y aplicó el pie al acelerador.

Quince minutos después aparcó en el cementerio de Magnolia Hills. Le había dicho a Penelope Ward que iba a un entierro, pero tenía la sensación de dirigirse a una fiesta de cumpleaños. Su fiesta de cumpleaños. La Lydia que ya no tenía que preocuparse por Paul Scott tenía oficialmente cuatro días de vida.

Debería haberse puesto sombrero.

La lluvia arreció en cuanto se bajó de la furgoneta. Abrió el portón de atrás y buscó un paraguas que se abriera. El bajo de su vestido se empapó de lluvia. Observó el cementerio, que, como proclamaba su nombre, parecía un jardín repleto de magnolios y suaves colinas. Sacó una hoja de papel del bolso. Le encantaba Internet. Podía buscar en Google Earth las casas de las Madres, averiguar cuánto pagaban por sus absurdos trajes de diseño y, lo que era más importante para la tarea que tenía entre manos, imprimir un plano que la condujera a la tumba de Paul Scott.

El camino era más largo de lo que esperaba y, cómo no, el aguacero fue empeorando a medida que se alejaba de la furgoneta. Cuando llevaba diez minutos siguiendo un plano que resultó ser muy inexacto, se dio cuenta de que se había perdido. Sacó su móvil y volvió a buscar la información. Luego intentó situarse en el mapa. El puntito azul parpadeante le indicó que debía seguir hacia el norte. Torció en esa dirección. Camino unos pasos y el puntito azul le indicó que fuera hacia el sur.

—Qué puta mierda —masculló, pero en ese instante su mirada se posó en una lápida que había dos hileras más allá.

SCOTT.

Paul se había criado a las afueras de Athens, pero la familia de su padre era de Atlanta. Sus padres estaban enterrados junto a los demás miembros de la familia Scott desde hacía varias generaciones. Una vez le había dicho a Lydia que los Scott habían luchado en ambos bandos durante la Guerra Civil.

Así pues, la doblez le venía de lejos.

La tumba de Paul tenía un pequeño poste indicador que parecía más bien una estaca de las que se usaban para etiquetar los cultivos de los huertos. Habas. Repollos. Capullo sádico.

Lydia supuso que habían encargado la lápida, una grande y hortera, hecha del mejor mármol y en forma de falo, porque el hecho de estar muerto no impedía que uno fuera un capullo integral.

La noche anterior, mientras estaba viendo la tele con Rick, se había quedado absorta imaginándose en pie frente a la tumba de Paul. No había previsto la lluvia, de modo que en su ensueño el sol brillaba alegremente en el cielo y los azulejos se posaban en su hombro. Tampoco se le había ocurrido que la arcilla roja de Georgia recién excavada estaría cubierta de césped artificial como el que solía verse en los campos de minigolf o en la terraza de algún motel barato. A Paul le habría repugnado, razón por la cual Lydia no pudo evitar sonreír.

—Vale —dijo, porque no había ido allí para sonreír.

Respiró hondo y procuró relajarse. Se llevó la mano al pecho para aquietar su corazón. Y entonces empezó a hablar.

—Te equivocabas —le dijo a Paul, porque había sido siempre un cretino y un pedante que creía tener razón en todo—. Dijiste que a estas alturas estaría muerta en alguna cuneta. Que no servía para nada. Que nadie me creería porque no le importaba a nadie.

Miró el cielo oscurecido. Las gotas de lluvia se estrellaban insistentemente contra el paraguas.

—Y durante muchos años te creí porque pensaba que había hecho algo malo.

Lo pensaba, se repitió en silencio, porque sabía que nadie la censuraría tan duramente como se censuraba a sí misma.

—No mentí. No me lo inventé. Pero me convencí a mí misma de que lo hiciste porque yo me lo había buscado. Que te había mandado el mensaje equivocado. Que me agrediste porque creías que era lo que quería. —Se limpió las lágrimas de los ojos. Nunca, en toda su vida, había deseado que Paul se le acercara con intenciones sexuales—. Y luego por fin me di cuenta de que lo que hiciste no había sido culpa mía. Que eras un psicópata, un cabrón frío y calculador y que encontraste la manera perfecta de expulsarme de mi propia familia. —Se limpió la nariz con el dorso de la mano—. ¿Y sabes qué? Que te jodan, Paul. Que te jodan a ti y a esa mierda de Miata que tenías, y a tu dichosa licenciatura y al puto dinero del accidente de coche de tus padres. Mira quién está ahora en el hoyo, capullo. ¡Mira a quién han destripado como un cerdo en un callejón y mira quién está bailando sobre tu puta tumba!

Desahogarse por fin la dejó casi sin aliento. El corazón le martilleaba en el pecho. Se sentía vacía, pero no por su estallido de ira. Era por otra cosa. Durante muchos años había soñado con enfrentarse a Paul, con derribarlo y molerlo a puñetazos, con darle de patadas o apuñalarlo con un cuchillo oxidado. Las palabras no le bastaban. Tenía que haber algo más que pudiera hacer, aparte de gritarle a su tumba. Miró el cementerio como si una idea la golpeara de pronto como un rayo. La lluvia caía tan fuerte que el aire se había cubierto de una niebla blanquecina. El suelo estaba empapado.

Lydia soltó el paraguas.

Seguía teniendo la vejiga llena. Nada le procuraría mayor placer que mear sobre la tumba de Paul. Retiró la alfombra verde. Se levantó el vestido y se inclinó para bajarse las bragas.

Y entonces se detuvo porque no estaba sola.

Lo primero que vio fueron los zapatos. Unos Louboutin negros de unos cinco mil dólares. Medias de cristal, aunque ¿quién demonios llevaba medias a esas alturas? Vestido negro, seguramente de Armani o de Gaultier, otros seis de los grandes como mínimo. No se veían anillos en los elegantes dedos de la mujer, ni una elegante pulsera de diamantes en sus muñecas delicadas como un parajito. Tenía los hombros muy rectos y estaba tiesa como un palo, lo que hizo comprender a Lydia que las reprimendas de Helen habían surtido efecto al menos en una de sus hijas.

—Bien. —Claire cruzó los brazos sobre la cintura—. Esto es muy violento.

—Ya lo creo que sí.

Hacía dieciocho años que Lydia no veía a su hermana pequeña, pero ni en sus fantasías más osadas había soñado que Claire acabaría convirtiéndose en una Madre.

—Ten.

Claire abrió su bolsito de mano de Prada de dos mil dólares y sacó un paquete de Kleenex. Lo tiró hacia Lydia.

No había forma elegante de salir del paso. Lydia tenía las bragas en las rodillas.

—¿Te importa volverte?

—Claro que no. ¿Dónde están mis modales?

Claire se dio la vuelta. El vestido negro se ceñía a su figura perfecta. Sus omóplatos resaltaban como cristal tallado. Sus brazos eran como palitroques bien tonificados. Seguramente salía todas las mañanas a correr con su entrenador personal y jugaba al tenis todas las tardes, y luego se bañaba en agua de rosas extraída de las tetas de un unicornio mágico antes de que su marido volviera a casa cada noche.

Aunque Paul Scott ya no volvería más a casa.

Lydia se subió las bragas al incorporarse. Se sonó la nariz con un pañuelo y lo tiró a la tumba de Paul. Volvió a colocar la alfombra de césped artificial con el pie, como un gato en su caja de arena.

—Ha sido divertido. —Recogió su paraguas e hizo amago de marcharse—. No volverá a repetirse.

Claire se giró bruscamente.

—No te atrevas a escabullirte.

—¿Escabullirme? —Aquella palabra fue como acercar una cerilla a un montón de yesca—. ¿Crees que pretendo escabullirme de ti?

—Te he sorprendido literalmente meando en la tumba de mi marido.

Lydia no pudo seguir mordiéndose la lengua.

—Deberías alegrarte de que no haya cagado.

—Dios mío, qué asco das.

—Y tú eres un puta zorra. —Lydia giró sobre sus talones y se dirigió a la furgoneta.

—No huyas de mí.

Lydia atajó entre las tumbas porque sabía que los tacones de su hermana se hundirían en la hierba mojada.

—Vuelve aquí. —Claire consiguió no quedarse atrás. Se había quitado los zapatos—. ¡Lydia! Maldita sea, para.

—¿Qué? —Se giró tan bruscamente que el paraguas rozó la cabeza de Claire—. ¿Qué quieres de mí, Claire? Ya elegiste. Elegisteis mamá y tú, las dos. No esperarás que te perdone ahora que está muerto. Eso no cambia nada.

—¿Perdonarme tú a mí? —Claire estaba tan indignada que le tembló la voz—. ¿Crees que soy yo quien necesita que la perdonen?

—Te dije que tu marido había intentado violarme y respondiste que me largara de tu casa antes de que llamaras a la policía.

—Mamá tampoco te creyó.

—«Mamá tampoco te creyó» —la imitó Lydia en tono burlón—. Mamá creía que todavía eras virgen en octavo curso.

—Tú no sabes nada de mí.

—Sé que preferiste a un tío con el que llevabas follando dos días, en vez de a tu propia hermana.

—¿Eso fue antes o después de que me robaras todo el dinero de la cartera? ¿O de debajo del colchón? ¿O del joyero? ¿O antes de que me mintieras sobre lo de «tomar prestado» mi coche? ¿O de que me aseguraras que no habías empeñado el estetoscopio de papá, y luego llamaron a mamá de la tienda de empeños porque reconocieron su nombre? —Claire se enjugó la lluvia de los ojos—. Sé que fue antes de que me robaras la tarjeta de crédito y me dejaras trece mil dólares de deuda. ¿Qué tal te fue en Ámsterdam, Lydia? ¿Disfrutaste de los *coffee shops*?

—Pues sí. —Aún tenía el *souvenir* de la casita holandesa que le había dado la azafata de KLM en primera clase—. ¿Y qué tal te sentó a ti saber que le habías dado la espalda a la única hermana que te quedaba?

Claire cerró la boca, formando una línea muy fina. Sus ojos adquirieron un brillo ardiente.

—Dios mío, eres igual que mamá cuando haces eso —comentó Lydia.

—Cállate.

—Muy maduro por tu parte. —Lydia advirtió la inmadurez de su propio comentario—. Esto es una idiotez. Estamos teniendo la misma discusión que hace dieciocho años, solo que esta vez está lloviendo.

Claire miró el suelo. Por primera vez pareció insegura.

—Me mentías todo el tiempo, en todo.

—¿Crees que te mentiría sobre eso?

—Estabas completamente colocada cuando Paul te trajo a casa.

—¿Eso fue lo que te dijo? Porque fue a recogerme al centro de detención. Y normalmente allí no puedes colocarte. Está más que prohibido.

—Yo también he estado detenida, Lydia. Y la gente que quiere colocarse encuentra el modo de hacerlo.

Su hermana soltó una risotada. Si la mojigata de su hermana pequeña había estado detenida, ella había estado en la luna.

—Ni siquiera le atraías —añadió Claire.

Lydia observó su cara. Era un argumento ya viejo, pero Claire lo había esgrimido con menos convicción que otras veces.

—Estás dudando de él.

—No, nada de eso. —Claire se apartó el pelo mojado de la cara—. Solo estás oyendo lo que quieres oír. Como has hecho siempre.

Su hermana estaba mintiendo. Lydia lo notaba en los huesos. Estaba allí, empapada bajo la lluvia, y mentía.

—¿Te maltrataba Paul? ¿Es por eso? No podías decirlo cuando estaba vivo, pero ahora...

—Nunca me hizo daño. Era un buen marido. Un buen hombre. Cuidaba de mí. Hacía que me sintiera protegida. Me quería.

Lydia no respondió. Dejó que el silencio se prolongara. Seguía sin creer a su hermana. Claire seguía siendo tan transparente para ella como cuando era una niña. Había algo que la angustiaba, y era evidente que ese algo tenía que ver con Paul. Sus cejas describían un extraño zigzag, como las de Helen cuando estaba disgustada.

Hacía casi dos décadas que no hablaban, pero Lydia sabía que Claire se mantenía tanto más en sus trece cuanta más resistencia encontraba. Probó a distraerla.

—¿Estás siguiendo las noticias sobre esa chica, Anna Kilpatrick?

Claire soltó un bufido, como si la respuesta fuera obvia.

—Claro que sí. Igual que mamá.

—¿Ah, sí? —Aquello sorprendió sinceramente a Lydia—. ¿Te lo ha dicho ella?

—No, pero sé que está siguiendo el caso. —Claire respiró hondo y exhaló. Miró el cielo. Había dejado de llover—. No es una desalmada, Lydia. Se enfrentó a ello a su manera. —Dejó el resto de la frase en suspenso: *Papá también se enfrentó a ello a su manera.*

Lydia se atareó cerrando el paraguas. Era blanco, con perros de distintas razas saltando en círculos en torno a la contera. Su padre había usado uno parecido cuando todavía era capaz de dar clase a los estudiantes de veterinaria de la Universidad de Georgia.

—Ahora tengo la misma edad que mamá —añadió Claire.

Lydia miró a su hermana.

—Treinta y ocho. La misma edad que tenía mamá cuando desapareció Julia. Y Julia tendría...

—Cuarenta y tres.

Lydia se acordaba todos los años del cumpleaños de Julia. Y del de Helen. Y del de Claire. Y del día de la desaparición de Julia.

Claire soltó un suspiro tembloroso. Lydia resistió el impulso de hacer lo mismo. Paul no solo le había quitado a Claire hacía años. También la había despojado del vínculo que se establecía al mirar a los ojos a otra persona sabiendo que entendía exactamente lo que estabas sintiendo.

—¿Tienes hijos? —preguntó su hermana.

—No —mintió Lydia—. ¿Y tú?

—Paul quería, pero a mí me daba terror que...

No hizo falta que pusiera nombre a su miedo. Si a sus veinte años Lydia hubiera podido pensar en usar algún tipo de método anticonceptivo, no habría tenido a Dee. Ver cómo había distanciado a sus padres la pérdida de una hija (y no solo eso, sino cómo los había destrozado), había sido suficiente advertencia.

—La abuela Ginny tiene demencia —le dijo Claire—. Se le ha olvidado cómo ser mala.

—¿Recuerdas lo que me dijo en el funeral de papá?

—«Estás gorda otra vez. Imagino que eso quiere decir que no tomas drogas».

Claire se fijó en la silueta de su hermana, pero no formuló la pregunta obvia.

—Diecisiete años y medio sobria.

—Me alegro por ti. —Se le quebró un poco la voz. Estaba llorando.

Lydia se dio cuenta de que, pese a su ropa de diseño, su hermana tenía muy mal aspecto. Saltaba a la vista que había dormido vestida. Tenía un rasguño en la mejilla, un hematoma negro debajo de la oreja y la nariz de color rojo brillante. La lluvia la había empapado hasta los huesos, y se estremecía de frío.

—Claire...

—Tengo que irme. —Echó a andar hacia su coche—. Cuídate, Pepper.

Se marchó antes de que a Lydia se le ocurriera un motivo para detenerla.

III

Hoy me ha detenido el sheriff. Ha dicho que estaba interfiriendo en la investigación. Mi excusa (que no podía interferir en algo que no existía) le ha dejado impasible.

Hace años, a fin de ayudar a recaudar dinero para el albergue, me ofrecí voluntario para que me arrestaran en la feria del condado. Mientras tu hermana pequeña y tú estabais jugando al *skee-ball* (Pepper estaba castigada por responder mal a una maestra), nos retuvieron a todos en una parte acordonada de la feria mientras esperábamos a que nuestros familiares vinieran a sacarnos bajo fianza.

Esta vez, como aquella, ha sido tu madre quien ha acudido en mi rescate.

—Sam —ha dicho—, no puedes seguir así.

Cuando está nerviosa, tu madre da vueltas a su nueva alianza de boda alrededor del dedo, y cada vez que lo veo no puedo evitar pensar que está intentando quitársela.

¿Alguna vez te he dicho cuánto quiero a tu madre? Es la mujer más impresionante que he conocido nunca. Tu abuela pensaba que era una cazafortunas, aunque cuando nos conocimos yo no tenía ni un dólar en el bolsillo. Todo lo que hacía y decía me encantaba. Amaba los libros que ella leía. Me encantaba cómo funcionaba su cabeza. Adoraba que me mirara y viera algo en mí que yo mismo solo alcanzaba a vislumbrar.

Sin ella, habría tirado la toalla. No por ti, por ti nunca, pero sí por mí mismo. Supongo que ahora puedo decírtelo, pero la verdad es que no fui un buen estudiante. No era lo bastante listo ni para ir tirando. No me concentraba lo suficiente en clase. Rara vez aprobaba los exámenes. No hacía los trabajos. Mi continuidad como estudiante estaba siempre en entredicho. Tu abuela no se enteró nunca, pero en aquel momento pensé en hacer lo que luego te acusarían de haber hecho a ti: vender todas mis pertenencias, sacar el pulgar e irme a California haciendo autostop para unirme a los *hippies* que habían abandonado los estudios para sintonizar consigo mismos y con el mundo.

Todo eso cambió cuando conocí a tu madre. Ella me hizo desear cosas con las que nunca había soñado: un empleo fijo, un coche fiable, una hipoteca, una familia. Tú descubriste hace mucho tiempo que tu vena aventurera la habías sacado de mí. Quiero que sepas que, cuando conoces a la persona con la que vas a pasar el resto de tu vida, esa inquietud se derrite como la mantequilla.

Creo que lo que más me rompe el corazón es que nunca llegues a descubrirlo por ti misma.

Quiero que sepas que tu madre no te ha olvidado. No pasa ni una mañana sin que se despierte pensando en ti. Celebra tus cumpleaños a su manera. Cada 4 de marzo, el aniversario de tu desaparición, recorre a pie el mismo camino que tuviste que seguir tú cuando esa noche saliste del Manhattan Café. Por las noches deja una lucecita encendida en tu antigua habitación. Se niega a vender la casa del bulevar porque, a pesar de que diga lo contrario, sigue aferrándose a la tenue esperanza de que algún día aparezcas caminando por la acera y encuentres allí tu hogar.

—Quiero sentirme normal otra vez —me dijo en una ocasión—. Quizá si finjo que ya ha pasado el tiempo suficiente, acabe por suceder.

Tu madre es una de las mujeres más fuertes y listas que he conocido, pero perderte la partió en dos. La mujer vitalista, cáustica, ingeniosa y obstinada con la que me casé se hizo astillas y cayó en el silencio. Ella te diría que se entregó demasiado tiempo a su duelo, que dejó que la pena y el odio dirigido contra sí misma la arrastraran hacia el fondo de ese pozo negro en el que yo todavía ando a gatas. Si así fue, su estancia en él fue temporal. De algún modo logró desenterrar con esfuerzo un trozo de su antiguo yo. Dice que su otra mitad, esa mitad desportillada y hecha un guiñapo, la sigue todavía a una distancia prudencial, lista para abalanzarse sobre ella en cuanto tropiece.

Solo por pura fuerza de voluntad consigue no tropezar jamás.

Cuando tu madre me contó que iba a casarse con otro hombre, dijo:

—No puedo sacrificar a las dos hijas que me quedan por una hija a la que no volveré a ver nunca más.

No dijo que amara a ese hombre. No dijo que la conmoviera, ni que lo necesitara. Dijo que le hacían falta las cosas que podía ofrecerle: estabilidad, compañía, una copa de vino por las noches sin ahogarse en un sentimiento de tristeza.

No guardo rencor a ese hombre por haber ocupado mi lugar. No lo odio, porque no quiero que tus hermanas lo odien. Si estás divorciado y tu expareja vuelve a casarse, resulta muy sencillo facilitarles esa transición a tus hijos: no tienes más que mantener la boca cerrada y hacerles saber que todo va a salir bien.

Y creo de verdad que así va a ser: al menos, para lo que queda de mi familia.

Tu madre siempre ha tenido buen ojo para juzgar el carácter de la gente. El hombre al que ha elegido se porta bien con tus hermanas. Va a los conciertos atronadores y desconcertantes de Pepper y presta atención a Claire. No le envidio que asista a las reuniones de la Asociación de Padres y Maestros, que labre calabazas o que monte el árbol de Navidad. Van a ver a tus hermanas a Auburn una vez al mes (ya sé, cariño, pero no pudieron ir a la Universidad de Georgia porque les recordaba demasiado a ti). No puedo reprocharle a tu madre que siguiera adelante mientras yo seguía anclado en el pasado. La había dejado viuda. Pedirle que se quedara a mi lado habría sido como pedirle que yaciera conmigo en mi tumba.

Imagino que el sheriff la llamó para que pagara la fianza porque, de haber sido por mí, me habría quedado en el calabozo hasta que se hubiera visto obligado a procesarme o a dejarme en libertad.

Intentaba hacerle entender algo. Tu madre dijo que estaba de acuerdo conmigo, si lo que quería dejar claro es que soy idiota, además de terco.

Tú mejor que nadie entenderás que esa conversación significa que sigue queriéndome.

Pero también ha dejado muy claro que está harta. No quiere volver a oír hablar de mis pesquisas que no conducen a ningún lado, ni de mis búsquedas absurdas, ni de mis encuentros con desconocidos en rincones oscuros, ni de mis interrogatorios a chicas que te conocían en aquellos tiempos y que ahora están casadas, trabajan e intentan fundar una familia.

¿Debería reprochárselo? ¿Debería culparla por dejarme por imposible?

He aquí la razón por la que me han detenido:

Hay un hombre que trabaja en el Taco Stand. Ahora es el encargado, pero el día que desapareciste trabajaba sirviendo mesas. Los hombres del sheriff comprobaron su coartada, pero una de tus amigas, Kerry Lascala, me dijo que había oído a ese tipo contar en una fiesta que te vio en la calle la noche del 4 de marzo de 1991.

Cualquier padre habría ido a hablar con él. Cualquier padre lo habría seguido por la calle, para que se enterara de lo que se siente cuando alguien más fuerte que tú y más furioso te sigue con intención de llevarte a un lugar menos transitado.

Suena a acoso, pero para mí es simplemente la investigación de un crimen.

Tu madre dice que ese tipo podría contratar a un abogado. Que la próxima vez que vengan los huckleberris, podrían traer una orden de detención.

Los huckleberris.

Ese término lo acuñó tu madre. Le puso ese mote al sheriff Carl Huckabee cuando llevaba tres semanas investigando tu desaparición, y a los tres meses ya se lo aplicaba a cualquiera que llevara uniforme. Puede que recuerdes al sheriff de aquel día en la feria. Es un tipo torpón, del estilo de Barney Fife, con un bigote tieso que lleva muy recortado, en línea recta, y unas patillas que peina con tanta frecuencia que se ven los surcos de los dientes del peine.

Esto es lo que cree Huckleberry: que el tipo de la taquería estaba con su abuela en la residencia de ancianos de esta la noche en que desapareciste.

En el mostrador de recepción de la residencia no había hoja de visitas. Ni libro de registro. Ni cámaras. No hubo más testigos que su abuela y una enfermera que entró a revisar la sonda de la anciana en torno a las once de la noche.

La última vez que te vieron, eran las 22:38.

La enfermera asegura que el tipo de la taquería estaba durmiendo en un sillón junto a la cama de su abuela cuando desapareciste.

Y sin embargo Kerry Lascala afirma que le oyó decir lo contrario.

Tu madre diría que estas elucubraciones no son más que locuras mías, y puede que tenga razón. Ya no les hablo a tus hermanas de las pistas que descubro. No saben nada del tipo de la taquería, ni del basurero al que detuvieron por exhibirse delante de una colegiala, ni del jardinero mirón, ni del encargado nocturno del 7-Eleven al que sorprendieron abusando de su sobrina. He trasladado mi colección de pistas al dormitorio para que no la vean cuando vienen de visita.

No es que vengan mucho, aunque no se lo reprocho. Ya son chicas jóvenes. Están construyendo sus vidas. Claire tiene más o menos la misma edad que tenías tú cuando te perdimos. Pepper se ha hecho mayor, pero sigue igual de imprudente. La veo cometer tantos errores (las drogas, los novios que no la cuidan o que no están disponibles, y esa ira que arde tan intensamente que podría prender fuego a una ciudad entera...), pero siento que no tengo autoridad para detenerla.

Tu madre dice que lo único que podemos hacer es estar ahí para ayudarla cuando se cae. Puede que tenga tazón. Y puede que también tenga razón al preocuparse por el nuevo novio de Claire. Pone demasiado empeño. Es demasiado complaciente. ¿Nos corresponde a nosotros decírselo a Claire? ¿O lo descubrirá por sí misma? (O quizá se desengañe él solo. Tu hermana es tan voluble para esas cosas como tu abuela Ginny).

113

Es extraño que tu madre y yo solo nos sintamos a gusto cuando hablamos de las vidas de tus hermanas. Estamos los dos demasiado heridos para hablar de la nuestra. La llaga abierta que tenemos en el corazón se encona si pasamos demasiado tiempo juntos. Sé que, cuando tu madre me mira, ve las casitas de juego que construía y los partidos de fútbol a los que jugaba con vosotras, y los deberes que os ayudaba a hacer y las miles de veces que te levanté en brazos y te hice girar como una muñeca.

Igual que, cuando yo la miro a ella, veo su vientre que se iba hinchando poco a poco, su expresión de ternura cuando te acunaba para dormir, su mirada de pánico cuando te subió la fiebre y tuvieron que quitarte las anginas, y la cara de fastidio que se le ponía cuando se daba cuenta de que la habías vencido en una discusión.

Sé que ahora tu madre pertenece a otro hombre, que ha creado una vida estable para sus hijas, que ha conseguido pasar página, pero cuando la beso nunca se resiste. Y cuando la abrazo, me abraza. Y cuando hacemos el amor, es mi nombre el que susurra.

En esos momentos por fin somos capaces de recordar todas las cosas buenas que tuvimos juntos, en vez de todo lo que hemos perdido.

5

Claire estaba todavía empapada tras su discusión con Lydia en el cementerio. Sentada en medio del garaje, tiritando, sostenía en la mano una raqueta de tenis rota. Era el arma que había escogido: la cuarta que rompía en otros tantos minutos. No había un solo armario, una sola herramienta o un solo coche en el garaje que no hubiera probado el duro filo de una raqueta de grafito modelo Bosworth Tennis Tour 96, diseñada expresamente para ella. Al precio de cuatrocientos dólares cada una.

Giró la muñeca, que iba a necesitar hielo. Ya empezaba a vérsele un hematoma en la mano. Tenía la garganta en carne viva de tanto gritar. Se miró en el retrovisor lateral que colgaba, roto, del Porsche de Paul. Tenía el pelo aplastado y pegado al cráneo. Llevaba aún el mismo vestido que se había puesto para el entierro la tarde anterior. Su máscara de pestañas, indeleble al agua, por fin se había emborronado. El carmín se lo había comido hacía tiempo. Su piel tenía un tono macilento.

No recordaba cuándo había sido la última vez que había perdido los nervios hasta ese punto. Ni siquiera se había puesto así el día en que acabó en prisión.

Cerró los ojos y aspiró el silencio de la espaciosa habitación. El motor del BMW se estaba enfriando. Oía sus chasquidos. Su corazón latía seis veces por cada chasquido. Se llevó la mano al pecho y se preguntó si era posible que a una le estallara el corazón.

La noche anterior se había ido a la cama esperando tener pesadillas, pero en lugar de soñar que estaba encadenada a una pared de cemento y que el enmascarado iba a por ella, su cerebro la había obsequiado con algo mucho peor: un vívido carrusel de algunos de sus momentos más tiernos con Paul.

La vez en que se torció el tobillo en Saint Martin y él recorrió toda la isla en coche buscando un médico. La vez en que la levantó en brazos con intención de llevarla arriba y, debido a su dolor de espalda, acabaron haciendo el amor en el descansillo. La vez en que, al despertar después de una operación de rodilla, se encontró con una cara sonriente dibujada en el vendaje de la pierna.

¿De veras podía ser el hombre que todavía, casi veinte años después de su boda le dejaba notitas sobre la taza del café con un corazón con sus iniciales dentro, el mismo que había descargado aquella película?

Claire miró la raqueta destrozada. Tanto dinero gastado, y la triste verdad era que en el fondo prefería una Wilson de sesenta dólares.

En sus tiempos de estudiantes, cuando estaban indecisos, Paul y ella siempre hacían listas. Paul agarraba una regla y dibujaba una línea vertical por el centro de la hoja. A un lado apuntaban los motivos por los que debían hacer algo, comprar algo o intentar algo, y al otro apuntaban los motivos por los que no.

Claire se levantó con esfuerzo. Arrojó la raqueta sobre el capó del Porsche. Paul guardaba un cuaderno y un bolígrafo en su banco de trabajo. Dibujó una línea vertical en el centro de una hoja en blanco. A Paul, aquella raya le habría dado sudores. Hacia el final, se torcía a la izquierda, y el boli había resbalado al final de la hoja rizando el borde.

Claire dio unos golpecitos con el boli a un lado del banco. Se quedó mirando las dos columnas vacías. No había ni pros ni contras. Aquella era una lista de preguntas y respuestas.

La primera pregunta era: ¿de verdad había descargado Paul aquella película? Claire tenía que suponer que sí. Descargar accidentalmente archivos con virus y programas espías era cosa suya. Paul era demasiado cuidadoso para descargar nada por accidente. Y si por algún motivo hubiera descargado la película por error, habría borrado el archivo en lugar de guardarlo en su carpeta de Trabajo. Y se lo habría contado a ella, porque así era su relación.

O al menos así creía ella que era.

Anotó *¿Accidente?* en una columna y *No* en la otra.

Luego se puso otra vez a dar golpecitos con el boli. ¿Cabía la posibilidad de que Paul hubiera descargado la película por su contenido sadomasoquista y que hasta el final no se hubiera dado cuenta de que no se trataba solo de eso?

Negó con la cabeza. Paul era tan formal que se remetía la camiseta interior en los calzoncillos antes de irse a la cama por las noches. Si la semana anterior alguien le hubiera dicho que a su marido le iba el sadomasoquismo, primero le habría dado un ataque de risa y luego habría dado por sentado que Paul sería el esclavo. No es que fuera pasivo en su vida sexual. Era ella la que solía quedarse simplemente tumbada. Pero las fantasías sexuales eran proyecciones de contrarios. Paul era siempre quien llevaba la voz cantante, de modo que su fantasía consistiría en dejar que otra persona tomara el control. Ella, desde luego, fantaseaba despierta con que un desconocido la ataba y se aprovechaba de ella, pero a la fría luz del día esas cosas resultaban aterradoras.

Y, además, un par de años antes, cuando le había leído a Paul varios pasajes de *Cincuenta sombras de Grey*, los dos se habían reído como adolescentes.

—La mayor fantasía de ese libro —había comentado Paul— es que al final él cambia por ella.

Claire nunca se había considerado una gran conocedora de la conducta masculina, pero Paul tenía razón, y no solo respecto a los hombres. La personalidad esencial de la gente, su núcleo más elemental, nunca cambiaba. Sus valores tendían a ser siempre los mismos, igual que sus actitudes personales, su visión del mundo y sus creencias políticas. No había más que ir a una reunión de antiguos alumnos del instituto para constatarlo.

De modo que, si eso era cierto, resultaba ilógico que el hombre que había llorado cuando tuvieron que sacrificar a su gato, que se negaba a ver películas de terror, que bromeaba diciendo que Claire tendría que arreglárselas sola si un asesino entraba en casa con un hacha, fuera el mismo que obtenía placer sexual viendo cometer actos inenarrables y pavorosos.

Claire miró el cuaderno. Escribió: *¿Más archivos?* Porque esa era la turbia idea que se agitaba al fondo de su cerebro. El archivo tenía por nombre una serie de cifras, y todos los archivos que había visto en la carpeta Trabajo estaban numerados de la misma manera. ¿Habría descargado Paul más películas horrendas como aquella? ¿Era así como pasaba el rato cuando le decía a Claire que iba a quedarse hasta tarde trabajando en su despacho?

Ella no era una mojigata para esas cosas. Sabía que los hombres veían pornografía. Ella misma no le hacía ascos al cine erótico de bajo voltaje que pasaban en la televisión por cable. El caso era que su vida sexual había sido más bien insulsa. Habían probado diferentes posturas y variaciones de un mismo tema, pero después de dieciocho años sabían lo que funcionaba y no se apartaban de su rutina. Seguramente por eso Claire había acabado aceptando la proposición de Adam Quinn el año anterior, en la fiesta navideña de la empresa.

Amaba a su marido, pero a veces necesitaba un poco de variedad.

¿Le pasaba lo mismo a Paul? Nunca se le había ocurrido pensar que tal vez no fuera suficiente para él. Siempre había estado tan enamorado de ella... Era él quien bajaba el brazo para darle la mano en el coche, quien se sentaba cerca de ella en las cenas y la rodeaba con el brazo cuando iban al cine, y quien la observaba cruzar la habitación en las fiestas. Incluso en la cama, nunca se daba por satisfecho hasta que ella gozaba. Rara vez le pedía a Claire que usara la boca, y jamás se ponía pesado al respecto. Las amigas de Claire, cuando todavía las tenía, bromeaban envidiosas sobre la adoración que le tenía su marido.

¿Había sido todo una farsa? Durante aquellos años de aparente felicidad conyugal, ¿había ansiado Paul otra cosa? ¿Y había encontrado esa otra cosa en el repugnante contenido de aquella película?

Claire anotó una pregunta: *¿Es de verdad?*

La producción tenía un aire amateur, pero quizá fuera a propósito. Con un ordenador podían hacerse cosas increíbles. Si eran capaces de hacer que pareciera que Michael Jackson estaba bailando en el escenario, también podían hacer que pareciera que una mujer estaba siendo asesinada.

Tamborileó otra vez con el bolígrafo. Lo vio rebotar entre sus dedos. El tablero del banco de trabajo era de bambú. Aquella maldita cosa había resultado ser indestructible. Claire casi había sentido la tentación de seguir el ejemplo de Lydia y mear encima.

Lydia...

Dios, qué inesperado bofetón en la cara había sido ver a su hermana después de tantos años... No pensaba contárselo a su madre, sobre todo porque Helen ya tenía bastantes preocupaciones con la muerte de Paul y el intento de robo. Además, no se le escapaba la ironía que entrañaba el hecho de que, menos de un año después de romper con su familia, Lydia hubiera conseguido por fin desintoxicarse. Entre buscar a Julia y pagar fianzas, abogados y clínicas de rehabilitación para Lydia, Sam Carroll estaba casi en la ruina cuando finalmente se quitó la vida.

Solo por eso, Claire debería haber roto por completo con su hermana, pero luego Lydia acusó a Paul de intentar violarla, y aquello fue la gota que colmó el vaso.

«¿Te maltrataba Paul?», le había preguntado Lydia a menos de tres metros de la tumba de su marido. «¿Es por eso?».

Claire sabía muy bien lo que ocurría. Tenía dudas. Estaba dudando de su marido por lo que había descubierto en su ordenador, y su mente había deducido automáticamente que, si Paul era capaz de contemplar aquella violencia, también era capaz de cometerla, lo cual no dejaba de ser una estupidez porque millones de jóvenes jugaban a videojuegos violentos y solo unos pocos perpetraban matanzas.

Claro que Paul le había dicho una vez que las coincidencias no existían. «La ley de los números verdaderamente grandes establece que, con tal de que la muestra sea lo bastante amplia, puede ocurrir cualquier cosa, por atroz o improbable que sea».

119

Claire miró los tres interrogantes de su lista.

¿Accidente?

¿Más archivos?

¿Es de verdad?

De momento, solo podía dar respuesta a una de aquellas preguntas atroces.

Subió las escaleras antes de que pudiera cambiar de opinión. Marcó el código que abría la puerta del despacho de Paul. El agente Nolan le había hecho un comentario sobre la cantidad de contraseñas que requería la casa pero, para facilitarle las cosas, Paul había elegido una variante de sus fechas de cumpleaños para los códigos de seguridad de todas las puertas.

El despacho presentaba el mismo aspecto que el día anterior. Claire se sentó al escritorio. Dudó al alargar la mano para tocar el teclado. Era un momento decisivo, una de esas situaciones en las que había que elegir entre una píldora roja y una píldora azul. ¿De verdad quería saber si había más archivos? Paul estaba muerto. ¿Qué sentido tenía ya?

Tocó el teclado. Tenía sentido, claro está, porque ella necesitaba saberlo.

Le sorprendió que no le temblara la mano cuando movió el cursor hasta la barra de herramientas y abrió la carpeta «Trabajo».

La rueda multicolor se puso a girar, pero en lugar de un listado de archivos apareció una ventana blanca:

¿CONECTARSE A GLADIADOR?

Debajo había una tecla con un *SÍ* y otra con un *NO*. Claire se preguntó por qué aquella ventana no había aparecido el día anterior. Recordaba vagamente haber cerrado varias ventanas a toda prisa cuando el agente Nolan estaba subiendo las escaleras. Por lo visto, una de las que había cerrado era la conexión a Gladiador, fuera esto lo que fuese.

Apoyó los codos sobre la mesa y se quedó mirando las palabras. ¿Era aquello una señal de que debía parar? Paul había confiado en ella por completo. Demasiado, en realidad, si se tenían en cuenta sus deslices. Porque, naturalmente, Adam Quinn no había sido el primero. Ni el último, para ser sincera: por algo a Tim, el barman, lo había dejado su mujer.

Intentó recuperar el aplastante sentimiento de culpa que había experimentado la víspera, pero las horribles imágenes que había encontrado en el ordenador de su marido habían surtido el efecto de embotar su mala conciencia.

—Gladiador —dijo en voz alta.

No sabía de qué le sonaba aquella palabra.

Movió el ratón y pulsó el *SÍ.*

Cambió la pantalla. Apareció un nuevo mensaje: *¿CONTRASEÑA?*

—Joder.

¿Hasta qué punto iba a complicarse aquello? Mientras miraba la ventana, tamborileó con los dedos sobre el ratón.

Las contraseñas de todos los sistemas electrónicos de la casa eran una combinación de fechas y juegos nemotécnicos. Tecleó *EME-ODP11176,* que correspondía a «Estás mirando el ordenador de Paul» más su fecha de nacimiento.

Una triángulo negro con un signo de exclamación en el centro le anunció que la contraseña era incorrecta.

Probó con un par de variantes más, usando su fecha de nacimiento, la de su aniversario de boda, la del día en que se conocieron en el laboratorio de informática y la fecha de su primera cita, que era también la de la primera vez que hicieron el amor porque, una vez tomaba una decisión, Claire no se hacía la estrecha.

Ninguna de ellas sirvió.

Paseó la mirada por el despacho preguntándose si estaba pasando algo por alto.

Probó con «Estás mirando el sillón donde lee Paul» y «Estás mirando el sofá donde Paul duerme la siesta». Nada. «Estás mirando el ordenador donde se masturba Paul».

Se recostó en la silla. El cuadro que le había regalado a Paul por su tercer aniversario de boda colgaba justo delante del escritorio. Lo había pintado ella misma a partir de una fotografía de la casa en la que había crecido su marido, hecha por la madre de Paul desde el jardín de atrás. La mesa de picnic estaba adornada para un cumpleaños. Como no se le daban bien las caras, un pegotito de pintura representaba al pequeño Paul sentado a la mesa.

Su marido le había contado que el agricultor que compró las tierras de los Scott derribó la casa y todos los edificios aledaños. Claire no podía reprochárselo. La casa tenía un aspecto de construcción casera, y el recubrimiento de madera estaba colocado de arriba abajo, en vez de derecha a izquierda. El establo de la parte de atrás se cernía tan amenazador como la Casa de los Horrores y proyectaba una sombra tan oscura sobre la mesa de picnic y la vieja caseta del pozo que Claire había tenido que inventarse los colores. Paul le había dicho que los había plasmado a la perfección, pero ella estaba segura de que el tejadillo del pozo debía ser verde y no negro.

Tecleó algunas posibles contraseñas más en el ordenador, hablando en voz alta para escribir en el orden correcto la primera letra de cada palabra. «Estás mirando el cuadro de Claire». «Estás mirando la casa donde creció Paul». «Estás mirando una vieja caseta de pozo que debería ser verde».

Metió de golpe la bandeja del teclado bajo el escritorio. Estaba más enfadada de lo que pensaba. Y al darse cuenta de ello comprendió dónde había visto la palabra «gladiador».

—Idiota —susurró.

El banco de trabajo de Paul tenía a un lado un gigantesco logotipo metálico que decía *GLADIADOR,* el nombre de la empresa que había fabricado la pieza ex profeso para su marido. «Estás mirando el banco de trabajo de Paul».

Añadió la fecha de nacimiento de su marido y pulsó *enter.*

Se efectuó la conexión con el disco duro y aparecieron los archivos de la carpeta «Trabajo».

Claire mantuvo la mano quieta sobre el ratón.

Su madre le había dicho hacía mucho tiempo que no siempre es bueno saber la verdad. Se refería a Julia, porque en aquella época su madre no era capaz de hablar de otra cosa. Se quedaba en la cama durante semanas enteras, a veces durante meses, llorando la inexplicable desaparición de su hija mayor. Lydia se había hecho cargo de sus labores de madre durante un tiempo y, cuando renunció a ejercer como tal, la abuela Ginny vino a vivir a casa y los aterrorizó a todos hasta meterlos en cintura.

¿Querría ahora su madre saber dónde estaba Julia? Si Claire le diera un sobre que contuviera el relato detallado de lo que le había ocurrido a su hija mayor, ¿lo abriría?

Ella sí, sin duda.

Abrió el segundo archivo de la carpeta. Según la fecha, su marido lo había abierto la misma noche que el primero. La misma mujer de la primera película estaba encadenada del mismo modo a la misma pared. Claire se fijó en los detalles de la habitación. No cabía duda de que se trataba de un sótano viejo, en nada parecido a las paredes lisas e impolutas del sótano de ensueño de su marido. La pared de toscos bloques de detrás de la mujer se veía húmeda y mohosa. Había un colchón manchado en el suelo de cemento. De las viguetas del techo colgaban cables viejos y una tubería galvanizada.

Claire puso el volumen, pero bajo. La mujer estaba gimiendo. Un hombre entró en escena. Claire lo reconoció: era el mismo de la otra película. La misma máscara. Los mismos calzoncillos de cuero. Todavía no estaba excitado. En lugar de un machete, empuñaba una pica eléctrica para ganado. Claire esperó hasta que estaba a punto de usarla. Entonces paró la película.

Se recostó en la silla. El hombre aparecía congelado en la pantalla, con el brazo extendido. La mujer se encogía intentando apartarse de él. Sabía lo que iba a pasar.

Claire cerró la película. Volvió a los archivos y abrió el tercero empezando por arriba. La misma mujer. El mismo escenario. El mismo hombre. Observó atentamente su espalda desnuda. No se dijo a sí misma por qué hasta que constató que no tenía una constelación de lunares bajo el omóplato izquierdo, de modo que no podía ser Paul.

El alivio que sintió fue tan abrumador que tuvo que cerrar los ojos y limitarse a respirar durante unos minutos.

Abrió los ojos. Cerró la película. Los nombres de los archivos seguían una secuencia, de modo que dedujo que había diez más en los que aparecía aquella misma mujer en distintas escenas de tortura antes del tiro de gracia. Según las fechas, Paul los había visto todos la noche anterior a su asesinato. Cada uno duraba unos cinco minutos, lo que significaba que había pasado casi una hora viendo aquellas escenas repulsivas.

—Imposible —masculló.

Ella tenía suerte si Paul aguantaba más de diez minutos. ¿Habría visto aquellos vídeos por algún otro motivo, ajeno al placer sexual?

Bajó hasta la siguiente secuencia de archivos. Aquella serie solo se componía de cinco. Paul había visto el primero hacía diez días, el siguiente hacía nueve, y así sucesivamente hasta la víspera de su muerte. Abrió el vídeo más reciente. Otra chica, aún más joven que la anterior. El cabello largo y moreno le tapaba la cara. Claire se inclinó un poco más hacia la pantalla. La chica estaba tirando de las cadenas. Giró la cabeza y el pelo se le deslizó a un lado. El miedo le agrandó los ojos.

Claire detuvo la película. No quería volver a ver al hombre.

Había otra pregunta que debería haber puesto en la lista: «¿Esto es legal?».

Evidentemente, dependía de si era real o no. Si la policía pudiera detenerte por ver matanzas ficticias, habría redadas en todos los cines de América.

Pero ¿y si las películas de Paul sí eran de verdad?

No se presentaba un agente del FBI en un caso de robo así como así. Cuando desapareció Julia, Helen y Sam no dejaron piedra sobre piedra intentando que el FBI se hiciera cargo del caso, pero les explicaron que, según la ley, para que intervinieran los federales era necesario que un cuerpo de policía estatal solicitara su ayuda. Y dado que el sheriff creía que Julia se había escapado de casa en un acceso de rebeldía, no había elevado ninguna solicitud.

Claire abrió el buscador y se metió en la página oficial del FBI. Fue a la sección de preguntas frecuentes. Pasó las preguntas acerca de los distintos tipos de delito que investigaba la agencia hasta que encontró lo que estaba buscando:

Delitos informáticos. En la zona de seguridad nacional, el FBI investiga actos delictivos que afecten a los sistemas informáticos de la banca y las entidades financieras de ámbito nacional. Ejemplos de este tipo de delitos serían el fraude por medios informáticos y el uso de Internet para el intercambio o difusión de material obsceno.

A Claire no le cabía ninguna duda de que aquellas películas eran obscenas. Tal vez había acertado el día anterior respecto al agente Fred Nolan, y el FBI había rastreado los archivos hasta el ordenador de Paul. Había visto un reportaje en *60 Minutos* en el que un informante perteneciente a la administración afirmaba que conectarte a Internet equivalía a conectarte directamente a la Agencia de Seguridad Nacional. Seguramente sabían que Paul había estado viendo aquellos vídeos.

Lo que significaba que también sabían que ella los estaba viendo.

—¡Dios santo!

El Mac estaba conectado a Internet. Agarró los cables conectados a la parte de atrás del ordenador. Tiró de ellos tan fuerte que se giró el monitor. Unos cables muy finos se desprendieron de la clavija de plástico, cortando la conexión a Internet. Claire estuvo a punto de desmayarse de alivio. El corazón le latía tan fuerte que lo notaba en el cuello.

El funcionario policial encargado de supervisar su libertad condicional había dejado muy claro que la enviaría a prisión si cometía la más mínima infracción. ¿Era ilegal ver esas películas? ¿Había quebrantado la ley sin darse cuenta?

¿O estaba exagerando como una idiota?

Volvió a girar el monitor. Las páginas web que tenía abiertas le avisaban de que no estaba conectada a Internet. Los vídeos seguían congelados en la pantalla. Había aparecido otro mensaje de error:

¡ATENCIÓN! LA UNIDAD DE DISCO «GLADIADOR» NO SE HA EXPULSADO CORRECTAMENTE. PUEDE QUE SE HAYAN PERDIDO ALGUNOS ARCHIVOS.

Claire miró los cables que había desenchufado. No era del todo ignorante en cuestiones informáticas. Sabía que el símbolo de un rayo que había en la parte de atrás del ordenador representaba una conexión Thunderbolt, que transfería datos el doble de rápido que una conexión USB.

También conocía a su marido.

Se arrodilló en el suelo. Paul había diseñado su mesa de tal modo que los cables quedaran ocultos dentro. Todos los aparatos eléctricos, desde el ordenador al flexo, estaban conectados a un SAI escondido dentro del escritorio. Descubrió que una caja grande y negra era el SAI porque Paul le había puesto una etiqueta: SAI.

Sacó los cajones y echó un vistazo dentro y detrás de ellos. No parecía haber un disco duro externo dentro del escritorio. El cable que alimentaba el SAI estaba oculto dentro de la pata delantera derecha de la mesa. La clavija sobresalía por abajo y conectaba con un enchufe situado en el suelo.

En ninguna etiqueta ponía «GLADIADOR».

Claire empujó el escritorio. En lugar de caer hacia atrás, el mueble se ladeó como un perro excitado meneando todo el trasero. Había otro cable metido dentro de otra pata. Era blanco y fino, igual que el Thunderbolt que había arrancado de detrás del ordenador, cuyo extremo seguía aún sobre la mesa. Por el otro lado desaparecía en un agujero taladrado en el suelo de tarima maciza.

Bajó al garaje. El banco de trabajo de Paul ocupaba toda una pared. A ambos lados había armarios más pequeños con ruedas y cajones, y en medio un espacio abierto de unos tres metros de ancho. Claire apartó todos los armarios. No vio salir ningún cable por detrás de los cajones. Miró debajo del banco. Había entrado miles de veces en el garaje y sin embargo nunca se había fijado en que el friso metálico de detrás del banco no era el mismo que el del resto de la pared. Presionó el metal y la lámina se combó bajo su mano.

Se incorporó. Gracias a su raqueta de tenis, la impresora 3-D de Paul y su cortadora láser estaban hechas pedazos y esparcidas sobre la superficie de bambú. Con una pasada del brazo, lo tiró todo al suelo. Apagó las luces. Se inclinó sobre el banco de trabajo y miró por la estrecha hendidura entre el banco y la pared. Empezó por el extremo izquierdo y en el centro exacto vio brillar una lucecita verde detrás del banco.

Volvió a encender las luces. Encontró una linterna en uno de los armarios con ruedas. El banco de trabajo pesaba demasiado para moverlo, y además estaba atornillado al suelo. Se inclinó sobre él y vio que la lucecita verde pertenecía a un gran disco duro externo.

Nada de aquello era un accidente. No se le ocurrió ninguna excusa válida. Aquel montaje había sido diseñado para que formara parte de la casa cuando la habían construido, ocho años antes. Paul no se había limitado a ver esas películas. Las coleccionaba. Y se había tomado grandes molestias para asegurarse de que nadie las encontrara.

Se le llenaron los ojos de lágrimas. ¿Eran reales aquellos vídeos? ¿Tenía quizás en sus manos la prueba material de la tortura y asesinato de docenas de mujeres?

El día anterior, Fred Nolan le había preguntado cómo se había comportado Paul antes de morir. Por primera vez desde su asesinato, Claire se interrogó acerca de su propio comportamiento. Le había sorprendido mucho que Paul la llevara a aquel callejón. Se había excitado cuando él había dejado claro lo que quería hacer. Y se había entusiasmado cuando él se había mostrado tan agresivo, porque era algo excitante y completamente inesperado.

¿Y entonces qué?

Sabía que se había sentido aterrorizada al comprender que los estaban atracando. Pero ¿se había asustado antes de eso? Cuando Paul la hizo volverse bruscamente y la apretó contra la pared, ¿no había tenido un poco de miedo? ¿O estaba revisando aquel recuerdo porque su forma de separarle las piernas y sujetarle las muñecas a la pared la hacía pensar extrañamente en las chicas de las películas, con las piernas abiertas y los brazos en cruz?

Esas pobres criaturas... Si las películas eran de verdad, tenía la obligación de hacer todo lo posible por asegurarse de que sus familias sabían lo que les había sucedido. O lo que les podía suceder, porque cabía una posibilidad, aunque fuera remota, de que la chica de la segunda película aún estuviera viva.

Actuó rápidamente, sabedora de que, si se paraba a pensar, tomaría la decisión incorrecta.

Paul siempre compraba dos de todo para los ordenadores. Había un disco duro de más, de veinte terabytes, en el sótano del garaje. Claire bajó la pesada caja del estante y la llevó al despacho. Siguió las instrucciones para instalar el disco usando el ordenador y a continuación enchufó el cable de Gladiador. Seleccionó todos los archivos y los arrastró al nuevo disco.

¿QUIERE TRASLADAR GLADIADOR A LA UNIDAD LACIE 5BIG?

Pulsó el *SÍ*.

La rueda multicolor comenzó a girar mientras el ordenador calculaba el tiempo que tardaría en transferir todos los archivos. Cuarenta y cuatro minutos. Se sentó ante el escritorio de Paul y observó cómo la barra de progreso avanzaba poco a poco en la pantalla.

Miró de nuevo el cuadro. Pensó en Paul de niño. Había visto fotografías suyas: su sonrisa bonita y dientuda; la forma en que las orejas sobresalían de su enorme cabeza cuando tenía seis y siete años; el modo en que todo parecía alcanzar su justa proporción llegada la pubertad. No era deslumbrante ni llamaba la atención, pero era guapo, sobre todo después de que ella le convenciera para que se pusiera lentillas y se comprara trajes bonitos. Y era divertido. Y encantador. Y tan listo que Claire suponía que tenía respuesta para todo.

Ojalá hubiera estado allí para contestar a sus preguntas sobre aquel asunto.

A Claire se le nublaron los ojos. Estaba llorando otra vez. Siguió llorando hasta que apareció otro mensaje avisando de que se habían copiado todos los archivos con éxito.

Un armario volcado le impidió sacar el BMW. Tomó el Tesla de Paul porque estaba oscureciendo y el Porsche tenía los faros rotos. No se cuestionó lo que iba a hacer hasta que aparcó delante de la jefatura de policía de Dunwoody. Llevaba el disco duro en el asiento de al lado, sujeto con el cinturón de seguridad. La caja de aluminio blanco pesaba cerca de diez kilos. El airbag del copiloto se había desactivado porque, según los cálculos de los sensores del coche, era un niño de corta edad el que ocupaba el asiento.

Claire levantó la vista hacia la comisaría, que parecía una tienda de material de oficina de los años cincuenta. Seguramente era a Fred Nolan a quien debía entregarle el disco duro, pero el día anterior se había portado como un capullo con ella y Mayhew le había dicho en pocas palabras que cerrara el pico, de modo que se lo daría al capitán.

¿Confiaba en que Mayhew se tomara aquel asunto en serio? Aparte de pensar que parecía un personaje secundario de una serie policíaca, el capitán no le había producido mala impresión, no como Nolan. Su bigote la había sorprendido un poco porque el sheriff Carl Huckabee, el Huckleberry original, lucía un mostacho imponente que recortaba en línea recta en vez de dejarlo crecer siguiendo la curva natural de su labio superior. Claire tenía trece años la primera vez que vio al sheriff. Todavía recordaba que, al ver aquel extraño cepillo sobre su labio, se había preguntado si no sería falso.

Lo cual carecía de importancia en las actuales circunstancias, porque el vello facial no era una seña infalible de incompetencia.

Miró el disco duro del asiento de al lado.

Sí o no, píldora roja, píldora azul.

No era Mayhew quien le preocupaba. Era ella misma. Era la reputación de Paul. El anonimato ya no existía. Aquel asunto acabaría por salir a la luz. La gente se enteraría de en qué había andado metido su marido. Tal vez ya se sabía.

Y quizá las películas fueran reales, lo que significaba que la segunda chica aún podía estar viva.

Se obligó a salir del coche. El disco duro le pareció más pesado que antes. La noche caía deprisa. A lo lejos se oían truenos. Se encendieron las farolas mientras cruzaba el aparcamiento. Su vestido de luto se había secado, pero estaba tieso y arrugado. Le dolía la mandíbula de apretar los dientes. La última vez que había estado en la jefatura de policía de Dunwoody, vestía traje de tenis y había cruzado la puerta trasera escoltada por la policía.

Esta vez se encontró en un vestíbulo delantero extremadamente estrecho, con una gran mampara de cristal blindado que separaba la salas de espera de las oficinas. El recepcionista era un hombre corpulento y uniformado que no levantó la vista al entrar ella.

Claire dejó el disco duro sobre una silla vacía y se situó delante de la mampara.

El corpulento policía apartó de mala gana la vista de su ordenador.

—¿A quién quiere ver?

—Al capitán Mayhew.

La mención de aquel nombre hizo fruncir el ceño de inmediato al agente.

—Está ocupado, señora.

Claire no se esperaba aquello.

—Necesito dejarle esto. —Señaló el disco duro, preguntándose si parecía una bomba. A ella, desde luego, se lo parecía—. Quizá pueda escribirle una nota explicándoselo...

—Lee, ya me ocupo yo. —El capitán Mayhew apareció detrás del cristal y le indicó que entrara por una puerta lateral.

Se oyó un zumbido y la puerta se abrió. Pero Mayhew no estaba solo: a su lado se encontraba Adam Quinn.

—Claire... —Adam parecía muy tenso—. No he recibido ese *e-mail*.

—Lo siento. —Claire no sabía de qué estaba hablando—. ¿Qué *e-mail*?

—El archivo del trabajo en curso del ordenador portátil de Paul.

El portátil de Paul. Solo Dios sabía lo que habría en el MacBook.

—No he...

—Mándamelo. —Adam pasó a su lado y salió.

Ella siguió mirando fijamente la puerta después de que se marchara. No entendía por qué parecía tan enfadado.

—A ese tipo no le gusta estar en una comisaría —comentó Mayhew.

Claire se refrenó para no contestarle lo primero que se le vino a la cabeza: *¿Y a quién demonios le gusta?*

—Estamos hablando con todas las personas que tienen llave de su casa —explicó el capitán.

Claire había olvidado que Adam era una de ellas. Su esposa, Sheila, y él vivían cinco calles más allá, y se encargaban de echar un vistazo a la casa cuando Paul y ella viajaban al extranjero.

—¿Qué puedo hacer por usted, señora Scott? —preguntó Mayhew.

—Quiero que vea una cosa. —Hizo amago de levantar el disco duro.

—Déjeme a mí. —Evidentemente, no esperaba que la caja pesara tanto y estuvo a punto de dejarla caer—. Caramba. ¿Qué es esto?

—Un disco duro. —Claire sintió que se azoraba—. Era de mi marido. Quiero decir que mi marido...

—Vamos a mi despacho.

Claire procuró recuperar el aplomo mientras seguía al capitán por un largo pasillo con puertas cerradas a cada lado. Reconoció la sala en la que se identificaba a los detenidos. Más allá había otro pasillo largo, y a continuación se encontraron en una oficina diáfana. No había habitáculos cerrados, solo cinco mesas con otros tantos policías inclinados sobre sus ordenadores. En la parte delantera de la sala había dos pizarras blancas provistas de ruedas. Estaban llenas de fotografías y notas garabateadas imposibles de leer desde esa distancia.

Mayhew se detuvo junto a la puerta de su despacho.

—Pase.

Claire se sentó. El capitán dejó el disco duro sobre su mesa y tomó asiento.

Ella lo miró con fijeza. Miró, más concretamente, su bigote para no tener que mirarlo a los ojos. Aquello estaba sucediendo de verdad. Lo estaba haciendo.

—¿Le apetece beber algo? —preguntó Mayhew—. ¿Agua? ¿Coca-Cola?

—No, gracias. —Claire no podía alargar más aquel asunto—. Ese disco duro contiene películas en las que varias mujeres son torturadas y asesinadas.

El capitán guardó silencio un momento. Se recostó lentamente en su silla. Apoyó los codos sobre los brazos y cruzó las manos sobre su barriga.

—Comprendo.

—Las he encontrado en el ordenador de mi marido. Bueno, conectadas al ordenador de mi marido. Encontré un disco duro externo y... —Se detuvo a tomar aliento.

El capitán Mayhew no tenía por qué enterarse de las molestias que se había tomado Paul para ocultar las películas. Solo necesitaba saber que existían. Claire señaló el disco duro.

—En ese hay películas que vio mi marido y en las que aparecen dos mujeres distintas siendo torturadas y asesinadas.

Sus palabras quedaron suspendidas en el aire, entre ellos dos. Claire advirtió lo horrendas que sonaban.

—Lo siento —dijo—. Acabo de descubrirlas. Todavía estoy...

No sabía cómo estaba exactamente. ¿Temblorosa? ¿Afligida? ¿Furiosa? ¿Aterrorizada? ¿Sola?

—Un segundo. —Mayhew levantó el teléfono y marcó un número de extensión—. Harvey, necesito que vengas.

Antes de que Claire tuviera tiempo de abrir la boca de nuevo, otro hombre entró en el despacho. Era más bajo y ancho que Mayhew, pero lucía un bigote igual de desastrado.

—El detective Harvey Falke —dijo Mayhew—, esta es la señora Claire Scott.

Harvey saludó a Claire con una inclinación de cabeza.

—Conéctame esto, ¿quieres? —dijo Mayhew.

Harvey echó una ojeada a la parte de atrás del disco duro y miró luego el ordenador del capitán. Abrió uno de los cajones de la mesa. Dentro había un lío de cables. Sacó el que necesitaba.

—¿Segura que no quiere un poco de agua? —insistió Mayhew—. ¿O un café?

Claire negó con la cabeza. Le asustaba que el capitán no la tomara en serio. Pero también le asustaba lo contrario. Se habían adentrado ya en la madriguera del conejo. No había vuelta atrás.

Harvey tardó poco en conectar el aparato. Se inclinó junto a Mayhew y se puso a escribir en el teclado.

Claire paseó la mirada por la habitación. Las fotos enmarcadas de rigor, en las que Mayhew posaba estrechando la mano de diversas autoridades municipales. Un trofeo del torneo de golf de la policía. Dorsales de diversos maratones. Miró la placa que había sobre la mesa. Su nombre de pila era Jacob. Capitán Jacob Mayhew.

—Ya está —anunció Harvey.

—Gracias.

Mayhew volvió a colocar el teclado en su lugar cuando el detective salió del despacho. Enderezó el ratón y abrió uno de los archivos.

—Veamos qué tenemos aquí.

Claire ya lo sabía. Desvió la mirada mientras el capitán abría algunas de las películas y les echaba un vistazo. El ordenador tenía el sonido apagado. Lo único que oía Claire era la respiración pausada y regular de Mayhew. Dedujo que difícilmente se llegaba al grado de capitán si uno se dejaba sorprender por las atrocidades de las que era capaz el ser humano.

Pasaron varios minutos. Por fin, Mayhew soltó el ratón. Se recostó de nuevo en su silla. Se tocó el bigote.

—Bien, ojalá pudiera decirle que es la primera vez que veo algo así. Si le soy sincero, las he visto mucho peores.

—No puedo creer que... —Claire fue incapaz de formular con palabras aquello que no podía creer.

—Escuche, señora, sé que es espantoso. Créame. La primera vez que vi una cosa así, estuve varias semanas sin pegar ojo aunque sabía que era todo fingido.

A Claire le dio un vuelco el corazón.

—¿Son falsas?

—Pues sí. —El capitán se detuvo cuando empezaba a reírse—. Se llama porno *snuff*. No es real.

—¿Está seguro?

Mayhew giró el monitor para que lo viera ella misma. Una de las películas aparecía congelada en la pantalla. El capitán señaló con el dedo:

—¿Ve esta sombra de aquí? Es la conexión del estopín. ¿Sabe lo que es un estopín?

Claire hizo un gesto negativo con la cabeza.

—Es un chisme que usan en Hollywood, como una vejiguita de plástico llena de sangre falsa. La esconden debajo de la ropa y la pegan a la espalda de los actores. Llega el malo y supuestamente te pega un tiro, o en este caso se lía a machetazos, y entonces otro tipo, fuera de cuadro, aprieta un botón y el estopín estalla y sale la sangre. —Trazó con el dedo una sombra en el costado de la mujer—. Esta línea oscura de aquí es el cable que va conectado al estopín. Ahora los hay con control remoto, así que imagino que esta película es de bajo coste, pero...

—No entiendo.

—Es falsa. Y ni siquiera está bien hecha.

—Pero la chica...

—Sí, sé lo que está pensando. Se parece mucho a Anna Kilpatrick.

Claire ni siquiera lo había pensado pero, ahora que lo mencionaba Mayhew, el parecido era sorprendente.

—Mire —añadió el capitán—, sé lo de su pasado. Lo de su hermana.

Claire sintió que una cálida oleada inundaba su cuerpo.

—Si yo tuviera una hermana que hubiera desaparecido así, seguramente también pensaría lo mismo que usted.

—No es eso lo que... —Claire se detuvo. Tenía que aparentar calma—. Esto no tiene nada que ver con mi hermana.

—Ve a esa chica de la película y piensa «Pelo castaño, ojos marrones, joven y guapa. Es Anna Kilpatrick».

Los ojos de Claire se posaron en la imagen congelada en la pantalla. ¿Cómo es que no se había fijado antes? Cada vez que Mayhew mencionaba su nombre, el parecido se hacía más evidente.

—Señora Scott, voy a ser sincero con usted porque lamento mucho la situación en la que se encuentra. —Dio unas palmaditas con la mano sobre la mesa—. Créame que lo lamento.

Claire le indicó con la cabeza que continuara.

—Esto tiene que quedar entre nosotros, ¿de acuerdo? No puede decírselo a nadie.

Ella asintió otra vez con la cabeza.

—Esa chica, Anna Kilpatrick... —El capitán meneó lentamente la cabeza de un lado a otro—. Encontraron sangre en su coche. Muchísima sangre. ¿Sabe lo que quiero decir? La cantidad de sangre que hay que tener dentro del cuerpo para seguir con vida.

—¿Está muerta? —Claire sintió que un peso le aplastaba el pecho y comprendió que de algún modo había tenido la esperanza de que Anna Kilpatrick siguiera viva.

—Señora Scott, siento de veras su desgracia, y siento que haya tenido que ver esta faceta de su marido. Los hombres son unos cerdos, ¿sabe? Se lo dice un cerdo que lo sabe de buena tinta. —Mayhew trató de sonreír—. Los tíos son capaces de ver muchas guarradas realmente asquerosas, disculpe mi lenguaje, pero eso no significa que estén metidos en esas cosas, ni que quieran estarlo. Estas cosas están por todo Internet. Y mientras no se trata de menores de edad, es legal. Y repugnante. Pero para eso está Internet, ¿no?

—Pero... —Claire se esforzó por encontrar las palabras adecuadas. Cuanto más lo pensaba, más se parecía aquella chica a Anna Kilpatrick—. ¿No le parece una coincidencia muy extraña?

—Las coincidencias no existen —repuso Mayhew—. Existe una cosa llamada ley de los números verdaderamente grandes. Si se toma una muestra de población lo bastante grande, es inevitable que pasen cosas espeluznantes.

Claire sintió que sus ojos se agrandaban y sus labios se abrían en un ejemplo de perplejidad de manual.

—¿Ocurre algo?

Se esforzó por recuperar una expresión más o menos normal. El capitán parecía haber citado literalmente a Paul, y eso exigía una explicación. ¿Conocía acaso a su marido?

—¿Señora Scott?

—Lo siento. —Hizo un esfuerzo por añadir en tono calmado—: Es solo... el modo en que lo ha dicho. Nunca lo había pensado pero, ahora que lo oigo, me parece lógico. —Tuvo que aclararse la voz antes de continuar—. ¿Dónde ha oído esa expresión, la ley de los números verdaderamente grandes?

El capitán volvió a sonreír.

—No lo sé. Seguramente en una galletita de la fortuna.

Ella intentó serenarse. Cada partícula de su ser le decía que allí sucedía algo extraño. ¿Estaba mintiendo Mayhew? ¿O acaso intentaba protegerla de algo aún más peligroso?

—¿Puede decirme por qué se personó el agente Nolan en mi casa ayer? —preguntó.

Mayhew soltó un soplido.

—¿Puedo serle sincero otra vez? No tengo ni idea. Esos tipos del FBI revolotean como moscas alrededor de nuestros casos. En cuanto parece que tenemos algo bueno entre las manos, nos lo quitan para quedarse con todo el mérito.

—¿Pueden quitarle un caso? ¿No tiene que haber una petición previa?

—No. Se limitan a aparecer y a hacerse cargo de todo. —Desenchufó el disco duro—. Gracias por traerme esto. Naturalmente voy a pedir a mi gente que lo mire, pero, como le decía, no es la primera vez que veo estas cosas.

Claire se dio cuenta de que la estaba despidiendo. Se levantó.

—Gracias.

Mayhew también se levantó.

—Lo mejor que puede hacer es olvidarse de todo esto, ¿de acuerdo? Su marido era un buen hombre. Tenían un matrimonio sólido. Casi veinte años de casados y todavía se querían. Eso es algo a lo que aferrarse.

Claire asintió con una inclinación de cabeza. Empezaba a sentirse enferma otra vez.

El capitán puso la mano sobre el disco duro.

—Según parece sacó usted esto directamente de su ordenador.

—¿Cómo dice?

—El disco duro. Estaba conectado directamente a su ordenador, ¿verdad?

Claire no titubeó.

—Sí.

—Bien. —Mayhew le puso la mano en la espalda y la condujo fuera del despacho—. No conviene que haya copias circulando por ahí. En una copia de seguridad, por ejemplo. O en otro ordenador.

—Lo he comprobado. Solo estaban en el disco duro.

—¿Qué me dice del portátil de su marido? ¿Quinn no ha dicho algo de un portátil?

—Ya lo he comprobado. —Ni siquiera sabía dónde estaba aquel maldito cacharro—. No hay nada más.

—Muy bien. —Los dedos del capitán se deslizaron por su cintura cuando la condujo hacia el último pasillo—. Avíseme si surge algo más. Llámeme e iré enseguida a hacerme cargo de lo que sea.

Claire asintió.

—Gracias por su ayuda.

—De nada.

Cruzó con ella el estrecho vestíbulo y le abrió la puerta de cristal.

Claire se agarró a la barandilla al bajar los escalones. Las farolas destellaban entre la lluvia cuando cruzó el aparcamiento. Mientras tanto, no dejó de sentir los ojos de Mayhew fijos en ella. No se volvió hasta llegar al Tesla.

La puerta de la comisaría estaba vacía. Mayhew se había ido.

¿Se estaba poniendo paranoica? Ya no estaba segura de nada. Abrió la puerta del coche. Estaba a punto de entrar cuando vio una nota en el parabrisas.

Reconoció la letra de Adam Quinn.

Necesito de verdad esos archivos. Por favor, no me obligues a conseguirlos por las malas. AQ

6

Lydia estaba tumbada en el sofá, con la cabeza apoyada en el regazo de Rick. En el suelo, delante de ella, había dos perros, y a su lado un gato enroscado. El hámster estaría corriendo un maratón en su rueda y el periquito del cuarto de Dee rascaba un lado de su jaula con el pico. Los peces del acuario de 225 litros guardaban un apacible silencio.

Rick le pasó distraídamente los dedos por el pelo. Estaban viendo las noticias de las diez porque se sentían demasiado derrotados para aguantar despiertos hasta las once. La policía había hecho público un retrato robot del hombre al que se había visto en las proximidades del coche averiado de Anna Kilpatrick. El retrato era tan vago que casi daba risa. Aquel tipo podía ser alto o de estatura media. De ojos verdes o azules. De cabello castaño o negro. No tenía tatuajes ni ninguna marca distintiva. Seguramente no lo reconocería ni su propia madre.

El reportaje incluía una entrevista grabada con el congresista Johnny Jackson. La familia Kilpatrick vivía en su circunscripción, de modo que, por ley, tenía que exprimir su tragedia personal hasta extraerle la última gota de jugo político. Jackson habló unos segundos, maquinalmente, de la ley y el orden, y cuando el periodista trató de sonsacarle acerca de la suerte que habría corrido la chica, guardó un silencio atípico en él. Cualquiera que hubiera leído un libro de bolsillo de los que se vendían en los aeropuertos sabía que la probabilidad de encontrar a la chica con vida iba reduciéndose con el paso de las horas.

Lydia cerró los ojos para no ver a la familia Kilpatrick. Sus caras demacradas se habían vuelto dolorosamente familiares. Intuyó que, poco a poco, empezaban a asumir que su niñita no volvería a casa. Muy pronto pasaría un año y luego otro, y después la familia recordaría discretamente el décimo aniversario de su desaparición, y el vigésimo, y así sucesivamente. Nacerían hijos y nietos. Habría bodas y divorcios. Y detrás de cada uno de esos acontecimientos acecharía la sombra de aquella muchacha desaparecida a los dieciséis años.

De vez en cuando, la alerta de Google que Lydia tenía en el ordenador encontraba algún artículo en el que se mencionaba el nombre de Julia, normalmente porque se había encontrado un cuerpo en la zona de Athens y el periodista en cuestión había hurgado en los archivos en busca de casos pendientes que pudieran tener alguna relevancia. Naturalmente, el cuerpo nunca era el de Julia Carroll. Ni el de Abigail Ellis. Ni el de Samantha Findley. Ni el de ninguna de las decenas de mujeres que habían desaparecido desde entonces. Si se escribía «chica desaparecida + Universidad de Georgia», el número de resultados que arrojaba la búsqueda era tan grande que resultaba deprimente. Si se añadía «violación», la lista alcanzaba las seis cifras.

¿Se dedicaría también Claire a hacer búsquedas de ese tipo? ¿Sentía las mismas náuseas que ella cuando la alerta del programa la avisaba de que se había hallado otro cadáver?

Lydia nunca había buscado información en Internet sobre su hermana pequeña. Si Claire tenía una página de Facebook o de Instagram, no quería verla. Todo lo relacionado con Claire incluía a Paul, y ese vínculo era demasiado doloroso para hacerlo aparecer en la pantalla de su ordenador. Y, francamente, la angustia de perder a Claire había sido casi más apabullante para ella que la de perder a Julia. Lo que le había sucedido a su hermana mayor había sido una tragedia. Su ruptura con Claire, en cambio, había sido una elección consciente.

Una elección de Claire.

Y también de Helen. La última vez que Lydia había hablado con su madre, Helen le había dicho:

—No me hagas elegir entre tu hermana y tú.

A lo que ella había respondido:

—Creo que ya lo has hecho.

Aunque no había vuelto a hablar con su madre desde entonces, procuraba mantenerse informada sobre ella. La última vez que había comprobado el registro fiscal del condado de Athens-Clark, Helen vivía aún en su antigua casa del bulevar, justo al oeste del campus. El *Banner-Herald* publicó un bonito artículo cuando se jubiló después de cuarenta años trabajando como bibliotecaria. Sus compañeros de trabajo afirmaron que, en cuestiones lingüísticas, la biblioteca no volvería a ser la misma. La necrológica de su segundo marido mencionaba que tenía tres hijas, lo que alegró a Lydia hasta que cayó en la cuenta de que seguramente no la había redactado la propia Helen. Dee no aparecía en la lista de allegados porque no sabían que existía. Y probablemente así seguiría siendo, si dependía de Lydia. No soportaría la humillación de presentar a su hija a personas que la tenían en tan poca estima.

A menudo se preguntaba si su familia la buscaba alguna vez en Internet. Dudaba que Helen utilizara Google. Siempre se había ceñido rigurosamente al sistema de clasificación decimal Dewey, pero tenía tantas facetas distintas que ella no conocía... La madre joven y divertida que organizaba concursos de baile y reuniones de amigas del colegio para dormir en casa, al estilo de *Las gemelas de Sweet Valley*. La bibliotecaria temible y cerebral que humilló a la junta escolar cuando esta intentó desterrar *Pregúntale a Alicia* de la biblioteca. La mujer abatida y paralizada que, tras la desaparición de su hija mayor, bebía hasta quedarse dormida en pleno día.

Y luego estaba también la Helen que le había advertido «No me hagas elegir» cuando saltaba a la vista que ya se había decantado por una de sus hijas.

¿Podía reprocharle Lydia que no la hubiera creído respecto a Paul? Lo que había dicho Claire en el cementerio era casi todo cierto. Lydia les había robado. Les había mentido. Las había engañado. Se había aprovechado de sus sentimientos. Había contado con su miedo

141

a perder a otra hija para extorsionarlas con el fin de conseguir más drogas. Pero ese era el meollo de la cuestión: en aquella época, era una yonqui. Todos sus pecados habían tenido como único objetivo colocarse. Lo que planteaba la pregunta obvia que al parecer ni Helen ni Claire se habían molestado en formular: ¿qué ganaba ella con acusar a Paul?

Ni siquiera le habían dejado contar lo ocurrido. Lydia había intentado explicarle a cada una por separado que iba en el Miata con Paul, que sonaba una canción en la radio, que Paul le había tocado la rodilla y lo que había pasado después, y la respuesta de ambas había sido la misma: «No quiero oírlo».

—Es hora de despertar. —Rick quitó el volumen al televisor cuando apareció un anuncio. Se puso las gafas de leer y preguntó—: ¿Por qué otro nombre se conoce al maní?

Lydia se giró con cuidado para tumbarse de espaldas sin molestar al gato.

—Cacahuete.

—Correcto.

Rick barajó las tarjetas del Trivial Pursuit. Estaban empollando para la Noche del Trivial de la Organización de Padres y Profesores de Westerly. Lydia apenas había ido dos años a la universidad. Rick había ido tres. Extraían un placer perverso venciendo a los médicos y a abogados de la Élite de Westerly.

Rick preguntó:

—¿Quién está enterrada en un cementerio argentino con el nombre de María Maggi?

—Eva Perón. Hazme una más difícil.

Rick barajó otra vez las tarjetas.

—¿Dónde está el monte más alto de la Tierra?

Lydia se tapó los ojos con la mano para poder concentrarse.

—Has dicho el más alto, no el que está a mayor altitud, de modo que no puede ser el Everest. —Hizo algunos ruidos, pensando, y los perros se removieron. El gato se puso a *amasar* con las patas sobre su tripa. Lydia oyó el tictac del reloj de la cocina.

Por fin Rick dijo:

—Piensa en ukeleles.

—¿En Hawái?

—El Mauna Kea.

—¿Sabías la respuesta?

—Voy a decir que sí porque no tienes modo de saberlo.

Lydia alargó el brazo y fingió que le daba una bofetada. Él le mordió la mano.

—Dime cómo es tu hermana.

Lydia le había contado ya que había coincidido con Claire esa tarde en el cementerio. No le había dicho, en cambio, que se había agachado para hacer pis sobre la tumba de Paul.

—Es exactamente como me la imaginaba.

—No puedes decir simplemente que es una Madre y dejarlo así.

—¿Por qué no? —respondió con más aspereza de la que pretendía. El gato percibió su tensión y se trasladó al brazo del sofá—. Sigue siendo delgada y guapísima. Evidentemente, hace ejercicio sin parar y el coche que llevaba costaba más que mi primer coche. Apuesto a que tiene el número de su manicura el primero de su lista de contactos.

Rick se quedó mirándola.

—¿Eso es todo? ¿Nada más? ¿Gimnasio exclusivo y ropa de diseño?

—Claro que no. —Lydia se crispó, porque Claire seguía siendo su hermana—. Es complicada. La gente la mira y ve lo guapa que es, pero no se da cuenta de que debajo de esa fachada es lista, divertida y... —Su voz se apagó.

¿Seguía siendo Claire lista y divertida? Después de la desaparición de Julia, cuando su madre no estaba para nada ni para nadie, Lydia se había hecho cargo de sus responsabilidades maternas. Era ella quien se encargaba de que Claire llegara puntual al colegio, se pusiera ropa limpia y tuviera dinero para almorzar. Era ella en quien siempre confiaba Claire. Habían sido grandes amigas hasta que Paul las había separado.

—Es callada —le dijo a Rick—. Odia el conflicto. Sería capaz de recorrer medio mundo para evitar una discusión.

—Entonces, ¿es adoptada?

Lydia le dio un manotazo en el brazo.

—Era muy astuta, te lo aseguro. Podía parecer que te estaba dando la razón, y luego se marchaba y hacía lo que le venía en gana. —Esperó otro comentario, pero Rick se mordió la lengua. Añadió—: Antes de que rompiéramos, solía pensar que yo era la única persona en el mundo que la comprendía de verdad.

—¿Y ahora?

Lydia intentó recordar con exactitud lo que le había dicho Claire en el cementerio.

—Me dijo que no sé nada de ella. Y tiene razón. No sé nada de la Claire que vivía con Paul.

—¿Tanto crees que ha cambiado?

—¿Quién sabe? —repuso Lydia—. Tenía trece años cuando desapareció Julia. Lo encajamos como pudimos, cada uno a su manera. Ya sabes lo que hice yo, y lo que pasó con mis padres. La reacción de Claire fue volverse invisible. Le daba la razón a todo el mundo, por lo menos en apariencia. Nunca daba problemas. Sacaba buenas notas. Era subcapitana del equipo de animadoras. Se codeaba con las chicas más populares del instituto.

—No parece que fuera tan invisible.

—Entonces es que no te lo estoy contando bien. —Buscó un modo mejor de explicarse—. Siempre se quedaba en segundo plano. Era subcapitana, no capitana. Podría haber salido con el capitán del equipo de fútbol americano, pero salía con su hermano. Podría haber sido la primera de la clase, pero entregaba a propósito los trabajos tarde o dejaba sin entregar alguno para no destacar demasiado. Sabría lo del Mauna Kea, pero diría Everest para no llamar la atención acertando la respuesta.

—¿Por qué?

—No sé —dijo Lydia, no porque no lo supiera, sino porque ignoraba cómo explicarlo de manera que tuviera sentido. Nadie entendía que una persona se esforzara por ocupar siempre el segundo lugar. Era antiamericano—. Solo quería vivir en paz, imagino. Ser adolescente es tan duro... Cuando Julia y yo éramos pequeñas, nuestros padres eran fantásticos. Claire, en cambio, vivió un infierno.

—Entonces, ¿qué es lo que vio en Paul? —preguntó Rick—. No era precisamente un marginado. Por lo que contaba su necrológica, parecía todo un triunfador.

Lydia había visto la fotografía de la necrológica de Paul. Claire se las había arreglado de algún modo para vestir de seda a la mona del refrán.

—Cuando Claire lo conoció no era así. Era un estudiante repelente que llevaba gafas de culo de botella. Se ponía calcetines negros con sandalias. Tenía una risa nasal. Era muy, muy listo, hasta puede que fuera un genio, pero, si Claire era un diez, él era un cinco raspado.

Se acordó del día en que conoció a Paul Scott. Lo único que había pensado era que Claire podía aspirar a algo mucho mejor. Pero lo cierto era que su hermana nunca había querido nada mejor.

—Siempre tonteaba con los chicos más guapos, con los que tenían más éxito con las chicas —añadió—, pero se iba a casa con los más raritos, con los que prácticamente babeaban de gratitud. Creo que la hacían sentirse segura.

—¿Qué tiene de malo sentirse segura?

—Que para conseguirlo Paul la apartó de todo el mundo. Era su salvador. Le hizo pensar que solo lo necesitaba a él. Claire dejó de hablar con sus amigas. A mí cada vez me llamaba menos. Ya no iba a casa a visitar a nuestros padres. Paul la aisló por completo.

—Parece el típico maltratador.

—Que yo sepa, nunca le pegó ni le levantó la voz. Simplemente se la quedó para él.

—¿Como un pájaro en una jaula de oro?

—Más o menos —contestó Lydia, porque no se limitaba a eso—. Estaba obsesionado con ella. Cuando Claire estaba en clase, la miraba por la ventana. Le dejaba notas en el coche. Claire se encontraba una rosa en el umbral cuando volvía a casa.

—¿Y eso no es romántico?

—No, si lo haces todos los días.

Rick no supo qué contestar.

—Cuando estaban en público, no paraba de tocarla: le acariciaba el pelo, la tomaba de la mano, la besaba en la mejilla... Pero no era nada tierno. Daba escalofríos.

—Bueno —dijo Rick en tono diplomático—, puede que a ella le gustara que le dedicara tanta atención. Quiero decir que se casó con él y han seguido juntos casi veinte años.

—Es más bien como si ella se hubiera rendido.

—¿A qué?

—Al tipo de tío que menos le convenía.

—¿Qué tipo?

—Uno por el que no podía sentir pasión, ni perder el sueño, ni preocuparse por si se iba por ahí. Paul la hacía sentirse segura porque en realidad nunca se entregaría por completo a él.

—No sé, nena. Veinte años es mucho tiempo para aguantar a alguien que no te gusta.

Lydia pensó en lo abatida que parecía Claire en el cementerio. Desde luego, daba la impresión de estar llorando la muerte su marido. Claro que a Claire siempre se le había dado de maravilla comportarse como se esperaba de ella, no por doblez, sino por puro instinto de supervivencia.

—Hace años, cuando yo también era guapa y delgada —añadió—, los tíos como Paul me rondaban continuamente. Yo me burlaba de ellos. Les tomaba el pelo. Los utilizaba, y ellos se dejaban utilizar porque estar a mi lado significaba que no eran del todo unos perdedores.

—Caray, nena. Eso es muy cruel.

—Es la verdad. Siento decirlo con tanto descaro, pero a las chicas no les gustan los chicos que se comportan como si fueran felpudos. Y menos aún a las chicas guapas, porque para ellas no es ninguna novedad. Los tíos intentan ligar con ellas continuamente. No pueden andar por la calle, ni pedir un café, ni pararse en una esquina sin que algún idiota les diga lo atractivas que son. Y ellas sonríen porque es más fácil que mandarlos a la mierda. Y menos peligroso, porque, si un hombre rechaza a una mujer, la mujer se va a casa y se pasa unos días llorando. Pero si una mujer rechaza a un hombre, el hombre puede violarla y asesinarla.

—Confío en que no le estés dando a Dee esos consejos amorosos tan estupendos.

—Muy pronto lo descubrirá por sí misma.

Todavía recordaba cómo eran las cosas cuando actuaba con su grupo. Los hombres se disputaban el privilegio de servirla. Jamás tenía que abrir una puerta por sí sola. Jamás pagaba una copa, ni una raya, ni una bolsita de maría. Decía que quería algo y se lo ponían delante antes de que acabara la frase.

—Cuando eres guapa —le dijo a Rick—, el mundo se para por ti. Por eso las mujeres se gastan miles de millones en porquerías para la cara. Toda su vida son el centro de atención. La gente quiere estar a su alrededor por el simple hecho de que son atractivas. Sus chistes son los más divertidos. Sus vidas, las mejores. Y luego, de repente, les salen bolsas en los ojos o engordan unos kilos y ya no le interesan a nadie. Dejan de existir.

—Estás usando una brocha muy gorda para pintar a un montón de gente.

—Cuando estabas en el instituto, ¿viste alguna vez que empujaran a un tío dentro de una taquilla? ¿O que le quitaran la bandeja de la comida de las manos de un golpe?

Rick no dijo nada, seguramente porque él mismo había sido un matón.

—Imagínate que ese chico saliera con la reina del instituto. Eso fue lo que pasó cuando Paul empezó a salir con Claire. Estaba clarísimo lo que ganaba él con esa relación, pero ¿y ella? ¿Qué ganaba ella?

Rick se quedó mirando el televisor silenciado mientras reflexionaba.

—Creo que entiendo lo que quieres decir, pero la gente no es solo físico, es algo más.

—Pero uno solo se interesa de verdad por llegar a conocer a otra persona si le gusta lo que ve.

Rick le sonrió.

—A mí me gusta lo que veo.

Lydia se preguntó cuántas papadas se le veían así tumbada y si se le notaban o no las raíces al resplandor del televisor.

—¿Y se puede saber qué es lo que ves?

—A la mujer con la que quiero pasar el resto de mi vida. —Le puso la mano sobre la tripa—. ¿Esta barriga de la que siempre te estás quejando? Es donde Dee pasó sus primeros nueve meses de vida. —Apoyó la mano sobre su pecho—. Este corazón es el más generoso y el más tierno que he conocido nunca. —Deslizó los dedos hacia su cuello—. Y aquí es donde se forma tu preciosa voz. —Aligeró la presión al tocar sus labios—. Estos son los labios más suaves que he besado. —Tocó sus párpados—. Estos ojos descubren enseguida todas mis chorradas. —Acarició su pelo—. Y esta cabeza está llena de ideas que me sorprenden y me iluminan y me hacen reír.

Lydia volvió a llevar su mano hasta sus pechos.

—¿Y qué me dices de esto?

—Horas y horas de placer.

—Bésame antes de que diga una estupidez.

Él se inclinó y la besó en la boca. Lydia le puso la mano en la nuca. Dee estaba pasando la noche en casa de Bella. Al día siguiente era domingo. Podían quedarse durmiendo hasta tarde. Incluso hacerlo dos veces, quizá.

Su teléfono móvil gorjeó en la otra habitación.

Rick sabía que era absurdo pedirle que ignorara el teléfono cuando Dee estaba fuera de casa.

—Sigue sin mí —le dijo ella—. Enseguida te alcanzo.

Se dirigió a la cocina sorteando los perros y un montón de ropa para lavar. Su bolso estaba encima de una silla. Hurgó en él unos segundos, hasta que vio su móvil sobre la encimera. Era un mensaje de texto.

—¿Dee está bien? —Rick estaba en la puerta.

—Seguro que ha vuelto a olvidar su libro de matemáticas.

Lydia pasó el pulgar por la pantalla. El mensaje, procedente de un número bloqueado, solo incluía una dirección desconocida en el barrio de Dunwoody.

—¿Qué pasa? —preguntó Rick.

Lydia se quedó mirando la dirección, preguntándose si le habrían enviado el mensaje por error. Regentaba un pequeño negocio. No podía permitirse el lujo de desconectar por completo. El buzón de voz del trabajo daba su número de móvil, y el número de la tienda aparecía en un lateral de su furgoneta, junto con una foto de un enorme labrador blanco que le recordaba al perro al que rescató su padre después de la desaparición de Julia.

—¿Quién es, Liddie? —insistió Rick.

—Es Claire —contestó, porque lo sentía con cada fibra de su ser—. Mi hermana me necesita.

7

Claire se había sentado en su despacho porque ya no soportaba estar en el de Paul. Su escritorio era un Chippendale antiguo que ella misma había pintado de un suave blanco roto. Las paredes eran de color gris pálido. La alfombra tenía una cenefa de rosas amarillas. El terciopelo que tapizaba el mullido sillón y el diván era de un lila apagado. Del techo colgaba una araña sencilla, pero Claire había sustituido sus caireles transparentes por otros de amatista que salpicaban la pared de prismas violáceos cuando el sol incidía en ellos de determinada manera.

Paul nunca invadía su espacio. Se quedaba en la puerta, temeroso de que se le cayera el pene si tocaba algo de color pastel.

Claire miró la nota que Adam Quinn le había dejado en el coche.

Necesito de verdad esos archivos. Por favor, no me obligues a conseguirlos por las malas. AQ

Llevaba tanto tiempo mirando aquellas palabras que seguía viéndolas cuando cerraba los ojos.

Por las malas.

Era una amenaza, no había duda, lo cual resultaba chocante puesto que Adam no tenía motivos para amenazarla. ¿Qué quería decir exactamente con eso de «por las malas»? ¿Es que iba a mandar a unos matones para que le dieran una paliza? ¿Se trataba de algún tipo de insinuación sexual? Sus escarceos con Adam habían sido un poco agresivos a veces, pero ello se debía principalmente a la naturaleza ilícita de su relación. No había habido románticas habitaciones de hotel, solo un polvo apresurado contra una pared en una fiesta navideña, una segunda vez en un torneo de golf y otra en un cuarto de baño, en las oficinas de Quinn + Scott. En realidad, sus llamadas clandestinas y sus mensajes de texto secretos habían sido más emocionantes que el hecho en sí.

Aun así, Claire no podía evitar preguntarse a qué archivos se refería Adam: ¿a archivos de trabajo o a películas porno? Porque Adam y Paul lo habían compartido todo, desde su habitación en la residencia de estudiantes al mismo corredor de seguros. Claire suponía que ella también formaba parte de esa lista de bienes compartidos, pero ¿quién sabía si Paul había llegado a averiguarlo o no?

Claro que ¿qué había descubierto ella exactamente?

Había vuelto a ver las películas. Todas, esta vez. Había enchufado el portátil de Paul en el garaje para no tener que sentarse en su despacho. Cuando llevaba vista la mitad de la primera serie de películas, se había descubierto hasta cierto punto anestesiada contra la violencia. Cuestión de hábito, le habría dicho Paul. Pero al diablo con Paul y con sus estúpidas explicaciones.

Pertrechada con aquel nuevo distanciamiento, Claire descubrió que cada serie de películas respondía a un mismo hilo argumental. Al principio, las chicas encadenadas aparecían completamente vestidas. En los episodios siguientes, el enmascarado se dedicaba a cortarles y desgarrarles la ropa para dejar al descubierto el corpiño y las bragas de cuero abiertas por la entrepierna que sin duda las habían obligado a ponerse. Las chicas llevaban puesta una caperuza negra hecha de un tejido ligero que dejaba entrever sus frenéticas boqueadas cuando intentaban respirar. A medida que avanzaba la historia, la violencia se recrudecía. Primero venían los golpes; luego, los cortes; a continuación, las quemaduras con un hierro candente y, por último, la pica para ganado.

Hacia el final, las chicas ya no llevaban la caperuza. El rostro de la primera aparecía expuesto en dos de los vídeos antes de que la mataran. La chica que se parecía a Anna Kilpatrick seguía encapuchada hasta el último vídeo del disco duro secreto de Paul.

Claire había estudiado atentamente la cara de la chica. No había forma de saber si estaba viendo o no a Anna Kilpatrick. Incluso había descargado una foto de la chica de la página de Facebook de la familia Kilpatrick. Las había colocado una al lado de la otra y seguía sin estar segura.

Después había pulsado el *play* y había visto hasta el final la última película. Al principio había dejado el sonido puesto, pero no soportaba los gritos. El hombre entraba en escena cubierto con la misma inquietante máscara de goma. Empuñaba el machete, pero no lo utilizaba para matar a la chica. Lo utilizaba para violarla.

Claire estuvo a punto de vomitar otra vez. Tuvo que dar un paseo bajando y volviendo a subir el camino de entrada a la casa para llenarse de aire los pulmones.

¿Era real todo aquello?

El capitán Mayhew le había asegurado que la chica tenía, pegado al costado, un cable que controlaba la salida de la sangre falsa. Claire había encontrado una lupa en uno de los cajones de Paul, y lo único que había visto en el costado de la chica eran trozos de piel desgarrada que sobresalían como cristales rotos. En el suelo, desde luego, no había ningún cable y, si había alguien fuera de cuadro manejando un mando, el cable tendría que estar conectado a algún sitio.

Acto seguido, había buscado información en Internet sobre los estopines, pero hasta donde había podido averiguar todos se accionaban por control remoto. Incluso había hecho una búsqueda general sobre películas de porno *snuff*, pero le había dado pánico pinchar en cualquiera de los enlaces. Las descripciones eran demasiado perturbadoras: decapitaciones en vivo, canibalismo, necrofilia y algo llamado «tanatoviolación». Había probado con Wikipedia y había sacado la conclusión de que la mayoría de aquellos asesinatos grabados eran chapuceros y frenéticos. No estaban cuidadosamente encuadrados, ni seguían un progresión preconcebida.

De modo que, ¿corroboraba todo aquello la afirmación de Mayhew de que las películas eran ficticias? ¿O significaba que Paul había encontrado el mejor porno *snuff*, del mismo modo que encontraba los mejores clubes de golf o el mejor cuero para su silla de despacho de diseño personalizado?

Claire no había podido soportarlo más. Había salido del garaje y entrado en casa. Se había tomado dos Valium y había metido la cabeza debajo del grifo de la cocina hasta que el agua fría le había embotado la piel.

Habría deseado poder embotar también su cerebro. A pesar de las pastillas, por su mente desfilaban vertiginosamente diversas conspiraciones. ¿Eran aquellas películas espantosas los archivos que quería Adam? ¿Estaba compinchado con el bigotudo capitán Mayhew? ¿Por eso había ido a la comisaría? ¿Por eso se había comportado de manera tan extraña Mayhew al final de su conversación, empeñado en que le confirmara que no había más copias de los vídeos a pesar de que acababa de decirle que eran películas de ficción y que no debía preocuparse por ellas?

¿Y si de verdad eran falsas y la chica no era Anna Kilpatrick, sino una actriz, y Adam había ido a la comisaría porque tenía una llave de su casa, y Mayhew conocía la Ley de los Números Verdaderamente Grandes porque lo había visto en un documental de Discovery Channel, y ella era una ama de casa paranoica sin nada mejor que hacer que manchar la reputación del hombre que se había desvivido por complacerla en todo momento?

Miró el frasco naranja que había encima de su mesa. Percocet. Tenía quitado el tapón porque ya se había tomado una pastilla. El nombre de Paul figuraba en la etiqueta. Las instrucciones decían: ALIVIO SINTOMÁTICO DEL DOLOR. Claire sentía dolor, de eso no había duda. Volcó el frasco con la punta de un dedo. Las pastillas amarillas se desparramaron por su escritorio. Se puso otra en la lengua y se la tragó con un sorbo de vino.

El suicidio era cosa de familia. Lo había descubierto durante una clase sobre Hemingway impartida por un anciano profesor que parecía tener un pie en la tumba. Ernest se había servido de una escopeta. Su padre también. Había una hermana y un hermano, una nieta y quizás otros familiares de los que Claire no se acordaba, pero estaba segura de que todos ellos se habían quitado la vida.

Miró el Percocet esparcido sobre la mesa. Revolvió las pastillas como si fueran caramelos.

Su padre se había matado con una inyección de Nembutal, una marca de pentobarbital que solía emplearse para sacrificar a animales. Muerte por parada cardiorrespiratoria. Antes de la inyección, se había tragado un puñado de somníferos y una copita de vodka. Fue dos semanas antes del sexto aniversario de la desaparición de Julia. El mes anterior había sufrido un ictus leve. Su nota de despedida estaba escrita con mano temblorosa en una hoja arrancada de un cuaderno:

A todas mis preciosas niñas: os quiero con todo mi corazón. Papá

Claire se acordaba de un fin de semana que había pasado hacía mucho tiempo en el deprimente apartamento de soltero de su padre. Durante el día, Sam había hecho todo aquello que los padres recién divorciados hacían con sus hijos: le había comprado ropa que no podía permitirse comprar, la había llevado a ver una película que su madre le tenía prohibido ver y le había dejado comer tanta comida basura que Claire estaba casi en estado comatoso cuando por fin la llevó de vuelta a la horrenda habitación rosa con sábanas rosas que había decorado expresamente para ella.

Ella tenía entonces catorce años, quince como mucho. Su cuarto de casa estaba pintado de azul turquesa, una colcha multicolor cubría la cama y en toda la habitación había un solo peluche que tenía siempre sentado en la mecedora que había pertenecido a su abuelo materno.

A eso de la medianoche, las hamburguesas y los helados se habían enzarzado en una horrible batalla dentro de su estómago y, al correr al cuarto de baño, se había encontrado a su padre sentado en la bañera. No estaba dándose un baño. Llevaba puesto el pijama. Tenía la cara escondida en una almohada. Lloraba tan desconsoladamente que apenas si se dio cuenta cuando ella encendió la luz.

—Lo siento, Guisantito. —Su voz sonó tan débil que Claire tuvo que inclinarse para oírle.

Curiosamente, al arrodillarse junto a la bañera, pensó que así sería cuando algún día bañara a sus propios hijos.

—¿Qué te pasa, papi? —le preguntó.

Él meneó la cabeza. No quería mirarla. Era el cumpleaños de Julia. Se había pasado la mañana en la oficina del sheriff, repasando el expediente del caso, mirando fotografías de su antigua habitación en el colegio mayor, de su cuarto en casa, de su bici, que había pasado varias semanas encadenada frente al centro de estudiantes después de su desaparición.

—Nada, solo que hay ciertas cosas que no puedes quitarte de la cabeza.

Cada discusión entre sus padres incluía, como una variación del mismo tema, un comentario de Helen acerca de la necesidad de que Sam pasara página y siguiera adelante. Así pues, teniendo en cuenta que se había visto obligada a elegir entre una madre aparentemente fría y un padre que no era ya más que una carcasa rota, ¿era de extrañar que, años después, la psiquiatra nombrada por el juzgado la hubiera acusado de no ser franca respecto a sus sentimientos?

Su padre rebosaba sentimientos. No se podía estar a su lado sin absorber parte de aquella pena que parecía irradiar de su pecho. Nadie que lo mirara veía a un ser humano completo. Tenía los ojos perpetuamente llorosos. Le temblaban los labios, rumiando turbios pensamientos. Y debido a sus terrores nocturnos acabaron por echarle de su edificio de apartamentos.

Hacia el final, cuando Claire se quedaba a dormir en su casa (a decir verdad, cuando su madre la obligaba a quedarse), se tumbaba en la cama y, apretando la mano contra el fino tabique que separaba sus habitaciones, era capaz de sentir la vibración de los gritos de su padre que llenaban el aire. Pasado un rato, él se despertaba y Claire lo oía pasearse por el dormitorio, le preguntaba a través de la pared si estaba bien y él siempre respondía que sí. Los dos sabían que era mentira, igual que sabían que ella no entraría para cerciorarse.

Y no porque fuera del todo cruel o desconsiderada. Había entrado muchas veces a verle. Había corrido a su habitación con el corazón en la boca y lo había descubierto retorciéndose en la cama, con las sábanas enmarañadas a su alrededor. Su padre siempre se mostraba avergonzado. Claire era consciente de lo poco que podía hacer por él, de que era Helen quien de verdad debería estar allí, pero su madre le había dejado precisamente por episodios como aquel.

—En cierto modo, saberlo hace que aprecie menos a tu madre —le había dicho Paul cuando por fin Claire le contó cómo había sido la vida en casa después de la desaparición de Julia.

Paul...

Siempre había sido su adalid, su mayor defensor. Siempre se ponía de su parte. Incluso el día en que pagó la fianza para sacarla del calabozo, a pesar de que aquel desbarajuste era indudablemente culpa de ella, le dijo:

—No te preocupes por nada. Conseguiremos un buen abogado.

Dieciocho años atrás, Lydia le había dicho a Claire que el problema de Paul Scott era que no veía a Claire como un ser humano normal e imperfecto. Era ciego a sus defectos. Tapaba sus tropiezos y sus meteduras de pata. Nunca le ponía dificultades, ni le daba un susto, ni la enfurecía, ni agitaba en ella ninguna de esas emociones vehementes que hacía que valiera la pena soportar las gilipolleces de un hombre.

—¿Por qué lo dices como si fuera algo malo? —había preguntado Claire, porque para entonces se sentía desesperadamente sola y estaba cansada de ser la hermana de la chica desaparecida, o la hermana de la drogadicta, o la hija del suicida, o esa chica que era más guapa de lo que le convenía a ella misma.

Quería ser otra cosa, algo nuevo, algo que hubiera elegido ella misma. Quería ser la señora de Paul Scott. Quería un protector. Quería que la mimaran. Quería ser lista. Y, por descontado, no quería a su lado a un hombre que la hiciera sentir que la tierra podía ceder súbitamente bajo sus pies. Ya había tenido suficiente de eso durante su adolescencia, muchísimas gracias.

Porque, a fin de cuentas, Lydia tampoco había encontrado una alternativa mejor. Cuanto más insegura se sentía, más se crecía su hermana. Cada aspecto de su vida estaba ligado a la necesidad de ser la más popular. Había empezado a tomar pastillas porque todos los chicos guays las tomaban, y a esnifar coca porque un novio le dijo que todas las chicas divertidas la esnifaban. Claire la había visto una y otra vez ignorar a los chicos normales y simpáticos para arrojarse en brazos de los cretinos más guapos e informales del local. Cuanto menos caso le hacían, más los deseaba ella.

Por eso a Claire no le había sorprendido enterarse de que, un mes después de que dejaran de hablarse, Lydia se casó con un tal Lloyd Delgado. Era muy guapo, aunque tirando a dientudo. Pero también era un cocainómamo del sur de Florida con un largo historial de detenciones por delitos de poca monta. Cuatro meses después de su boda, murió de una sobredosis y a Lydia le asignaron por orden judicial un tutor para que velara por la hija que estaba esperando.

Julia Cady Delgado nació ocho meses después. Madre e hija vivieron cerca de un año en un albergue para indigentes que tenía servicio de guardería. Lydia encontró trabajo en una clínica veterinaria, limpiando jaulas en la trastienda. Más tarde la ascendieron a ayudante de peluquería canina y pudo pagarse una habitación de hotel que alquilaba por semanas. Para que Dee fuera a una escuela infantil privada, su madre tenía que saltarse la comida y a veces también la cena.

Cuando llevaba dos años trabajando como ayudante, ascendió a peluquera jefe. Casi un año después pudo comprarse un coche fiable y alquilar un apartamento de una sola habitación. Tres años más tarde abrió su propio negocio de peluquería canina. Al principio iba a casa de sus clientes en una destartalada furgoneta Dodge con los faros traseros cubiertos con cinta aislante roja. Luego se compró una furgoneta mejor y la convirtió en peluquería ambulante. Hacía ocho años que había abierto su propia tienda. Tenía dos empleados y una pequeña hipoteca sobre una casita de rancho. Salía con su vecino de al lado, un tal Rick Butler que se parecía a Sam Shepard, solo que más joven y menos sexy. Tenía varios perros y un gato. Su hija asistía a la Academia Westerly gracias a una beca sufragada por un donante anónimo.

Bueno, no tan anónimo ya, porque, según los documentos que Claire había encontrado en el despacho de Paul, su marido había estado sirviéndose de una empresa fantasma para pagar los treinta mil dólares anuales que costaba la matrícula de Julia *Dee* Delgado en la Academia Westerly.

Claire había encontrado la solicitud de beca de Dee entre otras treinta solicitudes de estudiantes de toda la zona metropolitana de Atlanta. Evidentemente la beca estaba amañada, pero el ensayo que había presentado Dee como parte de su solicitud era notablemente sólido y convincente comparado con el de las otras candidatas. Su tesis versaba sobre las innumerables trabas que el estado de Georgia ponía a los exreclusos condenados por delitos relacionados con las drogas. Se les negaban las ayudas para alimentos y vivienda. Perdían su derecho al voto. Sufrían discriminación laboral. Se les negaba la posibilidad de obtener becas de estudios. Y a menudo carecían de una red de apoyo familiar. Teniendo en cuenta que pagaban impuestos y que habían cumplido su pena, pagado las multas correspondientes y completado su periodo de libertad condicional, ¿no se merecían el derecho a la plena ciudadanía, igual que los demás?

Era un argumento contundente, incluso sin la ayuda de las fotografías que Claire tenía desplegadas sobre la mesa, delante de ella.

Y gracias a los detectives privados contratados por Paul para que siguieran a Lydia a lo largo de los años, había multitud de fotografías entre las que podía elegir.

Lydia, demacrada, llevando a Dee en un brazo y en el otro una bolsa de la compra. Lydia, a todas luces exhausta, esperando en una parada de autobús frente a la clínica veterinaria. Lydia paseando un montón de perros por una calle bordeada de árboles, la cara relajada por un instante fugaz. Lydia montando en su desvencijada furgoneta Dodge con cinta roja en los faros traseros. Lydia detrás del volante de una furgoneta Ford, con el equipo de peluquería móvil dentro, y posando orgullosa delante de su nueva tienda. Saltaba a la vista que la fotografía había sido tomada el día de la inauguración oficial. Su hermana empuñaba unas enormes tijeras para cortar la cinta amarilla mientras su hija y su novio el *hippie* la miraban con orgullo.

Dee Delgado... Claire puso las fotografías en orden. La hija de Lydia se parecía tanto a Julia que Claire se quedó sin respiración.

Paul debía de haber pensado lo mismo al ver las fotos. No había conocido a Julia en persona, pero Claire tenía tres álbumes llenos de fotografías familiares. Se preguntó si merecía la pena ponerlas al lado para compararlas. Y entonces le preocupó no haber abierto aquellos álbumes desde hacía años y descubrir, en caso de que los abriera ahora, que su marido también había estado mirando aquellas fotografías.

Decidió que era del todo posible que así hubiera sido. Resultaba evidente que Paul estaba obsesionado con Lydia. Todos los meses de septiembre de los últimos diecisiete años y medio, había contratado a un detective privado para que hiciera un seguimiento de su hermana. Había recurrido a una agencia distinta cada vez, pero todas ellas le habían entregado el mismo tipo de informe pormenorizado, catalogando minuciosamente la vida de Lydia. Informes crediticios. Pesquisas sobre su pasado. Devoluciones fiscales. Órdenes judiciales. Informes de libertad condicional. Transcripciones judiciales, a pesar de que sus roces con la justicia habían concluido hacía ya quince años. Incluso había una nota anexa detallando los nombres y las razas de sus animales domésticos.

Claire ignoraba por completo que Paul hubiera encargado aquellos informes. Imaginaba que Lydia tenía tan poca idea como ella, porque no le cabía ninguna duda de que su hermana prefería la muerte a aceptar un solo centavo de Paul.

Lo irónico del caso era que, a lo largo de los años, Paul le había sugerido de cuando en cuando que intentara ponerse en contacto con Lydia. Insistía en que a él le hubiera encantado que le quedara familia con la que poder hablar, y comentaba que Helen estaba envejeciendo y que podía ser bueno para Claire restañar viejas heridas.

Una vez hasta se había ofrecido a buscar a Lydia él mismo, pero Claire se había negado tajantemente porque quería dejarle muy claro que jamás perdonaría a su hermana por haberle mentido sobre él.

—No volveré a permitir que otra persona se interponga entre nosotros —le había asegurado con voz temblorosa, presa de indignación al pensar en aquella injusta acusación contra su marido.

¿La había manipulado Paul sirviéndose de Lydia del mismo modo que la había manipulado con las contraseñas de los ordenadores y las cuentas bancarias? Claire tenía fácil acceso a todo, de modo que no se sentía impelida a buscar nada. ¡Qué astuto había sido Paul ocultando todas sus transgresiones a plena vista!

Ahora lo único que quedaba por saber era cuántas transgresiones más iba a encontrar. Claire miró las dos pesadas cajas archivadoras que había bajado del despacho de Paul. Eran de plástico blanco y lechoso y ambas estaban etiquetadas: *PERSONAL-1* y *PERSONAL-2*.

No se atrevía a echar un vistazo a la segunda caja. La primera contenía suficiente basura para amargarla de por vida. Las carpetillas de dentro estaban ordenadas siguiendo un código de colores y pulcramente etiquetadas con nombres de mujeres. Claire había extraído la de Lydia por razones obvias, pero había cerrado la caja sin echar un vistazo a las decenas de archivos restantes, porque ya había vislumbrado lo suficiente para hacerse una idea de hasta qué punto estaba cubierto de mierda su marido. No tenía valor para seguir mirando.

Abrió el teléfono plegable que descansaba junto al frasco de Percocet. Había comprado un móvil de prepago, lo que llamaban «un quemador», al menos si había que dar crédito a lo que se decía en *Ley y orden*.

El número de móvil de Lydia figuraba en los informes de Paul. Claire le había mandado un SMS desde su teléfono nuevo. No un mensaje como tal, solo su dirección en Dunwoody. Había querido dejarlo en manos del azar. ¿Desecharía Lydia el mensaje como si fuera una estafa, algo así como si un presidente nigeriano depuesto intentara hacerse con sus datos bancarios? ¿O lo desdeñaría al darse cuenta de que era suyo?

Claire se merecía que la ignorara. Su hermana le había dicho que un hombre había intentado violarla y ella había reaccionado creyendo al hombre en cuestión.

Pese a todo, Lydia le había respondido con un mensaje casi inmediatamente: *Voy para allá.*

Desde el día del robo dejaba siempre la verja de seguridad abierta. Confiaba íntimamente en que los ladrones volvieran y la mataran. O quizá no que la mataran, porque eso sería terrible para Helen. Quizá pudieran darle solo una paliza para que cayera en coma y se despertara un año después, cuando las fichas de dominó hubieran dejado de caer.

He aquí la primera ficha: era fácil afirmar que a un hombre que veía películas de violaciones no tenían por qué interesarle necesariamente las violaciones reales, pero ¿y si alguien lo había acusado tiempo atrás de intentar cometer precisamente ese delito?

Segunda ficha: ¿y si esa acusación de intento de violación fuera cierta?

Tercera ficha: según las estadísticas, los violadores no actuaban una sola vez. Si salían impunes, normalmente seguían violando. E incluso, si no salían impunes, la tasa de reincidencia era tan elevada que bien podrían haber puesto una puerta giratoria en cada prisión.

¿Por qué conocía Claire esas estadísticas? Porque unos años atrás había trabajado como voluntaria en un teléfono de atención a víctimas de agresiones sexuales, cosa que habría resultado de una ironía hilarante si alguien le hubiera contado esta historia en una fiesta.

Lo cual la llevaba a la cuarta ficha de dominó: ¿qué había en realidad dentro de las cajas de Pandora etiquetadas como *PERSO-NAL-1* y *PERSONAL-2?* Cualquier persona con capacidad de raciocinio podía adivinar que el contenido de las carpetas con nombre de mujer sería semejante al de la carpeta con el nombre de Lydia: informes de vigilancia, fotografías, listas detalladas de idas y venidas de mujeres a las que Paul había convertido en su objetivo.

Quinta ficha: si Paul de veras había intentado violar a Lydia, ¿qué les había hecho a aquellas otras mujeres?

Gracias a Dios, no había tenido hijos con él. Solo de pensarlo le daba vueltas la cabeza. De hecho, la habitación entera daba vueltas. El vino y las pastillas no eran buena mezcla. Claire empezaba a sentir de nuevo aquella sensación de mareo ya familiar y arrolladora.

Cerró los ojos. Hizo mentalmente una lista, porque escribir aquellas cosas le parecía demasiado peligroso.

Jacob Mayhew. ¿Mentía acerca de la autenticidad de las películas? Teniendo en cuenta su fachada de detective cínico y curtido, ¿sería uno de esos hombres capaces de mentir a una mujer con el único fin de no herir su delicada sensibilidad?

Adam Quinn. ¿Qué archivos quería de verdad? ¿Se le daba tan bien como a Paul ocultar su verdadero talante, incluso cuando se acostaba con ella?

Fred Nolan. ¿Cuál era el verdadero motivo de que aquel tipo desagradable y siniestro se hubiera presentado en su casa el día del entierro? ¿Era por las películas o le tenía preparado algo peor a la vuelta de la esquina?

Paul Scott. ¿Violador? ¿Sádico? ¿Marido? ¿Amigo? ¿Amante? ¿Mentiroso? Había pasado con él más de la mitad de su vida y aun así ignoraba cómo era en realidad.

Abrió los ojos. Miró las pastillas de Percocet esparcidas por la mesa y pensó en tomarse otra. No entendía qué atractivo tenía drogarse. Pensaba que el objetivo era embotar la mente, pero, si acaso, lo sentía todo con más intensidad de la habitual. No conseguía desconectar su cerebro. Se sentía trémula y notaba la lengua pastosa. Quizá lo estuviera haciendo mal. Tal vez los dos Valium que se había tomado una hora antes estuvieran contrarrestando el efecto de las otras pastillas. Tal vez tuviera que tomarse más Percocet. Sacó su iPad del cajón del escritorio. Sin duda habría en YouTube algún vídeo explicativo colgado por un drogadicto servicial.

Vibró el teléfono de prepago. Leyó el mensaje de Lydia: *Estoy aquí.*

Apoyó las manos en el escritorio y se incorporó. O al menos lo intentó. No le respondían los músculos de los brazos. Obligó a sus piernas a enderezarse y faltó poco para que se cayera cuando la habitación dio un brusco giro a la izquierda.

Sonó el timbre. Metió de golpe todas las fotos y los informes de Lydia en el cajón del escritorio. Bebió un sorbo de vino y decidió llevarse la copa.

Andar también entrañaba su dificultad. Los espacios diáfanos de la cocina y el cuarto de estar presentaban pocos obstáculos, pero al llegar al pasillo principal se sintió como si estuviera dentro de una máquina de *pinball*, rebotando contra las paredes. Finalmente tuvo que quitarse los tacones, que se había dejado puestos por la única razón de que Paul y ella siempre se quitaban los zapatos al entrar en casa. Todas las alfombras eran blancas. El suelo era de haya blanqueada. Las paredes eran blancas. Hasta algunos de los cuadros eran de tonos apagados de blanco. No vivía en una casa. Ocupaba un sanatorio.

El picaporte de la puerta principal se alejó de su mano. Veía la silueta de Lydia a través del cristal esmerilado. Derramó el vino al agarrar el picaporte. Sintió que sonreía, aunque nada de aquello era especialmente divertido.

Lydia tocó en el cristal.

—¡Ya voy!

Por fin consiguió abrir la puerta de un tirón.

—Santo Dios. —Lydia se inclinó hacia delante para mirarla a los ojos—. Tienes las pupilas tan grandes como monedas de diez centavos.

—No creo que eso sea posible —repuso Claire, porque sin duda una moneda de diez centavos era más grande que todo su globo ocular. ¿O sería más parecido a un cuarto de dólar?

Lydia entró sin que la invitara a pasar. Dejó su bolso en el suelo, junto a la puerta. Se quitó los zapatos y recorrió el vestíbulo con la mirada.

—¿Qué es este sitio?

—No lo sé —respondió Claire, porque ya no le parecía su hogar—. ¿Estabas liada con Paul?

Su hermana se quedó boquiabierta por la sorpresa.

163

—Dímelo —añadió Claire.

Sabía por los papeles de su marido que Lydia tenía una hija y que Paul le estaba pagando los estudios. Una aventura que había dado como fruto una hija nacida del amor le parecía mucho más digerible que cualquiera otra de las pavorosas razones que explicarían por qué Paul se había inmiscuido en la vida de su hermana.

Lydia seguía con la boca abierta.

—¿Estabais liados?

—Desde luego que no. —Lydia parecía preocupada—. ¿Qué te has tomado?

—Nembutal y Ambien con un chupito de vodka.

—No tiene gracia. —Lydia le arrancó de la mano la copa de vino. Buscó con la mirada un sitio donde ponerla en el desnudo vestíbulo y se decantó por el suelo—. ¿Por qué me preguntas eso?

Claire se guardó la respuesta.

—¿Es que te era infiel?

Claire no lo había pensado desde esa perspectiva. ¿Violar a alguien podía considerarse un caso de infidelidad? Porque, a decir verdad, a eso apuntaban todas las fichas de dominó. Si de verdad Paul había intentado violar a Lydia, seguramente lo habría intentado también con otra y habría tenido éxito y, si se había salido con la suya una vez, era probable que lo hubiera intentado de nuevo.

Y había contratado a un detective privado para seguir a aquellas mujeres el resto de sus vidas, de modo que pudiera seguir ejerciendo control sobre ellas desde su guarida de encima del garaje.

Pero ¿eso era infidelidad? Claire sabía por la formación que había recibido en el centro de atención a las víctimas que la violación era una cuestión de poder. Y desde luego a Paul le gustaba controlarlo todo. Pero, ¿violar a mujeres era equiparable a poner todas las latas en la despensa con la etiqueta mirando hacia fuera o cargar el lavavajillas con mecánica precisión?

—¿Claire? —Lydia chasqueó los dedos con fuerza—. Mírame.

Hizo todo lo posible por mirar a su hermana. Siempre había pensado que, de las tres hermanas, Lydia era la más guapa. Tenía la cara más redonda y había envejecido mucho mejor de lo que esperaba Claire. Tenía arrugas de la risa alrededor de los ojos y una hija aplicada y preciosa. Y un novio exheroinómano que escuchaba la radio mientras trabajaba en una vieja camioneta delante de su casa.

¿Para qué necesitaba Paul saber todo eso? ¿Para qué quería saber cosas de Lydia? Si contratabas a otra persona para hacerlo, ¿podía considerarse acoso? ¿Y acaso vigilar a alguien sin su permiso no era otra forma de violación?

—Claire, ¿qué te has tomado? —insistió Lydia. Su voz se suavizó cuando le frotó los brazos—. Dime qué te has tomado, Guisantito.

—Valium. —De pronto le dieron ganas de llorar. No recordaba la última vez que alguien la había llamado «Guisantito»—. Y un poco de Percocet.

—¿Cuánto?

Claire meneó la cabeza porque no le importaba. Nada de aquello le importaba.

—Teníamos un gato llamado *Míster Sándwich*.

Lydia se quedó perpleja, como es natural.

—Muy bien.

—Lo llamábamos *Jamoncito*, por el jamón de los sándwiches. Siempre estaba entre los dos. En el sofá. En la cama. Solo ronroneaba cuando le acariciábamos los dos.

Lydia ladeó la cabeza como si intentara entender a una persona desequilibrada.

—Los gatos conocen a la gente. —Claire estaba segura de que su hermana lo entendía. Habían crecido rodeadas de animales. Ninguna de ellas podía cruzar una aparcamiento sin atraer a algún animal extraviado—. Si Paul fuera mala persona, *Jamoncito* se habría dado cuenta. —Sabía que era un argumento endeble, pero no podía refrenarse—. ¿No es eso lo que dicen, que la gente mala odia a los animales?

Su hermana sacudió la cabeza, confusa.

—No sé qué quieres que te diga, Claire. Hitler adoraba a los perros.

—*Reductio ad Hitlerum* —contestó Claire, citando a Paul sin poder evitarlo—. Es cuando comparas a alguien con Hitler para ganar en una discusión.

—¿Es que estamos discutiendo?

—Cuéntame qué pasó entre Paul y tú.

Lydia volvió a soltar aquel profundo suspiro.

—¿Por qué?

—Porque nunca lo he sabido.

—No me dejaste contártelo. Te negaste a escucharme.

—Ahora te estoy escuchando.

Lydia paseó la mirada por la entrada, dándole a entender que apenas la había invitado a cruzar el umbral. Lo que no sabía era que Claire no soportaba la idea de ver aquella casa fría y sin alma a través de sus ojos.

—Por favor —le suplicó Claire—. Por favor, Pepper, cuéntamelo.

Lydia levantó las manos como si todo aquello le pareciera una pérdida de tiempo. Aun así, dijo:

—Estábamos en su coche. En el Miata. Me puso la mano en la rodilla. Yo se la aparté de un manotazo.

Claire se dio cuenta de que estaba conteniendo la respiración.

—¿Eso es todo?

—¿Crees que eso puede ser todo? —Lydia pareció enfadada de pronto. Claire supuso que tenía todo el derecho a estarlo—. Siguió conduciendo, así que pensé: «Vale, vamos a ignorar que el cretino del novio de mi hermana me ha puesto la mano en la rodilla». Pero entonces se metió por una carretera que yo no conocía y de pronto estábamos en el bosque. —La voz de Lydia se había vuelto suave. En lugar de mirar a Claire, fijó la vista por encima de su hombro—. Paró el coche. Apagó el motor. Le pregunté qué hacía y me dio un puñetazo en la cara.

Claire sintió que cerraba uno de los puños. Paul nunca había pegado a nadie. Ni siquiera en el callejón, cuando estaba peleando con el Hombre Serpiente, había logrado asestarle un puñetazo.

—Me quedé aturdida —prosiguió Lydia—. Él empezó a echárseme encima. Intenté defenderme. Volvió a golpearme, pero giré la cabeza. —Ladeó la cabeza ligeramente: una actriz intentando convencer a su público—. Eché mano del tirador de la puerta. No sé cómo me las arreglé para abrirla. Caí fuera del coche. Él estaba encima de mí. Levanté la rodilla.

Hizo una pausa y Claire se acordó de una clase de defensa propia a la que había asistido. El instructor les había dicho una y otra vez que no se podía contar con dejar inutilizado a un hombre dándole un rodillazo en la entrepierna, porque era muy fácil errar el tiro y cabrearlo aún más.

—Eché a correr —continuó su hermana—. Debí de dar veinte o treinta pasos antes de que me alcanzara. Caí de bruces. Y se echó encima de mí. —Clavó la mirada en el suelo. Claire no pudo evitar preguntarse si lo hacía para parecer más vulnerable—. No podía respirar. Me estaba aplastando. Notaba que se me doblaban las costillas como si fueran a romperse. —Se llevó la mano al costado—. Y él no paraba de decir: «Dime que te gusta».

Claire sintió que se le paraba el corazón en medio de un latido.

—Todavía tengo pesadillas en la que le oigo decir eso: susurrando como si fuera muy sexy, cuando en realidad era una puta mierda y daba miedo. —Lydia se estremeció—. A veces, si me quedo dormida boca abajo, oigo su voz en mi oído y...

Claire abrió la boca para poder respirar. Casi podía sentir que se le combaban las costillas como cuando Paul le había apretado contra la pared de ladrillo. Le había susurrado al oído: «Dime que te gusta». En aquel momento a ella le había parecido una tontería. Paul nunca le había hablado así, pero no había aflojado hasta que Claire había repetido sus palabras exactas.

—¿Qué hiciste después? —preguntó.

Lydia se encogió de hombros vagamente.

—No me quedó más remedio. Le dije que me gustaba. Me bajó las bragas de un tirón. Todavía tengo cicatrices en la pierna, donde me levantó la piel con las uñas.

Claire se llevó la mano a la pierna cuya piel había arañado Paul.

—¿Y luego?

—Empezó a desabrocharse la hebilla del cinturón. Oí un silbido, un silbido de verdad, muy alto. Era una pareja de chicos. Estaban dando un paseo por el bosque y pensaron que nos estábamos enrollando. Empecé a gritar como una loca. Paul se levantó de un salto. Volvió corriendo al coche. Uno de los chicos corrió tras él y el otro me ayudó a levantarme. Querían llamar a la policía, pero les dije que no.

—¿Por qué?

—Acababa de salir bajo fianza por enésima vez. Paul era un estudiante brillante con dos trabajos. ¿A quién iban a creer?

Sabía a quién había creído Claire.

—Esos dos tipos...

—Eran dos gais que iban a echar un polvo en un bosque del sur de Alabama. La policía lo habría sabido en cuanto hubieran abierto la boca. —Meneó la cabeza, pensando en la futilidad de todo aquello—. Y en aquel momento lo que me pasara a mí me importaba muy poco. Lo único que me preocupaba era alejarle de ti.

Claire se llevó la mano a la frente. Se sentía febril. Seguían aún en el vestíbulo. Debería haber invitado a pasar a su hermana. Debería haberla llevado a su despacho y haberse sentado con ella.

—¿Quieres una copa?

—Ya te dije que estoy en rehabilitación.

Claire lo sabía. Los detectives de Paul habían asistido a una de las reuniones de Lydia y habían consignado cada una de sus palabras.

—Necesito una copa. —Claire encontró su copa de vino en el suelo. La apuró de un trago. Cerró los ojos y esperó. No sintió ningún alivio.

—¿Tienes problemas con las drogas o el alcohol? —preguntó Lydia.

Su hermana luchó por dejar de nuevo la copa en el suelo.

—Sí. Mi problema es que no me gustan mucho.

Lydia abrió la boca para responder, pero el vestíbulo se iluminó de pronto cuando un coche apareció en el camino de entrada.

—¿Quién viene?

Claire encendió la pantalla de vídeo que había junto a la puerta. Vieron que un Crown Victoria aparcaba frente a la entrada principal.

—¿Qué hace aquí un huckleberry? —Lydia pareció asustada—. ¿Claire?

Su hermana se esforzaba por dominar su propio pánico. Le preocupaba más qué huckleberry podía ser. ¿Sería Mayhew, que había ido a asegurarse de que no había hecho copias de las películas? ¿O Nolan, con sus salidas de tono, su aspecto siniestro y sus preguntas impertinentes, que no explicaban qué pintaba allí? ¿O acaso era el supervisor de su libertad condicional? Le había advertido a Claire que podía aparecer en cualquier momento y hacerle una prueba de detección de drogas sin previo aviso.

—Estoy en libertad condicional —le dijo a Lydia—. No puedo tomar drogas.

Sus pensamientos corrían librando una carrera contra el Valium. Se acordó de otro detalle de los archivos de Paul. En el pasado, cuando todavía se drogaba, Lydia se había declarado culpable de un delito de posesión de estupefacientes para evitar una condena a prisión. Claire intentó empujarla pasillo abajo.

—¡Muévete, Pepper! No puedo relacionarme con delincuentes. Podrían llevarme de vuelta a la cárcel.

Lydia no se movió. Estaba clavada en el sitio. Sus labios se movían en silencio, como si hubiera tantos interrogantes desfilando por su cabeza que no lograba atrapar uno solo. Por fin dijo:

—Baja las luces.

A Claire no se le ocurrió qué otra cosa hacer. Pulsó el botón de las luces ambientales del panel de mandos. Todas las luces de la planta baja se atenuaron. Con un poco de suerte, ocultarían el estado de sus pupilas. Miraron las dos la pantalla de vídeo, las caras separadas apenas por unos centímetros. La respiración agitada de Lydia era idéntica a la de Claire. Un hombre salió del coche. Era alto y de complexión fornida. Tenía el cabello castaño, con la raya pulcramente trazada a un lado.

—Joder —gruñó Claire, que no se sentía lo bastante despejada para tratar con Fred Nolan—. Es el FBI.

—¿Qué? —dijo Lydia, casi chillando de miedo.

—Fred Nolan. —Se le erizó la piel al oír su nombre—. Es un agente especial, un gilipollas de la delegación de Atlanta.

—¿Qué? —Su hermana pareció horrorizada—. ¿Es que has cometido un delito federal?

—No lo sé. Puede ser.

No había tiempo para explicaciones. Cambió la imagen de la pantalla de vídeo por la de la cámara de la puerta principal. Mostraba la coronilla de la cabeza de Nolan mientras subía los peldaños de la escalera.

—Escúchame —le dijo Lydia en voz baja—. Legalmente, no tienes por qué contestar a ninguna de sus preguntas. Tampoco tienes que acompañarlo a no ser que te detenga y, si te detiene, no digas ni una palabra. ¿Me entiendes, Claire? Nada de ponerse graciosa, ni hacer comentarios irónicos. Mantén la puta boca cerrada.

—De acuerdo. —Claire notó que empezaba a despejarse, seguramente debido a la oleada de adrenalina que atravesaba su cuerpo.

Miraron ambas la puerta principal y esperaron.

La sombra de Nolan se alzó, enorme, detrás del cristal esmerilado. Bajó el brazo y pulsó el timbre.

Las dos dieron un respingo al oírlo.

Lydia le indicó a Claire que no hiciera ruido. Estaba haciendo esperar a Nolan, lo que seguramente era buena idea. Al menos así Claire tendría tiempo de controlar su respiración.

Nolan pulsó de nuevo el timbre.

Lydia levantó los pies e hizo ruido, como si caminara. Abrió la puerta una rendija y asomó la cabeza. Claire la veía por la pantalla de vídeo. Nolan era tan alto que su hermana tenía que levantar la cabeza para mirarlo.

—Buenas noches, señora. —Nolan se tocó un sombrero imaginario—. He venido a hablar con la señora de la casa.

—Está durmiendo —dijo Lydia con voz chillona y asustada.

—¿No está detrás de usted? —El agente apoyó la mano en la

puerta y presionó hasta que Lydia tuvo que abrirla para no caerse. Sonrió a Claire. El hematoma de su ojo empezaba a amarillear—. Es curioso lo de los cristales esmerilados. En realidad, no ocultan nada.

—¿Qué quiere? —preguntó Lydia.

—Una pregunta comprometida. —Nolan mantuvo la mano en la puerta para que Lydia no pudiera cerrarla. Miró el firmamento. La puerta no tenía tejadillo. Paul había argumentado que arruinaría la línea de la casa—. Parece que está dejando de llover.

Claire y Lydia no respondieron.

—A mí me gusta la lluvia. —Nolan entró en la casa. Recorrió el vestíbulo con la mirada—. Es un momento estupendo para sentarse a leer un libro. O a ver una película. ¿A usted le gusta el cine?

Claire trató de tragar saliva. ¿Por qué hablaba de películas? ¿Había hablado con Mayhew? ¿Tendrían pinchados su ordenadores? Había usado el portátil de Paul para acceder al servicio wifi. ¿Estaba controlando Nolan toda su actividad?

—¿Señora Scott?

Logró tomar aire a duras penas. Se obligó a no preguntarle directamente si había ido a detenerla.

—¿Esa camioneta de ahí fuera es suya?

Lydia se puso rígida. Nolan se estaba dirigiendo a ella.

Le tendió la mano. No tuvo que estirar mucho el brazo. Estaba tan cerca que apenas tuvo que doblar el codo.

—No nos han presentado. Agente Fred Nolan, del FBI.

Lydia no le estrechó la mano tendida.

—Podría hacer venir al agente que supervisa su libertad condicional. —Nolan miraba de nuevo a Claire—. Dejando a un lado que mentir conscientemente y por propia voluntad a un agente federal o brindarle pistas falsas es un delito penado con cinco años de prisión, legalmente está usted obligada a responder a las preguntas de su supervisor. Son los términos de su libertad condicional. No tiene derecho a guardar silencio. —Se inclinó hacia delante y observó los ojos de Claire—. Ni a drogarse.

Lydia dijo:

—Me llamo Mindy Parker. La camioneta me la ha prestado mi mecánico. Soy amiga de Claire.

Nolan la miró de arriba abajo atentamente, porque Lydia no parecía una de las amigas de Claire. Sus vaqueros eran más de fibra que de loneta. Su camiseta negra tenía una mancha de lejía en el dobladillo, y su chaqueta gris estaba deshilachada por los bordes, como si algún animal la hubiera mordisqueado. Ni siquiera parecía la asistenta de una de las amigas de Claire.

—Mindy Parker. —Sacó teatralmente un cuaderno de espiral y un bolígrafo y anotó el nombre falso de Lydia—. Fíate, pero verifica. ¿No es lo que decía Reagan?

—¿A qué ha venido? —preguntó Lydia con aspereza—. Es casi medianoche. El marido de Claire acaba de morir. Quiere que la dejen en paz.

—Todavía lleva la ropa del entierro. —Nolan dejó que su mirada recorriera el cuerpo de Claire de arriba abajo—. Claro que le sienta genial.

Claire sonrió mecánicamente: siempre sonreía cuando le hacían un cumplido.

—Me estaba preguntando, señora Scott —agregó Nolan—, si el socio de su marido no se habrá puesto en contacto con usted.

A Claire se le quedó la boca seca como la sal.

—¿Señora Scott? ¿Se ha puesto en contacto con usted el señor Quinn?

Se obligó a responder:

—Estuvo en el entierro.

—Sí, ya lo vi. Muy amable por su parte el asistir, dadas las circunstancias. —Afinó la voz para imitar torpemente el timbre de Claire—: «¿Qué circunstancias, agente Nolan? No, por favor, llámeme Fred. ¿Le importa que la llame Claire? No, en absoluto, Fred».

Claire endureció todo lo que pudo su expresión.

—Imagino que sabía que su marido estaba desfalcando dinero a la empresa —añadió Nolan.

Claire sintió que se quedaba boquiabierta por la sorpresa. Tuvo que repetir las palabras de Nolan para sus adentros antes de comprender su significado. Pero ni siquiera entonces pudo creerlo. Paul era increíblemente escrupuloso en cuestiones de dinero. Una vez, había tenido que soportar media hora de viaje de vuelta cuando su marido se dio cuenta de que la cajera de una tienda rural le había dado cambio de más.

—Eso es mentira —le dijo a Nolan.

—¿Sí?

A Claire le dieron ganas de abofetear su cara de engreimiento. Se trataba de una especie de truco. Nolan estaba confabulado con Adam y Mayhew, o quizá trabajaba por su cuenta, y todo aquello tenía que ver con las malditas películas.

—No sé a qué está jugando, pero no le va a servir de nada.

—Pregunte a Adam Quinn si no me cree. —Nolan esperó como si Claire fuera a correr al teléfono—. Fue él quien avisó a los federales. Uno de los contables de la empresa descubrió una transferencia de tres millones de dólares a una empresa fantasma llamada Fiambrito Holdings.

Claire apretó los dientes para no ponerse a gritar. *Fiambrito* era otro de los motes de Míster Sándwich.

—Es mucho dinero, ¿no? —dijo Nolan dirigiéndose a Lydia—. Tres millones. La gente como usted y como yo podría retirarse con eso.

Claire sintió que se le aflojaban las rodillas. Le temblaban las piernas. Tenía que sacar a Nolan de allí antes de que le diese una crisis nerviosa.

—Quiero que se marche.

—Y yo quiero que mi mujer deje de tirarse al vecino. —Nolan se rio como si todos estuvieran al tanto de aquella broma—. ¿Sabe, Claire?, lo curioso del caso es que esa pasta es una minucia para un tipo como su marido. Paul vale veintiocho millones de dólares sobre el papel —añadió mirando a Lydia—. O los valía. ¿De cuánto es la póliza de seguros que tenía sobre él? —preguntó dirigiéndose a Claire, pero ella no contestó porque no tenía ni idea—. De otros veinte millones

—contestó él—. Lo que significa que ahora dispone usted de casi cincuenta millones de pavos, señora Scott. —Hizo una pausa para dejar que asimilara la información, pero Claire había llegado a un punto en que ya no era capaz de asimilar nada—. Adam Quinn fue muy amable llegando a un acuerdo extrajudicial en vez de permitirme que arrojara a su marido a una pocilga federal. —Lanzó a Claire una mirada lasciva—. Imagino que encontró otra forma de vengarse de su marido.

Aquella insinuación sacó a Claire de su estupor.

—¿Qué le da derecho a...?

—Cállate, Claire. —Lydia se puso delante de ella y le dijo a Nolan—: Tiene que irse.

Él dejó ver su sonrisa de cocodrilo.

—¿Sí?

—¿Ha venido a detenerla?

—¿Debería hacerlo?

—En primer lugar, apártese de mí de una puta vez.

Nolan dio enfáticamente un paso atrás.

—Estoy deseando oír lo que sigue.

—Pues es esto, capullo: si quiere interrogarla, llame a su abogado para fijar una cita.

Nolan sonrió como una gárgola.

—¿Sabe qué, Mindy Parker? Ahora que la miro, estoy pensando que se parece una barbaridad a Claire. Es casi como si fueran hermanas.

Lydia no se inmutó.

—Lárguese de una puta vez.

Nolan levantó la mano en señal de rendición, pero no se movió.

—Es simple curiosidad, ¿sabe? ¿Por qué será que un tipo con tanta pasta le roba tres millones a su propia empresa?

Claire sintió una punzada de dolor en el pecho. No podía respirar. El suelo volvía a moverse bajo sus pies. Estiró el brazo hacia la pared, tras ella. Se había sentido igual el día anterior, al desmayarse.

—Bien —dijo Nolan—, las dejo para que disfruten de su velada, señoras. —Salió al porche y miró el cielo nocturno—. Hace una noche agradable.

Lydia cerró de un portazo y echó el cerrojo. Se tapó la boca con las dos manos. Tenía los ojos dilatados por el miedo. Vieron ambas por la pantalla cómo bajaba Fred Nolan los escalones arrastrando los pies y avanzaba lentamente hacia el coche.

Claire desvió la mirada. No podía seguir mirando, pero tampoco podía dejar de oírle. El suave chasquido de la puerta de su coche al abrirse, el estruendo que hizo al cerrarse. El retumbo del motor. El gruñido metálico de la dirección cuando dio media vuelta y bajó por el camino.

Lydia bajó las manos. Respiraba tan trabajosamente como Claire.

—¿Qué cojones, Claire? —Miró a su hermana con visible asombro—. ¿Qué cojones está pasando aquí?

Pero desde hacía dos días, Claire no tenía ni idea de lo que estaba pasando.

—No lo sé.

—¿Que no lo sabes? —dijo Lydia prácticamente gritando. Su voz retumbó en los suelos de cemento pulimentado y rebotó en la escalera de metal y cristal—. ¿Qué cojones quieres decir con que no lo sabes, Claire? —Comenzó a pasearse adelante y atrás por el vestíbulo—. No puedo creerlo. No me creo nada de esto.

Claire tampoco podía creérselo. Las películas, Mayhew, Nolan, la colección de carpetas de Paul, las que había visto y las que no se atrevía a abrir. Y lo que estuviera pasando con Adam Quinn. Y ahora acababa de enterarse de que Paul era un ladrón. ¿Tres millones de dólares? Los cálculos de Nolan acerca del patrimonio de Paul erraban por un par de millones. Solo había mencionado el dinero que había en el banco. A Paul no le interesaba el mercado bursátil. La casa estaba pagada. Los coches también. No había razón para que Paul robara nada.

Se rio de sí misma porque no podía hacer otra cosa.

—¿Por qué será que me creo que Paul fuera un violador pero no un ladrón?

La pregunta hizo que Lydia se parara en seco.

—Me crees.

—Debí creerte hace años. —Claire se apartó de la pared. Se sentía culpable por haber metido a Lydia en aquel embrollo. No tenía derecho a poner en peligro a su hermana, sobre todo después de lo ocurrido—. Siento haberte mezclado en esto. Deberías irte.

En lugar de responder, Lydia miró el suelo. Su bolso de piel marrón tenía el tamaño aproximado de un pequeño saco. Claire se preguntó si Paul tendría una foto en la que se viera a su hermana comprándolo. Algunas de las instantáneas habían sido tomadas, evidentemente, mediante un teleobjetivo, pero otras estaban hechas desde tan cerca que se podía leer el texto de los cupones de descuento que Lydia usaba siempre en el supermercado.

Su hermana no debía enterarse de que Paul la había tenido vigilada. Al menos, Claire podía hacer eso por ella. Lydia tenía una hija de diecisiete años cuyos estudios pagaba su marido secretamente. Tenía pareja. Tenía una hipoteca. Tenía una empresa con dos empleados de los que era responsable. Saber que Paul le había seguido los pasos desde el principio sería un golpe terrible para ella.

—Pepper —dijo Claire—, en serio, tienes que irte. No debería haberte pedido que vinieras.

Lydia recogió su bolso. Se colgó la tira del hombro. Puso la mano en el picaporte de la puerta, pero no la abrió.

—¿Cuándo fue la última vez que te diste una ducha?

Claire meneó la cabeza. No se había bañado desde la mañana del entierro de Paul.

—¿Y qué hay de la comida? ¿Has comido?

Su hermana meneó la cabeza otra vez.

—Es que... —No sabía cómo explicarlo. Habían asistido a un curso de cocina hacía unos meses, y a Paul no se le daba mal del todo, pero ahora, cada vez que pensaba en su marido en la cocina empuñando un cuchillo, solo veía el machete de las películas.

—¿Claire? —Evidentemente, Lydia le había hecho otra pregunta. Su bolso estaba otra vez en el suelo. Sus zapatos seguían arrumbados donde los había dejado—. Ve a darte una ducha. Yo voy a hacerte algo de comer.

—Deberías irte —insistió Claire—. No deberías meterte en este... en este... Ni siquiera sé qué es, Liddie, pero no es nada bueno. Es peor de lo que puedes imaginar.

—Ya me he dado cuenta.

—No me merezco que me perdones —dijo Claire, expresando la única cosa de la que estaba segura.

—No te perdono, pero aun así eres mi hermana.

8

Lydia le había mandado un mensaje a Rick avisándole de que tardaría una hora en volver a casa. Primero se aseguraría de que Claire se duchaba y comía, y luego se quedaría a su lado mientras su hermana llamaba a Helen para decirle que fuera a quedarse con ella. Había suplido a su madre veinticuatro años antes, y no estaba dispuesta a hacerlo otra vez.

Y menos aún estando el FBI de por medio.

El solo hecho de pensar en Fred Nolan hacía que los nervios le vibraran de temor. Estaba claro que aquel tipo sabía cosas sobre Paul que Claire ignoraba. O tal vez Claire las sabía y era muy buena actriz. En cuyo caso, su hermana mentía al afirmar que por fin la creía acerca de Paul y de su intento de violación. Pero, si no estaba mintiendo, ¿qué la había hecho cambiar de idea? Y, si mentía, ¿qué la impulsaba a ello?

No había forma de deducirlo. Toda la astucia que su hermana había mostrado de niña, se había afinado a la perfección al hacerse adulta, de modo que Claire podía hallarse justo delante de un tren en marcha y afirmar que no pasaba nada.

De hecho, cuanto más se relacionaba Lydia con la Claire adulta, más se daba cuenta de que al crecer no se había convertido en una Madre. Se había convertido en la Madre de las Madres.

Lydia paseó vagamente la mirada por la cocina. Había pensado que sería fácil prepararle algo de comer a Claire, pero, como sucedía

178

con el resto de la casa, la cocina era demasiado sofisticada para resultar práctica. Todos los electrodomésticos estaban ocultos detrás de relucientes puertas laminadas en blanco que parecían tan baratas que sin duda costaban un millón de pavos. Hasta la placa se confundía con la encimera de cuarzo pulido. La estancia entera era mitad escaparate, mitad cocina de *Los supersónicos*. No entendía que de verdad alguien quisiera vivir allí.

Aunque en realidad Claire tampoco hacía mucha vida en la casa. La nevera estaba llena de botellas de vino sin abrir. La única comida que había era medio cartón de huevos que caducaban dos días después. Lydia encontró una hogaza de pan reciente en una de las despensas. También había una cafetera que solo reconoció porque llevaba una etiqueta que ponía *CAFETERA,* seguida por lo que dedujo era la fecha de instalación.

La lista de instrucciones plastificada que había junto a la máquina era a todas luces obra de Paul. Lydia sabía que su hermana no soportaba hacer algo tan tedioso y estúpido. Apretó varios botones hasta que la máquina se puso en marcha con un ronroneo. Colocó una taza de café bajo la boquilla y vio cómo se llenaba.

—Has descubierto cómo funciona —dijo Claire.

Se había puesto una camisa de color azul claro y unos vaqueros descoloridos y llevaba el pelo peinado hacia atrás para que se secara. Lydia vio por fin a una mujer que se parecía a su hermana.

Le dio la taza de café.

—Bébete esto. Te ayudará a despejarte.

Claire se sentó junto a la encimera. Sopló el líquido humeante para enfriarlo. Los taburetes eran de cromo reluciente y cuero blanco, con el respaldo bajo, a juego con el sofá y las sillas del cuarto de estar, que se abría a la cocina. Una mampara de cristal que llegaba del suelo al techo enmarcaba el jardín de atrás, donde una piscina que parecía labrada en una gigantesca losa de mármol blanco servía como centro del yermo paisaje.

No había en aquella casa nada que pudiera considerarse acogedor. La mano fría y calculadora de Paul se dejaba ver en cada detalle. El suelo de cemento pulimentado del vestíbulo parecía un negro espejo salido directamente de *Blancanieves*. La escalera en espiral semejaba el colon de un robot. Las infinitas paredes blancas la hacían sentirse atrapada dentro de una camisa de fuerza. Cuanto antes saliera de allí, mejor.

Encontró una sartén en el cajón de debajo de la placa. Echó un poco de aceite y cortó dos rebanadas de pan.

—¿Vas a hacer huevos con pan? —preguntó Claire.

Lydia intentó refrenar una sonrisa automática, porque su hermana parecía tener de pronto trece años otra vez. Los huevos con pan eran su forma de librarse de batir los huevos. Se limitaba a echarlo todo en una sartén y a revolverlo hasta que desaparecía el brillo de la clara.

—Estoy en libertad condicional porque agredí a una persona —dijo Claire.

A Lydia casi se le cayó el cartón de huevos.

—Se supone que no debemos llamarlo «agresión», pero eso fue. —Claire dio vueltas a la taza de café entre las manos—. Allison Hendrickson. Mi pareja de dobles. Estábamos calentando para un partido y se puso a decir que se sentía como una superviviente del Holocausto después de la Liberación porque su hija pequeña se iba a la universidad y por fin iba a ser libre.

Lydia cascó dos huevos y los echó a la sartén. Aquella zorra ya le parecía odiosa.

—Luego empezó a hablarme de una amiga suya que tenía una hija que se fue a la universidad el año pasado. —Claire bajó la taza—. Una chica muy lista, siempre sacaba buenas notas. Pero al llegar a la universidad se volvió loca: empezó a saltar de cama en cama, a no ir a clase, a beber demasiado, todas esas estupideces que según dicen hacen los jóvenes.

Lydia usó una espátula para remover los huevos y el pan. Estaba más que familiarizada con aquellas estupideces.

—Una noche, la chica fue a una fiesta de una fraternidad. Alguien le puso una pastilla en la bebida sin que se diera cuenta. Al día siguiente se despierta desnuda en el sótano de la casa. Está magullada y llena de hematomas, pero consigue volver a su residencia, donde su compañera de habitación le enseña un vídeo que han colgado en YouTube.

Lydia se quedó paralizada. Todas sus pesadillas respecto a la marcha de Dee a la universidad giraban en torno a ese mismo tema.

—Los chicos de la fraternidad lo habían grabado todo. Era básicamente una violación colectiva. Allison me lo contó con pelos y señales, porque al parecer todo el campus había visto el vídeo. Y luego va y me dice: «¿Te lo puedes crees?». Y yo digo que no, pero claro que me lo creo, porque la gente es odiosa. Y entonces me dice: «Esa idiota, mira que emborracharse así estando con un montón de chicos de una fraternidad... Fue culpa suya por ir a la fiesta».

Claire parecía tan asqueada como se sentía Lydia. Al principio, tras la desaparición de Julia, la gente no paraba de preguntar por qué había ido al bar y qué hacía por ahí a esas horas y cuánto alcohol había bebido, porque evidentemente era culpa de Julia que la hubieran secuestrado y posiblemente violado y asesinado.

—¿Qué le dijiste? —preguntó Lydia.

—Al principio estaba tan furiosa que no dije nada. Aunque no sabía que estaba furiosa, ¿comprendes?

Lydia negó con la cabeza, porque ella siempre se daba cuenta cuando estaba furiosa.

—Las palabras de Allison no paraban de sonarme en la cabeza, y mi enfado iba creciendo más y más. Notaba la presión en el pecho, como una tetera a punto de hervir. —Claire juntó las manos—. Entonces la pelota pasó por encima de la red. Estaba claramente de su lado, pero fui a por ella. Recuerdo que crucé el brazo por delante del cuerpo, sigo teniendo un revés mortífero, y vi que la raqueta cortaba el aire, y en el último segundo me eché un poco hacia delante y le di con el borde de la raqueta a un lado de la rodilla.

—Joder.

—Se cayó de cara, a plomo. Se rompió la nariz y dos dientes. Había sangre por todas partes. Pensé que iba a desangrarse. Le había dislocado la rodilla, lo que por lo visto es muy doloroso. Acabó necesitando dos operaciones para que se la colocaran. —Claire parecía arrepentida, pero no hablaba como si lo estuviera—. Podría haber dicho que había sido un error. Me recuerdo allí parada, en la pista, mientras se me pasaban un montón de excusas por la cabeza. Allison se retorcía en el suelo y chillaba como si la estuvieran matando, y yo abrí la boca para decir que había sido un accidente espantoso, que era idiota, que no había mirado lo que hacía y que todo era culpa mía y bla, bla, bla, pero en lugar de disculparme le dije: «Es culpa tuya por jugar al tenis».

Lydia sintió que el eco de aquel instante reverberaba en la fría cocina.

—Las otras me miraron de un modo... —Claire sacudió la cabeza como si todavía le costara creerlo—. Era la primera vez que alguien me miraba así. Fue como una oleada de repulsión. Sentí su asco en el mismo centro de mi ser. Y nunca se lo he dicho a nadie, ni siquiera a Paul, pero ser mala me sentó de puta madre. —De aquello, al menos, parecía estar segura—. Tú me conoces, Liddie, yo nunca pierdo así los papeles. Normalmente me lo callo todo porque, ¿qué sentido tiene desahogarse? Ese día, en cambio, hubo algo que me hizo... —Levantó las manos en señal de rendición—. Estuve absolutamente eufórica hasta que me detuvieron.

Lydia se había olvidado de los huevos con pan. Apartó la sartén del fuego.

—Me cuesta creer que te dejaran salir en libertad condicional.

—Nuestro dinero nos costó. —Claire se encogió de hombros como hacían los muy ricos—. Nuestro abogado tardó un par de meses en conseguirlo, y tuvimos que desembolsar una tonelada de dinero para que los Hendrickson dieran su brazo a torcer, pero por fin le dijeron al fiscal que les parecía bien que saliera en libertad condicional y que se redujera la acusación. Tuve que llevar una tobillera seis meses. Me quedan seis sesiones más con una psiquiatra nombrada por el juzgado, y un año más de libertad condicional.

Lydia no sabía qué decir. Claire nunca había sido muy peleona. Era ella la que siempre se metía en líos por retorcer el brazo a los demás o sujetar a Claire y ponerle una baba colgando delante de los ojos.

—Lo irónico del caso —añadió Claire— es que me quitaron la tobillera de seguimiento el mismo día en que mataron a Paul. —Tomó el plato de huevos con pan—. ¿O es solo una coincidencia, no una ironía? Mamá lo sabría.

Lydia ya había captado la única coincidencia que de verdad importaba.

—¿Cuándo te detuvieron?

La tensa sonrisa de su hermana dejaba claro que ella también se había dado cuenta:

—La primera semana de marzo.

Julia había desaparecido el 4 de marzo de 1991.

—Así que por eso estoy en libertad condicional.

Claire cogió el pan con las manos y mordió un pedazo. Había relatado la historia de su detención como si estuviera contando algo gracioso que le había pasado en el supermercado, pero Lydia vio que tenía lágrimas en los ojos. Parecía agotada. Es más, parecía asustada. Había algo en ella tan vulnerable... Muy bien podrían haber estado sentadas en la cocina de sus padres, tres décadas atrás.

—¿Te acuerdas de cómo bailaba Julia? —preguntó Claire.

A Lydia le sorprendió lo claramente que afluían los recuerdos. A su hermana mayor siempre le había encantado bailar. Oía el menor rastro de música y se ponía como loca.

—Es una lástima que tuviera tan mal gusto para la música.

—No era para tanto.

—¿Que no? ¿*Menudo*?

Claire se rio, sorprendida, como si hubiera olvidado por completo que a Julia le chiflaba aquel grupo juvenil.

—Era tan alegre... Le gustaban tantas cosas...

—Alegre —repitió Lydia, saboreando la ligereza de aquella palabra.

Después de desaparecer Julia, todo el mundo comentaba lo trágico que era que le hubiera ocurrido algo tan terrible a una chica tan buena. Luego, el sheriff se había sacado de la manga su teoría de que Julia se había marchado por propia voluntad (que se había unido a una comuna *hippie* o se había escapado con algún novio) y el tono de los comentarios había pasado de compasivo a recriminatorio. Julia Carroll dejó de ser la chica generosa que trabajaba como voluntaria en el refugio de animales y en el comedor social. De pronto era la activista furibunda a la que detuvieron una vez en una manifestación, la reportera ambiciosa que se había ganado la antipatía del editor del periódico de la facultad, y la feminista radical que exigía que la universidad contratara a más mujeres. La borracha. La porrera. La puta.

No bastaba con que se la hubieran arrebatado a su familia. También tenía que desaparecer todo lo bueno que quedaba de ella.

Lydia le dijo a Claire:

—Mentí sobre dónde estaba la noche en que desapareció. Estaba borracha perdida en el Callejón.

Claire pareció sorprendida. El Callejón era un pasadizo mugriento que comunicaba el Georgia Bar con el Roadhouse, dos bares de copas de Athens frecuentados por los adolescentes de la localidad. Lydia le había dicho al sheriff que estaba ensayando con su grupo en el garaje de Leigh Dean la noche en que desapareció Julia, cuando en realidad había estado a tiro de piedra de su hermana.

En lugar de señalar lo cerca que había estado de su hermana, Claire le dijo:

—Yo dije que estaba estudiando con Bonnie Flynn, pero en realidad nos estábamos enrollando.

Lydia ahogó una risa. Había olvidado lo bien que se le daba a Claire soltar afirmaciones sorprendentes.

—¿Y?

—Me gustó más su hermano. —Claire tomó un trozo de huevo entre el pulgar y el índice, pero no se lo comió—. Te he visto en la calle esta tarde. Estaba aparcada delante del McDonald's y te paraste en el semáforo.

Lydia sintió que se le erizaba el vello de la nuca. Recordaba haberse parado en el semáforo en rojo, junto al McDonald's, camino del cementerio. Pero ignoraba que hubiera alguien observándola.

—No te vi.

—Sí, lo sé. Te estuve siguiendo unos veinte minutos. No sé en qué estaba pensando, pero no me sorprendió que acabaras en el cementerio. Me parecía lo más lógico: como un desenlace. Paul nos separó. ¿Por qué no iba a reunirnos otra vez? —Apartó el plato—. Aunque no creo que vayas a perdonarme nunca. Y no deberías, porque yo tampoco pensaba perdonarte a ti.

Lydia no estaba segura de que el perdón figurara entre sus capacidades.

—¿Por qué ahora me crees, después de tanto tiempo?

Claire no contestó. Estaba mirando fijamente la comida a medio acabar de su plato.

—Yo quería a Paul. Sé que no quieres creerlo, pero lo quería de verdad, profunda y locamente.

Lydia no dijo nada.

—Estoy furiosa conmigo misma porque lo he tenido delante de las narices todo este tiempo y nunca se me ha ocurrido planteármelo.

Su hermana tuvo la clara sensación de que la conversación había dado un brusco giro. Hizo una pregunta que llevaba un rato fermentando en un rincón de su cabeza.

—Si el socio de Paul llegó a un acuerdo extrajudicial con él, ¿por qué sigue molestándote el FBI? No hay caso delictivo. Se terminó.

Claire movió la mandíbula. Estaba rechinando los dientes.

—¿Vas a contestarme?

—Esta es la parte peligrosa. —Claire hizo una pausa—. O puede que no. No sé. Pero es casi medianoche. Estoy segura de que quieres irte a casa. No tenía derecho a pedirte que vinieras.

—Entonces, ¿por qué me lo pediste?

—Porque soy egoísta, y porque eres la única persona que me queda que siempre ha sabido reconfortarme.

Lydia sabía que la otra persona era Paul, y no le gustó la asociación.

—¿Qué te ha hecho, Claire?

Su hermana se quedó mirando la encimera. Aunque no llevaba maquillaje, se limpió cuidadosamente los ojos por debajo del párpado como si se hubiera puesto rímel.

—Hay unas películas que veía. No era solo porno, era porno violento.

A Lydia solo le sorprendió que a su hermana le importara aquello.

—No es que quiera defenderlo, pero los hombres ven toda clase de porquerías de lo más extrañas.

—No es que sean extrañas, Liddie. Son violentas. Y muy explícitas. Matan a una mujer, y hay un tipo con una máscara de piel que la viola mientras agoniza.

Lydia se tapó la boca con la mano. Se había quedado sin habla.

—Hay veinte películas cortas. Escenas, creo, de dos mujeres distintas. A las dos las torturan, las electrocutan, las queman y las marcan como si fueran ganado. Ni siquiera puedo describirte el resto de las cosas que les hacen. A la primera la matan. —Juntó las manos, apretándola—. La segunda se parece a Anna Kilpatrick.

El corazón de Lydia tembló como la cuerda de un arpa.

—Tienes que avisar a la policía.

—No me he limitado a eso: les he llevado todas las películas, y me han dicho que eran falsas, pero... —Miró a Lydia llena de aflicción—. Yo no creo que sean falsas, Liddie. Creo que a la primera mujer la mataron de verdad. Y la chica... No estoy segura. Ya no sé nada.

—Déjame verlas.

—No. —Claire negó vehementemente con la cabeza—. No puedes verlas. Son espantosas. No podrás quitártelas de la cabeza nunca.

Lydia se acordó de su padre al oír aquello. Hacia el final de su vida decía a menudo aquello mismo refiriéndose a Julia: que había ciertas cosas que uno no podía quitarse de la cabeza. Aun así, tenía que saberlo.

—Quiero ver a la chica que se parece a Anna Kilpatrick —insistió.

Claire estuvo a punto de protestar, pero era evidente que quería una segunda opinión.

—No puedes poner la película. Solo puedes mirar su cara.

Lydia pondría la película si se le antojaba.

—¿Dónde está?

Claire se levantó de mala gana de la barra. Condujo a Lydia a la entrada donde se quitaban los zapatos y abrió la puerta lateral. Había una lámina de madera donde debería haber estado la ventana.

—El día del entierro intentaron robar en casa —explicó Claire—. No se llevaron nada. Los del servicio de *catering* se lo impidieron.

—¿Iban buscando las películas?

Claire se giró, sorprendida.

—No lo había pensado. La policía dijo que hay una banda que se dedica a mirar las necrológicas buscando casas para desvalijarlas durante el entierro.

Lydia recordaba vagamente haber oído algo parecido en las noticias, pero aun así era una extraña coincidencia.

Cruzaron el ancho patio hacia el garaje, que era el doble de grande que la casa de Lydia. Una de las puertas ya estaba abierta. Lo primero que vio Lydia fue un armario volcado. Luego, un juego de palos de golf rotos. Herramientas. Maquinaria. Botes de pintura. Raquetas de tenis. El garaje estaba completamente patas arriba.

—Todo este desbarajuste es culpa mía —dijo Claire sin dar más explicaciones—. Los ladrones no llegaron a entrar en el garaje.

—¿Esto lo has hecho tú?

—Sí, ya sé —dijo Claire como si estuviera chismorreando de otra persona.

Lydia avanzó con cautela porque se había dejado los zapatos en la casa. Se apoyó en un BMW X5 al pasar por encima del armario volcado. Había un Porsche precioso de color gris oscuro lleno de abolladuras, como si alguien lo hubiera aporreado con un martillo, y el Tesla plateado tenía marcas de algún objeto punzante en el capó.

Estaba casi segura de que, a pesar del estado en que se hallaban, cualquiera de aquellos coches bastaría para liquidar su hipoteca.

Claire fue directa al grano:

—Había un cable Thunderbolt que iba hacia arriba. Paul hizo un taladro en el suelo para enchufarlo directamente a su ordenador.

Lydia miró el techo. El pladur estaba roto.

—No soportaba seguir ahí arriba —dijo Claire—. El MacBook de Paul estaba en el maletero del Tesla. Lo saqué y lo puse aquí, y saqué el cable de la pared para poder enchufarlo. —Estaba casi sin aliento, igual que cuando era pequeña y quería contarle a Lydia algo que le había pasado en el colegio—. Revisé el portátil por si había alguna película más. No encontré nada, pero quién sabe. A Paul se le daban muy bien los ordenadores. Claro que en realidad nunca se molestó en esconder nada porque sabía que yo no miraría. Confiaba en él —le dijo a Lydia.

Lydia siguió el desorden hasta un MacBook Pro plateado que descansaba sobre el banco de trabajo. Claire se había servido de un martillo para quitar el pladur. Lydia se dio cuenta porque el martillo estaba aún incrustado en el muro. Un cable fino, de color blanco, colgaba como un trozo de cuerda. Claire lo había enchufado al portátil.

—Mira ahí. —Claire señaló detrás del banco de trabajo—. Se ve la luz del disco duro externo.

Lydia tuvo que ponerse de puntillas para verlo. Estiró el cuello. Había una luz parpadeante. El disco duro estaba incrustado en la pared. El hueco estaba construido por un profesional y rematado con esmero. Si lo miraba el tiempo suficiente, casi podría ver el plano dentro de su cabeza.

—Yo no tenía ni idea de que estaba ahí. Todo esto... —Claire abarcó el garaje con un ademán—. Todo este edificio fue diseñado para esconder sus secretos. —Hizo una pausa mientras observaba a Lydia—. ¿De verdad estás segura de que quieres verlo?

Por primera vez, Lydia sintió verdadero nerviosismo al pensar en las películas. Mientras habían estado en la casa, lo que describía Claire le había sonado terrible, pero de algún modo se había convencido a sí misma de que no podía ser para tanto. A Rick y a Dee les encantaba ver películas de terror. Supuso que los vídeos no podían ser mucho peor. Ahora, en cambio, al ver hasta dónde habían llegado las precauciones de Paul, intuía que seguramente su hermana tenía razón: las películas eran mucho peor de lo que ella podía imaginar.

Aun así, dijo:

—Sí.

Claire abrió el portátil. Apartó la pantalla de Lydia. Deslizó el dedo por el ratón hasta que encontró lo que estaba buscando. Luego hizo clic.

—Esta es la mejor vista que hay de su cara.

Lydia vaciló, pero miró a la chica de la pantalla. Estaba encadenada a una pared. Su cuerpo estaba destrozado. No había mejor forma de describir lo que le habían hecho. La carne estaba desgarrada. Las quemaduras semejaban llagas abiertas. La habían marcado con un hierro candente. Tenía una enorme X grabada en el vientre, un poco ladeada, justo debajo de las costillas.

Lydia notó el sabor del miedo en la boca. Casi podía sentir el olor a carne quemada.

—Es demasiado. —Claire intentó cerrar el portátil.

Lydia la detuvo. Su cuerpo entero reaccionaba a la atrocidad que estaba viendo en pantalla. Se sentía mareada. Sudaba. Hasta los ojos le dolían. Aquello no se parecía a ninguna película de terror que hubiera visto. Las señales de tortura no estaban pensadas para asustar al espectador. Estaban pensadas para excitarle.

—¿Liddie?

—Estoy bien. —Su voz sonó sofocada. En algún momento se había tapado la boca con la mano.

De pronto se dio cuenta de que estaba tan sobrecogida por lo que veía que ni siquiera se había fijado en la cara de la chica. A primera vista, se parecía una barbaridad a Anna Kilpatrick. Lydia se acercó un poco más. Se inclinó hacia delante, hasta que casi tocó la pantalla con la nariz. Había una lupa junto al portátil. La utilizó para mirar la imagen desde más cerca.

Por fin dijo:

—Yo tampoco estoy segura. Sí, se parece a Anna, pero hay muchas chicas de esa edad que se parecen. —No le dijo a su hermana que todas las amigas de Dee se parecían. Dejó la lupa—. ¿Qué ha dicho la policía?

—Que no era Anna. No es que yo se lo preguntara, porque no me había fijado en el parecido hasta que estuve en la comisaría. Pero ahora que lo tengo metido en la cabeza, no consigo olvidarlo.

—¿Cómo que no se lo preguntaste?

—No se me ocurrió que se pareciera a Anna Kilpatrick, pero fue lo primero que me dijo el capitán Mayhew cuando le enseñé la película: no es Anna Kilpatrick.

—El tipo que está a cargo del caso Kilpatrick es un tal Jacob Mayhew. Tiene un bigote a lo huckleberry. Lo he visto en la tele esta noche.

—Ese es. Capitán Jacob Mayhew.

—El caso de Anna Kilpatrick no para de aparecer en la noticias. ¿Por qué el poli que se encarga de la investigación lo deja todo para venir a ocuparse de un intento de robo en una casa?

Claire se mordisqueó el labio.

—Puede que pensara que le estaba enseñando la película porque sabía que está al frente del caso. —Miró a su hermana directamente a los ojos—. Me dijo que está muerta.

Lydia lo daba por sentado, pero aun así fue un mal trago constatar que era cierto. Incluso en el caso de Julia, que llevaba tanto tiempo desaparecida que era imposible que siguiera con vida, Lydia se aferraba todavía a un vestigio de esperanza.

—¿Han encontrado su cuerpo?

—Han encontrado sangre en el coche. Mayhew me dijo que había muchísima, que no podía estar viva habiendo perdido tanta sangre.

—Pero no es eso lo que dicen las noticias. —Lydia sabía que se estaba aferrando a un clavo ardiendo—. Su familia sigue haciendo llamamientos para que se la devuelvan sana y salva.

190

—¿Cuántos años hicieron lo mismo papá y mamá?

Se quedaron calladas, posiblemente pensando en Julia cada una a su manera. Lydia recordaba aún al sheriff Huckabee diciéndoles a sus padres que, si su hija mayor no se había ido por su propio pie, era sumamente probable que estuviera muerta. Helen le había dado una bofetada. Sam había amenazado con demandar al Departamento del Sheriff si se les ocurría siquiera suspender la investigación.

Lydia sintió un nudo en la garganta. Se esforzó por disiparlo. Había algo más que Claire no le estaba contando, bien por protegerla a ella, bien por protegerse a sí misma.

—Quiero que empieces desde el principio y que me cuentes todo lo que ha pasado.

—¿Estás segura?

Lydia esperó.

Claire se apoyó contra el banco de trabajo.

—Supongo que todo empezó cuando volvimos del entierro.

Le relató lo sucedido, desde el hallazgo de las películas en el ordenador de Paul a las preguntas impertinentes de Nolan, pasando por su decisión de entregárselo todo a la policía. Lydia le pidió que volviera a describirle el extraño interés que había demostrado Mayhew por saber si había hecho copias de las películas. Luego, Claire llegó a la parte en que Adam Quinn le dejaba una nota amenazadora en el coche, y su hermana no pudo seguir guardando silencio por más tiempo.

—¿A qué archivos se refiere? —preguntó.

—No estoy segura. ¿A archivos de trabajo? ¿A los archivos secretos de Paul? ¿A algo relacionado con el dinero que robó Paul? —Sacudió la cabeza—. Sigo sin entenderlo. Nolan tiene razón: estamos forrados. ¿Para qué robar algo que no necesitas?

Lydia se mordió la lengua para no contestar «¿para qué violar a alguien cuando tienes en casa una novia preciosa y complaciente?».

—¿Has buscado una carpeta de trabajo en curso en el portátil de Paul? —preguntó.

La expresión perpleja de su hermana respondió a la pregunta.

—Solo me preocupaba encontrar más películas.

Se inclinó sobre el MacBook y empezó a buscar en el disco duro. La carpeta Trabajo en Curso apareció de inmediato. Leyeron ambas por encima los nombres de los archivos.

Claire dijo:

—Estas extensiones son de un programa de arquitectura. Por las fechas se ve que Paul estuvo trabajando en ellos el día de su muerte.

—¿Qué es una extensión?

—Son las letras que aparecen detrás del punto en el nombre de un archivo. Sirven para identificar el formato del archivo. Por ejemplo, .JPG es para fotografías y .PDF para documentos impresos. — Fue abriendo uno por uno los archivos. Había dibujos de una escalera, ventanas y alzadas—. Dibujos conceptuales. Todo esto es trabajo.

Lydia sopesó sus alternativas.

—Haz copias de los archivos para Adam Quinn. Si te deja en paz, sabrás que no está involucrado.

Aquella sencilla conclusión pareció causar asombro en Claire. Abrió la puerta del Tesla y agarró un juego de llaves que alguien había arrojado sobre el salpicadero.

—Le compré este llavero a Paul cuando Auburn llegó a la final de la liga de fútbol americano. Dentro hay una memoria USB.

Lydia se preguntó si su hermana era consciente de lo ligera que sonaba su voz cuando hablaba de su vida con Paul. Era casi como si fuera dos personas distintas: la mujer que amaba a su marido y confiaba en él y la que sabía que era un monstruo.

—No quiero que vayas tú sola a ver a Adam —le dijo—. Mándale un mensaje avisándole de que se lo dejas en tu buzón.

—Es buena idea. —Claire estaba intentando abrir el anillo metálico con la uña del pulgar—. Tengo un teléfono de prepago en casa.

Lydia no le preguntó por qué tenía un teléfono de prepago. Se acercó al portátil y cerró los archivos. Después se quedó mirando la imagen congelada en la pantalla. La chica tenía los ojos desorbitados por el miedo y los labios entreabiertos como si se dispusiera a gritar.

Sintió en parte la tentación de poner la película para ver hasta qué punto era atroz.

Cerró también la película.

Apareció el buscador de la unidad de disco Gladiador. Lydia observó los nombres de los archivos. Eran cifras, como le había dicho Claire.

—Tiene que haber un patrón en estos números.

—Yo no he podido averiguarlo. Joder. —Claire se había partido la uña luchando con la anilla metálica.

—¿No hay aquí un montón de herramientas?

Claire estuvo rebuscando hasta que encontró un juego de destornilladores. Se sentó en el suelo con las piernas cruzadas y se puso a abrir la anilla con una lima metálica.

Lydia estudió otra vez los nombres de los archivos. Tenía que haber un código que explicara aquellos números. En lugar de ofrecer una solución, dijo:

—El agente Nolan ha puesto mucho énfasis esta noche en lo de ver películas. Si se refería a las de Paul, ¿cómo es que está al corriente?

Claire levantó la vista.

—Puede que él también esté implicado.

—Por su aspecto no me extrañaría —repuso Lydia, aunque solo era una conjetura—. ¿Qué pintaba aquí, si solo se trataba de un intento de robo?

—Esa es la gran pregunta. Nadie le quería aquí. Está claro que Mayhew no le soporta. Así que, ¿qué estaba buscando Nolan?

—Si Mayhew está involucrado...

—Entonces, ¿por qué me presiona a mí? —Claire parecía exasperada—. Yo no sé nada. No sé por qué veía Paul esas películas, ni quién más las veía, ni lo que sabe Mayhew, ni lo que sabe Nolan, ni lo que no sabe. Tengo la sensación de estar corriendo en círculos.

Lydia se sentía igual, y solo hacía unas horas que estaba enterada de aquel asunto.

—Nolan intenta ligar conmigo, ¿no? —dijo Claire—. Su forma de mirarme esta noche, como si quisiera ver cómo estoy. ¿Te has fijado?

—Sí.

—Es un poco siniestro, ¿verdad?

Era más que siniestro, pero Lydia se limitó a decir:

—Supongo que sí.

—¡Por fin! —Claire se levantó sosteniendo triunfalmente el llavero abierto.

El medallón de plástico tenía grabado el escudo naranja y azul de la Universidad de Auburn. Claire lo retiró y enchufó la memoria USB al portátil. Abrió la unidad de disco. Lydia vio que solo contenía la carpeta de programa.

Exhaló un suspiro de alivio.

—Menos mal.

—Sí, menos mal. —Claire copió la carpeta Trabajo en Curso en la memoria USB—. Espero que sean estos los archivos que quería Adam. No creo que pueda soportarlo si no lo son.

Lydia notó una sorprendente similitud entre el modo en que su hermana hablaba de Paul y de Adam Quinn. Y entonces se acordó de algo que había insinuado Nolan mientras estaban en el vestíbulo de la casa.

—Estabas liada con Adam Quinn.

Claire se encogió de hombros con fingida inocencia.

—La psiquiatra que me asignó el juez diría que estaba intentando llenar un hueco.

—¿Es así como llamas a tu vagina?

Claire se rio por lo bajo.

—Es increíble —masculló Lydia, aunque sabía por los antecedentes de Claire que era perfectamente verosímil.

Cuando Rick le había pedido que le hablara de Claire, había omitido todo lo relativo a la promiscuidad sexual de su hermana. No es que Claire fuera indiscreta al respecto. Se le daba extraordinariamente bien compartimentar su vida y a quienes formaban parte de ella. Sus amigas del barrio jamás conocieron a sus amigas de la universidad. Sus amigas del equipo de animadoras nunca se mezclaron con sus amigas del club de atletismo, y casi nadie sabía que formaba parte de un equipo de tenis. Ninguna de ellas habría adivinado que iba saltando de cama en cama. Y menos aún lo habrían sospechado los chicos con los que salía.

—Ya está. —Claire sacó la memoria USB—. Muy bien. Una cosa hecha, al menos.

A Lydia ya no le interesaba Adam Quinn. Algún componente al fondo de su cerebro había estado intentando resolver el enigma del código de Paul y por fin había dado con la respuesta.

—Los nombres de las películas. Son fechas cifradas. —Se volvió hacia Claire—. Si un archivo se llama, por ejemplo, 1-2-3-4-5, codificado sería 1-5-2-4-3. Se toma el primer número y luego el último, después el segundo y el penúltimo, y se va avanzando hasta que están todos.

Claire ya estaba asintiendo.

—Entonces el 1 de noviembre de 2015 sería 01-11-2015, lo que cifrado daría 0-5-1-1-1-0-2.

—Exacto. —Lydia señaló la pantalla—. El último archivo de la lista es el primer vídeo con la chica que se parece a Anna Kilpatrick. —Tradujo la fecha—. Se hizo un día después de su desaparición.

Claire se apoyó pesadamente en el banco de trabajo.

—Así ha sido estos dos últimos días. Cada vez que me convenzo de que las películas no son reales, surge algo y empiezo a pensar que quizá sí lo sean.

Lydia tuvo que hacer de abogado del diablo.

—No es que quiera defender a Paul, pero ¿qué más da que sean reales? Por Internet circulan toda clase de porquerías mostrando a gente a la que le disparan, o la decapitan, o la violan, o qué sé yo. Es asqueroso ver esas cosas y, si Paul sabía que era Anna Kilpatrick, debería haber informado a la policía, pero mirar y cerrar la boca no va contra la ley.

Claire pareció impresionada por la brutal realidad que se ocultaba tras las palabras de Lydia. Metió la barbilla de la misma manera que Dee cuando no quería hablar de algo.

—¿Claire?

Sacudió la cabeza.

—Si no va contra la ley, entonces ¿por qué sigue viniendo Nolan? ¿Y por qué se comportó Mayhew de esa manera tan rara cuando me preguntó si había hecho copias de las películas?

—Puede sencillamente que Nolan sea un capullo y que no soporte que Paul se fuera de rositas después de haber infringido la ley. —Respecto al asunto del capitán Mayhew, Lydia necesitaba pensarlo un poco más—. Tal vez Mayhew esté intentando protegerte. Los hombres suelen sentir ese impulso cuando están contigo. Siempre ha sido así. Pero pongamos que esos vídeos son reales. ¿Qué más da eso? —Al decir esas palabras por segunda vez, se dio cuenta de lo mal que sonaban, porque aquellas mujeres eran seres humanos y tenían familia. Aun así, tuvo que continuar—. En el peor de los casos, Mayhew intentaba impedir que pensaras que tu marido era moralmente una ruina.

—Es que lo era —repuso Claire con fría convicción—. He encontrado más archivos. Documentos que tenía guardados.

Lydia sintió que el miedo comenzaba a dar cuerda a su pecho como si fuera un reloj.

—Los guardaba arriba, en su despacho. Dos cajas de archivos grandes y sabe Dios qué más. Reconocí uno de los nombres de las etiquetas. —Claire desvió la mirada como hacía de pequeña, cuando intentaba ocultar algo.

—¿Qué nombre reconociste?

Su hermana se miró las manos. Se estaba pellizcando la cutícula del pulgar.

—El de una mujer que me sonaba. La vi en la prensa. No a ella, quiero decir, sino un artículo sobre ella. Debió de ofrecerse ella misma, porque normalmente las noticias no mencionan el... Quiero decir que las entrevistas no...

—Claire, usa tus palabras.

Su hermana no levantó la vista.

—Paul tenía recopilada información sobre un montón de mujeres, y sé que al menos una de esas mujeres fue violada.

—¿Cómo lo sabes?

Claire la miró por fin a los ojos.

—Vi su nombre en las noticias. A ella no la conozco. Y Paul nunca me la mencionó. Es solo una desconocida a la que violaron, y Paul tenía un archivo sobre ella. Y también sobre muchas otras mujeres.

Lydia sintió que un frío súbito invadía su cuerpo.

—¿Qué clase de información recopilaba?

—Dónde trabajan. Con quién salen. Dónde van. Contrataba a detectives privados para seguirlas sin su conocimiento. Hay fotografías, informes y datos personales sobre su pasado. —Saltaba a la vista que Claire sentía frío. Se metió las manos hasta el fondo de los bolsillos—. Por lo que he visto, les hacía un seguimiento una vez al año, en la misma época cada año, y no paro de pensar que tenía que tener algún motivo para hacerlas seguir, y si ese motivo no será que era él quien las había violado.

Lydia se sintió como si tuviera un colibrí alojado en la garganta.

—¿También tenía un archivo sobre mí?

—No.

Su hermana la observó atentamente. Claire siempre se había aferrado a sus secretos como un gato. ¿Estaba mintiendo? ¿Podía confiar Lydia en ella, tratándose de algo de tal magnitud?

—Están en mi despacho. —Claire vaciló—. No es que te esté diciendo que tengas que verlos. Quiero decir que... —Se encogió de hombros—. No sé qué quiero decir. Lo siento. Siento haberte metido en esto. Puedes irte si quieres. Seguramente deberías irte.

Lydia miró camino abajo. La camioneta de Rick estaba aparcada en la rotonda, enfrente de la casa. Rick no quería que usara la furgoneta hasta que le cambiara los limpiaparabrisas, y ella le había devuelto el favor dejando que un agente especial del FBI tomara el número de su matrícula.

Rick había tenido encontronazos con diversos cuerpos policiales durante su época de adicción a la heroína, porque se las arreglaba para vender casi tanta como consumía. Nolan tendría que dedicar un par horas a leer sus antecedentes. ¿Y qué haría después? ¿Presentarse en la gasolinera y acosar a Rick hasta que su jefe se viera obligado a despedirlo? ¿Pasarse por su casa para interrogarlo, preguntar a los vecinos, quizá, y averiguar que Lydia vivía en la casa de al lado?

Y entonces Dee se vería metida en aquel embrollo, y se enterarían las Madres, y los empleados de la tienda sufrirían acoso, y quizá también sus clientes, a los que todo aquello les parecería una complicación e inventarían cualquier excusa para justificar por qué no podían permitir que una mujer a la que investigaba el FBI le cortara el pelo a su caniche.

—¿Pepper? —Claire cruzó los brazos sobre la cintura—. Deberías irte. Esta vez lo digo en serio. No puedo meterte en esto.

—Ya estoy metida hasta el cuello.

—Pepper...

Lydia volvió a cruzar el garaje poniendo cuidado con dónde pisaba, pero en lugar de echar a andar por el camino de entrada se dirigió de nuevo hacia la casa. Ella también había tenido sus tratos con la policía. Eran como tiburones husmeando sangre, y al parecer Claire tenía en su despacho dos cajas de despojos con las que tal vez consiguieran quitarse de encima al agente Fred Nolan.

9

Claire se dejó caer en el mullido sillón de su despacho mientras veía a su hermana inspeccionar la colección de archivos de Paul. Lydia parecía electrizada ante la perspectiva de descubrir nuevos detalles escabrosos, pero ella tenía la sensación de estar asfixiándose bajo el peso de cada nuevo descubrimiento. Le costaba creer que apenas dos días antes hubiera visto cómo bajaban el ataúd de Paul a su agujero. En cierto modo era como si hubieran enterrado su cuerpo junto al de su marido. Tenía la piel reseca y un frío profundo metido en los huesos. Cada parpadeo suponía un enorme esfuerzo, porque la tentación de mantener los ojos cerrados era casi irresistible.

Miró el teléfono de prepago que tenía en la mano. A las 12:31 de la noche, Adam había respondido a su mensaje sobre los archivos con un escueto «OK».

Claire no sabía qué significaba aquel «OK». La memoria USB le estaba esperando en el buzón. ¿Se estaría reservando Adam su opinión hasta que viera qué contenía?

Dejó el teléfono en la mesita que tenía al lado. Estaba harta de interrogantes sin respuesta, y furiosa por tener que cuestionarse su propia cordura por haber querido a Paul, en vez de llorar su muerte.

Evidentemente, Lydia no tenía tales escrúpulos. Sentada en el suelo, revisaba las cajas de plástico con la misma expresión que ponía de niña las noches de Halloween. Había apilado las carpetas de color en el suelo, delante de ella, ordenadas por nombres. Los colores correspondían a años, lo que significaba que, en los seis años anteriores, Paul había pagado para hacer un seguimiento de dieciocho mujeres.

O para algo peor.

Claire no le dijo a Lydia que aquello no era probablemente más que la punta del iceberg. Mientras estaban en el garaje, se había acordado del cuarto trastero que había en el sótano, debajo de la casa. Se había olvidado de él porque solo lo había visto una vez, al instalarse en la casa. A Lydia seguramente le parecería increíble, pero a fin de cuentas el sótano era gigantesco. Había una sala de cine, un gimnasio completo, un vestuario con sauna y sala de vapor, una sala de masaje, una bodega, una sala de juegos con una mesa de billar y otra de pimpón, una habitación de invitados con baño completo, una cocina para el servicio de *catering* al lado del ascensor, un bar bien surtido y un amplio cuarto de estar en el que cabían cómodamente veinte personas.

¿Tan raro era que se hubiera olvidado de un cuarto del tamaño de una celda común?

Paul era demasiado ordenado para considerarlo un acumulador de objetos inservibles, pero le gustaba guardar cosas. Ella siempre había atribuido ese afán por acumular cosas al hecho de que lo hubiera perdido todo al morir sus padres. Ahora, en cambio, empezaba a atisbar un motivo más siniestro. Había construido estanterías en el trastero para guardar los muchos archivadores de plástico que había llenado desde sus tiempos en Auburn. Al instalarse en la casa, le había enseñado a Claire los objetos que guardaba de sus primeros años de noviazgo: la primera tarjeta de cumpleaños que ella le había dado y una nota garabateada en un papel, testimonio de la primera vez que ella le había escrito «te quiero».

En aquel momento su colección le había parecido enternecedora, pero ahora solo podía pensar que había decenas de cajas allí abajo, y que tres mujeres por año en los últimos dieciocho años suponían cuarenta y cuatro carpetas más repletas de otras tantas violaciones inimaginables.

Había un archivo que Lydia no vería nunca. Bastante la había alterado ya el contenido de las carpetas. Si descubría que Paul había hecho lo mismo con ella, no habría vuelta atrás.

—¿Estás bien? —Lydia levantó la vista del informe que estaba leyendo—. ¿Quieres ir a echarte?

—No, estoy bien —repuso Claire a pesar de que notaba los párpados pesados.

Estaba físicamente tan cansada que le temblaban las manos. Había leído o escuchado en alguna parte que los criminales siempre se echaban a dormir después de confesar sus crímenes. Ocultar sus malas acciones exigía tanta energía, que revelar la verdad los sumía en un sueño profundo y dulce.

¿Se había confesado ella con Lydia? ¿O solo había compartido con ella su carga?

Claire cerró los ojos. Su respiración se hizo más profunda. Estaba despierta (oía aún a Lydia pasando ansiosamente las páginas), pero también estaba dormida, y en su amodorramiento sintió que se hundía en un sueño. No había hilo argumental, solo retazos de un día típico. Estaba en su mesa, pagando facturas. Ensayando en el piano. En la cocina, intentando hacer la lista de la compra. Haciendo llamadas a fin de recaudar dinero para el reparto de juguetes de Navidad. O mirando los zapatos de su vestidor, tratando de decidir qué se ponía para ir a un almuerzo.

Entre tanto, sentía la presencia de Paul en la casa. Eran dos personas independientes. Siempre habían tenido sus intereses separados, sus objetos propios, pero Claire siempre se sentía reconfortada cuando Paul estaba cerca. Él cambiaba las bombillas. Resolvía los fallos del sistema de seguridad. Descifraba el mando a distancia. Sacaba la basura. Doblaba la ropa. Cargaba las baterías. Y gracias a él las cucharas grandes y las pequeñas jamás se mezclaban en el cajón de los cubiertos.

Era un hombre tan recio, tan capaz... A Claire le gustaba que fuera más alto que ella. Le gustaba tener que levantar los ojos para mirarlo cuando bailaban. Le gustaba sentir sus brazos rodeándola. Era muchísimo más fuerte que ella. A veces, la levantaba en vilo y ella sentía que sus pies se despegaban del suelo. Su pecho era tan sólido... Paul le tomaba un poco el pelo por alguna tontería, y ella se reía porque sabía que a él le encantaba oírla reír y que luego diría: «Dime que te gusta».

Se despertó sobresaltada. Levantó los brazos como si quisiera parar un golpe. Notaba la garganta rasposa y el corazón le martilleaba en las costillas.

El sol de la mañana entraba a raudales en su despacho. Lydia se había ido. Las cajas de plástico estaban vacías. Los archivos habían desaparecido.

Claire se lanzó hacia su mesa. Abrió el cajón. La carpeta de Lydia seguía allí. Sintió un alivio tan intenso que le dieron ganas de llorar.

Se llevó los dedos a la mejilla. Estaba llorando. Sus lagrimales estaban en constante estado de alerta, aguardando cualquier motivo para ponerse en acción. Pero, en lugar de ceder al llanto, cerró el cajón y se limpió los ojos. Se levantó. Se enderezó la camisa mientras iba a la cocina.

Oyó la voz de su hermana antes de verla. Estaba hablando por teléfono.

—Porque quiero que esta noche te quedes en casa de Rick. —Lydia hizo una pausa—. Porque yo lo digo. —Otra pausa—. Cariño, sé que eres adulta, pero los adultos son como los vampiros. Los más viejos son mucho más poderosos.

Claire sonrió. Siempre había sabido que Lydia sería una buena madre. Hablaba como Helen antes de que desapareciera Julia.

—Muy bien. Yo también te quiero.

Claire esperó un rato en el pasillo después de que su hermana colgara. No quería que Lydia temiera que la hubiera oído. Si quería seguir mintiéndole respecto a los detalles que conocía de su vida, al menos debía hacerlo bien.

Se alisó la parte de atrás del pelo al entrar en la cocina.

—Hola.

Lydia estaba sentada a la barra del desayuno. Se había puesto unas gafas de leer, lo cual habría tenido gracia de no ser porque a Claire le faltaban solo unos años para necesitarlas. Los archivos de

Paul estaban diseminados por la isleta de la cocina. Lydia tenía el iPad de Claire delante. Se quitó las gafas y preguntó:

—¿Has dormido bien?

—Lo siento. —No sabía por qué se disculpaba: había tantos motivos entre los que elegir—. Debería haberte ayudado a mirar todo esto.

—No, necesitabas dormir un poco. —Lydia empezó a recostarse en la silla, pero se detuvo al recordar el respaldo bajo—. Estas sillas son la cosa más ridícula en la que me he sentado.

—Pero quedan bien —respondió Claire, porque eso era lo único que le importaba a Paul.

Se acercó a la pantallita que había en la pared de la cocina. Según el reloj digital, eran las seis y tres minutos de la mañana. Sintonizó la cámara del buzón. Adam aún no se había pasado por allí. No supo qué pensar al respecto, porque seguía sin saber qué archivos eran los que quería.

—La memoria USB sigue en el buzón —le dijo a Lydia.

—¿Tienes una cámara en el buzón?

—¿No la tiene todo el mundo?

Lydia la miró con acritud.

—¿Cómo se llamaba esa mujer que viste en las noticias?

Claire sacudió la cabeza. No entendía la pregunta.

—En el garaje dijiste que habías reconocido el nombre de una de las mujeres de los archivos porque la habías visto en la prensa. Las he buscado a todas en tu iPad y solo dos han aparecido en las noticias.

Claire improvisó una explicación.

—Era de Atlanta.

—¿Leslie Lewis? —Lydia empujó una carpeta abierta por la encimera para que su hermana viera la fotografía de la mujer. Era rubia y guapa y llevaba unas gruesas gafas negras—. He encontrado un artículo sobre ella en los archivos del *Atlanta Journal*. Se alojaba en un hotel durante la Dragon Con. Abrió la puerta porque creía que era el servicio de habitaciones y un tipo entró de un empujón y la violó.

Claire apartó la mirada de la fotografía. Las oficinas de Quinn + Scott en el centro de la ciudad estaban cerca del palacio de congresos. El año anterior, Paul le había mandado fotos de las calles atestadas de gente borracha disfrazada de Darth Vader y Linterna Verde.

Lydia le pasó otra carpeta: otra joven rubia y guapa.

—Pam Clayton. La noticia apareció en *Patch*. Estaba corriendo cerca del parque de Stone Mountain. El violador la llevó a rastras al bosque. Eran más de las siete de la tarde, pero fue en agosto, así que todavía había luz natural.

El equipo de tenis de Paul jugaba a veces en el parque.

—Mira las fechas de los archivos. Contrataba a detectives para que las siguieran el día del aniversario de sus violaciones.

Claire decidió aceptar su palabra. No quería leer ningún detalle más.

—¿El violador les dijo algo?

—Si se lo dijo, no aparece en los artículos. Necesitamos los atestados policiales.

Claire se preguntó por qué no les había pedido Paul a los detectives privados que buscaran los atestados. El archivo de Lydia contenía los informes de sus detenciones y todo el papeleo anexo. Quizá Paul había pensado que no era prudente descubrir su juego pidiéndoles a todos aquellos detectives que buscaran los expedientes de tantas mujeres violadas. O quizá no los necesitaba porque sabía perfectamente lo que les había ocurrido.

O quizá se los hubiera facilitado el capitán Jacob Mayhew.

—¿Claire?

Meneó la cabeza, pero ahora que se le había metido aquella idea en la cabeza ya no podría sacudírsela. ¿Por qué no se había fijado en la expresión de Mayhew mientras veía las películas? Claro que ¿de qué le habría servido? ¿Acaso no le bastaba con la duplicidad de Paul para darse cuenta de que ya no podía fiarse de su propio juicio?

—¿Claire? —Lydia esperó a que le prestara atención—. ¿Hay algo en esas mujeres que te haya llamado la atención?

Claire meneó la cabeza de nuevo.

—Todas se parecen a ti —afirmó su hermana.

Claire prefirió no hacerle notar que, por tanto, también se parecían a ella.

—Bueno, ¿y ahora qué? Tenemos la vida de esas mujeres en nuestras manos. No sabemos si podemos confiar en Mayhew. Y aunque lo supiéramos, no se tomó las películas en serio. ¿Por qué iba a investigar estos archivos?

Lydia se encogió de hombros.

—Podemos llamar a Nolan.

Claire no podía creer que lo hubiera sugerido.

—¿Te refieres a que así nos dejará en paz?

—Yo no lo diría así, pero ya que lo...

—Ya las han violado. ¿Quieres que además tengan que soportar a ese cretino?

Lydia se encogió de hombros.

—Puede que las tranquilice saber que el hombre que las agredió ha muerto.

—Esa excusa es una idiotez. —Claire se mostró inflexible—. Sabemos de primera mano cómo es Nolan. Seguramente ni siquiera las creería. O peor aún, intentaría ligar con ellas, como conmigo. Si muchas mujeres no acuden a la policía cuando las violan, es por un buen motivo.

—¿Y qué vas a hacer? ¿Extenderles un cheque?

Claire entró en el cuarto de estar antes de decir algo de lo que pudiera arrepentirse. Extender unos cheques no le parecía mala idea. Paul había agredido a esas mujeres. Lo menos que podía hacer ella era pagarles la terapia o lo que necesitaran.

—Si Paul hubiera llegado a violarme —dijo Lydia— y me enterara de que todos los meses de septiembre durante los últimos dieciocho años me había seguido y hecho fotos, me darían ganas de agarrar una pistola y matarlo. Claire fijó la mirada en el Rothko que había sobre la chimenea.

—¿Qué harías si te enteraras de que ya está muerto y de que no hay nada que puedas hacer al respecto?

—Aun así querría saberlo.

Claire no sintió la tentación de decirle la verdad. Lydia siempre había presumido de ser muy dura, pero si a los dieciséis años había empezado a consumir drogas para embotar su conciencia era por un buen motivo.

—No puedo hacerlo —dijo Claire—. No pienso hacerlo.

—Sé que prefieres no oírlo, pero yo me alegro de que haya muerto. Y de saber cómo murió, aunque para ti sea una faena.

—Una faena —repitió Claire, pensando que aquella palabra rozaba lo ofensivo.

Una «faena» era llegar tarde al cine o perder un aparcamiento estupendo. Ver a tu marido apuñalado y desangrándose hasta la muerte delante de ti era una putada con mayúsculas.

—No. No pienso hacerlo.

—Está bien. —Lydia comenzó a recoger las carpetas y a amontonarlas.

Era evidente que estaba enfadada, pero Claire no pensaba dar marcha atrás. Sabía lo que era convertirse en blanco de Fred Nolan y no podía hacerles eso a las víctimas de Paul. Ya tenía suficiente culpa sobre la conciencia sin tener que arrastrar a aquellas pobres mujeres a la guarida del león.

Se adentró en el cuarto de estar. La luz del sol era cegadora. Cerró los ojos un momento y dejó que el calor le calentara la cara. Después se volvió, porque le parecía mal disfrutar de algo tan básico teniendo en cuenta todas las miserias que acababan de desenterrar.

Posó la mirada detrás de uno de los sofás. Lydia había esparcido algunos papeles por el suelo. Pero, en lugar de los informes de los detectives, a Claire le sorprendió ver que eran cosas de su padre.

Sam Carroll había dedicado toda una pared de su apartamento a acumular pistas sobre la desaparición de Julia. Había fotografías y tarjetas de felicitación, y hojas de papel arrancadas con números de teléfono y nombres garabateados. En total, la colección ocupaba un espacio de unos tres metros por uno y medio. Su padre había perdido la fianza del apartamento debido a los muchos agujeros de chinchetas que había dejado en el pladur.

—¿Te quedaste con la pared de papá? —preguntó Lydia.

—No, estaba en el segundo archivador.

Naturalmente.

Claire se arrodilló. Aquella pared había definido a su padre durante tantos años... Su desesperación emanaba aún como un efluvio de cada trozo de papel. En la facultad de Veterinaria había aprendido a tomar apuntes meticulosamente. Había consignado todo lo que leía, oía o había presenciado y lo había combinado con los informes y las declaraciones policiales hasta que el caso quedó tan grabado en su cerebro como la estructura del sistema digestivo de los perros o los síntomas de la leucemia felina.

Claire tomó una hoja de cuaderno escrita de puño y letra de su padre. En sus últimas dos semanas de vida, Sam Carroll había sufrido un ligero temblor debido a un ictus de poca importancia. Su nota de suicidio apenas era legible. Claire casi había olvidado cómo era su verdadera letra.

—¿Cómo se llamaba? —le preguntó a Lydia.

—El método Palmer. —Lydia estaba de pie detrás de ella—. Se suponía que era zurdo, pero le obligaron a usar la mano derecha.

—Conmigo hicieron lo mismo.

—Te hacían llevar un mitón para que no usaras la mano izquierda. Mamá se puso furiosa cuando se enteró.

Claire se sentó en el suelo. No podía parar de tocar los únicos vestigios que quedaban de su padre. Sam había tenido en sus manos aquella fotografía de un hombre que le había contado a otro que tenía una hermana que tal vez supiera algo sobre Julia. Había tocado aquel librillo de cerillas del Manhattan, el bar donde se había visto por última vez a Julia. Había tomado notas en aquella carta del Grit, el restaurante vegetariano preferido de Julia. Había mirado fijamente aquella fotografía de Julia inclinada sobre su bicicleta.

Claire también miró la fotografía. En la cesta del manillar había un sombrero de tela de pata de gallo gris. La larga cabellera rubia le caía sobre los hombros, rizada en una permanente suave. Llevaba puesta una chaqueta de hombre negra y una camisa blanca de vestir, con montones de pulseras negras y plateadas en las muñecas y guantes de encaje blanco en las manos porque la fotografía era de finales de los ochenta y todas las chicas de entonces querían parecerse a Cyndi Lauper o a Madonna.

—Quiero convencerme de que Paul guardaba todo esto porque pensaba que algún día yo querría verlo —dijo Claire.

Lydia se sentó en el suelo, a su lado. Señaló la foto de Julia.

—Ese era mi colgante. Tenía una L en cursiva por delante.

Las dos sabían que Julia llevaba puesto aún el colgante de oro el día de su desaparición.

—Siempre te estaba robando las cosas —comentó Claire.

Lydia le dio un empujón con el hombro.

—Igual que tú.

A Claire la asaltó de pronto una idea.

—¿Tenía Paul un archivo sobre mí?

—No.

Observó a su hermana, preguntándose si le estaría mintiendo por las mismas razones por las que ella había decidido ocultarle la verdad.

—¿Y los diarios de papá? —preguntó Lydia. Sam había empezado un diario tras la marcha de Helen porque ya no le quedaba nadie con quien hablar—. No estaban en las cajas de Paul.

Claire se encogió de hombros.

—Puede que los tenga mamá.

En el momento de la muerte de su padre se sentía tan desvinculada de él que no había preguntado por sus pertenencias. Solo después, al pensar en cosas como sus gafas o sus libros, o su colección de corbatas con motivos de animales, había lamentado no estar más atenta.

—Yo solía leer sus diarios —le dijo a Lydia—. Seguramente porque intentaba ocultármelos. No como Paul, que era más listo. —Se apoyó contra la pared—. Las últimas páginas que leí debían de ser de unos seis meses antes de su muerte. Estaban escritas en forma de cartas a Julia. Cosas que recordaba de su niñez. Le hablaba de cómo habíamos cambiado todos sin ella. Parecía que no, pero estaba muy enterado de lo que hacíamos. Sabía perfectamente a qué nos dedicábamos.

—Dios mío, espero que no.

—Mamá y él siguieron acostándose. Incluso después de que ella volviera a casarse.

Lydia asintió con la cabeza.

—Lo sé.

Claire vio otra fotografía de Julia que había olvidado. Gruñó al ponerse de rodillas para recogerla. Se le había roto el menisco cinco años antes, y tenía la impresión de que estaba esperando cualquier excusa para romperse otra vez.

—¿Tú tienes las rodillas tan mal como yo?

—Peor las tiene Allison Hendrickson.

—Tienes razón. —Claire miró la fotografía. Julia estaba tomando el sol en el césped de delante de su casa, con un bikini azul. El aceite para bebés hacía brillar su piel rosada. Seguramente era Lydia quien había hecho la foto. Nunca dejaban que Claire tomara el sol con ella. Ni saliera con ellas. Ni respirara a su lado.

—Dios, mira lo roja que tenía la piel. Habría tenido todo tipo de cáncer de piel.

—A mí me quitaron una manchita el año pasado. —Lydia se señaló un lado de la nariz.

Claire se alegró fugazmente de que la hubieran excluido.

—Seguro que habría tenido un montón de hijos.

—Futuros jóvenes republicanos.

Claire se rio. Julia había fingido un dolor de estómago para poder quedarse en casa a ver las sesiones de la comisión Irán-Contra.

—Habría educado a sus hijos en casa para impedir que les lavara el cerebro la maquinaria educativa estatal.

—Y les habría hecho comer tanta soja que no les habrían bajado los testículos.

Claire hojeó varias notas de su padre.

—No, no habría tenido hijos varones. Eso habría sido ceder al patriarcado.

—¿Crees que los habría vacunado?

Claire soltó una carcajada, porque ya en 1991 Julia había puesto en duda la credibilidad de la industria farmacéutica respaldada por el gobierno.

—¿Qué es esto? —Tomó un montón de papeles grabados con el membrete del Tribunal Superior del Condado de Oconee.

Lydia observó los documentos con los ojos entrecerrados.

—Es la escritura de una propiedad en Watkinsville.

Paul había crecido en Watkinsville, un pueblo de los alrededores de Athens. Al pasar a la segunda página, Claire encontró el nombre y la dirección del propietario legal.

—Buckminster Fuller —dijo Lydia, que naturalmente ya lo había visto—. ¿De qué me suena ese nombre?

—Era el arquitecto favorito de Paul. —Le pasó las hojas a su hermana porque no soportaba seguir mirándolas—. Paul se crio en una granja de Watkinsville. Me dijo que se había vendido todo cuando murieron sus padres.

Lydia se levantó del suelo. Recogió sus gafas de leer y el iPad de Claire de la isleta de la cocina y volvió a sentarse a su lado.

Claire sintió la misma oleada de náuseas que acompañaba siempre el desvelamiento de otra mentira de Paul.

Lydia se puso las gafas y empezó a teclear. Ella se quedó mirando el respaldo del sofá de piel blanca. Le daban ganas de rajar el cuero con las uñas. Quería romper el bastidor de madera, buscar unas cerillas y prender fuego a la puta casa.

Aunque de todos modos no ardería. Paul había hecho instalar el sistema contraincendios más eficaz que el inspector de urbanismo del condado había visto en una vivienda particular.

Su hermana dijo:

—Los registros disponibles en Internet solo llegan diez años atrás, pero Buckminster Fuller está al corriente del pago de los impuestos municipales.

Claire pensó en el cuadro del despacho de Paul. El hogar de su infancia. Ella se había pasado horas pintando las sombras y los ángulos para que quedaran bien, y él había llorado cuando le regaló el cuadro por su aniversario de boda.

—Paul decía que el tipo que compró la finca tiró la casa para cultivar las tierras —le dijo a Lydia.

—¿Os pasasteis alguna vez por allí para echar un vistazo?

—No. —Claire se lo había pedido varias veces a Paul y al final había decidido respetar su deseo de intimidad—. Paul decía que era demasiado doloroso para él.

Lydia volvió a concentrarse en el iPad. Esta vez, Claire se obligó a mirar. Lydia abrió Google Earth. Tecleó la dirección de Watkinsville. En la pantalla apareció una amplia extensión de campos arados. Lydia amplió la imagen sirviéndose del zoom. Había una casita en la finca. A Claire no le costó reconocer la casa de la infancia de Paul. El recubrimiento de madera iba de arriba abajo, en vez de izquierda a derecha. El establo ya no existía, pero había un coche en el camino de entrada y un columpio en la amplia explanada del jardín de atrás que separaba la casa de los campos de labor.

—No hay vista de la calle —dijo Lydia—. Y la carretera ni siquiera tiene nombre. ¿Crees que la tenía alquilada? —preguntó.

Claire apoyó la cabeza en las manos. Ya no sabía nada.

—Hay un número de teléfono. —Lydia se levantó otra vez. Iba a echar mano de su móvil, que estaba sobre la encimera, cuando Claire la detuvo.

—Utiliza el teléfono de prepago. Está junto al sillón de mi despacho.

Lydia desapareció por el pasillo. Claire se quedó mirando el jardín. Las ventanas estaban empañadas por el vaho. Una neblina se levantaba de la piscina. Tendría que bajar la caldera. De todos modos, en invierno casi no usaban la piscina. Tal vez la hiciera tapar. O rellenar de cemento. Mantener limpio el reborde de mármol era un incordio. Y en verano el suelo de madera se ponía tan caliente que había que llevar sandalias o uno se arriesgaba a sufrir quemaduras de tercer grado. Paul había diseñado la piscina para que fuera bella, no práctica.

Claire no creía que hubiera mejor metáfora de sus vidas.

Tomó el iPad. La imagen de satélite de la casa de Buckminster Fuller había sido tomada durante los meses de verano. El campo de detrás de la casa rebosaba de vides. La casa, pequeña y de una sola planta, seguía teniendo el mismo entablado de madera blanca que con tanto esmero había intentado plasmar en el cuadro para el regalo de aniversario. Costaneras de tabla y listón, le había dicho Paul que se llamaba: grandes planchas de madera verticales con tablillas más estrechas para tapar las juntas. El tejado era de tejas asfálticas de color verde brillante. El jardín estaba bien cuidado. El columpio del fondo de la parcela parecía recio y de buena calidad, dos cosas que Paul siempre se esforzaba por conseguir cuando proyectaba una vivienda.

Claire sabía, al menos, que Paul no le había mentido respecto al accidente en el que murieron sus padres. Aunque a él no le gustaba hablar de ese asunto, Claire se había enterado de todos los detalles por su madre. A pesar de los 30.000 estudiantes que asistían a la Universidad de Georgia, Athens seguía siendo un pueblo pequeño, y la biblioteca principal, como todas las del país, era el centro del municipio. Entre lo que había leído en el periódico y lo que había sacado en limpio de los chismorreos del pueblo, Helen se había enterado de todo.

Los Scott volvían a casa de la iglesia cuando un tráiler pisó una franja de hielo y se atravesó en la autovía de Atlanta. El padre de Paul murió decapitado. Su madre le sobrevivió unos segundos. Al menos eso era lo que contaban los testigos. Habían oído gritar a una mujer mientras las llamas engullían el coche.

A Paul le daba pánico el fuego. Era la única cosa que le asustaba, hasta donde sabía Claire. Su marido había dejado dicho expresamente en las instrucciones para su entierro que no quería que lo incineraran.

—¿Qué ocurre? —preguntó Lydia. Llevaba en la mano el teléfono de prepago.

—Estaba pensando en las instrucciones que dejó Paul para su entierro.

No estaban plastificadas, pero eran similares a las demás instrucciones que solía hacer para ella. Claire había encontrado el listado dentro de una carpeta de su propio escritorio con la etiqueta *EN CASO DE EMERGENCIA*.

Quería que lo enterraran en la tumba familiar, con una lápida parecida en tamaño y forma a la de sus padres. No quería maquillaje, ni fijador en el pelo, ni que lo embalsamaran o expusieran su cadáver como si fuera un maniquí porque detestaba la parafernalia que envolvía la muerte. Quería que Claire le eligiera un traje bonito y unos buenos zapatos, aunque ¿qué importaba que llevara zapatos o no, o que fueran buenos o malos? Y, de todos modos, ¿cómo iba a cerciorarse ella de que se los habían puesto?

La última petición de la lista era la más conmovedora: quería que lo enterraran con su alianza de casado y con el anillo de la facultad de Auburn. Claire se había sentido desconsolada porque, a pesar de que deseaba fervientemente cumplir sus deseos, el Hombre Serpiente se había llevado ambos anillos.

—¿Claire? —Lydia le tendió el teléfono. Ya había marcado el número que figuraba a nombre de Buckminster Fuller.

Su hermana negó con la cabeza.

—Hazlo tú.

Lydia puso el manos libres. El sonido de la línea llenó la habitación, rebotando en las paredes desnudas. Claire contuvo la respiración. No sabía qué esperaba hasta que contestaron a la llamada.

Se oyó un chasquido, como el de un contestador antiguo poniéndose en marcha. La grabación sonaba rasposa, pero la voz era indudablemente la de Paul.

—Ha llamado a la residencia de los Fuller —decía—. Si pregunta por Buck...

Claire se llevó la mano a la garganta. Sabía lo que venía a continuación porque el mensaje del buzón de voz de su teléfono fijo seguía el mismo patrón.

Una alegre voz de mujer añadió:

—¡O por Lexie!

—Por favor, deje el mensaje al... —concluía Paul.

Por el altavoz del teléfono salió un largo pitido.

Lydia colgó.

—Lexie —dijo Claire casi escupiendo.

Aquella mujer parecía más joven que ella. Y más alegre. Y más tonta, lo cual debería haber sido un consuelo, pero Claire estaba demasiado consumida por los celos para que le importara.

Se levantó y empezó a pasearse por la habitación.

—Claire...

—Dame un minuto.

—No estarás...

—Cállate. —Giró sobre sus talones y cruzó la habitación de un extremo a otro. No podía creerlo. Luego, sin embargo, se recriminó por no creerlo, porque, en realidad, llegado aquel momento atroz de su vida, ¿qué más daba ya?

Lydia se puso el iPad sobre las rodillas. Empezó a teclear otra vez.

Claire siguió paseándose de un lado a otro. Era consciente de que su ira iba desencaminada, pero había demostrado más de una vez que cuando estaba furiosa era casi incontrolable.

—No encuentro ninguna Lexie Fuller —dijo Lydia—, ni Alex Fuller, ni Alexandra Fuller... En los registros del condado, nada. —Siguió tecleando—. Voy a probar en Madison, Oglethorpe y...

—No. —Claire apoyó la mano en la pared. Habría deseado poder tirar la casa—. ¿Y si la encontramos? Entonces ¿qué?

—Le diremos que su marido ha muerto.

—¿Por qué te empeñas en encasquetarles mis problemas a otras personas?

—Eso no es justo.

Claire sabía que tenía razón, pero no le importó.

—Así que llamo a la puerta de esa tal Lexie y me presento y, si no me dice que me vaya a la mierda, que es lo que yo haría si estuviera en su lugar, le digo: «Ay, por cierto, además de ser polígamo, Paul era un ladrón y seguramente también un violador, y no hay duda de que era un acosador y de que además se masturbaba viendo cómo torturaban y asesinaban a mujeres». —Se apartó de la pared y empezó a pasearse de nuevo—. No querrá saberlo, créeme.

—¿Tú no querrías saberlo?

—Desde luego que no. —A Claire le sorprendió la rotundidad de su propia respuesta. Recordó de pronto la primera vez que se había sentado delante del ordenador de su marido.

Píldora roja, píldora azul.

Si pudiera dar marcha atrás, ¿elegiría vivir en la ignorancia? Era posible que Adam hubiera acabado por contarle lo del desfalco, pero las películas y los archivos habrían permanecido ocultos casi con toda seguridad. ¿Se habría puesto ella a revisar el trastero del sótano? Paul era el que tenía apego por tontas notas de amor o por la entrada de la primera película que vieron juntos. Ella ya había llegado a la conclusión de que no podía seguir viviendo en la casa soñada de Paul sin Paul. Probablemente se habría mudado a una casa más pequeña, quizás a un piso en el centro. No le costaba ningún trabajo imaginarse a sí misma llamando a un servicio de destrucción de documentos para que lo hiciera desaparecer todo, en vez de trasladarlo a su nueva casa o pagar un guardamuebles.

—¿Paul viajaba mucho por trabajo? —preguntó Lydia.

Claire negó con la cabeza.

—Solo un par de días seguidos cada vez, y normalmente me llevaba con él. —Claire pensó que, ya que estaba, bien podía decir lo que sin duda ambas habían pensado al ver el columpio en el jardín de la casa—. Si tiene un hijo, era una mierda de padre.

—Watkinsville está a menos de quince minutos de un campus lleno de chicas jóvenes —dijo Lydia, y esperó a que Claire se diera la vuelta—. ¿Y si hay más archivos? ¿Más mujeres?

La mente de Claire voló hacia un lugar aún más tétrico.

—¿Esa casa tiene sótano?

Lydia se quedó paralizada unos segundos. Por fin empezó a teclear de nuevo en el iPad. Claire se arrodilló a su lado. Su hermana encontró los datos del catastro de aquella finca en Watkinsville. Siguió con el dedo el listado de datos mientras leía:

—Casa unifamiliar. Entablado de madera. Construida en 1952. Calefacción por distribución de aire caliente. Abastecimiento de agua municipal. Fosa séptica. Metros cuadrados de desván, cero. Y de sótano... también cero. —Miró a Claire—. No tiene sótano.

Claire se sentó en el suelo y se quedó mirando por las ventanas. El sol blanqueaba aún más la ya blanca habitación.

—El hombre enmascarado... No es Paul. Conozco su cuerpo.

—¿Es Adam?

La pregunta impactó a Claire como un puñetazo al corazón. Adam era más o menos de la misma estatura que el enmascarado y tenía la misma piel clara. En cuanto al resto, no lo sabía. No se había enamorado de Adam Quinn. No había pasado horas tumbada a su lado, tocando y acariciando su piel, memorizando su cuerpo.

—Follamos tres veces y nunca nos quitamos toda la ropa. Fue siempre de pie.

—Qué romántico. —Lydia dejó el iPad—. ¿Estás segura de que la voz del contestador es la de Paul?

Claire asintió con la cabeza, porque el suave acento sureño de Paul era inconfundible.

—¿Qué hacemos? Digo, ¿qué hago? —se corrigió de inmediato.

Su hermana no contestó. Se quedó mirando el jardín de atrás como había hecho Claire un momento antes.

Claire se sumó a ella y contempló distraídamente a una ardilla solitaria que brincaba por la tarima y se acercaba a beber agua salada de la piscina. Preguntar qué hacían a continuación era peligroso, porque todo dependía de que quisiera saber más o no. No se trataba ya de elegir entre la píldora roja y la píldora azul. Se trataba de pelar la cebolla proverbial.

Se sobresaltaron las dos cuando sonó el teléfono.

Claire echó una ojeada al teléfono de prepago, pero la pantalla estaba en blanco.

—No es mi móvil —dijo Lydia.

El teléfono sonó una segunda vez. Claire se acercó a gatas al inalámbrico que había sobre la mesa, junto al sofá. Sonó otra vez y,

216

antes incluso de oír la voz de Fred Nolan, empezó a sentir de nuevo aquellas náuseas.

—Claire —dijo Nolan—, me alegro de encontrarte en casa.

Su voz sonaba alta y clara como una campana. Claire se apartó el teléfono de la oreja para que Lydia también pudiera oírle.

—Creo que voy a tomarte la palabra y a aceptar esa oferta de hablar contigo y con tu abogado —agregó Nolan.

Claire sintió en los tímpanos el pálpito atronador de su propio corazón.

—¿Cuándo?

—¿Qué tal hoy?

—Es domingo. —No había reparado en qué día era hasta ese momento. Había pasado casi una semana desde el asesinato de Paul.

—Seguro que tienes dinero suficiente para pagar la tarifa de fin de semana del Coronel —respondió Nolan.

El Coronel... Así era como llamaban Paul y ella a Wynn Wallace, el abogado que había ayudado a Claire a librarse del cargo de agresión. Paul le apodaba *El Coronel* porque era igual de capullo y de arrogante que el personaje de Jack Nicholson en *Algunos hombres buenos*.

—¿Claire?

¿Cómo sabía Nolan cómo llamaban a Wallace? ¿Se habría servido también Paul del Coronel para librarse de la acusación de desfalco?

—¿Hola?

Miró a Lydia, que meneaba tan fuerte la cabeza que sin duda acabaría dándole un tirón en el cuello.

—¿Dónde? —preguntó Claire.

Nolan le dio la dirección.

—Dentro de dos horas estoy allí. —Claire puso fin a la llamada y dejó el teléfono en su soporte. Al retirar la mano, vio que su palma había dejado una marca de sudor.

—¿Vas a darle los archivos? —preguntó Lydia.

—No. No voy a ir al centro. —Se levantó—. Voy a ir a Athens.

—¿Qué? —Su hermana también se levantó y siguió a Claire a la entrada donde dejaban los zapatos—. Acabas de decirle a Nolan que ibas a...

—Que se joda Nolan. —Claire recogió su bolso y se puso sus zapatillas de tenis. No sabía por qué, pero tenía que ver a Lexie Fuller. No pensaba hablar con ella, ni hacer saltar su vida por los aires, pero necesitaba ver a «la otra» con sus propios ojos—. Mira, Lydia, te agradezco de veras que...

—Cállate. Voy contigo. —Lydia desapareció dentro de la casa.

Claire echó un vistazo al buzón por el panel de vídeo que había junto a la puerta. La memoria USB seguía allí. Eran las 9:13 de un domingo por la mañana. ¿Era buena o mala señal que a Adam Quinn se le hubieran pegado las sábanas? ¿O acaso había encargado a otra persona que fuera a recoger el *pen drive*? ¿Iba Jacob Mayhew para allá? Y si no se presentaba dos horas después, ¿consideraría Fred Nolan su ausencia como un caso de obstrucción a la justicia? ¿Dormiría aquella noche en su cama o pasaría los dos años siguientes en la cárcel?

Lydia volvió con su bolso. Llevaba su iPhone en la mano y el teléfono de prepago en la otra.

—Conduzco yo.

Claire no protestó, porque Lydia era la mayor y porque siempre conducía ella. Abrió la puerta y salió sin echar la llave. Había llegado a un punto en que ya no le importaba que volvieran los ladrones. De haber tenido tiempo, les habría dejado unas galletitas.

Desenchufó el Tesla. La llave estaba en el banco, donde la había dejado. La metió en su bolso y subió al coche. Lydia se sentó tras el volante. Bajó el brazo y ajustó el asiento. Movió los retrovisores. Miró con el ceño fruncido la pantalla táctil de diecisiete pulgadas que ocupaba el centro del salpicadero.

—Es eléctrico, ¿no? —Parecía irritada. Siempre le molestaban las cosas nuevas—. Athens está a una hora de camino.

—¿En serio? He ido en este mismo coche a casa de mamá y he vuelto un millón de veces y nunca me he fijado. —Al menos, así había sido antes de que la tobillera electrónica limitara sus movimientos—. ¿Podemos irnos ya?

Lydia seguía pareciendo molesta.

—¿Dónde va la llave?

—Toca el freno para que se encienda.

Lydia tocó el freno.

—¿Se ha encendido? Ni siquiera lo oigo.

—¿Cuántos años tienes, trescientos? —preguntó Claire—. Santo cielo, sigue siendo un coche. Hasta la abuela Ginny sabría cómo usarlo.

—Eso ha sido una maldad. —Puso la marcha atrás. La pantalla mostró una vista de la cámara trasera. Lydia bufó llena de fastidio mientras salía marcha atrás y daba la vuelta.

La verja del final del camino seguía abierta. Claire tenía la impresión de que habían pasado diez años desde el trayecto en limusina con su madre y su abuela. Intentó recordar cómo se había sentido. La pureza de su pena había sido un lujo tan exquisito...

Había otra mujer en Watkinsville que tal vez estuviera sintiendo aquella misma tristeza. Hacía casi una semana de la muerte de Paul. Aquella tal Lexie habría llamado a hospitales y comisarías, a la patrulla de carreteras y a quienquiera que hubiera querido escucharla. Y a poco que alguna de esas personas hubiera hecho la más mínima pesquisa, le habría informado de que Buckminster Fuller era en realidad el padre de la cúpula geodésica y había fallecido en 1983.

Claire se preguntaba qué le habría contado Paul para explicar sus ausencias. Quizá le hubiera dicho que era viajante de comercio, o funcionario del gobierno, o empleado de una plataforma petrolífera. O piloto.

Paul se había sacado la licencia de piloto estando en la universidad. Podía pilotar reactores ligeros, de modo que, siempre que alquilaban un avión privado, se metía en la cabina a hablar de altímetros y vientos de cola con los pilotos. Claire solía compadecerse de los pobres hombres que intentaban mantener a flote el aparato.

¿Debía compadecerse también de Lexie Fuller? ¿Y tenía derecho a mantenerla en la ignorancia sobre Paul? Ella sabía mejor que nadie el daño que hacía descubrir la verdad. ¿Podía hacerle eso a otro ser humano?

O quizá Lexie ya estuviera al corriente de su existencia. Quizás a la muy zorrita le daba igual compartir marido con otra mujer y criar a su hijo o hijos bastardos sin que se divorciara de ella.

Cerró los ojos. Qué cosa tan fea. Estaba convirtiendo a Lexie en un monstruo cuando era muy probable que Paul las hubiera engañado a ambas. Y aunque Lexie estuviera al tanto de que Paul era polígamo, era imposible que supiera la cantidad de mierda en la que estaba metido.

—Completitud dual —habría dicho Paul—. El cerebro humano tiende a asumir que, si hay una víctima, tiene que haber también un villano.

¿Era así como pensaba Claire en sí misma en esos momentos, como en otra víctima de Paul?

—¿Claire? —Lydia se había relajado y apretaba con menos fuerza el volante—. Creo que necesitamos más información.

La sola idea hizo que Claire se estremeciera.

—¿Qué quieres decir?

—Los datos del registro que pueden consultarse en Internet datan solo de diez años atrás. ¿Paul siempre ha sido dueño de esa casa?

—¿Qué importa eso?

—Solo me pregunto si había otras señoras Fuller.

Claire se quedó mirando la carretera. El problema de estar con Lydia era que siempre pensaba lo peor de Paul.

—¿Crees que las tiene enterradas en el jardín?

—Yo no he dicho eso.

—No hacía falta que lo dijeras. —Claire apoyó la cabeza en la mano. No quería que Lydia estuviera allí, pero tampoco se imaginaba haciendo aquello sin ella. Había olvidado lo exasperante que era tener una hermana.

Lydia puso el intermitente para incorporarse a la carretera interestatal. A modo de rama de olivo comentó:

—Papá odiaba conducir en domingo.

Claire sonrió a su pesar. Cuando su padre le estaba enseñado a conducir, siempre la advertía de que el domingo era el peor día para ponerse en carretera. Decía que la gente estaba cansada y de mal humor por haber pasado horas sentada en la iglesia con ropa que producía picores y que conducían como murciélagos escapados del infierno cuando por fin los soltaban.

—¿Qué hacías ayer en el McDonald's? —preguntó Lydia.

Claire le dijo la verdad.

—Preguntarme si sería de mala educación vomitar en el servicio sin pedir nada.

—Creo que están acostumbrados. —Lydia aceleró y se cambió al carril de adelantamiento. Para haberse quejado tanto del coche parecía estar disfrutando del viaje—. ¿Qué crees que hará Nolan cuando no te presentes en su despacho?

—Depende, imagino. Si lo que está haciendo es legal, emitirá una orden de busca y captura contra mí. Y si no, empezará a llamarme otra vez o se pasará por casa.

—Has dejado abierta la puerta del garaje. Solo tiene que entrar y echar un vistazo al portátil de Paul.

—Pues que lo haga. —Claire no le veía sentido a intentar ocultar las películas. Era ella quien se las había entregado a la policía—. Digo lo mismo: si va legalmente a casa, tendrá una orden de registro. Y, si no, por mí puede agarrar el disco duro y metérselo por el culo.

—Puede que esté allí cuando vaya Adam a recoger el *pen drive*.

—Genial. Pueden ver las películas y hacerse una paja juntos.

Lydia no se rio.

—¿Puedo preguntarte una cosa?

Claire observó a su hermana. No era de las que pedían permiso.

—¿Cuál?

—¿A qué te dedicas todo el día? ¿Trabajas o qué?

Claire intuyó que era una pregunta capciosa. Su hermana suponía, seguramente, que se pasaba todo el día sentada comiendo bombones y gastando el dinero de Paul. Y a decir verdad así era a veces, pero otras tenía la sensación de compensar su ociosidad.

—Hago mucho trabajo voluntario. El albergue, el banco de alimentos, el apoyo a nuestras tropas... —Muy bien podría haber estado enumerando las cosas que más le interesaban a su padre—. Ayudé una temporada en una campaña contra la pena de muerte, hasta que se planteó el caso de Ben Carver. —Ben Carver era uno de los dos asesinos en serie que había dado falsas esperanzas a su padre—. Estudio francés y alemán para poder viajar. Sigo tocando el piano. Corto el césped cuando hace falta, si no hace demasiado calor. Y antes jugaba al tenis tres o cuatro horas al día, pero ahora ya nadie quiere jugar conmigo, no me explico por qué. ¿Y tú? —le preguntó a su hermana.

—Trabajo. Me voy a casa. Duermo. Me levanto y vuelvo a trabajar.

Claire asintió como si no supiera qué otra cosa hacer.

—¿Sales con alguien?

—No, qué va. —Lydia adelantó a un Mercedes que circulaba despacio—. ¿Sabe mamá que has hablado conmigo? —preguntó con aparente indiferencia, pero la ronquera de su voz la delató.

—No se lo he dicho —reconoció Claire—. No por nada, solo porque estaba alterada y sabía que, si la llamaba, me lo notaría en la voz y enseguida me sacaría la verdad.

—¿Y cuál es la verdad?

—Que no nos mentiste y que, por tanto, si no mentías sobre Paul, mis dieciocho años de matrimonio han sido una farsa de principio a fin y mi marido era un psicópata.

Lydia metió la barbilla, pero por una vez mantuvo la boca cerrada.

Claire se dio cuenta de una cosa:

—Todavía no me he disculpado por lo que hice.

—No, no te has disculpado.

—Lo siento —probó a decir, pero aquellas dos palabras le parecieron insignificantes comparadas con la magnitud de lo que le había hecho a su hermana—. Debería haberte creído. —Sabía que aquello tampoco era lo más acertado. No creía que, en aquel momento de sus vidas ya lejano, hubieran podido darse las circunstancias propicias para que pudiera confiar en Lydia—. Aunque no te hubiera creído, no debería haberte dado la espalda.

Lydia había girado la cabeza. Sorbió por la nariz.

Claire miró la mano de su hermana. No sabía si tocarla o no.

—Lo siento, Pepper. Te abandoné. Hice que mamá te abandonara también.

—Tú no podías obligar a mamá a hacer nada que ella no quisiera hacer.

—No estoy tan segura de eso. —Por primera vez, Claire sopesó el verdadero alcance de lo que había hecho. No era únicamente que hubiera cortado toda relación con Lydia. También la había apartado de lo poco que quedaba de su familia—. A mamá la aterrorizaba perder a otra hija. Yo lo sabía y me aproveché de ello porque estaba furiosa contigo. La obligué a tomar la decisión de Sophie. —Pensó que solo en una situación como aquella era más o menos aplicable esa frase hecha—. Me equivoqué. Siento de todo corazón lo que te hice. Lo que le hice a nuestra familia.

—Bueno —dijo Lydia enjugándose los ojos—, en aquella época yo era una calamidad. Todo lo que dijiste era verdad. Os robé a todos. Mentía constantemente.

—Pero nunca mentiste sobre algo así, y yo debí darme cuenta. —Claire se rio al pensar en lo corta que se quedaba aquella afirmación—. Obviamente, no me di cuenta de muchas cosas.

Lydia tragó saliva intentando contener las lágrimas.

Claire no supo qué más decir. ¿Que estaba orgullosa de su hermana por haber dejado las drogas y haber logrado salir de la pobreza? ¿Que se alegraba de que su hija fuera tan guapa, tan aplicada y tan maravillosa? ¿De que su novio la adorara? Todo cuanto sabía sobre la vida de Lydia procedía de los detectives privados de Paul.

Lo que significaba que, a pesar de que Claire había desvelado ante ella el alma turbia y podrida de su matrimonio, Lydia seguía sin confiar en ella lo suficiente para contarle la verdad sobre su vida.

—Bueno. —Saltaba a la vista que Lydia quería cambiar de tema. Agitó la mano señalando la pantalla táctil—. ¿Este cacharro tiene radio?

—Puedes poner la canción que quieras. —Claire tocó el icono

de los medios audiovisuales—. Solo tienes que decir en voz alta lo que quieres oír y el ordenador lo busca en Internet y lo pone.

—¿Qué dices?

—Bienvenida al mundo de los ricos. —Claire dividió la pantalla. Mientras iba pasando las distintas pantallas, se sentía como una niña pequeña y ávida en el concesionario de Tesla—. Puedes leer el *e-mail*, consultar cuánta batería te queda, meterte en Internet...

Se detuvo de pronto. Al tocar el icono de Internet, el sistema había vuelto a cargar la última página que había mirado Paul. Feedly.com era un agregador de noticias que funcionaba de manera similar a las alertas de Google, pero con artículos de prensa y noticias.

Paul solo había introducido un nombre en el motor de búsqueda.

—¿Qué pasa? —preguntó Lydia.

—Para en el arcén.

—¿Por qué?

—Para.

Su hermana dio un fuerte suspiro, pero hizo lo que le ordenaba. Las bandas sonoras rugieron dentro del coche cuando se apartó de la carretera y paró.

—¿Qué es lo que pasa? —insistió.

—Paul puso una alerta para que le avisara si aparecía alguna noticia sobre Anna Kilpatrick. La última apareció hace dos minutos.

Lydia agarró su bolso y sacó sus gafas.

—¿A qué estás esperando?

Claire tocó con el dedo sobre la alerta más reciente, un enlace con el Canal 2, una filial de la ABC en Atlanta.

En la parte de arriba de la página apareció la ventana negra de un vídeo en *streaming*. En la banda roja sobreimpresa se leía: *¡EN DIRECTO! Últimas noticias sobre el caso Anna Kilpatrick*. Una rueda que giraba indicaba que el vídeo se estaba cargando. Claire subió el sonido. Esperaron las dos con los ojos fijos en la rueda giratoria.

El Tesla se sacudió cuando pasó por su lado un camión marrón de UPS.

—Está tardando una eternidad —comentó Lydia.

El vídeo se cargó por fin, pero no había mucho que ver. El capitán Mayhew aparecía de pie delante de un atril. El congresista Johnny Jackson, que nunca perdía la oportunidad de aparecer ante las cámaras, estaba tras él, ligeramente a la derecha para no salirse de cuadro. Miraban ambos una puerta cerrada que había a un lado. Se veían los fogonazos de los flashes y los ruidos amortiguados de los periodistas que empezaban a impacientarse.

Una voz en *off* explicó:

—Se nos ha informado de que los padres llegaron hace cinco minutos.

El periodista hizo una recapitulación del caso remontándose hasta el momento en que la policía halló el coche de la chica en el aparcamiento del centro comercial Lenox.

Claire recordaba las ruedas de prensa a las que había asistido con su familia. En aquella época había solo tres cadenas de televisión, de modo que las conferencias de prensa se hacían en el pequeño vestíbulo delantero de la jefatura de policía. A Lydia y a ella les decían que pusieran cara de pena, pero no demasiado. A Helen le preocupaba que el secuestrador de Julia viera a sus otras dos hijas y quisiera llevárselas también. El sheriff les recomendaba que dirigieran sus comentarios a Julia, tercamente convencido de que su hija mayor estaba en algún hotel destartalado riéndose de sus padres por hacer el ridículo en las noticias de la noche.

—Ahí llegan —dijo Lydia.

La puerta lateral se abrió en la pantalla. Los padres de Anna Kilpatrick subieron a la tarima y se situaron a la izquierda de Mayhew. El capitán los miró inclinando la cabeza como si dijera: *Superaremos esto*. Ellos no correspondieron a su gesto. Parecían reclusos en el corredor de la muerte aguardando su ejecución.

—Han encontrado el cuerpo —afirmó Lydia.

Claire la mandó callar, pero unos segundos después Mayhew confirmó su suposición.

—Los restos mortales de una joven —dijo el capitán— han sido encontrados en torno a las cuatro de la madrugada de hoy en una senda para corredores cercana al BeltLine.

El BeltLine, una larga vía verde, atravesaba el distrito de Midtown. Claire tenía amigas que lo llamaban en broma «el Camino de los Violadores» por la cantidad de agresiones sexuales que tenían lugar en él.

—El laboratorio de criminalística del condado de Dekalb —prosiguió Mayhew— ha podido identificar dichos restos basándose en fotografías y huellas dactilares. Los Kilpatrick confirmaron la identidad de la víctima hace una hora.

—¿Les han dejado ver el cuerpo? —preguntó Claire.

—¿Tú no querrías verlo?

Claire ya no estaba tan segura.

—En estos momentos —añadió Mayhew—, no tenemos nuevos indicios. Pedimos a cualquiera que reconozca al hombre de este retrato robot que, por favor, llame al teléfono habilitado para el caso. —Levantó el retrato robot del hombre al que se había visto rondando junto al coche de Anna—. Los Kilpatrick quisieran dar las gracias a todos aquellos que habían contribuido a buscar a...

Claire apagó el volumen, porque sabía lo que venía a continuación. Los periodistas harían preguntas. Mayhew no les daría respuestas. Vio que Mayhew señalaba a Bob Kilpatrick, el padre de Anna. El hombre tenía la misma expresión llorosa y abatida que había visto incontables veces en el rostro de su padre.

Lydia también la había visto.

—Me recuerda a papá.

Claire se obligó a apartar la vista de Eleanor Kilpatrick. Esta se aferraba a su marido como si estuvieran perdidos en el mar. Y así era: estaban perdidos. Aunque consiguieran volver a tierra alguna vez, ya nunca más se sentirían sobre terreno seguro.

Lydia apretó la mano de su hermana. Sintió que el consuelo que le producía el contacto de su hermana se difundía por su cuerpo como agua cálida. Se quedaron sentadas en el coche, escuchando el traqueteo de los camiones al pasar. ¿Querría Claire ver el cuerpo de Julia? Sería muy distinto después de tantos años. Solo quedarían huesos, pero esos huesos significarían mucho, porque de ese modo tendrían algo que enterrar, un lugar en el que depositar su pena.

—¿Qué ocurre? —Lydia no estaba formulando una pregunta existencial: señalaba la pantalla táctil.

Eleanor Kilpatrick había apartado a Mayhew de un empujón y agarrado el micrófono.

Claire subió el volumen.

La voz rabiosa de la madre surgió rechinando por los altavoces:

—¡... marcado como a un puto animal!

Se cortó la conexión y en la pantalla apareció el presentador del Canal 2.

—Pedimos disculpas a nuestros espectadores por las palabras que acaban de oír.

—Busca el vídeo sin censurar —ordenó Lydia—. ¡Búscalo!

—Lo estoy buscando.

Claire ya había abierto el buscador. La página había vuelto a actualizarse y ahora aparecían una docena más de enlaces con la rueda de prensa. Eligió el que le pareció más conciso y la rueda multicolor del centro de la pantalla comenzó a girar.

—Prueba con otro —dijo Lydia.

—Dale tiempo.

Claire juntó las manos para no tocar la pantalla. Estaba a punto de darse por vencida cuando por fin se cargó la página.

Mayhew aparecía paralizado con el micrófono delante. Jackson miraba fijamente hacia delante como un buen soldado. Claire pulsó la tecla de *play*.

El capitán comenzó:

—Los restos mortales de una joven...

—Es el principio. —Saltaba a la vista que Lydia no se había perdido palabra. Pasó el dedo por la parte de abajo de la ventana de vídeo hasta que encontró el arrebato de Eleanor Kilpatrick.

—¡Todo esto es una puta mierda! —gritó la mujer.

Johnny Jackson salió hábilmente de cuadro, dejando que Jacob Mayhew se encargara de controlar los daños.

—Señora Kilpatrick. —Mayhew tapó el micro con la mano.

—¡No! —Eleanor Kilpatrick trató de apartarle la mano. Era una mujer menuda. No pudo apartarlo, así que se volvió hacia los periodistas y gritó—. ¡El cuerpo de mi hija está mutilado!

Los periodistas respondieron con una salva de fogonazos.

—Señora Kilpatrick —repitió Mayhew.

Ella le quitó el micro de un tirón.

—¡Le han cortado los pechos! ¡La han marcado como a un puto animal!

Mayhew intentó recuperar el micrófono. Ella lo retiró de nuevo. El capitán lo intentó de nuevo, pero Bob Kilpatrick le asestó un puñetazo en el estómago.

—¡Era nuestra niña! —sollozó Eleanor—. ¡Era solo una cría!

Dos policías uniformados redujeron a Bob Kilpatrick. Su esposa siguió chillando mientras se lo llevaban a rastras.

—¿Qué clase de animal sería capaz de hacerle eso a nuestra niñita? ¿Qué clase de animal?

Mayhew se limpió la boca con el dorso de la mano. Saltaba a la vista que estaba furioso. Delante de los periodistas, agarró a Eleanor Kilpatrick por la cintura y se la llevó a rastras al otro lado de la tarima. El micrófono cayó al suelo al quedarse sin cable. Mayhew prácticamente arrojó a la mujer por la puerta abierta y cerró de un portazo. La cámara siguió grabando unos segundos antes del fundido a negro.

Claire y Lydia se quedaron mirando la pantalla.

—¿Has visto lo que ha hecho? —preguntó Lydia.

—Sí.

Claire volvió a cargar la página. Esperaron a que se cargara el vídeo. En lugar de adelantarlo, lo pusieron desde el principio. Primero Mayhew, luego Eleanor Kilpatrick. Tan pronto acabó la grabación, volvieron a cargar la página para ver la rueda de prensa por tercera vez.

La voz en *off* del periodista. Mayhew delante del atril. Los Kilpatrick entrando en la sala.

Ninguna de las dos era capaz de apartar la vista. Las fascinaba el estallido de Eleanor Kilpatrick, el modo en que trazaba una X sobre su vientre cuando decía que su hija estaba marcada.

Claire detuvo la grabación. Eleanor Kilpatrick quedó congelada en la pantalla. Tenía la boca abierta de par en par y la mano derecha pegada al lado izquierdo de su vientre, un poco desviada, justo debajo de las costillas.

—Le han cortado los pechos —dijo Lydia.

—Lo sé.

—Tenía la tripa marcada con una X.

—Lo sé.

Exactamente igual que la segunda chica de las películas de Paul. La que se parecía tanto a Anna Kilpatrick.

IV

¿Recuerdas ese artículo que escribiste para el periódico de la facultad cuando ejecutaron a Timothy McCorquodale? Lo sentenciaron a muerte en los años setenta por asesinar a una chica blanca a la que vio hablando con un negro en un bar del centro de Atlanta. A ti no te cabía en la cabeza que el hecho de que una chica blanca hablara con un negro pudiera engendrar tanto odio. Yo me sentí orgulloso de ti, y esperanzado porque no entendieras ese racismo repugnante. Cuando tu madre y yo éramos pequeños, la segregación racial estaba dando las últimas boqueadas. Marchamos por la igualdad de derechos, pero fue fácil hacerlo porque todos nuestros amigos y compañeros de clase marchaban a nuestro lado.

Recuerdo que hablé con tu madre de ese artículo, en el que afirmabas que, aunque McCorquodale merecía ser castigado, la sociedad no tenía derecho a matarlo. Estábamos tan orgullosos de ti por creer en las cosas que creíamos nosotros... Compartíamos tu indignación ante la idea de que un hombre fuera electrocutado por secuestrar, violar, torturar y finalmente matar a una chica de diecisiete años.

Esta mañana me puse a pensar en tu artículo mientras iba en coche hacia la Prisión de Diagnóstico y Clasificación de Georgia. Puede que recuerdes, de cuando te documentaste para escribir el artículo, que es allí donde está el corredor de la muerte de Georgia. No sé por qué se me vino a la cabeza tu artículo al cruzar la verja de entrada y, aunque sigo estando orgulloso de ti, como comprenderás he cambiado de idea respecto a la pena de muerte. Ahora la única pega que le veo es que en mi opinión debería darse a los padres la oportunidad de pulsar el interruptor.

Un par de años después de tu desaparición, un empleado de correos llamado Ben Carver fue condenado a muerte por matar a seis chicos jóvenes. (Es homosexual, lo que, según Huckleberry, significa que no se siente inclinado a matar a mujeres). Corría el rumor de que Carver había practicado el canibalismo con algunas de sus víctimas, pero, como no hubo juicio, nunca se hicieron públicos los detalles más escabrosos del sumario. Hace diez meses, cuando se cumplían cinco años de tu desaparición, encontré el nombre de Carver en el expediente del sheriff. La carta estaba escrita en papel con el membrete del Departamento de Instituciones Penitenciarias de Georgia y firmada por el director de la cárcel. Informaba al sheriff de que Ben Carver, interno entonces en el corredor de la muerte, le había dicho a uno de los guardias de la prisión que tal vez tuviera alguna información relativa a tu desaparición.

Huckleberry anotó que pensaba seguir la pista, pero Carver en persona me dijo que el sheriff nunca había ido a hablar con él. Naturalmente fui a visitar a Ben Carver. De hecho, he estado en esa cárcel un total de cuarenta y ocho veces estos últimos diez meses. Iría con más frecuencia, pero a los presos del corredor de la muerte solo se les permite tener visitas una vez a la semana.

Cariño, siento mucho no haberte dicho nada de esas visitas hasta ahora, pero, por favor, sigue leyendo y tal vez comprendas por qué lo he hecho.

El día de visita, Ben Carver y yo nos sentamos el uno frente al otro, como peces en una pecera separados por una malla metálica. La malla tiene agujeritos. La sala de visitas es muy ruidosa. Hay unos ochenta presos en el corredor de la muerte y para muchos de ellos su madre es el único contacto que tienen con el exterior. Puedes imaginarte el despliegue de emociones que hay allí. La madre de Ben Carver es demasiado anciana para seguir visitándole, de modo que solo me ve a mí. Tengo que inclinarme y acercar los labios a la malla, a pesar de que se ve la mugre negra depositada por los miles de bocas que se han pegado a ella antes que la mía.

Sida, pienso. Hepatitis B. Herpes. Gripe. Mononucleosis.

Y aun así pego la boca a la mampara.

Carver es un hombre encantador con un suave acento sureño. Es educado y atento, lo cual nunca deja de extrañarme. Ignoro si ese es su talante natural o si es que ha leído muchas novelas sobre Hannibal Lecter.

El caso es que siempre manifiesta una gran preocupación por mi bienestar. «Hoy pareces cansado», me dice. O «¿Comes bien?». O «Deberías decirle a tu barbero que te corte el pelo».

Sé que coquetea conmigo porque se siente solo, igual que yo coqueteo con él porque quiero saber qué sabe.

Así que hablamos de todo menos de ti.

Tiene una memoria increíble para los diálogos de las películas. *Casablanca. Lo que el viento se llevó. Cowboy de medianoche.* Los Monty Python. Y luego están los libros que ha leído: la mayoría de los clásicos, Anne Rivers Siddons por sus lazos con Atlanta, las novelas románticas de Barbara Cartland, las fantásticas de Neil Gaiman... He hablado con él tantas veces de *Las nueve revelaciones* que ya he perdido la cuenta.

A tu madre no le hablo de esas conversaciones, y no solo porque piense que *Los puentes de Madison* es morralla sentimental, sino porque se niega en redondo a oírme hablar de lo que yo llamo mis actividades extraescolares y ella denomina mi «empeño absurdo». Quitando ese tema, hay ya muy pocas cosas de las que podamos hablar. Rememorar desastrosas acampadas, aventuras con el Hada de los Dientes y acaloradas reuniones de padres y profesores es algo que acaba por gastarse. Tus hermanas ya hacen su vida. Tienen sus amigos y han empezado a fundar sus propias familias fuera de nosotros. Tu madre me ha sustituido por otro (peor) y yo... ¿yo qué tengo?

¿A ti puedo confesarte que me siento solo? ¿Que todas las mañanas me despierto en un dormitorio austero y vacío y me quedó mirando el techo de gotelé amarillo y me pregunto si merece la pena que me levante de la cama? ¿Que no soporto la idea de ver mi cepillo de dientes solo, sin el de tu madre? ¿Que tengo dos platos, dos cucharas, dos tenedores y dos cuchillos no porque los necesite sino porque solo he podido encontrarlos a pares? ¿Que he perdido mi trabajo? ¿Que finalmente he perdido a tu madre? ¿Que he dejado de pedirles a tus hermanas que vengan a verme porque cada vez que hablamos tengo la sensación de estar arrastrándolas al fondo del mar?

Quizás así puedas entender por qué hablar de películas y literatura con un asesino en serie convicto se ha convertido en una parte tan importante de mi vida. He ahí un motivo para bañarse. Para ponerse los zapatos. Para salir de casa, conducir el coche, ir a un lugar que no sea mi apartamento de una habitación, tan parecido a cualquier celda de la Prisión de Diagnóstico y Clasificación de Georgia.

Sé que Ben me está dando falsas esperanzas, igual que sé que estoy dejando que me las dé. Me asombra que, últimamente, solo deje de pensar en ti cuando estoy debatiendo sobre Joyce con un presunto caníbal. ¿Acaso el objeto de mis visitas no es averiguar qué sabe Carver? ¿Seguir la pista de cualquier rumor que haya oído para descubrir por fin qué ha sido de ti?

Tengo, sin embargo, la insidiosa sensación de que en realidad no sabe nada de ti.

Y tengo la sensación aún más profunda e insidiosa de que en realidad no me importa.

De modo que hago lo siguiente: me digo a mí mismo que estoy estudiándole. ¿El hombre que te secuestró se parecía a él? ¿Fue al principio tan amable contigo como lo es Carver conmigo? ¿Se te llevó porque te quería solo para él? ¿O porque quería hacerte daño?

Luego me pregunto qué pasaría si esa mugrienta malla metálica no estuviera en medio. ¿Qué haría conmigo un hombre como Ben Carver si no hubiera guardas vigilando, ni una barrera entre nosotros? ¿Me explicaría *La reina hada* de Spenser, o me abriría en canal para probar una lonchita de mi páncreas?

Hoy me he dado cuenta de que nunca sabré la respuesta: no porque sea imposible que eso suceda, sino porque me han prohibido

233

que vuelva a visitar a Carver. Enseguida he sospechado que Huckleberry andaba detrás, pero el director de la cárcel me ha sacado de mi error. Era lógico. A fin de cuentas, si empecé a visitar a Ben Carver, fue por ese informe suyo.

Fue así como ocurrió: en lugar de conducirme a la sala de espera para las visitas, un guardia muy corpulento que se chupaba continuamente los dientes me llevó por un largo pasillo. El sonido retumbaba en las baldosas pulidas del suelo. Los pasillos de la cárcel son largos y anchos, seguramente para que se pueda correr por ellos pero no esconderse. En cada esquina hay grandes espejos cóncavos y cámaras de vídeo que siguen cada uno de tus pasos.

Ojalá el centro de Athens hubiera estado tan bien vigilado. Así quizás habrías vuelto a casa.

El despacho del director tiene un friso barato y sillones verdes de aspecto institucional. Como diría Ben, recuerda a *La leyenda del indomable*. Todas las superficies son metálicas o imitan la madera. El director es gordo, con el pelo cortado a cepillo y una papada que casi le tapaba el cuello de la camisa. Por si no fuera suficiente estereotipo, llevaba una camisa blanca de manga corta y una corbata roja y negra de clip. Estaba fumándose un puro mientras me observaba desde el otro lado del escritorio. Yo estaba sentado delante de él, sosteniendo un ejemplar gastado de *¡Solo se es viejo una vez!*, del doctor Seuss, un regalo que me había mandado Ben a través del director. El último contacto que Carver el Caníbal tendría conmigo. Había revocado mi derecho de visita. No se me permitía volver a la prisión.

—Doctor Carroll —me dijo con una voz que sonó como la del Gallo Claudio—, Ben Carver es un psicópata. Es incapaz de sentir empatía o remordimientos. Si ve usted algo humano en él, es únicamente porque está representando un papel.

Yo me puse a hojear el libro. Me sudaban las manos. Las hojas se me pegaban a los dedos. Hace calor en prisión, da igual la estación que sea. Apesta a sudor, a cañerías y a la desesperación de los hombres que se amontonan en las celdas como si fueran enseres.

El director dijo:

—Evidentemente, Carver ha obtenido de usted lo que quería. Ha concluido con usted. No se lo tome como algo personal. Considérese afortunado por haber salido indemne.

Indemne.

Aquella palabra me daba vueltas en la cabeza. La dije en voz alta mientras me acompañaban de nuevo por el largo pasillo. La repetí en el coche mientras estaba allí sentado, con el libro todavía entre las manos.

¡Solo se es viejo una vez! Un libro para niños creciditos es un álbum ilustrado para adultos. Hace unos años, tus hermanas y tú me lo regalasteis por mi cumpleaños porque a los jóvenes siempre os hace gracia que los viejos se vayan haciendo aún más viejos. No recuerdo haberle hablado de él a Ben, pero parecía una de esas cosas que podía haberle dicho al principio, cuando todavía intentaba tenderle una trampa para que me revelara alguna pista sobre ti.

La conversación habría discurrido así:

Ben: Dime, Sam, ¿qué has leído últimamente?

Yo: Encontré un libro que me regalaron Julia y las niñas por mi cumpleaños. *¡Solo se es viejo una vez!*, del doctor Seuss.

Ben: ¿Sabes?, mi regalo de cumpleaños favorito fue cuando cumplí dieciséis y mi madre me regaló un juego de llaves de su coche para mí solito. ¿Cuál fue tu primer coche, Sam? Seguro que era una cafetera. Seguro que ligabas un montón.

Así era él. Siempre cambiaba de tema utilizando el halago. Normalmente era más astuto. Cuesta describir cómo te ha manipulado otra persona, porque por lo general uno no es consciente de lo que está pasando. Quiero decir que no vas precisamente tomando notas.

Estoy seguro de que Ben extraía mucha más información sobre mí durante mis visitas que al revés. Tengo que reconocer que operaba a un nivel que yo ni siquiera sabía que existía. Y es verdad que era un psicópata, yo lo sabía, pero era un psicópata interesante y durante diez meses me ha dado algo que hacer una vez a la semana, todas las semanas, cuando mi única alternativa era cortarme las venas y ver cómo se iba la sangre en remolinos por el desagüe de la bañera.

Debería haber mencionado el bisturí al enumerar las cosas que guardo en el cajón de los cubiertos. Lleva ahí ya casi un año: es de metal reluciente y tiene la hoja tan afilada que se podría operar con él. He visto lo fácilmente que corta la carne y he soñado con lo fácilmente que se hundiría en la mía.

Creo que lo que ha pasado es esto: Ben sabía que me había ayudado a salir de la depresión y que era hora de dejarme marchar. No porque quisiera poner fin a nuestra relación, sino porque, si seguía visitándole, la tentación de destruir lo que con tanto esfuerzo había creado sería demasiado irresistible para él.

Así que, aunque el director tiene razón en que mi extraño amigo es un psicópata, se equivoca en cuanto a su falta de empatía. Tengo la prueba aquí, en mis manos.

Ignoro cómo consiguió hacerse con un ejemplar de *¡Solo se es viejo una vez!* estando en el corredor de la muerte, pero sé que Ben tiene muchos recursos. Tiene muchos admiradores fuera de la cárcel y los guardias lo tratan con el respeto que merecen los veteranos. Incluso estando en prisión Ben podía conseguir casi todo lo que quisiera. Y nunca pedía nada a no ser que tuviera un buen motivo. Esta vez, ese motivo fue enviarme un mensaje.

Esta es la cita que me ha puesto en el libro:

Primero has de tener las imágenes. Luego vienen las palabras. Robert James Waller

Imágenes...

No es la primera vez que me encuentro con esa palabra. La he visto al menos seis veces antes, en mi visita anual a la oficina del sheriff. Estaba asociada a un hecho que a su vez estaba asociado a una acción cometida por un hombre que (ahora lo entiendo) tenía relación contigo.

¿Ves, cariño?

A fin de cuentas, Ben Carver sí sabía algo de ti.

10

Lydia estaba delante del Arco, en el centro de Athens. Echó un vistazo a su teléfono. Volvió a cargar la página del buscador para refrescar los enlaces. No había novedades sobre el caso de Anna Kilpatrick. Sin embargo, las páginas de noticias regurgitaban constantemente la misma historia, exprimiendo la rueda de prensa para extraerle hasta la última gota de emoción. El arrebato de Eleanor había reventado las noticias. La MSNBC, la Fox, la CBS, la ABC y la NBC habían prescindido de sus resúmenes dominicales de la actualidad política. La CNN había invitado a un psiquiatra para que analizara el estado mental de Eleanor y Bob Kilpatrick. El psiquiatra en cuestión no conocía personalmente a los padres de la víctima ni había trabajado nunca en un caso de secuestro y asesinato de una menor, pero aun así se sentía cualificado para pontificar en la televisión nacional.

Lydia estaba más cualificada para conocer el estado psíquico de los Kilpatrick. Su hija de dieciséis años había muerto. Había sido torturada, marcada a fuego y abandonada en el BeltLine, un remedo de senda recreativa que parecía más bien un coto de caza para criminales. Era más que probable que en aquel momento estuvieran buscando el modo más expeditivo de reunirse con su única hija.

Sin duda habían sospechado desde el principio que Anna estaba muerta, pero una cosa era pensarlo y otra bien distinta ver confirmada su sospecha. Habían visto el cuerpo de su hija. Habían sido testigos del ensañamiento al que la habían sometido. ¿Saber con exactitud lo que le había ocurrido era acaso mejor que los horrores que sin duda había barajado su fantasía?

Al igual que la familia Carroll, estaban atrapados entre dos fuegos.

Lydia se enjugó el sudor de la frente. La temperatura había descendido durante la noche, pero aun así se sentía acalorada, seguramente por la impresión o por el estrés, o por una mezcla de ambas cosas. Subió los escalones de piedra del arco de hierro que se alzaba a la entrada del Campus Norte desde tiempos de la Guerra Civil. Su padre les había contado anécdotas acerca de cómo adornaban el Arco con papel higiénico después de los partidos de fútbol. Julia había sido detenida allí durante una protesta contra la primera Guerra del Golfo, y la última noche de su vida había cruzado el Arco con sus amigos camino del Manhattan.

Después del Manhattan, nadie había vuelto a verla.

Lydia quería volver con su hija. Quería abrazarla y besar su cabeza como Dee dejaba que se la besara únicamente cuando estaba enferma o triste. Cuando era un bebé, le encantaba que la tomara en brazos. A Lydia le dolía continuamente la espalda por llevarla en brazos por la cocina mientras guisaba, o apoyada en la cadera cuando hacía la colada. Cuando apareció Rick, Dee solía tenderse entre ellos como una manta, los pies en el regazo de Rick y la cabeza en el de Lydia. Rick y Lydia se miraban y sonreían porque entre ellos había una niñita perfecta. Y Lydia sentía un alivio inmenso porque solo cuando la tenía tan cerca que podía contar cada una de sus respiraciones sentía que su hija estaba verdaderamente a salvo.

Se llevó las manos a la cabeza. Cerró los ojos. Cedió al recuerdo de Eleanor Kilpatrick, cuya imagen se había grabado a fuego en cada pliegue de su cerebro. La intensidad desgarrada de sus gritos. Su expresión atormentada. La X que había dibujado en el lado izquierdo de su abdomen.

Eleanor era a todas luces diestra. Había tenido que cruzar el brazo por delante de su vientre para dibujar la X. Si había elegido ese punto concreto, no había sido por azar.

Lydia miró al otro lado de Broad Street. Claire seguía sentada delante del Starbucks, donde la había dejado. Estaba tiesa como un palo, con la mirada perdida. Tenía la expresión vacua y aturdida de los catatónicos. Había en ella una quietud turbadora. Siempre había sido difícil deducir qué estaba pensando, pero en aquel momento era impenetrable.

Lydia se irguió. Los treinta metros que las separaban no iban a ayudarla a adivinar los pensamientos de su hermana como por arte de magia. Volvió a cruzar la calle, deteniéndose un momento en la mediana a pesar de que no había tráfico. La noche anterior Georgia había ganado a Kentucky. La ciudad dormía aún la resaca de la victoria. Las aceras estaban pegajosas por la cerveza vertida. Había basura esparcida por las calles.

Claire no levantó la vista cuando Lydia se sentó a la mesa, pero preguntó:

—¿Está distinto?

—Parece un centro comercial al aire libre —repuso su hermana, porque el campus había pasado de ser una pintoresca universidad sureña a convertirse en un engendro empresarial de proporciones monstruosas—. Casi es una urbanización.

—Lo único que de verdad ha cambiado es el largo de los pantalones cortos.

—¿El Taco Stand no estaba antes ahí?

—Está un par de portales más allá. —Claire señaló en esa dirección con una inclinación de cabeza.

Lydia estiró el cuello. Vio más mesas y sillas cruzadas en la acera. La terraza estaba vacía porque hacía demasiado frío. Había una mujer con un cepillo y un recogedor, pero en lugar de barrer los desperdicios de la noche anterior estaba consultando su móvil.

—A mí nunca me pidió nada raro —dijo Claire.

Lydia se volvió hacia su hermana.

—Recuerdo que cuando vi por primera vez la película en su ordenador, solo el principio, con la chica encadenada, tuve una sensación extraña, casi como si me sintiera traicionada. Quería saber por qué no me la había enseñado. —Observó a un corredor que cruzaba lentamente la calle—. Pensé que si le gustaba todo aquello, encadenar a la gente, el cuero, los antifaces y esas cosas, por qué no me había pedido que lo probáramos aunque a mí no me interesara especialmente. —Miró a Lydia como si esperara una respuesta.

Su hermana solo pudo encogerse de hombros.

—Seguramente le habría dicho que sí. —Claire meneó la cabeza como si se contradijera a sí misma—. Quiero decir que, si eso era lo que de verdad quería, yo lo habría intentado, ¿no? Porque es lo que suele hacer una. Y Paul lo sabía. Sabía que lo habría intentado.

Lydia se encogió de hombros otra vez, aunque ignoraba la respuesta.

—Nunca me pidió que me vistiera como una criada o que fingiera que era una colegiala, o esas cosas que se oyen por ahí. Ni siquiera me pidió nunca que le dejara sodomizarme, y todos los hombres acaban por pedirlo tarde o temprano.

Lydia miró a su alrededor confiando en que nadie las oyera.

—Era más joven que yo —continuó Claire—. La primera mujer... Cuando la vi, pensé por una fracción de segundo que era más joven que yo, y eso me dolió porque ya no soy joven. Era lo único que no podía darle.

Lydia se recostó en la silla. No podía hacer nada, salvo dejar hablar a su hermana.

—No estaba enamorada de él cuando me casé. Lo quería, claro, pero no era... —Desdeñó aquellas emociones con un ademán—. Llevábamos menos de un año casados y se acercaba la Navidad. Paul estaba estudiando para su máster y yo trabajaba de telefonista en un bufete de abogados y de pronto pensé: «Yo me largo de aquí». Estar casada me parecía tan absurdo... Tan tedioso. Mamá y papá estaban tan llenos de vida antes de lo de Julia... Eran dos personas tan apasionadas, tan interesantes... ¿Te acuerdas? ¿Te acuerdas de cómo eran antes?

Lydia sonrió, porque con aquella sola pregunta Claire había abierto la puerta de los recuerdos. A pesar de que llevaban veintidós años casados, Sam y Helen Carroll se comportaban como dos adolescentes que no podían dejar de manosearse.

—Iban a bailar —añadió Claire— y a fiestas, y salían a cenar, y tenían sus propios intereses y les encantaba hablar entre sí, constantemente. ¿Recuerdas que nos tenían prohibido interrumpirlos? Y nosotras tampoco queríamos, porque eran tan fascinantes... —Sonrió—. Se lo leían todo, lo veían todo. La gente se peleaba por pasar tiempo con ellos. Daban una fiesta y se presentaban desconocidos porque habían oído decir que los Carroll eran muy divertidos.

Lydia sintió que todos aquellos recuerdos volvían en tromba: Helen espolvoreando queso sobre ramas de apio y Sam chamuscándose las cejas en la parrilla. Las charadas y las adivinanzas. Los encendidos debates políticos. Las discusiones apasionadas acerca de libros, arte y cine.

—Siempre se estaban besando —prosiguió Claire—. Besándose de verdad. Y nosotras decíamos qué asco, pero ¿a que era bonito, Pepper? ¿Tú no los veías y pensabas que eso era el amor?

Lydia asintió con la cabeza. Se sentía embriagada por aquellos recuerdos enterrados hacía tanto tiempo.

—Ese primer año con Paul, no había nada de eso. Al menos, eso me parecía a mí. —Claire tragó saliva con tanta dificultad que se vio cómo se movía su garganta—. Así que esa noche volví en bici del trabajo pensando que iba a ser sincera con él y a decirle que se había acabado. Iba a poner las cartas sobre la mesa, no pensaba esperar a que pasara Navidad y Año Nuevo. —Hizo una pausa. Le corrían lágrimas por la cara—. Pero cuando llegué a casa Paul estaba en la cama. Pensé que estaba echando una siesta, pero estaba cubierto de sudor. Oí que le pitaba el pecho. Cada vez que pestañeaba le temblaban los párpados. Le hice levantarse y lo llevé al hospital. Hacía semanas que estaba resfriado, y el resfriado se había convertido en neumonía. Podría haber muerto. Estuvo a punto de morir. —Se secó las lágrimas—. El caso es que yo estaba aterrorizada. No concebía mi vida sin él. Unas horas antes estaba dispuesta a dejarlo, y luego me di cuenta de que no podía. —Sacudió la cabeza con vehemencia, como si alguien le hubiera pedido que lo hiciera—. Estuvo casi tres semanas hospitalizado y no me moví de su lado. Le leía, dormía en la cama con él. Lo bañaba. Siempre había sabido que Paul me necesitaba, pero hasta que estuve a punto de perderlo no me di cuenta de que yo también lo necesitaba a él, mucho, muchísimo.

Claire se detuvo un momento para tomar aire.

—Es lo que pasa cuando estás enamorada de alguien. El deseo y el follar como conejos y dejar que tu vida se vaya a la mierda para poder estar con esa persona... Es la pasión. La pasión rayana en lo obsesivo. Y siempre se gasta. Tú lo sabes, Liddie. Ese subidón no dura nunca, jamás. Pero cuando estaba en ese hospital, cuidando de él, empecé a darme cuenta de que lo que tenía con Paul, lo que creía que tenía con Paul, *eso* era más que amor. Era *estar* enamorada. Era tan palpable que casi podía tocarlo con las manos. Podía morderlo con los dientes.

Lydia no lo habría expresado de ese modo, pero sabía a qué se refería su hermana. Rick era para ella tantas cosas a la vez: era su amante, su compañero, su mejor amigo, su complemento. Todo aquel tiempo había pensado únicamente en lo que supondría para ella perder a Dee, pero perder a Rick habría sido devastador en muchos otros sentidos.

—Paul sabía lo que había supuesto para mí perder a Julia —dijo Claire—. Se lo conté todo. Todo. No me guardé ni un detalle. No recuerdo haber sido nunca tan sincera con un hombre. Le hablé de todo lo que había pasado: de cuando mamá se convirtió en un fantasma y papá en un quijote. De la falta que me hacías tú para ir tirando día a día. —Se aseguró de que Lydia la estaba mirando—. Tú me salvaste, Pepper. Eras lo único a lo que podía aferrarme cuando el suelo cedió bajo nuestros pies.

Lydia sintió un nudo en la garganta. Se habían salvado mutuamente.

—Seguramente por eso Paul tenía que separarnos, ¿no crees? Sabía lo importante que eras para mí. Más importante que mamá, incluso, porque confiaba en que estuvieras ahí pasara lo que pasase.

Lydia negó con la cabeza. No había modo de saber qué había pensado Paul.

—Sabía gracias a mí por lo que estaba pasando la familia de Anna Kilpatrick, y a pesar de todo vio esas películas horrendas. Quizá por eso precisamente. Porque ahora creo que le excitaba saber que Anna no era la única que estaba sufriendo. Había tantas otras capas de dolor superpuestas... La de la familia, la de la gente de la ciudad, incluso nosotras: tú, yo, mamá, la abuela Ginny. Me preguntaba constantemente por Anna Kilpatrick, o hablaba del caso y sondeaba mi reacción. Incluso lo sacó a relucir la noche en que murió. —Soltó una risa seca—. Pensé que me lo preguntaba porque se preocupaba por mí, pero ahora me doy cuenta de que todo formaba parte de su juego. Es la misma perversidad que violar a esas mujeres y luego hacerlas seguir durante tantos años.

Lydia no la contradijo, pero preguntó:

—¿Por qué crees eso?

—Porque es una cuestión de control. A mí me controló durante años haciéndome creer que era todo lo que él quería. Te controló a ti aislándote y apartándote de la familia. Controló a mamá haciéndola creer que era el yerno ideal. Controlaba a todas esas mujeres de sus archivos informándose de dónde estaban exactamente. Incluso controlaba a la abuela Ginny, porque sin su dinero a estas alturas estaría en una residencia pública. Y por más que se jacte de ser una viuda pobre pero digna, le encanta tener su apartamento privado y un servicio de limpieza semanal. De un modo u otro, estábamos todas a su merced.

Lydia juntó con fuerza las manos sobre la mesa. ¿Por qué Claire no había visto todas esas cosas estando vivo Paul? ¿De veras se le daba tan bien ocultar su lado oscuro?

—Sabe Dios por lo que estará pasando esa tal Lexie Fuller —añadió Claire—. Puede que, si nunca me pidió a mí nada raro, sea porque lo hacía con ella. —Se rio otra vez—. La verdad es que en parte espero que así sea, porque eso significaría que no estoy del todo chiflada. Porque Paul era tan jodidamente normal... Sé que tú le calaste enseguida, pero fuiste la única persona en toda su vida que pensó que había algo raro en él. Hasta engañó a papá. Te dije que había

243

leído sus diarios. Lo peor que decía de Paul es que me quería demasiado.

Lydia dudaba de que su padre hubiera prestado mucha atención a Paul. Claire acababa de empezar a salir en serio con él cuando Sam Carroll se quitó la vida. Lydia siempre había pensado que esa tragedia afianzó su relación.

—Paul decidió mostrarte su lado malo —le dijo Claire—. Se desvivía por ocultárselo a todo el mundo, pero a ti te lo enseñó porque sabía que eso nos separaría.

—Tú dejaste que te engañara. —Lydia no se dio cuenta de lo enfadada que estaba aún hasta que pronunció aquellas palabras. ¿Por qué iba a permitir que su hermana retomara las cosas sin más? Claire estaba confesándose con ella como si los dieciocho años anteriores no hubieran tenido lugar, como si ella no fuera la razón de que todos le hubieran dado la espalda—. Preferiste a un chico antes que a mí —le dijo a su hermana.

Claire le sostuvo la mirada.

—Tienes razón. Eso hice. Y no sé si alguna vez lo superaremos, porque la verdad es que es imperdonable.

Lydia fue la primera en desviar la mirada. Tuvo que recordarse quién era el verdadero villano allí. Paul había consagrado su vida a manipular a los demás. Cuando se habían conocido en la universidad, Claire era una adolescente ingenua y vulnerable. Helen seguía estando hundida. Sam se hallaba al borde del suicidio. A ella la detenían cada dos por tres. ¿Acaso era de extrañar que Paul hubiera podido clavarle los colmillos?

Y, sin embargo, Lydia no se sentía capaz de perdonarla.

—¿Crees que debería llamar al capitán Mayhew? —preguntó Claire.

—¿Para qué? —preguntó Lydia alarmada. El brusco cambio de tema la golpeó como una ráfaga de aire frío—. Te mintió sobre las películas. Dijo que eran falsas.

—Quizá me mintió porque no quería que hablara con la prensa, para que no se filtraran las películas.

—No, habría pedido una orden judicial, o te habría detenido por obstaculizar una investigación en curso. O te habría dicho sencillamente que no dijeras nada.

—No pienso llevarle esto al agente Nolan —dijo Claire—. ¿Quién más queda? ¿Huckleberry? —Movió la mano señalando vagamente en dirección a la oficina del sheriff—. Con Julia se lució. Seguro que ahora lo haría aún mejor.

Lydia sintió que se estaban dejando llevar por su imaginación.

—¿Qué sabemos en realidad, Claire? Que Paul vio esas películas. Nada más.

—Las películas son reales.

—Creemos que son reales. —Lydia trató de nuevo de hacer el papel de abogado del diablo—. Creemos que esa chica se parecía a Anna Kilpatrick. Creemos que la mutilaron de la misma manera, por lo que ha hecho y dicho la madre en la rueda de prensa. Pero ¿estamos seguras al cien por cien? ¿O solo nos estamos convenciendo de ello?

—El sesgo de confirmación. —Claire arrugó el ceño al oír sus propias palabras—. ¿Qué tiene de malo llamar a Mayhew?

—Que te mintió sobre las películas. Que se suponía que tenía que estar trabajando en el principal caso que había en la ciudad y lo dejó todo para ir a tu casa a investigar un intento de robo. Que es un poli y que, si le tocas las narices, puede hacer de tu vida un infierno.

—¿Y qué es mi vida en estos momentos? —Claire extendió la mano—. Dame el teléfono de prepago.

Lydia observó a su hermana. Estaba distinta. Había dejado de hablar como una transeúnte despistada y empezaba a comportarse como si estuviera al mando de la situación.

—¿Qué vas a decirle? —preguntó Lydia.

—Que tiene que ser sincero conmigo. Que tiene que explicarme otra vez por qué la película no es auténtica cuando, según Eleanor Kilpatrick, a su hija la torturaron de la misma manera que a la chica del vídeo.

—Es una idea fantástica, Guisantito —repuso su hermana con

sarcasmo—. ¿Crees que un alto cargo policial puede estar encubriendo un asesinato, o quizás implicado de alguna manera en él, o que puede haberlo filmado, o que tal vez esté distribuyendo las grabaciones, o todo lo anterior a la vez, y vas a llamarlo sin más y a decirle «Oiga usted, dígame qué está pasando aquí»?

—No pensaba decirlo en esos términos, pero sí, más o menos.

—Claire...

Su hermana extendió de nuevo la mano para que le diera el teléfono.

Lydia comprendió que estaba empeñada en seguir adelante. Buscó el teléfono dentro de su bolso y golpeó con el dorso de la mano el frasco de Percocet que había tomado del escritorio de Claire. Se había dicho que solo quería impedir que Claire tomara más pastillas, pero tenía la insidiosa sospecha de que en realidad se las había guardado para sí misma.

—¿Lo has traído?

—Sí, lo he traído. —Lydia sacó el teléfono y se lo pasó. Luego cerró bruscamente el bolso.

Claire encontró enseguida la tarjeta de Jacob Mayhew en su cartera. Marcó el número y se acercó el teléfono al oído.

Lydia se puso tensa. Fue contando pitidos que no podía oír. Le sudaban las palmas de las manos. Notaba en los oídos el fragor de la sangre acelerada. Hacía años que no pisaba una comisaría, pero la policía seguía dándole pánico.

Claire negó con la cabeza.

—El buzón de voz.

Lydia exhaló un largo suspiro cuando su hermana colgó.

—Seguramente me habría mentido, de todos modos. —Claire dejó el móvil sobre la mesa—. Aparte de ti, ya no sé en quién confiar.

Lydia se miró las manos. Sus palmas habían dejado marcas de humedad en el frío metal. No quería estar allí. No debía estar allí. Debía volver a casa, con Dee. Si se iban ya, podía estar de vuelta en casa a tiempo para prepararle a su familia un desayuno tardío.

—En marzo del noventa y uno, Paul estaba en el colegio.

Lydia miró a su hermana.

—Estaba interno en la Academia Lyman Ward cuando desapareció Julia.

Lydia no se dio cuenta de que tenía aquella duda en la cabeza hasta que Claire la despejó.

—¿Estás segura?

—La academia está justo a las afueras de Auburn. Un día me llevó a ver el campus. Yo no sabía por qué quería ir. Odiaba la época que pasó allí. Pero cuando llegamos me di cuenta de que quería presumir de mí, y me pareció bien, porque me gusta que presuman de mí, pero era un internado muy pequeño, muy religioso y sumamente estricto.

Lydia había hecho muchas veces el trayecto entre Auburn y Athens.

—Julia desapareció en torno a las once, un lunes por la noche. De aquí a Auburn hay solo tres horas de viaje.

—Paul tenía quince años. No tenía permiso de conducir, y mucho menos un coche, y en el colegio echaban un vistazo a los chicos dos o tres veces por noche. La mayoría de ellos estaban allí porque sus padres no podían controlarlos.

—¿Por eso estaba allí Paul?

—Me dijo que le dieron una beca. —Claire se encogió de hombros—. Es lógico, hasta cierto punto. Su padre estuvo un tiempo en la Marina durante la Guerra de Vietnam. Paul pensaba seguir sus pasos, al menos para que le pagaran la universidad, hasta que leyó un libro sobre arquitectura y cambió de idea.

Lydia no se lo tragó.

—Paul era muy listo. Tan listo que quizá fuera un genio. Si de verdad quería entrar en la Marina, habría ido a la Academia Preparatoria o se habría preparado para ingresar en West Point, no habría ido a un internado cristiano ultraconservador y superestricto en medio de la nada, en Alabama.

Claire cerró los ojos un momento. Asintió con la cabeza.

Lydia preguntó:

—¿Estás segura de que no pudo escabullirse?

—Todo lo segura que puedo estar —reconoció Claire—. No faltaba nunca a clase. Su retrato estaba aún en la vitrina de los trofeos del despacho del director, así que es imposible que se saltara las clases o que lo castigaran por salir del campus, y solo faltaba una semana para las vacaciones de primavera.

—¿Cómo lo sabes?

—Porque fue al Centro Espacial Kennedy a ver el lanzamiento del transbordador. Hubo no sé qué problema técnico y no despegó. He visto las fotos. Paul está delante de una gran pancarta en la que figura la fecha y se ve a lo lejos la plataforma de lanzamiento vacía. Recuerdo que fue la segunda semana de marzo por...

—Por Julia. —Lydia volvió a mirar a la mujer del cepillo. Estaba arrastrando las sillas por la acera y colocando las mesas.

—Ese gilipollas que hizo que detuvieran a papá todavía regenta el local —comentó Claire.

Lydia recordaba aún a su madre hablando de la detención en su tono de bibliotecaria, un susurro furioso capaz de helar una hoguera.

—Es extraño —añadió Claire—. Cuando estoy contigo echo más de menos a papá. Supongo que eres la única persona que lo conocía con la que de verdad puedo hablar.

Se abrió la puerta del Starbucks y un grupo de chavales salió a la acera. Llevaba cada uno un vaso de café humeante. Saltaba a la vista que arrastraban aún la resaca mientras buscaban a tientas sus paquetes de cigarrillos.

Lydia se levantó.

—Vámonos de aquí.

El Tesla estaba aparcado delante del Taco Stand. Lydia miró por el escaparate del restaurante. Estaba muy remozado. Las sillas parecían mullidas y las mesas limpias, y en cada una de ellas había un servilletero en vez de un rollo de papel de cocina barato.

—Vamos a ir a la casa, ¿no? —preguntó Claire.

—Supongo que sí. —Lydia no sabía qué hacer, como no fuera seguir adelante.

Volvió a sentarse al volante del Tesla. Tocó el freno para encender el motor. A Rick le encantaría oírle hablar con detalle del coche. La pantalla táctil. La forma en que vibraba el volante si cruzaba la línea amarilla. Utilizaría la información para apaciguarlo, porque cuando le dijera qué se habían traído entre manos Claire y ella, le daría, lógicamente, un ataque.

—Toma otra vez la autovía de Atlanta. —Claire introdujo la dirección de los Fuller en la pantalla táctil—. Me acuerdo de que bailé *Love Shack* con Julia en una de las fiestas de Navidad de papá y mamá. ¿Te acuerdas? Fue tres meses antes de que desapareciera.

Lydia asintió a pesar de que seguía pensando en Rick. Por desgracia, la suya no era una de esas relaciones en las que se ocultaban cosas. Ellos se lo contaban todo, al margen de cuáles fueran las consecuencias. Rick seguramente dejaría de hablarle. Tal vez incluso considerara que aquel loco viaje por carretera era la gota que colmaba el vaso.

—Por aquí fue por donde pasó Julia. —Claire señaló a través del Arco, hacia la residencia Hill Community en la que su hermana mayor había vivido durante su primer curso en la facultad—. Ahora los colegios mayores tienen aire acondicionado. Mamá dice que hasta tienen televisión por cable gratis y wifi, un gimnasio y cafetería.

Lydia se aclaró la garganta. Había pasado de pensar que Rick iba a enfadarse con ella a enfadarse ella con él, por decirle lo que tenía que hacer, lo cual era un disparate teniendo en cuenta que ninguna de esas conversaciones había tenido lugar aún, como no fuera dentro de su cabeza.

—El Manhattan sigue ahí —comentó Claire—. Pero está completamente distinto.

—¿Mamá sigue haciendo este recorrido el día del aniversario?

—Creo que sí. No hablamos mucho de eso.

Lydia se mordisqueó la punta de la lengua. Quería preguntar si Helen y Claire hablaban de ella alguna vez, pero le daba demasiado miedo la respuesta.

—Me pregunto qué pasa con ella —dijo Claire.

—¿Con mamá?

—Con Lexie Fuller. —Se giró en el asiento para mirar a su hermana—. Está claro que Paul me eligió por Julia. Yo era tan vulnerable después de su desaparición... Fue mi tragedia lo que lo atrajo. ¿No lo ves?

Lydia no se había dado cuenta hasta ese instante.

—Cuando nos conocimos, fingió que no sabía lo de Julia, pero lo sabía, claro. Sus padres vivían a quince minutos de donde desapareció. La granja no daba para vivir y su padre trabajaba por temporadas en los jardines del campus. Su madre trabajaba de contable en el centro. Por todas partes había carteles con la cara de Julia. Los periódicos no hablaban de otra cosa. Y, aun sin eso, la gente de Auburn lo sabía. Había un montón de estudiantes de Athens. Tú estabas allí. Lo viste tú misma. No se lo dijimos a nadie y todo el mundo lo sabía.

—Entonces, ¿por qué le creíste cuando te dijo que no lo sabía?

—En parte no le creí. Pensé que solo intentaba ser amable, que no quería cotillear sobre ese asunto. —Apoyó un lado de la cabeza en el asiento—. Fue la única ocasión que yo recuerde en que no le creí a pie juntillas.

Lydia aminoró la velocidad cuando el GPS la alertó de que se acercaba el desvío. Curiosamente no se alegraba de que Claire hubiera visto por fin los defectos que ella había detectado dieciocho años antes. Quizá Claire tenía razón. Ella solo había visto el lado oscuro de Paul porque él había decidido mostrárselo. Si no se hubiera dado aquella situación en el coche, era probable que ella también lo hubiera soportado todos esos años como un cuñado fastidioso que por alguna razón inexplicable hacía feliz a su hermana.

Y estaba claro que había hecho feliz a Claire. Al menos mientras estuvo vivo. Conociendo cómo funcionaba aquel cabrón, parecía probable que conquistar a Claire formara parte de un plan de largo alcance que había dado comienzo antes incluso de que se conocieran. No le habría extrañado que tuviera en alguna parte un grueso archivo dedicado a Claire Carroll. ¿Estaba en Auburn porque sabía que Claire iría a la misma universidad que Lydia? ¿Trabajaba en el laboratorio de matemáticas porque se había enterado de que Claire suspendía trigonometría?

Lydia recordaba aún la excitación con que Claire le había hablado del chico nuevo al que acababa de conocer en el laboratorio. Paul había descubierto el modo perfecto de introducirse en la psique de su hermana: no se había deshecho en halagos sobre su físico, halagos que Claire llevaba oyendo prácticamente desde su infancia. Había alabado su inteligencia. Y lo había hecho de tal modo que daba la impresión de ser el único hombre del planeta capaz de darse cuenta de que Claire no era solo una cara bonita.

Lydia detuvo el coche en el arcén y lo dejó en punto muerto. Se volvió hacia Claire y le dijo algo que debería haberle dicho desde el principio.

—Tengo una hija de diecisiete años.

Claire pareció sorprendida, pero al parecer no por el motivo que creía Lydia.

—¿Por qué me lo dices ahora?

—Ya lo sabías. —Le dieron ganas de darse de bofetadas por haber sido tan estúpida, y a continuación le dieron ganas de vomitar porque la idea de que Paul hubiera pagado a desconocidos para que la siguieran la ponía enferma—. ¿Por qué no me dijiste que Paul tenía un archivo sobre mí?

Claire desvió la mirada.

—Intentaba protegerte. Pensé que si sabías lo que había hecho Paul me...

—¿Te abandonaría como tú me abandonaste a mí?

Claire respiró hondo y soltó el aire lentamente.

—Tienes razón. Cada vez que digo que deberías mantenerte al margen de esto, encuentro una manera de volver a arrastrarte conmigo porque quiero que mi hermana mayor me tranquilice y lo resuelva todo. —Miró a Lydia—. Lo siento. Sé que suena a trillado, pero es la verdad.

Lydia no quería que volviera a disculparse.

—¿Qué más sabes de mí?

—Todo —contestó—. Al menos todo lo que sabemos sobre las otras víctimas de Paul.

Víctimas... Si volvía a tocar ese nervio, Lydia iba a necesitar una endodoncia.

—¿Tú lo sabías? —le preguntó a Claire.

—Rotundamente no. No sabía nada de ninguna de esas mujeres.

—¿Cuánto tiempo me hizo seguir?

—Casi desde el momento en que dejamos de hablarnos.

Lydia vio su vida desfilar ante sus ojos a toda velocidad. No las cosas buenas, sino todo aquello que la avergonzaba. Las veces que había salido del supermercado con comida robada metida debajo de la camisa porque no podía permitirse comprar nada. La vez en que cambió la etiqueta de una chaqueta en la tienda de saldos porque quería que Dee tuviera la más bonita, la que llevaban las chicas más populares del colegio. Todas las mentiras que había contado: que el cheque estaba al caer, que se había dejado el dinero del alquiler en el trabajo, o que enseguida devolvería tal o cual préstamo.

¿Cuánto de aquello había visto Paul? ¿Tenía fotografías suyas con Rick? ¿De Dee en la cancha de baloncesto? ¿Se había reído de ella mientras la veía luchar con uñas y dientes por salir de la pobreza, sentado cómodamente en su insulsa mansión con aire acondicionado?

—Sé que no quieres saberlo —dijo Claire—, pero lo siento profundamente. No iba a decírtelo, pero cuando me has hablado de tu hija me ha parecido mal fingir que no sabía nada.

Lydia meneó la cabeza. No era culpa de Claire, pero aun así quería culparla.

—Es preciosa —dijo Claire—. Ojalá papá estuviera vivo para conocerla.

Lydia sintió que una oleada de miedo recorría su cuerpo. Había estado tan concentrada pensando en lo que sería perder a su hija que no se había parado a pensar en lo que sería para Dee perder a su madre.

—No puedo hacer esto —dijo de pronto.

—Lo sé.

No creía que Claire pudiera entenderlo.

—No es solo por mí. Tengo que pensar en mi familia.

—Tienes razón. Y esta vez lo digo en serio. Deberías irte. —Claire se desabrochó el cinturón de seguridad—. Llévate el coche. Yo puedo llamar a mamá. Ella me llevará de vuelta a Atlanta. —Echó mano del tirador de la puerta.

—¿Qué vas a hacer?

—Esta es la carretera donde vivía Paul. La casa de los Fuller está por aquí, en alguna parte.

Lydia no se molestó en disimular su irritación.

—¿Y qué vas a hacer? ¿Echar a andar por la calle con la esperanza de encontrarla?

—Parece que tengo un auténtico don para desenterrar toda clase de mierda. —Tiró de la manija—. Gracias, Liddie. Lo digo en serio.

—Espera. —Lydia estaba segura de que su hermana le estaba ocultando algo otra vez—. ¿Qué es lo que no me estás contando?

Claire no se volvió.

—Solo quiero ver a Lexie Fuller con mis propios ojos. Echarle un vistazo. Nada más.

Lydia sintió que entornaba los ojos. Su hermana tenía el aire despreocupado de quien había decidido cometer una estupidez.

—¿Por qué?

Claire sacudió la cabeza.

—Eso da igual, Pepper. Vete a casa con tu familia.

Esta vez, Lydia la agarró de verdad.

—Dime qué vas a hacer.

Claire se volvió para mirarla.

—En serio, estoy muy orgullosa de ti, ¿sabes? Lo que has hecho con tu vida, la forma en que has criado a una hija tan lista y con tanto talento...

Lydia se sacudió los halagos.

—Crees que Lexie Fuller es otra de sus víctimas, ¿verdad?

Su hermana se encogió de hombros.

—Todas somos víctimas de Paul.

—Esto es distinto. —Lydia le apretó el brazo. Sintió una súbita punzada de pánico—. ¿Crees que está encerrada dentro de la casa, o encadenada a la pared, y que vas a entrar ahí y a salvarla como si fueras Lucy Liu?

—Claro que no. —Claire miró la carretera—. Puede que tenga información que nos conduzca al hombre enmascarado.

A Lydia se le erizó la piel. No había visto esa parte de la película, pero la descripción de Claire era aterradora.

—¿De verdad quieres conocer a ese tipo? Mató a una mujer con un machete. Y luego la violó. Santo cielo, Claire.

—Puede que ya lo conozcamos. —Su hermana se encogió de hombros como si estuvieran hablando de conjeturas poco probables—. O puede que Lexie Fuller sepa quién es.

—O puede que el hombre enmascarado esté en esa casa con su siguiente Anna Kilpatrick. ¿Has considerado esa posibilidad? —Lydia estaba tan irritada que deseó darse de cabezazos contra el volante—. No somos superheroínas, Claire. Estoy pensando en nosotras y en lo que podría ocurrirnos si seguimos hurgando en los secretos de Paul.

Claire se recostó en el asiento. Miró la larga y recta carretera que tenían delante.

—Tengo que saberlo.

—¿Por qué? —preguntó Lydia con aspereza—. Está muerto. Ya sabes lo suficiente de él como para considerar su muerte un acto de justicia divina. Todo lo demás, lo que hemos estado haciendo, es... es buscarse problemas.

—Hay otro video por ahí que muestra cómo asesinaron a Anna Kilpatrick.

Lydia no supo qué decir. De nuevo Claire iba diez pasos por delante de ella.

—Ese es el propósito de las series, que las situaciones vayan en crescendo. Las películas muestran una progresión. El paso final es el asesinato, de modo que tiene que haber una última película en la que aparece Anna siendo asesinada.

Lydia sabía que tenía razón. Quienquiera que hubiera secuestrado a la chica no se habría librado de ella sin divertirse primero a su costa.

—Está bien, pongamos que por algún milagro encontramos la película. ¿Qué veríamos en ella, aparte de a una chica que podría ser Anna Kilpatrick siendo asesinada?

—Su cara —repuso Claire—. En la última película, la de la otra mujer, aparecía su cara. La cámara la enfocaba de cerca con el zoom.

—¿Con el zoom? —Lydia sintió que el interior de su boca se había convertido en papel de lija—. ¿No sería un enfoque automático?

—No, la enfocaba con el zoom, encuadrándola bien para que solo se la viera a ella de cintura para arriba.

—Alguien tenía que estar manejando la cámara si usaron el zoom.

—Lo sé —dijo Claire, y Lydia comprendió por su expresión sombría que su hermana llevaba algún tiempo intentando soslayar esa idea.

—¿Lexie Fuller? —preguntó, porque sabía que sugerir que tal vez Paul hubiera tomado parte activa en los asesinatos sería el golpe de gracia para Claire—. ¿Eso es lo que estás pensando? ¿Que Lexie estaba detrás de la cámara?

—No sé, pero las películas siguen un mismo patrón, así que podemos dar por sentado que en la última película de Anna Kilpatrick se enfoca claramente su cara.

Lydia escogió sus palabras con cuidado.

—¿De verdad crees que, si esa tal Lexie es la que maneja la cámara, va a confesar que ha tomado parte en un asesinato y entregarte la grabación?

—Tengo la sensación de que, si la veo, si la miro a los ojos, sabré si está implicada o no.

—Porque se te da de puta madre juzgar el carácter de la gente, ¿no?

Claire se sacudió el comentario encogiéndose de hombros.

—El hombre enmascarado está por ahí, en alguna parte. Seguramente estará buscando su próxima víctima. Si Lexie Fuller sabe quién es, quizá pueda ayudar a detenerlo.

—A ver si me aclaro —dijo Lydia—. Consigues que Lexie Fuller te dé una copia de una película en la que crees que aparece el asesinato de Anna Kilpatrick. Dejando a un lado el hecho de que Lexie estaría incriminándose, ¿a quién le darías la película? ¿A Mayhew? ¿A Nolan?

—Podría colgarla en YouTube si alguien me enseña a hacerlo.

—La quitarían en dos segundos, el FBI te detendría por difundir material obsceno y Nolan testificaría contra ti en el juicio. —De pronto se le ocurrió algo mucho más horrible—. ¿Crees que el hombre enmascarado va a dejar que pase todo eso?

Claire seguía con la vista fija en la carretera. Su pecho subía y bajaba con cada respiración. Tenía la misma mirada reconcentrada que Lydia le había visto en la cafetería.

—¿Y si —preguntó Claire— hace veinticuatro años dos mujeres hubieran tenido información sobre lo que le ocurrió a Julia, quién se la llevó, lo que le hicieron, y hubieran mantenido la boca cerrada por miedo a involucrarse?

Lydia intentó dar una respuesta sincera.

—Confío en que habría entendido que tenían que pensar en su propia supervivencia.

—Claro, como eres tan comprensiva... —Claire sacudió la cabeza, seguramente porque conocía a Lydia de toda la vida y sabía que no era así—. Mira lo que le pasó a papá por no saber. ¿Quieres llevar el suicidio de Bob Kilpatrick sobre tu conciencia? ¿Quieres llevar sobre los hombros la angustia de Eleanor Kilpatrick? —Su voz se había vuelto estridente—. Yo no tengo nada que perder, Liddie. Literalmente, nada. No tengo hijos. Y tampoco tengo amigos. Mi gato murió. Tengo una casa a la que no quiero volver. Hay un fondo fiduciario para cuidar de la abuela Ginny. Mamá sobrevivirá porque siempre sobrevive. Paul era mi marido. No puedo darle la espalda a esto sin más. Tengo que saber qué ha pasado. No me queda nada en la vida, excepto averiguar la verdad.

—No te pongas tan dramática, Claire. Todavía me tienes a mí.

Las palabras quedaron suspendidas entre ellas como globos

lastrados. ¿Lo había dicho de veras Lydia? ¿Estaba allí por Claire, o con aquel absurdo viaje quería demostrar únicamente que tenía razón sobre Paul desde el principio?

Si así era, hacía tiempo que había demostrado que estaba en lo cierto.

Lydia cerró los ojos un segundo. Intentó ordenar sus ideas.

—Vamos a pasar por delante de la casa.

—¿Quién es la dramática ahora? —Claire parecía tan irritada como ella—. No quiero que vengas conmigo. No estás invitada.

—Peor para ti. —Echó un vistazo a los retrovisores antes de reincorporarse a la carretera—. Pero no vamos a entrar.

Claire no volvió a abrocharse el cinturón. La señal de advertencia comenzó a sonar.

—¿Piensas saltar del coche en marcha?

—Puede ser. —Claire señaló hacia delante—. Debe de ser esa.

La casa de los Fuller estaba treinta metros más allá de una reluciente boca de riego plateada. Lydia tocó ligeramente el freno y pasó despacio delante de la casa de tablones blancos. El tejado era nuevo, pero la hierba del jardín se veía de un marrón invernal. Entre las grietas del camino de entrada crecían hierbajos. Había deslucidas planchas de contrachapado clavadas en todas las puertas y ventanas. Hasta el buzón había desaparecido. Su estaca solitaria sobresalía como un diente roto a la entrada del camino.

Lydia esperaba encontrarse muchas cosas, pero no aquello.

Claire pareció igual de perpleja.

—Está abandonada.

—Y desde hace mucho, por lo que parece.

Las planchas de contrachapado habían empezado a descascarillarse. La pintura del entablado vertical estaba desconchada y los canalones atascados.

—Da la vuelta —ordenó Claire.

La carretera estaba poco transitada. Hacía diez minutos que no habían visto un coche, desde que Lydia había parado en el arcén. Dio media vuelta y volvió hacia la casa.

—Métete por el camino —dijo Claire.

—Es propiedad privada. No queremos que nos disparen.

—Paul está muerto, así que técnicamente esto es mío.

Lydia no estaba tan segura, pero aun así, describiendo una amplia curva, se metió por el camino de entrada. La casa de los Fuller tenía algo de siniestro. Cuanto más se acercaban, más fuerte se hacía esa sensación. A Lydia, todos los huesos del cuerpo le gritaban que diera marcha atrás.

—Esto me da mala espina.

—¿Y es que esperabas otra cosa?

Lydia no respondió. Estaba mirando el grueso candado de la puerta metálica del garaje. La casa estaba aislada. No había ningún otro edificio en kilómetros a la redonda. Grandes árboles poblaban el terreno a ambos lados de la casa. El jardín de atrás tenía unos quince metros de fondo, y más allá se extendían varias hectáreas de surcos vacíos, aguardando la siembra primaveral.

Lydia le dijo a Claire:

—Tengo una pistola. —Teniendo en cuenta sus antecedentes penales podría haber ido a la cárcel por tener un arma de fuego en su posesión, pero, en la época en que le había pedido a un compañero de trabajo que le consiguiera una, era una madre soltera que vivía en un barrio muy poco recomendable—. La escondí debajo de los escalones de la terraza de atrás cuando nos mudamos a la casa en la que vivimos ahora. Todavía debería funcionar. La guardé dentro de una bolsa de plástico.

—No hay tiempo de volver. —Claire tamborileó con los dedos sobre su pierna mientras reflexionaba—. A las afueras de Lumpkin hay una farmacia que vende pistolas. Podríamos comprar una y estar de vuelta en media hora.

—Tendrán que comprobar nuestros antecedentes.

—¿Crees que alguien se molesta en mirarlos? Los asesinos en masa compran ametralladoras y munición suficiente para cargarse a veinte escuelas y nadie mueve una pestaña.

—Aun así...

—Mierda, siempre se me olvida que estoy en libertad condicional. Seguro que mi supervisor ha metido mi nombre en el sistema. ¿Dónde está la Asociación Nacional del Rifle cuando se les necesita?

Lydia consultó su reloj.

—Hace más de una hora que tenías que haberte reunido con Nolan. Seguramente habrá emitido una orden de busca y captura contra ti.

—Tengo que hacer esto antes de desinflarme.

Claire abrió la puerta y salió del coche.

Lydia soltó una ristra de maldiciones. Claire subió los escalones del porche delantero. Intentó mirar por entre las rendijas del contrachapado que cubría las ventanas. Negó con la cabeza mirando a Lydia al volver a bajar los escalones. Pero en vez de regresar al coche dio la vuelta a la casa.

—Maldita sea. —Lydia sacó su móvil del bolso. Debía enviar un mensaje a alguien avisando de dónde estaban. ¿Y luego qué? A Rick le entraría el pánico. Y ella no podía meter a Dee en aquel asunto. Podía publicarlo en el tablón de anuncios virtual de la Academia Westerly, pero posiblemente Penelope Ward alquilaría un helicóptero privado para volar desde Athens y enterarse de lo que estaba pasando.

Y entonces ella tendría que explicarle qué hacía sentada en el coche como una cobarde mientras su hermana pequeña intentaba entrar por la fuerza en la casa secreta de su difunto marido.

Salió del coche y rodeó corriendo la casa. El jardín trasero estaba invadido por hierbajos que le llegaban a la altura de la cintura. El recio columpio estaba cubierto de musgo. La tierra crujía bajo sus pies. Las tormentas no habían bajado aún desde Atlanta y la vegetación estaba seca como yesca.

Claire estaba de pie en el pequeño porche trasero. Tenía un pie apoyado en la pared de la casa y estaba metiendo los dedos por debajo de la plancha de contrachapado clavada a la puerta de atrás.

—No hay sótano, solo un hueco debajo de la casa.

Lydia ya lo había visto por sí misma. Claire había empujado de una patada el panel que cerraba el hueco de debajo de la casa. Había menos de sesenta centímetros entre la tierra y las viguetas del suelo.

—¿Qué haces?

—Estropearme la manicura. Hay una palanca en el maletero.

Lydia no supo qué hacer, como no fuera regresar al coche. Abrió el maletero y encontró lo que parecía el almacén secreto de MacGyver. Un botiquín de primeros auxilios. Agua y comida de emergencia. Dos mantas abrigadas. Un chaleco reflectante. Una rasqueta para hielo. Una pequeña caja de herramientas. Bengalas. Un saco de arena. Una lata de gasolina vacía, a pesar de que el coche era eléctrico. Dos triángulos reflectores de advertencia. Y una gran palanca con la que posiblemente podía romperse la cabeza a alguien.

No era una palanca, sino una especie de maza. En un extremo tenía una gigantesca cabeza de martillo y una garra afilada. El otro extremo tenía el borde curvo. Tenía un asa, era de acero macizo, medía unos sesenta centímetros de largo y pesaba no menos de cuatro kilos.

Lydia no se paró a pensar por qué llevaba Paul en el maletero aquella cosa, y al doblar la esquina del jardín de atrás tuvo que hacer un ímprobo esfuerzo para no pensar en la broma que había hecho Claire sobre encontrar a más señoras Fuller enterradas en el jardín invadido por la maleza.

Su hermana seguía intentando arrancar la plancha de la puerta. Había conseguido meter los dedos entre el contrachapado y el marco. Se había arañado la piel. Lydia vio manchas de sangre en la madera desgastada.

—Aparta.

Lydia esperó a que se quitara de en medio y metió la punta plana de la barra por la rendija. La madera podrida cedió como una piel de plátano. Claire agarró el borde y retiró el tablero de un tirón.

La puerta era idéntica a todas las puertas de cocina que había visto Lydia. Cristal en la parte de arriba y un panel de madera delgado en la de abajo. Probó con el picaporte. Estaba cerrada con llave.

—Retírate. —Claire agarró la palanca y rompió el cristal. Luego pasó la barra alrededor del marco para retirar todos los cristales rotos, metió la mano por el hueco y abrió la cerradura.

Lydia sabía que era un poco tarde pero aun así preguntó:

—¿Estás segura de que quieres seguir adelante?

Su hermana abrió la puerta de una patada. Entró en la cocina. Pulsó el interruptor de la luz. Los fluorescentes cobraron vida con un parpadeo.

La casa parecía vacía, pero aun así Lydia gritó:

—¿Hola? —Esperó unos segundos. Luego repitió—: ¿Hola?

A pesar de que no hubo respuesta, la casa daba la impresión de estar dispuesta a confesar sus secretos a voces.

Claire arrojó la palanca sobre la mesa de la cocina.

—Qué raro es esto.

Lydia sabía a qué se refería. La cocina parecía una cocina ideal de finales de los años ochenta y estaba a estrenar. Las encimeras de baldosines blancos estaban aún en buen estado, aunque el relleno de las juntas había amarilleado con el paso del tiempo. Los armarios de dos tonos eran de madera de nogal veteada por fuera, con puertas y cajones pintados de blanco. La nevera blanca todavía funcionaba. El fogón de gas a juego parecía nuevecito. Y las baldosas laminadas del suelo eran de falsos ladrillos marrones y rojos que imitaban el dibujo del parqué. No había suciedad en los rincones, ni migas debajo de los armarios. De hecho, había muy poco polvo sobre las superficies. La cocina parecía limpia. A pesar de que la casa estaba cerrada con tablones, no olía a cerrado. Olía, en todo caso, a limpiador de pino.

—Parece un decorado de *La hora de Bill Cosby* —comentó Lydia.

Claire volcó de un manotazo el jabón lavavajillas y el estropajo como un gato aburrido. Abrió los armarios. Abrió varios cajones con tanta fuerza que cayeron al suelo. Los cubiertos resonaron con estrépito. Tintinearon las pinzas y los útiles de la parrilla. Todavía le sangraban los dedos. Cada superficie que tocaba quedaba manchada de sangre.

—¿Quieres que traiga el botiquín del coche? —preguntó Lydia.

—No quiero nada que fuera de Paul.

Claire entró en la siguiente habitación, que era a todas luces el salón. Los tablones de contrachapado de las ventanas y la puerta principal impedían el paso de la luz. Fue encendiendo las lámparas de las mesas a medida que recorría la habitación. Lydia vio un sofá grande y uno de dos plazas, una tumbona y un televisor antiguo, de tipo consola, semejante a un mueble. Encima de la tele, sobre un estante de madera, había un aparato de vídeo que se cargaba por arriba. La hora no aparecía parpadeando continuamente en la pantalla, como en todos los vídeos que recordaba Lydia. A su lado había apiladas unas cuantas cintas de VHS. Lydia echó una ojeada a los títulos. Eran películas de los años ochenta. *Batman. La princesa prometida. Blade Runner. Regreso al futuro.*

En la gruesa alfombra que pisaban había surcos, como si alguien hubiera pasado la aspiradora hacía poco. Lydia pasó los dedos por la fina capa de polvo de la mesa que había detrás del sofá. Calculó que hacía una semana que no se limpiaba la casa, más o menos desde la muerte de Paul.

—¿Venía mucho a Athens?

—Por lo visto sí. —Claire sacó las cintas de vídeo y comprobó que las carátulas coincidían con su contenido—. Trabajaba hasta muy tarde. Le sería fácil venir hasta aquí y volver en el día sin que yo me enterara.

—¿Puedes comprobarlo en el GPS de su coche?

—Mira. —Claire había encontrado el contestador, encima de la mesa, junto al sofá. Era antiguo, de los que necesitaban dos cintas de casete: una para el mensaje saliente y otra para las llamadas entrantes. La luz roja parpadeaba. Había cuatro mensajes. Junto al aparato había una cinta en cuya etiqueta ponía *MARÍA*. Claire abrió el reproductor. En la etiqueta de la cinta del mensaje saliente decía *LEXIE*.

—Dos cintas distintas —comentó Lydia—. ¿Crees que será otro código? ¿Que si llamas y responde una es que estás a salvo y si responde otra es que no lo estás?

En lugar de responder, Claire pulsó la tecla para escuchar los mensajes recibidos. La máquina chasqueó y se puso en marcha con un chirrido. El primer mensaje consistía en ruido de electricidad estática seguido por una respiración profunda. Se oyó un breve pitido y sonó el siguiente mensaje. Más de lo mismo hasta el cuarto mensaje. Lydia oyó un gruñido al otro lado de la línea y se acordó de que su hermana había gruñido al acabar el mensaje grabado.

Claire también pareció reconocer aquel sonido. Pulsó la tecla de *stop* y paseó la mirada por el cuarto de estar.

—Lo mantenía todo igual —dijo, y Lydia comprendió que se refería a Paul—. Sus padres murieron en el noventa y dos. En enero. Te garantizo que lo dejaron todo tal y como está.

—¿Por qué mentiría Paul sobre la casa?

Claire no contestó, seguramente porque no había respuesta.

—No hay ninguna Lexie Fuller, ¿verdad?

Lydia negó con la cabeza. Tal vez hubiera habido una mujer que fingía ser Lexie Fuller, pero teniendo en cuenta en lo que estaba metido Paul cualquiera sabía qué habría sido de ella.

Claire siguió observando la habitación.

—Esto me da mala espina.

—Toda la casa da mala espina.

Había dos pasillos que salían del salón. Uno llevaba a la izquierda, posiblemente hacia los dormitorios. El otro iba directo al garaje. La puerta del fondo estaba cerrada. No había candado, solo una puerta de madera hueca con un bruñido pomo metálico que requería una llave.

Claire se fue por la izquierda, dando todas las luces mientras cruzaba la casa con una determinación que Lydia nunca había visto en su hermana. Aquella era la mujer que había atacado a su compañera de dobles y destrozado el garaje de su casa. Abrió cajones, destapó cajas y revolvió en los armarios de los dormitorios. Derribó frascos. Rompió lámparas. Hasta volcó un colchón. Todo lo que encontraba indicaba que allí vivía gente, pero únicamente si sus habitantes no habían envejecido desde que el primer Bush ocupara la Casa Blanca.

El cuarto infantil de Paul era una mezcla de trenecitos y pósters de *heavy metal*. La cama era sencilla y la colcha de color rojo oscuro caía pulcramente sobre el piecero. Todos los cajones de la cómoda tenían su etiqueta escrita a mano: *ROPA INTERIOR Y CALCETINES. CAMISETAS Y PANTALONES CORTOS. ROPA DE DEPORTE.* Al igual que en el salón, había muy poco polvo y la alfombra estaba dividida en franjas por el paso reciente de una aspiradora. Hasta las aspas del ventilador del techo estaban limpias de polvo.

La misma limpieza podía encontrarse en el minúsculo cuarto de invitados, que tenía una máquina de coser delante de la ventana cegada que daba al jardín de atrás. Sobre una mesita plegable había desplegado un patrón de coser marca McCall. A su lado, listas para cortar, había varias piezas de tela cuadradas.

La habitación de matrimonio estaba ocupada por una cama grande cubierta por una colcha de raso azul. El espectro de los padres de Paul impregnaba la estancia. El tapetito de croché en el respaldo de la mecedora de madera. Las botas gastadas, con punteras de acero, alineadas junto a los zapatos con dos centímetros de tacón en el pequeño ropero. Había dos mesitas de noche. En el cajón de una había una revista de caza. La otra contenía un estuche de plástico para un diafragma. Los cuadros de la pared eran de los que se compraban en los mercadillos o en el puesto de un artista famélico: bucólicas escenas con montones de árboles y un cielo demasiado azul asomado a una estampa irreal con ovejas pastando y un alegre perro pastor. También allí había marcas de aspiradora en la alfombra de estambre azul.

—Es como si conservara un santuario dedicado a su infancia —comentó Lydia como en un eco de la observación anterior de su hermana.

Claire entró en el cuarto de baño, que era tan pequeño y estaba tan limpio como el resto de las habitaciones. La cortina floreada de la ducha ya estaba apartada. En la jabonera había una pastilla de jabón verde. En un estante colgante, debajo de la alcachofa de la ducha, había un bote de champú Head and Shoulders. Alguien había dejado una toalla usada en el toallero para que se secara. Las dos esterillas del suelo estaban perfectamente alineadas y separadas por el mismo espacio todo alrededor.

Claire abrió el armario de las medicinas. Sacó todo lo que contenía y lo tiró al suelo. Desodorante Sure. Pasta de dientes Close-up. Levantó un frasco de medicamento.

—Amitriptilina —leyó—. Se la recetaron al padre de Paul.

—Es un antidepresivo antiguo. —Lydia estaba muy familiarizada con las drogas más populares de finales del siglo XX—. Anterior al Prozac.

—Te sorprenderá saber que Paul nunca dijo nada de una depresión. —Claire tiró el frasco por encima de su hombro—. ¿Estás lista para entrar en el garaje?

Lydia se dio cuenta que ella también había estado posponiéndolo.

—Todavía podríamos irnos —dijo indecisa.

—Claro que podríamos.

Claire pasó a su lado, rozándola, y regresó al salón. Entró en la cocina. Cuando volvió empuñaba la barra de hierro. Echó a andar por el pasillo, hacia el garaje. Había una distancia de unos cinco metros, pero a Lydia le pareció que todo transcurría a cámara lenta. La palanca se elevó sobre la cabeza de Claire describiendo una parábola. Quedó suspendida en el aire unos segundos antes de caer sobre el pomo metálico. La puerta se abrió al garaje.

Claire estiró el brazo y buscó a tientas el interruptor de la luz. Los fluorescentes se encendieron con un chisporroteo.

Claire dejó caer la barra.

Lydia no pudo moverse. Estaba a tres metros de distancia, pero aun así podía ver claramente la pared de enfrente de la puerta: las cadenas vacías atornilladas a la pared de bloques de cemento, el borde de un delgado colchón, las bolsas de comida rápida tiradas por el suelo, los focos de fotógrafo, una cámara colocada sobre un trípode. El techo había sido retocado de modo que pareciera el de un sótano. Colgaban varios cables sueltos. Las tuberías no iban a ninguna parte. Las cadenas colgaban hasta el suelo de cemento. Y había sangre.

Sangre a montones.

Claire retrocedió hacia el pasillo y cerró la puerta a su espalda. El pomo se había desprendido. Tuvo que agarrar con los dedos la varilla que sobresalía de la cerradura. De espaldas a la puerta, impidiendo el paso, mantuvo a Lydia fuera del garaje.

«Un cadáver», pensó su hermana. «Otra víctima. Otra chica muerta».

—Quiero que me des tu teléfono —dijo Claire en un tono bajo e imperioso—. Voy a usar la cámara para grabar la habitación mientras tú sales y llamas al FBI desde el teléfono de prepago. No a Nolan. Llama al número de Washington.

—¿Qué has visto?

Claire sacudió la cabeza una sola vez. Estaba descolorida. Parecía enferma.

—¿Claire?

Su hermana sacudió la cabeza de nuevo.

—¿Hay un cadáver?

—No.

—¿Qué hay entonces?

Claire siguió moviendo la cabeza.

—Lo digo en serio. Dime qué hay ahí dentro.

Claire agarró con más fuerza la puerta.

—Cintas de vídeo. De VHS.

Lydia notó un sabor a bilis en la boca. VHS. No DVD. Ni archivos digitales. Cintas de VHS.

—¿Cuántas?

—Un montón.

—¿Cuántas son un montón?

—Demasiadas.

Lydia encontró fuerzas para ponerse en movimiento.

—Quiero verlas.

Claire bloqueó la puerta.

—Es la escena de un crimen. Aquí murió Anna Kilpatrick. No podemos entrar.

Lydia sintió la mano de Claire sobre su brazo. No recordaba haber recorrido el pasillo, avanzar hacia aquello que su hermana intentaba impedirle ver, pero ahora estaba tan cerca que sentía el tufo metálico de la sangre coagulada.

Formuló la única pregunta que importaba.

—¿De qué época son esas cintas?

Claire sacudió la cabeza otra vez.

Lydia sintió que su garganta se convertía en alambre de espino. Intentó apartar a Claire, pero su hermana no se movió.

—Quítate de en medio.

—No puedo dejarte...

Lydia la agarró del brazo con más fuerza de la que pretendía, pero su hermana levantó el otro brazo y de pronto se hallaron enzarzadas en una lucha cuerpo a cuerpo. Se empujaron por el pasillo, avanzando y retrocediendo como cuando eran niñas y se peleaban por un vestido, un libro o un chico.

Los tres años de diferencia que había entre ellas siempre habían redundado en favor de Lydia, pero esta vez fueron los casi quince kilos que le sacaba a su hermana lo que la ayudó a imponerse. Empujó a Claire tan fuerte que su hermana se tambaleó hacia atrás y cayó de culo al suelo resoplando al quedarse sin respiración.

Lydia pasó por encima de ella. Claire hizo un último intento de agarrarle la pierna, pero era demasiado tarde.

Lydia abrió la puerta del garaje de un empujón.

Un lado de la pared estaba ocupado por estanterías de madera. Ocho baldas que llegaban del suelo al techo, de unos dos metros y medio de largo por medio metro de ancho cada una. Las cintas de VHS estaban colocadas en prietas filas y divididas en secciones según sus carátulas de cartulina de colores. En las etiquetas había escrita a mano una secuencia numérica. Lydia ya conocía el código de cifrado.

Las fechas se remontaban a los años ochenta.

Entró en la habitación. Le temblaba un poco el cuerpo, casi como si estuviera al filo de un acantilado. Notaba un hormigueo en los pies. Le temblaban las manos. Estaba sudando otra vez. Los huesos le vibraban bajo la piel. Sus sentidos se afinaron.

El sonido del llanto de Claire a su espalda. El olor a lejía metiéndosele hasta el fondo de la nariz. El sabor del miedo en la lengua.

Su visión enfocó las seis cintas de VHS colocadas en lugar prominente en la estantería del medio.

Una goma verde mantenía unidas las cintas de carátula verde. La letra era clara y angulosa. La secuencia numérica resultó fácil de descifrar ahora que Lydia conocía la clave.

0-1-4-9-0-9-3-1

04-03-1991

4 de marzo de 1991.

11

Claire abrió la boca para decirle a Lydia que no tocara nada, pero no le salieron las palabras. Ya no tenía sentido. Al ver la pared llena de cintas de vídeo, había sabido que no había vuelta atrás y que todo aquello había sido inevitable. Si Paul estaba obsesionado con ella era por una razón. Si había sido el marido ideal, era por una razón. Si había manipulado las vidas de todas ellas, era por una razón.

Y entre tanto ella se había negado a ver lo que tenía delante de las narices.

Tal vez por eso no se sentía en estado de shock. O quizás había perdido esa capacidad. Porque cada vez que creía haber visto lo peor de Paul surgía un nuevo detalle que la llenaba de horror, no solo por las atrocidades cometidas por su marido, sino por su propia ceguera.

Era imposible saber lo que estaba sintiendo Lydia. Permanecía inmóvil en medio del frío garaje. Había extendido la mano hacia las cintas de vídeo, pero se había detenido antes de tocarlas.

—4 de marzo de 1991 —dijo.

—Lo sé. —La mirada de Claire se había ido derecha a las etiquetas tan pronto había abierto la puerta.

—Tenemos que verlo.

De nuevo, Claire fue incapaz de negarse. Había muchos motivos para abandonar aquel lugar. Y muchos motivos para quedarse.

Píldora roja, píldora azul.

Pero no se trataba ya de un ejercicio psicológico. ¿Querían saber lo que le había sucedido a Julia o no querían?

Lydia, obviamente, ya había respondido a esa pregunta. Poco a poco salió de su parálisis. Agarró con las dos manos las cintas de color verde. Dio media vuelta y esperó a que Claire se apartara.

Su hermana la siguió al salón. Se apoyó contra la pared mientras veía a Lydia meter una cinta en el viejo aparato de vídeo. Había elegido la última de la serie porque era la única que importaba.

No había mando a distancia. Lydia pulsó el botón del televisor y este se encendió. La imagen pasó de negro a un gris veteado. Giró el botón del volumen para bajar el chisporroteo eléctrico del aparato. El televisor tenía dos ruedas: una para VHF, la otra para UHF. Lydia probó con el canal tres. Esperó. Probó con el canal cuatro.

La pantalla pasó de gris a negro.

Lydia apoyó el pulgar en la gran tecla naranja del *PLAY*. Miró a Claire.

¿Píldora roja? ¿Píldora azul? ¿De verdad quieres saberlo?

Y entonces oyó la voz de su padre: *Hay algunas cosas que no puedes quitarte de la cabeza.*

Quizá fuera la advertencia de Sam lo que más la atormentaba, porque había visto las otras películas. Sabía que las torturas que sufrían las chicas seguían un mismo patrón, del mismo modo que sabía lo que vería en la última cinta, la cinta que Lydia se disponía a poner.

Julia Carroll, diecinueve años, desnuda y encadenada a la pared. Hematomas y quemaduras en todo el cuerpo. Marcas de electrocución. Carne marcada con un hierro candente. Piel desgarrada. La boca abierta en un grito de terror cuando el hombre enmascarado entraba con su machete.

—¿Claire? —Lydia le estaba pidiendo permiso. ¿Podían hacerlo? ¿Debían hacerlo?

¿De veras tenían elección?

Claire asintió con un gesto y Lydia pulsó el *PLAY*.

Un zigzag blanco cruzó la pantalla negra. La imagen pasó

demasiado deprisa para distinguir los detalles. Lydia abrió una portezuela y ajustó el sintonizador.

La imagen se ajustó al cuadro del televisor.

Lydia dejó escapar un ruido a medio camino entre un gruñido y un grito sofocado.

Julia aparecía abierta de brazos y piernas contra una pared, con las extremidades separadas por grilletes. Estaba desnuda, salvo por las pulseras de color plata y negro que siempre llevaba en las muñecas. Tenía la cabeza agachada. El cuerpo laxo. Solo las cadenas la sostenían en pie.

Claire cerró los ojos. Oía los suaves gemidos de su hermana a través del único altavoz del televisor. El lugar donde se hallaba Julia era otro, no el falso del sótano, sino el interior de un establo. Los tablones eran marrones oscuros. Evidentemente, la pared trasera de una caballeriza. Había paja en el suelo y excrementos de algún animal junto a sus pies desnudos.

Claire se acordó del destartalado establo del cuadro que había pintado. Se preguntó si Paul lo habría hecho derribar porque le daba asco o si, como era típico de su eficiencia, le había parecido más práctico tenerlo todo bajo un mismo techo.

En el televisor, su hermana comenzó a sollozar.

Claire abrió los ojos. El hombre enmascarado había aparecido en la pantalla. Claire había visto fotos de Paul de 1991. Era alto y desgarbado, llevaba el pelo muy corto y se mantenía siempre penosamente erguido, como le habían inculcado los instructores de la academia militar.

El enmascarado era alto, pero no desgarbado. Y también era mayor. Tendría cerca de cincuenta años. Sus hombros describían una curva pronunciada. Su tripa era blanda. Tenía un tatuaje en el brazo, un ancla con una leyenda que Claire no pudo distinguir pero que obviamente significaba que había estado en la Marina de los Estados Unidos.

El padre de Paul había estado en la Marina.

Lenta y premeditadamente, el enmascarado daba un paso y luego otro hacia Julia.

—Me voy fuera —le dijo Claire a su hermana.

Lydia asintió con la cabeza, pero no miró atrás.

—No puedo quedarme aquí, pero no voy a marcharme.

—De acuerdo. —Lydia seguía absorta en el televisor—. Vete.

Claire se apartó de la pared y entró en la cocina. Pasó por encima de los cubiertos desparramados y los cristales rotos y continuó caminando hasta que estuvo fuera. El aire gélido aguijoneó su piel. Sus pulmones se estremecieron al sentir el frío repentino.

Se sentó en los escalones de atrás. Se rodeó el cuerpo con los brazos. Tiritaba de frío. Le dolían las muelas. Le ardían las puntas de las orejas. No había visto lo peor de la película, pero había visto suficiente, y sabía que su padre tenía razón. Todos sus recuerdos felices de Julia (bailar con ella al ritmo de *American Bandstand* delante del televisor todos los sábados por la tarde, cantar juntas en el coche cuando iban a la biblioteca a recoger a Helen, caminar dando brincos detrás de Sam y Lydia cuando iban todos juntos a la clínica del campus a ver una nueva camada de perritos), todo eso había desaparecido.

Ahora, cuando pensara en ella, la única imagen que se le vendría a la cabeza sería la de su hermana mayor abierta de brazos y piernas contra aquella pared de toscos tablones, en un cobertizo donde se guardaban animales.

Dentro de la casa, Lydia soltó un grito estrangulado.

Fue un sonido penetrante, como una esquirla de cristal que atravesara el corazón de Claire. Apoyó la cabeza en las manos. Se sentía acalorada, pero no dejaba de temblar. Su corazón se estremecía dentro del pecho.

Lydia comenzó a gimotear.

Claire oyó que un sollozo angustiado brotaba de su boca. Se tapó los oídos con las manos. No soportaba oír el llanto de Lydia. Las separaban dos habitaciones, pero Claire podía ver todo lo que había visto su hermana: el machete levantándose en el aire, la hoja bajando, la sangre fluyendo, las convulsiones, la violación.

Sabía que debía volver a entrar. Debía acompañar a Lydia. Debía presenciar los últimos segundos de vida de Julia. Debía hacer algo, aparte de quedarse allí sentada, inútilmente, en el porche de atrás. Pero no tenía fuerzas para moverse.

Solo pudo mirar el campo extenso y vacío y gritar: gritar por su hermana asesinada, por su hermana rechazada, por su madre rota, por su padre hecho trizas, por su familia diezmada.

La pena la aplastaba, pero aun así siguió gritando. Cayó de rodillas. Algo se rasgó dentro de su garganta. La boca se le llenó de sangre. Golpeó con los puños la arcilla roja y seca y maldijo a Paul por todo lo que le había arrebatado: la posibilidad de tomar en brazos al bebé de Lydia, la de tener quizás uno propio, la de ver a sus padres envejecer juntos, la de compartir su vida con la única hermana que le quedaba. Rabiosa, arremetió contra aquella farsa que había sido su matrimonio: los dieciochos años que había malgastado queriendo a un demente, a un enfermo de mente retorcida que la había hecho creer que tenía todo cuanto podía desear cuando en realidad no tenía nada en absoluto.

Lydia la abrazó. Lloraba tan fuerte que sus palabras se entrecortaban.

—E-estaba tan... tan... a-asustada...

—Lo sé. —Claire se aferró a su hermana. ¿Por qué había creído a Paul? ¿Por qué había dejado marchar a Lydia?—. No pasa nada —mintió—. Todo va a salir bien.

—E-estaba aterrorizada.

Claire cerró los ojos con fuerza, rezando para que aquellas imágenes desaparecieran.

—S-sola. E-estaba completamente sola.

Claire acunó a su hermana como a un bebé. Temblaban las dos tan fuerte que apenas se sostenían erguidas. El dolor de lo que habían vivido se abrió como una ampolla.

—Sa-sabía lo que iba a pasar y no... no podía moverse y no había nadie que... —Un sollozo estrangulado interrumpió sus palabras—. ¡Oh, Dios mío! ¡Dios mío!

—Lo siento —susurró Claire con voz ronca. Casi no podía hablar.

Lydia temblaba incontrolablemente. Tenía la piel fría. Sus pulmones parecían retumbar con cada respiración. Su corazón latía con tanta violencia que Claire lo notaba contra su pecho.

—Dios mío —sollozó Lydia—. Dios mío.

—Lo siento. —Todo aquello era culpa suya. No debería haber llamado a Lydia. No tenía derecho a meterla en aquello. Era egoísta y cruel y se merecía estar sola el resto de su vida—. Lo siento muchísimo.

—¿Por qué? —preguntó Lydia—. ¿Por qué la eligió a ella?

Claire sacudió la cabeza. No había explicación. Jamás sabrían por qué Julia se había convertido en blanco del asesino aquella noche.

—Era tan buena... Era tan buena, joder.

Aquel estribillo sonaba dolorosamente familiar. Sam y Helen se habían hecho la misma pregunta una y otra vez: ¿por qué nuestra hija? ¿Por qué nuestra familia?

—¿Por qué tuvo que ser ella?

—No lo sé. —Claire también se lo había preguntado. ¿Por qué Julia? ¿Por qué no ella, que se escapaba con chicos a escondidas, se copiaba de sus amigas en clase de matemáticas y coqueteaba con el profesor de gimnasia para no tener que correr?

Lydia se estremeció, atenazada por la pena.

—Debería haber sido yo.

—No.

—Yo era una calamidad.

—No.

—No habría sido tan doloroso. —Claire tomó su cara entre las manos. Había perdido a su padre por culpa de aquel mismo razonamiento. No iba a perder también a su hermana—. Mírame, Lydia. No digas eso. No vuelvas a decir eso. ¿Me oyes?

Lydia no dijo nada. Ni siquiera la miró.

—Tú eres muy importante. —Claire intentó que el terror no se filtrara en su voz—. No quiero que vuelvas a decir eso, ¿de acuerdo? Tú eres muy importante. Le importas a Rick, y a Dee, y a mamá. Y me importas a mí. —Esperó respuesta—. ¿De acuerdo?

Lydia seguía teniendo la cabeza atrapada entre las manos de Claire, pero consiguió esbozar un gesto de asentimiento.

—Te quiero —dijo Claire, algo que ni siquiera le había dicho a su marido cuando se estaba muriendo en sus brazos—. Eres mi hermana y eres perfecta, y te quiero.

Lydia se agarró a sus manos.

—Te quiero —repitió Claire—. ¿Me oyes?

Lydia asintió otra vez.

—Yo también te quiero.

—Nada va a volver a interponerse entre nosotras. ¿Entendido?

Su hermana asintió de nuevo. Estaba empezando a recuperar el color. Su respiración se había aquietado.

Claire apretó con fuerza sus manos. Miraron ambas al suelo, porque ver la casa conociendo su pavorosa historia resultaba imposible de soportar.

—Cuéntame cómo era Dee cuando nació —dijo Claire.

Lydia negó con la cabeza. Estaba demasiado acongojada.

—Cuéntamelo —le suplicó Claire. El mundo se derrumbaba a su alrededor, pero tenía que saber qué más le había quitado Paul—. Dime lo que me perdí.

Lydia también parecía necesitarlo: un poco de luz en aquella negra tumba en la que se habían enterrado.

—Era muy pequeñita. —Sus labios temblaron en una tenue sonrisa—. Como una muñeca.

Lydia sonrió porque quería que Lydia siguiera sonriendo. Necesitaba pensar en algo bueno, en algo que borrara de su cabeza las imágenes de la otra Julia.

—¿Era una bebé buena?

Lydia se limpió la nariz con la manga.

—¿Dormía todo el rato?

—Qué va.

Claire esperó, deseosa de que Lydia hablara de cualquier cosa menos de lo que habían visto en el televisor.

—¿Te daba mucho la lata?

Lydia se encogió de hombros y sacudió la cabeza al mismo tiempo. Seguía pensando en su hermana, atrapada todavía en aquel agujero profundo y oscuro.

—¿Cómo era? —Claire le apretó las manos. Se esforzó para que su tono sonara más ligero—. Vamos, Pepper. Cuéntame cómo era mi sobrina. ¿Tan traviesa como tú? ¿Tan dulce y adorable como yo?

Lydia se rio, pero siguió meneando la cabeza.

—Lloraba constantemente.

Claire siguió insistiendo:

—¿Por qué lloraba?

—No lo sé. —Exhaló un fuerte suspiro—. Porque tenía calor. Porque tenía frío. Porque tenía hambre. Porque estaba llena. —Se limpió de nuevo la nariz. El puño de su camisa estaba ya mojado de lágrimas—. Yo creía que te había criado, pero fue a mamá a quien le tocó lo más duro.

Claire sabía que era una bobada, pero le gustó la idea de que Helen se hubiera encargado de lo más duro.

—Dime por qué.

—Tomarte en brazos y jugar contigo, eso era fácil. Cambiarte de pañales y pasearte por las noches y todas esas otras cosas... Eso es muy duro hacerlo sola.

Claire le apartó el pelo de la cara. Debería haber estado allí. Debería haberle llevado comida a su hermana, y haberle hecho la colada y doblado la ropa, y haberla sustituido cuando lo necesitara.

—Se pasó los dos primeros años llorando. —Lydia se pasó los dedos por debajo de los ojos para secarse las lágrimas—. Y cuando aprendió a hablar no paraba de hablar. —Se rio al recordarlo—. Cantaba en voz baja continuamente. No solo cuando yo estaba cerca. Muchas veces la sorprendía cantando para sí misma y me parecía muy raro. Como cuando sorprendes a un gato ronroneando y te sientes mal porque pensabas que solo ronroneaba para ti.

Claire se rio para que su hermana continuara.

—Y luego creció y... —Lydia meneó la cabeza—. Tener un hijo adolescente es como tener un compañero de piso insoportable. Se comen toda tu comida y te roban la ropa y te quitan dinero del bolso y se llevan tu coche sin preguntar. —Se puso la mano sobre el corazón—. Pero te ablandan de una manera que no puedes ni imaginar. Es tan inesperado... Es como si te alisaran las aristas. Te conviertes en una versión mejor de ti misma que ni siquiera sabías que existía.

Claire asintió con un gesto, porque veía en la tierna expresión de su hermana hasta qué punto la había cambiado Dee.

Lydia la agarró de las manos y se las apretó con fuerza.

—¿Qué vamos a hacer?

Claire estaba preparada para la pregunta.

—Tenemos que llamar a la policía.

—¿A Huckleberry?

—A él, a la patrulla de carreteras, a la Oficina de Investigación de Georgia. —Ahora que lo decía en voz alta, comenzó a perfilar un plan—. Los llamaremos a todos. Le diremos a Seguridad Nacional que hemos visto a alguien fabricando una bomba. Al FBI, que hay una chica secuestrada dentro de la casa. Llamaremos a la Agencia de Protección Medioambiental y les diremos que hemos visto un barril de residuos tóxicos. Y al Servicio Secreto le diremos que Lexie Fuller está planeando asesinar al presidente.

—Crees que, si conseguimos que vengan todos a la vez, ninguno podrá echar tierra sobre el asunto.

—También deberíamos llamar a las cadenas de noticias.

—Es buena idea. —Lydia comenzó a asentir—. Yo puedo escribir algo en el chat de padres del colegio de Dee. Hay una mujer, Penelope Ward. Es mi Allison Hendrickson, pero con la rodilla buena. Su marido se presenta a las elecciones al Congreso el año que viene. Están muy bien relacionados y ella es como un perro con un hueso. No permitiría que esto se olvide.

Claire se sentó en cuclillas. Conocía de oídas a Penelope Ward. Su marido, Branch Ward, iba a competir con Johnny Jackson por su escaño en el Congreso. Jackson era el congresista que había puesto a Paul en el camino hacia el éxito. Y era también la justificación que había esgrimido Jacob Mayhew para presentarse en su casa el día del intento de robo.

«El congresista me ha pedido que me ocupe de esto», le había dicho Mayhew, y Claire, dando por sentado que Jackson pretendía cubrirse las espaldas, había pensado de inmediato en fraudes y comisiones ilegales. ¿Había alguna otra razón? Si Mayhew estaba involucrado, ¿significaba eso que Johnny Jackson también lo estaba?

—¿Qué ocurre? —preguntó Lydia.

Claire no le habló de sus dudas. Dejarían que los diversos cuerpos de seguridad del estado resolvieran aquel embrollo. Miró hacia la casa.

—No quiero que las cintas de Julia formen parte de eso.

Lydia asintió de nuevo.

—¿Qué vamos a decirle a mamá?

—Tenemos que decirle que sabemos que Julia está muerta.

—¿Y cuando pregunte cómo lo sabemos?

—No lo preguntará.

Claire estaba segura de ello. Helen había tomado hacía mucho tiempo la decisión consciente de dejar de buscar la verdad. Hacia el final de la vida de Sam, ni siquiera le permitía que mencionara el nombre de su hija mayor.

—¿Crees que el del vídeo es el padre de Paul?

—Seguramente. —Claire se levantó. No quería quedarse allí sentada, intentando encontrar una explicación. Quería avisar a las personas que de verdad podían hacer algo al respecto—. Voy a recoger las cintas de Julia.

—Te ayudo.

—No. —No quería que Lydia tuviera que volver a ver ningún fragmento del vídeo—. Empieza a hacer esas llamadas. Utiliza el fijo para que puedan rastrear el número. —Se acercó al teléfono colgado de la pared. Esperó a que Lydia lo descolgara—. Podemos guardar las cintas de Julia en el maletero delantero del Tesla. A nadie se le ocurrirá mirar ahí.

Lydia marcó el 911. Le dijo a Claire:

—Date prisa. No voy a tardar mucho.

Claire entró en el salón. Por suerte, la pantalla del televisor estaba en negro. Las cintas de vídeo estaban apiladas encima del aparato.

—¿Crees que deberíamos volver a la ciudad y esperar allí? —preguntó levantando la voz.

—¡No!

Claire pensó que su hermana tenía razón. La última vez que había dejado aquello en manos de la policía, Mayhew la había tratado como a una niña. Pulsó el botón para sacar la cinta. Posó los dedos en ella y procuró evocar una imagen de Julia que no estuviera extraída de la película.

Pero era demasiado pronto. Solo conseguía ver a su hermana encadenada.

Destruiría las películas. En cuanto estuvieran a buen recaudo, sacaría toda la cinta y las quemaría en una papelera metálica.

Sacó la cinta del aparato. La letra de la etiqueta era parecida a la de Paul, pero no idéntica. ¿Había encontrado Paul la cinta después de la muerte de su padre? ¿Era eso lo que había despertado su interés en primer lugar? Julia desapareció casi un año antes del accidente de coche de sus padres. Cinco años después, Paul estaba cortejándola a ella en Auburn. Se casaron menos de dos meses después del suicidio de Sam Carroll. Claire no podía seguir aferrándose a la posibilidad de que todo se debiera a una coincidencia, lo que la llevaba a preguntarse si Paul habría ideado todo aquello desde el instante en que reconoció a Julia en la colección de cintas de vídeo de su padre. ¿Era eso lo que le había impulsado a acercarse a ella?

Dado que no disponía de una explicación por escrito, sabía que jamás conocería la verdad. La muerte de Julia llevaba veinticuatro años atormentándola. Ahora, el misterio que rodeaba a su marido la atormentaría el resto de su vida.

Volvió a guardar la cinta en su estuche y sujetó las cintas con la goma.

Sintió el olor de la loción de afeitar de Paul.

Era un aroma tenue. Acercó la nariz a las cintas. Cerró los ojos y respiró hondo.

—Claire —dijo Paul.

Se giró bruscamente.

Su marido estaba en medio de la habitación. Llevaba una sudadera de la Universidad de Georgia y vaqueros negros. Se había afeitado la cabeza y le había crecido la barba. Llevaba puestas unas gruesas gafas de plástico como las que solía usar en sus tiempos de estudiante.

—Soy yo —dijo.

Claire dejó caer las cintas, que resonaron con estrépito a sus pies. ¿Era aquello real? ¿Estaba sucediendo?

—Lo siento —dijo Paul.

Echó el puño hacia atrás y la golpeó en la cara.

V

Debo confesar, cariño, que últimamente he descuidado mi muro de pistas. Mi «fárrago absurdo», lo llamó tu madre la primera y única vez que se dignó a mirar mi trabajo. Yo asentí juiciosamente, pero como es lógico corrí a buscar el diccionario en cuanto se marchó.

Fárrago: embrollo, revoltijo, mezcla confusa de cosas superfluas o mal ordenadas.

¡Ay, cómo adoro a tu madre!

Estos últimos diez meses, mientras visitaba a Ben Carver en la cárcel, me he ido muchas veces a la cama sin dedicarle un solo vistazo a mi fárrago absurdo. Mi colección se ha vuelto tan prosaica que mi mente la ha convertido en una especie de objeto de arte, en un recordatorio de que no estás, más que en un mapa de carreteras para llegar hasta ti.

Solo al leer la cita que había escrito Ben en el libro del doctor Seuss me acordé de una nota de los archivos de Huckleberry. Había estado allí desde el principio, o al menos desde que inicié mi ritual anual de lectura el día de tu cumpleaños. ¿Por qué será que siempre pasamos por alto las cosas que más importan? Es un interrogante universal, porque durante los días, semanas, meses y años desde tu desaparición, he llegado a entender que no te mimé lo suficiente. No te dije suficientes veces que te quería. No te abracé, ni te escuché lo suficiente.

Tú seguramente me dirías (como ha hecho tu madre) que podría compensar ese déficit con tus hermanas, pero el anhelar las cosas que no podemos tener es parte intrínseca de la naturaleza humana.

¿Te he hablado del nuevo novio de Claire, Paul? Sin duda ansía poseer a Claire, aunque ella haya dejado muy claro que puede tenerla. Es una pareja desigual. Claire es una joven preciosa y vital. Paul no es ni vital ni especialmente atractivo.

Después de conocerlo, tu madre y yo nos reímos un rato a su costa. Ella lo llamó Bartleby, por el famoso escribiente: «desvaídamente limpio y ordenado, lastimosamente respetable, irremediablemente desamparado». Yo lo comparé más bien con una especie de perro ratonero: arrogante, se aburre fácilmente, es más listo de lo que le conviene y tiene un gusto pésimo en cuestión de jerséis. A mi modo de ver, dije, es la clase de hombre que, si no recibe la atención adecuada, puede causar mucho daño.

¿Esta última frase la he añadido después, al reconsiderar la situación? Porque recuerdo claramente que, cuando conocimos a Paul, estuve de acuerdo con tu madre en que era igual que Bartleby, exasperante pero inofensivo, y en que seguramente Claire no tardaría en señalarle la puerta.

Solo ahora veo ese encuentro a una luz más siniestra.

Claire lo trajo a casa durante el partido Georgia-Auburn. Antes siempre me compadecía un poco de los chicos a los que Claire traía a casa. Se les ve en los ojos ávidos que creen que eso significa algo: conocer a los padres de la chica, dar una vuelta por el pueblo donde ella creció, y que el amor, el matrimonio, los hijos, etc., están a la vuelta de la esquina. Por desgracia para esos pobres chicos, suele ocurrir lo contrario. En el caso de Claire, una excursión a Athens suele anunciar el fin de una relación. Para tu hermana pequeña, esta ciudad está contaminada. Las calles están contaminadas. La casa está contaminada. Y quizá también lo estemos nosotros (tu madre y yo).

Pepper ya nos había advertido sobre el nuevo novio de Claire. Rara vez le agradan los novios de su hermana (ni a Claire los suyos. Estoy seguro de que tú habrías logrado romper el empate), pero en este caso la descripción que hizo de Paul no solo era alarmante, sino que además dio de lleno en el clavo. Rara vez he tenido una reacción tan visceral al conocer a una persona. Me recuerda a los peores alumnos que tenía antes: esos que están convencidos de que ya saben todo lo que hay que saber (lo que conduce invariablemente al sufrimiento innecesario de un animal).

Si te soy sincero, lo que más me molestó de Paul Scott fue la forma en que tocó a mi hija delante de mí. No soy un hombre anticuado. Las muestras públicas de afecto suelen hacerme sonreír, en vez de causarme sonrojo.

Pero aun así...

Había algo en el modo en que ese joven tocaba a mi hija pequeña que hizo que me rechinaran los dientes. La llevaba agarrada del brazo cuando se acercaron a la casa. Posó la mano en su espalda cuando subieron los escalones. Entrelazó los dedos con los de Claire cuando cruzaron la puerta.

Al leer este último párrafo me doy cuenta de que suena todo muy inocuo, los típicos gestos de un hombre que intenta conquistar a una mujer, pero te aseguro, cariño, que había algo profundamente inquietante en el modo en que la tocaba. Su mano no se despegó de su cuerpo, literalmente. Ni una sola vez durante todo el tiempo que estuvieron delante de mí. Incluso cuando se sentaron en el sofá, Paul la agarró de la mano hasta que ella se acomodó y luego le pasó el brazo por los hombros y separó las piernas como si el diámetro de sus testículos hubiera convertido sus rodillas en imanes que se repelían entre sí.

Tu madre y yo nos miramos varias veces.

Es un hombre que se siente a gusto aireando sus opiniones y que está persuadido de que cada palabra que sale de su boca no es solo correcta sino además fascinante. Tiene dinero, lo que salta a la vista por el coche que conduce y la ropa que lleva, pero no hay nada de adinerado en su actitud. Su arrogancia procede de su inteligencia, no de su cartera. Y hay que decir que es evidentemente un joven muy brillante. Su capacidad para al menos parecer informado de cualquier tema indica, como mínimo, una memoria voraz. Y está claro que comprende los detalles, aunque no entienda de matices.

Tu madre le preguntó por su familia, porque somos del Sur y preguntar por la familia es el único modo que tenemos de distinguir el grano de la paja.

Paul empezó con lo elemental: que su padre sirvió en la Marina y su madre estudió para secretaria. Se hicieron agricultores, gente sencilla que completaba sus ingresos llevando libros de cuentas y trabajando por temporadas en el cuerpo de jardineros de la universidad. (Como sabes, ese tipo de trabajos a tiempo parcial no son nada infrecuente. Todo el mundo acaba trabajando en un momento u otro para la universidad). No tiene más familia, excepto un tío materno al que veía muy poco y que falleció el primer año que él cursó en Auburn.

Debido al aislamiento de su niñez, nos explicó Paul, quiere tener familia numerosa, lo cual debería habernos agradado a tu madre y a mí, y sin embargo noté que la espalda de tu madre se ponía tan tiesa como la mía, porque el tono de su voz dejaba a las claras cómo pensaba conseguirlo.

(Créeme, cariño, si durante siglos los hombres han librado guerras brutales para defender el concepto de la Inmaculada Concepción, es por algo).

Después de exponer lo más básico, Paul llegó a la parte de su historia que hizo que a tu hermana pequeña se le saltaran las lágrimas. Fue entonces cuando comprendí que la había cazado. Parece una crueldad afirmar que Claire nunca llora por nadie, pero si supieras, mi dulce niña, lo que fue de nosotros después de tu desaparición, comprenderías que no llora porque no le quedan lágrimas.

Excepto para Paul.

Mientras estaba allí escuchando la historia del accidente de coche de sus padres, sentí que un viejo recuerdo se removía. Los Scott murieron casi un año después de que desaparecieras. Recuerdo haber leído sobre ese asunto en el periódico porque en aquella época leía cada página por si acaso había alguna noticia que pudiera estar relacionada contigo. Tu madre recuerda que le oyó decir a un usuario de la biblioteca que el padre de Paul murió decapitado. Hubo un incendio. Y nuestra imaginación se desbocó.

La versión que ofrece Paul de los hechos es mucho más amable (está claro que le gusta darse aires), pero no puedo reprocharle que quiera ser dueño de su pasado, y es innegable que la tragedia surte un efecto mágico sobre Claire. Desde hace muchos años, la gente siempre intenta cuidar de tu hermanita. Creo que, con Paul, Claire ve por fin la oportunidad de cuidar de otra persona.

Si tu madre estuviera leyendo esta carta, me diría que fuera al grano. Supongo que debería, porque el «grano» es este:

He aquí la cita que me escribió Ben Carver en el libro del doctor Seuss:

Primero has de tener las imágenes. Luego vienen las palabras.
Robert James Waller.

Imágenes.

Ben había tomado y difundido imágenes de sus crímenes. Formaba parte de su leyenda, de su infamia. Se dice que hay en el mercado negro centenares de fotografías y películas que lo muestran con distintas víctimas. Pero Ben ya estaba en prisión. No me estaba dando una pista sobre sus crímenes. Me estaba ofreciendo una pista sobre la competencia.

Imágenes.

Había leído esa palabras antes, muchas veces.

Como con todos los sospechosos de tu desaparición, Huckleberry había tachado el nombre de un individuo en concreto, pero he aquí los datos que transcribí de las notas de un detective que figuran en tu expediente:

XXXXXX XXXXX, mirón. Empleado por temporadas como jardinero de la Universidad de Georgia, detenido 4/1/89; 12/4/89; 22/6/90; 16/8/91. Se retiraron todos los cargos. Objetivos: mujeres muy jóvenes, rubias, atractivas (17-20). Modus operandi: se sitúa frente a las ventanas de la planta baja de los edificios y toma lo que él llama «imágenes»: fotografías o grabaciones de mujeres en diversos grados de desnudez. Fallecido el 3/1/1992 (accidente de coche; esposa también fallecida; hijo de 16 años en internado, Alabama).

Imágenes.

Aquel mirón estaba vivo cuando tú desapareciste. Buscaba a jóvenes más o menos de tu edad, con tu color de pelo y tu belleza. ¿Se situó alguna vez frente a la ventana de tu habitación en la planta baja para tomar *imágenes* de ti? ¿Vio cómo te cepillabas el pelo y hablabas con tus hermanas y te desvestías para acostarte? ¿Te siguió hasta el Manhattan esa noche? ¿Te siguió de nuevo cuando saliste del bar?

¿Decidió que no le bastaba con sus *imágenes*?

Quizá te estés preguntando cómo se hizo Ben Carver con una copia del expediente de tu caso. Como te dije antes, Ben es toda una celebridad, incluso estando en la cárcel. Recibe cartas procedentes de todo el mundo. Según el director de la cárcel, Ben trafica con información. Así es como consigue raciones dobles y protección dentro de los peligrosos muros del corredor de la muerte. Averigua qué es lo que quiere saber la gente y administra la información a su antojo.

Imágenes.

¿Cómo sabía Ben que esa palabra, entre todas, agitaría un recuerdo en mi memoria? ¿Que me haría correr a mi pared, revolver entre mi montón de cuadernos y buscar las palabras que había copiado de tu expediente hacía casi seis años?

¿Tan bien conocía mi mente después de diez meses, de cuarenta y ocho visitas?

Es una cuestión que ha de permanecer sin respuesta. Ben es el tipo de psicópata que dice preferir que el viento dirija sus velas, pero de vez en cuando le he visto meter la mano en el agua, como un timón, para cambiar de rumbo.

Y con esa única palabra (*imágenes*) cambió el curso de mi vida.

El mirón se llamaba Gerald Scott.

Su hijo es el nuevo novio de tu hermana pequeña.

12

Claire abrió los ojos. El techo de gotelé tenía un tono amarronado. Notó la alfombra de estambre mojada, pegada a la espalda. Estaba tumbada en el suelo. Con una almohada bajo la cabeza y las zapatillas de tenis quitadas.

Se sentó.

Paul.

¡Estaba vivo! ¡Su marido estaba vivo!

Experimentó un instante de euforia absoluta antes de que la realidad volviera a caer sobre ella a plomo. Su mente se llenó de interrogantes. ¿Por qué había fingido su muerte? ¿Por qué la había engañado? ¿Quién le había ayudado? ¿Qué hacía en aquella casa? ¿Por qué la había golpeado?

¿Y dónde estaba su hermana?

—¿Lydia? —dijo sin que apenas le saliera la voz.

Le ardía la garganta. Se puso de pie con esfuerzo. Tuvo que contener una arcada al tropezarse con el televisor. De su pómulo irradiaban leves explosiones de dolor.

—¿Liddie? —dijo otra vez, indecisa. Su voz seguía sonando ronca, pero el pánico la espoleó a gritar todo lo fuerte que pudo—: ¿Liddie?

No hubo respuesta.

Corrió por el pasillo hacia el garaje. Abrió la puerta de golpe. Las cintas de vídeo. Las cadenas. La sangre. Seguía todo allí, pero

Lydia no estaba. Cerró la puerta tras ella y volvió corriendo por el pasillo. Miró en las habitaciones, en el baño, en la cocina, y su pánico fue creciendo con cada habitación que encontró vacía. Lydia no estaba. Había desaparecido. Alguien se la había llevado.

Se la había llevado Paul, al igual que su padre se había llevado a Julia.

Corrió al porche de atrás. Escudriñó el campo de detrás de la casa. Corrió a la parte delantera, el corazón golpeándole como un martillo hidráulico. Tenía ganas de gritar, de llorar, de dar rienda suelta a su rabia. ¿Cómo había vuelto a suceder aquello? ¿Por qué había perdido de vista a Lydia?

El Tesla seguía aparcado en el camino de entrada. Los tiradores de las puertas se deslizaron hacia fuera al acercarse ella. El sistema había detectado la proximidad de la llave, que de algún modo había acabado en su bolsillo de atrás. Su bolso y el de Lydia estaban en el asiento delantero del coche. El teléfono de prepago había desaparecido. Un extenso alargador naranja salía serpeando del porche delantero, llegaba hasta el camino y conectaba con el cable que cargaba el Tesla.

Dentro de la casa empezó a sonar el teléfono.

Claire corrió de vuelta a la casa. Se detuvo en la puerta de la cocina. Quería entrar, responder al teléfono, pero se descubrió paralizada por el miedo. Miró el teléfono, que seguía sonando. Era blanco. El cable colgaba por debajo, a unos sesenta centímetros del suelo. El teléfono de la casa de sus padres en el bulevar tenía un cable extensible que llegaba hasta la despensa porque aquel era el único sitio en el que, durante años, habían podido hablar con un poco de intimidad.

Lydia había desaparecido. Paul se la había llevado. Aquello estaba sucediendo. Ella no podía impedirlo. No podía esconderse en su cuarto con los auriculares puestos y fingir que el mundo exterior seguía girando plácidamente sobre su eje.

Se obligó a entrar en la cocina. Apoyó la palma en el teléfono, pero no lo descolgó. Sintió el plástico frío bajo la mano. Era un teléfono modelo Princess, antiguo y recio, de los que solían alquilarse mensualmente a la Southern Bell. Sintió en la mano la vibración del timbre metálico.

El contestador estaba apagado. Le habían puesto una almohada debajo de la cabeza. Le habían quitado los zapatos. El Tesla se estaba cargando.

Supo qué voz iba a oír antes incluso de levantar el teléfono.

—¿Estás bien? —preguntó Paul.

—¿Dónde está mi hermana?

—A salvo. —Paul titubeó—. ¿Estás bien?

—No, no estoy bien, pedazo de hijo de puta. —Se le estranguló la voz. Le dio un ataque de tos y el dorso de su mano se llenó de salpicaduras de sangre. Miró las líneas rojas que manchaban su piel pálida.

—¿Eso es sangre? —preguntó Paul.

Claire miró a su alrededor. ¿Estaba dentro de la casa? ¿Fuera?

—Mira hacia arriba —dijo él.

Ella obedeció.

—Un poco a tu izquierda.

Encima de la nevera había un ambientador, o eso parecía. Un recipiente marrón grisáceo con una rama de hojas de eucalipto verdes en bajorrelieve. Una de las hojas estaba recortada para alojar dentro la lente de una cámara.

—Hay más —dijo Paul—. Por toda la casa.

—¿En esta o en la de Dunwoody?

Paul no respondió, lo cual era respuesta suficiente. Había estado vigilándola. Por eso no había una carpeta de color con su nombre en la etiqueta. Paul no contrataba detectives para seguirla un mes al año. La vigilaba cada momento del día.

—¿Dónde está Lydia? —dijo.

—Te estoy llamando desde un teléfono comsat con un *scrambler*. ¿Sabes qué es eso?

—¿Por qué cojones voy a saber qué es eso?

—«Comsat» es una abreviatura que hace referencia a una serie de satélites de comunicaciones —explicó en un tono de insoportable pedantería—. Las llamadas se efectúan a través de satélites geoestacionarios, no mediante antenas terrestres de telefonía móvil. El *scrambler* oculta el número y la ubicación, lo que significa que esta llamada no puede rastrearla nadie, ni siquiera la Agencia de Seguridad Nacional.

Claire no estaba escuchando su voz. Estaba escuchando el ruido ambiente. No le hacía falta la Agencia Nacional de Seguridad para saber que Paul estaba en un coche en marcha. Oía ruidos de carretera y el sonido del viento, que siempre se las arreglaba para colarse en el coche por muy caro que fuera este.

—¿Está viva? —preguntó.

Él no contestó.

A Claire, el corazón se le retorció tan violentamente que casi no pudo respirar.

—¿Lydia está viva?

—Sí.

Claire miró fijamente la lente de la cámara.

—Pásale el teléfono. Vamos.

—No puede ponerse.

—Si le haces daño... —Sintió que se le contraía la garganta. Había visto las películas. Sabía lo que podía ocurrir—. Por favor, no le hagas daño.

—No voy a hacerle daño, Claire. Tú sabes que jamás haría eso.

Las lágrimas afloraron por fin, porque, por un segundo, por un instante fugaz, se permitió creerle.

—Déjame hablar con mi hermana ahora mismo o te juro que llamo a todos los cuerpos de policía.

Paul suspiró. Ella conocía aquel suspiro. Su marido suspiraba siempre así cuando estaba a punto de darle lo que quería. Oyó el ruido de un coche al detenerse. Y a continuación un roce.

—¿Qué estás haciendo?

—Lo que me has pedido.

La puerta del coche se abrió y se cerró. Claire oyó otros vehículos pasando a toda velocidad. Debía de estar en la autovía de Atlanta. ¿Cuánto tiempo había estado inconsciente? ¿A qué distancia se había llevado a Lydia?

—Tu padre mató a mi hermana —afirmó.

Se oyó el chirrido de una puerta o de un maletero al abrirse.

—El del vídeo es él, ¿verdad? —Claire esperó—. Dímelo, Paul. Es él, ¿verdad?

—Sí. Mira el teléfono —dijo Paul.

—¿Qué?

—El teléfono de Lydia. Está en el cuarto de estar. Conecté el cargador porque tenía poca batería.

—Santo cielo.

Solo a Paul podía ocurrírsele secuestrar a alguien y poner a cargar el puto teléfono.

Claire dejó el teléfono sobre la mesa. Entró en el cuarto de estar, pero en lugar de buscar el móvil inspeccionó la habitación con la mirada. Había otro ambientador encima de una librería de cerezo veteada, junto a la puerta delantera. ¿Cómo es que no se había fijado antes? ¿Cómo es que no lo había visto?

El teléfono de Lydia emitió un sonido semejante a un gorjeo. Paul lo había dejado enchufado sobre la mesa, al lado del sofá. En la pantalla aparecía un mensaje de texto de un número desconocido. Abrió el mensaje y apareció una foto de Lydia.

Claire dejó escapar un grito. Su hermana tenía sangre en la frente y un ojo cerrado por la hinchazón. Estaba tendida de lado en el maletero de un coche, con las manos atadas por delante. Parecía aterrorizada, furiosa y muy sola.

Claire miró la cámara de encima de la librería, dirigiendo todo su odio a través de los cables, directo a ese agujero negro que era el corazón de Paul.

—Voy a matarte por esto. No sé cómo, pero voy a...

No sabía qué iba a hacer. Miró la fotografía de Lydia. Todo aquello era culpa de ella, de Claire. Le había dicho un montón de veces a su hermana que se fuera, pero ni una sola vez se lo había dicho en serio. Había querido que Lydia estuviera a salvo, y había acabado por entregársela en bandeja a Paul.

Oyó que un coche paraba en el camino de entrada. Le dio un

vuelco el corazón. Lydia. Paul la había traído de vuelta. Abrió la puerta delantera. Un tablero de contrachapado. Había una rendija de luz alrededor del borde. Si estiraba bien el cuello, podía mirar por la ranura y ver el camino.

Pero no fue a Paul a quien vio, sino un coche patrulla marrón del Departamento del Sheriff. Tenía poco margen de visión. El parabrisas estaba a oscuras en contraste con la luz de la tarde. No veía quién había dentro. El conductor permaneció una eternidad sentado detrás del volante. Claire oía temblar su propia respiración mientras esperaba.

Por fin se abrió la puerta del coche. Salió una pierna y un pie se apoyó en el suelo de cemento. Vio una bota campera de cuero labrado y unos pantalones marrones oscuros con una franja amarilla a un lado. Dos manos agarraron la puerta cuando el ocupante del coche se incorporó con esfuerzo. Se quedó allí un momento, de espaldas a Claire, observando la carretera desierta. Luego se volvió.

El sheriff Carl Huckabee se puso su sombrero Stetson al echar a andar por el camino. Se detuvo para echar un vistazo dentro del Tesla. Se fijó en el cargador enchufado a un lado del coche y siguió el alargador con la mirada hasta el porche delantero de la casa.

Claire se apartó de la puerta a pesar de que el sheriff no podía verla. Huckleberry estaba más viejo y más encorvado, pero seguía luciendo el mismo bigote recto, peinado con esmero, y aquellas larguísimas patillas que ya en los años noventa eran una antigualla.

Tenía que ser cómplice de Paul. Era en cierto modo lógico, aunque fuera producto de una lógica perversa, que el hombre al que sus padres habían acudido en busca de ayuda fuera también el que les había dado falsas esperanzas durante todos esos años.

Claire corrió a la cocina. Antes de levantar el teléfono, agarró del suelo un cuchillo bien afilado. Se acercó el teléfono a la oreja y levantó el cuchillo para que lo viera Paul.

—Le cortaré el cuello si no me devuelves a mi hermana ahora mismo.

—¿De qué estás hablando? —preguntó Paul—. ¿A quién vas a cortarle el cuello?

—Ya sabes a... —Claire se detuvo. Tal vez no lo supiera. Si uno ponía cámaras fuera de su casa era para que la gente las viera. Pero a Paul solo le preocupaba lo que ocurría *dentro*.

—¿Claire?

—Huckabee. Acaba de llegar.

—Joder —masculló Paul—. Líbrate de él enseguida o no volverás a ver a Lydia.

Claire no sabía qué hacer.

—Prométeme que no vas a hacerle nada.

—Te lo prometo. No cuelgues...

Claire colgó el teléfono. Dio media vuelta y miró la puerta abierta de la cocina. Se metió el cuchillo en el bolsillo de atrás, a pesar de que se preguntaba qué demonios creía que iba a hacer con él. Tenía la mente inundada por retazos de ideas que no conseguía ahuyentar. ¿Por qué había fingido Paul su asesinato? ¿Por qué se había llevado a Lydia? ¿Qué quería de ella?

—¿Hola? —Los pasos pesados de Huckabee resonaron en los escalones del porche—. ¿Hay alguien?

—Hola. —Claire notó lo rasposa que sonaba su voz. Todavía le salía sangre de algún lugar de la garganta. Seguía pensando en Lydia. Tenía que conservar la calma por el bien de su hermana.

—Señorita Carroll. —La expresión del sheriff había pasado de la curiosidad al recelo—. ¿Qué hace usted aquí?

—Ahora soy la señora Scott —puntualizó ella a pesar de que odiaba el sonido de aquel nombre—. Esta casa pertenecía a mi marido. Falleció recientemente, así que...

—¿Se le ha ocurrido destrozarla?

El sheriff estaba mirando el desbarajuste que había causado Claire en la cocina. Los cubiertos, las sartenes, las cacerolas, las tarteras y todo lo que había dentro de los cajones y los armarios estaba ahora desperdigado por el suelo.

Huckabee levantó el pie, con el que había pisado unos cristales rotos de la puerta de atrás.

—¿Le importa decirme qué está pasando aquí?

Claire comenzó a dar vueltas a su anillo de casada alrededor del dedo. Intentó insuflar un poco de autoridad a su voz.

—¿A qué ha venido?

—Recibí una llamada de emergencia, pero la persona que llamó no siguió a la escucha. —Se enganchó los pulgares en el cinto—. ¿Era usted?

—Marqué por accidente. Quería llamar a información. —Claire ahogó un ataque de tos—. Siento haberle hecho perder el tiempo.

—¿Cómo dice que se llamaba su marido?

—Paul Scott. —Claire se acordó de que el nombre que figuraba en la escritura de la casa era otro—. La casa forma parte de un fondo fiduciario gestionado por su asesoría legal. Buckminster y Fuller.

El sheriff asintió, pero no pareció satisfecho.

—Parece que lleva bastante tiempo cerrada a cal y canto.

—¿Conocía usted a mi marido?

—Conocía a sus padres. Buena gente.

Claire no podía parar de dar vueltas a su anillo. Y entonces se miró la mano, porque el Hombre Serpiente le había robado la alianza. ¿Cómo es que la tenía de nuevo en el dedo?

—¿Señora Scott?

Cerró los puños con fuerza. Le dieron ganas de arrancarse el anillo y arrojarlo al triturador de basuras. ¿Cómo lo había recuperado Paul? ¿Por qué se lo había puesto en el dedo? ¿Por qué le había quitado los zapatos? ¿Y el llavero que llevaba en el bolsillo? ¿Por qué se había despertado con una puta almohada debajo de la cabeza después de que su marido la dejara inconsciente de un puñetazo?

¿Y dónde, en nombre de Dios, iba a llevar a su hermana?

—¿Qué es eso? —Huckabee se llevó la mano a la mejilla—. Parece que le va a salir un moratón.

Claire hizo amago de tocarse el pómulo, pero en el último momento se pasó los dedos por el pelo. El pánico amenazaba con apoderarse de ella. Sentía un dolor físico en el cráneo por el esfuerzo de intentar asimilar lo sucedido y lo que tenía que hacer a continuación.

—¿Necesita sentarse? —preguntó el sheriff.

—Necesito respuestas. —Claire sabía que parecía enloquecida—. Mi suegro, Gerald Scott. ¿Está usted seguro de que murió?

Él la miró con curiosidad.

—Lo vi con mis propios ojos. Cuando ya estaba muerto, quiero decir.

Claire había visto morir a Paul con sus propios ojos. Lo habría estrechado entre sus brazos. Había visto cómo la vida lo abandonaba.

Y luego lo había visto asestarle un puñetazo en la cara.

Huckabee apoyó el hombro contra el quicio de la puerta.

—¿Está pasando algo que yo deba saber?

El teléfono comenzó a sonar. Claire no se movió.

El sheriff se removió. Miró el teléfono y luego miró a Claire.

Paul no iba a colgar. El sonido continuó hasta convertirse en un punzón que hendía sus tímpanos.

Claire levantó el aparato y colgó con saña. Huckabee levantó una de sus cejas enmarañadas. El hombre que durante veinticuatro años había insistido en que su preciosa hermana de diecinueve años le había dado la espalda a su familia para unirse a una comuna *hippie* sospechaba de pronto de ella.

El teléfono comenzó a sonar otra vez.

Claire se imaginó a Paul observando todo aquello sentado en un coche, en el arcén, furioso porque no estuviera siguiendo sus instrucciones al pie de la letra.

A esas alturas, ya debería conocerla mejor.

Claire se sacó la sortija del dedo. La puso delante de la cámara de la nevera. Dio media vuelta para mirar al sheriff.

—Sé qué le pasó a Julia.

Huckabee respiraba trabajosamente. Saltaba a la vista que era un fumador empedernido, de modo que costaba saber cuándo suspiraba y cuándo exhalaba con normalidad.

—¿Se lo dijo su madre?

Claire se apoyó contra la nevera para no caerse al suelo. Encajó aquella pregunta como un mazazo, pero se esforzó por mantener a raya el torbellino. ¿Había sabido Helen lo de las cintas todos esos años? ¿Se lo había ocultado a Claire? ¿Le había ocultado la verdad a Sam?

Intentó engañar de nuevo a Huckabee sirviéndose de un farol.

—Sí. Me lo dijo ella.

—Pues me sorprende, Claire, porque su madre dijo que no iba a decírselo nunca a sus hijas, y me cuesta creer que una mujer como ella incumpla su palabra.

Claire sacudió la cabeza. Aquel hombre sabía que había vídeos de su hermana siendo brutalmente asesinada y allí estaba, sermoneándola como si tuviera doce años y le hubiera dado un disgusto.

—¿Cómo pudo ocultármelo? ¿Ocultárselo a Lydia?

—Se lo prometí a su madre. Sé que no me tiene en mucha estima, pero yo siempre cumplo mi palabra.

—¿Se atreve a hablarme de cumplir su puta palabra cuando llevo veinticuatro años obsesionada con esto?

—No es necesario emplear ese lenguaje.

—Que le jodan. —Claire casi veía el odio negro que salía por su boca—. Se empeñaba en decir que estaba viva, que se había escapado y que cualquier día volvería a casa. Sabía desde el principio que no iba a volver, pero aun así nos dio esperanzas. —Notó que él seguía sin entender—. ¿Sabe acaso lo que le hace a la gente tener esperanzas? ¿Sabe lo que es ver a alguien por la calle y salir corriendo detrás porque te ha parecido que era tu hermana? ¿O ir al centro comercial y ver a dos hermanas juntas y saber que nunca vas a tener eso? ¿O ir al entierro de mi padre sin ella? ¿O casarse sin...?

No podía seguir por ese camino, porque se había casado con Paul, y la razón de que Lydia no estuviera a su lado era que su marido había intentado violarla.

—Dígame cómo se ha enterado de verdad —dijo Huckabee—. ¿Ha sido por Internet?

Ella asintió, porque parecía lo más verosímil.

El sheriff se quedó mirando el suelo.

—Siempre me ha preocupado que las cintas acabaran en Internet.

Claire sabía que debía desembarazarse del sheriff, pero no pudo evitar preguntarle:

—¿Dónde las encontró?

—En el apartamento de su padre. Tenía una metida en el vídeo cuando se... Supongo que fue eso lo que le impulsó a...

No tuvo que acabar la frase. Ambos sabían lo que había hecho su padre. Ahora que sabía que Sam Carroll había visto las cintas, que las estaba viendo mientras se clavaba la aguja en el brazo, por fin entendía el porqué. Se imaginaba perfectamente a su padre queriendo poner fin a su vida mientras veía cómo cercenaban la de su hija mayor. Había en ello una extraña y hermosa simetría.

Pero ¿por qué le había ocultado Helen la verdad? ¿Temía que Claire encontrara copias de las películas y acabara siguiendo los pasos de su padre? Y Lydia... La pobre y frágil Lydia. Nadie lo veía en aquella época, pero su adicción a las drogas no obedecía a un deseo de divertirse, sino a la necesidad de escapar, de evadirse. Su hermana había buscado activamente un modo de autodestruirse.

—¿Qué hizo con las cintas? —le preguntó al sheriff.

—Se las entregué a un amigo mío que era del FBI. Siempre nos hemos preguntado si había copias. Supongo que ya lo sabemos.

Claire se miró las manos. Seguía retorciéndose el dedo, aun sin el anillo.

—No hace falta que intente engañarme, mujer —dijo Huckabee—. Era su hermana. Le diré la verdad.

Claire nunca había sentido un deseo tan intenso de lastimar físicamente a otra persona. El sheriff se comportaba como si hubiera estado dispuesto a brindarle información desde el principio, pero Claire se había puesto en contacto con él innumerables veces a lo largo de los años para preguntarle si había alguna novedad en el caso.

—Dígamela, entonces.

Él se alisó los bordes del bigote como si necesitara tiempo para descubrir cómo romperle el corazón. Por fin dijo:

—El tipo de la película formaba parte de una especie de red que distribuía un montón de vídeos como ese. Como le decía, ese amigo estaba en el FBI, así que dispuse de información confidencial. Me contó que ya tenían noticia de ese sujeto. Daryl Lassiter es su nombre. Lo detuvieron en California en el noventa y cuatro, intentando secuestrar a una chica más o menos de la misma edad, el mismo color de pelo y la misma constitución que su hermana.

Claire estaba desconcertada. ¿Se había equivocado respecto al padre de Paul? ¿Había otro asesino suelto? ¿Se había limitado el padre de Paul a coleccionar las cintas?

—Lassiter está muerto, si le sirve de consuelo —agregó Huckabee.

No, estaba el establo de fuera, y el matadero, a menos de cinco metros de donde estaban.

—El jurado lo mandó al corredor de la muerte. —Huckabee volvió a enganchar los pulgares en el cinto—. Hubo una reyerta en la cárcel. Lassiter recibió una docena de puñaladas en el cuello. Murió más o menos en la misma época que su padre.

Claire trató de pensar qué iba a preguntar a continuación.

—¿De dónde sacó mi padre esas cintas?

Huckabee se encogió de hombros.

—Ni idea.

—¿No lo investigó?

—Claro que sí. —El sheriff pareció ofendido, como si de verdad fuera bueno en su oficio—. Pero su padre siempre andaba buscando pistas en cualquier parte, una tras otra. A saber cuál de ellas dio resultado. Y no es que a mí me contara precisamente lo que se traía entre manos.

—Tampoco puede decirse precisamente que usted lo animara a hacerlo.

Huckabee se encogió de hombros otra vez, como diciendo «eso es agua pasada» y no «siento haber dejado a su padre tan solo que al final tuvo que matarse».

Claro que Helen también lo había dejado solo. Y después les había mentido a Lydia y a ella durante años. ¿Había alguien a su alrededor que dijera alguna vez la verdad? Incluso Lydia le había mentido sobre su hija.

—¿Por qué iba a suicidarse mi padre antes de saber quién había matado a Julia? —preguntó.

—Dejó la cinta puesta en el aparato de vídeo. Sabía que la encontraríamos. Quiero decir que imagino que por eso la dejó, y acertó. Se la entregué directamente a los federales. En menos de una semana encontraron al hombre que mató a su hermana.

Claire no le recordó que los Carroll le habían suplicado durante años que recurriera al FBI.

—¿Y no lo hicieron público para que la gente no supiera lo que le había pasado a mi hermana?

—Fue su madre quien me lo pidió. Imagino que le preocupaba que sus otras hijas vieran las cintas. —Miró por encima del hombro de Claire, hacia el salón—. Supongo que pensó que era preferible no saberlo nunca, mejor que averiguar la verdad.

Claire se preguntó si su madre estaba en lo cierto. Luego se preguntó hasta qué punto habría sido distinta su vida si hubiera sabido que Julia estaba muerta. ¿Cuántas veces se había encerrado a llorar en su despacho porque habían encontrado un cuerpo sin identificar en la zona de Athens? ¿Cuántos casos de chicas desaparecidas le habían quitado el sueño? ¿Cuántas horas había pasado conectada a Internet buscando información sobre sectas y comunas *hippies,* o cualquier noticia relativa a su hermana desaparecida?

—Bien, eso es todo lo que sé. —Huckabee se removió, incómodo—. Espero que le traiga un poco de paz.

—¿Como se la trajo a mi padre? —Se resistió al impulso de decirle al sheriff que tal vez Sam Carroll aún estuviera vivo si él hubiera hecho su puto trabajo.

—En fin... —Huckabee paseó de nuevo la mirada por la cocina—. Yo le he dicho lo que quería saber. ¿Puede decirme por qué está en medio de todo este desorden con un cuchillo en el bolsillo de atrás del pantalón?

—No, no puedo.

Claire no había acabado de interrogarlo. Había una cosa más que tenía que preguntar, aunque sentía en las entrañas que ya conocía la respuesta. Paul tenía un mentor, un hombre que se había asegurado personalmente de poner en órbita a Quinn + Scott, que volaba en avión privado y se alojaba en carísimos hoteles gracias a la tarjeta American Express Centurion de su marido. Siempre había achacado las horas que pasaban juntos en el campo de golf, sus llamadas telefónicas privadas y sus tardes en el club de campo al deseo de Paul de tener contento al congresista, pero ahora comprendía que aquel vínculo tenía raíces mucho más hondas.

—¿Quién era ese amigo suyo del FBI? —le preguntó al sheriff.

—¿Qué importa eso?

—Es Johnny Jackson, ¿verdad?

Claire conocía la biografía de Jackson. Había asistido a un sinfín de tediosas presentaciones y cenas de recaudación de fondos en las que se servía un pollo que parecía de goma. El congresista Johnny Jackson había sido agente del FBI antes de meterse en política. Y había regalado a Quinn + Scott millones, a veces incluso miles de millones de dólares en forma de contratos con la administración. Había mandado al capitán Jacob Mayhew a su casa de Dunwoody a investigar el intento de robo el día del entierro de Paul. Y probablemente también había mandado al agente Nolan a apretarle un poco las tuercas.

Jackson era un apellido muy común, tan común que a Claire nunca se le había ocurrido vincular el apellido que figuraba en la lápida de su difunta suegra y el del generoso benefactor de su marido.

Hasta ahora.

—Es el tío materno de mi marido —le dijo al sheriff.

Huckabee asintió con la cabeza.

—Trabajaba en Atlanta, en una fuerza conjunta especial.

—¿Alguna vez ayudó a Paul a salir de algún lío?

Huckabee asintió de nuevo, pero no dijo nada más. Seguramente no quería hablar mal de los muertos. ¿Debía decirle Claire que Paul estaba vivo? ¿Que había secuestrado a su hermana?

El teléfono comenzó a sonar otra vez.

Claire no se movió, pero dijo:

—Debería contestar.

—¿Está segura de que no hay nada más que quiera decirme?

—Segurísima.

Huckabee se metió la mano en el bolsillo de la camisa y sacó su tarjeta.

—El número de móvil está al dorso. —Dejó la tarjeta en la mesa de la cocina y le dio un toquecito con el dedo antes de marcharse.

El teléfono seguía sonando. Claire fue contando los segundos mientras esperaba a oír el ruido de la puerta del coche del sheriff al abrirse y cerrarse, el motor arrancando y el chirrido de las ruedas en el camino mientras retrocedía hacia la carretera.

Luego levantó el teléfono.

—¿Qué cojones ha pasado? —preguntó Paul.

—Devuélveme a mi hermana.

—Dime qué le has dicho a Huckleberry.

A Claire le repugnó que conociera aquel apodo. Era algo que pertenecía a su familia, y el sádico con el que estaba hablando ya no era de su familia.

—¿Claire?

—Mi padre estaba viendo las cintas de Julia cuando se mató.

Él no dijo nada.

—¿Tuviste algo que ver con eso, Paul? ¿Le enseñaste las cintas a mi padre?

—¿Por qué iba a hacer eso?

—Porque ya estaban intentando quitar a Lydia de en medio y la única persona que me quedaba que de verdad importaba, que podía ayudarme pasara lo que pasase, era mi padre. —Estaba tan alterada que no podía respirar—. Tú lo mataste, Paul. O lo hiciste tú mismo o prácticamente le pusiste la aguja en el brazo.

—¿Estás loca? —gritó él indignado—. Dios mío, Claire. No soy un maldito monstruo. Yo quería a tu padre. Tú lo sabes. Llevé a hombros su ataúd cuando lo enterraron. —Dejó de hablar un momento, como si la acusación de Claire lo hubiera dejado sin habla. Cuando por fin prosiguió, su voz sonó suave y serena—. Mira, he

301

hecho algunas cosas de las que no estoy orgulloso, pero yo jamás, jamás le haría eso a alguien a quien quiero. Tú sabes lo vulnerable que era Sam al final. Es imposible saber qué es lo que finalmente le empujó a hacer lo que hizo.

Claire se sentó a la mesa de la cocina. Giró la silla para que Paul no pudiera ver las lágrimas de furia que le corrían por la cara.

—Te comportas como si no tuvieras nada que ver con todo esto, como si no fueras más que un espectador inocente.

—Y lo era.

—Tú sabías lo que le había pasado a mi hermana. Has estado casi veinte años viendo cómo me quebraba la cabeza con este asunto. Podrías haberme dicho en cualquier momento lo que le había ocurrido a Julia y no lo hiciste. Te limitabas a observar cómo sufría.

—Y lo odiaba, odiaba cada segundo. Nunca he querido que sufrieras.

—¡Pues me estás haciendo sufrir ahora! —Dio un puñetazo sobre la mesa. Sintió un calambre de dolor en la garganta. La angustia era insoportable. No podía seguir. Solo quería tumbarse en el suelo, hecha un ovillo, y llorar hasta perder el sentido. Una hora antes creía haberlo perdido todo. Ahora, en cambio, sabía que siempre había más y que, mientras estuviera vivo, Paul seguiría allí para arrebatárselo.

—¿Cómo iba a decirte lo que le pasó a Julia sin contártelo todo? —preguntó él.

—¿De verdad me estás diciendo que no sabías cómo mentirme? Él no contestó.

—¿Por qué fingiste tu muerte?

—No tuve elección. —Se quedó callado un momento—. No puedo explicártelo ahora, Claire, pero hice lo que tenía que hacer para mantenerte a salvo.

—No me siento muy a salvo en estos momentos, Paul. —Claire luchó con la furia y el miedo que se agitaban dentro de ella—. Me has dejado inconsciente de un puñetazo. Me has quitado a mi hermana.

—No quería hacerte daño. Intenté hacerlo con todo el cuidado que pude.

Claire todavía notaba un dolor palpitante en el pómulo. No podía ni imaginar cuánto le dolería si Paul no se hubiera refrenado.

—¿Qué es lo que quieres?

—Necesito el resto del llavero del Tesla.

Claire sintió que se le contraía el estómago. Se acordó de que Paul le había dado las llaves al salir del restaurante, antes de tirar de ella hacia el callejón.

—¿Por qué me lo diste?

—Porque sabía que contigo estaría seguro.

Adam ya habría sacado el llavero del buzón. Lydia y ella habían transferido los archivos de trabajo en el garaje. ¿Qué más había en el *pen drive*?

—¿Claire? —repitió Paul—. ¿Qué hiciste con el llavero?

Intentó encontrar algo que pudiera despistarlo.

—Se lo di a ese policía.

—¿A Mayhew? —preguntó él con voz crispada—. Tienes que recuperarlo. Mayhew no puede tenerlo.

—No, a Mayhew no. —Claire titubeó. ¿Debía mencionar a Fred Nolan? ¿Se alegraría Paul si lo hacía? ¿O estaba Nolan sobre su pista?

—¿Claire? Necesito saber a quién se lo diste.

—Lo tenía en la mano. —Trató de ahuyentar el terror que amenazaba con nublarle la mente. Tenía que dar con una mentira verosímil, con algo que le diera cierta ventaja sobre Paul y le permitiera ganar tiempo para pensar—. En el callejón, lo tenía en la mano. El hombre que te mató, que simuló matarte, me lo quitó de la mano de un golpe.

Paul soltó una sarta de maldiciones.

Su ira espoleó a Claire.

—La policía lo metió en una de esas bolsas de plástico que usan para las pruebas. —Intentó localizar las posibles lagunas de su historia—. Utilicé las llaves de repuesto que teníamos en casa para llevarme el Tesla. Pero sé que tienen el llavero en custodia porque me mandaron un listado para la aseguradora. Tuve que enviárselo a Pia Lorite, nuestra agente de seguros.

Contuvo el aliento y rezó para que su invención tuviera sentido. ¿Qué había en el *pen drive* del interior del llavero? En el garaje había comprobado que no contenía más películas. La única carpeta que había contenía archivos de programa. O al menos eso había hecho Paul que parecieran. Siempre se le habían dado extremadamente bien los ordenadores.

—¿Puedes recuperarlo? —preguntó Paul en tono crispado.

Claire prácticamente lo vio abrir y cerrar los puños, señal segura de que sus palabras habían dado en el clavo. En todos los años de su matrimonio, jamás había temido que se sirviera de aquellos puños para golpearla.

Ahora, en cambio, le angustiaba la posibilidad de que los usara contra Lydia.

—Prométeme que no vas a hacerle daño a Lydia —dijo—. Por favor.

—Necesito ese llavero. —Había una calma letal en la amenaza velada de su voz—. Tienes que conseguírmelo.

—De acuerdo, pero... —Claire empezó a balbucear—. El detective... Rayman. ¿No lo conoces? Alguien tuvo que ayudarte a planear lo que pasó en el callejón. Había personal sanitario, agentes de policía, detectives...

—Sé quién estaba allí.

Claire sabía que lo sabía, porque Paul había estado allí, con ella, en el callejón. ¿Cuánto tiempo había fingido estar muerto? Cinco minutos como mínimo. Después, el personal médico lo había tapado con una manta y esa había sido la última vez que Claire había visto a su marido.

—Eric Rayman es el detective al mando de la investigación —dijo—. ¿No puedes llamarle?

Paul no respondió, pero ella sintió su ira como si lo tuviera delante.

Lo intentó de nuevo:

—¿Quién te ayudó? ¿No puedes...?

—Quiero que me escuches atentamente. ¿Me estás escuchando?

—Sí.

—Hay cámaras por toda la casa. Algunas puedes encontrarlas y otras no. El móvil de Lydia está pinchado. El que estás usando, también. Voy a llamarte al fijo cada veinte minutos durante las próximas dos horas. Así me dará tiempo a llegar lo bastante lejos para saber que estoy a salvo, y tú te quedarás ahí mientras pienso qué vas a hacer a continuación.

—¿Por qué, Paul? —No le estaba preguntando únicamente por lo que acababa de pasar. Le estaba preguntando por todo lo que había pasado antes—. Tu padre mató a mi hermana. He visto la cinta. Sé lo que le hizo... —Se le quebró la voz. Sintió que también se le resquebrajaba el corazón—. No... —Intentó contener el dolor—. No lo entiendo.

—Lo siento mucho. —La voz de Paul sonó llena de emoción—. Podemos superar esto. Lo superaremos.

Ella cerró los ojos. Paul estaba intentando tranquilizarla. Y lo más horrible de todo era que ella quería que la tranquilizara. Aún recordaba cómo se había sentido al despertarse en el salón y darse cuenta de que Paul estaba vivo. Su marido. Su adalid. Él haría que todo aquello se solucionara.

—Yo no he matado a ninguna. —Parecía tan vulnerable...—. Te lo prometo.

Claire se tapó la boca con la mano para no decir nada. Quería creerle. Lo necesitaba desesperadamente.

—Ni siquiera supe lo que hacía mi padre hasta después del accidente. Entré en el establo y me encontré todas sus... cosas.

Claire se mordió el puño para no gritar. Paul hacía que pareciera todo tan lógico...

—Era un crío y estaba solo. Tenía que pagar la matrícula de la academia. Y pensar en la universidad. Era un buen dinero, Claire. Y yo solo tenía que hacer copias y mandarlas.

Claire no podía respirar. Ella se había gastado ese dinero. Se había comprado joyas, ropa y zapatos pagados con la sangre y el sufrimiento de aquellas pobres chicas.

—Te prometo que solo era un medio para alcanzar un fin.

No podía soportarlo más. Estaba al borde del derrumbe, tan al borde que casi sentía cómo se inclinaba su cuerpo.

—¿Claire?

—Las películas de tu ordenador no eran antiguas —dijo ella.

—Lo sé. —Se quedó callado un momento, y Claire se preguntó si estaría inventando otra mentira o si ya tenía una preparada y solo había hecho una pausa dramática—. Yo era un simple distribuidor. Nunca he participado en eso.

Claire se resistió al impulso de creerle, de aferrarse a aquel último fragmento de humanidad de su marido.

—¿Quién es el hombre de la máscara?

—Un tipo cualquiera.

Un tipo cualquiera.

—No te preocupes por él. —Paul parecía estar hablando de algún imbécil del trabajo—. Estás a salvo, Claire. Siempre has estado a salvo.

Ella no hizo caso de sus intentos de tranquilizarla, o no tendría más remedio que creerle.

—¿Qué hay en el *pen drive*?

Paul se quedó callado otra vez.

—¿Has olvidado quién te regaló ese llavero, Paul? Sé que hay un *pen drive* dentro del disco de plástico, y sé que quieres recuperarlo porque guardaste algo en él, creyendo que ahí estaría a salvo.

Él siguió sin decir nada.

—¿Por qué? —No podía dejar de hacerse esa pregunta—. ¿Por qué?

—Intentaba protegerte.

—¿Intentas tomarme el pelo?

—Tuve que adelantar mis planes. Había otras cosas en juego. Hice todo lo que pude por mantenerte al margen. Pero lo que pasó con ese tipo en el callejón... El sentimiento era real, Claire. Tú sabes que daría mi vida por protegerte. ¿Por qué crees que sigo aquí? Tú lo eres todo para mí.

Ella negó con la cabeza. Tantas excusas la aturdían.

—La gente que está metida en esto no es buena gente —añadió Paul—. Tienen poder. Tienen un montón de dinero y de influencia.

—Influencia política.

Él dejó escapar una exclamación de sorpresa.

—Siempre has sido endiabladamente lista.

Claire ya no quería ser lista. Quería tener el control.

—Ahora te toca a ti escucharme. ¿Me estás escuchando?

—Sí.

—Si haces daño a Lydia, iré a por ti y te haré pedazos. ¿Me has entendido?

—Dios, me encanta verte así.

Se oyó un chasquido en la línea. Paul había colgado.

13

Con la mirada fija en la oscuridad del maletero, Lydia escuchaba el zumbido de las ruedas sobre el asfalto. Había repasado ya todo lo que supuestamente podía hacer si alguna vez se encontraba encerrada dentro de un maletero. Evidentemente, Paul había tomado precauciones. La parte de atrás de los faros estaba cubierta con placas de acero atornilladas para que no pudiera abrirlos a golpes, sacar la mano y avisar a los automovilistas que pasaran por su lado. El pestillo de emergencia estaba roto, y otra gruesa plancha metálica separaba el maletero del asiento de atrás para que no pudiera abrirse paso a patadas hacia la libertad. Lydia sospechaba que el maletero también estaba insonorizado. Tenía la sensación de que Paul no lo había acolchado para que estuviera más cómoda.

Lo que significaba que había diseñado aquel coche expresamente para ocultar a una prisionera.

Lydia le oía en el asiento delantero, hablando por teléfono. Solo distinguía algunas palabras sueltas, e inservibles: sí, no, está bien. Dedujo por su tono crispado que estaba hablando con Claire. Le cambiaba la voz cuando hablaba con su hermana. A Lydia le ponía enferma pensar en lo distinto que era, porque Claire tenía razón: Paul había tomado conscientemente la decisión de mostrarle su lado oscuro.

Lo había visto en todo su apogeo cuando había abierto el maletero para hacerle una foto. Había visto cómo encendía y apagaba su lado siniestro como si fuera una bombilla. Le estaba diciendo a Claire que fuera a echar un vistazo a su móvil y, un instante después, su rostro se había vuelto tan aterrador que Lydia había temido perder el control de su vejiga.

Él había metido la mano en el maletero y le había agarrado la cara tan fuerte que Lydia sintió que le aplastaba los huesos.

—Dame un motivo para hacer contigo lo que mi padre hizo con Julia.

Cuando cerró el maletero, Lydia temblaba tanto que le castañeteaban los dientes.

Se tumbó de espaldas para aliviar la presión sobre su hombro. Tenía los brazos y las piernas atados con bridas de plástico, pero aun así podía moverse si lo hacía con cuidado. La sangre del corte que tenía en la frente se había secado. El ojo hinchado le lagrimeaba. El dolor de cabeza había remitido hasta convertirse en un pálpito sordo que la asaltaba de vez en cuando.

En la casa, Paul la había golpeado con un objeto contundente. Lydia no estaba segura de qué había usado, pero el golpe en la cabeza había sido como un mazazo. Ni siquiera le había oído acercarse. Estaba en la cocina con la boca abierta para decirle su nombre al operador del 911 y un instante después había visto estallar estrellas delante de sus ojos. Literalmente. Se había sentido como un personaje de dibujos animados. Se tambaleó, intentó agarrarse a la mesa de la cocina, y entonces Paul volvió a golpearla, una vez y luego otra, hasta que quedó inconsciente en el suelo.

Había logrado gritar «¡No!» antes de perder el sentido. Pero, evidentemente, no había logrado advertir a Claire. O quizá su hermana se había dado cuenta del peligro pero no había sabido qué hacer. Lydia no se la imaginaba enfrentándose a Paul, no creía que tuviera arrestos. Claro que tampoco se la imaginaba dando un raquetazo en la rodilla a su compañera de dobles.

Suponía que Claire se estaba haciendo las mismas preguntas que desfilaban por su cabeza en esos momentos: ¿por qué había fingido su muerte Paul? ¿Por qué se la había llevado? ¿Qué quería de ellas?

No quiso detenerse en esa última pregunta, porque resultaba evidente que Paul Scott estaba obsesionado con las hermanas Carroll. Su padre había secuestrado y asesinado brutalmente a una de ellas. Él se había casado con otra. Y ahora la tenía a ella, a Lydia, en el maletero del coche, un maletero que evidentemente había preparado con mucha antelación.

¿De veras iba a hacerle lo mismo que le habían hecho a Julia? ¿Iba a asesinarla y a violarla mientras agonizaba?

Julia... Su radiante hermana mayor. Su mejor amiga. Chillando mientras el machete le cortaba el cuello y el hombro. Retorciéndose mientras el padre de Paul destrozaba su cuerpo.

La bilis se le subió a la boca, quemándola. Volvió la cabeza y escupió al sentir otra oleada. En el pequeño espacio del maletero, el olor era mareante. Se pegó a la parte de atrás del maletero para apartarse de aquel hedor. Notaba el estómago vacío. No conseguía quitarse de la cabeza la imagen de Julia.

Oyó que un gemido salía de su boca. Podía soportar la sensación de mareo, pero la pena la mataría antes de que Paul tuviera ocasión de hacerlo. Julia... Su hermana, tan ingenua, torturada. Había seis cintas en total, lo que significaba que el padre de Paul no se había dado prisa. Había estado completamente sola en aquel establo, esperando a que él volviera, temiendo su regreso, hasta sus últimos segundos de vida.

Julia había mirado a la cámara mientras se moría. Había clavado los ojos en la lente, en el corazón de Lydia, y había musitado «Ayuda».

Lydia cerró los ojos con fuerza. Dejó que los sentimientos afluyeran libremente. Debería haber sido más cariñosa con Dee por teléfono, esa mañana. Debería haber llamado a Rick para decirle que lo quería en vez de mandarle un mensaje diciéndole que se lo explicaría todo más tarde. Y Claire... Debería haberle dicho que la perdonaba, porque Paul no era un ser humano. Era una especie de aberración aterradora, capaz de actos inenarrables.

Intentó sofocar otro gemido. No podía permitirse el lujo de perder otra vez los nervios. Tenía que ser fuerte para enfrentarse a lo que vendría después, porque Paul tenía un plan. Él siempre tenía un plan.

Pero ella también lo tenía. Movía continuamente las manos y los pies para asegurarse de que le circulaba la sangre y mantenía la cabeza despejada, porque en algún momento Paul tendría que abrir de nuevo el maletero. Ella pesaba más que él. Tendría que cortar las bridas para poder sacarla. Sería la única oportunidad que tendría de detenerle.

Revisó su plan paso a paso, una y otra vez: al principio se fingiría desorientada. Así sus ojos tendrían tiempo de acostumbrarse a la luz. Luego se movería despacio y simularía que le dolía algo, para lo cual no tendría que esforzarse mucho. Fingiría que necesitaba ayuda y Paul, impaciente, la empujaría, o tiraría de ella, o le daría una patada, y entonces ella cargaría todo su peso sobre el hombro y se abalanzaría sobre él golpeándolo con todas sus fuerzas en el cuello.

No emplearía los puños porque los nudillos podían resbalar. Abriría la mano de par en par y se serviría del arco que formaba la piel entre el pulgar y el índice para golpearle limpiamente en la nuez.

La perspectiva de oír el crujido de su tráquea al romperse era lo único que le impedía caer en la parálisis.

Respiró hondo varias veces y soltó el aire. Movió manos y pies. Levantó las rodillas y estiró las piernas. Movió los hombros en círculos. Tener un plan la ayudaba a controlar el pánico, a reducirlo al tamaño de una esquirla clavada en el fondo de su cerebro.

El motor cambió de velocidad. Paul iba a tomar un desvío. Notó que aminoraba la marcha. Vio un destello de luz roja alrededor de las placas metálicas y luego un parpadeo amarillo al encenderse el intermitente.

Se tumbó de espaldas. Había repasado tantas veces su plan que casi podía sentir la tráquea de Paul partiéndose bajo su mano. Era imposible saber cuánto tiempo llevaba en el maletero. Había intentado contar los minutos desde que Paul le había hecho la foto, pero perdía la cuenta continuamente. Cosa del pánico. Sabía que lo más importante, mientras esperaba, era mantener su mente entretenida, no pensar en lo peor que podía sucederle.

Buscó frenéticamente algún recuerdo que no estuviera asociado a Paul Scott. Ni a Dee ni a Rick, porque pensar en su niña y en su novio, allí, en aquel espacio negro y asfixiante, la conduciría por un camino sin retorno.

Tuvo que remontarse unos cuantos años atrás para encontrar un recuerdo que no tuviera nada que ver con Paul. Porque, a pesar de no estar presente, durante mucho tiempo Paul Scott había sido una parte muy importante de su vida. Ella tenía veintiún años cuando Paul conoció a Claire en el laboratorio de matemáticas. Dos meses después, consiguió que su familia le diera la espalda. Ella siempre le había culpado de los momentos más sórdidos de su adicción a las drogas, pero mucho antes de conocerlo ya estaba tan empeñada en autodestruirse que solo tenía malos recuerdos.

Octubre de 1991.

Nirvana tocaba en la discoteca 40 Watt, en el centro de Athens. Ella se escabulló de casa. Salió por la ventana de su cuarto, a pesar de que nadie se habría dado cuenta si hubiera salido por la puerta principal. Se subió al coche de su amiga Leigh y dejó atrás todo el dolor y la desesperación atrapados dentro de la casa del bulevar.

En aquel entonces hacía seis meses de la desaparición de Julia. Estar en casa era durísimo. Sus padres, cuando no se gritaban el uno al otro, estaban tan hundidos que a su lado una se sentía como una intrusa invadiendo su tragedia íntima. Claire se había encerrado hasta tal punto en sí misma que podía estar en la misma habitación contigo diez minutos sin que notaras su presencia.

Y ella se había refugiado en las pastillas y la coca y los hombres mayores que no tenían por qué salir con jovencitas de su edad.

Ella adoraba a Julia. Su hermana era guay, alegre y extravertida, y siempre le cubría las espaldas cuando quería quedarse por ahí después del toque de queda. Ahora, sin embargo, estaba muerta. Lydia lo sabía, igual que sabía que al día siguiente saldría el sol. Había aceptado la muerte de Julia mucho antes que cualquiera de la familia. Sabía que su hermana mayor no iba a volver, y lo utilizaba como excusa para beber más, esnifar más, follar más y comer más, más y más. No podía parar, no quería parar, y por eso al día siguiente del concierto de Nirvana, cuando la gente empezó a discutir si la actuación había sido la bomba o había sido una caca de perro, ella no tenía ni idea al respecto.

Los del grupo estaban borrachos como cubas. Todos desafinaban. Cobain había estado a punto de provocar un minimotín cuando arrancó la pantalla de cine que colgaba sobre el escenario. El público enloqueció. Invadió el escenario. Al final, el grupo amontonó sus instrumentos encima de la batería destrozada y se largó.

Lydia no guardaba ningún recuerdo de todo aquello. Estaba tan colocada durante el concierto que ni siquiera tenía la certeza de haber llegado a la discoteca. A la mañana siguiente se había despertado en el Callejón, a unas pocas manzanas de 40 Watt, lo cual le pareció absurdo hasta que se levantó y notó una humedad pegajosa entre las piernas.

Tenía moratones en los muslos. Se notaba en carne viva por dentro. Tenía un corte en la nuca. Y piel debajo de las uñas. La piel de otra persona. Sentía los labios doloridos. Y la mandíbula también. Le dolía todo el cuerpo hasta que encontró a un tipo que estaba cargando equipo en la trasera de una furgoneta. El tipo accedió a llevarla, ella le hizo una paja y volvió a casa medio arrastrándose, a tiempo de que sus padres le echaran la bronca, no por haber estado fuera toda la noche, sino por no haber llegado a tiempo de llevar a Claire al colegio.

Claire tenía catorce años. Podía ir sola al colegio. El edificio estaba tan cerca de la casa del bulevar que se oía el timbre del cambio de clase. Pero en aquel entonces sus padres descargaban toda su furia contra ella por no cuidar mejor de la única hermana que le quedaba. Le estaba dando un mal ejemplo. No pasaba suficiente tiempo con Claire. Debía intentar hacer más cosas con ella.

Todo ello hacía que Lydia se sintiera culpable. Y que, cuando no se sentía culpable, estuviera resentida.

Quizá por eso Claire había perfeccionado el arte de la invisibilidad. Era un mecanismo de supervivencia. No se puede sentir rencor contra lo que no se ve. Era muy callada, pero se fijaba en todo. Sus ojos seguían el discurrir del mundo como si fuera un libro escrito en un idioma que no entendía. No había en ella nada de apocado o asustadizo, y sin embargo siempre daba la impresión de tener un pie en la puerta. Si las cosas se ponían difíciles, o si se volvían demasiado intensas, Claire desaparecía, era así de sencillo.

Que era justamente lo que había hecho dieciocho años antes, cuando Lydia le habló de Paul. En lugar de afrontar la verdad, su hermana había tomado el camino más fácil y había desaparecido de su vida. Había cambiado de número de teléfono. Se había negado a responder a sus cartas. Incluso había cambiado de apartamento para borrar a Lydia de su vida.

Quizá por eso Lydia no había podido perdonarla.

Porque en realidad no había cambiado nada en los últimos dieciocho años. A pesar de su franqueza, de sus disculpas aparentemente sinceras y sus confesiones descarnadas, Claire seguía teniendo un pie en la puerta. Si había recurrido a ella la noche anterior había sido únicamente porque estaba empezando a desenredar las mentiras de Paul y no se sentía con fuerzas para hacerlo sola. Ella misma lo había dicho esa mañana: quería que su hermana mayor resolviera las cosas.

¿Qué haría ahora? Habiendo desaparecido ella, no tenía a nadie más a quien llamar. No podía recurrir a Helen. Huckabee era un inútil. Adam Quinn seguramente estaba metido hasta el cuello en aquel asunto, igual que Paul. Y tampoco podía acudir a la policía porque no había modo de saber quién más estaba implicado. Podía recurrir a sí misma, pero ¿qué encontraría? Una mantenida que era incapaz de valerse sola.

El coche aminoró de nuevo la marcha. Lydia sintió que el suelo cambiaba de asfalto a grava. Apoyó las manos para que el movimiento del coche no la zarandeara de un lado a otro del maletero. Un gran bache la estrelló contra la plancha metálica. El corte de su frente se abrió. Parpadeó para quitarse la sangre de los ojos.

Luchó por controlar los malos pensamientos que circulaban por su cerebro. Y luego dejó de luchar, porque ¿qué sentido tenía? Aquello ya no era cuestión de una riña enquistada entre ella y Claire. Era cuestión de vida o muerte.

Su vida.

Y posiblemente su muerte.

Los frenos chirriaron cuando el coche se detuvo. El motor quedó al ralentí.

Se preparó, a la espera de que se abriera el maletero. Nadie sabía dónde estaba. Ni siquiera sabían que había desaparecido. Si lo dejaba todo en manos de Claire, sabía que no saldría con vida.

Había sido así toda su vida: antes de Paul, incluso antes de lo de Julia.

Claire tomaba una decisión, y ella era quien pagaba los platos rotos.

14

Claire escuchó el clic del teléfono cuando Paul cortó la llamada. Volvió a colgar el aparato de su soporte. Salió y se sentó en el porche de atrás. Tenía un cuaderno y un lapicero junto a la pierna pero había renunciado a hacer una lista de interrogantes cuando Paul le dejó claro que no pensaba responder a ninguno de ellos. Cuando llamaba, esperaba a oír su voz. Luego colgaba y pasaban otros veinte minutos hasta que volvía a llamar.

De momento había llamado tres veces, lo que significaba que Claire había pasado una hora paralizada. Lydia corría grave peligro. Su seguridad dependía de ella. Paul llamaba siempre desde el coche, así que era lógico pensar que Lydia seguía en el maletero. Que eso significara o no que estaba bien era otra cuestión, porque en algún momento Paul llegaría al lugar al que se dirigía.

Claire no tenía ni idea de qué hacer. Se le daba bien reaccionar instintivamente, sin pensar, pero diseñar una estrategia nunca había sido su fuerte. Era Paul quien tenía en cuenta todos los posibles enfoques de una cuestión, y antes que Paul se había apoyado en Lydia, y antes de Lydia había sido su padre quien siempre estaba ahí para sacarla de apuros.

Esto, sin embargo, no iba a resolvérselo nadie. No se le ocurría nadie más a quien recurrir, y eso la entristecía porque debería haber podido confiar en su madre, pero Helen había dejado claro hacía mucho tiempo que con ella no podía contarse. Les había ocultado la verdad respecto a Julia durante casi diecinueve años. Podría haber puesto fin al sufrimiento de Claire pero había preferido no hacerlo, seguramente por no enfrentarse al estallido emocional que ello habría provocado.

Claire miró la tierra, entre sus pies. Dio rienda suelta a su mente con la esperanza de dar de algún modo con la solución.

El intento de robo durante el entierro. Estaba segura de que su marido había contratado a aquellos hombres para que entraran en la casa de Dunwoody. Debían de estar buscando el llavero. Quizás el congresista Johnny Jackson había enviado al capitán Mayhew por esa misma razón. O al agente Nolan. O a los dos, lo que explicaría por qué se comportaban como dos gatos sin castrar cuando estaban juntos.

¿Johnny Jackson trabajaba para Paul o estaba en su contra?

La respuesta se hallaba casi con toda probabilidad en el *pen drive* que contenía el llavero. Aquel condenado chisme había estado dentro de su bolso durante el entierro. Había cambiado el bolso que llevaba el día del asesinato por un bolsito de mano negro, y había metido dentro las llaves de Paul porque era más fácil que bajar las escaleras y colgarlas de su alcayata etiquetada, en el armario de la entradita donde dejaban los zapatos.

Así que sabía lo que andaban buscando los ladrones, pero ignoraba cómo podía utilizarlo para ayudar a Lydia.

—Piensa —se recriminó—. Tienes que pensar.

Disponía de una hora más antes de que Paul le expusiera su plan para recuperar el *pen drive*. Su primer impulso había sido llamar a Adam Quinn y decirle que necesitaba recuperar el llavero, pero, si de verdad tenía pinchados todos los teléfonos, Paul se daría cuenta de que en realidad el *pen drive* no estaba bajo custodia policial, en comisaría.

Y si sabía que Claire no lo tenía en su poder, no habría razón para que conservara a Lydia con vida.

Tenía que seguir haciéndole creer que el *pen drive* estaba en manos de la policía. De ese modo ganaría un poco de tiempo, aunque no sabía cuánto. Podía fingir que llamaba a Rayman, o incluso fingir que iba a la comisaría, pero en algún momento Paul querría saber por qué no hacía progresos.

Y cabía la posibilidad de que, si no hacía progresos, Lydia tuviera que enfrentarse a un sufrimiento aún mayor. Claire sabía muy bien, porque había visto los vídeos, que había cosas que un hombre podía hacerle a una mujer que, aunque no la mataran, la hacían desear estar muerta.

¿Le estaba diciendo Paul la verdad respecto al papel que había desempeñado en las películas? Sería una idiota si aceptaba sin más su palabra, pero encontraba cierto consuelo en el hecho de saber que su marido no era el hombre de la máscara. Los lunares que Paul tenía debajo del omóplato izquierdo eran la clave. Sin embargo, alguien había tenido que manejar el zoom de la cámara para conseguir un primer plano de las chicas. Alguien más tenía que haber en la habitación, grabando y presenciando cada acto de degradación.

Ese alguien tenía que ser Paul. La supuesta casa de los Fuller era su casa. Saltaba a la vista que había estado allí. Ninguna otra persona se habría molestado en tenerlo todo tan limpio y ordenado.

Lo que significaba que Paul conocía la identidad del hombre enmascarado. Su marido era amigo o socio de un psicópata feroz que secuestraba a chicas arrebatándoselas a sus familias y cometía contra ellas actos de una inefable crueldad.

Al pensarlo, un violento escalofrío sacudió involuntariamente su cuerpo.

¿Qué guardaba Paul en aquel *pen drive*? ¿Pruebas de la identidad del hombre de la máscara? Comenzó a sentir un sudor frío. Paul le había dicho que ella estaba a salvo, pero si estaba amenazando con desvelar la identidad del asesino todo el mundo corría peligro.

Lo que significaba que había pillado a su marido en otra mentira. Rick...

Podía llamar a Rick Butler y pedirle ayuda. Era el novio de Lydia. Llevaban juntos trece años. Era mecánico. Parecía un hombre capaz de desenvolverse con soltura en situaciones complicadas. Según los archivos de Paul, había estado varias veces en la cárcel.

No. Si algo sabía Claire respecto a su hermana, era que Lydia no querría meter a Rick en aquel asunto. Eso supondría implicar también a su hija, y entonces, de repente, Paul pasaría de tener una víctima de secuestro a tener tres.

Y Claire no podía evitar pensar que Dee Delgado era exactamente el tipo de chica que aparecía en las películas de Paul.

Se levantó. No podía seguir sentada. Tampoco podía volver a entrar en la casa porque había cámaras por todas partes. O quizá no y ella seguía siendo tan crédula como siempre. Puso los brazos en jarras y miró al cielo. Preguntarse qué habría hecho Paul la había llevado a aquella situación. Tal vez debiera preguntarse qué haría Lydia.

Lydia querría más información.

Al abrir la puerta del garaje por primera vez, había fijado inmediatamente la mirada en las hileras de cintas de VHS. Sabía, sin embargo, que tenía que haber en aquella habitación otras cosas que tal vez le dieran pistas acerca de lo que tramaba Paul. Había varios estantes metálicos que contenían equipamiento informático, y un banco de trabajo en el rincón con una gran pantalla de ordenador. Era probable que ese ordenador estuviera conectado a Internet.

Volvió a entrar en la casa. Buscó con la mirada las cámaras ocultas: primero la de la cocina, luego la del cuarto de estar y por último la colocada sobre una estantería, al final del pasillo que conducía al estrecho garaje.

En aquel garaje se habían cometidos asesinatos atroces. Un sinfín de mujeres habían sido torturadas con saña mientras una cámara grababa cada instante de su agonía.

Abrió la puerta de un empujón. El hedor a sangre le resultaba insoportable, pero la visión de la sala no. Ya estaba habituada a la violencia. Tal vez eso explicaba la naturalidad con que Paul había hablado de las películas, como si estuviera refiriéndose a objetos en vez de a vidas humanas. ¿Cuántas mujeres habían sido asesinadas en aquella habitación año tras año antes de que la muerte se convirtiera en un hábito para Paul?

¿Cuánto tiempo había hecho falta para que la excitación de la matanza quedara programada en su cerebro?

Claire entró en el garaje. Se frotó los brazos para combatir el frío. Se sentía asaltada por un intenso desasosiego. Su cuerpo reaccionaba visceralmente a la maldad que había tenido lugar entre aquellas cuatro paredes. Tantas mujeres habían perdido la vida... Pero no se trataba solo de eso. Cuanto más se adentraba en el garaje, más se alejaba de la salida. Alguien podía sorprenderla allí dentro. Alguien podía cerrar la puerta.

Miró la entrada vacía. Su mente evocó en un fogonazo la imagen aterradora del hombre de la máscara, su sonrisa húmeda llenando por completo la pantalla del ordenador.

Entonces vio la máscara con sus propios ojos.

Colgaba de una percha, junto a la puerta. Las cremalleras de los ojos y la boca estaban sin abrochar. Los calzoncillos de goma colgaban en otra percha, a su lado, y en un estante, debajo, había un bote grande de polvos de talco para bebés marca Johnson y un tubito de lubricante íntimo WET. Claire se obligó a apartar los ojos. La yuxtaposición de aquellas imágenes era espeluznante.

El resto de la pared, junto a la puerta, estaba ocupado por baldas de plástico. Reconoció los instrumentos de tortura que colgaban de ganchos metálicos: la pica para ganado, el hierro de marcar con una gran X en un extremo, el machete. Estaban colgados a la misma distancia unos de otros. La hoja del machete estaba limpia y bruñida como un espejo. El cargador de la pica tenía el cable perfectamente enrollado alrededor de la base. Muy bien podría haber estado en el garaje de Paul, en su casa.

Delante de la puerta de garaje metálica había colocado un banco de trabajo Gladiador. La parte interior de la puerta estaba cubierta por gruesos paneles aislantes de espuma. A pesar del frío que impregnaba el aire, hacía calor en la habitación. Dedujo que Paul la había aislado por completo con espuma de poliuretano. Era típico de él.

Echó un vistazo detrás de una cortina negra y amplia que podía correrse para ocultar el interior de la sala si se miraba desde la carretera, cuando Paul abriera la puerta del garaje. La rendija de la puerta estaba llena de hojas empujadas por el viento. No era propio de su marido permitir algo así.

Claro que quizá formara parte del decorado que había preparado. La basura que Claire había visto en las primeras películas no era en realidad basura. Paul había arrugado bolsas de comida rápida y vasos de papel, pero no había en ellos manchas de grasas, ni restos de refresco mohosos. Hasta la mancha de sangre del colchón parecía falsa, lo cual era lógico si se tenía en cuenta que en todas las películas que había visto Claire la víctima aparecía encadenada a la pared.

La pared.

Allí estaba, a menos de tres metros delante de ella. La sangre, de un oscuro color burdeos, había penetrado en los bloques de cemento. Los grilletes tenían cerrojos para sujetar muñecas y tobillos. No había cerraduras porque las cadenas estaban lo bastante separadas para impedir que una mano pudiera liberar la otra. Claire se detuvo antes de tirar de las cadenas. Que algo pareciera falso no significaba que lo fuera. La sangre del suelo era real. No se podía reproducir ese olor y, si lo que se pretendía era ofrecer una apariencia de realidad, no hacía falta utilizar sangre auténtica.

Levantó el pie. Había pisado accidentalmente la sangre y tenía pegajosa la puntera de la zapatilla. Esperó a que la embargara una oleada de repulsión, pero estaba demasiado embotada para sentir nada.

Su zapatilla chirrió como los dos lados de un velcro al despegarse cuando se acercó al ordenador. A ambos lados del monitor, colocados sobre delicados estantes, había sendos altavoces. Eran blancos, al igual que el amplificador, a juego con el monitor, cuya pantalla estaba orlada por un ribete plateado.

Claire giró la silla para poder ver la puerta de reojo. Esta vez, si volvían a atacarla, al menos se daría cuenta. Tocó el teclado, pero no pasó nada. La gran pantalla estaba fabricada por Apple, pero no se parecía en absoluto a los iMac a los que estaba acostumbrada. Pasó la mano por la parte de atrás buscando el botón de encendido.

Dedujo que el gran cilindro blanco que había junto al monitor era la CPU. Pulsó los botones hasta que el tono de encendido de Apple resonó estentóreamente en los altavoces. Bajó el volumen del amplificador.

Había cables sujetos a la parte de atrás del ordenador. Thunderbolt blancos enchufados a varios discos de almacenamiento de veinte terabytes conectados linealmente y colocados sobre una estantería metálica. Contó doce. ¿Cuántas películas podían caber en doce discos de almacenamiento masivo?

No quiso pensar en ello. Tampoco quiso levantarse para examinar el resto del equipo colocado en los estantes metálicos. Un viejo ordenador Macintosh. Varios montones de disquetes de cinco pulgadas. Un aparato para copiar cintas de VHS. Múltiples reproductores externos para copiar películas en formato de disco. Como era lógico en él, Paul estaba guardando la maquinaria original del negocio familiar.

Ahora, todo estaría basado en Internet. Claire había visto un programa de actualidad en la PBS en el que se mostraba el inmenso mercado negro que albergaba el lado más turbio de la red. La mayoría de la gente se servía de él para intercambiar ilegalmente películas y libros robados, pero otros lo utilizaban para vender drogas o traficar con pornografía infantil.

Claire pensó en los recibos de la American Express de Paul, con aquellos misteriosos pagos de los que nunca hablaban. ¿Cuántos aviones privados había pagado Paul en los que nunca había viajado? ¿Cuántas habitaciones de hotel había alquilado en las que nunca se habían alojado? Ella había dado por sentado que aquellos gastos eran sobornos pagados al congresista Jackson, pero quizá no lo fueran. Su marido era muy meticuloso en todo lo que hacía. No querría levantar sospechas secuestrando a demasiadas chicas en su propio vecindario. Quizá Paul estuviera utilizando aquellos vuelos y aquellas habitaciones de hotel para trasladar a mujeres clandestinamente por todo el país.

Y quizá el congresista estaba tan metido en aquel negocio como el propio Paul.

Paul era un adolescente cuando murió su padre. En aquel momento vivía en un internado militar, en el estado limítrofe. Había tenido que haber algún adulto que se hiciera cargo del negocio de Gerald Scott mientras Paul acababa sus estudios. Lo que significaba posiblemente que la tutela del congresista había seguido dos vías paralelas: por un lado había ayudado a Paul a establecerse como empresario y por otro se había asegurado de que siguieran haciéndose las películas.

Y distribuyéndose, porque mover aquellas películas tenía que generar pingües beneficios.

Claire había visto a Paul y a Johnny Jackson juntos en incontables ocasiones, pero nunca se le había ocurrido pensar que fueran parientes. ¿Ocultaban su relación debido a las películas? ¿O debido a los contratos con la administración? ¿O quizás había algo mucho más preocupante que ella no había descubierto aún?

Porque con Paul siempre surgía algo mucho más preocupante. Cada vez que pensaba que había tocado fondo, su marido se las ingeniaba para abrir una trampilla y hacer que se hundiera más y más.

Claire se formuló la pregunta obvia acerca del hombre de la máscara. Johnny Jackson tenía más de setenta años. Era un hombre vigoroso y atlético, pero el enmascarado de las películas más recientes era claramente más joven, más o menos de la edad de Paul. Tenía la misma suave barriga, los mismos músculos esbozados apenas por la falta de ejercicio en el gimnasio.

Adam Quinn tenía el cuerpo bien tonificado. Claire no lo había visto desnudo, pero había sentido la fortaleza de sus hombros anchos y la dureza de sus abdominales.

Lo cual significaba algo, aunque no estuviera segura de qué.

El monitor cobró vida por fin. Apareció el escritorio. Como en todos los ordenadores de Paul, todas las carpetas estaban guardadas en la rueda que aparecía en la parte de abajo de la pantalla. Pasó el ratón por los iconos:

CRUDO.

EDITADO.

ENTREGADO.

Dejó las carpetas de momento. Abrió Firefox y se conectó a Internet. Tecleó *Daryl Lassiter + asesino + California*. Lassiter era el sujeto del que le había hablado Huckleberry, el que según él había secuestrado y asesinado a Julia Carroll. Al menos, eso le había dicho el agente del FBI y futuro congresista Johnny Jackson.

Yahoo le mostró miles de enlaces relacionados con Daryl Lassiter. Claire abrió el primero. El *San Fernando Valley Sun* había publicado un artículo de primera plana sobre los asesinatos de Lassiter durante el traslado de este al corredor de la muerte. Había fotografías borrosas de las tres mujeres por cuyo asesinato había sido condenado, pero ninguna del propio Lassiter. Claire leyó por encima un largo párrafo acerca de la historia de la pena de muerte en California, y encontró a continuación el meollo de la noticia.

Lassiter había secuestrado a una mujer en plena calle. Un testigo llamó a emergencias. La mujer se salvó, pero la policía encontró un «matadero ambulante» en la trasera de la furgoneta de Lassiter, incluyendo cadenas, una pica para ganado, un machete y otros instrumentos de tortura. También encontraron cintas de VHS en las que Lassiter «torturaba y ejecutaba a mujeres». Las tres mujeres retratadas en el artículo fueron identificadas más tarde a partir de las denuncias interpuestas en el momento de su desaparición.

Joanne Rebecca Greenfield, diecisiete años. Victoria Kathryn Massey, diecinueve. Denise Elizabeth Adams, dieciséis.

Claire leyó en voz alta el nombre y la edad de cada una, porque eran seres humanos y, por tanto, importaban.

Todas las chicas identificadas procedían de la zona del Valle de San Fernando. Claire abrió varios enlaces más, hasta que encontró una fotografía de Lassiter. Carl Huckabee no disponía aún de Internet en el momento del suicidio de Sam Carroll. Pero aunque lo hubiera tenido, posiblemente no habría tratado de confirmar lo que le había contado su amigo del FBI: que el hombre de la cinta del asesinato de Julia Carroll era el mismo al que habían detenido en California.

Razón por la cual Huckleberry no tenía modo de saber que, aunque Daryl Lassiter era alto y larguirucho, también era afroamericano, llevaba el pelo a lo afro y tenía tatuado un ángel de la muerte en el pecho musculoso.

Claire sintió cómo cedía su último trocito de corazón. Había confiado contra toda esperanza en que el padre de Paul no fuera el hombre de la cinta, en que el asesino de su hermana fuera aquel desconocido de penetrantes ojos marrones, con una oscura cicatriz que le cruzaba un lado de la cara.

¿Por qué no daba por perdido a su marido de una vez por todas? ¿Por qué no conseguía reconciliar al Paul al que había conocido siempre con el Paul al que acababa de descubrir? Su marido se portaba tan bien con todo el mundo... Era tan ecuánime en todo... Quería a sus padres. Nunca decía que hubiera tenido una mala infancia, o que le hubieran maltratado, ni contaba ninguna de esas cosas horribles que, según se decía, convertían a los hombres en demonios.

Consultó la hora en la pantalla del ordenador. Tenía otros ocho minutos antes de que llamara Paul. Se preguntó si él sabría lo que estaba haciendo. No podía vigilar constantemente las cámaras del interior de la casa. Estaría conduciendo justo por debajo del límite de velocidad, asiendo el volante con las dos manos y procurando pasar desapercibido para que la patrulla de carreteras no le diera el alto y le preguntara qué llevaba en el maletero.

Lydia estaría haciendo ruido. A Claire no le cabía ninguna duda de que su hermana armaría jaleo en cuanto tuviera oportunidad.

Tenía que encontrar el modo de brindarle esa oportunidad.

Apoyó los codos en el banco de trabajo. Miró las carpetas del escritorio. Dejó el puntero suspendido sobre la titulada *EDITADO*. Pulsó el ratón con el dedo. No apareció una ventana pidiéndole la contraseña, seguramente porque, si alguien entraba en aquella habitación, ya habría visto lo suficiente como para deducir qué contenía el ordenador.

La carpeta se abrió. Había centenares de archivos.

Todas las extensiones decían .FCPX.

Claire ignoraba qué significaba aquello, pero no creía que estuviera relacionado con los programas que Paul usaba en su trabajo.

Hizo clic en el archivo de arriba, que alguien había abierto ese mismo día por última vez. A las cuatro de la madrugada, a la hora en que el cuerpo de Anna Kilpatrick había aparecido en el BeltLine, su marido estaba sentado delante del ordenador.

Las palabras *FINAL CUT PRO* ocuparon casi por entero el monitor. El programa estaba registrado a nombre de Buckminster Fuller.

El último proyecto de Paul apareció en el monitor. En medio de la pantalla aparecieron tres paneles. Uno mostraba un listado de archivos. Otro, las miniaturas de varios fotogramas de la película. El panel principal mostraba una sola imagen: la de Anna Kilpatrick encadenada a la pared, suspendida en el tiempo.

Debajo de la imagen principal había desplegado todo un abanico de opciones de edición y, más abajo, se veían largas tiras de película que, según dedujo Claire, eran fragmentos del último vídeo de Anna Kilpatrick. Reconoció los botones para corregir los ojos rojos y suavizar los contornos, pero los otros eran un misterio. Hizo clic en algunos de ellos. Filtros de luz. Música. Texto. Corrección de color. Estabilización. Reverberación. Corrección de tono. Incluso había archivos de sonido que podían servir como ruido ambiental: Lluvia, Ruido de coche, Sonidos de bosque, Goteo de agua.

Como ocurría en su vida en general, Paul tenía el control total.

Al ver las películas en casa no había podido clicar en la lupa para agrandar la imagen. Ahora, en cambio, sí pudo. Observó detenidamente la cara de la chica. No le cabía ninguna duda de que estaba viendo a Anna Kilpatrick.

Tampoco había podido comprobar que no hacía falta que hubiera alguien detrás de la cámara para utilizar el zoom.

Los botones para adelantar, rebobinar y poner la película eran muy parecidos a los del aparato de vídeo. Claire la puso en marcha. El volumen de los altavoces estaba muy bajo. Oyó llorar a Anna. Como en las anteriores ocasiones, la cara del hombre de la máscara llenaba de pronto la pantalla. Sonreía y sus labios húmedos se dejaban ver por debajo de los dientes metálicos de la cremallera.

Claire comprendió que aquella era la versión editada, la que Paul había enviado a sus clientes. Cerró el archivo. Volvió a las carpetas del escritorio y abrió la que llevaba por título *CRUDO*. El archivo más reciente tenía fecha del día anterior. Paul había importado la película en torno a la medianoche. A esa hora, Lydia y ella estaban en la casa de Dunwoody, revisando las carpetas de colores en las que Paul guardaba los informes de los detectives privados.

¡Dichosas aquellas pocas horas en las que había creído que su marido era solo un violador!

Hizo clic en el archivo. Aparecieron los mismos tres paneles en la pantalla, con las opciones de edición debajo.

Pulsó el *PLAY*.

El metraje empezaba del mismo modo: un plano general de Anna Kilpatrick encadenada a la pared. Tenía los ojos cerrados. La cabeza inclinada. El enmascarado aparecía en el encuadre. Tenía la misma constitución, el mismo aspecto general del hombre que había visto en las demás películas, pero había algo distinto en él. Su tono de piel era más claro. Sus labios no eran tan rojos.

También había algo distinto en el sonido. Comprendió que aún no se había hecho la remezcla. Todos los ruidos ambientales seguían allí. Oyó el zumbido de un radiador. Los pasos del hombre. Su respiración. Carraspeaba. Anna se sobresaltaba. Abría los ojos. Forcejeaba con las cadenas. El hombre no le hacía caso. Desplegaba con esmero su instrumental sobre una mesa con ruedas: la pica para ganado, el machete, el hierro de marcar. Un calentador metálico rodeaba la X para poner el hierro al rojo vivo. El corto cable eléctrico estaba conectado a un alargador enchufado a la pared.

El hombre se echaba un pegote de lubricante en la palma de la mano y empezaba a masturbarse. Carraspeaba otra vez. Sus gestos eran de una profesionalidad pavorosa, como si se estuviera preparando para pasar un día cualquiera en la oficina.

Nada de aquello saldría en el corte final. Era todo preproducción. Los detalles prosaicos que Paul había borrado al editar la película.

El enmascarado se volvía hacia la cámara. Claire tuvo que reprimir el impulso de retirarse de un salto. Después, el hombre de la máscara acercaba la cara a la lente, y ella llegó a la conclusión de que era una especie de marca de la casa, como el león rugiente de la MGM. Sonreía al público y sus dientes brillaban junto a la cremallera de metal. Luego se acercaba a Anna.

Anna gritaba.

Él esperaba a que parara. El grito se apagaba en la garganta de la chica como una sirena.

Empleando un dedo para hacer palanca, él abría una herida en su vientre. Ella gritaba de nuevo. Él esperaba, imperturbable. La polla se le había puesto más dura. Su piel parecía enrojecida por la excitación.

—Por favor —suplicaba Anna—. Por favor, para.

El hombre se inclinaba hacia ella, acercaba los labios al oído de la chica. Le susurraba algo que hacia que ella diera un respingo.

Claire se irguió en la silla. Sirviéndose del ratón, rebobinó la película. Subió el volumen. Pulsó el *play*.

Anna Kilpatrick suplicaba:

—Para.

El hombre se inclinaba, aplicaba los labios a su oído. Claire subió de nuevo el sonido. Ella también se inclinó, pegando todo lo que pudo el oído al altavoz del ordenador mientras el hombre acercaba la boca a la oreja de Anna.

El enmascarado susurraba con un suave acento sureño:

—Dime que te gusta.

Claire se quedó paralizada. Miró vagamente los estantes metálicos, llenos de aparatos obsoletos. Se le nubló la vista. Sintió una súbita punzada de dolor en el pecho.

Él repitió:

—Dime que te...

Claire pulsó la pausa. No rebobinó. Hizo clic en la lupa para enfocar manualmente la espalda del hombre de la máscara.

Aquel era el metraje sin editar. Paul aún no había filtrado la luz ni corregido el sonido, ni había borrado cualquier marca distintiva, como la constelación de tres lunares que el asesino tenía debajo del omóplato izquierdo.

El teléfono de la cocina comenzó a sonar.

Claire no se movió.

El teléfono sonó otra vez.

Y otra.

Ella se levantó. Salió del garaje. Cerró la puerta a su espalda tirando de ella. Entró en la cocina y descolgó el teléfono.

—Me has mentido —afirmó Paul—. He hecho que uno de mis hombres compruebe el inventario de la escena del crimen. El llavero no figura en él.

Claire solo oyó «uno de mis hombres». ¿Cuántos cómplices tenía? ¿Eran Mayhew y Nolan solo la punta del iceberg?

—¿Dónde está, Claire? —preguntó él.

—Lo tengo yo. Escondido.

—¿Dónde?

Estiró el brazo y dio la vuelta al falso ambientador para quedar fuera de su encuadre.

—¿Claire?

—Voy a marcharme de aquí. Tú vas a mandarme una foto de Lydia cada veinte minutos y, si veo que le has tocado un solo pelo de la cabeza, colgaré en YouTube todo el contenido del *pen drive*.

Paul soltó un bufido desdeñoso.

—Tú no sabes hacer eso.

—¿Y crees que no puedo entrar en cualquier cibercafé y encontrar algún cerebrito con acné que lo haga por mí?

Él no contestó. Claire ya no oía ruidos de carretera. Paul había dejado el coche. Estaba paseándose de un lado para otro. Oyó el ruido de sus pasos aplastando grava. ¿Seguía Lydia en el maletero? Debía de seguir allí, porque Paul la había secuestrado como medida de presión. Si la mataba, perdería esa baza.

Un pensamiento asaltó de pronto a Claire. ¿Por qué se había llevado Paul a Lydia? Si de verdad estaba vigilando la casa de Dunwoody, tenía que saber que Lydia había entrado en escena hacía menos de un día. Y aun así, era ella, Claire, quien sabía dónde estaba el *pen drive*. Quien podía conseguírselo.

Así pues, ¿por qué no se la había llevado a ella?

No le cabía ninguna duda de que, ante la menor amenaza de daño físico, le habría dicho a Paul que Adam tenía el *pen drive*. Pero Paul no se la había llevado a ella. Había tomado la decisión errónea. Y él nunca se equivocaba.

—Escucha. —Paul intentaba de nuevo parecer razonable—. Necesito la información del *pen drive*. Es importante. Para los dos. No solo para mí.

—Mándame la primera foto de Lydia intacta y hablaremos.

—Podría cortarla en mil pedazos antes de matarla.

Aquella voz. Era el mismo tono que había empleado con ella en el callejón, el mismo timbre siniestro que Claire había oído por los altavoces, antes de que Paul alterara su voz para convertirla en la de un desconocido. Sintió el corazón en la boca, pero comprendió que no podía mostrarle ni un atisbo de miedo a aquel hombre.

—Quieres que me vaya contigo —dijo.

Ahora fue Paul quien guardó silencio.

Claire había encontrado su punto débil, aunque no hubiera sido a propósito. Acababa de comprender a qué se debía aquella mala decisión de Paul. Como de costumbre, había tenido la respuesta delante de las narices desde el principio. Él seguía diciendo que la quería. Le había pegado, pero no con todas sus fuerzas. Había mandado a aquellos hombres que entraran en su casa durante el entierro, cuando ella estaba fuera. Había tomado la decisión errónea y se había llevado a Lydia porque tomar la decisión correcta habría significado hacer daño a Claire.

Tal vez pudiera dar un puñetazo en la cara a su mujer, pero no podía torturarla.

—Prométeme que no participaste en ninguna de esas películas —dijo Claire.

—No, nunca. —Su esperanza era tan palpable como un cabo de cuerda tendido entre los dos—. Nunca les he hecho daño. Te lo prometo por mi vida.

Sonaba tan persuasivo, tan veraz, que Claire podía haberle creído. Pero había visto las películas sin retocar: el metraje en bruto, antes de que Paul modificara el sonido, montara las escenas, filtrara los tonos de piel, distorsionara las voces y alterara hábilmente cualquier marca distintiva para que la verdadera identidad del hombre de la máscara permaneciera oculta.

Claire conocía los ademanes de su marido cuando desplegaba con todo cuidado sus herramientas para un proyecto. Sabía cómo movía la mano cuando se masturbaba. Conocía los tres pequeños lunares de debajo de su omóplato izquierdo, cuyo volumen notaba cuando le acariciaba levemente la espalda con los dedos.

Por eso sabía sin sombra de duda que el hombre de la máscara era Paul.

—Mándame las fotos —ordenó—. Cuando esté lista, te diré lo que vamos a hacer.

—Claire...

Colgó violentamente el teléfono.

VI

Siento que cueste tanto entender mi letra, cariño. Me ha dado un ictus muy leve. Ya estoy bien, así que, por favor, no te preocupes. Fue poco después de acabar mi última carta. Me fui a dormir maquinando mis grandes planes y al día siguiente, cuando me desperté, descubrí que no podía levantarme de la cama. Reconozco, aunque solo te lo diga a ti, que me asusté (aunque ahora estoy bien, de verdad). Sufría una ceguera pasajera del ojo derecho. Mi brazo y mi pierna se negaban a moverse. Por fin, después de mucho luchar, conseguí levantarme. Cuando llamé a tu madre para desearle feliz cumpleaños, se me trababa tanto la lengua que llamó enseguida a una ambulancia.

El médico (que le aseguró a tu madre que, en efecto, tenía edad suficiente para afeitarse) dijo que había sufrido un AIT, lo que como te puedes imaginar enfureció aún más a tu madre, que siempre ha odiado las abreviaturas. Le conminó a hablar en cristiano, y así descubrimos que un AIT es un Accidente Isquémico Transitorio, o sea, un ictus leve.

O una serie de accidentes, como nos explicó el pobre hombre por insistencia de tu madre, lo que explica la sensación de debilidad y mareo que he tenido esta última semana.

O este último mes, entre tú y yo, porque, si pienso en mis últimas visitas a Ben Carver recuerdo algunas conversaciones extrañas que me hacen pensar que a veces mi forma de hablar también debía de parecerle ininteligible.

Quizá ya sepamos por qué Ben Carver puso fin a mis visitas y me escribió esa cita en el libro del doctor Seuss. Su madre sufrió un ictus masivo hace unos años. Debía de estar familiarizado con los síntomas.

Uno encuentra bondad en sitios tan inesperados...

¿Me permites que te cuente que hacía muchísimo tiempo que no me sentía tan feliz? ¿Que tus hermanas corrieron a mi lado, que mi familia me rodeó, me arropó, y que por fin me acordé de la vida que compartíamos antes de perderte? Fue la primera vez en casi seis años que nos reunimos todos en una habitación sin sufrir por tu ausencia.

No es que te hayamos olvidado, cariño. Nunca te olvidaremos, nunca.

Naturalmente, tu madre ha aprovechado el ictus como excusa para reñirme por seguir acometiendo molinos de viento (son palabras suyas). Pero, aunque el estrés es un factor que contribuye a la aparición de un ictus, y aunque yo siempre he tenido la tensión alta, creo que la culpa es solo mía por no dormir lo suficiente ni hacer el suficiente ejercicio. Últimamente me he saltado mis paseos matutinos. Por las noches me quedo despierto hasta tarde, incapaz de apagar mi cerebro. Como siempre os he dicho a tus hermanas y a ti, el sueño y el ejercicio son dos de los componentes esenciales de una vida sana. Debería darme vergüenza no seguir mis propios consejos.

Supongo que podría decirse que tampoco me ha venido mal que tu madre se haya pasado por el apartamento todos los días desde que salí del hospital. Me trae comida y me ayuda a bañarme. (La verdad es que no necesito ayuda para bañarme, pero ¿quién soy yo para impedirle a una mujer hermosa que me lave?). Todos los días me dice las mismas cosas que lleva diciéndome casi seis años: eres tonto; vas a matarte; tienes que dejarlo ya; eres el amor de mi vida y no puedo seguir viendo cómo alargas tu suicidio.

Como si yo fuera capaz de dejaros por mi propia mano.

Sé, me lo dice mi instinto, que tu madre no quiere saber lo que he descubierto sobre el padre de Paul. Desecharía mi teoría alegando que es una de mis pistas absurdas y rocambolescas, como cuando seguí al hombre que lleva el Taco Stand o presioné tanto a Nancy Griggs que su padre amenazó con pedir una orden de alejamiento. (Nancy se graduó *summa cum laude*, cariño. Tiene un buen trabajo, un marido atento y un cocker spaniel flatulento. ¿Te lo había dicho ya?).

Así que me guardo lo que pienso y dejo que tu madre me haga la comida y me bañe y me permita abrazarla y que hagamos el amor, y pienso en nuestra vida juntos cuando por fin consiga una prueba que hasta Huckleberry tenga que creer.

Recuperaré a tu madre. Seré el padre que Pepper necesita que sea. Convenceré a Claire de que ella vale más, merece más que esos hombres con los que se conforma desde hace tiempo. Seré otra vez un ejemplo para las mujeres de mi familia: les haré ver lo buen marido y padre que puedo ser, y haré que mis niñas busquen eso en los hombres que elijan, en lugar de conformarse con esos restos de naufragio inservibles que llegan continuamente a sus costas solitarias.

Eso es lo que pasará cuando acabe todo esto: que recuperaré mi vida. Recuperaré mis buenos recuerdos de ti. Tendré trabajo. Cuidaré de mi familia. Curaré a animales. Obtendré justicia. Sabré dónde estás. Te encontraré por fin y te estrecharé en mis brazos y te depositaré suavemente en tu lugar de eterno descanso.

Porque sé lo que se siente cuando por fin se tiene un hilo sólido del que tirar, y sé en el fondo de mi corazón que puedo tirar de ese hilo y desenredar toda la historia de tu vida desde que te arrebataron de nuestro lado.

Estos son los cabos que estoy atando: Gerald Scott era un mirón que acechaba a chicas como tú. Tomaba imágenes de ellas. Debía de tener guardadas todas esas imágenes en alguna parte. Si esas imágenes siguen circulando por ahí y si puedo acceder a ellas y encontrar una tuya, podría ser una pista sólida que nos ayude a entender lo que pasó de verdad aquella noche de marzo, de la que no parece hacer tanto tiempo.

No estoy seguro de si Paul conoce o no esa propensión al voyeurismo de su padre, pero como mínimo puedo servirme de esa información para apartarlo de tu hermana pequeña.

Estoy absolutamente convencido, cariño: a Claire no le conviene Paul. Hay algo pudriéndose dentro de ese chico, y algún día (si no es ahora, dentro de cinco años, o de diez, o incluso de veinte) esa podredumbre se abrirá paso hasta el exterior y contaminará todo lo que toque.

Aunque tú sabes que te quiero, a partir de este momento voy a consagrar mi vida a asegurarme de que ese demonio terrible y putrefacto nunca tenga ocasión de salpicar con su maldad a tus dos hermanas.

¿Te acuerdas de Brent Lockwood? Fue tu primer novio «de verdad». Tú tenías quince años. Los chicos que te gustaron antes que Brent eran chavales asexuados e inofensivos que podrían haber pasado por miembros de cualquier grupo musical de chicos de los que escuchabas en esa época. Yo te llevaba a tus citas en la ranchera y hacía que el chico se sentara detrás. Lo miraba con cara de pocos amigos por el retrovisor. Emitía gruñidos monosilábicos cuando me llamaba doctor Carroll o cuando se interesaba por la práctica de la veterinaria.

Brent era distinto. Tenía dieciséis años: era medio niño, medio hombre. Se le notaba la nuez. Vestía vaqueros desteñidos y llevaba el pelo corto por delante y largo por detrás, al estilo Daniel Boone. Vino a casa a pedirme permiso para salir contigo, porque tenía coche y quería llevarte a solas en él, y yo jamás habría permitido que ningún chico te llevara a solas en su coche a menos que primero lo mirara a los ojos y me cerciorara de haberle metido el miedo en el cuerpo.

Sé que te costará creerlo, cariño, pero yo también tuve dieciséis años. El único motivo por el que quería tener coche era para llevar a chicas en él, a solas. Lo cual era una meta perfectamente comprensible e incluso loable para cualquier chico de esa edad, pero adquiría un cariz completamente distinto visto desde mi perspectiva como adulto y como padre, y siendo tú la chica en cuestión.

Le dije a Brent que se cortara el pelo y se buscara un trabajo y que luego volviera a preguntármelo.

Una semana después llamó otra vez a mi puerta. Se había cortado la melena y acababa de empezar a trabajar en McDonald's.

Tu madre cacareó como una bruja y me dijo que la próxima vez fuera un poco más concreto.

Pasaste horas encerrada en tu habitación antes de aquella primera cita con Brent. Cuando por fin abriste la puerta, olí a perfume y a laca y a todos esos extraños aromas femeninos que nunca había esperado percibir en una de mis hijas. Y estabas preciosa. Preciosa. Escudriñé tu cara buscando cosas a las que poner reparos (demasiado rímel, demasiado perfilador de ojos), pero solo vi una leve pincelada de color que realzaba el azul claro de tus ojos. No recuerdo cómo ibas vestida, ni cómo te habías peinado (esas cosas son dominio de tu madre), pero sí que recuerdo la sensación de asfixia que noté en el pecho, como si los alvéolos de mis pulmones estuvieran colapsando poco a poco, privándome lentamente de oxígeno, robándome paso a paso a mi pequeña chicazo que trepaba a los árboles y corría detrás de mí cuando salía a dar mis paseos matutinos.

Ahora sé lo que se siente cuando de verdad te da un ataque, aunque sea uno muy leve, pero cuando vi alejarse el coche de Brent Lockwood contigo dentro pensé que me estaba dando un infarto en toda regla. Me preocupaba tanto aquel chico, aquel primer chico, que no me di cuenta de que más adelante habría otros, y que algunos de ellos me harían añorar a Brent, con su Impala de tercera mano y ese olor a patatas fritas que dejaba a su paso.

¿Por qué pienso en ese chico ahora? ¿Porque fue el primero? ¿Porque pensé que sería el último?

Estoy pensando en él por Claire.

Paul me ha llamado por teléfono esta noche. Estaba preocupado por mi salud. Ha charlado de las cosas habituales. Ha dicho todo lo conveniente. Ha estado acertado en todo, y sin embargo yo sé que todo en él es una farsa.

Opina que estoy chapado a la antigua, y yo dejo que lo piense porque me conviene. Tu madre es la dura, la vieja *hippie* gruñona que lo tiene siempre en ascuas. Yo soy el papá campechano que sonríe y hace guiños y finge ser como aparenta.

Le conté la historia de Brent Lockwood, el chico que me pidió permiso para salir con mi hija mayor, ahora desaparecida.

Como esperaba, se disculpó enseguida por no haberme preguntado si podía salir con Claire. Si algo hace a la perfección es emular las conductas pertinentes. Si hubiéramos estado cara a cara en vez de hablando por teléfono, estoy seguro de que se habría hincado de rodillas para pedirme permiso. Pero como no estábamos hablando en persona, fue su voz la que tuvo que transmitir emoción y respeto.

Transmitir.

Como dice tu madre, se le da tan bien comunicar emociones dulzonas y pegajosas que muy bien podría ser la cinta transportadora de una fábrica de donuts.

Mientras hablábamos por teléfono me reí porque su petición de salir con tu hermana llegaba muy tarde, y él se rio también, porque era lo que tocaba. Cuando hubo pasado el tiempo pertinente, aludió a una petición futura, una petición que afianzaría su relación con Claire, y me di cuenta de que, a pesar de que aquel desconocido llevaba solo unas semanas saliendo con mi hija, ya estaba pensando en casarse.

Casarse. Así lo llamó él, aunque los hombres como Paul no se casan con mujeres. Las poseen. Las controlan. Son glotones voraces que devoran a una mujer parte a parte y luego utilizan sus huesos como mondadientes.

Lo siento, cariño. Desde que se te llevaron, me he vuelto mucho más desconfiado que antes. Veo conspiraciones a la vuelta de cada esquina. Sé que la oscuridad está en todas partes. Ya no me fío de nada, excepto de tu madre.

Así que carraspeé un par de veces, insuflé cierta angustia a mi voz y le dije a Paul que, a decir verdad, no me veía dando permiso a ningún hombre para casarse con cualquiera de mis dos hijas, ni tampoco asistiendo a sus bodas, hasta que sepa qué ha sido de mi hija mayor.

Igual que Pepper (y que tú, ya que estamos), Claire es tan impulsiva como terca. También es mi niña pequeñita, y nunca jamás se opondría a mis deseos. Si hay algo que sé sobre tus hermanas es que preferirían romperme los brazos y las piernas antes que romperme el corazón.

Estoy tan seguro de ello como de que conozco el sonido de la risa de Claire y la cara que se le pone cuando está a punto de sonreír o de llorar, o de echarme los brazos al cuello y decirme que me quiere.

Y Paul también lo sabe.

Después de hablarle de mi dilema, se hizo un largo silencio en su lado de la línea. Es muy astuto, pero es joven. Algún día será un artista de la manipulación, pero dentro de dos días, cuando lo tenga a solas, seré yo quien haga las preguntas y no lo perderé de vista hasta que me dé todas las respuestas.

15

Claire apretaba con fuerza el volante. El pánico casi le había cerrado la garganta. Estaba sudando, a pesar de que una ráfaga de aire frío entraba por la rendija de la ventana del techo. Miró el teléfono de Lydia en el asiento de al lado. La pantalla estaba a oscuras. De momento, Paul le había mandado tres fotografías de su hermana. Cada una de ellas la mostraba desde un ángulo distinto. Y cada foto era hasta cierto punto un alivio, porque la cara de Lydia no parecía haber sufrido más daños. Claire no se fiaba de Paul, pero se fiaba de sus propios ojos. Paul no estaba haciendo daño a su hermana.

Al menos aún.

Obligó a sus pensamientos a no acercarse a ese lugar oscuro por el que se sentían irremediablemente atraídos. No encontró en las fotografías ninguna pista sobre el lugar o la hora a la que habían sido tomadas. Se aferraba vagamente a la idea de que Paul estaba parando el coche cada veinte minutos para hacer las fotografías, porque, si no, empezaría a sospechar que las había hecho todas al mismo tiempo y que Lydia ya estaba muerta.

Tenía que encontrar una salida. Paul ya estaría trazando su estrategia. Siempre iba cinco pasos por delante de todo el mundo. Tal vez ya tuviera la solución. Quizá ya estuviera llevándola a efecto.

Sin duda tendría otra casa. Su marido siempre compraba un repuesto para todo. Un trayecto de dos horas en coche desde Athens podía haberlo llevado a las Carolinas, o a la costa, o cerca de alguna de las ciudades que lindaban con Alabama. Tendría otra casa, con otro nombre, con otra habitación para perpetrar sus matanzas y con otro juego de estanterías para guardar su repugnante colección de películas.

Claire sintió que el sudor le corría por la espalda. Abrió la ventana del techo unos centímetros más. Eran poco más de las cuatro de la tarde. El sol empezaba a ponerse en el horizonte. No podía pensar en Paul, ni en lo que podía estar haciéndole a su hermana. Él siempre le había dicho que los triunfadores solo competían consigo mismos. Ella disponía de una hora más para pensar cómo iba a arreglárselas para que Adam le devolviera el *pen drive*, cómo iba a entregárselo a Paul y cómo demonios iba a salvar, de paso, a su hermana.

De momento solo tenía miedo y una sensación nauseabunda de que, pasada esa hora, seguiría sintiéndose tan impotente como al salir de casa Fuller. Los mismos interrogantes que la habían atormentado antes se repetían ahora en un bucle infinito que ocupaba por completo su pensamiento consciente. Su madre, nunca disponible. Huckleberry, un inútil. Jacob Mayhew seguramente trabajaba para el congresista. Fred Nolan, lo mismo, o quizá tuviera sus propios intereses. El congresista Johnny Jackson era en realidad tío de Paul. Poderoso y bien relacionado, era tan hipócrita que había sido capaz de acompañar a la familia Kilpatrick durante la rueda de prensa como si no tuviera ni la menor idea de lo que había sido de su preciosa hija. En cuanto a Adam Quinn, tanto podía ser un amigo como un enemigo.

Y Paul... Paul era el hombre de la máscara.

Paul...

No podía creerlo. No, eso no era cierto. Había visto a su marido delante de esa chica con sus propios ojos. El problema era que no podía *sentirlo*.

Haciendo un esfuerzo, se concentró en todas las cosas perturbadoras que había descubierto sobre Paul. Sabía que había más. Tenía que haber más. Como en el caso de su colección de archivos documentales sobre mujeres violadas clasificados por colores, tenía que haber un sinfín de películas más que dieran testimonio de las chicas a las que había secuestrado, retenido y torturado para su propio disfrute o para el disfrute de otros muchos espectadores despreciables y repugnantes.

¿Era Adam Quinn uno de sus clientes? ¿Era un participante activo? Como había dicho Lydia, a ella no se le daba muy bien juzgar el carácter de las personas. Se había acostado con Adam porque estaba aburrida, no porque quisiera conocerlo mejor. El mejor amigo de su marido había sido una constante en sus vidas. Viéndolo en retrospectiva, se daba cuenta de que Paul siempre lo había mantenido a distancia. Adam estaba ahí, pero no entraba en el círculo.

Dentro del círculo solo estaban Paul y ella.

De ahí que Claire nunca se hubiera parado a pensar mucho en Adam, hasta aquella noche en la fiesta de Navidad. Él estaba muy borracho. Le hizo una insinuación y ella quiso saber hasta dónde estaba dispuesto a llegar. Estaba bien, o quizá solo era distinto de Paul, que era lo que ella andaba buscando. Podía ser encantador, aunque un poco torpe. Le gustaba el golf, coleccionaba trenecitos antiguos y usaba una loción de afeitar con perfume a madera, no del todo desagradable.

Hasta ahí llegaba lo que sabía de él.

Adam le había dicho que tenía una presentación importante el lunes, lo que significaba que estaría en el estudio el lunes a primera hora de la mañana. La presentación tendría lugar en las oficinas de Quinn + Scott en el centro de la ciudad, donde había una sala de vídeo con butacas de cine y chicas jóvenes que servían bebidas y aperitivos ligeros enfundadas en estrechos vestidos.

Adam llevaría encima el *pen drive*. Los archivos eran demasiado pesados para mandarlos por *e-mail*. Si los necesitaba para trabajar, tendría que llevarlos al estudio y cargarlos para la presentación. Y si necesitaba el llavero porque contenía pruebas inculpatorias, sería una idiotez no llevarlo encima y guardarlo en otra parte.

Claire se detuvo a sopesar esta última posibilidad. Paul podía tener otro círculo que incluyera a Adam. Eran amigos íntimos desde hacía más de veinte años, desde mucho antes de que ella entrara en escena. Si Paul había encontrado las películas de su padre después del accidente de coche, sin duda se lo habría contado a Adam. ¿Habían ideado entre los dos un plan para mantener en marcha el negocio? ¿Habían visto juntos las películas y se habían dado cuenta de que, lejos de repugnarles, aquellas imágenes brutales les atraían?

Si así fuera, Adam ya le habría dicho a Paul que el *pen drive* lo tenía él. Claire no sabía qué pensar de su silencio. ¿Había reñido con Paul? ¿Intentaba derrocarle para ocupar su lugar?

—Piensa —se recriminó a sí misma—. Tienes que pensar.

Pero no podía pensar. Apenas podía mantenerse en funcionamiento.

Tomó el teléfono de Lydia. Su hermana no tenía contraseña, o quizá Paul la hubiera desactivado. Pulsó el botón y la fotografía más reciente ocupó la pantalla. Lydia en el maletero, aterrorizada. Tenía los labios blancos. ¿Qué significaba eso? ¿Tenía suficiente aire? ¿La estaba asfixiando Paul?

No me abandones, Guisantito. Por favor, no me abandones otra vez.

Claire dejó el teléfono. No iba a abandonar a Lydia. Esta vez no. Ni nunca más.

Quizá estuviera abordando la cuestión desde un ángulo equivocado. No conseguía dar con una estrategia propia, así que lo mejor sería que intentara adivinar qué estaba planeando Paul. Se le daba bien predecir el comportamiento de su marido, al menos en cuanto a regalos de Navidad y viajes sorpresa.

El principal objetivo de Paul era recuperar el *pen drive*. No perdía nada por esperar. Tenía retenida a Lydia en alguna parte. Era su arma para presionarla a ella. No la mataría hasta que estuviera totalmente seguro de tener el *pen drive* en su poder.

Pensarlo le produjo cierto alivio, aunque sabía muy bien que había otras cosas que podía hacerle a Lydia.

Pero no iba a pensar en eso.

Paul seguía sintiendo algo por ella, al menos en la medida en que era capaz de sentir algo por otra persona. Le había puesto la almohada debajo de la cabeza. Había vuelto a colocarle la alianza de boda en el dedo. Le había quitado los zapatos. Había cargado el Tesla. Todo eso había requerido su tiempo, lo que significaba que daba importancia a esas cosas. En lugar de llevarse a Lydia a toda prisa, se había arriesgado a verse descubierto por cuidar de Claire.

Lo que significaba que ella tenía una ligera ventaja.

Dejó escapar un gruñido. Oyó la voz de Lydia dentro de su cabeza: *¿Y qué, joder?*

El GPS del coche le indicó que tomara un desvío a la derecha. Claire no se detuvo a pensar en el alivio que le producía que otra persona le dijera lo que tenía que hacer, aunque fuera el ordenador de a bordo. De vuelta en Athens se había sentido abrumada por su escasa capacidad de maniobra. No podía ir a casa de su madre, que solo se asustaría y la haría meterse en la cama. No podía acudir a la policía porque no tenía forma de saber quién estaba compinchado con Paul. No podía ir a la casa de Dunwoody porque probablemente Nolan estaría buscándola. Su única alternativa era ir a casa de Lydia.

Había recorrido la mitad del camino cuando cayó en la cuenta de que había algo en casa de Lydia que tal vez (posiblemente) pudiera servirle de ayuda.

Redujo la velocidad mientras se fijaba en el panorama. Había ido siguiendo mecánicamente las órdenes del GPS, sin darse cuenta hasta ese instante de que se había adentrado en las cavernas de un barrio suburbano ya antiguo. Las casas carecían de la uniformidad de las urbanizaciones nuevas. Había humildes casitas de madera, casas coloniales de estilo holandés, y el rancho de ladrillo en el que vivía Lydia.

No necesitó que el GPS le confirmara que había llegado a casa de su hermana. Reconoció la casa por las fotografías de los archivos de Paul. Los números amarillos, pintados por una mano infantil a un lado del buzón, estaban descoloridos. Claire se imaginó a Lydia en el jardín, observando cómo su hija pequeña pintaba con esmero las señas en el buzón.

La furgoneta de su hermana estaba aparcada en el caminito de entrada. Según los detectives de Paul, Rick llevaba casi diez años viviendo en la casa de al lado. Claire reconoció los gnomos de jardín que había junto a la puerta de su casa. Su camioneta estaba aún frente a la casa de Dunwoody, pero Rick tenía otro coche, un Camaro viejo, aparcado delante del garaje.

Observó ambas casas al pasar despacio con el coche frente a ellas. La de Lydia estaba a oscuras, la de Rick tenía varias luces encendidas. Era sábado por la tarde. Claire dedujo que un hombre como Rick Butler estaría viendo el fútbol o leyendo un ejemplar muy manoseado de la *Guía del autostopista galáctico*. Dee estaría seguramente en casa de alguna amiga. Según contaban sus compañeras del equipo de tenis, las adolescentes eran incapaces de apagar la luz cuando salían de una habitación.

Torció en la esquina siguiente, un corto callejón sin salida con una casita destartalada al fondo. Aparcó y se bajó del coche. Se guardó el teléfono de Lydia en el bolsillo de atrás porque esperaba otra foto nueve minutos después. Como de costumbre, Paul estaba siendo puntual. O quizás hubiera programado previamente el teléfono para que le enviara las fotografías a una hora determinada.

Abrió el maletero del coche y dejó allí su bolso, porque era ese tipo de vecindario. Encontró una pala de nieve plegable dentro de la mochila de emergencia que Paul había encargado para todos sus coches, incluido el de Helen. La pala se abrió con estrépito metálico. Claire esperó a que se encendiera la luz en algún porche, o que un vecino preguntara algo a voces, pero no pasó nada.

Observó la zona para orientarse. La casa de Lydia estaba cuatro casas más allá. La de Rick, cinco. No había vallas en los jardines traseros, salvo en la casa de Lydia. Una larga hilera de árboles separaba los jardines de las casas de atrás. Eran las cuatro y media de la tarde. El sol ya se estaba poniendo. Avanzó sin dificultad por entre los árboles. No vio a nadie mirando en las puertas traseras de las casas, pero tampoco estaba segura de que pudieran verla si miraban. El cielo estaba nublado. Parecía que iba a llover otra vez. Sentía la humedad en el aire.

Agarró la valla de alambre con la idea de saltarla, pero la varilla metálica se dobló bajo su mano, y la malla de alambre también.

Apoyó el peso de su cuerpo en ella hasta que estuvo lo bastante baja para pasar por encima. Miró a su alrededor. El jardín trasero de Lydia era enorme. Debía de haberle costado una fortuna vallarlo para que no se escaparan los perros.

Claire se encargaría de reparar la valla cuando su hermana estuviera de vuelta en casa, con su familia.

La parte de atrás de la casa de Lydia estaba mejor cuidada que las de sus vecinos. Los canalones estaban limpios. La cenefa blanca estaba recién pintada. Claire supuso que era Rick quien se encargaba de esas cosas, porque la casa de al lado, la suya, estaba igual de cuidada.

A Claire le gustó la idea de que su hermana viviera allí. A pesar de las circunstancias, sentía un flujo de felicidad entre aquellas dos casas. Sentía la huella de una familia, la alegría de tenerse unos a otros y de tener un lugar en el mundo. Lydia había creado algo más que un hogar. Había creado paz.

Una paz que ella había destruido.

Las luces de lo que parecía ser la cocina estaban encendidas. Claire se acercó a la amplia terraza trasera. Había mesas y sillas, y una gran parrilla de acero inoxidable tapada con una tela de lona negra.

Se quedó paralizada al ver los focos. Los sensores de movimientos colgaban como testículos. Miró el cielo. Oscurecía por momentos. Dio un paso adelante, indecisa, y luego otro. Con cada movimiento se ponía en tensión, pero los focos no se encendieron cuando subió los escalones.

Se asomó a la cocina por el ventanal de encima del fregadero. La mesa estaba cubierta de papeles. En una de las sillas había una bolsa con zapatillas de tenis viejas. En la nevera había notitas pegadas con imanes de colores. Los platos se amontonaban en la pila. Paul diría que aquello rozaba el caos, pero Claire sintió el calor de un espacio vivido.

La puerta trasera no tenía ventana. Había dos cerraduras y una trampilla grande para perros recortada en la parte de abajo. Claire levantó con sigilo una pesada silla Adirondack y tapó con ella la

345

trampilla. El informe de los detectives de Paul afirmaba que Lydia tenía dos labradores, pero esa información se remontaba a dos meses atrás. Claire no se imaginaba a Lydia teniendo en casa perros muy territoriales, como un pastor alemán o un pitbull, pero cualquier ladrido podía alertar a Rick, y Rick querría saber qué demonios hacía una desconocida en la terraza de la casa de su novia con una pala plegable en la mano.

Levantó la pala. Era de aluminio, pero recia. Echó un vistazo a la casa de Rick por si veía algún indicio de movimiento. Después, bajó los peldaños. El suelo estaba mojado cuando se metió debajo del entarimado de la terraza. Tuvo que inclinar la cabeza y los hombros para no rozarse con las vigas. Se estremeció al romper una telaraña. Odiaba las arañas. Se estremeció de nuevo, y luego se reprendió a sí misma por ponerse melindrosa cuando la vida de su hermana estaba en peligro.

Debajo de la tarima de la terraza todo estaba muy oscuro, como era de esperar. En el Tesla había una linterna, pero Claire no quiso volver. Tenía que seguir adelante. La inercia era lo único que la impedía hundirse en el miedo y la pena que bullían bajo cada superficie que tocaba.

Se metió todo lo que pudo debajo de los escalones. Finas rendijas de luz se colaban por entre los peldaños abiertos por delante. Pasó la mano por el estrecho hueco que había debajo del primer escalón. Había una depresión en la tierra. Tenía que ser allí. Metió la pala por la angosta ranura y sacó una paletada de tierra.

Trabajó despacio, en silencio, sacando tierra de debajo del escalón. Por fin consiguió hundir la punta de la pala más adentro. Sintió el tintineo del metal al chocar contra el metal. Dejó la pala y se sirvió de las manos. Procuró no pensar en arañas o serpientes, ni en todas las otras cosas que podían esconderse en la tierra. Tocó con los dedos el borde de una bolsa de plástico. Se permitió experimentar la euforia momentánea de haber completado una tarea. Sacó la bolsa de un tirón. La tierra voló a su alrededor. Tosió, estornudó y volvió a toser.

Tenía la pistola en las manos.

Mientras iban en el coche, Lydia le había dicho que el arma estaba enterrada debajo de los escalones, pero ahora Claire se daba cuenta de que en realidad no había esperado encontrarla allí. Le resultaba chocante pensar que su hermana tuviera una pistola. ¿Qué hacía Lydia con una cosa tan espantosa?

¿Y qué iba a hacer ella con una pistola?

Sopesó el revólver. Sentía su frío metal a través del plástico de la bolsa de conservación de alimentos.

Odiaba las pistolas. Paul lo sabía, de modo que no esperaría que Claire sacara una del bolso y le disparara en la cara.

Ese era el plan.

Sintió que encajaba en su cabeza como una diapositiva al cargarse en un proyector.

Comprendió que había estado ahí desde el principio, que era eso lo que la había impulsado a ir a casa de Lydia, que aquella idea se había agitado constantemente en un rincón de su cerebro mientras ella se dejaba envolver por el horror de lo que había hecho su marido.

—Interferencia proactiva —le habría explicado Paul—. Es cuando una información adquirida con anterioridad inhibe nuestra capacidad para procesar nueva información.

Esa nueva información no podía estar más clara. Paul era un asesino que mataba a sangre fría. Ella era una idiota si pensaba que iba a dejar marchar a Lydia. Su hermana sabía demasiado. Era prescindible. Muy bien podía tener un cronómetro suspendido sobre la cabeza, contando los minutos que le quedaban de vida.

Así pues, el siguiente paso sería este: iría a recuperar el *pen drive*, pidiéndoselo a Adam Quinn o amenazándolo con la pistola que tenía entre las manos. Había visto lo que una raqueta de tenis podía hacerle a una rodilla. No se imaginaba el daño que podía causar una bala.

Lydia tenía razón respecto a la importancia de conseguir toda la información posible. Tenía que averiguar por qué el contenido de aquel *pen drive* era tan vital para Paul. Disponer de esa información inclinaría drásticamente la balanza de poder, poniéndola de su lado.

Sacó con cuidado la pistola de la bolsa. Su olor untuoso le resultaba familiar. Dos años antes había llevado a Paul a una galería de tiro por su cumpleaños. A Paul le había gustado, pero solo porque a ella se le había ocurrido hacer algo que se salía por completo de su zona de confort. Claire, sin embargo, no había aguantado más de diez minutos dentro de la galería. Sostener una pistola entre las manos le hizo tanta mella que tuvo que salir al aparcamiento, donde se deshizo en lágrimas. Paul la había tranquilizado mientras se reía, porque era una tontería, y Claire lo sabía, pero aun así se había quedado absolutamente petrificada.

Las armas de fuego hacían mucho ruido. Todo olía raro, todo le parecía peligroso. El solo hecho de empuñar la Glock cargada la hizo temblar. No estaba preparada para utilizar un arma. No tenía suficiente fuerza en las manos para retirar firmemente el pasador. El retroceso le daba pánico. Temía que se le cayera el arma y matar a alguien por accidente, o matarse a sí misma, o ambas cosas. Le daba miedo que el casquillo gastado le quemara la piel. Cada vez que apretaba el gatillo, su miedo subía un grado más, hasta que empezó a temblar tan fuerte que no pudo seguir sujetando la empuñadura.

Todo eso había sucedido después. Antes de que pisaran la galería, Paul pidió al encargado que les explicara minuciosamente el funcionamiento de todas las armas. A Claire le sorprendió su petición porque daba por sentado que su marido lo sabía todo. El encargado de la galería los había llevado a una vitrina de cristal en la que exhibían las armas que podían alquilarse por horas: pistolas, revólveres, varios rifles y, sorprendentemente, hasta una ametralladora.

Optaron por la Glock porque la marca les resultaba casi familiar. Era una pistola de nueve milímetros. Había que correr hacia atrás el pasador para meter la bala en la recámara. En los revólveres, se dejaban caer las balas en el cilindro, se ponía el cilindro en su lugar, se echaba hacia atrás la aguja de percusión o martillo y se apretaba el gatillo.

Naturalmente, la clave eran las balas.

Claire examinó el revólver de Lydia. Su hermana no habría cometido la idiotez de esconder una pistola cargada debajo de su porche trasero. Aun así, echó un vistazo al cilindro. Las cinco cámaras estaban vacías. Contó mentalmente el dinero que llevaba en la cartera. Podía ir a una tienda de deportes o a un Walmart y comprar munición pagando en metálico, porque si pagaba con tarjeta la transacción quedaría registrada en alguna parte.

Se encendieron los focos.

Claire se golpeó la cabeza con los escalones de la terraza. Su cráneo resonó como una campana.

Rick Butler se inclinó para mirarla.

—¿Puedo ayudarla?

Claire volvió a guardar la pistola en la bolsa. Intentó salir de debajo de la terraza reptando, pero tuvo que apoyar las dos manos. Lanzó la pistola al jardín. Rick retrocedió como si hubiera arrojado ácido a sus pies.

—Lo siento —se disculpó ella, porque esa era su respuesta para todo—. Soy Claire Scott, la...

—La hermana de Lydia. —Rick miró la pistola—. Pensaba que se había librado de ese chisme.

—Bueno. —Claire se sacudió el polvo de las manos. Probó a ser amable, porque Helen le había enseñado que siempre había que guardar las buenas formas. Al menos al principio—. Me alegro de conocerte por fin.

—Sí, claro —repuso él—. Pero sería agradable que me dieras una explicación.

Ella asintió con la cabeza, porque en efecto sería agradable pero no podía darle ninguna. Se conformó con decir de nuevo «lo siento», recogió el arma y envolvió bien el cañón con la bolsa de plástico.

—Espera un momento —dijo Rick, adivinando que iba a marcharse—. ¿Dónde está Lydia?

Como de costumbre, la puntualidad de Paul era impecable. Claire sintió vibrar el teléfono de Lydia en su bolsillo de atrás. Había enviado otra foto. ¿Debía enseñársela a Rick? ¿Debía contarle lo que le había ocurrido a la mujer a la que había dedicado los treces años anteriores?

—Tengo que irme —dijo.

Rick entornó los ojos. O era extremadamente intuitivo, o a ella era muy fácil calarla.

—No vas a irte de aquí hasta que me digas qué está pasando.

—Tengo una pistola en las manos.

—Pues úsala.

Se miraron el uno al otro. En algún lugar empezó a ladrar un perro. Pasó casi un minuto antes de que ella dijera:

—Lo siento.

—No paras de repetir eso, pero no parece que lo sientas.

Él ignoraba hasta qué punto lo sentía de verdad.

—Tengo que irme.

—¿Con una pistola descargada que ha estado enterrada? —Rick meneó la cabeza. Ya no parecía enfadado. Parecía asustado—. ¿Lydia está bien?

—Sí.

—¿Ha...? —Se frotó un lado de la mandíbula con la mano—. ¿Ha tenido un resbalón?

—¿Un resbalón? —Claire se imaginó a su hermana resbalando y cayendo al suelo. Y entonces comprendió a qué se refería Rick Butler—. Sí —contestó, porque su hermana preferiría aquella mentira odiosa a la verdad—. Ha tenido un resbalón. Bebió un poco de vino y luego se tomó unas pastillas, y ya no quiso parar.

—¿Por qué?

Claire había convivido con la adicción de Claire durante seis años antes de su ruptura.

—¿Es que tiene que haber una razón?

Rick pareció hundido. Él también había estado enganchado. Y sabía que los drogadictos siempre encontraban un motivo.

—Lo siento. —Claire se sentía como si tuviera un yunque sobre el pecho. Lo que estaba haciendo era horrible, imperdonable. Veía la ira, la decepción y el miedo en cada rasgo de la cara de Rick—. Lo siento mucho.

—No es culpa tuya. —Su voz se hizo más aguda, como solía

pasarles a los hombres cuando intentaban refrenar una emoción—. ¿Para qué...? —Carraspeó—. ¿Para qué necesitas la pistola?

Claire recorrió el jardín con la mirada como si esperara encontrar allí una explicación sencilla.

—¿Crees que quizás intente hacerse daño cuando vuelva?

El tono alarmado de Rick era conmovedor. Su garganta subía y bajaba mientras intentaba refrenar sus emociones. Tenía lágrimas en los ojos. Parecía un hombre tan bueno, tan amable. Claire siempre había tenido la esperanza de que su hermana acabara con un hombre como aquel.

Y ahora ella le estaba rompiendo el corazón.

—¿Dónde está Lydia? —preguntó Rick—. Quiero verla. Hablar con ella.

—Voy a ingresarla en una clínica de rehabilitación. Corre de mi cuenta. La clínica está en Nuevo México. —Claire apretó los labios. ¿Por qué había dicho Nuevo México?

—¿Está en tu coche? —preguntó él.

—La ambulancia va a llevarla al aeropuerto. Voy a reunirme con ella allí —añadió Claire—. Sola. Me ha pedido que te diga que cuides de Dee. No quiere que la veas así. Ya sabes lo orgullosa que es.

Él asintió lentamente con la cabeza.

—No puedo creer que haya recaído después de tanto tiempo.

—Lo siento. —Claire se había quedado sin palabras. Su cerebro estaba tan invadido por las mentiras de Paul que era incapaz de inventar una propia—. Lo siento —repitió—, lo siento muchísimo.

No sabía qué más decir. Se dirigió hacia el fondo del jardín. Fue contando sus pasos para llenar su cabeza con algo que no fuera culpa. Cinco pasos. Diez.

Rick la paró al llegar a veinte.

—Espera un momento.

Claire sintió que hundía los hombros. Nunca se le había dado bien ocultar su mala conciencia porque, cuando estaba con Paul, él siempre la perdonaba fácilmente.

—No puedes llevarte la pistola.

Claire se volvió. Rick se estaba acercando. Pensó al principio que no podría echar a correr sin que la alcanzara. Después pensó que no se le ocurría ninguna otra mentira.

Le devolvió la pelota a Rick.

—¿Por qué no?

—No van a dejar que la subas al avión. Y tampoco puedes dejarla en el coche, en el aeropuerto. —Le tendió la mano—. Yo la guardo.

Claire se obligó a mirarlo a los ojos. Olía a tubo de escape. Vio sus duros músculos bajo las mangas de la camisa de franela. Aunque llevara coleta, era un hombre en toda la extensión de la palabra. Había estado en la cárcel. Daba la impresión de saber valerse solo. Claire quería dejar que la ayudara. Los problemas siempre se los habían resuelto otros, así había sido toda su vida.

Y mira dónde había acabado.

—¿Qué está pasando de verdad aquí? —La postura de Rick había cambiado. Ahora la miraba de manera distinta. Tenía los brazos cruzados. Su desconfianza saltaba a la vista—. Lydia me advirtió de que mentías muy bien.

—Sí, bueno... —Claire dejó escapar un largo suspiro—. Normalmente sí.

—¿Lydia está a salvo?

—No lo sé. —Agarró con fuerza la pistola. Tenía que salir de allí. Si seguía delante de aquel hombre mucho más tiempo, acabaría pidiéndole ayuda. Dejaría que él se hiciera cargo de todo. Conseguiría que lo mataran—. Llévate a Dee lejos de aquí. Esta noche. No me digas dónde vais.

—¿Qué?

Claire advirtió su cara de horror y perplejidad.

—Llévatela a algún sitio seguro.

—Tienes que llamar a la policía. —Su voz se había agudizado otra vez, ahora por el miedo—. ¿Hay algo que...?

—La policía está involucrada. Y el FBI. Y no sé quién más.

Él abrió la boca, la cerró y volvió a abrirla.

—Lo siento.

—A la mierda con sus disculpas, señora. ¿En qué demonios has metido a Lydia?

Claire sabía que tenía que decirle algo cercano a la verdad.

—En algo muy malo. Lydia corre peligro.

—Me estás asustando.

—Es mejor así. —Lo agarró del brazo—. No llames a la policía. No serán de ayuda. Llévate de aquí a Dee.

—¿A Dee? —preguntó él casi gritando—. ¿Qué demonios tiene que ver Dee en todo esto?

—Tienes que llevártela de aquí.

—Eso ya me lo has dicho. Ahora dime por qué.

—Si quieres ayudar a Lydia, mantendrás a salvo a Dee. Es lo único que le importa.

Rick puso la mano sobre la suya para que no se marchara.

—Sé lo que pasó entre vosotras. Hacía más de veinte años que no os hablabais, ¿y ahora, de repente, te preocupas por su hija?

—Lydia es mi hermana. Incluso cuando la odiaba seguía queriéndola. —Claire miró su mano—. Tengo que irme.

Rick no la soltó.

—¿Y si te retengo y llamo a la policía?

—Si llamas a la policía, Lydia morirá y la persona que la tiene en su poder vendrá a por Dee.

Él la soltó, no porque accediera a sus ruegos sino por el horror de aquella noticia.

—¿Qué puedo hacer yo? Dime lo que...

—Puedes mantener a Dee a salvo. Sé que quieres a Lydia, y sé que quieres ayudar, pero ella adora a su hija. Tú sabes que es lo único que le importa.

Se apartó de él de un tirón. Rick no se lo puso fácil. Era evidente que dudaba entre soltarla y zarandearla hasta sacarle la verdad, pero él también quería a Dee. Claire sabía por los informes de Paul que prácticamente la había criado. Era su padre, y ningún padre permitiría que su hija sufriera algún daño.

Apretó el paso al cruzar el jardín. Saltó por encima de la valla. A cada paso que daba, sentía el impulso de volver atrás. Rezaba para que Rick le hiciera caso y llevara a Dee a algún lugar seguro. Pero ¿qué lugar era seguro? Paul tenía incontables recursos. Y el congresista Johnny Jackson tenía aún más.

¿Debía dar media vuelta y volver? Rick quería a Lydia. Era su familia, seguramente más que ella. La ayudaría.

Y probablemente Paul lo mataría.

Se sacó el teléfono de Lydia del bolsillo de atrás mientras corría hacia el coche. La última foto mostraba a su hermana tumbada de lado. La imagen era más oscura, y confió en que Paul la hubiera tomado recientemente, y no una hora y media antes.

Las farolas se encendieron cuando se sentó al volante del Tesla. Guardó la pistola en el bolso. No necesitaba a Rick Butler. El plan era la pistola. La utilizaría para obtener información de Adam Quinn. Se serviría de ella para matar a Paul. Se había sentido tan segura al principio, al agarrar el arma debajo de los escalones de la terraza. No podía flaquear ahora que había otras alternativas más fáciles. Tenía que seguir adelante. Tenía que enfrentarse a Paul en persona. Si algo sabía de su marido era que se pondría furioso si involucraba a alguien más.

No podía haber nadie más dentro del círculo.

Puso el coche en marcha. Dio media vuelta y regresó a la calle principal. Pasó frente a la casa de Lydia. Las luces de las habitaciones delanteras estaban encendidas. Rezó para que Rick estuviera guardando en una maleta las cosas de Dee, para que hiciera lo que le había dicho y llevara a la hija de Lydia a un lugar donde no corriera peligro.

Pero se preguntó de nuevo cuál podía ser ese lugar. Fred Nolan podía seguir el rastro de sus tarjetas de crédito, de su teléfono móvil. Seguramente podía encontrarlo sirviéndose de drones, o de cámaras de seguridad, o de cualquier otra cosa que empleara el gobierno federal para espiar a personas de su interés.

Sacudió la cabeza. No podía seguir yéndose por la tangente. Debía ir paso a paso. Ahora tenía la pistola de Lydia. Ese era el primer paso. El segundo era recuperar el *pen drive*. Pararía en un teléfono público para llamarlo. Sábado por la noche. Estaría en casa, con Sheila. Pero ¿seguía habiendo teléfonos públicos? No podía arriesgarse a llamarlo desde el teléfono de Lydia. Había visto demasiados episodios de *Homeland* para caer en ese error. El agente Nolan o el capitán Mayhew (o quizás ambos) podían tener pinchado el teléfono de Adam a la espera de que llamara.

Unas luces azules brillaron en su espejo retrovisor. Aminoró instintivamente la marcha para dejarse adelantar, pero el coche patrulla también frenó y, cuando ella puso el intermitente para indicar que se apartaba, el conductor hizo lo mismo.

—Mierda —siseó, porque iba demasiado deprisa. El límite estaba en sesenta kilómetros por hora, y ella iba a ochenta.

Y llevaba una pistola en el bolso.

Estaba en libertad condicional. Tenía un arma. Seguramente aún quedaban rastros de drogas en su organismo. Había infringido todas las cláusulas de su libertad condicional, incluso había faltado a una reunión solicitada por un agente de la ley.

El policía que iba tras ella hizo sonar la sirena.

Claire paró a un lado de la carretera. ¿Qué iba a hacer? ¿Qué cojones iba a hacer?

El policía no paró detrás de ella. Paró delante y atravesó su coche en el arcén para bloquear el Tesla.

Claire apoyó la mano en la palanca de cambios. Podía dar marcha atrás. Podía retroceder, pisar el acelerador y recorrer quizá quince kilómetros antes de que todos los agentes de policía de la zona la persiguieran por la autopista.

El agente salió del coche patrulla. Se puso el sombrero. Se ajustó el cinturón.

Claire agarró el teléfono de Lydia. Paul. Él sabría qué hacer. Pero no tenía su número. Siempre aparecía como bloqueado en el identificador de llamadas.

—Mierda —repitió.

Quizá Paul ya supiera lo que estaba pasando. Le había dejado claro que tenía amigos en los cuerpos de policía. Podía haber hecho una llamada telefónica para que la pararan, la esposaran y la metieran en un coche patrulla que la llevaría a su escondite.

El agente aún no se había acercado. Seguía parado junto a su coche. Estaba hablando por el móvil. Estaban en las inmediaciones del vecindario de Lydia. Todas las casas de alrededor estaban a oscuras. El agente echó un vistazo a la carretera vacía, a su espalda, antes de acercarse al Tesla.

Los dedos de Claire tomaron el control. Comenzó a marcar un número mientras el policía tocaba en la ventanilla con su anillo de casado.

—¿Diga? —Helen contestó al teléfono con un hilo de voz. Las llamadas de números desconocidos siempre iban acompañadas de angustia. ¿Era Julia? ¿Era Lydia? ¿Eran malas noticias otra vez?

—Mamá. —Claire ahogó un sollozo—. Por favor, mamá, te necesito de verdad.

16

Lydia no había tenido nada que hacer contra Paul. Había esperado y esperado a que la sacara del maletero, pero él se limitaba a parar para hacerle una foto y luego seguía conduciendo, y volvía a parar, y seguía adelante. Hizo esto un total de cinco veces antes de que ella perdiera el control de sus sentidos.

La primera señal fue un leve mareo: nada alarmante, y sí extrañamente agradable. Había bostezado varias veces. Había cerrado los ojos. Había dejado que sus músculos se relajaran. Y luego una gran sonrisa bobalicona se había extendido por su cara.

El maletero no estaba acolchado con el único propósito de insonorizarlo.

Oyó un tenue siseo cuando Paul llenó el maletero de lo que solo podía ser óxido nitroso. Gas de la risa. Lydia lo había probado una vez en el dentista, cuando le sacaron la muela del juicio, y sus increíbles efectos la habían obsesionado durante meses.

El gas no estaba pensado para dejarte inconsciente por completo, de modo que a partir de ese momento solo pudo recuperar algún que otro recuerdo fragmentario. Paul sonriendo al abrir el maletero. Poniéndole una capucha negra en la cabeza. Atándole prietamente la parte de abajo de la capucha alrededor del cuello. Cortando la brida de plástico que le sujetaba los tobillos. Sacándola del maletero a pulso. Empujándola para que caminara. Ella avanzando a trompicones por un bosque. Oía pájaros, notaba el olor del aire limpio y frío, sentía cómo resbalaban sus pies sobre las hojas secas. Caminaron horas, o eso le pareció, hasta que finalmente Paul la hizo parar. Le dio la vuelta agarrándola por los hombros. Le dio un empujón. Ella subió un número infinito de peldaños. Sus pasos retumbaban como disparos dentro de su cabeza.

Seguían retumbando cuando él la hizo sentarse de un empujón en una silla. Estaba increíblemente colocada, pero aun así él no quiso arriesgarse. Primero le ató un tobillo con una brida de plástico, luego el otro, sujetándoselos a las patas de la silla. Luego le puso una cadena alrededor de la cintura. A continuación cortó la brida que le sujetaba las muñecas.

Lydia quiso moverse. Puede incluso que lo intentara, pero a pesar de las horas que había pasado planificando lo que haría, no consiguió levantar los brazos, abrir la mano de modo que formara un arco que encajara perfectamente en su cuello.

Sintió que las bridas de plástico se le clavaban en la piel cuando Paul le ató las muñecas a los brazos de la silla.

Notó el tacto del vinilo bajo los dedos. Sintió el frío metal en la piel de las piernas. Sintió que sus sentidos le devolvían poco a poco la conciencia. La silla era recia y metálica, y no se movió cuando intentó mecerla adelante y atrás. Evidentemente, Paul la había atornillado al suelo. Echó la cabeza hacia atrás y sintió la presión sólida y fría de una pared. Aterrorizada, sintió cómo la capucha se movía con cada respiración.

Paul había preparado la silla para que en ella se sentara una prisionera, del mismo modo que había preparado el maletero del coche.

Lydia fijó los ojos en la negrura de la capucha. Era de algodón tupido, como una camiseta gruesa. Tenía un cordel, o un elástico, o ambas cosas alrededor de la parte de abajo. Notaba el tejido apretándole el cuello.

En las películas, la gente que estaba encapuchada siempre conseguía ver algo. Encontraba una rendija de luz por debajo de la capucha, o la tela era tan fina que veían un tablón de anuncios, o una puesta de sol, o algo que les permitía saber dónde estaban.

Pero por su capucha no se filtraba ninguna luz. El algodón era tan grueso e impenetrable que no le cabía ninguna duda de que el propio Paul se la había puesto para comprobar su eficacia antes de usarla con otras personas.

Porque sin duda había habido otras personas. Lydia notaba un ligero rastro a perfume. Ella nunca llevaba perfume. Ignoraba cuál era, pero tenía el olor dulzón de una de esas colonias que solo usaban las jovencitas.

¿Cuánto tiempo había pasado desde que Paul la había sacado del maletero? Su breve idilio con el gas de la risa del dentista había durado en torno a media hora, pero ella había tenido la impresión de que eran días enteros. Y había tenido la máscara puesta sobre la cara en todo momento. Recordaba claramente al dentista subiendo y bajando la dosis para impedir que se espabilara por completo. Lo que significaba que su efecto no duraba mucho, de lo que cabía deducir que no había caminado durante horas por el bosque. Seguramente habían sido un par de minutos como máximo, porque el efecto del gas ya se estaba disipando cuando Paul la había atado a la silla.

Intentó tirar de las bridas. Tiró todo lo que pudo, pero lo único que se rompió fue la piel de sus muñecas y sus tobillos.

Prestó atención por si oía algo en la habitación. Se oía el trino lejano de un pájaro. Fuera soplaba el viento. De vez en cuando oía el suave susurro de la brisa entre los árboles. Aguzó el oído intentando distinguir algo distinto: aviones en el cielo, un coche pasando.

Nada.

¿Tenía Paul una cabaña en alguna parte de la que Claire no sabía nada? Eran tantas las cosas que le había ocultado. Parecía tener una cantidad de dinero ilimitada a su disposición. Hasta donde sabía Claire, podía comprarse casas por todo el mundo.

Su hermana era condenadamente inútil. Seguramente estaría aún en aquella casa, correteando en círculos como un pajarito perdido.

Se sintió mareada otra vez. Estaba ya bañaba en su propia bilis. Tenía la vejiga llena. Había alcanzado un abotargamiento que superaba el terror. Intentaba aceptar lo inevitable, que Claire la cagaría, que haría algo mal y Paul las mataría a las dos.

Tenía tantas ganas de creer que esta vez sería distinto... Pero Claire era impulsiva, impetuosa. No era capaz de engañar a Paul. Ni ella tampoco, en realidad. Paul había simulado su propia muerte. Para eso hacía falta gran cantidad de tiempo y planificación, y no solo tenía que haber estado implicada la policía, sino también un servicio de ambulancias, el hospital, la oficina del forense y la funeraria. Paul tenía al menos a un policía y a un agente del FBI a su servicio. Había tenido mucho más tiempo que ellas dos para pensar en aquello.

Fuera lo que fuese «aquello», porque en realidad Lydia no tenía ni idea. Había estado tan concentrada en maldecir a Claire y planificar su absurda huida que no se había preguntado ni una sola vez por qué se la había llevado Paul. ¿Qué valor tenía ella para él? ¿Por qué había decidido llevársela a ella en vez de a Claire?

Oyó el chirrido de una puerta al abrirse.

Se puso tensa. Había alguien en la habitación. De pie en la puerta. Mirándola. Vigilándola. Al acecho.

La puerta se cerró con otro chirrido.

Lydia cuadró los hombros, pegó la cabeza a la pared.

Unos pasos suaves cruzaron el suelo. Una silla de oficina se desplazó hacia ella. Hubo una ráfaga de aire casi imperceptible cuando Paul se sentó frente a Lydia.

—¿Ya te ha entrado el pánico? —preguntó.

Lydia se mordió el labio inferior hasta que notó un sabor a sangre.

—Utilizaste el cumpleaños de Dee como contraseña para tu iCloud. —Su voz sonaba serena, despreocupada, como si estuvieran sentados almorzando. La silla chirrió cuando se recostó contra el respaldo. Sus rodillas presionaron la cara interior de las de Lydia, que tuvo que abrir las piernas más aún—. ¿Estás asustada, Liddie? —Le separó las piernas todavía más.

Lydia había tensado todos los músculos del cuerpo. La capucha se le pegaba a la cara cuando jadeaba. Esta vez no estaban al aire libre, donde cualquiera podía pasar y salvarla. Estaban aislados en una habitación que Paul había preparado con antelación. La tenía atada a una silla. Con las piernas abiertas de par en par. Podía tomarse su tiempo. Podía hacer lo que quisiera.

—He estado siguiéndole la pista a Claire con la aplicación Buscar mi iPhone de tu móvil —dijo Paul.

Ella cerró los ojos con fuerza. Probó a recitar la Oración de la Serenidad, pero no pasó de la primera línea. No podía aceptar aquello, aquella cosa que no podía cambiar. Estaba indefensa. Claire no la salvaría. Paul iba a violarla.

—Claire ha estado en tu casa. ¿Sabes por qué ha ido a tu casa? —No parecía enfadado, sino intrigado—. ¿Intentaba avisar a Rick? ¿Ha ido a decirle que tiene que llevarse a Dee y esconderse?

Lydia intentó no pensarlo, porque la respuesta era evidente: Claire no había ido a su casa. Había ido a la casa de al lado a pedir ayuda a Rick. Por si no le bastaba con haberle jodido la vida a ella, también tenía que poner en peligro a su familia.

Paul pareció leerle el pensamiento.

—Año tras año, he ido viendo a Dee hacerse mayor. —No esperó respuesta—. Dos años más y tendrá la edad de Julia.

«Por favor», pensó Lydia. «Por favor, no digas lo que sé que vas a decir».

Paul se inclinó hacia ella. Lydia sintió su aliento a través de la capucha.

—Estoy deseando ver a qué sabe.

Lydia no pudo contener el grito que salió de su boca.

—Eres demasiado fácil, Liddie. Siempre has sido demasiado fácil. —Seguía empujando sus rodillas y luego las soltaba como si estuvieran jugando a algo—. Me quedé en Auburn por ti. Podía haber entrado en el MIT, pero me quedé por ti, porque quería estar con la hermana de Julia Carroll.

La banda que rodeaba la parte de abajo de la capucha absorbió las lágrimas de Lydia.

—Te vigilaba. Sabe Dios cuánto tiempo te estuve vigilando.

Pero estabas todo el tiempo borracha o colocada. Tu habitación de la residencia era como una pocilga. —Paul parecía asqueado—. Estaba a punto de dejarte por imposible, pero entonces Claire fue a visitarte. ¿Te acuerdas de eso? Fue en el otoño del noventa y seis.

Lydia se acordaba. Claire había visitado el campus justo después de las Olimpiadas. A ella le había dado vergüenza, porque su hermana pequeña llevaba una sudadera con Izzy, la ridícula mascota de los Juegos de Atlanta, en la parte delantera.

—Claire prácticamente resplandecía cuando caminaba por el campus —continuó él—. Estaba tan contenta de estar lejos de casa... —Su voz había cambiado de nuevo ahora que hablaba de Claire—. Fue entonces cuando supe que aún podía tener a la hermana de Julia Carroll.

Lydia no podía contradecirle, porque los dos sabían que Claire se había acurrucado en la palma de su mano.

Aun así, lo intentó:

—Claire te engañaba.

—Yo no diría eso —contestó Paul sin inmutarse—. Follaba con otros. ¿Y qué? Yo también, pero siempre volvíamos a casa, el uno con el otro.

Lydia sabía que él no se había limitado a follar con otras mujeres. Había visto las carpetas clasificadas por colores. Había visto el matadero del garaje, en la casa Fuller. Sabía que alguien tenía que estar detrás de la cámara para manejar el zoom mientras un número indefinido de chicas jóvenes eran violadas y asesinadas, y sabía también que esa persona tenía que ser Paul.

¿Iba por fin a cruzar la raya, a convertirse en un asesino? ¿Por eso la había atado y encapuchado?

—¿Sabes? —dijo él—, lo que ocurre con Claire es que nunca he podido calarla del todo. —Se rio como si aquello todavía le sorprendiera—. Nunca sé qué está pensando en realidad. Nunca hace lo mismo dos veces. Es impulsiva. Tiene un genio de mil demonios. Puede ponerse como una loca, puede ser apasionada y divertida. Ha dejado muy claro que está dispuesta a probar cualquier cosa en la cama, lo cual le quita todo el encanto, pero a veces refrenarse puede ser tan divertido como soltarse la melena.

Lydia negó con la cabeza. No quería oír aquello. No podía oírlo.

—Cada vez que creo haberla calado, hace algo excitante. —Él soltó otra risa estúpida—. Como esto: un día estaba sentado en una reunión y recibo una llamada en el móvil. En la pantalla ponía que era de la comisaría de Dunwoody. Pensé que tenía que ver con otro asunto, así que salgo y contesto, y oigo un mensaje grabado preguntando si acepto una llamada a cobro revertido de un interno en el centro de detención de Dunwoody. ¿Te lo puedes creer?

Esperó, aunque sin duda sabía que Lydia no iba a contestar.

—Era Claire. Me dijo: «Hola, ¿qué haces?». Parecía completamente normal, como si me hubiera llamado para pedirme que comprara helado antes de volver a casa. Pero la grabación había dicho que estaba detenida, así que le dije: «El mensaje decía que estás detenida». Y ella contesta: «Sí, me detuvieron hace una hora, más o menos». Así que le pregunto: «¿Cómo que te han detenido?». ¿Y sabes lo que me dijo? —Paul se inclinó otra vez hacia delante. Era evidente que estaba disfrutando—. Me dijo: «No me llegaba el dinero para pagar a las putas y llamaron a la policía».

Su risa rebosaba placer. Se dio una palmada en la rodilla.

—¿Te lo puedes creer? —le preguntó a Lydia.

A ella no le costó ningún trabajo creerse la anécdota, pero estaba encadenada en una cabaña aislada, con la cabeza tapada por una capucha, no charlando con su cuñado en una barbacoa.

—¿Qué quieres de mí?

—¿Qué te parece esto? —Le metió el pie entre las piernas tan violentamente que el cóccix de Lydia golpeó la pared de cemento—. ¿Crees que es esto lo que quiero?

Lydia abrió la boca, pero no se permitió gritar.

—¿Liddie?

Él empezó a mover el pie, sirviéndose de la suela del zapato para obligarla a abrir los muslos.

Su tono seguía siendo despreocupado:

—¿Quieres que te diga dónde está Julia?

Ella se obligó a cerrar la boca mientras la suela de su zapato seguía clavándose entre sus piernas.

—¿No quieres saber dónde está, Liddie? ¿No quieres encontrar su cuerpo?

Lydia sintió cómo se desplazaba la piel adelante y atrás sobre el hueso de su pubis.

—Dime que quieres oír lo que pasó.

Intentó disimular su terror:

—Sé lo que pasó.

—Sí, pero no sabes lo que pasó después.

Su voz había cambiado de nuevo. Le gustaba aquello. Le gustaba verla acobardada. Absorbía su miedo como un súcubo. Lydia oyó un eco de las últimas palabras que le había dicho Paul Scott años antes: *Dime que te gusta.*

Se estremeció de pies a cabeza al recordarlo.

—¿Estás asustada, Liddie? —Él retiró el pie lentamente.

Lydia tuvo un segundo de alivio, hasta que sus dedos le rozaron los pechos.

Intentó apartarse.

Él aumentó la presión al pasar los dedos por su clavícula y luego por su brazo. Le apretó el bíceps con el pulgar hasta que Lydia sintió que iba a partirle el hueso.

—Por favor —dijo sin poder evitarlo. Había visto las películas que le gustaba ver. Había visto sus carpetas, llenas de mujeres a las que había violado—. Por favor, no lo hagas.

—¿Qué te parece esto? —Paul agarró uno de sus pechos.

Lydia gritó. La mano de él se cerró como un trampa. Y apretó más fuerte. Más fuerte. Hundió los dedos en el tejido. El dolor era insoportable. Ella no podía parar de gritar.

—¡Por favor! —le suplicaba—. ¡Para!

Él la soltó despacio, dedo a dedo.

Lydia jadeó intentando tomar aire. Aún le palpitaba el pecho allí donde sus dedos se habían hundido en la carne.

—¿Te ha gustado?

Iba a desmayarse. Paul había parado, pero ella sentía aún su mano retorciéndole el pecho. Estaba jadeando. No conseguía respirar. La capucha le apretaba demasiado. Le daba la impresión de tener algo alrededor del cuello. ¿Era la mano de Paul? La estaba tocando. Movió la cabeza a izquierda y derecha. Intentó apartarse de la silla. La cadena se le clavó en el estómago. Levantó las caderas del asiento.

Un chasquido.

Oía un chasquido.

Un muelle que se doblaba, adelante y atrás.

¿Estaba moviéndose Paul en la silla? ¿Se estaba masturbando?

Notó un fuerte olor a orina. ¿Se había hecho pis? Se removió en la silla. El hedor era insoportable. Se tensó contra la silla. Pegó la parte de atrás del cráneo a la pared.

—Respira —ordenó Paul—. Respira hondo.

Un clic. Un chirrido. Y luego otro clic.

Un pulverizador. Conocía aquel sonido. El pequeño muelle del mango. El ruido de succión cuando la bomba alzaba el líquido. El chasquido del mango al aflojar la presión.

—Te conviene seguir respirando —dijo Paul.

La capucha se estaba empapando. El tejido de algodón se le pegaba, pesado, a la boca y la nariz.

—Me gusta pensar en esto como en mi versión particular de la tortura del submarino.

Lydia tragó grandes bocanadas de aire. Era pis. La estaba rociando con pis. Volvió la cabeza. Paul la siguió con el pulverizador. Lydia se volvió hacia el otro lado. Él giró el bote.

—Sigue respirando —ordenó.

Lydia abrió la boca. Él ajustó la boquilla de modo que el líquido pulverizado se convirtiera en un chorro. La tela mojada se pegó a los labios de Lydia. La capucha se empapó. El tejido se le metía en las fosas nasales. La claustrofobia se apoderó de ella. Iba a asfixiarse. Inhaló un poco de líquido pulverizado. Tosió y tragó una bocanada de orina. Sintió una arcada. La orina le bajó por la garganta. Comenzó a atragantarse. Él siguió rociándola, cambiando el chorro de dirección cuando ella giraba la cabeza. Intentaba ahogarla. Iba a ahogarla en su orina.

—Lydia...

Tenía los pulmones paralizados. El corazón estrangulado.

—Lydia. —Paul levantó la voz—. He dejado el pulverizador. Tranquilízate.

Lydia no podía tranquilizarse. No tenía aire. Había olvidado lo que tenía que hacer. Su cuerpo no recordaba cómo se respiraba.

—Lydia —dijo Paul.

Ella intentó en vano aspirar. Vio destellos de luz. Iban a estallarle los pulmones.

—Exhala —ordenó él—. Solo estás tomando aire.

Ella aspiró aún más fuerte. Paul estaba mintiendo. Estaba mintiendo. Estaba mintiendo.

—Lydia...

Iba a morir. No podía mover los músculos. Nada funcionaba. Todo se había detenido, hasta los latidos de su corazón.

Lydia...

Explosiones de luz llenaban sus ojos.

—Prepárate. —Paul le asestó un puñetazo tan fuerte en el estómago que sintió que la silla metálica se incrustaba en la pared.

Abrió la boca. Dejó escapar un chorro de aire caliente y húmedo.

Aire. Tenía aire. Sus pulmones se llenaron. Su cabeza se llenó. Estaba mareada. Le ardía el estómago. Cayó hacia delante en la silla. La cadena se le clavó en las costillas. Se golpeó el pómulo con la rodilla. La sangre le afluyó a la cara. Su corazón latía con violencia. Sus pulmones parecían chillar.

La capucha mojada colgaba delante de su cara. El aire contaminado de pis entraba por su nariz y su boca abierta.

—Es curioso que pase eso, ¿verdad? —comentó Paul.

Lydia se concentró en llenar de aire sus pulmones y expelerlo. Se había derrumbado tan fácilmente... Él le había rociado la cara con pis y ella había estado a punto de darse por vencida.

—Te estás fustigando —adivinó Paul—. Siempre has pensado que eras la fuerte, pero no lo eres, ¿verdad? Por eso te gustaba tanto la coca. Te da esa sensación de euforia, como si pudieras hacer cualquier cosa. Pero sin ella no tienes ningún poder.

Lydia cerró los ojos para no llorar. Tenía que ser más fuerte. No podía permitir que Paul se introdujera en su cabeza. Se le daba bien aquello. Sabía perfectamente lo que estaba haciendo. No se había limitado a quedarse detrás de la cámara manejando el zoom.

Había participado.

—Julia, esa sí que era una verdadera luchadora —añadió Paul.

Lydia sacudió la cabeza. Le suplicó en silencio que no siguiera.

—Tú viste la cinta. Viste cómo se resistió, incluso al final.

Lydia se puso rígida. Tiró de los amarres de plástico.

—Te estuve observando mientras la veías morir. ¿Lo sabías? —Parecía muy satisfecho de sí mismo—. Debo decir que, como ejercicio metalingüístico, estuvo muy bien.

Las bridas de plástico se le clavaban en la piel. Notaba los dientes de plástico aserrándole la carne, adelante y atrás.

—Mi madre ayudó a buscarla —prosiguió él—. A papá y a mí nos encantaba verla calzarse las botas todas las mañanas para salir a recorrer los campos, a mirar en los riachuelos y a colgar carteles. Todo el mundo buscaba a Julia Carroll, y mamá no tenía ni idea de que estaba colgada en el establo.

Lydia recordaba haber buscado a su hermana en campos y ríos. Recordaba cómo había apoyado la ciudad a su familia, solo para volverles la espalda dos semanas después.

—Papá la mantuvo con vida por mí. Duró doce días. Si es que a eso se le puede llamar vivir. —Se inclinó hacia delante. Lydia notaba su excitación como un ser vivo que se erguía entre ellos dos—. Estuvieron tan cerca, Lydia... ¿Quieres que te diga lo cerca que estuvieron?

Lydia apretó los dientes con fuerza.

—¿Quieres que te diga cómo es follarse a alguien que se está muriendo?

—¿Qué quieres de mí? —gritó ella.

—Ya sabes lo que quiero.

Lydia sabía lo que iba a pasar. Paul se la había llevado en vez de llevarse a Claire porque tenía un asunto pendiente con ella.

—Hazlo —dijo Lydia.

Él tenía razón en lo de la coca. Tenía razón en todo. No era lo bastante fuerte para plantarle cara. Su única esperanza era que fuera rápido.

—Acaba de una vez.

Paul se rio de nuevo, pero no con esa risa alegre que reservaba para Claire, sino con una risa cargada de desprecio.

—¿De verdad crees que quiero violar a una gorda de cuarenta años?

Lydia se odió a sí misma por sentir el aguijonazo de sus palabras.

—Tengo cuarenta y uno, gilipollas.

Se preparó para recibir otro puñetazo, o una patada, o una rociada de orina, pero él hizo algo mucho peor de lo que podía imaginar.

Le quitó la capucha.

Lydia cerró los ojos, cegada por la luz. Apartó la cabeza. Inhaló aire fresco por entre los dientes.

—No puedes tener los ojos eternamente cerrados —dijo Paul.

Ella entornó los párpados, intentando que sus ojos se acostumbraran a la luz. Lo primero que vio fueron sus manos agarrando el vinilo verde de los brazos de la silla. Luego el suelo de cemento. Bolsas arrugadas de restaurantes de comida rápida. Un colchón manchado.

Miró a Paul. Tenía las manos extendidas, como un mago al concluir un truco.

La había engañado.

El sonido ambiente procedía de un par de altavoces de ordenador. Las hojas que tenía bajo los pies estaban en el suelo del garaje. La pared que había tras ella era de bloques de cemento manchados. No estaban en una cabaña aislada, en el bosque.

Paul la había llevado de vuelta a la casa Fuller.

17

—Hábleme de su relación con su marido —dijo Fred Nolan.

Claire apartó la mirada de su rostro pagado de sí mismo. Estaban en una sala de interrogatorios abarrotada de cosas, en la oficina local del FBI en el centro de la ciudad. Ella había cruzado las piernas debajo de la mesa de plástico barata. Movía el pie incontrolablemente. No había reloj en la habitación. Habían pasado horas. Ignoraba cuántas, pero sabía que el plazo que ella misma había fijado para decirle a Paul cómo recuperar el *pen drive* había pasado hacía rato.

—¿Era un tipo amable? ¿Simpático? —preguntó Nolan.

Claire no contestó. Estaba enferma de miedo. Paul ya no estaría mandando fotos de Lydia. No había nada que pudiera mantenerle a raya. ¿Estaba ansioso? ¿Enfadado? ¿Sabía que Claire estaba hablando con la policía? ¿Estaba desahogando su furia con Lydia?

—Yo intento ser romántico —añadió Nolan—, pero siempre acabo metiendo la pata. Tulipanes en vez de rosas. Entradas para la función que no es.

Claire notó un sabor a bilis en la boca. Había visto la violencia de la que era capaz Paul. ¿Qué le haría a su hermana si no conseguía contactar con ella?

—¿Claire?

Se le llenaron los ojos de lágrimas. Lydia. Tenía que ayudar a Lydia.

—Vamos. —Nolan esperó un minuto antes de soltar un largo suspiro de decepción—. Solo está poniéndose las cosas más difíciles.

Ella miró el techo para no verter las lágrimas. El reloj del Tesla marcaba las 18:48 cuando había parado en el aparcamiento subterráneo del edificio del FBI. ¿Cuánto tiempo hacía de eso? Ni siquiera sabía si seguía siendo sábado.

Nolan tocó en la mesa con los nudillos para atraer su atención.

—Estuvo casada con ese tipo casi diecinueve años. Hábleme de él.

Claire parpadeó para disipar las lágrimas inútiles. Nada de aquello iba a servir para recuperar a Lydia. ¿Qué podía hacer? Su propia hermana lo había dicho: ella no era una superheroína. Ninguna de las dos lo era. Fijó la mirada en el gran espejo que ocupaba todo un lado de la pared. Su reflejo mostraba a una mujer exhausta, con un círculo oscuro debajo del ojo izquierdo. Paul le había dado un puñetazo en la cara. La había dejado inconsciente.

¿Qué le estaba haciendo a Lydia?

—Está bien. —Nolan lo intentó otra vez—. ¿Y si probamos así: era de los Falcons o de los Braves? ¿Le gustaba el café con azúcar?

Claire clavó la mirada en la mesa. Tenía que dominarse. Cediendo al pánico no conseguiría salir de aquella sala. Nolan se estaba portando bien de momento. No la había detenido por no presentarse a la hora convenida. Le había permitido seguir voluntariamente al agente de policía hasta el edificio del FBI. Una vez dentro, le había recordado los términos de su libertad condicional, pero no la había esposado, ni la había amenazado salvo para advertirle que llamaría a su supervisor para que le hiciera un test de detección de drogas.

¿Significaba eso que Nolan estaba limpio o que trabajaba para Paul?

Claire procuró controlar su miedo por lo que podía estar sucediéndole a Lydia y concentrarse en lo que estaba pasando en aquella habitación cerrada herméticamente. Nolan no le había preguntado por el *pen drive*, ni por la casa Fuller. No la había encerrado en un motel mugriento donde pudiera sacarle la información a golpes. No había sacado a relucir al capitán Mayhew, ni a Adam Quinn para presionarla, ni se había puesto a hablar de lo entretenido que era ver una película las noches de lluvia. En cambio, le preguntaba una y otra vez por su puta relación de pareja.

—¿Qué hora es? —preguntó Claire.

—El tiempo es un círculo plano —repuso Nolan.

Claire soltó un gruñido exagerado. Iba a ponerse a gritar si no conseguía salir de aquella sala. Tenía el teléfono de Lydia escondido en la copa del sujetador. Lo había apagado después de llamar a su madre. No podía mandarle un mensaje a Paul, ni llamarlo. No se sabía el número de teléfono de su abogado. Y no podía llamar a Rick después de decirle que se llevara a Dee lo más lejos posible.

En los últimos veinticuatro años, Claire nunca le había pedido nada a su madre. ¿Por qué demonios había pensado que aquel era buen momento para recurrir a ella?

—¿Claire?

Por fin miró a Nolan.

—Es la quinta vez que me hace la misma pregunta con una ligera variación.

—Pues sígame la corriente.

—¿Cuánto tiempo más vamos a seguir así?

—Es libre de irse. —Nolan le señaló la puerta.

Quería decir, ambos lo sabían, que era libre de irse a ver al agente que supervisaba su libertad condicional, porque Nolan sabía que había consumido estupefacientes. Tal vez incluso supiera que llevaba una pistola en el coche. Claire había guardado el revólver en el revistero de la puerta del conductor. Le había parecido menos evidente que esconderla en el maletero.

—Necesito ir al aseo —dijo.

—Voy a pedirle a una agente que la acompañe.

Ella apretó los dientes. Había pedido tres veces usar el servicio, y las tres veces una agente de policía la había llevado al aseo de discapacitados y la había vigilado mientras usaba el váter.

—¿Teme que vaya a escaparme tirando de la cadena? —le preguntó a Nolan.

—Puede que tenga alguna droga escondida entre la ropa. Últimamente se ha visto mucho con su hermana.

Nolan ya había jugado aquella carta. Pero Claire no picó el anzuelo.

—Tal vez merezca la pena llamar a una agente para que la registre.

Nolan se quedó callado el tiempo suficiente para hacerla sudar. A Claire no le importaba que encontraran la pistola dentro del Tesla, pero el iPhone de Lydia era su única forma de contactar con Paul.

El teléfono no tenía contraseña. Casi podía oír a Paul sermoneándola sobre la importancia de utilizar contraseñas.

Nolan dio una palmada en la mesa.

—¿Sabe, Claire?, debería empezar a contestar a mis preguntas, se lo digo en serio.

—¿Por qué?

—Porque pertenezco al FBI y mi bando siempre gana.

—No para de decir eso, pero no creo que esas palabras signifiquen lo que usted piensa.

Él asintió con agrado.

—Citando a Íñigo Montoya. Eso me gusta.

Claire miró el espejo, preguntándose qué Grande y Poderoso Oz les estaría observando. Apostaría a que era Johnny Jackson. El capitán Mayhew. Tal vez incluso Paul. Se lo imaginaba perfectamente entrando en una oficina del FBI para verla retorcerse de angustia, con dos cojones. Quizá le hubieran invitado ellos.

—¿Diría usted que su relación con Paul era buena? —insistió Nolan.

Claire cedió un poco, porque hacerse la sorda no había funcionado las cinco veces anteriores.

—Sí. Diría que mi relación con mi marido era buena.

—¿Y eso por qué?

—Porque sabía perfectamente cómo joderme.

Nolan se tomó su comentario por el lado más obsceno.

—Siempre me he preguntado qué se siente al sentarse al volante de un Lamborghini. —Le guiñó un ojo—. Yo soy más bien del tipo Ford Pinto.

A Claire nunca le habían resultado atractivos los hombres que se burlaban de sí mismos. Se quedó mirando el espejo.

—Paul era buen amigo de Johnny Jackson. ¿Lo conoce?

—¿El congresista? —Nolan se removió en la silla—. Claro. Todo el mundo ha oído hablar de él.

—Hizo mucho por Paul.

—¿Ah, sí?

—Sí. —Mantuvo los ojos fijos en el espejo—. Dio a Quinn + Scott miles de millones en contratos con la administración. ¿Lo sabía?

—Sí.

Claire dejó que sus ojos volvieran a posarse en Nolan.

—¿Quiere que le hable del congresista Jackson y de su relación con Paul?

—Claro —contestó Nolan en tono sosegado—. Podríamos empezar por ahí.

Claire lo observó detenidamente. No conseguía adivinar lo que estaba pensando. ¿Tenía miedo? ¿Estaba nervioso?

—Johnny era agente del FBI a principios de los noventa.

—Así es.

Claire aguardó.

—¿Y?

—Fue uno de los peores agentes que ha tenido nunca esta oficina.

—No recuerdo haber leído eso en su biografía oficial.

Nolan se encogió de hombros. No parecía temer que Jackson rompiera el cristal y lo estrangulara.

—Ha acompañado a la familia Kilpatrick en todas las ruedas de prensa —añadió Claire.

—He dicho que una mierda de agente, no una mierda de político.

Claire seguía sin poder interpretar su expresión.

—No parece tenerle mucha estima.

Nolan juntó las manos sobre la mesa.

—A simple vista puede parecer que estamos haciendo progresos, pero si pienso en los últimos minutos de conversación tengo la sensación de que me esté interrogando usted a mí, en vez de al revés.

—Será usted un gran detective algún día.

—Cruzo los dedos. —Él le dedicó una sonrisa—. Quiero decirle algo sobre el FBI.

—¿Que siempre gana?

—Claro. Está eso, y también los terroristas, por supuesto. Y los secuestradores, los ladrones de bancos, los pedófilos, esos cabrones... Pero, en resumidas cuentas, con lo que trabaja el FBI en el día a día es con curiosidades. ¿Lo sabía?

Claire no respondió. Estaba claro que no era la primera vez que Nolan daba aquel discurso.

—Los policías locales —añadió— encuentran algo curioso que no se explican y nos lo traen a nosotros, y nosotros les damos la razón en que es curioso o no se la damos. Y normalmente, cuando se la damos, no se trata de una sola cosa curiosa, sino de varias. —Levantó el dedo índice—. Primera cosa curiosa: su marido desfalcó tres millones de dólares a su empresa. Solo tres millones de dólares. Eso es curioso, porque están ustedes forrados, ¿verdad?

Claire asintió con un gesto.

—Segunda cosa curiosa. —Nolan levantó otro dedo—. Paul fue a la universidad con Quinn. Compartió habitación con ese tipo y luego, cuando estaban terminando sus estudios, compartieron también apartamento. Después, Quinn fue el padrino de su boda y fundaron una empresa juntos, ¿no es así?

Claire asintió de nuevo.

—Han sido amigos casi veintiún años, y me parece curioso que, después de veintiún años, Quinn descubra que su amigo del alma está robando a la empresa, al negocio que levantaron juntos de la nada, y en vez de acudir a su colega y decirle: «Oye, tú, pero ¿qué pasa?», se vaya derecho al FBI.

En efecto, dicho así parecía curioso, pero Claire se limitó a contestar:

—Muy bien.

Nolan levantó un tercer dedo.

—Tercera cosa curiosa: Quinn no acudió a la policía. Acudió al FBI.

—Tienen jurisdicción sobre delitos financieros.

—Se ve que ha estado leyendo nuestra página web. —Nolan pareció complacido—. Pero permítame preguntárselo otra vez: ¿es lo que haría usted si su mejor amiga desde hace veintiún años robara una cantidad de nada, un pellizquito casi sin importancia, a una empresa que factura trillones? ¿Buscar el palo más grande y gordo para darle por culo?

Aquella pregunta sirvió a Claire para despejar otra incógnita: Adam había denunciado a Paul al FBI, lo que significaba que no se llevaban bien. O bien Adam Quinn no sabía nada de las películas, o bien estaba al corriente e intentaba joder a Paul.

—¿Qué hizo usted a continuación? —le preguntó a Nolan.

—¿A qué se refiere?

—Investigó la denuncia de Adam sobre el dinero. Debió hablar con los contables del estudio. El rastro del dinero le llevó hasta Paul. ¿Y luego qué?

—Lo detuve.

—¿Dónde?

—¿Dónde? —repitió Nolan—. Qué pregunta tan extraña.

—Sígame la corriente.

Nolan se rio otra vez. Estaba disfrutando.

—Lo detuve en su elegante oficina de esta misma calle. Yo mismo le puse las esposas y lo escolté a la calle pasando por el vestíbulo principal.

—Lo pilló por sorpresa. —Claire sabía las cosas que dejaba Paul a su paso cuando lo pillaban desprevenido—. ¿Echó un vistazo a su ordenador?

—Otra pregunta extraña.

—Usted tiene sus cosas curiosas y yo mis preguntas extrañas.

Nolan tamborileó con los dedos sobre la mesa.

—Sí, eché un vistazo a su ordenador.

Claire asintió con la cabeza, pero no por el motivo que creía Nolan. Si Adam hubiera sabido lo de las películas, se habría asegurado de que no estaban en el ordenador de Paul al llegar la policía. Lo primero que habría hecho Paul habría sido señalar a su socio con dedo acusador. Lo que significaba que Fred Nolan acababa de brindarle la prueba de que Adam no estaba involucrado en el negocio clandestino de Paul, a fin de cuentas.

—Bueno, ¿qué me dice? —preguntó Nolan—. *¿Quid pro quo,* Claire?

Se miraron otra vez, esta vez con esperanza, no con hostilidad.

¿Podía confiar en Fred Nolan? Trabajaba para el FBI. Claro que Johnny Jackson también había trabajado para el FBI. Tal vez lo único que pretendía Nolan al hablar mal del congresista era engatusarla con un pequeño toma y daca. O quizá fuera sincero. Paul siempre le decía que nunca confiaba en la gente, que era demasiado reservada.

—¿Qué quiere saber? —preguntó.

En la cara de Nolan se dibujó una sonrisa.

—¿Le deslizó algo Paul sin que usted se diera cuenta antes de morir?

El llavero. Casi se rio de alivio. Todo aquel tira y afloja había sido para conducirlos finalmente al llavero.

Decidió hacerse la tonta.

—¿Eso era una especie de insinuación sexual debido a lo que estábamos haciendo mi marido y yo en el callejón?

—No. —Saltaba a la vista que la pregunta lo había pillado a contrapié—. Rotundamente no. Solo quiero saber si le coló... si le dio algo. Lo que sea. Podría ser pequeño o grande o...

Claire se levantó.

—Es usted repugnante.

—Espere. —Nolan también se levantó—. No pretendo hacerme el listillo.

Claire recurrió a una de las frases preferidas de la abuela Ginny.

—Si tiene que decir que no está haciendo algo, es que probablemente lo está haciendo.

—Quiero que se siente. —Nolan ya no bromeaba. No había nada de seductor, ni de juguetón en su tono—. Por favor.

Claire volvió a sentarse con la espalda muy recta. Casi podía sentir cómo se decantaba la balanza hacia su lado. Nolan iba a poner todas sus cartas boca arriba, y ella adivinó cuál sería la primera antes de que él le enseñara su mano.

—Está vivo —afirmó.

—¿Quién? ¿Frankenstein? —preguntó ella.

—No. —Nolan se alisó la corbata—. Paul. No está muerto.

Claire torció el gesto en lo que confiaba fuera una expresión de incredulidad.

—Su marido está vivo.

—Estoy harta de sus tonterías, agente Nolan. —Insufló a su voz un tono altivo—. Sabía que no era de fiar, pero no sabía que fuera cruel.

—Lo siento. —Él extendió las manos como si nada de aquello fuera culpa suya—. Estoy siendo sincero con usted. Su marido está vivo.

Claire intentó mostrar sorpresa, pero el gesto le pareció demasiado forzado. Apartó la mirada. La frialdad siempre había jugado en su favor.

—No le creo.

—Se acabaron las tonterías —dijo Nolan—. Nosotros le ayudamos a simular su muerte.

Claire siguió mirando hacia otro lado. Tuvo que recordarse que supuestamente no conocía hasta dónde llegaban los crímenes de Paul.

—¿Me está diciendo que el FBI ayudó a mi marido a simular su muerte por tres millones de dólares?

—No. Lo que le he dicho antes es la verdad. Los cargos por desfalco fueron retirados. Eso lo arreglaron entre su marido y su socio. Pero encontramos algunas otras cosas mientras investigábamos la denuncia inicial. Cosas muchísimo más curiosas que esa calderilla desaparecida. —Nolan no se explicó—. Nos dimos cuenta de que Paul tenía en su poder información que necesitábamos. Información explosiva. Su vida habría corrido peligro si salía a la luz que estaba hablando con la policía, y lo necesitábamos vivo para que declarara en el juicio.

Claire tenía las mejillas húmedas. Estaba llorando. ¿Por qué estaba llorando?

—Estaba mezclado en ciertas cosas... cosas malas... con mala gente —añadió Nolan.

Ella se llevó los dedos a la cara. Las lágrimas eran auténticas. ¿Cómo era posible?

—Pidió entrar en el programa de protección de testigos. —Nolan esperó a que dijera algo. Al ver que seguía callada, continuó diciendo—: Mis jefes tenían la corazonada de que podía estar planeando su huida, así que adelantamos el día en que supuestamente tenía que ocurrir. Interceptamos a Paul cuando se dirigía a verla, le pusimos el estopín, una ampolla de plástico con sangre falsa, y le dijimos que iba a ser en el callejón.

Claire miró con incredulidad las yemas de sus dedos. No podía estar llorando por Paul. No era tan idiota. ¿Lloraba por sí misma? ¿Por Lydia? ¿Por su madre, que nunca llegaría?

Miró a Nolan. Se había quedado callado. Ella debía decir algo, formular una pregunta, hacer un comentario.

—¿Sabían que Paul iba a reunirse conmigo? —preguntó—. ¿Que yo lo vería?

—Formaba parte del acuerdo. —Esta vez fue Nolan quien desvió la mirada—. Él quería que fuera delante de usted.

A Claire le temblaban otra vez las manos. Añoró un tiempo en que ninguna parte de su cuerpo temblaba de rabia o de miedo, o de esa mezcla de odio y desengaño que sentía ahora.

—Los médicos...

—Eran agentes de incógnito. El detective Rayman también estaba al corriente.

—¿Y el encargado de la funeraria?

—Es asombroso lo que es capaz de hacer la gente cuando les amenazas con una inspección fiscal.

—Me preguntaron si quería ver su cuerpo.

—Paul dijo que no querría.

Ella cerró los puños. Odiaba que la conociera tan bien.

—¿Y si se hubiera equivocado y hubiera pedido verlo?

—No es como en la tele. Les enseñamos la imagen en una pantalla. El cadáver suele estar en otra sala y hay una cámara que lo enfoca.

Claire meneó la cabeza. No alcanzaba a imaginar el grado de engaño que había en juego. Y todo para ayudar a Paul. Para brindarle una nueva vida sin ella.

—Lo siento. —Nolan se metió la mano en la chaqueta. Le pasó un pañuelo. Ella miró la tela pulcramente doblada. Sus iniciales aparecían bordadas en una esquina.

Dijo lo que había querido decirle a Paul:

—Yo lo vi morir. Estaba en mis brazos. Sentí cómo se enfriaba su piel.

—Pueden pasar muchas cosas en la cabeza cuando uno está en una situación tan mala como esa.

—¿Cree que fueron imaginaciones mías? Vi la sangre que manaba de él.

—Sí, le pusimos dos bolsitas de sangre. Seguramente habría bastado con una.

—Pero el cuchillo...

—El cuchillo también era falso. Retráctil. Solo hace falta un mínimo de presión para romper el plástico de las bolsas de sangre.

—El asesino... —Claire pensó en la serpiente tatuada en el cuello de aquel hombre—. Parecía real.

—Sí, bueno, es un delincuente de verdad. Uno de mis confidentes, un traficante de poca monta capaz de hacer cualquier cosa para no ingresar en prisión.

Claire se llevó la mano a la cabeza, allí donde el Hombre Serpiente había estado a punto de arrancarle el cuero cabelludo.

—Sí, lo siento. Se le fue un poco la mano. Pero Paul se salió del guion, y se enfadó. Eso del final, cuando Paul se convirtió en una Tortuga Ninja, no estaba previsto.

Ella se limpió debajo de los ojos con el pañuelo. Seguía llorando. Aquello era una locura. No estaba de duelo. ¿Por qué lloraba entonces?

—La ambulancia trajo a Paul al aparcamiento de aquí abajo —prosiguió Nolan—. Se suponía que debía llevar encima cierta información, pero, ¡sorpresa!, no la tenía. —Saltaba a la vista que aquello seguía sacándolo de quicio—. Me dijo que estaba en su coche. Esperamos a que anocheciera. Solos él y yo. Todo muy discreto. Bajamos por la calle hablando de los pasos que habría que dar después (su marido es un hombre muy cuadriculado), y cuando llegamos al coche se puso a hurgar en la guantera. Yo pensé: «¿Qué cojones es esto? ¿Es que intenta tomarme el pelo?». Me dijo: «Aquí está», y yo pensé que no pasaba nada, que simplemente era gilipollas, porque la verdad es que lo es, y entonces sale del coche y yo extiendo la mano como un niño bobalicón al que le van a dar un caramelo y, ¡zas!, el muy mamón va y me tumba de un puñetazo.

Claire miró el remolino morado y amarillento que rodeaba el ojo de Nolan.

—Sí, ya lo sé, ¿vale? —Nolan se señaló el ojo—. Caí como una piedra. Vi pajaritos piando y luego vi a ese gilipollas dando brinquitos por la calle como una puta colegiala. Antes de doblar la esquina, me hizo así. —Dibujó una sonrisa falsa y levantó los pulgares de ambas manos—. Cuando conseguí despegar el culo de la acera y doblar la esquina, ya no había ni rastro de él. —Nolan parecía al mismo tiempo impresionado y molesto—. No es la única razón, claro, pero la verdad es que tengo que decir que, si tengo tantas ganas de encontrar a su marido, es en parte por eso.

Claire sacudió la cabeza. Aquello seguía sin tener sentido. ¿Paul había pedido entrar en el programa de protección de testigos? Él jamás cedería el control sobre su vida a otra persona. Y, si se convertía en un testigo protegido, no le permitirían seguir trabajando de arquitecto. No dejarían que destacara ni por sí mismo, ni por sus logros profesionales. Tenía que haber algo más que intentaba sacarle al FBI. Había algún detalle, alguna palabra suelta que ella estaba pasando por alto y que resolvería por fin el rompecabezas.

—Mire —añadió Nolan—, sé que me he portado como un capullo, pero no estaba seguro de que estuviera al corriente de las actividades extracurriculares de su marido.

—¿El desfalco?

—No, no se trata de eso. Como le decía, ese tema está cerrado por lo que a nosotros respecta. Me refiero a lo otro.

Claire lo miró con incredulidad. ¿Cómo podía alguien pensar que iba a quedarse de brazos cruzados sabiendo que esas películas existían? Pero Nolan no había hablado de las películas. Solo había dicho que Paul se relacionaba con gente que estaba metida en asuntos muy turbios.

—¿En qué más estaba involucrado? —preguntó.

—Quizá sea mejor que no lo sepa —contestó Nolan—. No me cabe duda de que la mantuvo en la ignorancia. Considérelo una suerte. Veo cómo le tiemblan las manos, su mirada de confusión. Pero tiene que entender que el hombre al que quería, el tipo con el que creía estar casada, está muerto. Ya no existe. Qué demonios, puede que nunca haya existido.

No estaba diciendo nada que Claire no supiera ya.

—¿Por qué cree eso?

—Hicimos que un psiquiatra le echara un vistazo. El Witsec, el Servicio de Protección a Testigos, siempre pide un perfil psicológico de los individuos que entran en el programa. Es como una chuleta para predecir su conducta.

Claire sospechaba que ni un estadio lleno de psiquiatras podía predecir la conducta de su marido.

—¿Y?

—Es un psicópata *borderline* no violento.

En lo de no violento se equivocaban.

—¿*Borderline*? —preguntó.

¿Por qué quería agarrarse a ese término, pensar que Paul no era del todo un psicópata si todavía era capaz de amarla?

—Ha estado llevando una vida paralela —explicó Nolan—. Estaba por un lado el tipo casado con una mujer preciosa, con una carrera profesional llena de éxitos y una mansión de un millón de dólares, y por otro el verdadero Paul, que no es muy simpático.

—No es muy simpático —repitió ella. No sabía Nolan hasta qué punto se quedaba corto—. Ha dicho que según el dictamen del psiquiatra no es violento.

—Sí, pero yo soy el pardillo al que le puso un ojo morado, así que me inclino a pensar lo contrario.

—¿Por qué le estaban ayudando si es tan mala persona?

—Porque el verdadero Paul Scott conoce la identidad de un individuo de muy mala catadura que tiene que pasar en prisión una larguísima temporada. —Nolan miró hacia el espejo—. Es todo lo que puedo decirle. Dicho a las claras, sin tonterías, así es como funciona el sistema. Haces algo malo y nosotros te dejamos marchar si puedes decirnos cómo atrapar a alguien todavía peor. Y, créame, esto es un muchísimo peor.

Claire se miró las manos. Qué listo era Paul. No solo la había engañado a ella con su habilidad para editar las películas. También había engañado al FBI. Habían encontrado aquellas películas repugnantes en su ordenador de la oficina y él había agitado ante sus ojos la identidad del enmascarado como un cebo a cambio de su libertad.

Le hizo a Fred Nolan una pregunta que sabía que tarde o temprano se haría a sí misma:

—Ha dicho que quería entrar en el programa de protección de testigos. ¿Iba a dejarme así, sin más?

—Lo siento, pero le aseguro que está usted mejor sin él.

—¿Adam Quinn sabía que Paul estaba mezclado en ese otro asunto? ¿Conoce la identidad de ese otro individuo?

—No. Le apretamos bien las tuercas y no tenía ni idea. —Nolan detectó su inquietud—. Entiendo que engañara usted a su marido. La verdad es que no se la merecía.

Claire estuvo de acuerdo, pero había pillado a Nolan en una mentira.

—Si Paul pensaba huir, ¿por qué iba a darme algo a escondidas antes de salir al callejón?

—¿Por si fallaban sus planes? —conjeturó Nolan—. A fin de cuentas, no tenía la certeza de poder dejarme k.o.

—Para que yo me aclare... —Claire se dispuso a dar la vuelta a las cartas que él acababa de poner sobre la mesa, para que Nolan pudiera verlas desde su perspectiva—. Pilló a Paul haciendo algo malo, algo peor que un desfalco, y él le dijo que conocía la identidad de ese otro individuo. Acaba de decir que iba a llevarlo a su coche para enseñarle algún tipo de prueba, así que deduzco que se trataba de una fotografía, de un documento o de algún dispositivo electrónico, lo que significa que tiene que estar contenido en una hoja de papel, en un disco, en un lápiz de memoria o algo así, ¿no? ¿Tenía que ser algo que cupiera en la guantera del coche? ¿Algo que pudo darme sin que yo me diera cuenta antes de que saliéramos al callejón?

Nolan se encogió de hombros, pero Claire, que empezaba a intuir sus reacciones, notó que se estaba poniendo nervioso.

—También ha dicho que la vida de Paul correría peligro si se hiciera público que estaba facilitando información sobre ese otro individuo a la policía.

—Exacto.

—Eso les da toda la ventaja, entonces. Paul los necesita más de lo que el FBI lo necesita a él. Quiero decir que sí, que el FBI quiere investigar ese asunto, pero lo que quiere Paul es seguir vivo. Ha dicho usted que su vida peligra. Y ustedes son los únicos que tienen recursos para protegerle. Entonces, ¿por qué se esconde de ustedes?

Nolan no miró el espejo, pero fue como si lo mirara.

Claire trató de contemplar la situación desde un ángulo distinto: desde el ángulo de Paul.

Su marido había escapado de Nolan, pero no había huido a algún archipiélago sin tratado de extradición. No le cabía ninguna duda que Paul tenía una importante provisión de dinero escondida en alguna parte. Seguramente ya habría encargado los armarios para el garaje. Él mismo le había dicho por teléfono que había tenido que adelantar sus planes, pero eso no explicaba por qué seguía rondando por allí. El FBI no conseguía encontrarlo, pero como diría

Lydia ¿y qué? Paul estaba libre. No necesitaba entrar en el programa de protección de testigos. No necesitaba al FBI. No necesitaba nada.

Salvo lo que contenía el *pen drive*.

La puerta tembló cuando alguien aporreó la fina madera.

—¡Claire!

Ella reconoció la voz imperiosa de su abogado al otro lado de la puerta. Wynn Wallace, el Coronel.

—¡Claire! —Wynn probó con el pomo, pero la puerta estaba cerrada con llave—. ¡Mantén la boca bien cerrada!

—Puede rehusar su asesoramiento —le dijo Nolan a Claire.

—¿Para que pueda usted seguir mintiéndome?

—¡Claire! —gritó Wynn.

Ella se levantó.

—Se está usted equivocando de pregunta, Fred.

Wynn intentó derribar la puerta de un empujón. Se oyó un fuerte crujido.

—Dígame cuál es la pregunta acertada.

—Paul no le dio la información que quería, por tanto su vida no corre peligro. Podría estar en una playa, en cualquier parte. ¿Por qué sigue por aquí?

Nolan tosió como un perro con una cuerda atascada en el gaznate.

—¿Ha visto a su marido?

Claire abrió la puerta.

Wynn Wallace entró hecho una furia.

—¿Qué demonios está pasando aquí?

Nolan trató de levantarse, pero Wynn se puso delante de él y preguntó ásperamente:

—¿Se puede saber quién es usted? Quiero su número de identificación y el nombre de su supervisor ahora mismo.

—Claire —dijo Nolan—, no se vaya.

Ella salió por la puerta. Buscó a tientas el teléfono de Lydia dentro de su sujetador. El metal estaba caliente. Pulsó el botón para encender el teléfono. Miró la pantalla, suplicando para sus adentros que hubiera un mensaje de Paul.

—¿Guisantito?

Se giró bruscamente. Se preguntó si estaría teniendo una alucinación.

—¿Mamá?

Helen estaba al borde de las lágrimas.

—Te hemos buscado por medio estado. No querían decirnos dónde estabas. —Acercó la mano a su cara—. ¿Estás bien?

Claire estaba otra vez temblando. No podía parar. Se sentía como si estuviera en la playa en medio de un huracán. Le llegaban golpes de todas partes.

—Ven conmigo. —Helen la tomó de la mano y la condujo por el pasillo.

No esperaron al ascensor. Helen la llevó por las escaleras. Claire miró el teléfono mientras seguía a su madre. Había suficiente cobertura, pero ninguna llamada, ningún mensaje de voz. Solo un nuevo mensaje de texto: una fotografía enviada dos minutos antes de que apagara el teléfono. Lydia seguía en el maletero. Su rostro no mostraba nuevos cortes o hematomas, pero tenía los ojos cerrados. ¿Por qué tenía los ojos cerrados?

—Solo un poco más —dijo Helen.

Claire se guardó el teléfono en el bolsillo de atrás. Lydia había parpadeado mientras Paul le hacía la foto. O estaba cansada. O había cerrado los ojos, deslumbrada por el sol. No, en la foto parecía ser de noche. Su hermana se estaba resistiendo. No quería que Paul se saliera con la suya. Intentaba causarle problemas porque así era ella.

Claire notó que le flaqueaban las piernas. Estuvo a punto de tropezar. Helen la ayudó a bajar otros dos tramos de escaleras. Por fin vio el letrero del vestíbulo. Pero en lugar de pasar por la puerta indicada, su madre la condujo por la salida de emergencia.

La luz del sol era débil, pero aun así Claire se protegió los ojos con la mano. Miró a su alrededor. Estaban en la esquina entre Peachtree y Alexander. El tráfico empezaba a llenar las calles.

—¿Qué hora es? —le preguntó a Helen.

—Las cinco y media de la mañana.

Claire se apoyó contra la pared. Había estado casi doce horas dentro del edificio. ¿Qué podía haberle hecho Paul a su hermana en doce horas?

—¿Claire?

Esperó a que su madre la emprendiera con ella, le exigiera que le explicara por qué había tenido que buscar un abogado e ir a rescatarla del FBI.

Pero Helen se limitó a acariciarle la mejilla y preguntó:

—¿Qué puedo hacer para ayudarte?

Claire se sintió tan agradecida que no pudo contestar. Tenía la impresión de que hacía décadas que nadie le ofrecía algo tan sencillo, tan auténtico, como un poco de ayuda.

—Guisantito —dijo Helen—, no hay nada tan malo que no pueda arreglarse.

Su madre se equivocaba, pero Claire se obligó a asentir con un gesto.

Helen le acarició el pelo.

—Voy a llevarte a casa, ¿de acuerdo? Te haré un poco de sopa y te arroparé en la cama, y podrás dormir un poco y hablar de todo esto. O no. Lo que tú decidas, cariño. Estoy aquí para lo que necesites.

Claire sintió que empezaba a derrumbarse. Se apartó de la caricia de su madre porque, si no lo hacía, caería en sus brazos y se lo contaría todo.

—¿Guisantito? —Helen le frotó la espalda—. Dime qué puedo hacer.

Abrió la boca para decirle a su madre que no había nada que ella pudiera hacer, pero se detuvo, porque de pronto vio a alguien a quien conocía a unos quince metros de distancia.

El detective Harvey Falke. Lo había visto en la comisaría de Dunwoody. El capitán Mayhew le había pedido que conectara el disco duro externo a su ordenador para poder decirle que las películas que estaba viendo Paul eran pura ficción.

Harvey estaba apoyado contra una barandilla. Llevaba la chaqueta del traje abierta, enseñando la pistola. No intentaba disimular. La miraba fijamente. Esbozó una sonrisa por debajo del tupido bigote.

—¿Claire? —Helen pareció aún más preocupada. Ella también había visto al policía—. ¿Quién es...?

—El Tesla está aparcado abajo, en el tercer nivel del aparcamiento. —Se sacó la llave del bolsillo—. Necesito que lo lleves al Marriott Marquis, ¿de acuerdo? Al aparcamiento de visitas. Deja el tique en el asiento y esconde la llave detrás de la máquina de pagar del vestíbulo.

Milagrosamente, Helen no exigió una explicación.

—¿Necesitas algo más?

—No.

Helen le apretó la mano antes de marcharse.

Claire esperó a que su madre volviera a entrar en el edificio del FBI. Luego echó a andar calle abajo. Se obligó a no mirar atrás al llegar a la esquina. Cruzó a pesar de que el semáforo estaba en rojo, sorteando un taxi amarillo. Tomó West Peachtree en dirección al centro. Por fin miró hacia atrás.

Harvey iba a treinta metros de ella. Llevaba los brazos flexionados e intentaba alcanzarla. Su chaqueta ondeaba al viento. Su pistola contrastaba, negra y amenazadora, con la blancura de su camisa.

Claire apretó el paso. Reguló la respiración. Trató de controlar su ritmo cardíaco. Miró hacia atrás.

Harvey estaba a veinte metros.

El teléfono de Lydia comenzó a sonar. Claire se lo sacó de bolsillo al mismo tiempo que echaba a correr. Miró la pantalla. *NÚMERO DESCONOCIDO*.

—¿Has disfrutado de tu estancia en el cuartel del FBI? —preguntó Paul.

—¿Lydia está bien?

—No estoy seguro.

Claire cruzó otra vez la calle. Un coche se detuvo chirriando a escasos centímetros de su cadera. El conductor gritó por la ventanilla abierta.

—¿Quieres el *pen drive* o no? —le preguntó ella a Paul.

—Lydia está bien. ¿Qué le has dicho al FBI?

—Nada. Por eso he tardado tanto. —Miró por encima del hombro. Harvey estaba más cerca, a quince metros quizá—. Hay un policía siguiéndome. Uno de los hombres de Mayhew.

—Líbrate de él.

Claire cortó la llamada. Cruzó corriendo la calle. Conocía aquella zona de la ciudad porque, al trasladarse a Atlanta, había trabajado en el Edificio Flatiron. Odiaba aquel trabajo. Daba largos paseos a la hora del almuerzo, volvía tarde y coqueteaba con su jefe para que la dejara marcharse temprano.

Echó a correr de nuevo. Harvey acortaba rápidamente la distancia que los separaba. Era un hombre alto, de zancada larga. Tardaría poco en alcanzarla.

Claire dobló la esquina de Spring Street. Echó a correr con todas sus fuerzas. Estaba en la esquina siguiente cuando Harvey dobló el recodo del edificio. Avanzó hasta la mitad de la bocacalle. Miró hacia atrás. Harvey no había llegado aún a la esquina. Buscó frenéticamente una vía de escape. La entrada lateral de la Southern Company era la opción más cercana. Había seis puertas de cristal y, más allá, un gran puerta giratoria. Probó con la primera puerta, pero estaba cerrada. Probó con la siguiente, y con la otra. Miró a su espalda. Seguía sin haber rastro de Harvey, pero ya habría echado a correr y tardaría poco en llegar. Probó con otra puerta y le dieron ganas de abofetearse por no haber ido derecha a la puerta giratoria. Se metió a todo correr en la boca abierta de la puerta. Empujó con tanta fuerza la mampara de cristal que oyó el chirrido del motor.

Una hilera de torniquetes con mamparas de cristal defendía la entrada al vestíbulo. El guardia soñoliento de detrás del mostrador le sonrió. Seguramente la había visto probar todas las puertas.

—Lo siento. —Claire aguzó su voz un par de octavas para parecer indefensa—. Sé que está fatal, pero ¿podría usar el aseo?

El guardia sonrió.

—Por una mujer bonita, lo que sea. —Metió la mano bajo el mostrador y abrió uno de los torniquetes—. Todo recto, hasta el vestíbulo principal de West Peachtree. Los aseos están a la derecha.

—Muchísimas gracias. —Cruzó enérgicamente el torniquete. Miró hacia atrás. Harvey pasó corriendo frente a las puertas laterales del edificio.

Disponía de dos segundos antes de que diera marcha atrás.

Se metió rápidamente en el hueco de los ascensores. Mantuvo la cabeza girada para poder verlo. Harvey echó a andar hacia el edificio. Tiró de una de las puertas cerradas. Saltaba a la vista que estaba agotado. Su aliento empañó el cristal. Lo limpió con la manga de la chaqueta. Se acercó las manos a ambos lados de los ojos y se asomó al vestíbulo.

El guardia masculló algo en voz baja.

Claire pegó la espalda a las puertas del ascensor.

Harvey se apartó del cristal. En lugar de marcharse, se dirigió a la puerta giratoria. Claire se tensó. Le diría al guardia que Harvey la estaba acosando, pero Harvey le enseñaría su insignia policial. Podía correr hacia la entrada principal y volver a salir a la calle.

O podía quedarse allí.

Harvey aún no había cruzado la puerta giratoria. Seguía fuera. Tenía la cabeza vuelta hacia la derecha. Algo en West Peachtree había captado su atención.

Claire contuvo la respiración cuando vio que echaba a correr hacia lo que le había distraído.

Se apartó del hueco del ascensor. Regresó al torniquete de cristal.

—Gracias —le dijo al guardia.

Él se tocó la gorra.

—Que tenga un buen día.

Claire empujó la puerta. Sabía que aún no estaba a salvo. Corrió de vuelta a Spring Street. Torció a la izquierda, hacia Williams. Sus pasos resonaban en la acera resquebrajada. El aire estaba impregnado de una tenue llovizna. Miró hacia atrás sin dejar de correr. Trató de orientarse. No podía quedarse en la calle. Tenía que haber algún sitio donde pudiera esconderse, pero era tan temprano que los cafés no habían abierto aún.

Sonó el teléfono de Lydia. Claire no aflojó la marcha al contestar.

—¿Qué?

—Gira a la izquierda —ordenó Paul—. Ve al Hyatt Regency.

Claire mantuvo la línea abierta. Torció a la izquierda. Vio el Hyatt a lo lejos. Le dolían las rodillas. Sus piernas protestaban. Estaba acostumbrada a correr en la cinta mecánica, no por cuestas y cemento agrietado. El sudor le goteaba desde el cuero cabelludo, cayéndole por la espalda. La cinturilla de los vaqueros comenzaba a irritarle la piel. Agarró el teléfono con una mano mientras corría. ¿Cómo la estaba siguiendo Paul? ¿Estaba Mayhew dando indicaciones a Harvey? ¿Intentaban conducirla a un lugar donde pudieran apoderarse de ella?

El portero del Hyatt le abrió la puerta al verla rodear la glorieta. Si le chocó que una mujer adulta, vestida con vaqueros y camisa, hubiera salido a correr a las seis de la mañana, no dijo nada al respecto.

Al entrar en el edificio, Claire aflojó el paso. Siguió los indicadores del aseo de señoras. Abrió la puerta. Echó un vistazo a los reservados para asegurarse de que estaban vacíos.

Cerró el pestillo del reservado del fondo. Se sentó en el váter. Estaba jadeando cuando dijo:

—Déjame hablar con Lydia.

—Puedo dejar que la oigas gritar.

Claire se tapó la mano con la boca. ¿Qué había hecho Paul? Doce horas. Podía haberse llevado a Lydia a Cayo West, a Nueva Orleans, o a Richmond. Podía estar torturándola y golpeándola y...

No podía permitirse pensar en ese «y».

—¿Sigues ahí? —preguntó él.

Claire intentó contener la angustia insoportable que le producía saber de lo que era capaz su marido.

—Dijiste que no ibas a hacerle daño.

—Y tú dijiste que me llamarías.

—Pasaré por encima del puto *pen drive* con una apisonadora.

Paul tenía que saber que era capaz de hacerlo. Nunca había sido reacia a quemar puentes por los que aún estaba cruzando.

—¿Dónde está? —preguntó él.

Claire trató de pensar en una zona con la que ella estuviera familiarizada y Paul no.

—En el Wells Fargo de Central Avenue.

—¿Qué? —Pareció preocupado—. Esa es una zona muy peligrosa, Claire.

—¿En serio te preocupa mi seguridad?

—Debes tener cuidado —le advirtió él—. ¿Dónde está el banco exactamente?

—Cerca de la central de correos. —Había ido varias veces en coche a la oficina de correos para llevar cartas de la protectora de animales con la que colaboraba—. Voy a ir a buscarlo ahora mismo. Podemos quedar en algún sitio y...

—Son casi las seis de la mañana. El banco no abrirá hasta las nueve.

Claire aguardó.

—No puedes irte ahora. Te atracarán si aparcas tanto tiempo el Tesla en Central Avenue.

Ella casi oía girar los engranajes de su cerebro.

—Quédate en el hotel. A las ocho y media, vete a Hapeville. Así llegarás justo cuando esté abriendo el banco.

—De acuerdo.

—Habrá mucho tráfico a la vuelta. Quédate en la I-75 y espera a tener noticias mías.

Claire no le preguntó cómo sabría dónde iba a estar. Empezaba a pensar que Paul lo sabía todo.

—Nolan me ha dicho lo que hiciste.

—¿No me digas?

Claire no se explicó, pero ambos sabían que Nolan solo había visto lo que Paul quería que viera.

—Dice que querías entrar en el programa de protección de testigos.

—Eso no podía ser.

—Que querías que te viera morir.

Se quedó callado un momento.

—Tenía que parecer real. Iba a volver a por ti. Ya lo sabes.

Claire no respondió.

—Voy a resolver esto —dijo Paul—. Sabes que siempre lo hago.

Claire respiró hondo, trémula. No podía soportar el tono suave y tranquilizador de su voz. Seguía habiendo una parte infinitesimal de su yo que quería que su marido solventara las cosas.

Pero Fred Nolan tenía razón. El Paul que ella conocía estaba muerto. Aquel extraño del otro lado de la línea era un impostor. O quizá fuera el verdadero Paul Scott, y el farsante era en realidad su marido, su amigo, su amante. El auténtico Paul solo mostraba la cara cuando se ponía la máscara de cuero negro.

—Quiero hablar con mi hermana —dijo.

—Dentro de un minuto —le prometió él—. Seguramente tu móvil se está quedando sin batería. ¿Te llevaste el cargador de la casa?

Claire comprobó la pantalla.

—Está al treinta por ciento.

—Ve a comprar un cargador —ordenó Paul—. Y también tienes que cargar el Tesla. Hay una estación de carga en Peachtree Center. Te descargué la aplicación para que...

—Déjame hablar con Lydia.

—¿Estás segura de que quieres hacerlo?

—Pásame a mi hermana de una puta vez.

Se oyó un roce y luego el eco suave del altavoz de un teléfono.

—Despierta —dijo Paul—. Tu hermana quiere hablar contigo.

Claire rechinó los dientes. Él parecía que estaba hablando con un niño.

—¿Lydia? —dijo—. ¿Lydia?

Su hermana no respondió.

—Por favor, di algo, Liddie. Por favor.

—Claire. —Su voz sonó tan débil, tan exangüe, que Claire sintió que una mano se introducía en su pecho y le arrancaba el corazón.

393

—Liddie —dijo—, por favor, aguanta un poco más. Estoy haciendo todo lo que puedo.

—Es demasiado tarde —masculló su hermana.

—No, no es demasiado tarde. Voy a darle a Paul el *pen drive* y él va a soltarte. —Estaba mintiendo. Todos sabían que estaba mintiendo. Empezó a llorar tan fuerte que tuvo que apoyarse contra la pared—. Aguanta un poquito más. No voy a abandonarte. Te lo prometí. Nunca más.

—Te perdono, Claire.

—No digas eso ahora. —Claire se dobló por la cintura. Cayeron lágrimas al suelo—. Dímelo cuando me veas, ¿de acuerdo? Dímelo cuando esto acabe.

—Te perdono por todo.

—Pepper, por favor. Voy a arreglar esto. Voy a resolverlo todo.

—No importa —le dijo Lydia—. Ya estoy muerta.

18

Paul sonrió al dejar el teléfono sobre la mesa, junto a la capucha negra. Lydia no miró el teléfono, que no podía alcanzar, sino la capucha empapada que había a su lado y que sabía que tarde o temprano cubriría de nuevo su cabeza. El pulverizador estaba vacío por tercera vez y Paul bebía agua filtrada para poder llenarlo de nuevo.

Cuando estuviera listo, la obligaría a mirar cómo llenaba el bote, luego le pondría la caperuza negra y empezaría a rociarla. Cuando faltaran pocos segundos para que perdiera el conocimiento, le administraría una descarga eléctrica con la pica para ganado o la azotaría con el cinto de cuero, o le daría un puñetazo, o la patearía hasta que tomara aire.

Y el proceso comenzaría ora vez.

—Parece que Claire está bien, ¿verdad? —dijo él.

Lydia apartó la mirada de la capucha. En el banco de trabajo, idéntico al que Paul tenía en el garaje, había un ordenador. Estantes metálicos. Ordenadores viejos. Lo tenía todo catalogado en la memoria porque llevaba allí casi trece horas (Paul la informaba de la hora cada treinta minutos) y lo único que le impedía volverse loca era recitar el inventario como un mantra mientras él intentaba ahogarla en orina.

Macintosh de Apple, impresora de matriz de puntos, disquetes de cinco pulgadas, copiadora de CD, reproductor de discos.

—Apuesto a que quieres saber qué hay en ese *pen drive*, Lydia. A mí me gusta llamarlo mi «tarjeta para salir de la cárcel».

Macintosh de Apple, impresora de matriz de puntos, disquetes de cinco pulgadas, copiadora de CD, reproductor de discos.

—Fred Nolan también lo quiere. Y Mayhew. Y Johnny. Y otra mucha gente. ¡Qué sorpresa! Paul Scott tiene algo que todo el mundo desea. —Hizo una pausa—. ¿Tú qué quieres de mí, Liddie?

Macintosh de Apple, impresora de matriz de puntos, disquetes de cinco pulgadas, copiadora de CD, reproductor de discos.

—¿Quieres un poco de Percocet?

La pregunta la sacó de su estupor. Casi notó el sabor amargo de la pastilla en la boca.

Él agitó el frasco delante de su cara.

—Lo encontré en tu bolso. Imagino que se lo robaste a Claire. —Se sentó en la silla, delante de ella. Apoyó el frasco en su rodilla—. Siempre le estabas robando cosas.

Lydia miró el frasco. Aquello sería su fin. Le había dicho a Claire que ya estaba muerta, pero todavía quedaba un atisbo de vida en su interior. Si cedía al deseo, si tomaba el Percocet, sería verdaderamente el fin.

—Esto es interesante. —Paul cruzó los brazos—. Te he oído suplicar, rogar y chillar como un cerdo, ¿y es aquí donde trazas la línea? ¿Nada de Percocet?

Lydia intentó evocar la euforia que producían las pastillas. Había leído en alguna parte que, si pensabas en un alimento el tiempo suficiente, dejabas de desearlo. Que podías engañar a tu cerebro para que pensara que ya lo habías comido. Aunque a ella nunca le había funcionado con los donuts, ni con las hamburguesas, ni con las patatas fritas o... *Macintosh de Apple, impresora de matriz de puntos, disquetes de cinco pulgadas, copiadora de CD, reproductor de discos.*

—Podría obligarte a tragar las pastillas, pero ¿qué gracia tendría eso? —Paul le separó las piernas con las rodillas—. Podrías ponerlas en otro sitio. En alguna parte donde tu organismo las asimile más fácilmente. —Respiró hondo y soltó un suspiro—. Me preguntó cómo sería. ¿Valdría la pena follarte si pudiera usar la polla para meterte todas estas pastillas por ese culo tan gordo?

La mente de Lydia comenzó a apagarse. Era lo que ocurría cada vez. Paul la presionaba y ella se asustaba tanto, o estaba tan molida, que simplemente desconectaba.

Él acercó la mano a su muslo. Sus dedos presionaron hacia el hueso.

—¿No quieres que cese el dolor?

Lydia estaba demasiado agotada para gritar. Quería que él acabara de una vez: los golpes, las bofetadas, los puñetazos, la pica eléctrica, el hierro de marcar, el machete. Había visto lo que hacía el hombre de la máscara con los útiles de su oficio. Había visto lo que el padre de Paul le había hecho a Julia. Había probado en sus carnes el tipo de tortura del que era capaz Paul y estaba segura de que su papel en las películas distaba mucho de ser pasivo.

Él estaba disfrutando. A pesar de sus comentarios desdeñosos, su dolor le excitaba. Lydia notaba el bulto duro de su pene cuando se inclinaba para atiborrarse con su terror.

Solo rezaba por estar ya muerta cuando por fin decidiera violarla.

—Nueva estrategia. —Paul agarró bruscamente el bote apoyado sobre su pierna. Lo colocó en la mesa con ruedas donde guardaba su instrumental—. Creo que esto va a gustarte.

Macintosh de Apple, impresora de matriz de puntos, disquetes de cinco pulgadas, copiadora de CD, reproductor de discos.

Él se puso delante de los estantes metálicos, junto al ordenador. La angustia se apoderó de Lydia, no porque fuera a hacerle algo horrible y nuevo, sino porque iba a cambiar el orden de las cosas que había en los estantes.

Macintosh de Apple, impresora de matriz de puntos, disquetes de cinco pulgadas, copiadora de CD, reproductor de discos.

Tenían que permanecer así, en ese orden exacto. Nadie podía tocarlas.

Paul acercó un taburete bajo.

Lydia estuvo a punto de llorar de alegría. Las cosas estaban a salvo.

Él estiró el brazo hacia la balda de arriba, más allá de los aparatos y de los disquetes. Sacó un montón de cuadernos. Se los enseñó a Lydia. Su alivio se disipó.

Eran los cuadernos de su padre.

—Tus padres eran muy aficionados a escribir cartas —comentó Paul.

Se sentó de nuevo frente a ella. Tenía los cuadernos en el regazo. Encima había un fajo de cartas en el que Lydia no había reparado hasta entonces. Él levantó un sobre para que lo viera.

La letra de Helen: precisa, clara y tan tristemente familiar.

—Pobre y solitaria Lydia. Tu madre te escribió montones de cartas durante años. ¿Lo sabías? —Negó con la cabeza—. Por supuesto que no lo sabías. Le dije a Helen que intentaba dártelas, pero que no tenías casa y vivías en la calle, o que estabas en rehabilitación y te habías largado de la clínica antes de que yo llegara. —Tiró las cartas al suelo—. La verdad es que me sentía mal cada vez que Helen me preguntaba si había tenido noticias tuyas, porque, naturalmente, tenía que decirle que seguías siendo una yonki gorda y una inútil que chupaba pollas a cambio de pastillas.

Sus palabras surtieron el efecto contrario. Helen le había escrito. Había decenas de cartas en aquel montón. Su madre seguía queriéndola. No la había abandonado.

—Helen habría sido una abuela estupenda para Dee.

Dee... Lydia ni siquiera podía evocar su cara. Había perdido todo recuerdo de su hija la segunda vez que Paul la había electrocutado con la pica para ganado.

—Me pregunto si se encerrará en sí misma cuando desaparezca Dee, como hizo cuando desapareció Julia. —Levantó la vista—. Tú no te acordarás, pero Claire se quedó completamente sola después de lo de Julia.

Lydia se acordaba. Había estado allí.

—Cada noche, la pobrecita Claire se quedaba sola en aquella casona del bulevar, oyendo cómo la piltrafa en que se había convertido su madre se quedaba dormida llorando. A nadie le importaba si Claire también se quedaba dormida llorando, ¿verdad? Tú estabas muy ocupada rellenando todos los agujeros de tu cuerpo. Por eso se enamoró perdidamente de mí, Liddie. Claire se enamoró de mí porque nadie estaba allí para impedírselo.

Macintosh de Apple, impresora de matriz de puntos, disquetes de cinco pulgadas, copiadora de CD, reproductor de discos.

—Esto... —Paul levantó uno de los cuadernos de su padre—. A tu padre tampoco le importaba Claire. Todas sus cartas eran para Julia. Claire leyó la mayoría, al menos las que escribió Sam antes de que ella se fuera a la universidad. Piensa en cómo se sentía. Su madre era prácticamente una alcohólica que no se levantaba de la cama. Y su padre se pasaba horas escribiendo a su hija muerta a pesar de que tenía delante a su hija viva.

Lydia sacudió la cabeza. No había sido así. Al menos, no del todo. Con el tiempo, Helen había conseguido salir de la depresión. Y Sam se había esforzado mucho con Claire. La llevaba de compras, y al cine, y a ver museos.

—No me extraña que no quisiera verle cuando le dio el ictus. —Paul hojeó las páginas—. Fui yo quien la obligó a ir. Le dije que, si no iba, se arrepentiría. Y me hizo caso, porque ella me hace caso. Pero lo gracioso es que siempre me cayó bien tu padre. Me recordaba al mío.

Lydia apretó los dientes para no ponerse a gritar.

—Con los padres nunca se sabe, ¿verdad? Pueden ser unos cabrones egoístas. Yo, por ejemplo, pensaba que mi padre y yo estábamos muy unidos, pero secuestró a Julia sin mí. —Paul levantó la vista de los cuadernos. Pareció gustarle lo que vio en la expresión sorprendida de Lydia—. La verdad es que me sentó muy mal. Llegué a casa en las vacaciones de primavera y allí estaba tu hermana, en el establo. No había dejado gran cosa para que me divirtiera.

Lydia cerró los ojos. *Macinstosh de Apple.* ¿Qué venía después? No podía mirar los estantes. Tenía que recordarlo ella sola. *Macinstosh de Apple...*

—Sam era listo —prosiguió Paul—. Mucho más listo de lo que creíamos ninguno de nosotros, quiero decir. No habría encontrado el cuerpo de Julia, yo soy la única persona viva que sabe dónde está, pero tu padre me tenía calado. Sabía lo de mi padre. Sabía que yo estaba involucrado de alguna manera. ¿Lo sabías?

Lydia estaba tan embotada que ya nada le sorprendía.

—Me pidió que fuera a su apartamento. Pensaba que iba a engañarme, pero yo hice algunas pesquisas antes de nuestra cita. —Levantó los cuadernos de su padre como un trofeo—. Un consejo: si intentas engañar a alguien, no dejes tu diario tirado por ahí.

Lydia se agarró a los brazos de la silla.

—Cierra la puta boca.

Paul sonrió.

—Ahí está mi pequeña luchadora.

—¿Qué le hiciste a mi padre?

—Creo que ya lo sabes. —Paul revolvió los cuadernos. Miró las primeras páginas. Estaba buscando algo—. Llegué a su apartamento a la hora convenida. Serví unas copas para que habláramos de hombre a hombre. Era lo que le gustaba a tu padre, ¿verdad? Dejar claro quién era un hombre y quién un crío.

Lydia oyó la voz de su padre en las palabras de Paul.

—Sam se bebió su vodka. Decía que solo bebía cuando estaba con gente, pero tú y yo sabemos que bebía por las noches para quedarse dormido, ¿verdad que sí? Igual que hacía Helen cuando la pobre Claire estaba sola en su cuarto, preguntándose por qué nadie de su familia se daba cuenta de que ella todavía estaba viva.

Lydia tragó saliva. Notó el sabor amargo de la orina.

—Imagino que el vodka disimuló el sabor de las pastillas para dormir que le puse en la bebida.

Lydia quería cerrar los ojos. Quería dejar de ver a Paul. Pero no podía.

—Vi que daba cabezadas. —Paul imitó a su padre quedándose dormido—. Lo até con unas sábanas que había llevado. Las había roto en tiras largas. Tenía las manos tan flojas cuando le até que pensé que se había muerto antes de que empezara la diversión.

Lydia sintió que todos sus sentidos se concentraban en él.

Paul se recostó en la silla con las piernas bien abiertas. Lydia se obligó a no mirar hacia abajo. Sabía muy bien qué era lo que él quería que viera.

—Si usas tiras de una sábana para atar a alguien, no se notan las marcas cuando el forense hace la autopsia. Si tienes cuidado, claro, porque naturalmente hay que doblar las sábanas con mucho cuidado, cosa que hice, porque con tu padre dispuse de mucho tiempo. Quiero que lo escuches, Liddie: con tu padre dispuse de muchísimo tiempo.

La mente de Lydia se había desbocado. Era demasiado. No podía asimilar lo que estaba oyendo.

—Cuando se despertó, vimos juntos la cinta. ¿Sabes a qué cinta me refiero? La de Julia. —Paul se rascó los lados de la cara. Le estaba creciendo la barba—. Yo quería que las viéramos todas, pero me preocupaba que los vecinos oyeran sus gritos —añadió—. Sam gritaba mucho por las noches, pero aun así.

Lydia escuchaba el ritmo constante de su propia respiración. Reorganizó las palabras de Paul en su cabeza hasta convertirlas en frases digeribles. Paul había drogado a su padre. Le había obligado a ver cómo asesinaban brutalmente a su hija mayor.

—Al final estuve dudando si decirle o no dónde habíamos tirado el cuerpo de Julia mi padre y yo. ¿Qué mal podía hacer, no? Los dos sabíamos que iba a morir. —Paul se encogió de hombros—. Quizá debería habérselo dicho. Es una de esas preguntas que sigues haciéndote años después. Porque Sam sufría tanto, ¿verdad que sí? Lo único que quería saber era dónde estaba Julia, y yo lo sabía, pero no me decidí a decírselo.

Lydia sabía que debía montar en cólera. Que debía intentar matarlo. Pero no podía moverse. Tenía los pulmones encharcados en orina. El estómago lleno. El cuerpo atenazado por el dolor. Tenía hematomas en los brazos, donde él le había aplicado la pica eléctrica. El corte de su frente se había abierto. Su labio estaba partido en dos y sus costillas tan astilladas que tenía la sensación de que los huesos se le habían convertidos en cuchillos.

—Usé Nembutal —continuó él—. Sabes qué es, ¿verdad? Se usa para sacrificar a los animales que sufren. Y él sufría, sobre todo después de ver la cinta. —Había encontrado el cuaderno que estaba buscando—. Aquí está. —Le enseñó la página. La parte de abajo estaba arrancada—. ¿Te suena de algo?

La nota de suicidio de su padre estaba escrita en una hoja arrancada de un cuaderno. Lydia aún se acordaba de su letra temblorosa:

A todas mis preciosas niñas: os quiero con todo mi corazón. Papá

—Creo que elegí una buena frase —dijo Paul—. ¿Verdad que sí? —Volvió a dejar el cuaderno sobre su regazo—. La elegí por Claire, en realidad, porque pensé que era especialmente cierto en su caso. Todas sus preciosas niñas. Tú en realidad nunca fuiste preciosa, Lydia. Y Julia... Ya te he dicho que a veces todavía la visito. Ya no es preciosa. Ha sido muy triste verla descomponerse con el paso de los años. La última vez que le eché un vistazo no era más que huesos podridos con unos mechones rubios y sucios y esas pulseras ridículas que solía llevar en la muñeca. ¿Te acuerdas?

Pulseras. Julia llevaba pulseras en la muñeca izquierda y un gran lazo negro en el pelo, y para completar el conjunto le había robado a Lydia sus zapatos de cordones, porque decía que de todos modos a ella le quedaban mejor.

Lydia notó de pronto que tenía la boca llena de saliva. Intentó tragar. Su garganta se contrajo. Tosió.

—¿No quieres saber dónde está Julia? —preguntó Paul—. Fue eso lo que de verdad os destrozó. No su desaparición, no el hecho de que probablemente estuviera muerta, sino el no saber. ¿Dónde está Julia? ¿Dónde está mi hermana? ¿Dónde está mi hija? Fue el no saber lo que os destrozó a todos. Hasta a la abuela Ginny, aunque a esa vieja zorra le guste fingir que todo eso es agua pasada.

Lydia sintió que empezaba a sumirse de nuevo en aquella especie de limbo. No tenía sentido seguir escuchándole. Ya sabía todo lo que necesitaba saber. Dee y Rick la querían. Helen no la había abandonado.

Ella había perdonado a Claire. Dos días antes, el pánico se habría apoderado de ella si alguien le hubiera dicho que tenía un tiempo finito para solventar todos sus asuntos, pero, pensándolo bien, su familia era lo único que de verdad le importaba.

—A veces visito a Julia. —Paul observaba su cara para calibrar sus palabras—. Si tuvieras que pedir un último deseo, ¿sería saber dónde está Julia?

Macintosh de Apple, impresora de matriz de puntos, disquetes de cinco pulgadas, copiadora de CD, reproductor de discos.

—Voy a leerte una selección de los diarios de tu padre, y luego voy a hacerte otra vez el submarino dentro de... —Consultó su reloj—. Veintidós minutos. ¿De acuerdo?

Macintosh de Apple, impresora de matriz de puntos, disquetes de cinco pulgadas, copiadora de CD, reproductor de discos.

Paul apoyó el cuaderno sobre su regazo, encima de los demás. Empezó a leer en voz alta:

—«Recuerdo la primera vez que tu madre y yo paseamos contigo por la nieve. Te envolvimos como un precioso regalo. Le dimos tantas vueltas a la bufanda que solo se te veía la naricita rosa».

Su voz. Paul había conocido a su padre. Había pasado horas con él (incluso sus últimas horas de vida) y sabía cómo leer las palabras de Sam con la misma suave cadencia que siempre usaba su padre.

—«Te llevamos a ver a tu abuela Ginny. A tu madre, claro, no le hacía gracia la visita».

—Sí —dijo Lydia.

Él levantó la mirada de la página.

—¿Sí qué?

—Dame el Percocet.

—Claro. —Paul dejó caer los cuadernos al suelo. Quitó el tapón del pulverizador—. Pero primero tienes que ganártelo.

19

Claire estaba sentada en el váter, con los codos apoyados en las rodillas y la cabeza en las manos. Había llorado hasta agotarse. No le quedaba nada dentro. Hasta a su corazón le costaba latir dentro de su pecho. Sus lentos latidos eran casi dolorosos. Cada vez que sentía aquel pálpito, su cerebro repetía en silencio «Lydia».

Lydia.

Lydia.

Su hermana se había dado por vencida. Claire lo había notado en su voz, aquella voz sin tono, como no fuera el tono de la absoluta rendición. ¿Qué le había hecho Paul para que creyera que ya estaba muerta?

Pensar en la respuesta a esa pregunta solo conseguiría hundirla más aún en la desesperación.

Apoyó la cabeza en la pared fría. Cerró los ojos. Estaba borracha de cansancio. La verdad pura y dura era que ella también quería darse por vencida. Lo deseaba con cada fibra de su ser. Tenía la boca seca. La vista borrosa. Y un pitido agudo en los oídos. ¿Había dormido en la sala de interrogatorios? ¿El rato que había pasado inconsciente por el puñetazo de Paul podía considerarse descanso?

Solo sabía que llevaba casi veinticuatro horas despierta. Había comido por última vez la mañana anterior, las tostadas con huevo que le había hecho Lydia. Le quedaban dos horas y media para ir supuestamente al banco de Hapeville... ¿a qué? El *pen drive* lo tenía Adam. Era con él con quien tenía que hablar. Las oficinas de Quinn + Scott estaban a diez manzanas de allí. Adam llegaría en un par de horas para su presentación. Tendría que esperarlo delante de la puerta de la oficina, no sentada en un váter del Hyatt. Si había mentido a Paul respecto a lo del banco con intención de ganar tiempo, solo había conseguido tener por delante cuatro o cinco horas inútiles.

Seguía sin saber qué iba a hacer. Su mente se negaba a seguir recorriendo el mismo bucle de siempre: Mayhew, Nolan, el congresista, la pistola.

¿Qué demonios iba a hacer con la pistola? La certeza que había tenido en algún momento se había disipado, y no conseguía reavivar la férrea resolución que había sentido al empuñar el revólver de Lydia por primera vez. ¿De verdad podía disparar a Paul? Aunque tal vez fuera mejor preguntarse si podía dispararle y dar en el blanco. Ella no era Annie Oakley. Tendría que estar muy cerca de él para darle, pero no tan cerca que pudiera quitarle la pistola.

Y tendría que tirarle la pistola a la cabeza, porque no tenía ni una puta bala.

La puerta del aseo se abrió. Claire levantó instintivamente los pies y apoyó los talones en la taza. Oyó el ruido suave de unos zapatos de suela blanca sobre las baldosas de gres. ¿Era Harvey? Dedujo que un hombre tan corpulento como el policía tendría un paso mucho más pesado. Se abrió la puerta de uno de los reservados, y luego la de otro y la de otro, hasta que la suya comenzó a sacudirse.

Claire reconoció los zapatos. Mocasines Easy Spirit marrones para caminar cómodamente entre las estanterías repletas de libros. Pantalones marrones claros para que no se notara el polvo de las revistas y los libros de bolsillo viejos.

—Mamá. —Claire abrió la puerta—. ¿Qué haces aquí? ¿Cómo me has encontrado?

—He dado la vuelta al edificio cuando por fin he conseguido librarme del tipo que te seguía.

—¿Qué?

—Vi a ese hombre corriendo detrás de ti. Fui al otro lado del edificio y di unas palmadas para llamar su atención y... —Helen se agarraba a la puerta. Tenía la cara colorada. Estaba casi sin aliento—. Me dejaron cruzar el vestíbulo principal. El guardia de la entrada lateral me dijo que acababas de irte. Corrías tan deprisa que he estado a punto de perderte, pero el portero de fuera me ha dicho que estabas aquí.

Claire la miraba con perplejidad. Helen vestía una blusa Chico's de un azul vivo y un grueso collar. Debería estar presentando una firma de libros, no corriendo por las calles del centro de Atlanta intentando despistar a un sabueso.

—¿Sigues queriendo que mueva tu coche? —preguntó.

Claire negó con la cabeza, pero solo porque no sabía qué quería que hiciera su madre.

—Sé que han acusado a Paul de robar dinero. —Helen hizo una pausa, como si esperara que su hija protestara—. El agente Nolan se pasó por casa ayer por la tarde, y el capitán de policía, Jacob Mayhew, se presentó al poco de marcharse Nolan.

—Así es —dijo Claire, aliviada por poder contarle a su madre la verdad, aunque fuera un fragmento muy pequeño de ella—. Paul robó tres millones de dólares a la empresa.

Helen pareció estupefacta. Tres millones de dólares era un montón de dinero para su madre.

—Los devolverás. Te vendrás a vivir conmigo. Puedes conseguir trabajo enseñando dibujo en algún colegio.

Claire se rio, porque dicho así sonaba tan sencillo...

Helen apretó los labios. Era evidente que quería saber qué estaba pasando, pero se limitó a decir:

—¿Quieres que te deje en paz? ¿Necesitas mi ayuda? Dime qué hago.

—No lo sé —reconoció Claire. Otro atisbo de verdad—. Tengo que ir a Hapeville dentro de dos horas.

Helen no preguntó por qué. Solo dijo:

—Muy bien. ¿Qué más?

—Necesito cargar el Tesla. Y comprar un cargador para iPhone.

—Llevo uno en el bolso. —Helen abrió la cremallera de su bolso, que era de piel marrón con flores bordadas en la tira. Le dijo a Claire—: Tienes muy mala cara. ¿Cuándo fue la última vez que comiste?

Lydia le había hecho la misma pregunta dos noches antes. Claire había dejado que su hermana cuidara de ella, y ahora estaba cautiva de Paul. Era su rehén. Su víctima.

—¿Cariño? —Su madre tenía el cargador en la mano—. Vamos al vestíbulo a que comas algo.

Claire dejó que su madre la condujera fuera del aseo igual que la había sacado de la sala de interrogatorios del FBI. Helen se adentró en el vestíbulo del hotel. Había allí varios grupos de sofás grandes y sillones mullidos. Claire se dejó caer en el más cercano.

—Quédate aquí —dijo Helen—. Voy a la cafetería a comprar algo.

Claire apoyó la cabeza en el respaldo. Tenía que librarse de Helen. Si Lydia corría peligro era únicamente porque ella la había involucrado en la locura de Paul. No permitiría que su madre siguiera el mismo camino. Tenía que pensar en algo para sacarlas a las tres de aquel aprieto. Paul querría que se vieran en algún sitio aislado. Ella tenía que sugerirle un lugar alternativo. Algún sitio al aire libre, con un montón de gente alrededor. Un centro comercial. Conocía todas las tiendas caras del Phipps Plaza. Se imaginó cruzando Saks con varios vestidos colgados del brazo. Tendría que probárselos, porque algunas marcas hacían las tallas cada vez más pequeñas. O quizá fuera que ella estaba ensanchando desde que no jugaba al tenis cuatro horas al día. Quería echar un vistazo a los nuevos bolsos de Prada, pero el expositor estaba demasiado cerca del mostrador de perfumería y le subiría la alergia...

—¿Cariño?

Claire levantó la mirada. La luz había cambiado. Y también el escenario. Helen estaba sentada en el sofá, a su lado. Tenía un libro de bolsillo en la mano. Estaba usando el dedo para marcar la página.

—Te he dejado dormir una hora y media —le dijo.

—¿Qué?

Claire se incorporó, aterrada. Escudriñó el vestíbulo. Ahora había más gente. El mostrador de recepción estaba lleno de empleados. Las maletas rodaban por la alfombra. Observó las caras. No vio la de Jacob Mayhew. Ni tampoco la de Harvey Falke.

—Dijiste que tenías dos horas. —Helen se guardó el libro en el bolso—. He cargado tu iPhone. El Tesla está enchufado una calle más allá, en Peachtree Center Avenue. Tienes el bolso ahí, a tu lado. He guardado la llave en el bolsillo con cremallera. Y también unas braguitas limpias. —Señaló la mesa baja—. La comida todavía está caliente. Deberías comer. Te sentará bien.

Claire miró la mesa. Su madre le había comprado un vaso grande de café y un hojaldre de pollo.

—Adelante. Tienes tiempo.

Su madre tenía razón. Su organismo necesitaba un poco de aporte calórico. El café podría tomárselo. De la comida no estaba tan segura. Quitó la tapa de plástico del vaso. Helen le había puesto tanta leche que el líquido se había puesto blanco, como a ella le gustaba.

Su madre desplegó la servilleta y se la puso en el regazo.

—Sabes que ese revólver necesita munición del 38 especial, ¿verdad? —dijo.

Claire bebió un sorbo de café. Su madre había estado dentro del Tesla. Habría visto el arma en el revistero de la puerta.

—Está en tu bolso. No me ha parecido prudente dejar una pistola en tu coche mientras estaba aparcado en la calle. No he encontrado ningún sitio en el centro, o te habría comprado munición.

Claire dejó el vaso. Desenvolvió el hojaldre para ocupar en algo las manos. Creía que el olor le revolvería el estómago, pero se dio cuenta de que estaba hambrienta. Dio un gran bocado.

—Me llamó Huckleberry —dijo Helen—. Sé que sabes lo de la cinta.

Claire tragó saliva. Todavía le dolía la garganta de gritar en el jardín trasero de la casa Fuller.

—Me mentiste sobre Julia.

—Te protegí. Es distinto.

—Tenía derecho a saberlo.

—Eres mi hija y yo soy tu madre. —Helen parecía firmemente convencida de lo que decía—. No voy a disculparme por cumplir con mi trabajo.

Claire se mordió la lengua para no decirle que se alegraba de que por fin hubiera retomado esa tarea.

—¿La cinta te la enseñó Lydia? —preguntó su madre.

—No. —No iba a permitir que su hermana volviera a cargar con las culpas—. La encontré en Internet. Se la enseñé yo a ella. —El teléfono de Lydia. Helen habría visto el número desconocido en el identificador de llamadas de su móvil—. Me quedé con su teléfono. El mío se lo llevó el atracador y, como necesitaba uno, me llevé el de Lydia.

Helen no le pidió más explicaciones, seguramente porque había investigado innumerables robos entre sus hijas cuando estas eran pequeñas. Se limitó a preguntar:

—¿Te encuentras bien?

—Me encuentro mejor. Gracias.

Miró por encima del hombro de su madre porque no se atrevía a mirarla a los ojos. No podía decirle lo de Lydia, pero sí lo de Dee. Su madre era abuela. Tenía una hija preciosa y encantadora que, con un poco de suerte, estaría escondida en algún lugar donde Paul no la encontraría nunca.

Lo que significaba que, de momento, Claire tampoco podía dejar que su madre la encontrara.

—Antes, cuando Wynn y yo estábamos buscándote —dijo Helen—, me acordé de algo que me dijo tu padre. —Asió con fuerza el bolso que tenía sobre el regazo—. Decía que los hijos siempre tienen padres distintos, incluso dentro de la misma familia.

Familia... Helen tenía más familia de la que creía. Claire sintió el peso de la culpa oprimiéndole el pecho.

—Cuando Julia era pequeña y solo estábamos los tres —prosiguió su madre—, creo que fui una madre estupenda. —Se rio. Saltaba a la vista que aquel recuerdo la hacía feliz—. Luego llegó Pepper y era un diablillo, pero yo disfruté cada minuto, aunque a veces fuera difícil y frustrante, porque era tan rebelde y tan terca, y chocaba constantemente con Julia.

Claire asintió con la cabeza. Se acordaba de las discusiones a gritos entre sus dos hermanas mayores. Se parecían demasiado para llevarse bien más allá de un par de horas seguidas.

—Y luego llegaste tú. —Helen sonrió con ternura—. Eras tan fácil comparada con tus hermanas... Eras callada y dulce y tu padre y yo solíamos sentarnos por las noches a hablar de lo distinta que eras. «¿Estás segura de que no nos la cambiaron en el hospital?», me preguntaba él. «Quizá deberíamos ir a la cárcel del condado, a ver si a nuestra verdadera hija la han detenido por sembrar el caos en la vía pública».

Claire sonrió, porque aquello era muy propio de su padre.

—Tú lo observabas todo. Te fijabas en todo. —Helen sacudió la cabeza—. Te veía sentada en tu trona, y seguías con los ojos todos mis movimientos. Tenías tanta curiosidad por el mundo y te fijabas tanto en los demás, en sus rabietas, en sus pasiones y en sus personalidades arrolladoras, que me daba miedo que te perdieras. Por eso te llevaba a hacer esas pequeñas salidas. ¿Te acuerdas?

Claire lo había olvidado, pero de pronto se acordó. Su madre la llevaba a museos de arte en Atlanta y a funciones de títeres, y hasta había participado en unas clases de cerámica que no llegaron a buen puerto.

Solas las dos. Sin Pepper para estropear el hermoso cuenco de arcilla que había hecho Claire, ni Julia para amargarle la función de títeres comentando el trasfondo patriarcal de Judy y Punch.

—Fui una madre estupenda para ti durante trece años —continuó Helen—, y luego fui una madre pésima durante otros cinco años, más o menos, y tengo la sensación de haber pasado todos los días desde entonces intentando encontrar la manera de que vuelvas a considerarme una buena madre.

Claire llevaba veinte años tratando de propiciar o de evitar aquella conversación con Helen, pero sabía que, si la tenían en ese momento, se derrumbaría. Así que preguntó:

—¿Qué te parecía Paul?

Helen dio vueltas al anillo que llevaba en el dedo. Paul se equivocaba. Claire daba vuelta a su anillo porque había visto a su madre hacer lo mismo muchas veces.

—No vas a herir mis sentimientos —dijo—. Quiero saber la verdad.

Helen no tuvo que pensárselo.

—Le dije a tu padre que Paul era como un cangrejo ermitaño. Son carroñeros. Carecen de la habilidad necesaria para fabricar su propia concha, así que van buscando por ahí hasta que dan con una concha abandonada y se instalan en ella.

Claire sabía mejor que nadie que su madre tenía razón. Paul se había instalado en su concha, en la de Claire, en esa concha abandonada por su familia destrozada por la pena.

—Se supone que tengo que ir a Hapeville dentro de media hora —le dijo a Helen—. A un banco cerca del Dwarf House. Tiene que parecer que estoy allí, pero tengo que estar en otra parte.

—¿Qué banco?

—El Wells Fargo. —Claire dio otro mordisco al hojaldre. Era consciente de que su madre ansiaba más información—. Están siguiendo mi rastro. No puedo ir a Hapeville, pero tampoco puedo dejar que se enteren de adónde voy a ir en realidad.

—Entonces dame tu teléfono y yo iré a Hapeville. Seguramente debería llevarme el Tesla. Es posible que también estén siguiendo su señal.

El teléfono. ¿Cómo podía haber sido tan estúpida? Paul sabía que estaba en el edificio del FBI. Sabía en qué punto exacto de la calle estaba. Le había dicho que girara a la izquierda, en dirección al hotel. Estaba usando la aplicación Buscar mi iPhone porque sabía que no iría a ninguna parte sin su única conexión con Lydia.

—Tengo que contestar al teléfono si suena —le dijo a su madre—. Tiene que ser mi voz la que conteste.

—¿No puedes usar el desvío de llamadas? —Helen señaló la tienda de regalos del hotel con el pulgar—. Tienen un expositor con teléfonos de prepago. Podemos comprar uno, o puedo darte el mío.

Claire estaba pasmada. En menos de un minuto, Helen había resuelto uno de sus mayores problemas.

—Ten. —Helen sacó las llaves de su coche del bolso junto con un tique de aparcamiento azul claro—. Quédate con esto. Yo voy a comprar un teléfono.

Claire tomó las llaves. En su afán catalogador, Helen había anotado el piso del aparcamiento y el número de plaza en el dorso del tique.

Observó a Helen hablando con el dependiente de la tienda. Le estaba enseñando distintos modelos de teléfono. Claire empezó a preguntarse quién era aquella persona eficiente y segura de sí misma, pero ya lo sabía. Era la Helen Carroll que había conocido antes de la desaparición de Julia.

O quizá fuera la Helen Carroll que había vuelto a su lado después de llorar la pérdida de Julia, porque su madre había llamado a Wynn Wallace nada más cortar ella la llamada. Se había pasado toda la noche buscándola. La había rescatado de las garras de Fred Nolan. Había distraído a Harvey Falke para que ella pudiera escapar. Y ahora estaba en el vestíbulo de un hotel, haciendo todo lo posible por ayudarla.

Claire ansiaba reclutar su ayuda para resolver el resto de sus problemas, pero era incapaz de dar con una historia verosímil sin revelar la verdad, y sabía que, aunque Helen estaba reprimiendo su curiosidad, todo tenía un límite. Aún le costaba creer que su madre hubiera desplegado tal cantidad de recursos. Incluso había buscado munición para la pistola. Paul se quedaría de piedra.

Claire atajó aquella idea un segundo demasiado tarde. No iba a contarle esa historia a Paul cuando volviera a casa del trabajo esa noche. Nunca volverían a compartir un momento así.

—Ha sido fácil. —Helen ya había sacado el teléfono de la caja—. La batería está cargada solo a medias, pero tengo un cargador de coche y el bueno del dependiente me ha dado un cupón de descuento, así que tienes treinta minutos en llamadas gratis. Si es que pagar por una cosa para conseguir otra puede considerarse gratis. —Helen volvió a sentarse a su lado. Era evidente que estaba nerviosa porque se había puesto a parlotear como parloteaba Claire cuando estaba nerviosa—. He pagado en metálico. Seguramente me estoy poniendo paranoica, pero si el FBI te está siguiendo la pista puede que también me la esté siguiendo a mí. Ah. —Metió la mano dentro del bolso y sacó un fajo de billetes—. Saqué esto en el cajero mientras estabas dormida. Quinientos dólares.

—Te los devolveré. —Claire tomó el dinero y se lo guardó en el bolso—. No puedo creer que estés haciendo esto.

—Bueno, quiero que conste que me da terror que estés metida en algo así. —Su madre estaba sonriendo, pero sus ojos brillaban llenos de lágrimas—. La última vez que sentí terror por una de mis hijas, le fallé a toda la familia. Le fallé a tu padre y os fallé a Lydia y a ti. No voy a volver a hacerlo. Así que entonaré el *mea culpa* hasta la prisión federal si es necesario.

Claire comprendió que Helen creía que se trataba del dinero desfalcado. La había interrogado el FBI y la policía. Nolan había interrogado a su hija doce horas seguidas. Claire iba a mandarla a un banco en Hapeville. Estaba claro que creía haber juntado todas las piezas del rompecabezas, cuando en realidad no tenía ni idea de lo que estaba pasando.

Helen tomó el teléfono de Lydia.

—Ese dependiente tan simpático me ha dicho que hay que entrar en configuración del sistema.

Claire agarró el teléfono.

—Tiene contraseña.

Ladeó la pantalla para que su madre no viera lo último que había mirado: la foto de Lydia en el maletero hecha por Paul. Borró la imagen y fingió teclear la contraseña antes de devolverle el teléfono. Luego observó con asombro la desenvoltura con que su madre manejaba el *software*.

Helen introdujo el número del teléfono de prepago y salió del menú.

—Mira. —Volvió la pantalla hacia Claire—. ¿Ves esa cosita de ahí arriba, la imagen de un teléfono con una flecha? Significa que está activado el desvío de llamadas. —Parecía impresionada—. Qué cacharrito tan maravilloso.

Claire no se fiaba de aquella «cosita de ahí arriba».

—Llámame para ver si funciona.

Helen sacó su iPhone. Encontró el número de Lydia en las llamadas recientes. Esperaron las dos. Pasaron unos segundos. Luego, el teléfono de prepago comenzó a sonar.

Helen cortó la llamada.

—Mi madre me regañaba cuando la llamaba por teléfono. «Es tan impersonal...», me decía. «¿Por qué no me escribes una carta?». Y yo te regaño a ti por mandarme correos electrónicos en vez llamarme. Y todas mis amigas regañan a sus nietos por escribir mensajes llenos de faltas de ortografía. Qué extraño galimatías.

—Te quiero, mamá.

—Yo a ti también, Guisantito. —Recogió las cosas que Claire había dejado desperdigadas por la mesa. Intentaba actuar con naturalidad, pero le temblaban las manos. Aún tenía lágrimas en los ojos. Saltaba a la vista que se sentía dividida y que al mismo tiempo, sin embargo, estaba decidida a hacer todo lo posible por ayudarla—. Debería irme ya. ¿Cuánto tiempo tengo que quedarme en el banco?

Claire no sabía cuánto tiempo se tardaba en acceder a una caja de seguridad.

—Media hora, como mínimo.

—¿Y luego?

—Vuelve a la I-75. Te llamaré a tu móvil para decirte qué tienes que hacer. —Se acordó de lo que le había dicho Paul—. Ten cuidado. No es un barrio muy recomendable, sobre todo llevando el Tesla.

—Habrá un guardia de seguridad en el aparcamiento del banco.

—Helen le tocó la mejilla. Seguía temblándole ligeramente la mano—. Cenaremos juntas cuando esto acabe. Y tomaremos una copa. Un montón de copas.

—De acuerdo.

Claire miró el reloj para no tener que ver alejarse a su madre. Adam Quinn había dicho que la presentación era a primera hora de la mañana. Las oficinas abrían a las nueve, lo que significaba que tenía media hora para recorrer diez manzanas.

Se guardó el teléfono de prepago en el bolsillo de atrás. Se colgó el bolso del hombro. Apuró el café mientras se dirigía al aseo. Su aspecto no había mejorado desde que se había mirado en el espejo de detrás de Fred Nolan. Tenía el pelo pegado a la cabeza y la ropa hecha un desastre. Seguramente olía a sudor por haber corrido a toda velocidad por las calles.

Todavía tenía fresco el corte de la mejilla. El círculo oscuro de debajo de su ojo empezaba a convertirse en un negro moratón. Se tocó la piel con los dedos. Paul también había golpeado a Lydia. Le había hecho sangre en la frente. Le había amoratado los ojos. También le habría hecho otras cosas, cosas que habían hecho tirar la toalla a su hermana, que la habían convencido de que, hiciera lo que hiciera ella, ya estaba muerta.

—No estás muerta, Lydia —dijo en voz alta no solo para su hermana, sino también para sí misma—. No voy a abandonarte.

Llenó el lavabo de agua. No podía presentarse delante de Adam Quinn con aquel aspecto. Si era cierto que Adam ignoraba en qué estaba metido Paul, sería mucho más probable que estuviera dispuesto a ayudarla si no parecía una indigente. Se lavó la cara y se aseó lo mejor que pudo, a toda prisa. Las bragas que le había comprado Helen le llegaban más arriba del ombligo, pero no estaba en situación de quejarse.

Se mojó el pelo y se lo peinó con los dedos, ondulándolo ligeramente para que se secara. Llevaba maquillaje en el bolso. Base, corrector, sombra de ojos, colorete, maquillaje en polvo, rímel, perfilador. Hizo una mueca al palpar la carne en torno al moratón. El dolor le vino bien: tenía la sensación de ir recuperando el aplomo poco a poco.

Seguramente aquella hora y media de sueño la había ayudado más que el corrector de noventa dólares. Sintió que sus pensamientos se ponían de nuevo en funcionamiento. Se acordó de la pregunta que le había formulado a Nolan: ¿por qué no se había marchado Paul?

Porque quería el *pen drive*. No era lo bastante vanidosa para pensar que su marido la estaba esperando a ella. Paul era un superviviente. Estaba poniéndose en peligro para recuperar el *pen drive* y le estaba diciendo a ella lo que creía que quería oír porque el mejor modo de conseguirlo era tenerla de su lado.

Decirle que la quería era la zanahoria. Lydia era el palo.

Nolan creía que iba a brindarle la identidad del enmascarado, pero Claire sabía que Paul no iba a proporcionarle al FBI pruebas en su contra. De modo que ¿qué quedaba, entonces? ¿Qué información podía contener el *pen drive* tan valiosa como para que Paul estuviera dispuesto a arriesgar su libertad para conseguirla?

—Su lista de clientes —le dijo a su reflejo.

Era lo único que tenía sentido. El día anterior, por teléfono, Paul le había asegurado que se había metido en el negocio de su padre porque necesitaba el dinero para pagarse los estudios. Dejando a un lado que hacía años que había terminado de estudiar, ¿qué cifra estaba dispuesta a pagar la gente para ver sus películas? ¿Y cuántos nombres había en su lista de clientes?

La colección de vídeos de Gerald Scott se remontaba al menos veinticuatro años atrás. Había como mínimo un centenar de cintas en el garaje. Los aparatos obsoletos de los estantes indicaban que se habían usado otros métodos de duplicación. Disquetes para fotografías. DVD para películas. El super Mac para subir a Internet el metraje ya editado. El negocio debía de tener una vertiente internacional. Paul la había llevado tantas veces a Alemania y a Holanda que Claire había perdido la cuenta. Él decía que asistía a conferencias durante el día, pero Claire no tenía modo de saber en qué invertía su tiempo.

Paul no podía llevar él solo el negocio pero, conociendo a su marido, sin duda era quien llevaba la voz cantante. Habría vendido la idea a otros individuos en otras partes del mundo como si se tratara de una franquicia, exigiría sumas astronómicas y controlaría cada paso del proceso.

Mientras tuviera su lista de clientes, podía seguir llevando el negocio desde cualquier lugar del mundo.

Se abrió la puerta del aseo. Entraron dos chicas jóvenes. Se reían por lo bajo, felices, y llevaban grandes vasos de Starbucks llenos de brebajes dulces con mucho hielo.

Claire vació el agua del lavabo. Revisó su maquillaje. El moratón seguía notándosele si le daba la luz de determinada manera, pero no resultaría difícil explicarlo. Adam la había visto en el entierro. Sabía que tenía un raspón en la mejilla.

El vestíbulo estaba lleno de viajeros en busca de desayuno. Claire buscó a Jacob Mayhew o Harvey Falke con la mirada, pero no vio ni rastro de ellos. Sabía por las películas que los agentes del FBI solían llevar auriculares, de modo que observó las orejas de los hombres que había a su alrededor. Luego miró a las mujeres, porque también había mujeres en el FBI. Estaba casi segura de estar viendo únicamente a turistas y ejecutivos dado que todos mostraban indicios de tener poco fondo físico, e imaginaba que había que estar en plena forma para trabajar en el FBI.

Su cerebro refrescado llegó fácilmente a una serie de conclusiones: nadie sabía que estaba en el Hyatt. Por lo tanto, Paul no les había dicho dónde encontrarla, de lo que cabía concluir que no estaba compinchado con Jacob Mayhew ni con el FBI ni, por extensión, con Johnny Jackson.

Probablemente.

Al echar una rápida ojeada fuera del hotel comprobó que la ligera llovizna se había convertido en un aguacero constante. Subió un piso más arriba y tomó una de las pasarelas flotantes que formaba parte de un proyecto que abarcaba diez manzanas y dieciocho edificios a fin de que los turistas pudieran transitar por el corredor de convenciones y congresos sin desmayarse debido al calor abrasador del verano.

Quinn + Scott había trabajado en el diseño y construcción de dos de las pasarelas. Paul había llevado a Claire a dar un paseo por los dieciocho puentes, subiendo y bajando en ascensores y escaleras mecánicas para acceder a las pasarelas de cristal tendidas sobre innumerables calles del centro de la ciudad. Le indicó diversos detalles arquitectónicos y le contó anécdotas sobre los edificios que habían sido derribados para dejar sitio a los nuevos. El *tour* acabó en la pasarela del Hyatt, que en aquel momento estaba cerrada por obras. El sol se estaba poniendo en el horizonte de la ciudad. La piscina del Hyatt centelleaba allá abajo. Merendaron al aire libre, sobre una manta, tarta de chocolate y champán.

Claire apartó la mirada de la piscina mientras cruzaba el puente hacia el Marriott Marquis. El tráfico atascaba las calles a medida que los empleados afluían al complejo de Peachtree Center, compuesto por catorce edificios que albergaban todo tipo de establecimientos, desde oficinas a centros comerciales. Sentía como si su cabeza estuviera montada sobre un torno giratorio mientras buscaba auriculares, o a Mayhew, a Harvey o a Nolan, o cualquier otra cara que le pareciera amenazadora o le resultara familiar. Si no estaban compinchados con Paul, todos ellos tenían motivos para utilizarla con el fin de presionar a su marido. No podía permitirse pasar otras doce horas retenida mientras Lydia estaba esperando.

Esperando no, porque su hermana ya se había dado por vencida.

Claire bajó corriendo otro tramo de escaleras mecánicas, camino de la siguiente pasarela. No podía pararse a pensar en lo que le estaría sucediendo a Lydia. Estaba haciendo progresos. Eso era lo que importaba. Tenía que concentrarse en la tarea más inmediata: recuperar el *pen drive*. Se recordaba continuamente un dato que le había revelado Nolan durante el interrogatorio: habían revisado el ordenador de Paul.

Adam era quien había alertado al FBI. Sabría que registrarían el despacho de Paul y su ordenador. Y, si formara parte de una red que producía y distribuía porno *snuff*, por más dinero que le hubiera robado Paul no cometería la estupidez de denunciarle a ninguna fuerza policial, y menos aún al FBI.

Sintió que se quitaba un peso de encima mientras subía a la pasarela que comunicaba el último edificio de AmericasMart con Museum Tower. Desde allí había una corta caminata al aire libre hasta Olympic Tower, en Centennial Park Drive.

Se metió bajo los toldos para esquivar la lluvia que caía con fuerza. Normalmente iba al centro en coche cada dos semanas para comer con Paul. Usó la tarjeta de identificación de Quinn + Scott que llevaba en el bolso para pasar por los torniquetes del vestíbulo principal. El estudio estaba en el último piso de la torre, con vistas a Centennial Park, un parque de ocho hectáreas y media, vestigio de las Olimpiadas. Para recaudar fondos, el Comité Olímpico había vendido adoquines personalizados que bordeaban las aceras. Uno de los últimos regalos que le había hecho su padre era un adoquín en el parque con su nombre grabado. También había comprado uno para Lydia y otro para Julia.

Claire le había enseñado los adoquines a Paul. Se preguntaba si a veces miraba hacia abajo desde su oficina en el último piso del rascacielos y sonreía.

El ascensor se abrió al llegar a la planta de Quinn + Scott. Eran las nueve y cinco de la mañana. Las secretarias y subalternos habrían llegado diez minutos antes. Se afanaban en torno a sus mesas e iban de acá para allá con tazas de café en la mano y donuts en la boca.

Se pararon todos al ver a Claire.

Hubo gestos de confusión y miradas nerviosas, lo que extrañó a Claire hasta que se acordó de que la última vez que la habían visto estaba delante del féretro de su marido.

—¿Señora Scott? —Una de las recepcionistas rodeó el alto mostrador que separaba el vestíbulo de las oficinas.

Todo eran espacios diáfanos y diseño vanguardista, cromo satinado y madera blanqueada, sin impedimentos que obstruyeran la vista del parque, casi siempre espectacular.

419

Claire se había detenido en aquel mismo lugar mientras Paul y Adam celebraban con pizza y chupitos de whisky y salmuera la inauguración de su nuevo y espacioso estudio, una desagradable costumbre que conservaban de sus tiempos de estudiantes.

—¿Señora Scott? —repitió la recepcionista.

Era joven, bonita y rubia, exactamente el tipo de Paul. De los dos Paul, porque aquella chica podría haber sido una Claire jovencita.

—Necesito ver a Adam —dijo ella.

—Voy a avisarlo. —Estiró el brazo por encima del mostrador para alcanzar el teléfono. La falda se le ceñía al culo. Levantó el pie izquierdo al doblar la rodilla—. Hay una presentación en la...

—Ya lo busco yo. —Claire no podía esperar más.

Cruzó la oficina diáfana, seguida por las miradas de todos los empleados. Avanzó por el largo pasillo en el que tenían su despacho los socios que se habían ganado el derecho a disfrutar de una puerta. La sala de presentaciones estaba frente a la de reuniones, que tenía vistas al parque. Paul le había explicado el razonamiento al enseñarle por primera vez el local vacío del último piso del edificio: se trataba de deslumbrar a los clientes con un panorama espectacular, llevarlos luego a la sala de presentaciones y deslumbrarlos con su trabajo.

«Estudio de presentación». Así lo había llamado Paul. Claire lo había olvidado hasta que vio el letrero en la puerta cerrada. No se molestó en llamar.

Adam se giró en su silla. Estaba viendo un ensayo de la presentación. Claire vio un montón de cifras al lado de una cita del alcalde alardeando de que Atlanta iba camino de superar a Las Vegas en número de asistentes a congresos y convenciones.

—¿Claire? —Adam encendió las luces. Cerró la puerta. La tomó de las manos—. ¿Ocurre algo?

Ella miró sus manos unidas. Nunca volvería a tocar a un hombre sin preguntarse si de verdad podía confiar en él.

—Siento molestarte —le dijo a Adam.

—Me alegro de que estés aquí. —Le indicó las sillas, pero ella no se sentó—. Lo de esa nota fue imperdonable. Siento haberte amenazado. Quiero que sepas que en ningún caso habría recurrido a los abogados. Necesitaba los archivos, pero no hacía falta que me comportara como un matón.

Claire no supo qué decir. La desconfianza había vuelto a apoderarse de ella. Paul era tan buen actor... ¿Lo era también Adam? Nolan afirmaba haberlo interrogado a fondo, pero Nolan era un embustero de primera fila. A todos se les daba aquello mucho mejor que a ella.

—Sé lo del dinero —dijo.

Él hizo una mueca.

—Debí solventar ese asunto solo con Paul.

—¿Por qué no lo hiciste?

Él negó con la cabeza.

—Es igual. Solo quiero que sepas que lo siento.

—Por favor. —Ella le tocó la mano. El contacto se convirtió en caricia, y la actitud de Adam se suavizó tan fácilmente como si hubiera pulsado un botón.

—Quiero saberlo, Adam —insistió—. Dime qué pasó.

—Hacía ya un tiempo que las cosas no iban bien entre nosotros. Supongo que en parte era culpa mía. Todo ese asunto contigo fue un disparate. No es que no fuera agradable —le aseguró—, pero no estuvo bien. Yo quiero a Sheila y sé que tú querías a Paul.

—Sí —convino ella—. Pensaba que tú también lo querías. Os conocíais desde hacía veintiún años.

Adam se quedó callado otra vez. Ella le acercó los dedos a la mejilla para que lo mirara.

—Dímelo.

Adam negó de nuevo con la cabeza, pero dijo:

—Ya sabes que Paul tenía sus bajones, sus rachas de depresión.

Claire había pensado siempre que su marido era la persona más estable que había conocido nunca.

—Lo sacó de su padre —aventuró.

Adam no la contradijo.

—Parecía que últimamente no levantaba cabeza. Calculo que desde hace un año, o quizá dos, ya no sentía que fuéramos amigos de verdad. Siempre me mantuvo a distancia, pero esto era distinto. Y me dolía. —Parecía dolido, de hecho—. Reaccioné mal. No debería haber llamado al FBI y te aseguro que estoy intentando asimilarlo con ayuda de mi terapeuta, pero hubo algo que me hizo saltar.

Claire se acordó entonces de una de las razones por las que nunca se había visto manteniendo una relación a largo plazo con Adam Quinn: hablaba constantemente de sus sentimientos.

—No era solo que estuviera cabreado por lo del dinero —añadió él—. Eso no fue más que una cosa más que vino a sumarse a sus cambios de humor, a sus pataletas y a su necesidad de controlarlo todo y... No era mi intención que la situación degenerara de esa manera. Cuando ese cretino del FBI le puso las esposas y lo sacó de la oficina, supe que no había vuelta atrás. La cara que puso Paul... Nunca lo había visto tan furioso. Fue como si se convirtiera en un desconocido.

Claire había visto de lo que era capaz ese desconocido. Adam había tenido suerte de que Paul estuviera esposado.

—Retiraste la denuncia. ¿Fue porque Paul devolvió el dinero?

—No. —Adam desvió la mirada—. El dinero lo devolví yo.

Ella pensó que había oído mal. Tuvo que repetir sus palabras para cerciorarse.

—Lo devolviste *tú*.

—Paul sabía lo nuestro. Las tres veces.

Las tres veces.

Claire había estado tres veces con Adam: en la fiesta de Navidad, durante el torneo de golf y en el servicio del fondo del pasillo mientras Paul estaba abajo, esperándolos para comer juntos.

Fred Nolan ya tenía la respuesta a su primera cosa curiosa: Paul había desfalcado un millón de dólares por cada vez que Adam se la había follado.

—Lo siento —dijo él.

Claire se sintió como una estúpida, pero únicamente por no haberlo adivinado por sus propios medios. A Paul y a Adam siempre los había impulsado el dinero.

—Se quedó con dinero suficiente para llamar tu atención, pero no con tanto como para que avisaras a la policía. Pero lo hiciste. Acudiste al FBI.

Adam asintió avergonzado.

—Fue Sheila quien me empujó a ello. Estaba cabreado... No entendía a qué venía aquello. Y luego todo se me fue de las manos, detuvieron a Paul, registraron su despacho y... —Se interrumpió—. La verdad es que acabé suplicándole que me perdonara. Porque, sí, lo que hice estuvo mal, pero éramos socios y teníamos que encontrar el modo de trabajar juntos otra vez, así que...

—Le pagaste una multa de tres millones de dólares. —Claire no podía permitirse el lujo de pararse a pensar en sus sentimientos—. Imagino que, ya que me tratan como a una puta, al menos que no sea barata.

—Escucha...

—Necesito que me devuelvas el *pen drive*, el que te dejé en el buzón.

—Claro.

Adam se acercó al proyector. Su maletín estaba al lado, abierto. Claire dedujo que aquella era la última prueba que necesitaba de que Paul le había ocultado sus actividades criminales a su mejor amigo. O exmejor amigo, al parecer.

Adam levantó el llavero.

—Ya he descargado los archivos que necesitaba. ¿Puedo ayudarte en...?

Claire le quitó el *pen drive* de la mano.

—Necesito usar el ordenador del despacho de Paul.

—Claro. Puedo mandar que...

—Sé dónde está.

Recorrió el pasillo con el llavero bien apretado en la mano. Tenía la lista de clientes de Paul. Estaba segura de ello. Pero no lograba quitarse de la cabeza las palabras de Fred Nolan: «fíate, pero verifica».

La luz del despacho de Paul estaba apagada. Su silla estaba

metida bajo la mesa. El vade estaba despejado. No había papeles sueltos. La grapadora estaba alineada con el bote de los bolígrafos, que a su vez estaba alineado con la lámpara. Cualquiera habría deducido que habían recogido el despacho, pero Claire sabía que no era así.

Se sentó en la silla de su marido. El ordenador seguía encendido. Enchufó el *pen drive* a la parte de atrás del iMac. Paul no había salido del sistema. Se lo imaginó sentado detrás de su mesa cuando Fred Nolan vino a decirle que había llegado la hora de que simulara su muerte. Paul no habría podido hacer otra cosa que levantarse y salir.

Pero, naturalmente, se habría tomado el tiempo necesario para deslizar la silla bajo la mesa colocándola en un ángulo preciso respecto a las patas.

Claire hizo doble clic en la unidad USB. Había dos carpetas, una con los archivos del trabajo en curso y otra con el *software* del *pen drive*. Abrió la carpeta del *software*. Echó un rápido vistazo a los archivos. Todos ellos tenían nombres aparentemente técnicos y acababan en .exe. Comprobó las fechas. Paul los había grabado en el *pen drive* dos días antes de su asesinato simulado.

Claire bajó hasta el final de la lista. Él último archivo que había guardado Paul era una carpeta titulada FFN.exe. Dos noches antes, en el garaje de su casa, Claire había examinado el *pen drive* en busca de películas. Pero eso había sido antes de descubrir hasta dónde llegaba la depravación de su marido. Ahora sabía que no debía dar nada por sentado. Y también sabía que las carpetas no necesitaban extensión.

FFN. Fred F. Nolan. Había visto las iniciales de Nolan bordadas en su pañuelo.

Abrió la carpeta.

Apareció una ventana pidiéndole una contraseña.

Se quedó mirando la pantalla hasta que la ventana pareció difuminarse. Había adivinado las otras contraseñas con la premisa de que conocía a su marido. Pero aquella contraseña la había ideado el

Paul Scott al que no conocía, el que se ponía una máscara para filmarse violando y asesinando a chicas jóvenes. El que había cobrado un millón de dólares a su mejor amigo por cada polvo que había echado con su mujer. El que, al descubrir el alijo de películas de su padre, había decidido ampliar el negocio.

Paul debía de haber visto las cintas en el mismo aparato de vídeo que Lydia y ella habían encontrado en la casa Fuller. Claire se imaginó a un Paul joven y desgarbado sentado delante del televisor, viendo por primera vez las películas de su difunto padre. ¿Le había sorprendido lo que veía? ¿Le había repugnado? Quiso pensar que le había indignado y repelido, y que solo el hábito y la necesidad lo habían impulsado a vender las cintas, y no solo a eso, sino también a caer en las mismas desviaciones que su padre.

Pero menos de seis años después ellos se habían conocido en el laboratorio de matemáticas. Sin duda Paul sabía quién era ella y quién era su hermana. Y sin duda para entonces ya había visto la película de Julia decenas de veces, cientos quizá.

Sus manos se movieron con sorprendente firmeza sobre el teclado cuando tecleó la contraseña 04031991.

Nada de trucos nemotécnicos. Nada de acrónimos. 4 de marzo de 1991, el día en que desapareció su hermana. El día en que empezó todo.

Pulsó el *enter*. Vio un listado de archivos.

.xls: hojas de cálculo de Excel.

Había dieciséis en total.

Abrió la primera. Había cinco columnas: nombre, dirección de *e-mail,* dirección postal, cuenta bancaria, miembro desde.

Miembro desde.

Claire recorrió la lista. Cincuenta nombres en total. Algunos eran miembros de la red desde hacía treinta años. Procedían de todas partes, de Alemania a Suiza pasando por Nueva Zelanda. Había varias direcciones de Dubái.

Claire había dado en el clavo. Paul necesitaba su lista de clientes. ¿La estaba buscando también Mayhew? ¿Quería hacerse cargo del negocio de Paul? ¿O acaso Johnny Jackson pretendía mandar a la policía a limpiar el desbarajuste causado por su sobrino?

Cerró el archivo. Abrió todas las hojas de cálculo y recorrió uno por uno los nombres del listado, porque había pagado un precio muy alto por haber estado ciega hasta entonces.

Cincuenta nombres en cada hoja de cálculo, dieciséis hojas en total. Había ochocientos hombres diseminados por el mundo que pagaban por el privilegio de ver a Paul cometer brutales asesinatos a sangre fría.

Si hubiera abierto todos los archivos del *pen drive* cuando estaba en el garaje... Claro que en aquel momento no habría podido adivinar la contraseña, convencida como estaba de que su marido era un espectador pasivo, no un participante activo.

Colocó el puntero sobre el último archivo, que en realidad no era un archivo. Era otra carpeta, titulada *JJ*.

Si la carpeta FNF contenía cosas que interesaban a Fred Nolan, la carpeta JJ debía contener información valiosa para el congresista Johnny Jackson.

Abrió la carpeta. Encontró una lista de archivos sin extensiones. Recorrió toda la columna de la derecha.

Archivos de imagen JPG.

Abrió el primero. Lo que vio le dio ganas de vomitar.

Era una fotografía en blanco y negro. Johnny Jackson aparecía de pie, dentro de lo que solo podía ser el establo de la casa de los horrores. Estaba posando junto a un cadáver colgado boca abajo de las vigas. La chica estaba amarrada como un ciervo, con los tobillos atados juntos con alambre de espino que se le clavaba en el hueso. Colgaba de un gran gancho metálico que parecía salido de una carnicería. Los brazos le arrastraban por el suelo. La habían abierto en canal. Johnny Jackson sostenía en una mano un cuchillo de caza muy afilado y en la otra un cigarrillo. Estaba desnudo. Una sangre negra le cubría la parte delantera del cuerpo y el pene rígido.

Claire abrió el siguiente archivo. Otro hombre en blanco y

negro. Otra chica muerta. Otra escena de matanza. Claire no reconoció la cara. Siguió abriendo archivo tras archivo. Y entonces encontró lo que debería haber adivinado desde el principio.

El sheriff Carl Huckabee.

Era una fotografía en color, en película Kodachrome. Huckleberry lucía lo que solo podía describirse como una sonrisa de comemierda debajo de su bigote bien peinado. Estaba desnudo, salvo por el sombrero y las botas de cowboy. Tenía un chorretón de sangre en el torso desnudo. Su espesa mata de vello púbico estaba manchada de sangre reseca. La chica que colgaba a su lado estaba atada igual que las otras, pero no era cualquier chica. Claire reconoció de inmediato las pulseras negras y plateadas que colgaban de su muñeca inerte.

Era Julia.

El hermoso cabello rubio de su hermana arrastraba por el suelo sucio. Largos cortes dejaban al descubierto el blanco de sus pómulos altos. Le habían cortado los pechos. Tenía el vientre abierto. Los intestinos le colgaban hasta la cara y rodeaban su cuello como una bufanda.

Todavía tenía el machete dentro.

Al otro lado de Huckabee estaba Paul con quince años. Vestía vaqueros desteñidos y un ancho polo de color rojo. Tenía el pelo desflecado y llevaba unas gruesas gafas.

Miraba al hombre de detrás de la cámara levantando los pulgares.

Claire cerró la fotografía. Miró por la ventana. El cielo, completamente cubierto, vertía un diluvio sobre el parque. Las nubes se habían vuelto casi negras. Escuchó el tamborileo insistente de la lluvia contra el cristal.

Había intentado convencerse de que Paul no le haría un daño irreparable a Lydia porque aún quería complacerla a ella. Su razonamiento seguía un patrón muy sencillo: estaba claro que había aterrorizado a Lydia, que la había agredido, pero de ningún modo le haría verdadero daño. Había tenido su ocasión dieciocho años antes. Había pagado a detectives para que la siguieran durante años. Podría haberla secuestrado en cualquier momento y había decidido no hacerlo por amor a Claire.

¿Porque era guapa? ¿Porque era inteligente? ¿Porque era ingeniosa?

Porque era tonta.

Lydia tenía razón. Ya estaba muerta.

20

Paul caminaba por la habitación mientras hablaba por teléfono. Salían palabras de su boca, pero ninguna de ellas tenía sentido. A decir verdad, ya nada tenía sentido para Lydia.

Sabía que sentía dolor, pero no le importaba. Tenía miedo, pero no le importaba. Se imaginaba su terror como una herida infectada debajo de una costra reciente. Sabía que seguía ahí, sabía que podía abrirse al menor contacto, y pese a todo no lograba preocuparse.

Nada podía ocupar mucho tiempo sus pensamientos, como no fuera aquella verdad exquisita: había olvidado lo fantástico que era estar colocada. El hedor a meados había desaparecido. Podía respirar otra vez. Los colores de la habitación eran tan bonitos... El Macintosh de Apple, la impresora de matriz de puntos, los disquetes de cinco pulgadas, la copiadora de CD, el reproductor de discos... Refulgían cada vez que los miraba.

—No —dijo Paul—, escúchame tú a mí, Johnny. Yo soy quien manda.

Johnny. Johnny Appleseed, Johnny Jack Corn, y a mí me importa un comino.

No, ese era Jimmy.

Jimmy Jack Corn y a mí me importa un comino.

No, era Jimmy Crack Corn*.

---

* Cancioncilla infantil. (N. de la T.)

Pero ¿qué más daba?

Recordaba vagamente a Dee cantando esa cancioncilla mientras veía las marionetas de *Barrio Sésamo*. Pero eso no podía ser. A Dee le daba terror la Gallina Caponata. Seguramente era Claire quien cantaba la canción. Su hermana tenía una muñeca Geraldine que decía «el diablo me obligó a hacerlo» cada vez que tirabas de un cordel. Claire rompió el cordel. Julia se puso furiosa porque la muñeca era suya. Había ido a Sambo's con su amiga Tammy.

¿Era así? ¿A Sambo's?

Lydia también había estado allí. En la carta del restaurante había un niño con la cara negra corriendo alrededor de un árbol. Los tigres que corrían detrás de él se estaban convirtiendo en mantequilla.

Tortitas.

Casi podía oler las tortitas que hacía su padre. La mañana de Navidad. Era el único día que Helen le permitía adueñarse de la cocina. A su padre le encantaba tenerlas en ascuas. Les hacía comerse todo el desayuno antes de abrir los regalos.

—¿Lydia?

Dejó caer la cabeza a un lado. Sus párpados tenían estrellas por dentro. Su lengua sabía a caramelo.

—Eh, ¿Lydia?

La voz de Paul sonaba cantarina. Había dejado el teléfono. Estaba delante de ella con la palanca en las manos. Claire la había dejado ayer en la mesa de la cocina. ¿Ayer? ¿O la semana pasada?

Paul la sopesó con las manos. Miró la cabeza de martillo y la garra gigantesca del otro extremo.

—Esto podría serme muy útil, ¿no crees?

«Cabrón», dijo Lydia, pero solo para sus adentros.

—Mira esto. —Él se echó la palanca al hombro como si fuera un bate. Le lanzó un golpe con la garra a la cabeza.

Falló.

¿A propósito?

Lydia sintió la brisa que levantaba el metal al hendir el aire. Notó un olor como a sudor metálico. ¿El sudor de Claire? ¿El de

Paul? Él no estaba sudando. Lydia solo lo veía sudar cuando se cernía sobre ella con esa sonrisa perversa en la cara.

Parpadeó.

Paul se había ido. No, estaba sentado delante del ordenador. El monitor era enorme. Lydia sabía que estaba mirando un mapa. No estaba lo bastante cerca para distinguir ningún punto de referencia. Paul estaba pegado a la pantalla, siguiendo el avance de Claire mientras iba al banco, porque, según le había dicho, Claire tenía allí escondido el *pen drive*. En una caja fuerte. Lydia había sentido la tentación de decirle que no era así, pero tenía los labios demasiado hinchados, como globos gigantescos pegados a la piel. Cada vez que intentaba abrir la boca los globos se hacían más pesados.

Y de todos modos no podía decírselo. Sabía que no. Claire estaba haciendo algo. Estaba intentando engañarlo. Trataba de ayudarla. Le había dicho por teléfono que iba a resolverlo todo, ¿no? Que tenía que aguantar. Que no volvería a abandonarla. Pero el *pen drive* lo tenía Adam Quinn, así que ¿qué demonios hacía en el banco?

El pen drive lo tiene Adam Quinn, le dijo a Paul, pero las palabras solo sonaron en su cabeza. Tenía la boca tapada con cinta aislante porque por fin había conseguido decirle a Paul varias cosas que no quería oír.

Claire ahora te odia. Me cree a mí. No volverá a aceptarte nunca, nunca.

Nunca, nunca volveremos.

Taylor Swift. ¿Cuántas veces había puesto Dee esa canción después de pillar a Heath Carmichael poniéndole los cuernos?

Esta vez te lo digo...

—¿Lydia?

Paul estaba de pie a su lado. Ella miró la pantalla del ordenador. ¿Cuándo se había movido Paul? Hacía un momento estaba mirando el monitor. Había dicho algo de que Claire ya había salido del banco. ¿Cómo es que ahora estaba a su lado, si estaba en el ordenador?

Giró la cabeza para preguntárselo. Su vista se fue trabando en cada fotograma. Oyó un sonido biónico como el que hacía Steve Austin en *El hombre de los seis millones de dólares*.

Ch-ch-ch-ch...

Paul no estaba allí.

Estaba delante del carrito con ruedas, cambiando sus herramientas por otras nuevas. Sus gestos eran lentos y precisos. *Ch-ch-ch-ch-ch*, sonaba mientras se movía en *stop-motion*, como en *Rudolf el reno de la nariz roja*.

Claire... Claire odiaba el especial de Navidad, con aquellos bichos alegres y monstruosos cuyos movimientos se interrumpían y se reanudaban cada fracción de segundo. Julia les hacía verlo todos los años, y Claire se acurrucaba junto a Lydia como una muñequita asustada y Lydia se reía con Julia porque Claire era un bebé, aunque en el fondo a ella también la asustaban aquellos bichos.

—Más vale que te vayas preparando para esto —dijo Paul.

Aquello parecía importante. Lydia sintió que empezaba a picarle la costra. Sacudió la cabeza. No iba a rascársela. Necesitaba que siguiera allí. Procuró concentrarse en las manos de Paul, en el rígido movimiento de sus dedos mientras lo enderezaba todo una vez y luego otra, y después una tercera, y una cuarta.

Oyó que un nuevo mantra se colaba en su cabeza.

Alambre de espino. Palanca. Un tramo de cadena. Un gancho grande. Un cuchillo de caza afilado.

Un momento de claridad hendió las nubes que envolvían su cabeza.

El final estaba cerca.

21

Claire estaba sentada de espaldas a la pared, en el cibercafé Office Shop, enfrente del centro comercial Phipps Plaza. Se había situado entre la puerta trasera y la delantera para ver si entraba alguien. Era la única clienta del pequeño local. El encargado trabajaba en silencio delante de uno de los ordenadores de alquiler. Claire tenía el teléfono de prepago en la mano. Helen llevaba diez minutos en la I-75.

Paul aún no había llamado.

Los motivos por los que no había llamado se le agolpaban en la cabeza. Iba de camino para allá. Ya había matado a Lydia. Ahora iba a matarla a ella. Luego seguiría el rastro de Helen, iría a la residencia de la abuela Ginny y, por último, a buscar a Dee.

Quizás ese había sido su plan desde el principio: eliminar a toda su familia. Lo de ella no era más que un primer paso bien calculado. Salir con ella. Cortejarla. Casarse. Fingir para hacerla feliz. Fingir que era feliz.

Una mentira sobre otra y otra, y así hasta el infinito.

Eran como granadas. Paul las lanzaba por encima de la pared y ella esperaba un tiempo interminable hasta que la verdad le estallaba por fin en la cara.

Las fotografías eran como mil granadas. Eran la explosión nuclear que la había enviado volando al lugar más oscuro que había conocido nunca.

Paul, con quince años, luciendo una sonrisa de maníaco mientras posaba para la cámara junto al cadáver colgado de su hermana. Con los pulgares en alto, el mismo gesto que le había hecho a Fred Nolan antes de darle esquinazo.

Claire miró el teléfono de prepago. La pantalla seguía en blanco. Se obligó a pensar en razones menos alarmantes para explicar por qué no sonaba el teléfono. El desvío de llamadas no funcionaba del todo bien. Mayhew había hablado con alguien de la compañía telefónica y Paul tenía localizado el teléfono de prepago. Adam estaba también en el ajo y le había avisado para que sus hombres pudieran seguirla.

Ninguna de esas cosas era menos aterradora, porque todas conducían a Paul.

Claire palpó su bolso hasta que notó la dura silueta del revólver de Lydia. Por lo menos había hecho una cosa bien. Comprar balas para la pistola había sido fácil. En esa misma calle había una armería donde le habían vendido una caja de munición de punta hueca sin hacerle preguntas.

El cibercafé ofrecía servicios de impresión así como alquiler de ordenadores por horas. Estaba demasiado atenazada por el miedo para ponerse a coquetear con el chico con pinta de cerebrito de detrás del mostrador, así que había preferido sobornarle con 250 dólares de los que le había dado Helen. Le había explicado su problema en términos generales: quería colgar algo en YouTube, pero eran fotografías, no películas, y había montones de ellas, además de hojas de cálculo, y necesitaba que todo funcionara bien porque una persona iba a intentar descargárselas.

El chico la había parado ahí. No le convenía YouTube, sino Dropbox. Entonces Claire había desplazado la tira del bolso sobre su hombro y el chico había visto la caja de munición y la pistola y le había dicho que iba a costarle otros cien dólares y que mejor usara Tor.

Tor. Claire recordaba vagamente haber leído algo acerca de aquel sitio de intercambio ilegal de archivos en la revista *Time*. Tenía algo que ver con delitos informáticos, lo que significaba que no estaba catalogada y era imposible de rastrear. Tal vez Paul estuviera usando Tor para distribuir sus películas. En lugar de enviar por *e-mail* archivos pesados, podía mandar un complicado enlace web que nadie más podría encontrar a no ser que pusiera la combinación exacta de letras y números.

Claire tenía las direcciones de *e-mail* de sus clientes. ¿Debía enviarles las hojas de cálculo y las fotografías de Paul?

—Listo. —El chico estaba delante de ella con las manos unidas delante de su pantalones de pinzas— Solo tiene que entrar en el *pen drive*, arrastrar todo lo que quiera a la página y ya estará cargado.

Claire leyó la plaquita con su nombre.

—Gracias, Keith.

El chico le sonrió antes de regresar al mostrador.

Claire se levantó con esfuerzo. Se sentó en la silla de delante del ordenador y, mientras seguía las instrucciones del chico, miró de vez en cuando la entrada y la salida. Dentro de la tienda hacía frío, pero ella estaba sudando. Le temblaban las manos, pero sentía una especie de vibración en el cuerpo, como si una llave de afinación hubiera tocado sus huesos. Echó otra ojeada a las puertas cuando los archivos de Paul empezaron a cargarse. Había puesto las fotografías en primer lugar para que la imagen de Johnny Jackson se abriera al primer *clic*. El truco consistía en conseguir que alguien pulsara el enlace.

Abrió el correo electrónico que le había preparado Keith. Tenía una nueva dirección de *e-mail* en la que se podía programar la fecha y la hora exactas del envío de un mensaje.

Comenzó a teclear.

Me llamo Claire Carroll Scott. Julia Carroll y Lydia Delgado eran mis hermanas.

Aquella traición la hizo sentirse enferma. Lydia estaba viva. Tenía que estar viva.

Pulsó la tecla de retroceso hasta borrar por completo la última frase.

He colgado en Internet pruebas materiales de que el congresista Johnny Jackson ha participado en películas pornográficas.

Se quedó mirando lo que había escrito. No era del todo cierto, porque no se trataba únicamente de pornografía, sino de secuestro, violación y asesinato, pero le preocupaba que, si enumeraba todo aquello, la gente no quisiera pinchar en el enlace. Iba a mandárselo a todos los medios de comunicación y agencias gubernamentales en cuya página web figuraba una dirección de contacto. Era muy probable que las cuentas de correo las administraran jóvenes becarios que ignoraban quién era Johnny Jackson o que estaban familiarizados con Internet desde su más tierna infancia y sabían, por tanto, que no debían pinchar en enlaces anónimos, y menos aún si conectaban con Tor.

Abrió otra pestaña del buscador. Encontró el *e-mail* de Penelope Ward en la página de la Asociación de Padres de la Academia Westerly. La archienemiga de Lydia parecía tan falsa como suponía Claire. En la página del Comité de Sondeos Branch-Ward para el Congreso figuraba la dirección becario@QueremosaWard.com. La página indicaba que dicha organización era un Comité de Acción Política, es decir, que estarían buscando cualquier trapo sucio que pudieran airear sobre su rival.

El teléfono de prepago comenzó a sonar.

Claire se metió en la trastienda y abrió la puerta de atrás. La lluvia seguía cayendo con fuerza. Se había levantado el viento y una racha de aire frío entró en el cuartito. Claire confió en que el ruido de fondo bastara para convencer a su marido de que iba circulando en el Tesla por la I-75.

Abrió el teléfono.

—¿Paul?

—¿Tienes el llavero?

—Sí. Déjame hablar con Lydia.

Se quedó callado. Claire notó su alivio.

—¿Has mirado lo que hay dentro?

—Claro, usé el ordenador del banco —respondió en tono sarcástico, canalizando toda su ira en su respuesta—. Déjame hablar con Lydia. Ahora mismo.

Él siguió los pasos habituales. Claire oyó encenderse el manos libres.

—¿Lydia? —dijo—. ¿Lydia?

Oyó un gemido estentóreo y desesperado.

—Creo que no le apetece hablar —dijo Paul.

Claire apoyó la cabeza contra la pared. Miró el techo mientras intentaba contener las lágrimas. Había hecho daño a Lydia. Ella había confiado en que no lo hiciera, se había aferrado a aquel retazo de esperanza como había hecho durante tantos años con Julia. Le ardió la cara de vergüenza.

—¿Claire?

—Quiero que nos veamos en el centro comercial. En el Phipps Plaza. ¿Cuánto tiempo necesitas?

—Me parece que no —respondió Paul—. ¿Por qué no nos vemos en casa de Lydia?

Claire dejó de contener las lágrimas.

—¿Te has llevado a Dee?

—Todavía no, pero sé que fuiste a casa de Lydia para avisar a ese palurdo de su novio. Se ha llevado a Dee a una cabaña de pesca cerca del lago Burton. ¿Es que no te has dado cuenta aún de que yo lo sé todo?

No sabía lo de la pistola. Ni lo del cibercafé.

—Vuelve a Watkinsville —ordenó él—. Te veré en casa de mis padres.

Claire sintió un vuelco en el estómago. Había visto lo que les hacía Paul a sus prisioneras en casa de sus padres.

—¿Sigues ahí?

Ella se obligó a contestar:

—Hay mucho tráfico. Seguramente tardaré un par de horas.

—No deberías tardar más de hora y media.

—Sé que me has estado siguiendo la pista con el teléfono. Vigila el punto azul. Tardaré lo que tarde.

—Estoy más o menos a la misma distancia que tú de la casa, Claire. Piensa en Lydia. ¿De verdad quieres que me aburra mientras te espero?

Claire cerró el teléfono. Se miró el brazo. La lluvia había entrado por la puerta. Tenía la manga mojada.

Había dos clientes más en la tienda. Una mujer. Un hombre. Los dos jóvenes. Vestían vaqueros y sudaderas con capucha. Ninguno de ellos llevaba auriculares. Claire escudriñó sus caras. La mujer apartó la mirada. El hombre le sonrió.

Tenía que salir de allí. Volvió a sentarse ante el ordenador. Los archivos habían acabado de cargarse. Comprobó el enlace para asegurarse de que funcionaba. El monitor estaba ladeado de modo que los otros clientes no lo vieran, pero aun así sintió una oleada de calor sofocante al comprobar que la fotografía de Johnny Jackson estaba en el servidor.

¿Debía dejarla abierta en el monitor? ¿Debía permitir que Keith viera en lo que se había involucrado sin saberlo?

Ya había perjudicado a suficientes personas. Cerró la fotografía. No tenía tiempo de redactar un mensaje elocuente. Escribió unos cuantos renglones más y copió debajo el enlace a Tor. Volvió a comprobar la hora prevista para que se enviaran los *e-mails*.

Dos horas después, cualquiera con acceso a Internet conocería la verdadera historia de Paul Scott y sus cómplices. La verían expuesta en las fotografías de su tío y su padre transmitiendo a la siguiente generación su sed de sangre, en el cerca de un millar de direcciones de *e-mail* que revelaban la verdadera identidad y la ubicación de sus clientes. Sabrían instintivamente que aquella historia era cierta cuando vieran fotografía tras fotografía de jóvenes arrancadas del seno de sus familias a lo largo de más de cuatro décadas. Y comprenderían cómo se habían servido Carl Huckabee y Johnny Jackson de sus carreras policiales para asegurarse de que nadie lo descubriera.

Hasta ahora.

Claire extrajo el *pen drive* del ordenador. Comprobó que los archivos no se habían copiado como por arte de magia en el escritorio del ordenador. Se guardó el *pen drive* en el bolso. Saludó a Keith con la mano al salir de la tienda. El cielo se había ennegrecido de nuevo y la lluvia arreciaba sobre su cabeza. Estaba empapada cuando se sentó al volante del Ford Focus de Helen.

Encendió los limpiaparabrisas. Salió del aparcamiento. Esperó hasta que hubo recorrido un buen trecho de Peachtree Street para llamar a su madre.

—¿Sí? —respondió Helen con voz crispada.

—Estoy bien. —Empezaba a mentir con la misma naturalidad que Paul—. Necesito que sigas conduciendo hasta Athens. Ahora mismo te llevo unos veinte minutos de ventaja, así que tienes que ir despacio. No sobrepases el límite de velocidad.

—¿Tengo que ir a casa?

—No, no vayas a casa. Aparca en el centro, cerca del Taco Stand, y ve andando a casa de la señora Flynn. Deja el teléfono en el coche. No le digas a nadie dónde vas. —Pensó en los mensajes cuyo envío había programado. Su madre estaba en la lista de destinatarios, lo que equivalía a asestarle una puñalada en el corazón—. Te he mandado un *e-mail*. Calculo que ya lo habrás recibido cuando llegues a casa de la señora Flynn. Puedes leerlo, pero no pinches en el enlace. Si dentro de tres horas no tienes noticias mías, quiero que se lo lleves a esa amiga tuya que trabaja en el *Atlanta Journal*, la que escribe libros.

—Ya está jubilada.

—Aun así tendrá contactos. Es muy importante, mamá. Tienes que conseguir que pinche en el enlace, pero tú no mires.

Era evidente que su madre estaba asustada, pero se limitó a decir:

—Claire...

—No te fíes de Huckleberry. Te mintió sobre Julia.

—Vi lo que había en la cinta. —Helen hizo una pausa antes de continuar—. Por eso no quería que la vierais, porque lo vi con mis propios ojos.

Claire no creía que fuera capaz de sentir más dolor.

—¿Por qué?

—Fui yo quien encontró a tu padre. —Se detuvo un momento. Evidentemente, era un recuerdo doloroso—. Estaba en su silla. La televisión estaba encendida. Tenía el mando a distancia en la mano. Quise ver qué había estado mirando y...

Se detuvo otra vez.

Las dos sabían cuáles eran las últimas imágenes que había visto Sam Carroll. Pero solo Claire sospechaba que había sido su marido quien se las había enseñado. ¿Había sido el golpe de gracia, lo que había empujado a su padre a quitarse la vida? ¿O también en eso le había ayudado Paul?

—Fue hace mucho tiempo —dijo Helen—, y el hombre que lo hizo está muerto.

Claire abrió la boca para contradecirla, pero su madre se enteraría de todo cuando abriera el *e-mail*.

—¿Sirve de algo? ¿Saber que está muerto?

Helen no contestó. Siempre se había opuesto a la pena capital, pero algo le decía a Claire que su madre no habría puesto ningún reparo a que alguien acabara con la vida del presunto asesino de su hija, siempre y cuando no fuera un verdugo del gobierno.

—Por favor, no acudas a Huckleberry, ¿de acuerdo? —insistió—. Luego lo entenderás. Necesito que confíes en mí. El sheriff es un mal tipo.

—Guisantito, llevo todo el día confiando en ti. No voy a dejar de hacerlo ahora.

Claire pensó de nuevo en Dee. Helen era abuela. Merecía saberlo. Pero Claire sabía que no podía limitarse a decírselo. Helen querría detalles. Querría conocer a Dee, hablar con ella, tocarla, abrazarla. Querría saber por qué Claire no se lo había dicho antes. Y luego empezaría a preguntar por Lydia.

—¿Cariño? —dijo Helen—. ¿Algo más?

—Te quiero, mamá.

—Yo también a ti.

Cerró el teléfono y lo dejó en el asiento, a su lado. Asió el volante con las dos manos. Miró el reloj del salpicadero y se concedió un minuto para desahogar a gritos la pena y la desesperación que no había tenido arrestos para expresar en el funeral de su padre.

—Está bien —se dijo—. Está bien.

La rabia la ayudaría. Le daría la fortaleza que necesitaba para hacer lo que tenía que hacer. Iba a matar a Paul por enseñarle la cinta de Julia a su padre. Iba a matarlo por todo lo que les había hecho.

La lluvia que se estrellaba contra el parabrisas casi le impedía ver, pero siguió conduciendo porque la única ventaja que tenía sobre Paul era el elemento sorpresa. Cómo lo pondría en juego seguía siendo un misterio. Tenía la pistola. Tenía balas de punta hueca que podían partir a un hombre por la mitad.

Se acordó de aquel día, hacía mucho tiempo, en que llevó a Paul a disparar. Lo primero que les dijo el encargado de la galería de tiro fue que nunca se debe apuntar con un arma a otra persona a no ser que uno esté dispuesto a apretar el gatillo.

Ella estaba más que dispuesta a apretarlo. No sabía, sin embargo, cómo iba a encontrar la oportunidad de hacerlo. Cabía la posibilidad de que llegara a la casa Fuller antes que Paul. Podía dejar el coche de su madre en la arboleda que había junto a la casa e ir a pie hasta la puerta trasera. Había varios sitios en los que podía esconderse y esperar: en uno de los dormitorios, en el pasillo, en el garaje.

A no ser que Paul ya estuviera allí. A no ser que le estuviera mintiendo otra vez y que hubiera estado allí todo el tiempo.

Ella había dado por sentado que tenía otra casa, pero quizá no necesitara más casa que la de sus padres. A su marido le gustaba que todo permaneciera inmutable. Era un esclavo de la rutina. Utilizaba siempre el mismo cuenco de desayuno, la misma taza de café. Si ella le dejara, llevaría todos los días el mismo traje negro. Necesitaba hábitos, estabilidad.

Comenzó a oír un tintineo procedente del salpicadero. Ignoraba qué significaba aquel ruido. Redujo la velocidad. El motor no podía averiarse. Buscó frenéticamente luces de advertencia en el salpicadero, pero solo vio encendida la lucecita amarilla en forma de garrafa de gasolina del indicador de combustible.

—No, no, no.

El Tesla no necesitaba gasolina, y Paul le llenaba el depósito de su BMW cada sábado. No recordaba la última vez que había parado en una gasolinera, como no fuera para comprar una Coca-Cola light.

Escudriñó los indicadores de la autovía. Estaba a tres cuartos de hora de Athens. Dejó atrás varias salidas antes de ver el cartel de una estación de servicio Hess.

Estaba en la reserva cuando entró en la gasolinera. La lluvia había cesado, pero los nubarrones seguían oscureciendo el cielo y el aire se había vuelto gélido. Agarró lo que le quedaba del dinero de Helen y entró en la tienda. No sabía qué capacidad tenía el depósito del Ford Focus de su madre. Le dio al dependiente cuarenta dólares y confió en que fuera suficiente.

Cuando volvió al coche, había una pareja joven junto a un coche destartalado. Intentó no prestarles atención mientras llenaba el depósito. Estaban discutiendo por cuestiones de dinero. Paul y ella nunca habían discutido por ese motivo, porque su marido siempre tenía dinero. Sus primeras discusiones habían sido principalmente porque Paul hacía demasiadas cosas por ella. No había ni un solo deseo suyo que él no se apresurara a satisfacer. Sus amigas, a lo largo de los años, siempre decían lo mismo: Paul se encargaba de todo.

El mango del boquerel emitió un chasquido.

—Mierda.

La gasolina le había salpicado la mano. El olor era insoportable. Abrió el maletero, porque Paul había guardado en el maletero de su madre las mismas provisiones de emergencia que llevaba en todos sus coches. Sacó la mochila y sacó un paquete de toallitas para manos. Había tijeras, pero usó los dientes para abrir el envoltorio de plástico. Mientras se limpiaba la mano, miró el contenido de la mochila desparramado por el maletero.

Durante sus primeros años de casados, Paul había tenido una pesadilla recurrente. Habían sido las únicas ocasiones en que Claire había visto a su marido verdaderamente asustado.

No, eso no era del todo cierto. Aquellas pesadillas no asustaban a Paul: le aterrorizaban.

No sucedían a menudo, dos o tres veces al año quizá, pero Paul se despertaba gritando, jadeando y haciendo aspavientos con brazos y piernas, porque había soñado que se estaba quemando vivo, igual que se había quemado viva su madre en el accidente de coche en el que habían muerto sus padres.

Claire inspeccionó el contenido del maletero.

Bengalas de emergencia. Un libro de bolsillo. Un librillo de cerillas sumergibles. Una lata de gasolina de dos litros.

En efecto, Paul se encargaba de todo.

Ahora le tocaba a ella encargarse de él.

22

La lluvia aún no había llegado a Athens cuando Claire cruzó el centro de la ciudad. Fuertes rachas de viento soplaban por las calles. Los estudiantes, envueltos en bufandas y abrigos, salían a comer entre clase y clase. Muchos corrían intentando escapar de la tormenta. Veían lo oscuro que estaba el horizonte, los negros nubarrones que avanzaban desde Atlanta.

Claire había llamado a Helen para saber cuánto tiempo tenía. Su madre estaba cerca de Winder, a unos treinta minutos de allí. Había habido un accidente en la 78, de modo que disponía de diez minutos más. Por suerte Helen se lo había dicho enseguida, de modo que, cuando llamó Paul, Claire pudo decirle por qué había dejado de moverse el iPhone de Lydia.

Tomó la misma ruta para llegar a Watkinsville que habían tomado Lydia y ella el día anterior. Estuvo a punto de pasarse el desvío. Conducía despacio, porque no solo le preocupaban Jacob Mayhew y Harvey Falke. Carl Huckabee seguía siendo sheriff del condado. Sin duda tenía ayudantes, aunque no hubiera forma de saber de qué lado de la ley estaban.

Huckabee conocía además de primera mano lo que sucedía en la casa Fuller.

Claire sabía que no debía dejar el coche a la vista. Se apartó de la carretera y metió el coche en la espesa arboleda. Las ruedas petardearon y protestaron sobre el terreno desigual. Los retrovisores laterales se plegaron hacia dentro. Se oyó un chirrido metálico cuando la corteza de un pino arañó la pintura. Se adentró en la arboleda todo lo que pudo y luego salió por la ventanilla porque se había quedado atrapada dentro del coche. Recogió el revólver.

De pronto le parecía más pesado. Más letal.

Colocó la caja de munición sobre el techo del coche, con la tapa levantada. Fue sacando bala tras bala e introduciéndolas con cuidado en los huecos del cargador cilíndrico.

—Por Julia —dijo al meter la primera—. Por papá. Por mamá. Por Lydia.

Miró la última bala, en la palma de su mano. Le pareció que pesaba más que las otras: era de cobre reluciente, con una amenazadora punta negra que se abriría al impactar con tejido blando.

—Por Paul —susurró con voz ronca y desesperada.

La última bala sería por su marido, que había muerto hacía mucho tiempo, siendo todavía un niño, cuando su padre lo había llevado al establo por primera vez. Cuando le había dicho a Claire que había tenido una infancia feliz. Cuando, delante del juez de paz, había jurado amarla y cuidarla el resto de su vida. Cuando le había agarrado la mano de manera tan convincente mientras simulaba morir en aquel callejón.

Esta vez no habría simulacros.

Claire encajó el cargador cilíndrico en su lugar. Probó la pistola sosteniendo el cañón en línea recta delante de ella y acercando el dedo al gatillo. Practicó echando hacia atrás el percutor con el pulgar.

Este era el plan: iba a verter gasolina alrededor de la casa Fuller, solo en los dormitorios, el porche delantero y debajo del cuarto de baño, porque estaba segura de que Paul tenía a Lydia en el garaje y no quería acercarse a su hermana. Luego prendería fuego a la gasolina. Paul oiría las llamas o bien olería el humo. Le entraría el pánico, porque el fuego era lo único que de verdad le asustaba. Cuando saliera corriendo de la casa, ella lo estaría esperando con la pistola en las manos y le dispararía cinco veces, un disparo por cada uno de ellos.

Después entraría en la casa y salvaría a Lydia.

Era un plan arriesgado, posiblemente una locura. Claire era consciente de ambas cosas. Sabía también que estaba literalmente jugando con fuego, pero no se le ocurría ninguna otra cosa para pillar a Paul desprevenido, hacerlo salir de la casa y tener el tiempo suficiente para actuar.

Sabía, además, que tenía que suceder todo muy deprisa, porque no estaba segura de ser capaz de apretar el gatillo si se daba demasiado tiempo para pensar.

Ella no era su marido. No podía segar una vida tranquilamente, aunque esa vida estuviera desprovista de humanidad.

Se metió la pistola por delante de los pantalones. El cañón no era largo, pero el cargador se le clavaba en el hueso de la cadera. La desplazó hacia el centro, en línea con la cremallera, pero fue aún peor. Finalmente se colocó el arma a la altura de los riñones. Las bragas de abuela que le había comprado su madre se arrebujaron alrededor del cilindro. El cañón le llegaba hasta la raja del culo, lo cual era algo desagradable, pero sus bolsillos no eran lo bastante profundos y sabía que la cagaría si Paul veía el arma.

Abrió el maletero. Corrió la cremallera de la mochila y buscó la manta térmica. La funda era pequeña, pero al desdoblar la manta vio que era del tamaño de una capa grande. Las cerillas sumergibles estaban encima de las bengalas, que a su vez estaban encima de un grueso libro de bolsillo.

Poesía completa de Percy Bysshe Shelley.

Como diría Helen, los poetas no eran los únicos legisladores no reconocidos de este mundo*.

Envolvió sus enseres en la manta. Abrió los cuatro cartones de agua. Todavía tenía la camisa mojada por haber corrido bajo la lluvia. Aun así, se roció con el agua. Sintió frío enseguida, pero se aseguró

---

* Variación sobre la cita de Shelley "los poetas son los legisladores no reconocidos del mundo". (N. de la T.)

de empaparse bien la cabeza, la espalda y las mangas de la camisa hasta los puños abotonados. Vertió lo que quedaba en las perneras de sus pantalones.

Agarró la manta y la garrafa de gasolina de dos litros.

El líquido chapaleaba dentro del gran contenedor de plástico cuando cruzó el bosque. Una llovizna perpetua parecía atrapada bajo el dosel de los árboles. Oyó el retumbo lejano de un trueno, lo cual le pareció muy apropiado para la tarea que tenía entre manos. Miró hacia delante achicando los ojos. El cielo se oscurecía por momentos, pero aun así distinguió un Impala azul claro aparcado detrás de una hilera de árboles.

Dejó en el suelo la garrafa de gasolina y la manta. Sacó el revólver. Lo amartilló. Se acercó al coche con cautela por si Paul o alguno de sus cómplices estaba dentro.

Vacío.

Desamartilló el arma. Volvió a guardársela en la parte de atrás de los vaqueros. Se había acostumbrado a ella. Ya no le parecía tan extraña.

Apoyó la mano en el capó del coche. El motor estaba frío. Paul probablemente había vuelto a la casa nada más marcharse ella.

¿Por qué iba a ir a otra parte? Tenía al sheriff para protegerlo.

Recogió la manta y la garrafa de gasolina y siguió caminando hacia la casa. Los matorrales eran espesos. Experimentó un instante de pánico al preguntarse si se había equivocado de camino, pero enseguida vio el tejado verde de la casa. Avanzó agachada. Las ventanas seguían tapiadas con contrachapado desgastado por la intemperie. Aun así siguió agazapada, porque sabía que había una rendija en las ventanas del cuarto de estar desde donde se veía el camino de acceso, y dedujo de ello que también habría otras.

La maleza del jardín trasero no había tenido tiempo de absorber la lenta llovizna. Oyó el crujido de la hierba seca bajo sus pies. El columpio gruñó cuando un fuerte viento barrió el descampado donde en tiempos había estado el establo. Claire procuró no acercarse allí. Aplastó con los pies un trozo de hierba alta donde depositar la manta y su contenido.

Observó la parte de atrás de la casa. El tablón de contrachapado que Lydia y ella habían arrancado de la puerta de la cocina estaba apoyado contra la pared de la casa. Ellas lo habían dejado en el suelo, donde había caído. Dedujo que Paul lo había apoyado cuidadosamente junto a la puerta. Probablemente también habría recogido el interior de la casa. O quizás hubiera dejado los cubiertos desperdigados por el suelo para que sirvieran de alarma si alguien intentaba entrar.

Pero a Claire no le preocupaba entrar, sino conseguir que saliera Paul.

Se agachó junto a la garrafa de gasolina y quitó el tapón de la boquilla flexible. Empezó por el lado izquierdo del pequeño porche trasero, junto a la cocina, vertiendo gasolina en las rendijas del entramado de madera que cubría la fachada. Procedió minuciosamente para que el combustible llegara hasta las vigas que había entre los tablones. Cada vez que pasaba junto a una ventana levantaba la garrafa y empapaba el contrachapado todo lo que podía sin hacer demasiado ruido.

El corazón le latía tan fuerte cuando subió los escalones del porche delantero que temió que el ruido la delatara. Mantuvo los ojos fijos en el garaje. Intentó no pensar que Paul estaba allí, con Lydia. La puerta de metal enrollable seguía cerrada con un candado por fuera. El cierre parecía seguro. Su matadero. Lydia estaba encerrada dentro del matadero de Paul.

Claire dio media vuelta. Sin hacer ruido, rodeó a medias la casa mirando debajo de las ventanas tapiadas para asegurarse de que estaban bien empapadas de gasolina. Cuando acabó, había vertido un semicírculo de gasolina por el costado izquierdo de la casa, abarcando el porche delantero, los dormitorios y el cuarto de baño. Solo la cocina y el garaje estaban intactos.

Paso uno terminado.

Regresó a la manta. Se arrodilló. Estaba sudando, pero tenía las manos tan heladas que apenas notaba los dedos. Se disculpó para sus adentros con su madre la bibliotecaria al rasgar las hojas de la antología de Shelley. Arrugó las páginas y las retorció juntas formando una larga mecha. Desenroscó la boquilla flexible de la garrafa de gasolina. Mojó dentro la mecha, dejando unos quince centímetros de papel al aire.

Paso dos, listo.

Había sacado de la mochila dos largas bengalas. Las agarró con una sola mano cuando echó a andar hacia el frontal de la casa. Se situó debajo del cuarto de costura. La calle vacía quedaba a su espalda. En la estación de servicio había leído las instrucciones para encender las bengalas. Funcionaban igual que una cerilla. Se quitaba la tapa de plástico y, con el lateral de papel de lija, se rascaba el extremo de la bengala.

Retiró la tapa. Miró la casa. Había llegado el momento. Todavía podía parar. Podía volver al coche, llamar al FBI a Washington, a Seguridad Nacional, al Servicio Secreto, a la Oficina de Investigación de Georgia.

¿Cuántas horas tardarían en llegar a la casa?

¿De cuántas horas dispondría Paul a solas con su hermana?

Claire encendió la bengala. Dio un salto hacia atrás, sorprendida porque saltara de inmediato un penacho de fuego. Cayeron chispas a sus pies. La bengala chisporroteó como un grifo abierto a tope. Sintió un temblor de pánico al pensar en lo que estaba haciendo. Había creído que tendría más tiempo, pero el fuego devoraba los segundos a toda velocidad. La gasolina había prendido. Las llamas naranjas y rojas lamían la pared de la casa. Soltó la bengala. Tenía el corazón en la garganta. Debía darse prisa. Aquello estaba sucediendo ya. No había vuelta atrás.

Corrió a un lado de la casa. Encendió la otra bengala y la lanzó debajo del dormitorio principal. Se oyó un susurro, un soplo de aire caliente y las llamas se extendieron siguiendo el rastro de gasolina hasta los tablones de contrachapado que tapaban la ventana.

El calor era intenso, pero Claire estaba tiritando. Corrió a la manta térmica y se envolvió los hombros con ella como una capa. El material arrugado de la manta apenas le tapaba el tronco. Levantó la mirada hacia el cielo. Las nubes se movían deprisa. La lluvia ya no caía en una fina neblina, sino en gruesas gotas. No había contado con la lluvia. Observó la pared de la casa para asegurarse de que todavía ardía. Un humo blanco subía hacia el cielo. Las llamas anaranjadas salían como lenguas por detrás del contrachapado.

Paso tres, en marcha.

Agarró la garrafa de gasolina y avanzó hacia el porche de atrás. Se detuvo a tres metros de distancia, perfectamente alineada con los escalones. Dejó la garrafa en el suelo. Sacó el revólver. Lo sostuvo junto a su costado, con el cañón apuntando hacia abajo.

Esperó.

Cambió el viento. El humo comenzó a soplarle en la cara. Su color había cambiado de blanco a negro. Claire no sabía qué quería decir aquello. Se acordó de una serie de televisión en la que la diferencia de color del humo era un elemento argumental importante, pero luego se acordó también de un artículo que afirmaba que el color del humo variaba dependiendo de lo que se estuviera quemando.

¿Se estaba quemando algo? Ya no veía llamas. Solo distinguía un penacho constante de humo negro mientras aguardaba a que Paul saliera dando gritos de la casa.

Pasó un minuto. Otro. Agarraba con fuerza el revólver. Ahogó un acceso de tos. El viento volvió a cambiar hacia la carretera. Otro minuto. Otro. Escuchó el sonido precipitado de la sangre en sus oídos mientras el corazón amenazaba con salírsele del pecho.

Nada.

—Mierda —susurró.

¿Dónde estaba el fuego? No llovía lo suficiente para que el agua empapara la hierba, y menos aún para que apagara una casa en llamas. Hasta la bengala de emergencia seguía chisporroteando.

Sin apartar la mirada de la puerta trasera, se desplazó unos pasos más allá para echar un vistazo al costado de la casa. El humo salía por debajo del contrachapado como de una estufa de carbón. ¿Estaban ardiendo las paredes por dentro? La madera de la fachada estaba vieja y reseca. Las viguetas del interior de las paredes tenían más de sesenta años. Claire había visto miles de diagramas de tabiques: el entablado exterior, el recubrimiento de madera fina para dotar de fuerza las paredes, la delgada capa de aislante inserta entre las viguetas, y el pladur. Había como mínimo quince centímetros de material entre el interior de la casa y la fachada, casi todo él madera empapada en gran parte con gasolina. ¿Por qué no se había extendido el fuego por la casa?

El aislante.

Paul habría cambiado todas las ventanas. Habría arrancado el pladur viejo de las paredes y lo habría rellenado todo con aislante retardante del fuego porque, por más que pensara ella, Paul iba siempre seis pasos por delante.

—Maldita sea —masculló.

¿Y ahora qué?

La garrafa de gasolina. La levantó. Todavía quedaba un poco de gasolina dentro. La mecha de papel había absorbido la mayor parte del líquido. Aquel era su único plan de emergencia: encender la mecha y lanzar la garrafa al tejado.

¿Y luego qué? ¿Ver que tampoco se quemaba? El propósito de crear un semicírculo de fuego era hacer que Paul saliera corriendo por la puerta trasera. Si oía algo en el tejado, quizá saliera por delante o incluso por la puerta del garaje. O tal vez hiciera caso omiso del ruido pensando que sería la rama caída un árbol. O quizá no lo oyera en absoluto porque estaba demasiado atareado haciéndole algo a Lydia.

Claire volvió a dejar la garrafa en el suelo. Abrió el teléfono. Marcó el número de información y consiguió el número fijo del domicilio de Buckminster Fuller. Pulsó la tecla de llamada.

Dentro de la casa empezó a sonar el teléfono de la cocina. Sintió aquel ruido como un punzón de hielo en el oído. Dejó que la boquilla de la pistola rozara su pierna mientras escuchaba el timbre del teléfono. Uno. Dos. Tres. A esas horas, el día anterior, estaba sentada en el porche de atrás como una niña dócil, esperando a que Paul la llamara cada veinte minutos para decirle si su hermana seguía viva o no.

Paul contestó al quinto timbrazo.

—¿Diga?

—Soy yo —dijo en voz baja.

Lo veía a través de la puerta rota de la cocina. Estaba de espaldas a ella. No había humo en la habitación, ni rastro de fuego. Paul se había quitado la sudadera roja. Claire vio sus omóplatos tensando la fina tela de la camiseta.

—¿Por qué llamas a este teléfono? —preguntó él.

—¿Dónde está Lydia?

—Ya me estoy cansando de que preguntes por tu hermana.

El viento había vuelto a cambiar. El humo le hacía daño en los ojos.

—Vi los vídeos sin editar.

Paul no contestó. Miró hacia el techo. ¿Estaba notando el olor a humo?

—Lo sé, Paul.

—¿Qué crees que sabes? —Intentó estirar el cable del teléfono para mirar por el pasillo.

Claire distinguió un destello. Una sola llama salía de la cornisa de encima del cuarto de baño. Miró a Paul. El teléfono lo mantenía amarrado dentro de la cocina.

—Sé que el hombre de la máscara eres tú.

Él siguió sin decir nada.

Claire vio cómo aquella llama semejante a un dedo se convertía en una mano. La cornisa se ennegreció. La madera del entablado se llenó de hollín.

—Sé que tienes fotografías de Johnny Jackson en el *pen drive*. Sé que quieres tu lista de clientes para mantener el negocio en marcha.

—¿Dónde estás?

A Claire se le aceleró el corazón de excitación al ver que el fuego subía por el tablón de contrachapado que cubría la ventana del cuarto de baño.

—¿Claire?

Paul ya no hablaba por teléfono. Estaba en el porche, mirando hacia lo alto de la casa. Salía humo por el tejado. No parecía aterrorizado. Parecía sorprendido.

—¿Qué has hecho?

Claire soltó el teléfono. Aún sostenía el revólver junto a su costado. Paul miró su mano. Sabía que tenía un arma. Era el momento de levantarla, de apuntarle, de echar hacia atrás el percutor. Debía actuar con rapidez. Debía separar las piernas y apretar el gatillo antes de que él pusiera un pie en el suelo.

Paul bajó los tres escalones. Claire lo recordó bajando las escaleras de casa, cómo le sonreía por la mañana y le decía lo preciosa que era, cómo la besaba en la mejilla y le dejaba notas en el armario de las medicinas o le mandaba mensajes divertidos durante el día.

—¿Has prendido fuego a la casa? —preguntó él.

Parecía incrédulo y en el fondo complacido, igual que cuando Claire lo llamó desde la comisaría para decirle que necesitaba dinero para la fianza.

—¿Claire?

No podía moverse. Era su marido. Era Paul.

—¿De dónde has sacado eso? —Estaba mirando la pistola. De nuevo pareció más sorprendido que preocupado—. ¿Claire?

El plan. No podía olvidarse del plan. El fuego estaba prendiendo. Tenía el revólver en la mano. Tenía que amartillarlo. Apuntar a Paul a la cara. Apretar el gatillo. Apretar el gatillo. Apretar el gatillo.

—Lydia está bien.

Estaba tan cerca de ella que Claire podía oler su sudor rancio. Le había crecido la barba. Se había quitado aquellas gafas tan gruesas. Distinguió la silueta de su cuerpo por debajo de la camiseta blanca.

Ella había besado aquel cuerpo. Había metido los dedos entre el vello de su pecho.

Él volvió a mirar hacia la casa.

—Parece que se está extendiendo rápidamente.

—Te da pánico el fuego.

—Sí, cuando lo tengo tan cerca que puede hacerme daño. —No enunció lo evidente: que estaba fuera, que estaba lloviendo y que tenía hectáreas y hectáreas de campo por las que echar a correr—. Mira, dentro de poco el fuego se habrá extendido del todo. Vamos, dame el *pen drive* y me marcharé, y podrás entrar y desatar a Lydia. —Dibujó aquella dulce y torpe sonrisa con la que siempre le daba a entender que todo estaba arreglado—. Verás que no le he hecho nada, Claire. He cumplido la promesa que te hice. Yo siempre cumplo las promesas que te hago.

Claire vio su propia mano alzarse para tocarle la mejilla. Tenía la piel fría. Su camiseta era muy fina. Necesitaba una chaqueta.

—Pensaba... —dijo.

Paul la miró a los ojos.

—¿Qué pensabas?

—Pensaba que te había elegido yo.

—Claro que sí. —Tomó suavemente su cara entre las manos—. Nos elegimos el uno al otro.

Claire lo besó. Lo besó de verdad. Paul gimió. Su respiración se entrecortó cuando sus lenguas se tocaron. Le temblaron las manos en la cara de Claire. Ella sintió el latido de su corazón. Fue como había sido siempre, y así comprendió que siempre había sido una mentira.

Claire retiró el percutor. Apretó el gatillo.

La explosión estremeció el aire.

La sangre le salpicó el cuello.

Paul cayó al suelo. Estaba gritando. Era un grito feroz, aterrador. Se agarraba la rodilla, o lo que quedaba de ella. La bala de punta hueca le había destrozado la articulación y le había desgarrado el tobillo. Hueso blanco y tiras de tendones y cartílago colgaban como trozos ensangrentados de una cuerda deshilachada.

—Esa iba por mí —le dijo Claire.

Se metió la pistola en la parte de atrás de los vaqueros. Agarró la manta. Echó a andar hacia la casa.

Entonces se detuvo.

El fuego se había apoderado del costado izquierdo de la casa. Las llamas arañaban la pared de la cocina. Saltaban chispas al techo. El intenso calor reventaba los cristales. El teléfono se había derretido. El linóleo estaba negro. El humo colgaba en el aire como algodón blanco. Las llamaradas naranjas y rojas habían invadido el cuarto de estar al avanzar por el pasillo.

Hacia el garaje.

Era demasiado tarde. No podía entrar. Intentar ayudar a Lydia sería una locura. Moriría. Morirían las dos.

Respiró hondo y entró corriendo en la casa.

23

—¡En el garaje! —Lydia tiraba inútilmente de sus ataduras mientras las brillantes llamas rojas lamían la entrada del pasillo—. ¡Auxilio!

Había oído un disparo. Había oído gritar a un hombre.

«Paul», pensó. «Por favor, Dios, que sea Paul».

—¡Estoy aquí! —gritó.

Se tensó contra la silla. Había perdido la esperanza hasta que sonó el teléfono, hasta que oyó el disparo.

—¡Socorro! —gritó.

¿Sabían lo del fuego? ¿Estaba la policía esposando a Paul cuando debería entrar a toda prisa en la casa? Él había dejado la puerta abierta. Lydia veía desde su butaca de primera fila cómo iba cambiando el fuego. El suave resplandor se había convertido en llamaradas incandescentes que devoraban las paredes. Se levantó la moqueta. Grandes trozos de escayola caían del techo. El humo y las llamas avanzaban por el estrecho pasillo. Notaba las manos calientes. Las rodillas calientes. La cara caliente.

—¡Por favor! —chilló.

El fuego avanzaba deprisa. ¿Es que no sabían que estaba allí? ¿No veían salir las llamas por el tejado?

—¡Estoy aquí dentro! —gritó—. ¡Estoy en el garaje!

Tiró inútilmente de las ataduras. No podía morir así. No después de haber sobrevivido a lo demás. Necesitaba ver a Rick una vez más. Necesitaba abrazar a Dee. Tenía que decirle a Claire que de verdad la había perdonado. Tenía que decirle a su madre que la quería, que Paul había matado a Sam, que su padre no se había quitado la vida, que las había querido a todas muchísimo y que...

—¡Por favor! —gritó tan fuerte que se le estranguló la voz—. ¡Ayúdenme!

Había una persona al final del pasillo.

—¡Aquí! —chilló—. ¡Estoy aquí!

La figura se acercó. Se acercó más.

—¡Socorro! —vociferó Lydia—. ¡Ayúdeme!

Claire...

Era Claire.

—¡No, no, no! —gritó aterrorizada. ¿Por qué era Claire? ¿Dónde estaba la policía? ¿Qué había hecho su hermana?

—¡Lydia! —Claire corrió agachada, intentando mantenerse por debajo del humo. Llevaba una manta por encima de la cabeza. El fuego se erizaba tras ella: llamas naranjas y rojas como el ladrillo que lamían las paredes y arrancaban pedazos del techo.

¿Por qué era Claire? ¿Dónde estaban los bomberos? ¿Dónde estaba la policía?

Lydia miró frenéticamente la puerta, esperando que apareciera más gente. Hombres con gruesas chaquetas ignífugas. Hombres con cascos y oxígeno. Hombres con hachas.

Pero no había nadie más. Solo Claire. La loca, la impulsiva, la idiota de Claire.

—¿Qué has hecho? —gritó Lydia—. ¡Claire!

—No pasa nada —respondió su hermana a voces—. Voy a salvarte.

—¡Dios mío! —Lydia vio cómo el fuego arrancaba la pintura de las paredes. El garaje estaba lleno de humo—. ¿Dónde están los demás?

Claire agarró el cuchillo de la mesa. Cortó las bridas de plástico.

—¡Vete! —Lydia la apartó de un empujón—. ¡Estoy encadenada a la pared! ¡Tienes que irte!

Claire estiró el brazo por detrás de la silla. Giró algo. La cadena se abrió como un cinturón.

Lydia estaba tan asombrada que por un instante no pudo moverse. Estaba libre. Después de casi veinticuatro horas, por fin estaba libre.

Libre para quemarse viva en el incendio.

—¡Vamos! —Claire se dirigió hacia la puerta abierta, pero el fuego ya había devorado por completo su única salida. Las llamaradas derretían el friso de plástico de la pared. La alfombra de estambre se retorcía como una lengua.

—¡No! —chilló Lydia—. ¡Maldita sea, no!

No podía morir así. No, después de haber sobrevivido a las torturas de Paul. No, después de haber pensado que lograría salvarse.

—¡Ayúdame! —Claire se precipitó hacia puerta enrollable del garaje.

El ruido metálico perforó los tímpanos de Lydia. Claire intentó correr hacia la puerta de nuevo, pero Lydia la agarró del brazo.

—¿Qué has hecho? —gritó—. ¡Vamos a morir!

Claire se desasió de un tirón. Corrió hacia los estantes de madera. Tiró las cintas de vídeo al suelo. Arrancó los estantes de sus soportes.

—¡Claire! —gritó Lydia. Su hermana se había vuelto loca de remate—. ¡Claire! ¡Para!

Claire recogió la palanca del suelo. La lanzó contra la pared como si fuera un bate. El martillo se hundió en el pladur. Lo sacó y lanzó otro golpe.

Pladur.

Lydia miró pasmada mientras su hermana golpeaba de nuevo la pared. Como todo lo que había en el garaje, la pared de bloques de cemento era únicamente un decorado. Las verdaderas paredes del garaje eran de pladur y de viguetas de maderas, y más allá de las viguetas estaría el entramado de madera y, más allá, la libertad.

Lydia le arrancó la palanca de las manos. Todos los músculos de su cuerpo protestaron cuando levantó por encima de la cabeza la barra metálica de cinco kilos de peso. Cargó todo su pecho en el impulso y descargó el golpe como un martillo. Golpeó una y otra vez, hasta que el pladur se desprendió y comenzaron a saltar trozos de espuma endurecida como copos de nieve. Lanzó otro golpe. La espuma se estaba derritiendo. La barra metálica la cortaba como mantequilla.

—¡Usa las manos! —gritó Claire.

Agarraron las dos puñados de espuma derretida. Lydia se quemó los dedos. La espuma liberaba sustancias químicas de olor penetrante al volver a su estado líquido. Empezó a toser. Tosían las dos. El humo era muy denso dentro del garaje. Lydia apenas veía lo que hacían. El fuego se acercaba. El calor le levantaba ampollas en la espalda. Tiró frenéticamente del aislante hirviendo. Aquello no iba a funcionar. Estaban tardando demasiado.

—¡Apártate! —Lydia retrocedió todo lo que pudo y se precipitó contra la pared.

Sintió crujir su hombro contra el entablado de la fachada. Retrocedió y se abalanzó de nuevo contra la pared, metiéndose entre las viguetas para alcanzar la parte exterior de la pared.

Retrocedió para intentarlo otra vez.

—¡No sirve de nada! —gritó Claire.

Pero sí servía.

Lydia sintió que las tablas se quebraban. Retrocedió otra vez. Entre la madera resquebrajada se coló la luz del día.

Lydia se precipitó con todas sus fuerzas contra la pared. El tabique cedió. Algo se rompió en su hombro. El brazo le quedó colgando a un lado, inservible. Utilizó el pie, pateó con toda la fuerza que le quedaba hasta que los listones de madera saltaron de los clavos. El humo fluyó de golpe hacia el aire fresco. Lydia se volvió para avisar a Claire.

—¡Ayúdame! —Su hermana tenía las manos llenas de cintas de vídeo. El fuego estaba tan cerca que Claire parecía luminiscente—. ¡Tenemos que sacarlas!

Lydia la garró por el cuello de la camisa y tiró de ella hacia la estrecha abertura. Claire no cabía por el hueco con las cintas. Lydia se las quitó de un manotazo. La empujó de nuevo. Sus pies resbalaron. Los zapatos se le estaban derritiendo al contacto con el cemento. Dio un último empujón. Claire se precipitó hacia fuera. Lydia salió tras ella. Cayeron las dos aparatosamente en el camino.

El repentino aire fresco dejó paralizada a Lydia. Se había roto la clavícula. Parecía tener un cuchillo encajado en la garganta. Se tumbó de espaldas. Boqueó intentando respirar.

A su alrededor llovían cintas de vídeo. Lydia las apartó a manotazos. Le dolía tanto... Le dolía todo el cuerpo.

—¡Deprisa! —Claire estaba de rodillas.

Metía las manos en el garaje intentando salvar las cintas. Una de las mangas de su camisa se incendió. Apagó la llama agitando el brazo y siguió metiendo la mano en el garaje. Lydia intentó incorporarse, pero tenía el brazo izquierdo inutilizado. El dolor era casi insoportable cuando consiguió levantarse apoyándose en la mano derecha. Agarró a su hermana por la camisa e intentó apartarla.

—¡No! —Claire seguía intentando sacar más cintas—. Tenemos que llevárnoslas. —Usando ambas manos, recogió cintas como de niña recogía arena para hacer castillos—. ¡Liddie, por favor!

Lydia se arrodilló a su lado. Apenas veía unos centímetros por delante de ella. El humo salía a raudales por la abertura. El calor era sofocante. Sintió que algo le caía en la cabeza. Pensó que era una chispa, pero era lluvia.

—¡Solo unas pocas más! —Claire seguía sacando cintas—. ¡Aléjalas de la casa!

Lydia usó la mano buena para lanzar los vídeos hacia el camino. Había tantos... Miraba las fechas de las etiquetas, y sabía que las fechas correspondían a mujeres desaparecidas, y que esas mujeres tenían familias que ignoraban por qué habían desaparecido sus hermanas, sus hijas.

Claire cayó hacia atrás cuando las llamas salieron violentamente del garaje. Tenía la cara negra de hollín. El fuego había devorado por fin el garaje. Lydia la agarró por el cuello de la camisa y tirando de ella la alejó de la casa. Claire tropezó al intentar levantarse. Se le cayeron las zapatillas derretidas. Chocó con su hermana. Lydia sintió una aguda punzada de dolor en el hombro, pero eso no era nada comparado con la tos que sacudía su cuerpo. Se dobló por la cintura y vomitó un chorro de agua negra que sabía a orina y a ceniza de tabaco.

—Liddie... —Claire le frotó la espalda.

Lydia abrió la boca y, sintiendo un calambre en el estómago, vomitó otro chorro negro y maloliente. Afortunadamente, no quedaba mucho más. Se limpió la boca. Se irguió. Cerró los ojos para intentar controlar la sensación de mareo.

—Mírame, Lydia.

Se obligó a abrir los ojos. Claire estaba de espaldas al garaje. El fuego y el humo bramaban a su espalda, pero ella no miraba el incendio, miraba a Lydia. Se había tapado la boca con la mano. Parecía horrorizada.

Lydia solo podía imaginar lo que estaba viendo su hermana: los hematomas, los verdugones, las quemaduras eléctricas.

—¿Qué te ha hecho? —dijo Claire.

—Estoy bien —dijo, porque tenía que decirlo.

—¿Qué te ha hecho? —Claire estaba temblando. Las lágrimas dejaban surcos blancos en el hollín de su cara—. Me prometió que no te haría daño. Me lo prometió.

Lydia sacudió la cabeza. No podía enfrentarse a aquello ahora. No importaba. Nada de eso importaba.

—Voy a matarlo. —Los pies descalzos de Claire resonaron en la tierra cuando se dirigió a la parte de atrás de la casa.

Lydia la siguió, sujetándose como podía el brazo izquierdo. Con cada paso que daba, su clavícula chocaba con la base de su garganta. Sus articulaciones se habían llenado de polvo de grava. La lluvia había convertido el hollín de su piel en una ceniza negra y húmeda.

Claire iba un poco por delante de ella. Tenía un revólver metido en la cinturilla de los pantalones. Lydia reconoció la pistola, pero le sorprendió la destreza con que Claire sacaba el arma, retiraba el percutor y apuntaba al hombre que se arrastraba por el suelo.

Paul había conseguido alejarse unos seis metros de la casa. Un reguero de sangre oscura señalaba su avance por la hierba mojada. Su rodilla derecha una pulpa sanguinolenta. Tenía el tobillo destrozado. La mitad inferior de su pierna colgaba desencajada. El hueso, los nervios y el músculo relucían a la luz de las llamas que seguían bramando tras ellos.

Claire le apuntó a la cara.

—Eres un puto embustero.

Paul siguió moviéndose, apoyándose en el codo y la mano para alejarse del incendio.

Claire siguió su avance con la pistola.

—Dijiste que no le harías daño.

Él meneó la cabeza, pero siguió arrastrándose.

—Me lo prometiste.

Paul levantó por fin la mirada.

—Me lo prometiste —repitió Claire en tono petulante, furioso y angustiado al mismo tiempo.

Paul se encogió de hombros.

—Por lo menos no me la he follado.

Claire apretó el gatillo.

Lydia gritó. El ruido de la pistola fue ensordecedor. La bala había desgarrado un lado del cuello de Paul. Se llevó la mano a la herida. Cayó de espaldas. Le manaba sangre entre los dedos.

—Dios mío —susurró Lydia. Fue lo único que pudo decir—. Dios mío.

—Claire —dijo Paul con voz borboteante—. Llama a una ambulancia.

Claire le apuntó a la cabeza. Lo miró con perfecta falta de emoción.

—Pedazo de mierda embustero.

—¡No! —Lydia la agarró de la mano en el momento en que apretaba el gatillo.

La bala se perdió. Sintió la vibración del retroceso recorrer la mano de Claire y subir por la suya.

Su hermana intentó apuntar otra vez.

—No. —Lydia la obligó a apartar la mano—. Mírame.

Claire no quiso soltar el arma. Tenía los ojos empañados. Estaba en otra parte, en algún lugar oscuro y temible del que solo podía salir matando a su marido.

—Mírame —repitió Lydia—. Él sabe dónde está Julia.

Claire no apartó la mirada de Paul.

—Claire —dijo Lydia con toda la claridad de que fue capaz—. Paul sabe dónde está Julia.

Su hermana negó con la cabeza.

—Me lo dijo —añadió Lydia—. Me lo dijo en el garaje. Sabe dónde está. Está cerca de aquí. Me dijo que todavía la visita.

Claire sacudió la cabeza de nuevo.

—Está mintiendo.

—No estoy mintiendo —dijo Paul—. Sé dónde está.

Claire trató de apuntarle otra vez a la cabeza, pero Lydia la detuvo.

—Déjame intentarlo, ¿de acuerdo? Solo déjame intentarlo. Por favor. Por favor.

Lentamente, Claire aflojó la tensión de su brazo, dándose por vencida.

Lydia, sin embargo, no le quitó ojo mientras se arrodillaba con esfuerzo. El dolor casi la dejó sin respiración. Cada movimiento que hacía era como una cuchillada en el hombro. Se limpió el sudor de la frente. Miró a Paul.

—¿Dónde está Julia? Él no la miró. Solo le interesaba Claire.

—Por favor —le suplicó—. Llama a una ambulancia.

Claire negó con la cabeza.

—Dinos dónde está Julia y llamaremos a una ambulancia —dijo Lydia.

Paul miró a Claire con los ojos entornados. La lluvia le caía en la cara. Salpicaba su cara. Chorreaba por su cara.

—Llama a una ambulancia —repitió—. Por favor.

Por favor. ¿Cuántas veces le había suplicado Lydia en el garaje? ¿Cuántas veces se había reído de ella?

—Claire... —dijo Paul.

—¿Dónde está? —repitió Lydia—. Dijiste que estaba cerca. ¿Está en Watkinsville? ¿En Athens?

—Claire, por favor —insistió él—. Tienes que ayudarme. Es grave.

Claire sostenía la pistola flojamente junto a su costado. Tenía la mirada fija en la casa, en el incendio. Sus labios formaban una prieta línea. Sus ojos seguían teniendo una expresión enloquecida. Iba a derrumbarse. Pero Lydia no sabía en qué sentido.

Miró a Paul.

—Dímelo. —Intentó que su voz no sonara suplicante—. Dijiste que sabes dónde está. Dijiste que la visitabas.

... huesos podridos con unos mechones rubios y sucios y esas pulseras ridículas...

—¿Claire? —Paul estaba perdiendo mucha sangre. Su piel se había vuelto blanca como la cera—. Claire, por favor... Mírame.

Lydia no tenía tiempo para aquello. Hundió los dedos en su rodilla destrozada.

Los gritos de Paul hendieron el aire. Lydia no cejó. Siguió presionando hasta que sus uñas arañaron el hueso descarnado.

—Dinos dónde está Julia —dijo.

Él dejó escapar un siseo entre los dientes.

—¡Dinos dónde está!

Paul puso los ojos en blanco. Comenzó a convulsionarse. Lydia apartó la mano.

Él aspiró ansiosamente. Su boca chorreaba bilis y sangre rosa. Apretó la cara contra la tierra. Su pecho se agitaba, intentando respirar. Dejó escapar un sonido estrangulado. Estaba llorando.

No, no estaba llorando.

Se estaba riendo.

—No tienes valor. —Sus dientes blancos, manchados de sangre asomaron entre los labios húmedos—. Gorda inútil.

Lydia hundió de nuevo los dedos en su rodilla. Sintió que sus nudillos se doblaban al cerrarse sobre los fragmentos de hueso. Esta vez, Paul chilló tan fuerte que se le quebró la voz. Tenía la boca abierta. El aire pasaba por sus cuerdas vocales, pero no emitía ningún sonido.

Su corazón estaría temblando. Su vejiga se estaría aflojando. Sus intestinos se habrían vuelto líquidos. Su alma se estaría muriendo.

Lydia lo sabía, porque Paul la había hecho gritar así en el garaje.

Comenzó a convulsionarse otra vez. Tenía los brazos rígidos. Crispó la mano en torno a la herida del cuello. Lydia vio que una sangre roja oscura goteaba entre sus dedos.

—Tengo un botiquín de primeros auxilios en el coche —dijo Claire—. Podríamos vendarle el cuello y alargarlo más. —Hablaba despreocupadamente, casi como Paul dentro del garaje—. O podríamos quemarle vivo. Todavía queda algo de gasolina en la garrafa.

Lydia comprendió que su hermana hablaba completamente en serio. Ya le había disparado dos veces. Le habría dado el tiro de gracia si ella no se lo hubiera impedido. Ahora quería torturarlo, quemarlo vivo.

¿Qué estaba haciendo ella? Se miró la mano. Los dedos prácticamente habían desaparecido dentro de lo que quedaba de la rodilla de Paul. Sentía sus temblores resonándole en el corazón.

En el alma.

Se obligó a retirar la mano. Poner fin a su dolor fue una de las cosas más duras que había hecho nunca. Pero daba igual el infierno que Paul Scott les hubiera hecho pasar a ella y a su familia, no iba a convertirse en él, y tampoco iba a permitir que su hermana pequeña lo hiciera.

—¿Dónde está, Paul? —Intentó apelar a la poca humanidad que quedaba en él—. Vas a morir. Lo sabes. Solo es cuestión de tiempo. Dinos dónde está Julia. Haz una cosa decente antes de irte.

Un hilo de sangre salió de la boca de Paul.

—Te quería de verdad —le dijo a Claire.

—¿Dónde está? —insistió Lydia.

Él no apartó los ojos de su hermana.

—Eras lo único bueno que he tenido nunca.

Los labios de Claire eran una línea fina y blanca. Se daba golpecitos en la pierna con el cañón de la pistola.

—Mírame —dijo él—. Por favor, solo una vez más.

Ella negó con la cabeza. Fijó la vista en el campo, detrás de la casa.

—Tú sabes que te quiero —prosiguió Paul—. Eras la única parte de mí que era normal.

Claire sacudió de nuevo la cabeza. Estaba llorando. A pesar de la lluvia, Lydia veía correr las lágrimas por su cara.

—No iba a dejarte nunca. —Paul también estaba llorando—. Te quiero. Te lo prometo, Claire. Te quiero hasta mi último aliento.

Claire miró por fin a su marido. Abrió la boca, pero solo para tomar aire. Sus ojos se movieron como si no alcanzara a entender lo que tenía delante.

¿Estaba viendo al Paul de hacía años, al estudiante inseguro que ansiaba frenéticamente su amor? ¿O veía al hombre que había filmado aquellas películas? ¿Al hombre que durante veinticuatro años había guardado el oscuro secreto que había atormentado a su familia?

Paul le tendió la mano.

—Por favor. Me estoy muriendo. Concédeme solo esto. Por favor.

Ella negó con un gesto, pero Lydia notó que su determinación empezaba a flaquear.

Paul también lo notó.

—Por favor —dijo.

Despacio, de mala gana, Claire se arrodilló a su lado. Dejó que la pistola cayera a la hierba. Puso la mano sobre la suya. Le estaba ayudando a detener la hemorragia, ayudándole a mantenerse con vida.

Paul tosió. Sus labios escupieron sangre. Se apretó con más fuerza la herida del cuello.

—Te quiero. Pase lo que pase, recuerda siempre que te quiero.

Claire ahogó un sollozo. Le acarició la mejilla. Le apartó el pelo de los ojos. Le dedicó una sonrisa triste y dijo:

—Estúpido gilipollas. Sé que metiste a Julia en el pozo.

Lydia no habría visto la expresión perpleja de Paul si no hubiera estado mirándole a la cara. Él recompuso de inmediato su gesto, convirtiéndolo en una expresión de puro deleite.

—Dios mío, qué lista has sido siempre.

—Sí, ¿verdad?

Claire seguía inclinada sobre él. Lydia pensó que iba a besarlo, pero su hermana le obligó a apartar la mano del cuello herido. Paul intentó resistirse, detener el flujo de sangre, pero Claire le sujetó la mano con fuerza. Lo empujó hacia atrás. Él ya no tenía fuerzas. No podía detener la sangre. No podía detener a Claire. Ella se sentó a horcajadas sobre su cintura. Le sujetó las muñecas. Siguió mirándolo a los ojos, observando con delectación cada cambio de su rostro: la incredulidad, el miedo, la desesperación. Su corazón latía frenéticamente. Cada latido lanzaba fuera un nuevo chorro de sangre arterial. Claire no apartó la mirada cuando abrió la boca de par en par, ni tampoco cuando la lluvia golpeó el fondo de su garganta. Le sostuvo la mirada cuando el goteo de su cuello se convirtió en un chorro constante. Cuando aflojó las manos. Cuando sus músculos se relajaron. Cuando su cuerpo quedó inerme. Incluso cuando la única indicación de que seguía vivo era el ronco silbido de su respiración y las burbujas rosadas que se hinchaban entre sus labios. Ni siquiera entonces apartó la mirada.

—Te veo —le dijo—. Te veo exactamente como eres.

Lydia estaba atónita. No podía creer lo que estaba sucediendo ante sus ojos. Lo que le había permitido hacer a su hermana. No podrían recuperarse de aquello. Claire ya nunca podría salir de aquello.

—Vamos.

Claire le estaba hablando. Se había levantado. Se limpió las manos ensangrentadas en los pantalones como si acabara de llegar del jardín.

Lydia seguía sin poder moverse. Miró a Paul. Las burbujas habían cesado. Vio que las llamas de la casa se reflejaban en el negro vidrioso de sus pupilas.

Una gota de lluvia se estrelló en su globo ocular. No pestañeó.

—Liddie...

Lydia se volvió. Claire estaba en el jardín de atrás. La lluvia caía con fuerza, pero su hermana no parecía notarlo. Estaba pateando la hierba, abriéndose paso entre la maleza.

—¡Vamos! —gritó—. Ayúdame.

Lydia consiguió de algún modo incorporarse. Seguía en estado de shock. Por eso no la paralizaba el dolor. Se obligó a poner un pie delante de otro. Haciendo un esfuerzo consiguió preguntar a Claire:

—¿Qué vas a hacer?

—¡Hay un pozo! —Claire tuvo que levantar la voz para hacerse oír entre la lluvia.

Pisoteaba las malas hierbas con los pies descalzos, haciendo grandes círculos en el suelo.

—En la información del catastro decía que la casa tenía abastecimiento de agua municipal. —Apenas podía dominar su emoción. Estaba tan excitada como cuando de pequeña le contaba a Lydia alguna historia sobre las niñas malas del colegio—. Hice un cuadro para Paul, hace años. Era de una fotografía del jardín de esta casa. Me la enseñó al principio, cuando empezamos a salir, y dijo que le encantaba la vista porque le recordaba a su hogar, y a sus padres, y a su infancia en la granja, y en la fotografía había un establo, Liddie. Un establo grande y siniestro y justo a su lado un pozo con un tejadillo encima. Pasé horas intentando conseguir el color exacto. Días, semanas. No puedo creer que me haya olvidado del puto pozo.

Lydia apartó algunos hierbajos altos. Quería creerla. Ansiaba creerla. ¿Podía ser tan sencillo? ¿De veras podía Julia estar allí?

—Sé que tengo razón. —Claire pisoteó la tierra de debajo del columpio—. Paul lo mantenía todo igual en la casa. Todo. Así que, ¿por qué iba a derribar el establo sino era para esconder pruebas? ¿Y por qué iba a cegar el pozo si no había nada dentro? Has visto su expresión cuando he dicho lo del pozo. Tiene que estar aquí, Pepper. Julia tiene que estar en el pozo.

Estuvieron tan cerca, Lydia. ¿Quieres que te diga lo cerca que estuvieron?

Lydia comenzó a pisotear la maleza mojada. El viento había vuelto a cambiar de dirección. No se imaginaba un tiempo en que no oliera a humo. Miró hacia la casa. El fuego aún era fuerte, pero tal vez la lluvia impidiera que saltara a la hierba.

—¡Liddie!

Claire estaba de pie debajo del columpio. Golpeaba el suelo con el talón. Un sonido hueco resonaba desde el interior de la tierra.

Claire se puso de rodillas. Empezó a escarbar con los dedos. Lydia se dejó caer a su lado. Con la mano buena, palpó lo que había encontrado su hermana. La tapa de madera era muy pesada, de unos tres centímetros de grueso y casi un metro de contorno.

—Tiene que ser esto —dijo Claire—. Tiene que ser aquí.

Lydia agarraba puñados de tierra. Le sangraba la mano. Tenía ampollas del fuego, de la espuma recalentada. Aun así, siguió escarbando.

Claire consiguió retirar por fin tierra suficiente para meter los dedos bajo la tapa. Se acuclilló como un levantador de pesas y tiró tan fuerte que los músculos de su cuello sobresalieron visiblemente.

Nada.

—Maldita sea.

Lo intentó otra vez. Le temblaron los brazos por el esfuerzo. Lydia trató de ayudarla, pero no conseguía mover el brazo en esa dirección. La lluvia no las ayudaba. Todo parecía pesar más.

Los dedos de Claire resbalaron. Cayó hacia atrás sobre la hierba.

—¡Mierda! —gritó al volver a levantarse.

—Prueba empujando.

Lydia apoyó los pies contra la tapa. Claire la ayudó usando la parte de abajo de las manos y cargando todo su peso en el esfuerzo.

Lydia sintió que resbalaba. Clavó la parte de abajo de la mano buena y empujó tan fuerte que pensó que las piernas se le partirían en dos.

Por fin, pasado un rato, consiguieron desplazar unos cinco centímetro la pesada tapa de madera.

—Más fuerte —ordenó Claire.

Lydia no sabía si podría empujar más fuerte. Lo intentaron de nuevo, esta vez con Claire a su lado, sirviéndose de los pies. La tapa se movió otros dos centímetros. Luego unos pocos más. Empujaron las dos, gritando por el dolor y el esfuerzo hasta que la tapa se desplazó lo suficiente para que sus piernas quedaran colgando sobre el agujero abierto en la tierra.

Tierra y piedras cayeron por la boca del pozo. La lluvia salpicaba en el agua. Miraron las dos aquella oscuridad infinita.

—¡Maldita sea! —La voz de Claire resonó en el pozo—. ¿Qué profundidad crees que tendrá?

—Necesitamos una linterna.

—Hay una en el coche.

Lydia la vio alejarse corriendo, descalza. Tenía los codos doblados. Saltó por encima de un árbol caído. Era tal su deseo de avanzar que no se detuvo a mirar lo que había dejado a su paso.

Paul. No solo acababa de verlo morir. Se había deleitado en su muerte como un colibrí sorbiendo néctar.

Tal vez no importara. Tal vez ver morir a Paul era el sustento que necesitaba Claire. Quizá Lydia no debiera preocuparse por lo que le habían hecho a Paul. Debía preocuparle más lo que Paul les había hecho a ellas.

A su padre. A su madre. A Claire. A Julia.

Miró la negra boca del pozo. Intentó oír el ruido de la lluvia al estrellarse contra el agua, pero caían tantas gotas que era imposible seguir el rastro de una sola.

Buscó un guijarro en el suelo. Lo lanzó al pozo. Contó los segundos. Al llegar a cuatro, el guijarro se estrelló en el agua.

¿Qué distancia podía recorrer una piedra en cuatro segundos? Estiró el brazo hacia la oscuridad. Pasó la mano por la piedra áspera, intentando no pensar en las arañas. Las rocas eran desiguales. El mortero se desprendía. Si tenía cuidado, quizá pudiera apoyar el pie. Se inclinó hacia delante. Pasó la mano adelante y atrás. El mortero estaba seco. Rozó con los dedos una enredadera.

Pero era demasiado delicada para ser una enredadera. Era algo fino. Metálico. ¿Una pulsera? ¿Un collar?

Con mucho cuidado, intentó apartar la cadena de la pared. Sintió que se trababa y dedujo que se había enganchado con algo. No podía meter la otra mano para sacarlo. Miró hacia atrás. Claire estaba lejos. Había encendido la linterna. Corría. Tendría cortes en los pies de correr por el bosque, pero hacía tanto frío que seguramente no los sentía.

Lydia gruñó al inclinarse más hacia el pozo. Dejó que sus dedos recorrieran la cadena. Palpó una pieza metálica maciza, casi como una moneda, atascada entre las piedras del pozo. Tenía forma, no era redonda, pero quizá sí ovalada. Pasó el pulgar por sus bordes suaves. Extrajo cuidadosamente la moneda moviéndola adelante y atrás hasta que se soltó de la grieta. Se enrolló la cadena alrededor de los dedos y sacó el brazo del pozo.

Miró el collar que tenía en la mano. El colgante dorado tenía forma de corazón y una L grabada en cursiva. Era una de esas cosas que un chico te regalaba en séptimo curso porque le dejabas que te besara y él pensaba que lo vuestro iba en serio.

Lydia no se acordaba del nombre del chico, pero sabía que Julia le había quitado el colgante de su joyero y que lo llevaba puesto el día que desapareció.

—Es tu colgante —dijo Claire.

Lydia meció la cadena barata entre sus dedos. Le había parecido tan cara... Seguramente el chico habría pagado cinco pavos por ella en cualquier bazar.

Claire se sentó. Apagó la linterna. Respiraba agitadamente por la carrera. Lydia también, por lo que estaban a punto de hacer. Un humo espeso se elevaba en volutas entre la tenue luz del sol. El aire era gélido. El vaho del aliento de las dos se mezclaba sobre el colgante.

Había llegado el momento. Veinticuatro años de búsqueda, de anhelo, de saber y no saber, y lo único que podían hacer era quedarse sentadas bajo la lluvia.

—Julia solía cantar canciones de Bon Jovi en la ducha —dijo Claire—. ¿Te acuerdas?

Lydia se permitió sonreír.

—*Dead or alive.*

—Siempre se comía todas las palomitas en el cine.

—Le encantaba el regaliz.

—Y los perros salchicha.

Las dos hicieron una mueca agria.

—Le gustaba ese chico tan hortera, el que llevaba el pelo largo por detrás —dijo Claire—. ¿Cómo se llamaba? ¿Brent Lockhart?

—Lockwood —recordó Lydia—. Papá le hizo buscarse un trabajo en McDonald's.

—Olía a ternera a la parrilla.

Lydia se rio, porque Julia, la vegetariana, se había quedado horrorizada.

—Cortó con él una semana después.

—Pero de todos modos dejó que le metiera mano.

Lydia levantó la mirada.

—¿Te lo dijo ella?

—Estuve espiándolos desde la escalera.

—Qué mocosa fuiste siempre.

—No me chivé.

—Por una vez.

Miraron las dos el colgante. El dorado se había deslustrado por detrás.

—Lo que te dije por teléfono iba en serio. Te perdono.

Claire se limpió la lluvia de los ojos. Daba la impresión de que nunca se perdonaría a sí misma.

—He mandado un *e-mail*...

—Cuéntamelo luego.

Había cosas mucho más importantes de las que ocuparse. Lydia quería que Dee conociera a la loca de su tía. Quería oír a Rick y a Helen discutir sobre la maldad intrínseca del libro electrónico. Quería abrazar a su hija. Quería reunir a sus perros y gatos y a su familia y sentirse entera de nuevo.

—Lo único que quería papá era encontrarla —dijo Claire.

—Es la hora.

Claire encendió la linterna. La luz llegó hasta el fondo del pozo. El cuerpo descansaba en un charco de agua poco profundo. La piel se había desprendido. La luz del sol no había blanqueado los huesos.

El colgante. El cabello largo y rubio. Las pulseras plateadas.

Julia.

24

Claire yacía en la cama de Julia, con la cabeza apoyada en Míster Biggles, el peluche preferido de su hermana. El perro, viejo y peludo, había sobrevivido a duras penas a su infancia. Tenía el relleno impregnado de colonia Jean Nate para después del baño. Le habían metido las patas en refresco de polvos Kool-Aid como revancha por el robo de un libro. En un acto de sigilosa venganza por la desaparición de un sombrero, alguien le había quemado parte de la nariz. Y en un ataque de rabia alguien le había arrancado el pelo de la cabeza hasta dejar solo la guata de algodón.

Lydia no tenía mucho mejor aspecto. El pelo chamuscado estaba volviendo a crecerle, pero pasadas seis semanas de su calvario sus hematomas tenían aún un feo color negro y amarillo. Los cortes y las quemaduras habían empezado a cerrarse hacía poco. La zona alrededor de su cuenca ocular fracturada seguía estando roja e hinchada. Todavía tendría que llevar dos semanas más el brazo izquierdo en cabestrillo, pero había aprendido a hacerlo casi todo con una mano, incluso doblar la ropa de Julia.

Estaban en la casa del bulevar. Helen estaba en la cocina, preparando algo de comer. Se suponía que Claire tenía que ayudar a Lydia a empaquetar las cosas de Julia, pero había vuelto a caer en la vieja costumbre de dejar que su hermana mayor lo hiciera todo.

—Mira lo delgadita que era. —Lydia alisó unos vaqueros Jordache. Abrió la mano sobre la cinturilla. Su pulgar y su meñique quedaban a escasos centímetros de los extremos—. Yo solía tomárselos prestados. —Parecía asombrada—. Y me parecía que estaba tan gorda cuando murió...

Cuando murió.

Eso era lo que decían ahora: no «cuando desapareció Julia» o «cuando secuestraron a Julia», porque el ADN había confirmado lo que ellas habían sabido instintivamente desde el principio: que Julia Carroll estaba muerta.

La semana anterior la habían enterrado junto a su padre. Había sido una ceremonia íntima, solo Claire, Helen, Lydia y la abuela Ginny, que seguía sobresaltando a Lydia diciéndole que estaba igual de guapa que antes. Habían llevado a Ginny a la residencia después del entierro y se habían encontrado con Dee y Rick en la casa del bulevar. Solo faltaba una semana para Navidad. Había regalos debajo del árbol. Se sentaron a la larga mesa del comedor, comieron pollo frito, bebieron té con hielo y contaron anécdotas olvidadas hacía mucho tiempo acerca de los que ya no estaban presentes: la forma en que solía canturrear Sam cada vez que comía helado, y cómo se había olvidado Julia de todas las notas justo antes de su primer recital de piano. También escucharon anécdotas sobre Dee, porque se habían perdido diecisiete años de su vida y era una joven tan interesante, tan vital, tan lista y tan bonita... Estaba claro que tenía mucho carácter, pero se parecía tanto a Julia que a Claire aún le daba un vuelco el corazón cada vez que la veía.

—Eh, holgazana. —Lydia volcó un cajón lleno de calcetines sobre la cama, a su lado—. Haz algo útil.

Claire clasificó los calcetines con premeditada lentitud para que Lydia se enfadara y siguiera ella. A Julia le encantaban los dibujitos de niña pequeña, los corazoncitos rosas, los labios rojos y las distintas razas de perros. Alguien les daría buen uso. Iban a donar la ropa de su hermana al albergue para indigentes, el mismo albergue en el que ella estuvo trabajando como voluntaria el día en que Gerald Scott decidió quitarle la vida.

Gerald y Paul, porque la fotografía del establo probaba que él había participado activamente en el asesinato de su hermana.

Lydia había contado todo los demás detalles que Paul le había confesado en el garaje. Sabían que el suicidio de su padre había sido un montaje. Sabían lo de los cuadernos. Lo de las cartas de Helen, nunca entregadas. Sus planes para Dee cuando cumpliera diecinueve años. En algún momento, Claire había preferido imitar a su madre y dejar de hacer preguntas, porque no quería conocer las respuestas. No había diferencia entre la píldora roja y la píldora azul.

Solo había distintos grados de sufrimiento.

Paul había sido un psicópata violento. Un torturador. Un asesino. Sus carpetas clasificadas por colores habían sido investigadas y se había demostrado que era un violador en serie. Los archivos del trastero del sótano habían conducido al FBI a cuentas bancarias en paraísos fiscales con cientos de millones de dólares depositados por clientes de todo el mundo. Claire tenía razón: Paul había franquiciado el negocio. Había otros hombres enmascarados en Alemania, en Francia, en Egipto, en Australia, en Irlanda, en India, en Turquía...

Pasado cierto punto, conocer con más detalle los crímenes de su marido dejó de aliviar la carga que Claire sentía sobre los hombros.

—Creo que esto es tuyo. —Lydia levantó una camiseta blanca en cuya parte delantera ponía *RELAX* en letras negras. El cuello estaba cortado al estilo *Flashdance*.

—Solía ponérmela con unos calentadores multicolores alucinantes —dijo Claire.

—Esos calentadores eran míos, mocosa.

Claire agarró la camiseta que Lydia le tiró a la cabeza. La sostuvo delante de ella. Era una camiseta bonita. Seguramente todavía podía ponérsela.

—¿Has pensado qué vas a hacer?

Claire se encogió de hombros. Era una pregunta que le hacían con frecuencia. Todo el mundo quería saber qué iba a hacer. De momento estaba viviendo con Helen, sobre todo porque era mucho menos probable que los vecinos de su madre hablaran con la prensa, que era lo que estaba haciendo toda la gente de Dunwoody que conocía a Claire o que simplemente se había cruzado con ella. Sus compañeras del equipo de tenis parecían destrozadas ante las cámaras, pero todas tenían tiempo para ir a la peluquería y a maquillarse antes de aparecer en televisión. Hasta Allison Hendrickson había puesto su granito de arena, aunque nadie había hecho aún el chiste evidente acerca de la propensión de Claire a destrozar rodillas. Nadie, excepto la propia Claire.

—Ese trabajo enseñando en el colegio tiene buena pinta —comentó Lydia—. A ti te encanta la pintura.

—Wynn piensa que no tengo por qué preocuparme. —Claire se tumbó de espaldas. Miró el póster de Billy Idol pegado al techo, sobre la cama.

—Aun así tendrás que buscarte un trabajo.

—Puede.

Las cuentas de Paul estaban congeladas. La casa de Dunwoody había sido confiscada. Wynn Wallace le había explicado que se tardaría años en separar las ganancias ilegales de Paul de las ganancias legítimas de su empresa y que probablemente tendría que gastar millones en pagar a los abogados.

Paul, naturalmente, lo había tenido en cuenta a la hora de organizar su patrimonio.

—Las pólizas de los seguros de vida eran propiedad de un fideicomiso irrevocable que pagaba Quinn + Scott. Las pruebas documentales son clarísimas. Puedo tirar de ese dinero cuando quiera.

Lydia se quedó mirándola.

—¿Puedes cobrar los seguros de vida de Paul?

—Es lo más justo. Fui yo quien lo mató.

—Claire... —le advirtió Lydia, porque se suponía que su hermana no debía bromear acerca de cómo había salido impune de un asesinato.

Y, hasta donde ella sabía, Claire había salido impune. No era como para alardear de ello (porque Lydia tampoco lo habría permitido), pero si algo había aprendido Claire de su anterior roce con la justicia era que no tenías que hablar con la policía si no querías. Claire había permanecido sentada en una sala de interrogatorio, guardando silencio, hasta que Wynn Wallace llegó a la oficina regional de la Oficina de Investigación de Georgia y entre los dos dieron con una defensa legalmente válida para librarla de los cargos de incendio provocado y asesinato.

Lo cual era una suerte, porque al parecer si a la acusación de asesinato se añadía otro delito generalmente acababas en el corredor de la muerte.

Claire, en cambio, había acabado en el asiento del copiloto del Mercedes de Wynn Wallace.

El fuego lo había iniciado Paul. Claire le había disparado en defensa propia. Lydia era el único testigo, pero les había dicho a los investigadores que se había desmayado, de modo que no tenía ni idea de lo que había pasado.

Entre la lluvia y los bomberos, que empaparon las ascuas humeantes de la casa Fuller, no quedaron muchas pruebas materiales que pudieran desmontar su versión de los hechos. Aunque de todos modos para entonces nadie prestaba mucha atención a los delitos de Claire. El *e-mail* cuyo envío había programado con el enlace a Tor ya estaba en circulación. El *Red and Black* fue el primero en hacerse eco de la noticia, luego el *Atlanta Journal*, después los blogs y por último las cadenas nacionales. Así acabaron los temores de Claire a que nadie pinchara en un enlace enviado anónimamente.

De lo que más se arrepentía era de haber incluido a Huckleberry en la lista de destinatarios del *e-mail*, porque, según los testigos presenciales, el sheriff Carl Huckabee estaba sentado delante de su ordenador, leyendo el mensaje de Claire, cuando se llevó la mano al pecho y murió de un infarto masivo.

Tenía ochenta y un años. Vivía en una casa bonita, ya pagada. Había visto crecer a sus hijos y nietos. Pasaba los veranos pescando y los inviernos en la playa, y disfrutaba de sus otras aficiones, mucho más siniestras, sin ningún impedimento.

En opinión de Claire, era Huckleberry quien de verdad había salido impune.

—Hey. —Lydia le lanzó un calcetín para llamar su atención—. ¿Has vuelto a pensarte si vas a ver a un terapeuta de verdad?

—¿«Con un póster de Rasputín y una barba hasta la rodilla»?

—Más bien del estilo de *Kid Fears*.

Claire se rio. Habían estado escuchando a Indigo Girls en una de las muchas cintas de casete grabadas que Julia guardaba en una caja de zapatos debajo de la cama.

—Me lo voy a pensar —le dijo a Lydia, porque sabía que la terapia era importante para su hermana. Era, además, el único motivo por el que Lydia podía estar allí delante, doblando la ropa de Julia, en vez de estar hecha un ovillo en un rincón.

Pero como le había dicho Claire a la psiquiatra designada por el juzgado durante su última sesión, su mal genio las había conducido hasta Julia. Quizás algún día, con un auténtico terapeuta, pudiera resolver sus problemas con la ira. Bien sabía Dios que tenía mucho que trabajar en ese sentido, pero de momento no tenía ningún deseo de librarse de aquello que las había salvado.

¿Y quién sí?

—¿Has visto las noticias? —preguntó Lydia.

—¿Qué noticias? —respondió Claire, porque estaban pasando tantas cosas que les costaba mantenerse al día.

—A Mayhew y al otro detective les han denegado la libertad bajo fianza.

—Falke —dijo Claire.

No entendía por qué Harvey Falke seguía detenido. Era un mal policía, eso estaba claro, pero tenía tan poca idea como Adam Quinn de las actividades delictivas de Paul. Al menos eso le había dicho Fred Nolan a Claire después de que los especialistas del FBI vinieran desde Washington a interrogar a Mayhew y a Falke durante tres semanas.

¿Podía creer a Fred Nolan? ¿Podría volver a confiar en un hombre mientras viviera? Rick era simpático. Lydia le había pedido por fin que se instalaran en su casa. Rick estaba cuidando de ella. La estaba ayudando a recuperarse.

Pero aun así.

¿Cuántas veces había hecho lo mismo Paul por ella? No es que pensara que Rick era mal tipo, pero tampoco lo había creído de Paul.

Por lo menos estaba segura de qué lado estaba Jacob Mayhew. La policía había registrado su casa. El FBI había inspeccionado a fondo sus ordenadores y encontrado enlaces a casi todas las películas grabadas por Paul y a muchas de las hechas en el extranjero.

Claire no se había equivocado al suponer que se trataba de un negocio a gran escala. Entre el ordenador de Mayhew, el contenido del *pen drive* y las cintas de VHS del garaje, el FBI y la Interpol estaban identificando a cientos de víctimas cuyas familias, diseminadas por todo el mundo, tal vez algún día encontrarían de nuevo la paz.

Los Kilpatrick. Los O'Malley. Los Van Dyke. Los Deichmann. Los Abdullah. Los Kapadias. Claire repetía siempre en voz alta los nombres que aparecían en las noticias, porque sabía cómo se había sentido todos esos años atrás, cuando la gente abría el periódico y se saltaba el nombre de Julia Carroll.

El nombre del congresista Johnny Jackson, en cambio, nadie podía esquivarlo. Su implicación en la red de porno *snuff* seguía siendo noticia de portada en todos los periódicos, páginas web, noticiarios y revistas. Nolan le había contado confidencialmente que el congresista estaba intentando negociar un trato para librarse del corredor de la muerte. El Departamento de Justicia y la Interpol necesitaban que corroborara los pormenores del negocio de Paul en diversos tribunales de justicia de todo el mundo y Johnny Jackson no quería verse atado a una camilla mientras un médico penitenciario le insertaba una aguja en el brazo.

Claire sintió una amarga decepción al saber que no podría sentarse en la sala de testigos y presenciar cada respingo, cada gemido y cada sollozo del congresista cuando el Gran Estado de Georgia lo ejecutara.

Sabía lo que era ver morir a una mala persona, sentir crecer su pánico, ver el destello de comprensión en sus ojos al darse cuenta de que estaba completamente indefensa. Saber que las últimas palabras que esa persona oyera serían las que tú le dijeras a la cara: que la habías descubierto, que lo sabías todo sobre ella, que te daba asco, que no la querías, que nunca jamás olvidarías. Que nunca jamás la perdonarías. Que te recuperarías. Que serías feliz. Que sobrevivirías.

Tal vez debía pensarse lo de ver a un terapeuta cuanto antes.

—Santo cielo. —Lydia le quitó los calcetines y se puso a doblarlos—. ¿Por qué estás tan distraída?

—Fred Nolan me ha invitado a salir.

—Joder, ¿me tomas el pelo?

Claire le lanzó un calcetín suelto.

—Es curioso que el tío que más parecía estar metido hasta el cuello en el porno *snuff* sea precisamente el único que no lo está.

—¿Vas a salir con él?

Claire se encogió de hombros. Nolan era un capullo, pero al menos con él ya sabía dónde se metía.

—Dios mío.

—«Dios mío» —la imitó Claire.

Helen llamó a la puerta abierta.

—¿Os estáis peleando?

—No, señora —contestaron las dos a la vez.

Helen les dedicó aquella sonrisa relajada que Claire recordaba de su infancia. A pesar de que la prensa tenía sitiada su casa, Helen Carroll había encontrado la paz al fin. Recogió un calcetín de Julia del montón que había sobre la cama. Alrededor del elástico había bordados dos perros salchichas besándose. Helen buscó la pareja. Dobló los calcetines juntos. Las Carroll no eran de las que enrollaban los calcetines. Los juntaban, los guardaban en un cajón y daban por sentado que así seguirían.

—Mamá, ¿puedo preguntarte una cosa? —dijo Lydia.

—Claro que sí.

Lydia titubeó. Habían estado tanto tiempo separadas... Claire había notado que no se relacionaban con tanta facilidad como antes.

—No pasa nada, cariño —dijo Helen—. ¿De qué se trata?

Lydia seguía pareciendo indecisa, pero al fin preguntó:

—¿Por qué seguiste guardando todas estas cosas si sabías que Julia no iba a volver?

—Es una buena pregunta.

Helen alisó la colcha de Julia antes de sentarse en la cama. Paseó la mirada por la habitación. Paredes lilas. Pósters de rock. Polaroids pegadas en el espejo de encima de la cómoda. Nada había cambiado desde que Julia se marchara a la universidad, ni siquiera la fea lámpara de lava que, como sabía todo el mundo, su madre detestaba.

—A vuestro padre le hacía feliz saber que estaba todo igual —contestó—, que su cuarto estaría esperándola si alguna vez volvía. —Helen posó la mano sobre el tobillo de Claire—. Cuando descubrí que estaba muerta, supongo que simplemente me gustaba venir aquí. No tenía su cuerpo. No había tumba que visitar. —Evocó las palabras de la abuela Ginny—: Supongo que este era el único lugar donde podía dejar mi pena.

Claire sintió un nudo en la garganta.

—A ella le habría gustado.

—Yo creo que sí.

Lydia se sentó junto a Helen. Estaba llorando. Igual que Claire. Todas estaban llorando. Así era desde que habían visto el interior del pozo. Sus vidas estaban en carne viva. Solo el tiempo podía engrosarles la piel.

—La encontramos —dijo Lydia—. La hemos traído a casa.

Helen asintió.

—Sí.

—Es lo único que quería papá.

—No. —Helen le apretó la pierna a Claire. Acarició un mechón de pelo detrás de la oreja de Lydia.

Su familia. Estaban todos juntos otra vez. Incluso Sam y Julia.

—Esto —dijo—. Esto es lo único que quería vuestro padre.

VII

Recuerdo la primera vez que no dejaste que te tomara de la mano. Tenías doce años. Fui a llevarte a la fiesta de cumpleaños de Janey Thompson. Hacía calor aunque era principios de otoño. El sol nos calentaba la espalda. Los tacones bajos de tus zapatos nuevos repiqueteaban en la acera. Llevabas un vestidito amarillo con tirantes finos. Muy de mayor para ti, pensé yo, aunque quizá no, porque de pronto eras mayor. Tan mayor. Se habían acabado los brazos largui-ruchos y las piernas desgarbadas que tropezaban con los muebles y tiraban los libros al suelo. Y también las risitas nerviosas y los gritos airados ante la injusticia de un pastel denegado. Tu cabello dorado se volvió rubio y ondulado. Tus brillantes ojos azules se entornaban con escepticismo. Tu boca no se daba tanta prisa en sonreír cuando te tiraba de las coletas o te hacía cosquillas en la rodilla.

Ya no llevabas coletas. Y unas medias cubrían tus rodillas.

Nos paramos en la esquina de la calle y yo fui a tomarte instin-tivamente de la mano.

—Papá... —Pusiste los ojos en blanco. Tu voz era de chica mayor. Un asomo de la mujer que nunca llegaría a conocer.

Papá.

No «papi».

Papá.

Supe que se había acabado. Que no volvería a tomarte de la mano. Ni a sentarte en mi regazo. Que no volverías a rodearme la cintura con los brazos cuando cruzara la puerta de casa, ni a apoyar los pies en mis zapatos mientras bailáramos por la cocina. A partir de ahora sería el banco. El chófer para llevarte a casa de tus amigas. El crítico de tus deberes de biología. La firma en el cheque adjunto a tu solicitud de ingreso en la universidad.

Y mientras firmara ese cheque en la mesa de nuestra cocina, me acordaría de cómo fingía beber un té inexistente en tacitas de porcelana mientras Míster Biggles y tú me contabais cómo os había ido el día.

Míster Biggles... Ese pobre perro de peluche había sobrevivido al sarampión, a una botella de Kool-Aid vertida y a su lanzamiento sin ceremonias al cubo de la basura. Estaba aplanado por tu peso, quemado accidentalmente porque alguien lo colocó demasiado cerca de una plancha para el pelo, y esquilado por motivos desconocidos para tu hermana pequeña.

Yo, entrando en tu cuarto mientras hacías la maleta para irte a la universidad:

—Cielo, ¿has tirado a Míster Biggles a propósito?

Tú, levantando la vista de tu maleta llena de minúsculas camisetas, pantalones cortos, maquillaje y una caja de tampones que ambos preferimos ignorar.

Papá.

El mismo tono de fastidio que usaste aquel día en la esquina de la calle, cuando apartaste tu mano de la mía.

Las siguientes veces que me tocaras sería casi por accidente: al recoger las llaves del coche, o dinero, o cuando me abrazaras a toda prisa para que te dejara ir a un concierto, al cine o a una cita con un chico que nunca me gustaría.

Si hubieras vivido más allá de los diecinueve años, si hubieras sobrevivido, ¿te habrías casado con ese chico? ¿Le habrías roto el corazón? ¿Me habrías dado nietos? ¿Bisnietos? Mañanas de Navidad en tu casa. Cenas dominicales. Tarjetas de cumpleaños con corazones. Vacaciones compartidas. Quejarte de tu madre. Querer a tu madre. Cuidar de tus sobrinos y sobrinas. Fastidiar a tus hermanas. Mangonearlas. Llamarlas constantemente. No llamarlas lo suficiente. Pelearte con ellas. Hacer las paces. Y yo en el centro de todo eso, contestando a llamadas de madrugada sobre la bronquitis y la rubeola, y «¿tú qué opinas, papi?» y «¿por qué hace eso, papi?» y «te necesito, papi».

Papi.

El otro día encontré uno de tus álbumes. Tus hermanas y tú os pasasteis el decimoquinto año de tu corta vida planeando vuestra boda ideal. Los vestidos y la tarta, los novios, tan guapos, y sus sofisticadas novias. Luke y Laura. Carlos y Diana. Tú y Patrick Swayze, o George Michael, o Paul McCartney (aunque tus hermanas estuvieron de acuerdo en que era demasiado viejo para ti).

Anoche soñé con tu boda. La boda que nunca tuviste.

¿Quién te habría estado esperando al final del pasillo? Por desgracia, no ese joven tan tenaz al que conociste en el curso de orientación universitaria, ni aquel otro que quería estudiar medicina y ya tenía planificados los siguientes diez años de su vida. Es más probable que hubieras elegido a ese chaval mustio y desgarbado, con el pelo lacio, que afirmaba con orgullo que aún no sabía qué iba a estudiar.

Dado que esa boda que nunca ocurrió es *mi* fantasía, el chico en cuestión se ha afeitado para el gran día, tiene el pelo pulcramente peinado y espera un poco nervioso junto al reverendo, mirándote como siempre he querido que te mirara un hombre: con bondad, con ternura y con un ligero asombro.

Los dos estaríamos pensando lo mismo, el Mustio y yo: *¿por qué demonios le elegiste a él?*

Suena la música. Nosotros emprendemos la marcha. La gente se levanta. Se oyen susurros comentando tu belleza. Tu elegancia. Tú y yo estamos a pocos pasos del altar cuando de pronto me dan ganas de agarrarte y salir corriendo pasillo arriba. Quiero sobornarte para que esperes un año más. Que te limites a vivir con él, aunque tu abuela se escandalizara. Podrías ir a París a estudiar a Voltaire. Visitar Nueva York y ver todas las funciones de Broadway. Volver a tu cuarto, con los pósters en las paredes y Míster Biggles en la cama, y esa lámpara tan fea que encontraste en un mercadillo y que tu madre te suplicaba que te llevaras a la universidad.

Aunque, incluso en mi fantasía, sabía que presionarte en un sentido solo serviría para empujarte en la dirección contraria. Lo demostraste al final de tu vida como lo habías demostrado al principio.

Así que aquí estoy, a tu lado, en tu boda fantasma, conteniendo las lágrimas y ofreciéndote a ese futuro que nunca tendrás. Tu madre está en la primera fila, esperando a que me reúna con ella. Tus hermanas están al lado del reverendo, frente al chico, sonriendo de oreja a oreja, nerviosas, orgullosas y emocionadas por tanto romanticismo, y también por el miedo a los cambios que sin duda intuyen. Son tus damas de honor. Llevan sendos vestidos por los que se pelearon hace tiempo. Están tan orgullosas, son tan guapas y están tan deseosas de quitarse esos vestidos tan apretados y esos tacones de aguja...

Tú te aferras a mi brazo. Me agarras de la mano, con fuerza, como hacías cuando cruzábamos la calle, cuando veíamos una película de miedo, cuando solo querías hacerme saber que estabas allí y que me querías.

Me miras. Yo estoy sobresaltado. De pronto, como por milagro, te has convertido en una mujer preciosa. Te pareces tanto a tu madre, y sin embargo eres única. Tienes pensamientos que nunca conoceré. Deseos que nunca comprenderé. Amigos a los que nunca conoceré. Pasiones que nunca compartiré. Tienes una vida. Tienes el mundo entero por delante.

Entonces sonríes y aprietas mi mano, y hasta en sueños comprendo la verdad: da igual lo que te pasara, los horrores que soportaras cuando se te llevaron. Siempre serás mi preciosa niñita.

ARRANCADA

LA HISTORIA DE JULIA

Lunes, 4 de marzo de 1991
7:26 horas. North Lumpkin Street, Athens, Georgia

La neblina matinal tejía su encaje entre las calles del centro de la ciudad, tendiendo finas e intrincadas telarañas sobre los sacos de dormir alineados en la acera, delante del Georgia Theater. Faltaban doce horas como mínimo para que el teatro abriera sus puertas, pero los seguidores de Phish estaban decididos a conseguir asiento en las primeras filas. Dos jóvenes fornidos ocupaban sendas tumbonas de plástico junto a la puerta principal, cerrada con una cadena. A sus pies había latas de cerveza, colillas y una bolsa de sándwich vacía que posiblemente había contenido gran cantidad de marihuana.

Siguieron a Julia Carroll con la mirada cuando bajó por la calle. Sintió que sus miradas se le pegaban a la piel como la bruma. Miró al frente y mantuvo la espalda erguida, pero se preguntó si no parecería fría y altanera, y acto seguido se preguntó con cierto fastidio por qué le importaba el aspecto que presentara a ojos de aquellos chicos a los que no conocía de nada.

Antes nunca había sido tan paranoica.

Athens era una ciudad universitaria, cimentada sobre la Universidad de Georgia, que ocupaba más de trescientas hectáreas de terreno muy cotizado y daba trabajo a más de la mitad del condado. Julia había crecido allí. Estudiaba Periodismo y colaboraba con el periódico universitario. Su padre era profesor de la Facultad de Ciencias

Veterinarias. A sus diecinueve años, sabía que el alcohol y las circunstancias podían convertir a chicos de aspecto simpático en sujetos con los que no convenía tropezarse a las siete y media de un lunes por la mañana.

O quizá se estuviera comportando como una tonta. Quizá fuera como aquella vez que, de madrugada, pasó caminando por delante de Old College y oyó pasos tras ella y vio una sombra veloz y acechante y el corazón la dio un vuelco y quiso correr, y entonces el hombre que la había asustado la llamó por su nombre y resultó ser Ezekiel Mann, un compañero de su clase de biología.

Ezekiel le habló del coche nuevo de su hermano y luego se puso a citar diálogos de los Monty Python, y Julia apretó tanto el paso que cuando llegaron a su colegio mayor iban los dos a la carrera. Ezekiel apoyó la mano en la puerta de cristal cerrada mientras ella firmaba en el registro de entrada del edificio.

—¡Te llamaré! —le dijo él casi gritando.

Ella le sonrió y pensó: «Ay, Dios, por favor, no me obligues a herir tus sentimientos», mientras se dirigía a las escaleras.

Julia era preciosa. Lo sabía desde que era niña, pero en lugar de asumirlo como un regalo del cielo siempre lo había considerado una carga. La gente tenía prejuicios respecto a las chicas especialmente atractivas. Eran esas zorras gélidas y traicioneras que en las películas de John Hughes siempre recibían su merecido. Los trofeos que ningún chico del colegio se atrevía a reclamar. Todo el mundo tomaba su timidez por engreimiento, su leve angustia por censura. Que esos prejuicios la hubieran convertido en una virgen casi sin amigos a sus diecinueve años era un hecho que pasaba desapercibido para todo el mundo, excepto para sus dos hermanas menores.

Se suponía que en la universidad todo sería distinto. Sí, el colegio mayor en el que vivía estaba a menos de medio kilómetro de la casa familiar, pero aquella era su oportunidad de reinventarse, de ser la persona que siempre había querido ser: fuerte, segura de sí misma, feliz, satisfecha (y desvirgada). Procuraba refrenar su tendencia natural a sentarse a leer en su habitación mientras el mundo discurría más allá de su puerta. Se había apuntado al club de tenis, al de atletismo y al de caza y pesca. No había elegido pandilla. Hablaba con todo el mundo. Sonreía a los desconocidos. Salía con chicos que tenían encanto aunque no fueran terriblemente interesantes, y cuyos besos ansiosos le hacían pensar en una lamprea hundiendo su lengua en el costado de una trucha de lago.

Luego, sin embargo, sucedió lo de Beatrice Oliver.

Julia había seguido la noticia en el télex del *Red and Black*, el periódico de la Universidad de Georgia. Beatrice tenía diecinueve años, igual que ella. El pelo rubio y los ojos azules, igual que ella. Y estudiaba en la universidad, igual que ella.

También era preciosa.

Cinco semanas atrás, Beatrice había salido de casa de sus padres en torno a las diez de la noche. Pensaba ir a pie hasta la tienda a comprar helado para su padre, al que le dolían las muelas. Julia no estaba segura de por qué le extrañaba esa parte de la historia. Le parecía sospechoso (¿por qué querría alguien tomar helado si le dolían las muelas?), pero, dado que era lo que los padres de Beatrice le habían contado a la policía, ese detalle figuraba en la noticia.

Y la noticia había aparecido en el télex porque Beatrice Oliver no volvió a casa.

Julia estaba obsesionada con su desaparición. Se decía que era porque quería cubrir la historia para el *Red and Black*, pero lo cierto era que le daba un pavor pensar que alguien (y no una persona cualquiera, sino una chica de su edad) podía salir de su casa y no regresar jamás. Quería conocer los pormenores del caso. Quería hablar con los padres de la chica. Quería entrevistar a los amigos de Beatrice, a alguna prima, a algún vecino, a un compañero de trabajo, a un novio u otro, a cualquiera que pudiera brindarle una explicación distinta, una explicación que no fuera que una chica de diecinueve años con toda la vida por delante se había esfumado sin más.

«Creemos que probablemente se trata de un secuestro», había dicho el detective del caso, según constaba en las primeras informaciones. No faltaba ni uno solo de los efectos personales de Beatrice, ni su bolso, ni el dinero que guardaba en el cajón de los calcetines, ni tampoco su coche, que seguía aparcado delante de la casa de la familia.

La declaración más escalofriante procedía de la madre de Beatrice: «Si mi hija no ha vuelto a casa, solo puede ser porque alguien la tiene retenida».

Retenida.

Julia se estremeció al pensar en que alguien pudiera retenerla: apartarla de su familia, de su vida, arrebatarle la libertad. En sus libros infantiles, el hombre del saco era siempre un individuo andrajoso, siniestro y amenazador, un lobo al que, pese a ir disfrazado de cordero, se le adivinaban claramente las intenciones en cuanto se le miraba con atención. Sabía que la vida real no era como esos cuentos de hadas. Que no era fácil distinguir el bigote y la perilla que delataban la maldad del lobo.

La persona que retenecía a Beatrice Oliver podía ser un amigo, o un compañero de trabajo, o un vecino, o un novio u otro: cualquiera de esas personas a las que Julia quería entrevistar cara a cara. A solas. Armada solo con lápiz y bolígrafo. En una conversación de tú a tú con un hombre que en ese preciso instante podía tener retenida a Beatrice Oliver en algún lugar inmundo.

Julia se llevó la mano al estómago para calmar su malestar. Miró hacia atrás y luego a derecha e izquierda, sintiendo el movimiento nervioso de sus globos oculares.

Intentó apaciguar parte de su ansiedad recurriendo a la lógica. Era posible que se estuviera excitando sin ningún motivo. Tal vez no pudiera entrevistar a ningún conocido de Beatrice Oliver. Antes de hablar con nadie tendrían que darle permiso para cubrir la noticia, porque un periodista de la sección de actualidad estaba legitimado para hacer preguntas. En cambio, una articulista de fondo como ella solo estaría metiendo las narices donde no la llamaban. El principal escollo sería Greg Gianakos, el editor jefe del periódico, que, pese a ser todavía un estudiante, se consideraba el próximo Walter Cronkite y a Julia le recordaba lo que solía decir su padre sobre los *beagles*: que les encantaba oír el sonido de su propia voz.

Si conseguía que Greg le diera luz verde, Lionel Vance, su esbirro, también se la daría aunque seguía enfurruñado porque le había pedido una cita a Julia y ella le había dicho que no. El último obstáculo sería el señor Hannah, el asesor de la facultad, un hombre muy amable al que sin embargo le gustaba que las reuniones del consejo de redacción se desarrollaran como una competición de salto al vacío desde un acantilado mexicano retransmitida por *Wide World of Sports*.

Julia ensayó en silencio su salto al enfilar la siguiente calle desierta.

Beatrice Oliver, una chica de diecinueve años que vive con sus padres...

Pero no: estarían roncando antes de que acabara la frase.

¡Chica desaparecida!

No. Desaparecían montones de chicas, y normalmente aparecían a los pocos días.

Una joven iba andando por la calle de noche camino de la tienda cuando de repente...

Julia se volvió bruscamente.

Había oído un ruido a su espalda. Un roce como de zapatos arañando la calle. Escudriñó de nuevo la zona y distinguió trozos de cristal rotos, botellas viejas de cerveza y periódicos desechados, pero no vio nada más. Al menos, nada que debiera preocuparla.

Echó a caminar de nuevo, lenta y cautelosamente, mirando los portales y los callejones y cruzando la calle para no tener que pasar junto a un enorme montón de basura.

Paranoica.

Se suponía que los reporteros debían contemplar los hechos con frialdad objetiva, pero desde que había leído sobre Beatrice Oliver sus sueños estaban plagados de detalles que no procedían de datos fehacientes sino de su propia imaginación desbocada. Beatrice iba caminando por la calle. La noche era oscura. La luna estaba cubierta. El aire arrastraba un frío helador. Vio el brillo de un cigarrillo encendido, oyó el suave redoble de unos zapatos sobre el asfalto y un momento después notó el sabor de una mano manchada de nicotina tapándole la boca, sintió un cuchillo afilado en la garganta, olió el aliento ácido de un desconocido amenazador que la arrastró hacia su coche, la encerró en el maletero y la condujo a un lugar oscuro y húmedo en el que podía retenerla.

Si la madre de Julia no fuera bibliotecaria, seguramente achacaría sus siniestras fantasías a los libros que estaba leyendo. *Junto a un extraño. Helter Skelter. El silencio de los corderos. La hora de las brujas.* Pero su madre *era* bibliotecaria, de modo que posiblemente se encogería de hombros y le diría a su hija mayor que no leyera historias que la asustaran.

¿O acaso asustarse de esas cosas, poner voz a sus miedos más terribles, inmunizaba a Julia del peligro?

Se enjugó el sudor de la frente. Su corazón latía con tanta violencia que notaba el roce rítmico de la camiseta sobre su piel. Metió la mano en el bolso. Llevaba el *walkman* envuelto en la bufanda amarilla que había prometido llevarle a su hermana a casa. Posó el dedo sobre el botón de *play,* pero no llegó a pulsarlo. Solo quería sentir la cinta de casete que había dentro, evocar la letra apretada y confusa del chico que se la había grabado.

Robin Clark.

Julia lo había conocido dos meses antes. Se habían pasado notas, se habían llamado por teléfono, se habían mandado mensajes a través del buscapersonas y habían salido un par de veces en grupo, y en esas ocasiones se habían lanzado miradas y sus manos se habían rozado, y cuando por fin habían quedado a solas Robin la había besado tan larga y deliciosamente que Julia había sentido que iba a estallarle la cabeza. Lo había llevado a casa una sola vez, no para que conociera a sus padres sino para recoger su colada. Su hermana pequeña se había burlado diciendo que Robin era nombre de chica, hasta que Julia la había hecho parar dándole un puñetazo en el brazo. (Por una vez, la mocosa no se había chivado).

La cinta grabada contenía canciones que Robin creía que podían gustarle, no canciones que quería que le gustaran. Así que en vez de Styx, Chicago y Metallica, le había grabado a Belinda Carlisle y a Wilson Phillips, alguno temas de los Beattles y James Taylor y un montón de canciones de Madonna, porque a Robin Madonna le gustaba tanto como a ella.

Aquella cinta representaba la primera vez en su vida que un chico la veía tal y como era, en lugar de verla como quería que fuera. Julia se había pasado muchos años fingiendo que le gustaban los solos de batería, el guitarreo estridente y las grabaciones piratas de artistas muertos trágicamente antes de poder demostrarle al mundo (y no solo al chico que había grabado la cinta) lo geniales que eran.

Robin no quería que fingiera. Quería que fuera ella misma, y seguramente a su profesora de estudios de género le daría un infarto si supiera que por fin quería ser ella misma pero solo porque había encontrado a un chico que quería eso mismo.

—Robin —susurró al aire frío de la mañana, porque le encantaba sentir su nombre en la boca—. Robin.

Tenía veintidós años, era alto y delgado y tenía los bíceps fibrosos como sogas de tanto levantar pesadas bandejas de pan en la panadería de su padre. Tenía el pelo castaño, casi negro, cortado a lo Jon Bon Jovi, y los ojos azules como un husky, y cuando la miraba Julia sentía un profundo hormigueo en un lugar al que no acertaba a poner nombre.

Había habido algunos otros chicos antes que Robin. Normalmente eran mayores que ella (aunque nunca igual de maduros), la clase de chicos que no se dejaba intimidar por su apariencia porque tenían coche y dinero en el bolsillo. Su padre le había advertido de que esos chicos solo buscaban una cosa. Pero su padre ignoraba que ella buscaba lo mismo.

A meterse mano era a lo más que había llegado, a no ser que se tuvieran en cuenta los frotamientos placenteros con Brent Lockwood cuando él tenía dieciséis años (casi diecisiete) y ella catorce (casi quince). Brent le había pedido a su padre permiso para salir con ella, y su padre le había dicho que se cortara el pelo, que se buscara un trabajo y que volviera entonces.

Que el chico hubiera vuelto a presentarse en su casa unos días después con el pelo cortado a cepillo y un delantal de McDonald's había dejado pasmado a su padre, a su madre le había hecho gracia y a sus hermanas les había provocado carcajadas. Julia, por su parte, se había indignado. El pelo de Brent era su mejor rasgo. De allí en adelante, el olor a carne a la parrilla se le clavó en el cuero cabelludo como si tuviera dientes. Julia era vegetariana, y estar con Brent era como una variación del experimento de Pavlov sin ninguna gracia.

Aun así, lo había intentado (en el asiento trasero del coche de Brent, en el sofá del cuarto de estar), porque Brent era guapo y todo el mundo sabía que había estado con un montón de chicas, y aquella era su oportunidad de acabar de una vez por todas con su virginidad. Ansiaba ser la chica sofisticada que todo el mundo creía que era: la que sabía cómo desenvolverse con un chico, la que tenía experiencia, la chica preciosa y hastiada capaz de manejar a un hombre con el dedo meñique.

Pero Brent estaba enamorado de ella y había querido ser tierno e ir despacio, lo cual, sumado al olor a grasa de patatas fritas que exudaba su piel, resultaba insoportablemente aburrido.

Robin Clark, en cambio, no era para nada aburrido. Olía de maravilla, como a pinos con un matiz agradable a pan de la tahona. Tenía la piel hermosamente bronceada porque hacía senderismo y montaba en bici todo el año. Cuando hablaban, la miraba a los ojos. No intentaba resolverle los problemas. Sencillamente, la escuchaba. Se reía de sus chistes, hasta de los malos (sobre todo de los malos). Y también podía ser soñador. Quería ser pintor. Ya lo era (el trabajo en la panadería era temporal). Julia había visto parte de su trabajo. La suave curvatura del cuello de un ciervo al inclinarse a beber en un riachuelo de montaña. El rojo y el naranja de un atardecer desatado. Su mano suavemente posada sobre la curva de la cadera de Julia.

Había dibujado aquella imagen antes de dar ese paso. Se la había enseñado a Julia por encima de una taza de té en el centro de estudiantes y le había dicho que el boceto mostraba lo que deseaba hacer. A ella le flaquearon las rodillas cuando llegó el momento de levantarse. Tenía las palmas sudorosas. Estaba tan aturdida por la emoción que cuando por fin él le puso la mano en la cintura y sus dedos le rozaron la piel le pareció sentir una corriente eléctrica.

—Voy a besarte —le había susurrado Robin al oído antes de besarla.

Julia apartó la mano del *walkman*. La furgoneta del albergue para indigentes en el que trabajaba como voluntaria estaba aparcada en el cruce de Hull y Washington, una zona de la ciudad a la que por razones ignotas se conocía como Hot Corner. La gente ya había empezado a hacer cola para desayunar. Había al menos treinta personas, la mayoría hombres, muy pocas mujeres. Avanzaban en fila, arrastrando los pies, con la cabeza gacha y las manos en los bolsillos. Todo en su actitud traslucía lo mucho que detestaban tener que recurrir a la caridad, pero la necesitaban y se resignaban, por tanto, a hacer cola al rayar el alba para tomar al menos una comida caliente.

—Buenos días —dijo Candice Bender. Estaba repartiendo recipientes de papel de aluminio con huevos revueltos, beicon, gachas de maíz y tostadas. La enorme cafetera que había junto a las puertas abiertas de la furgoneta estaba medio vacía.

—Siento llegar tarde. —Julia no llegaba tarde, pero tenía la costumbre nerviosa de empezar las conversaciones con una disculpa. Sacó un montón de mantas de la furgoneta y se fijó en la cola. Faltaba alguien—. ¿Dónde está Mona Sin Apellido?

Candice se encogió de hombros.

Julia dio un paso atrás para echar otro vistazo a la cola. Su miedo fue creciendo exponencialmente a medida que escudriñaba cada cara.

—¿No la ves? —preguntó Candice.

Negó con la cabeza. Llevaba el suficiente tiempo dedicándose a aquello para saber que la gente se trasladaba de un lugar a otro, pero no pudo evitar que la asaltaran negros pensamientos.

Mona era joven, solo unos meses mayor que ella. Comparada con los demás, se cuidaba mejor, se bañaba más y llevaba ropa más bonita porque no se gastaba todo el dinero en drogas. La habían explulsado del sistema de acogida al cumplir los dieciocho y había acabado haciendo esas cosas que algunas chicas tenían que hacer para sobrevivir. Cuando Julia le había preguntado cómo se apellidaba, Mona le había contestado en tono desafiante:

—No tengo apellido, gilipollas.

—Mona Sin Apellido, entonces —había respondido Julia, que estaba de mal humor y tenía una ligera resaca por culpa de una noche a base de crackers de queso y chupitos de whisky mezclado con salmuera de pepinillos. (Para su sonrojo, el mote había cuajado).

—Mona no vino anoche —dijo una de las mujeres al tomar una manta limpia.

—¿Cuándo fue la última vez que la viste? —preguntó Julia.

—¿Cómo demonios quieres que yo lo sepa?

Las mujeres no se cuidaban unas a otras. Competían entre sí. Cotilleaban. A Julia, aquel presunto cuadro de realismo social le recordaba al instituto porque asumían los mismos roles: la puta, el ojito derecho del profesor, la niña buena, la bruja, la patosa. Mona era la bruja porque era guapa: conservaba aún todos los dientes, se maquillaba y no parecía una sin techo. Delilah era la puta porque era la mayor y la más curtida. Y también porque de verdad era puta.

Había un total de ocho mujeres en el grupo y, a diferencia de Beatrice Oliver, a la que habían secuestrado cuando iba a comprar helado para su padre, Julia sabía que las siniestras fantasías que evocaba su imaginación acerca de la vida de aquellas mujeres eran muy probablemente ciertas. Prostitución. Drogas. Hambre. Enfermedad. Miedo. Y soledad, porque la mayoría de los sin techo, según había descubierto Julia, sufrían una soledad increíble, sobrecogedora y pavorosa.

—Yo la vi meterse en el bosque —dijo Delilah—. A eso de las diez o las once de la noche, justo antes de que empezase a llover.

Julia asintió con la cabeza para demostrarle que la había escuchado.

Delilah daba miedo porque era impredecible: podía ponerse a chillar, a llorar, a canturrear incensamente, o a reír tan fuerte que te pitaban los oídos. Era drogadicta y ya vivía en la calle antes de que Julia empezara a trabajar como voluntaria en el albergue. Guardaba en el bolsillo fotografías de sus hijos ya mayores, y llevaba siempre consigo un juego de jeringuillas que solo usaba ella. En los cuatro años anteriores, Julia había acabado el instituto, había entrado en la universidad, había terminado el primer curso con honores y había sido ascendida a editora de la sección de opinión del *Red and Black*.

En ese tiempo, a Delilah la habían robado (o «revolcado», como decían los sin techo) repetidas veces, había perdido todos los dientes delanteros en una pelea, se le caían manojos de pelo debido a la desnutrición y su piel mostraba extrañas lesiones de un marrón purpúreo.

«Sida», pensó Julia, aunque nadie se atrevía a pronunciar aquella palabra en voz alta porque el sida equivalía a una condena a muerte.

—Hay un grupo de gente que vive en el bosque —le dijo Candice—. Ayer me pasé por allí para ver si necesitaban ayuda, pero por lo visto viven al aire libre porque les parece divertido, no porque estén pasando apuros.

Julia le pasó una manta a un hombre que llevaba pantalones del ejército. En su gorra negra decía: *Desaparecidos en Vietnam: no os olvidamos.*

—¿Lo hacen porque quieren? ¿Como si estuvieran de acampada? —Robin se había ido de acampada esa semana con su familia. A ella no la había invitado, pero únicamente porque habría sido muy raro dormir juntos estando allí toda su familia—. Mona no me parece muy aficionada al *camping*.

—El sheriff dice que son una secta. —Candice frunció el ceño exageradamente. Al igual que la madre de Julia, era una exhippie provista de un sano escepticismo hacia la autoridad—. Son todos más o menos de tu edad, quizás un poco mayores. Yo diría que es más bien una comuna. Visten parecido. Hablan parecido. Se comportan igual. Como en *El Show de Patty Duke*.

Julia refrenó un estremecimiento. Más bien como *El show de Charles Manson*.

—¿Por qué iba a irse Mona con ellos?

—¿Y por qué no? —Candice, que había acabado de repartir las comidas, se volvió hacia las mantas—. Su plan, si es que tienen un plan, es recorrer la Senda de los Apalaches hasta el monte Katahdin. Eso dicen, aunque más bien parece una excusa para dejar de bañarse y follar como conejos.

—¡Yo me apunto! —gritó el veterano de Vietnam.

—¿Dónde están acampados? —le preguntó Julia a Candice.

—Nada más pasar Wishing Rock.

O sea, muy lejos de donde habían ido de acampada Robin y su familia.

—¿Qué te parece? —preguntó Candice. Era una maestra jubilada, ansiosa aún por moldear una mente juvenil—. Marcharte de casa, renunciar a todas tus posesiones materiales y vivir de la tierra. ¿Te ves haciendo algo así?

Julia se encogió de hombros, aunque le costaba menos verse paseando por la Luna.

—Son espíritus libres, ¿no? Es bastante romántico.

Candice sonrió. Evidentemente, era la respuesta acertada.

Julia sacó una bolsa de basura de la caja y se puso a recoger recipientes vacíos y vasos de café. Ignoraba por qué no le molestaba limpiar lo que ensuciaba aquella gente y en cambio le daba un ataque de rabia cada vez que tenía que recoger los calcetines sucios que las holgazanas de sus hermanas dejaban tirados en la escalera.

Había empezado a trabajar en el albergue poco después de cumplir quince años. Era verano. Estaba aburrida. No había ningún libro que le apeteciera leer. Sus hermanas la estaban volviendo loca. Estaba harta de hacer de niñera. Harta de estar al mando. Harta de esperar para ser una adulta.

—Veamos si tienes lo que hay que tener para hacer esto —le había dicho su padre en el coche, camino del albergue.

—¿El qué? —le había espetado ella, porque no sabía qué era «esto», porque ignoraba que su padre la estaba llevando a los bajos fondos de la ciudad, donde se esperaría de ella que sirviera a mendigos malolientes y enloquecidos.

Lo del albergue estaba destinado a ser una Lección Vital, como aquella vez que sus padres las obligaron a elegir uno de sus regalos de Navidad para donarlo al albergue infantil, y no podían ser ni calcetines ni ropa interior. Julia odiaba las Lecciones Vitales. Odiaba que la obligaran a hacer cosas. Odiaba que su padre la hubiera engañado para que subiera al coche diciéndole que iban a ver una nueva camada de cachorros. Era terca (como su madre, decía su padre) y rebelde (como su padre, decía su madre) y voluntariosa (como sus padres, decía su abuela) y mandona (como su abuela, decían sus hermanas), y solo por eso había seguido en el albergue esos primeros meses.

Le demostraré que puedo hacerlo, se decía Julia, rabiosa contra su padre, mientras se dedicaba a cocinar, a limpiar y a lavar ropa con ahínco. Su actitud despertaba a tal punto el humor burlón de su madre que la boca de esta dibujaba un zigzag permanente.

—¿Julia fregando platos? —La voz de su madre resonaba como el timbre de una bici—. ¿Julia Carroll, la chica que vive aquí, en esta casa?

Era difícil explicar por qué seguía yendo Julia al albergue. No disfrutaba especialmente lavando ropa mugrienta o restregando váteres. Y sin embargo dos o tres veces por semana se obligaba a salir de la cama a las siete de la mañana y a ir a pie hasta los barrios más degradados de la ciudad o hasta el albergue de Prince Avenue para repartir comida y mantas o limpiar lo que ensuciaban los drogadictos, los desequilibrados mentales y otras almas extraviadas.

Debido a su físico, la gente solía desear a Julia.

Las personas a las que servía a través del albergue, en cambio, la *necesitaban*.

—¿Te importa acabar aquí, nena? —preguntó Candice—. Tengo una reunión con el alcalde.

—Claro que no. —Julia metió la bolsa de basura en la furgoneta y recogió unos bolígrafos y un montón de hojas de papel del asiento delantero: impresos que había que rellenar, solicitudes de asistencia sanitaria y subsidios y ayudas para discapacitados y veteranos de guerra.

Durante las dos horas siguientes se ocupó del papeleo y de llamar a diversas agencias estatales desde el apestoso teléfono público, y habló con varios miembros del grupo para averiguar qué pensaban hacer con sus vidas. Muchos de sus amigos se mofaban de su trabajo de voluntaria: creían que los indigentes eran unos vagos, pero no entendían que, por lo general, la gente que acababa viviendo en la calle no lo hacía por algún profundo defecto de su carácter, sino debido a una concatenación de errores aparentemente poco importantes: tocarle las narices a un policía, salir con quien no debían o saltarse las clases, el trabajo o una cita con el funcionario que se encargaba de supervisar su libertad condicional porque estaban demasiado agotados para acordarse de poner el despertador.

Julia no era psiquiatra, pero saltaba a la vista que muchos de ellos tenían problemas de salud mental: una leve paranoia, depresión o ilusiones delirantes.

—Reagan —le había dicho su madre la primera vez que Julia le habló de aquel fenómeno—. ¿Qué creía que pasaría cuando recortó la ayuda federal a los hospitales psiquiátricos? Ahora viven todos en la calle o están en prisión.

Beatrice Oliver. La chica que fue a comprar helado y ya nadie la volvió a ver. Había recibido tratamiento por depresión, y la depresión era una enfermedad mental. Julia lo había leído en el télex. La agencia Associated Press había enviado a un reportero a hablar con los padres mientras buscaban a su hija (mientras buscaban su cadáver, aunque nadie lo dijera en voz alta) y la madre había reconocido que hacía tiempo Beatrice había recibido tratamiento por depresión.

Julia también había visitado a un psiquiatra durante su primer curso en la universidad. No se lo había dicho a nadie porque le daba vergüenza reconocer que vivir fuera de casa no era tan fácil como había creído. Al final de la consulta el psiquiatra había bostezado, lo que en realidad la había ayudado más que sus consejos estereotipados (únete a un grupo, prueba una actividad nueva, hazte otro corte de pelo, sonríe más), porque demostraba que sus problemas eran vulgares y corrientes, que los chicos y chicas del campus que parecían tenerlo todo claro seguramente sufrían las mismas aburridas ansiedades.

Pero aquello también le había dado que pensar. Si algún día desaparecía o (Dios no lo quisiera) la secuestraban, ¿averiguaría un periodista que había visitado a un psiquiatra? ¿Y le achacarían por ello algún tipo de enfermedad mental?

—¡A esa se la han llevado! —La voz áspera de Delilah la sacó bruscamente de su ensimismamiento—. Acuérdate de lo que te digo, hermana.

Julia levantó la vista de la carta que estaba escribiendo a la hija de Delilah. La chica nunca respondía, lo que parecía decepcionarla más a ella que a Delilah.

—Se la llevaron —repitió Delilah—. A Mona Sin Apellido. La agarró un hombre.

—Ah —fue lo único que se le ocurrió responder.

—Así no —añadió Delilah—. La agarró así... —Soltó un gruñido y esbozó un abrazo violento y amenazador.

Julia encogió los brazos como si aquel hombre fuera a agarrarla a ella.

—Iba andando por la calle —dijo Delilah—. Pasó por delante de ese coche viejo y entonces para una furgoneta negra y se abre la puerta y sale un hombre grandullón, un blanco, y estira los brazos y... —Hizo de nuevo el gesto de agarrar.

Julia se frotó los brazos para aliviar un escalofrío. Vio la furgoneta negra, la puerta abriéndose, la silueta borrosa de un chico bien aseado, un americano de pura cepa, saliendo de la espesa oscuridad. Sacaba los brazos. Sus manos se convertían en garras. Su boca se contraía en una mueca cruel que dejaba ver unos dientes afilados como navajas.

—Hazme caso, niña. —La voz de Delilah era un gruñido amenazador—. Se la llevaron. Se *puen* llevar a cualquiera de nosotros. A cualquiera de vosotros.

Julia dejó el bolígrafo. Miró los ojos amarillos y legañosos de la mujer. Heroína. Para eso eran las agujas que guardaba. Sarcoma de

Kaposi. De ahí las lesiones cutáneas. Julia había escrito varios artículos sobre el VIH y el sida para *Red and Black*. Sabía que aquel cáncer raro podía extenderse a los órganos internos y causar lesiones cerebrales. Delilah no estaba lúcida ni en sus mejores momentos. ¿Le estaba relatando una especie de visión o de sueño febril? Parecía imposible que alguien pudiera secuestrar a una mujer en plena calle, en el centro de Athens.

Claro que también parecía imposible que pudieran secuestrar a una chica que acababa de salir de casa para ir a comprar helado para su padre.

Y no solo que la hubieran secuestrado, sino que la tuvieran retenida.

Aun así, Julia le recordó suavemente a Delilah:

—Antes dijiste que habías visto a Mona entrando en el bosque.

—La furgoneta tenía tierra pegada a las ruedas. Hierba y porquería. Me apuesto la teta derecha a que se la llevó al bosque. —Se inclinó hacia ella. El aliento le apestaba a tabaco y podredumbre—. Los hombres les hacen cosas a las chicas, corazón. Se lo toman con calma, les hacen cosas que más te vale no saber.

Julia sintió que todos los pelos de su nuca se erizaban.

—¡Ja! —rio Delilah: era lo que hacía siempre cuando conseguía impresionar a alguien—. ¡Ja! —Se agarró la barriga. De su boca no salió ningún sonido, pero echó la cabeza hacia atrás remedando una carcajada. Sus encías desdentadas brillaron a la luz tenue del sol.

Julia se frotó la nuca alisándose el pelo.

Beatrice Oliver. Mona Sin Apellido. Vivían en un radio de treinta kilómetros. Las dos eran bonitas. Las dos eran rubias. Tenían más o menos la misma edad. Las dos iban caminando por la calle una noche cualquiera. ¿Las había visto un hombre malvado y había decidido llevárselas?

¿El mismo hombre? ¿O dos hombres distintos? ¿Estaban esos hombres en sus casas en ese instante, con sus familias? ¿Estarían, cada uno por su lado, preparando el desayuno a sus hijos o afeitándose, o dando un beso de despedida a su mujer, sin dejar de sonreír para sus adentros mientras pensaban en lo que les harían más tarde a las chicas a las que habían secuestrado?

—Eh. —Delilah le clavó un dedo en el brazo—. ¿Acabas con eso o qué? Tengo que irme.

Julia volvió a empuñar el bolígrafo. Acabó la carta para la hija de Delilah, firmando como siempre con *te quiero* aunque Delilah nunca se lo decía.

10:42 horas. Lipscomb Hall, Universidad de Georgia, Athens

Menos de media hora después de regresar al colegio mayor, el pitido insistente del buscapersonas despertó a Julia. Buscó a tientas en su bolso para detener aquel ruido exasperante. Se le enredó la mano en la bufanda amarilla que tenía pensado ir a llevarle a su hermana a casa de sus padres. Encontró por fin el botón y detuvo el pitido.

Se tumbó de espaldas. Fijó la mirada en el techo de la habitación. El corazón le latía tan fuerte que lo notaba en la garganta. Se llevó los dedos a la arteria carótida y contó cada pálpito hasta que, poco a poco, su ritmo cardiaco volvió a la normalidad.

Había soñado de nuevo con Beatrice Oliver, solo que esta vez, en lugar de verla de lejos, se hallaba en su lugar. Estaba hablando con su padre (con el de ella, no con el de Beatrice) sobre su dolor de muelas; entonces se ofrecía a ir a comprar helado, su madre le daba algún dinero y Julia echaba a andar por la calle, solo que de pronto ya no era Beatrice Oliver sino Mona Sin Apellido, y estaba oscuro y helaba, y veía un coche antiguo y luego la mano sudorosa de un hombre se cerraba sobre su boca y sus pies se alzaban del suelo y la arrastraban a las fauces negras y amenazadoras de una furgoneta abierta.

Se llevó la mano a la boca, preguntándose cómo sería que de pronto te silenciaran. Siguió con los dedos el contorno de sus labios, el contacto se hizo más sutil y, antes de que se diera cuenta, aquel hombre malvado y sudoroso se esfumó de su mente y ya solo pudo pensar en Robin. En sus labios apretándose contra los suyos. En el tacto sorprendentemente áspero de su mejilla al rozar la de ella. En sus grandes manos, que con tanta delicadeza habían tocado sus pechos, y en las sensaciones que le había producido aquel contacto, porque Robin sabía cómo tocarla. No la agarraba, ni la retorcía, ni la montaba como un perro callejero. Le hacía el amor.

Iba a hacerle el amor. Julia lo decidió en ese instante. Su madre, que parecía disfrutar manteniendo conversaciones francas aunque violentas sobre todo tipo de temas, desde las drogas al sexo, le había dicho que estaba bien acostarse con quien quisiera. Que lo importante era estar segura de que de verdad quería hacerlo.

Julia quería de verdad acostarse con Robin Clark.

Aunque de todos modos no necesitaba el permiso de su madre.

Se tumbó de lado. Nancy Griggs, su compañera de habitación, se había ido a clase de cerámica hacía veinte minutos. Julia se había fingido dormida. Ese fin de semana habían reñido porque Julia le había echado un sermón advirtiéndola de que no se quedara hasta muy tarde en los bares y procurara que alguien de confianza la acompañara de vuelta al colegio mayor.

Nancy había puesto cara de fastidio y Julia había perdido los nervios y se había puesto a gritar, lo cual nunca ayudaba. Mientras gritaba a su mejor amiga, se había dado cuenta de que parecía su madre. Pero por primera vez en su vida, no le había importado. A Beatrice Oliver le habría venido bien algún que otro sermón estridente para que se andara con ojo y no corriera el riesgo de que un depravado la secuestrara en plena calle cuando iba a comprar de noche helado para su padre.

—Vete a tomar por culo —le había espetado Nancy con aspereza—. Que ahora tengas novio no significa que sepas una mierda.

Ese era el verdadero motivo del enfado de Nancy. Era la primera vez que Julia se enamoraba (porque ¿estaba enamorada?). Nunca había tenido novio fijo (y Robin era su novio). En sus casi quince años de amistad, siempre había sido Nancy la que tenía novio, la que se manejaba con soltura en todos aquellos terrenos que ella solo conocía por sus lecturas.

Julia se acordó de uno de los dichos de su abuela: tu cuerda de saltar se ha convertido en correa.

—¡Robin!

Julia se incorporó en la cama con el corazón acelerado otra vez y la boca llena de saliva. Sacó el buscapersonas del bolso. Tal vez fuera él. Quizás estuviera junto a una cabina telefónica, en el bosque, esperando su llamada. Pulsó el botón para ver el número. Le dieron ganas de lanzar el busca contra la pared. No era Robin, sino seguramente una de las tontas de sus hermanas, que le había dejado el mensaje *55378008*, que vuelto del revés se leía *BOOBLESS*, «sin tetas».

—Muy gracioso —masculló, y pensó que a aquella hora debía de ser Pepper, su hermana mediana, porque la pequeña, que era muy formalita, jamás hacía novillos.

Descolgó las piernas por el borde de la cama y dio unos golpecitos en el suelo con los pies. Miró el lado de la habitación que correspondía a Nancy. Los juegos de cama los habían comprado juntas en Sears, y también habían escogido las cortinas y los pósters que decoraban la habitación con el dinero que habían ahorrado cuidando niños. Julia recordaba lo adultas que se habían sentido: ¡estaban solas, gastándose el dinero que tanto les había costado ganar, valiéndose por sí mismas como verdaderas adultas! Luego, Julia había vuelto a su casa y había comido la comida china pagada por sus padres, y había lavado la ropa que ellos le habían comprado en su lavadora, y le había entrado el pánico al pensar que en realidad no tenía forma de ganarse la vida por su cuenta.

Caminó dos pasos y se sentó delante de su mesa. Se quedó mirando la página del cuaderno donde había empezado a escribir una carta de amor para Robin. Había citado la canción de Madonna que hablaba de besarse en París y darse la mano en Roma.

¿De veras debía acostarse con él? ¿Era el chico adecuado? Un año antes, lo habría hecho con cualquiera. ¿Por qué de pronto aquello le parecía tan especial?

Utilizando el lápiz, trazó la letra de la canción...

Besarte en París...

Seguramente no era el mejor momento para escribir una carta de amor, sobre todo porque Robin no volvería hasta finales de esa semana. No podía convertirse en una de esas idiotas que lo dejaban todo por un chico. Debía estudiar para el examen final de psicología, un auténtico mamotreto. Tenía que releer su trabajo sobre Spenser para la clase de las doce con el profesor Edwards, y afinar el planteamiento de su reportaje para el *Red and Black*, porque ya hacía cinco semanas del secuestro de Beatrice Oliver y sin duda iba a costarle trabajo convencer a Greg, a Lionel y al señor Hannah de que aquel asunto seguía siendo noticia.

Se dio unos golpecitos en la boca con el lápiz. Miró las Polaroids pegadas a la pared, delante de ella: Nancy disparando a un pájaro; sus hermanas haciendo desmañadas volteretas laterales en el parque; sus padres bailando en una fiesta (y aunque bailaban lento no era una foto hortera: era muy romántica); y una instantánea de su tortura, *Herschel Walker* (un regalo del Día de la Madre que no tuvo mucho éxito) tomando el sol en el porche delantero.

Una preciosa jovencita iba caminando por la calle cuando de pronto...

De pronto la asaltó una idea. ¿Sería también virgen Beatrice Oliver? ¿Sería el hombre que la había secuestrado (el hombre que la retenía) la primera persona con la que tuviera relaciones sexuales?

¿Sería también la última?

—¡Cállate! —gritó una chica en el pasillo. Su acento de Alabama sonó amortiguado por la puerta de madera, que estaba cerrada. Parecía estar burlándose de alguien y, sin necesidad de verla, Julia sintió un desagrado inmediato, casi visceral, por ella—. No, fuiste tú, merluza.

Julia dio un respingo cuando se sacudió la puerta. Alguien estaba llamando con el puño.

—¿Hola? —gritó la chica con acento de Alabama.

El colegio mayor no era mixto. Julia no se molestó en ponerse la bata, a pesar de que solo llevaba una camiseta y unas bragas. Lamentó no haberlo hecho al darse cuenta de que era la primera vez que veía a aquella chica.

Eso no impidió a la desconocida irrumpir en la habitación.

—Qué desastre. Os vendría bien una asistenta. —Miró debajo de la cama de Nancy y luego echó un vistazo junto a su mesa. Después se acercó al armario.

—Perdona —dijo Julia—, ¿nos conocemos?

—Soy amiga de Nancy. —La chica abrió el armario de Nancy—. Me ha dicho que podía tomar prestado su... Aquí está. —Sacó un bolsito de piel, descolocando un montón de zapatos. Cuando se dio la vuelta, miró a Julia lentamente, de la cabeza a los pies—. Bonitos calcetines.

Se marchó dejando una amarga estela de desaprobación.

Julia miró sus calcetines. Eran grises, con perros salchichas marrones y negros bordados en la tela. Le dieron ganas de salir al pasillo y preguntarle a la chica qué pasaba con sus calcetines, pero sabía que no se trataba de los calcetines: con aquel comentario, la chica había querido ponerla en su sitio.

Entendía aquellos juegos, solo que no sabía cómo jugarlos.

Consultó su reloj. Su clase sobre Spenser no empezaba hasta mediodía. Aún tenía que ir a llevarle la bufanda amarilla a su hermana, y su madre había prometido dejarle unas impresiones en la mesa de la cocina. Brillaba el sol. Hacía fresco. Tal vez una vuelta en bici la ayudara a despejar los demonios que se agolpaban dentro de su cabeza.

Se puso unos vaqueros, se echó una sudadera sobre la camiseta, agarró su bolso y llenó su cartera de libros. Ya había echado la llave a la puerta cuando se dio cuenta de que tenía que lavarse los dientes y peinarse un poco, pero podía hacerlo cuando llegara a casa. A casa de sus padres, quería decir, porque técnicamente ella ya no vivía en la casa del bulevar.

Al salir del colegio mayor, tuvo que luchar a brazo partido con el seguro de su bici, metiendo la llave a la fuerza entre una capa de óxido. La bruma matinal se había disipado por completo cuando pasó con la bici por el arco de hierro negro que marcaba la entrada al Campus Norte. Seguramente debería haberse puesto la chaqueta, pero estaría bien mientras no se apartara del sol. Fue sorteando a los estudiantes que pululaban por el centro de Broad Street. Parecían de buen humor. El tiempo parecía atrapado entre el invierno y la primavera, y cualquier día que prometiera sol era un día que celebrar.

El colegio mayor estaba a menos de un cuarto de hora de su casa, pero cuando iba en bici siempre tenía la impresión de que tardaba más en ir que en volver. Cuando doblaba la esquina de la calle flanqueada de árboles donde había pasado su infancia, siempre la invadía un sentimiento de nostalgia. Se empinó sobre el sillín mientras bordeaba el bulevar. Las solemnes casonas victorianas y las casas de rancho de la calle le resultaban tan familiares como la palma de su mano. En aquella zona vivían sobre todo profesores, pero según decía su madre algunos de los vecinos más veteranos llevaban allí desde antes de que Cristo perdiera las sandalias.

Julia saludó con la cabeza a la señora Carter, que siempre tenía a mano la manguera del jardín por si algún crío intentaba atajar por su jardín delantero. Cruzó esperando oír los ladridos del springer spaniel de los Barton que, por más veces que estuviera a punto de estrangularse, cada vez que alguien pasaba por la calle olvidaba por completo que estaba encadenado a un árbol.

Torció por el camino de entrada de la casa amarilla de sus padres, de estilo victoriano. La bici de Pepper estaba apoyada contra el porche, lo cual no significaba nada porque su hermana mediana tenía dieciséis años y un montón de amigos que podían llevarla a clase en coche. La bici rosa de su hermana pequeña no estaba, porque Guisantito Dulce estaba siempre exactamente donde sus padres esperaban que estuviera.

Guisantito Dulce. Su hermana pequeña no era ni dulce ni se parecía a un guisante, sino más bien a un palo afilado. El apodo debía su origen a que, el verano que cumplió ocho años, se negó a comer otra cosa que no fueran guisantes dulces. Era una anécdota familiar adorable, como el que a Pepper la llamaran así, Pepper, porque su abuela decía que «picaba más que la pimienta», pero fue Julia la que se pasó todo el verano abriendo una lata de guisantes cada vez que la mocosa pedía guisantes a gritos. Eso por no hablar de la forma que adoptaban los guisantes al ser expelidos: cualquiera habría pensado que la muy boba iba a desaparecer en un charco de diarrea, pero no, allí seguía.

Julia se sintió culpable por pensar aquello. Debía ser más amable con su hermana pequeña, pero le costaba trabajo porque Claire lo había tenido mucho más fácil que ella, como si los cinco años que las separaban hubieran erosionado a sus padres convirtiéndolos de duros e inamovibles peñascos en minúsculos guijarros que podían lanzarse rebotando por el riachuelo. Quería mucho a Guisantito, claro (a fin de cuentas eran hermanas), pero a veces le daban ganas de estrangularla (eran hermanas, a fin de cuentas).

Para aliviar su mala conciencia, se recordó las veces en que formaban las tres una piña. Como en las raras ocasiones en que sus padres discutían de verdad (discutir *de verdad*, porque mantenían acaloradas conversaciones sobre un sinfín de cosas) y dormían las tres en la misma cama, como si estar juntas pudiera protegerlas de los gritos. O cuando la abuela le dijo a Pepper que tenía que adelgazar y Guisantito la llamo vieja bruja. O cuando a ella la arrestaron la primera vez en su vida que intentó fumar marihuana y sus hermanas montaron guardia delante de la puerta de su habitación hasta que sus padres acabaron de gritarle. O como cuando lloraron como bebés cuando se casaron Carlos y Diana porque era tan romántico ver cuánto se amaban, y las tres deseaban ardientemente que sus hermanas encontraran también el amor eterno (preferiblemente, con un príncipe que estuviera forrado).

Los recuerdos la pusieron nostálgica mientras se acercaba a la casa. Pasó por encima del escalón roto del porche (ese por el que su madre siempre gritaba a su padre para que lo arreglara) y sorteó la maceta de crocus moribundos (esos por los que su padre siempre gritaba a su madre para que los replantara). Como siempre, la puerta principal no estaba cerrada con llave. Nadie sabía con seguridad dónde estaba la llave, y su madre estaba más o menos convencida de que, al ver el astroso estado de los muebles del salón, cualquier ladrón deduciría que allí no había nada que mereciera la pena robar.

Su padre era veterinario. Traía a casa continuamente animales abandonados y, cuando su madre se puso firme y le prohibió que siguiera haciéndolo, fueron Julia y sus hermanas quienes empezaron a traerlos. En el vecindario se conocía a la casa amarilla, no sin un leve dejo de reprobación, como la «casa del doctor Doolittle».

Como a propósito, un gato marrón de propiedad desconocida se enredó entre las piernas de Julia mientras luchaba por dejar en el suelo la cartera de los libros. Se oyó un suave ladrido desde el sofá, donde el *Señor Peterson*, un terrier lisiado, se recuperaba tumbado de espaldas. La *Señora Crabapple*, una labradora blanca con problemas de memoria, estaba en el suelo a su lado. Del solario llegaban los suaves y meditabundo murmullos de un tucán convaleciente.

—Chicas, quiero que conozcáis a la *Señora Pinchadedos*, de la familia Ramphastidae —les había dicho su padre al presentarles al pájaro con la ceremoniosidad que siempre reservaba para sus pacientes.

—Ay, caramba —había mascullado su madre, y acto seguido había desaparecido en el sótano y no había vuelto a aparecer en toda la noche.

Julia saludó a los perros antes de entrar en la cocina, que estaba tan desordenada como siempre. Los platos y los cacharros del desayuno esperaban a que sus hermanas volvieran de clase para lavarlos (Guisantito los fregaría tan despacio que al final se haría cargo Pepper). Un gato anaranjado desconocido saltó a la encimera, infringiendo con descaro la única prohibición que su madre imponía a los gatos. Julia lo agarró y lo depositó en el suelo. El gato volvió a subirse de un salto, pero Julia llegó a la conclusión de que ella ya había cumplido.

Vio el montón de hojas impresas sobre la mesa de la cocina. Le había pedido a su madre que buscara noticias sobre chicas desaparecidas en el estado de Georgia en los doce meses anteriores. La letra que figuraba en la primera página del montón era tan pulcra y precisa como la de una maestra de parvulario, lo que significaba que su madre le había pedido a alguna de las bibliotecarias más jóvenes que se ocupara de la máquina de microfilms. La mujer había escrito una nota: *Estos son los artículos que no tuvieron seguimiento respecto a posible reaparición.*

Julia untó con mantequilla de cacahuete un plátano mientras leía la primera impresión. Dos meses antes, el *Clayton News Daily* había publicado en su primera página una noticia acerca de una joven desaparecida en el campus de primer ciclo universitario. La fotografía había salido demasiado oscura para hacerse una idea de cómo era la chica, pero el artículo la describía como morena y guapa.

Julia volvió la página. El *Statesboro Herald*. Otra chica desaparecida, en este caso vista por última vez en un cine. Descrita como atlética y atractiva.

El siguiente artículo era del *News Observer*. Una joven desaparecida a la que se había visto por última vez en los terrenos de la feria del condado de Fannin. Alta, con el pelo largo y oscuro y facciones llamativas.

El *Tri-County News*. Una chica de Eden Valley cuya desaparición se había denunciado. Pelo rubio. Ojos azules. Exreina de la belleza.

El *Telegraph*. Titular: *Una alumna de la Universidad de Mercer no regresa a casa.* El pastor de la chica aparecía citado en la noticia: «Es una joven preciosa y muy devota, y lo único que queremos todos es que vuelva».

Guapa. Llamativa. Preciosa. Joven.

Como Beatrice Oliver.

Como Mona Sin Apellido.

Las dos desapariciones más recientes aún no estaban archivadas en microfichas, pero dentro de unos meses se sumarían a aquel siniestro club. Julia comprobó las fechas. Ninguna de las noticias procedía de Athens, lo cual era un alivio por motivos obvios, pero también porque significaba que no había pasado nada por alto en su lectura diaria del *Athens-Clarke Herald*.

Amontonó las hojas impresas. Las noticias la habían impresionado. Sintió que el pulso se le aceleraba de nuevo. La habitación se había vuelto sofocante. Se abanicó con los papeles. Hojeó los artículos adelante y atrás, viendo fugaces instantáneas de padres angustiados, retratos escolares y cándidas fotografías de vacaciones veraniegas.

Todas esas chicas guapas. Todas desaparecidas. O secuestradas. O retenidas.

O tal vez simplemente no se habían hallado sus cuerpos.

De entre las páginas cayó una tarjeta. Aquella nota sí estaba escrita por su madre, pero no era una regañina por solicitar un material de lectura tan morboso, sino una factura de la biblioteca debidamente fechada. Veintiocho impresiones, a cinco centavos cada una.

Julia sacó del bolso un billete de dólar y dos monedas de veinticinco centavos (su madre se empeñaría en devolverle puntillosamente el cambio) y dejó el dinero y la factura encima de la mesa. Se fijó en la fecha del día: 4 de marzo. Se acercaba el cumpleaños de su abuela. Julia rebuscó otra vez en el bolso. Encontró la tarjeta que había comprado antes de que su abuela le comentara que no parecía capaz de perder esos dos kilitos de más de los siete que, según se decía popularmente, engordaban todas las estudiantes durante su primer curso en la universidad.

—Te está llamando gorda —había dicho Guisantito, lo cual había sido de gran ayuda.

Julia dio unos golpecitos sobre la mesa con el sobre. Había escrito cosas bonitas en la tarjeta. Cosas bonitas que ya no sentía. ¿Podría abrir el sobre con vapor para cambiar la dedicatoria?

Al final, dejó la tarjeta en la mesa. Tal vez era eso lo que se sentía al adoptar una postura más ética, pero le fastidiaba que nadie fuera a enterarse.

Entró en su cuarto, que estaba en la planta baja porque el despacho de su padre en la planta de arriba estaba tan atiborrado de cosas que no habían querido cambiarlo al nacer Guisantito. Se quedó en la puerta, sintiéndose como una extraña a pesar de que nada había cambiado. Las paredes seguían siendo de color lila. Sus pósters de rock seguían allí: Indigo Girls, R.E.M y Billy Idol en el techo para que fuera lo último que veía al acostarse por la noche. Las Polaroids de sus amigas del instituto seguían pegadas al marco del espejo, encima de la cómoda. Míster Biggles seguía en la cama. Julia agarró al decrépito perro de peluche y le besó la cabeza, pidiéndole por enésima vez perdón por haberlo tirado accidentalmente a la basura el día que hizo las maletas para irse a la universidad (menos mal que su padre lo rescató).

Alisó lo poco que quedaba de su pelo ralo y andrajoso. El pobrecillo había sufrido gran cantidad de heridas de flecha y honda. Julia había dormido tantas veces encima de él que estaba casi plano. Guisantito le había cortado el pelo después de empaparlo en refresco no del todo por accidente. Pepper le había chamuscado la nariz con un rizador y ella había fingido que le hacía gracia cuando en realidad se moría de angustia por dentro.

Míster Biggles fue devuelto cuidadosamente a su sitio. Julia usó la manga de la sudadera para quitar un poco el polvo a la fea lámpara de lava azul que sabía que su madre aborrecía (por eso la había dejado allí). El gato anaranjado se subió de un brinco a su cama. Julia le pasó la mano por el lomo y entonces se dio cuenta de que era otro distinto. Tenía la pata derecha afeitada y le habían puesto una vía. Su ronroneo sonaba como la vibración de las púas de un peine.

Julia encontró la bufanda amarilla en su bolso y subió al cuarto de Pepper. Como de costumbre, parecía que hubiera estallado una bomba dentro. El suelo estaba cubierto de ropa. Había libros abiertos y puestos del revés («un pecado», decía su madre). Las paredes estaban pintadas de gris oscuro. Las cortinas eran casi negras. No era casualidad que la habitación pareciera una cueva. Ni que a su madre le enfureciera su aspecto.

Julia se llevó la mano al cuello. Hacía meses que había tomado prestado el colgante dorado de Pepper, pero su hermana no se había dado cuenta de que faltaba hasta el viernes anterior. Habían tenido una riña acalorada cuando Julia le había asegurado que ella no lo tenía, y otra cuando Pepper se había dado cuenta de que en realidad lo llevaba puesto y se lo había metido debajo de la camiseta para esconderlo. En lugar de devolvérselo, Julia se había ido de casa hecha una furia, dando un portazo.

—¡Tú me robaste mi sombrero de paja! —había gritado mirando hacia atrás, como si el robo del colgante fuera una revancha.

¿Por qué se había comportado de manera tan infantil? ¿Y por qué no quería devolverle el colgante? Allí estaba el tocador de Pepper, rebosante de bisutería y adornos que se había puesto una sola vez, como mucho, y luego había descartado. Pulseras plateadas y negras. Un gran lazo negro que en realidad era de Julia. Varias camisetas rasgadas por el cuello, estilo *Flashdance*. Mallas multicolores. Medias negras. Y más sombra de ojos, polvos y coloretes de los que ella no usaría jamás.

Y no porque su hermana necesitara maquillaje. Si ella era guapa, Pepper era voluptuosa. (Lo cual era muy preferible, a su modo de ver). Su hermana mediana era curvilínea y, ahora que se estaba haciendo mayor, destilaba una sensualidad que hacía decir verdaderas idioteces a los padres de sus amigas cuando estaban cerca de ella.

Y no era solo por su físico. Había algo en la actitud de Pepper que atraía a la gente. Siempre decía lo que pensaba. Hacía lo que quería. No le preocupaba lo que pensaran los demás. Y, desde luego, tenía mucha más experiencia que ella. Había probado la marihuana en sexto curso. Y la semana anterior, durante una fiesta, había esnifado cocaína por una apuesta, lo cual era aterrador, y también un poco impresionante. El colgante dorado era un regalo de un chico al que Pepper se había tirado en el asiento trasero del Chevy de su padre. Por lo menos eso decía Pepper, ¿y por qué iba mentir en algo así?

Julia se metió el colgante debajo de la camiseta. Se puso algunas pulseras negras y plateadas en la muñeca, porque se había comprado las suyas al mismo tiempo que su hermana y no había forma de saber de quién era cada una. Agarró el lazo negro. Dejó la bufanda amarilla sobre la cama, confiando en que su hermana la viera entre la ropa tirada. Estaba dando media vuelta para marcharse cuando oyó un suave gemido.

Sintió que fruncía las cejas al oír aquel ruido conocido. ¿Se había metido la pobre labradora en un rincón y había olvidado cómo salir? ¿Estaría a punto de vomitar alguno de los gatos una bola de pelo?

Oyó de nuevo aquel gemido, bajo y prolongado, como el que hacía una persona satisfecha cuando conseguía estirarse por completo.

Salió al pasillo. Notó que la puerta del dormitorio de sus padres estaba cerrada. Se veía una rendija de luz por los bordes. Oyó otra vez aquel gemido y corrió escaleras abajo, no fuera a oírlo por cuarta vez y tuviera que verterse ácido en los oídos para eliminar aquel recuerdo.

—Qué asco —masculló al sacar bruscamente la bici del porche delantero—. Qué asco, qué asco, qué asco.

Durante el trayecto de vuelta al campus pensó en cualquier cosa menos en sus padres practicando el sexo. Las sesiones de la Comisión Irán-Contra, que había visto con su padre por televisión saltándose las clases. El primer perro que tuvo, Jim Dandy, un retriever blanco con una cojera permanente porque, como decía su padre, «algún descerebrado pensó que los perros entendían de física y dejó que fuera sin atar en la trasera de una *pick-up*». La fiesta de cumpleaños de Guisantito del año pasado, cuando había cumplido trece, y lo emocionados que estaban todos porque por fin fuera adolescente (menos su madre, que se bebió parte de la cerveza de su padre y se puso melancólica). Cómo sacaba la guitarra su abuelo Ernie después de las cenas de los domingos y se ponían todos a bailar cualquier canción que tocara, aunque no reconocieran la tonada.

Cuando llegó al campus eran las doce en punto del mediodía. Dejó la bici con la cadena puesta delante del Tate Student Center y corrió a su clase sobre Spenser. El profesor Edwards, que ya estaba pontificando desde su estrado, le dedicó una mirada severa cuando entró atropelladamente.

—Lo siento —se disculpó ella mientras iba derecha a su mesa, situada al fondo del aula—. Se me había olvidado el trabajo y he tenido que volver al colegio mayor a buscarlo.

Iba a sentarse cuando él la detuvo.

—Tráigamelo aquí. —Extendió la manos. Sus dedos se doblaron adelante y atrás, indicándole que se moviera y que no estaba de broma.

La distancia que la separaba del profesor Edwards se le hizo eterna. Le puso en la mano el trabajo de doce páginas. El ensayo mecanografiado estaba salpicado de pegotes secos de Tippex. Julia comenzó a dar media vuelta, pero el profesor Edwards dijo:

—Quédese aquí. Esto no nos llevará mucho tiempo.

Se quedó delante del estrado del profesor mientras Edwards leía su trabajo. Cambió el peso del cuerpo de un pie al otro. Se retorció las manos. No miró a sus compañeros de clase, que se reían por lo bajo a su espalda. El profesor Edwards tampoco la miró. Tenía la cabeza agachada. Pasaba las páginas con un brusco movimiento de muñeca. A veces asentía. Pero casi siempre negaba con la cabeza.

Edwards era más joven que la mayoría de los profesores, debía de rondar los treinta y cinco pero tenía una pequeña calva en la coronilla de la que las chicas siempre hablaban, no porque le hiciera menos atractivo (había que reconocer que el profesor Edwards era muy atractivo), sino porque sabían que podían servirse de aquel defecto como arma si alguna vez intentaba algo con ellas.

Porque el profesor Edwards tenía fama de intentar cosas. Era uno de esos consejos que pasaban de clase en clase: no pases debajo del Arco si quieres graduarte; si ves las siglas ASV, significan «agresión sexual a la vista»; no te quedes a solas con el profesor Edwards a no ser que quieras que deje caer como si nada algún comentario acerca de lo guapa que eres, o lo fantástico que tienes el culo, o lo perfectos que son tus pechos, o lo cerca que queda su apartamento del campus.

—¿Cómo se llaman los monjes de esa orden que se afeitan la cabeza formando un redondel? —había preguntado Nancy Griggs cuando una alumna de un curso superior les dio aquel consejo.

—¿Franciscanos? —había contestado ella, y había pensado que seguro que su madre lo sabía pero que, si se lo contaba a su madre, seguramente su padre se presentaría en la clase sobre Spenser armado con una escopeta.

—Eso —había dicho Nancy—. Cuando intente ligar contigo, pregúntale si es un monje franciscano, como tiene esa calva en la cabeza...

«Cuando», no «si». Todas las chicas daban por hecho que el profesor Edwards tenía debilidad por Julia. La verdad era que nunca había intentado nada con ella, pero tampoco hacía falta que dijera nada sobre su culo o sus tetas: con sus miradas bastaba. La verdadera tragedia (aparte del hecho de que se saliera con la suya) era que Edwards era un profesor excelente. Julia había aprobado el instituto sin ningún esfuerzo gracias a su facilidad natural para escribir. Edwards la retaba a poner más esmero en su trabajo. Localizaba sus meteduras de pata a kilómetros de distancia. Le reescribía las frases explicándole las diferencias expresivas y la impulsaba a mejorar.

Y al mismo tiempo la hacía sentirse extremadamente incómoda.

Edwards levantó por fin la vista de su ensayo.

—Me gusta el camino que llevaba, pero usted sabe que debe dedicarle más esfuerzo.

—Sí, señor.

Él le sostuvo la mirada. El trabajo de Julia seguía sobre el atril, y Edwards lo sujetaba con una de sus manazas por si acaso intentaba quitárselo.

Julia juntó las manos. Tenía la cara colorada. Estaba sudando. Odiaba ser el centro de atención, y lo peor era que intuía que el profesor Edwards lo sabía y que la estaba atormentando simplemente porque podía hacerlo.

—Muy bien. —Pulsó el botón de su bolígrafo y comenzó a hacer marcas en las páginas con rápidas pinceladas que dejaban surcos en la pulpa del papel—. Esto sobra... —Tachó con una X dos párrafos en los que Julia había invertido horas—. Y esto... —Rodeó con un círculo otro párrafo y trazó una flecha señalando lo alto de la página—. Páselo aquí y cambie esto aquí. Y este párrafo de la última página debería trasladarlo al principio, más o menos por aquí. Y esto es una redundancia. Esto también. Este me gusta, pero por los pelos.

Cuando acabó, tanto Julia como su trabajo recordaban a un reloj de Escher, desvaneciéndose en una espiral hacia la desesperación.

—¿Entendido? —preguntó Edwards.

—Sí, señor. —Entendía que jamás volvería a llegar tarde a otra clase.

Recogió su trabajo. Edwards lo retuvo un segundo más de lo necesario de modo que, cuando ella consiguió arrancárselo por fin de la mano, las páginas revolotearon. Fingió hojear sus anotaciones mientras volvía a su sitio. Notaba la mirada de Edwards vigilando cada uno de sus movimientos, y hasta le oyó proferir un extraño gruñido cuando se sentó ante su pupitre, como si estuviera imitando el principio de una canción de Al Green.

13:20 horas. Tate Studen Center, Universidad de Georgia, Athens

Julia se sentó al otro lado de la mesa, frente a Veronica Voorhees, que se suponía que estaba compartiendo su ensalada pero ya se había comido más de la mitad. A Julia no le importó. Tenía el estómago un poco revuelto después de su encontronazo con el profesor Edwards: no el del principio de la clase, sino el de después.

Había sido la última en salir del aula. De pronto, Edwards había aparecido a su espalda, tan cerca que había notado su aliento caliente en el cuello cuando le había susurrado:

—Un crédito extra si la veo en mi conferencia de esta noche.

—Ah —había contestado ella, desconcertada momentáneamente por su cercanía—. De acuerdo.

—En el Campus Sur. Después podríamos tomar un café y quizás hablar un poco más de su trabajo.

—Cla-cla-claro —había tartamudeado como una idiota.

Y entonces había sentido la palma de la mano de Edwards deslizándose por la curva de su culo con la misma admiración que Julia había contemplando en las subastas de ganado, cuando los hombres pasaban la mano por el flanco de un animal.

Había bajado dos tramos de escaleras antes de que los remordimientos se le agolparan en la cabeza. Debería haberle apartado de un manotazo. Debería haberle preguntado qué se creía que estaba haciendo. Debería haberle dicho que la dejara en paz, que era asqueroso, que era cruel, que era un profesor estupendo y que por qué demonios tenía que enfangarlo todo comportándose como un cerdo.

—¿Por qué estás tan pensativa? —preguntó Veronica.

Se le salía la ensalada por la boca. Julia se acordó de la forma de comer de Mona Sin Apellido el primer día que se presentó en el albergue. Tragó tanta comida que le dieron arcadas.

Mona... Estaba tan absorta en sus mezquinos problemas con el profesor Edwards que se había olvidado de la indigente desaparecida.

¿De verdad había desaparecido? ¿La había secuestrado un hombre en plena calle para meterla por la fuerza en su furgoneta? ¿Habría parado esa misma furgoneta detrás de Beatrice Oliver cinco semanas antes? La persona que había secuestrado a una o a las dos sabía lo que hacía. No era el hombre del saco, ni un lobo de dibujos animados. Era un tiburón con dientes afilados como navajas que apresaba a mujeres indefensas en la superficie del agua y las arrastraba hacia el fondo, hasta un lugar turbio y oscuro donde poder devorarlas.

—¿Julia? —Veronica tocó en la mesa con los nudillos para llamar su atención—. Chica, ¿qué te pasa?

—Es solo que estoy cansada.

Mordió un trozo de sándwich de queso a la parrilla para tener algo que hacer con la boca. Intentó olvidarse de la imagen del tiburón dejando que sus pensamientos derivaran de nuevo hacia el profesor Edwards.

Podía denunciarle, pero la persona que tomara nota de su queja sin duda daría a Edwards la oportunidad de explicarse. Y no le cabía ninguna duda de que tendría preparada una buena respuesta. Marcó rápidamente todas las casillas: *Está enfadada porque le puse una mala nota en un trabajo de clase. Es una revancha porque se me echó encima y la rechacé. Está loca. Es una zorra. Es una embustera. No es la primera vez que se mete en líos.*

Esto último era cierto. El año anterior, la había detenido la policía del campus. Algunos alumnos veteranos del *Red and Black* la habían retado a hacer algo más que escribir un editorial sobre las incursiones de la facultad de Ingeniería Agrícola en el campo de los cultivos transgénicos. No se había dado cuenta de que ella era la única que no iba colocada hasta después de que irrumpieran por la fuerza en el laboratorio y destruyeran parte de los equipos.

—Tienen las pupilas más grandes que mi polla —le había dicho uno de los policías a su compañero.

Julia nunca había visto un pene al natural, pero no le cabía ninguna duda de que estaba en lo cierto. A la fría luz de las linternas de la policía, saltaba a la vista que sus compañeros de correría iban drogados hasta las trancas.

—¡Eh, preciosa! —Ezekiel Mann apareció detrás de su silla. Sus manos pegajosas le masajearon los hombros—. ¿Dónde te habías metido?

Julia no se había metido en ninguna parte, pero respondió:

—Perdona.

—No pasa nada. —Sus dedos se le clavaron en la piel—. ¿Tienes tiempo para esa partidita de billar?

Julia se levantó antes de que acabara la frase. Ya la habían manoseado bastante por un día.

—Las señoras primero. —Ezekiel le puso un taco de billar en la mano.

Julia lo agarró porque la gente los estaba mirando y no quería parecer maleducada. Se le daba muy bien el billar (le había enseñado a jugar su abuela), pero falló a propósito hasta las carambolas más fáciles para no avergonzar a Ezekiel. El único aliciente fue David Conford que, sentado en uno de los mullidos sofás de *tweed*, retransmitía la partida como si fuera Howard Cosell.

—Julia Carroll, una joven con brillo en la mirada, se inclina sobre la mesa. ¿Se decidirá por la bola seis o por la diez? —David se detuvo para beber de su botella de Coca-Cola. Abandonó un momento su personaje—. ¿Sabes, Julia?, esto se te da de pena.

—Es guapísima —dijo Ezekiel—. No hace falta que se le dé nada bien.

Julia cambió de ángulo y metió la bola seis y la diez por la esquina.

—¡Su rival muerde el polvo! —David aplaudió—. La niña asombra a la multitud en su debut.

Para deleite de David, Julia acertó las últimas cuatro bolas y a continuación metió la número ocho por la tronera lateral mientras Ezekiel la miraba boquiabierto, con el taco delante como un petardo apagado.

Julia se sentó en el brazo del sofá, al lado de David.

—Ha sido divertido.

Ezekiel dejó su taco en el soporte y se alejó hecho una furia.

David se rio cordialmente de su amigo.

—Oye, Gordo de Minnesota —le dijo a Julia—, la próxima vez avísame para que apueste por ti.

Ella también se rio, porque David era uno de esos chicos que tenían gracia de manera natural.

—Me han dicho que Michael Stipe va a pasarse esta noche por el Manhattan —le dijo David.

—Sí, ya. —Todos los días se oían rumores de que el cantante de R.E.M. iba a estar en este bar o en aquel la noche siguiente, o el fin de semana, o incluso que ya estaba allí—. Creía que estaba de gira.

—Yo solo repito lo que me han dicho, tesoro. —David se levantó del sofá—. A lo mejor nos vemos allí.

—A lo mejor —repuso Julia, pero solo por ser amable.

El centro de estudiantes se estaba quedando vacío. Julia agarró su bolso y su cartera. En lugar de montarse en la bici, se dirigió a pie a las oficinas del *Red and Black*, situadas unos edificios más allá. Se sentía eufórica por la partida de billar (¡por fin se había permitido ganar en algo!) y quería aprovechar aquel ligero repunte de su ego para presentar ante el equipo de redacción su planteamiento del caso de Beatrice Oliver.

Gracias a las veintiocho impresiones que su madre le había dejado en la cocina, había acabado de afinar el enfoque que quería darle a la historia. La gente decía siempre que quería noticias sólidas, pero lo que de verdad quería era asustarse. Todas aquellas chicas eran tan normales, tan inocentes, tan familiares... Podrían haber sido tu madre o tu prima, o tu novia. Una hija que desaparece en un cine. Una hermana que se esfuma sin dejar rastro en una feria. Una tía muy querida que sale en su coche y a la que nunca más se vuelve a ver. Julia sabía qué era lo que de verdad importaba en la historia de Beatrice Oliver: los mismos detalles que a ella la obsesionaban desde hacía semanas.

Una chica preciosa desaparecida mientras iba a comprar helado para su padre convaleciente...

Sonrió. Se repitió la frase para sus adentros mientras avanzaba por el largo pasillo que conducía a las oficinas del *Red and Black*. Y luego tosió al sentir la perpetua bruma de tabaco que salía por la puerta abierta. Se suponía que eran todos periodistas, pero ninguno parecía inclinado a escribir un reportaje sobre los peligros que afrontaban los fumadores pasivos porque el consejero de la facultad preferiría pedir la jubilación anticipada a renunciar a sus Marlboro.

El señor Hannah llamaba a la sala de redacción su chiquero, lo que a Julia le parecía un modo retórico de afirmar que no pensaba hacer limpieza en las montañas de papeles que cubrían su escritorio, los rincones y especialmente las atestadas estanterías que cubrían por entero el perímetro de la habitación.

A ella le encantaba aquel desorden. Adoraba su espantoso olor a nicotina, a tinta y esa sustancia azul tan rara que expulsaba la multicopista. Le encantaban el tableteo del télex, el chirrido de la impresora, el susurro del Spray Mount, el bisbiseo del cúter al cortar el papel y el zumbido de los ordenadores Macintosh que había sobre la larga mesa del fondo de la sala. Y le gustaba especialmente el señor Hannah porque había trabajado para el *New York Times*, el *Atlanta Constitution* y el *L.A. Times*, hasta que cabreó a tanta gente que solo le quedó un sitio donde dar rienda suelta a su bocaza: los paraninfos de la universidad.

—La docencia —solía decirles— es el último bastión de la libertad de expresión.

A pesar de su apariencia desharrapada, al señor Hannah le había ido bastante bien al trasladarse a Athens. La Facultad de Periodismo de la Universidad de Georgia gozaba de renombre nacional, lo cual era fantástico si eras un padre o una madre que no quería pagarle los estudios a su hijo fuera del estado, y terrible si eras una estudiante de periodismo con aspiraciones que ansiaba abandonar la ciudad donde había crecido.

El señor Hannah sonrió cuando Julia entró en la sala.

—Ahí está mi chica guapa. —De algún modo se las ingeniaba para que sus palabras parecieran un gesto de cariño en vez de un comentario baboso—. ¿Dónde está ese impactante artículo sobre la privatización inminente del servicio de comedor de la cafetería?

Julia le entregó el artículo. El señor Hannah le echó un vistazo por encima mientras ella seguía allí parada. La luz del techo reflejaba las palabras mecanografiadas en las lentes de sus gafas.

—Sirve —dijo, que era lo máximo que podían esperar de él—. ¿Qué más tienes para mí? Necesito noticias.

—Estaba pensando —comenzó a decir Julia, y sintió que la entradilla de su reportaje, que tan hábilmente montada le había parecido momentos antes, se escurría de su cerebro y quedaba flotando en el éter—. Una chica... una chica preciosa... salió... y...

El señor Hannah juntó las manos.

—¿Y?

—Y... —Su cráneo era un *tupperware* vacío. Ni rastro de su cerebro. Tembló de angustia. Presintió que iba a romper a llorar.

—¿Julia?

—Sí. —Se aclaró la voz. Su lengua se había convertido en una bolsa de sal mojada. Se centró en los hechos, porque eran lo que importaba—. Hay una chica que desapareció. Vive, vivía, a unos quince minutos de aquí.

—¿Y?

—Bueno, desapareció. Fue secuestrada. El detective encargado del caso dijo que...

—Que seguramente se había escapado con un chico —la interrumpió alguien.

Julia miró por encima del hombro del señor Hannah. Greg Gianakos. Lionel Vance. Budgy Green. Sus cabezas asomaban por encima de la mampara del departamento de producción como si fueran perrillos de las praderas. Tenían cada uno un cigarrillo colgado de los labios e iban camino de volverse tan flácidos y ojerosos como su mentor. Su mirada, sin embargo, era mucho menos benevolente que la del señor Hannah.

—No les hagas caso, niña —la animó el señor Hannah—. Cuéntame una historia que pueda poner en primera plana.

—Muy bien —dijo Julia, como si fuera así de sencillo recuperar la certeza que había sentido poco antes.

¿Cuál era el meollo de la historia de Beatrice Oliver? ¿Cuál era el gancho? Pensó en el terror que se apoderó de ella al leer por primera vez en el télex la noticia sobre el secuestro de la chica, la sensación de peligro que había experimentado esa mañana mientras caminaba por calles que conocía tan bien como la casa de su niñez, el miedo que evocaban los artículos que había leído en la cocina de su madre. Tenía que destilar para el señor Hannah lo que de verdad la inquietaba sobre el secuestro de Beatrice Oliver. No se trataba únicamente de que la hubieran secuestrado en plena calle, ni de que la tuvieran retenida, sino de por qué se la habían llevado.

—Violación —le dijo al señor Hannah.

—¿Violación? —Pareció sorprendido—. ¿Qué pasa con la violación?

—Fue violada —afirmó Julia, porque ¿para qué, si no, iba a secuestrar un hombre a una joven a menos de dos manzanas de la casa de sus padres? ¿Por qué iba a retenerla?

—¿Te refieres a Jenny Loudermilk? —Greg Gianakos se levantó de su mesa y cruzó los brazos sobre el ancho pecho—. Es imposible que saques más de un párrafo de ese asunto.

Julia se encogió de hombros porque no tenía ni idea de quién era Jenny Loudermilk.

Al parecer, el señor Hannah tampoco.

—Ponme al día.

—Alumna de segundo curso —respondió Greg a pesar de que el señor Hannah había dirigido la pregunta a Julia—. Rubia, muy guapa. Se encontró en el sitio equivocado, en el momento equivocado.

—Tengo entendido que era bastante golfa —terció Lionel Vance—. Se pasaba las noches buscando el fondo de una botella de ginebra.

—Sí, todo el mundo sabe que los estudiantes de segundo son unos borrachos de garrafón. —Era evidente que a Greg le molestaba que le hubieran pisado la historia—. El caso es que la chica iba por Broad Street, pimplando por Broad Street y un tío la agarró, la metió en un callejón y la violó.

El señor Hannah se palpó los bolsillos en busca de su paquete de tabaco.

—Nadie quiere leer sobre violaciones. Si no le dieron una paliza, di «asaltada» o «agradedida» o «amenazada». ¿Esa es la historia que quieres contar? —le preguntó a Julia.

—Bueno, yo...

—No querrá hablar contigo —dijo Lionel—. La víctima. Nunca hablan. Además, ¿qué historia es esa? ¿Que una tía se emborracha y se va con el tipo equivocado? Como decía Greg, no sacarás ni un párrafo. Yo no lo pondría ni en la última página.

El señor Hannah encendió su cigarrillo.

—¿Estás de acuerdo? —le preguntó a Julia—. ¿No estás de acuerdo?

—Creo que...

—Es un caso aislado, una anomalía —los interrumpió Greg—. Si lo que quieres contar es que de repente el mundo está lleno de violadores, te equivocas. Y un campus universitario es uno de los sitios más seguros donde se puede estar, según las estadísticas.

El señor Hannah exhaló un soplo de humo.

—Las estadísticas, ¿eh?

—Mira, Julia —dijo Greg—, no dejes que las emociones te nublen el juicio. Sí, lo que le pasó a esa tal Jenny no debería haber pasado, pero un periodista solo informa de los hechos y de aquí no vas a sacar ningún hecho al que agarrarte porque la víctima se escabulló a su casa, el tío que lo hizo no va a hablar, por descontado, y los polis no querrán hablar de un caso que no va a ir a ningún lado.

Julia se clavó las uñas en las palmas de las manos. Pensó en el montón de hojas impresas que llevaba en el bolso. Quería arrojarlas a la cara engreída y satisfecha de Greg, pero solo servirían para darle la razón. Veintiocho mujeres no era un número significativo en un estado con una población de casi seis millones y medio de personas.

Él pareció leerle el pensamiento.

—Jenny Loudermilk es una chica de las cerca de quince mil que estudian en la universidad. Un caso marginal.

—Las violaciones no siempre trascienden —aventuró Julia.

—Eso es porque la mitad de las tías están borrachas y cambian de idea en el último momento.

—Me refería a que no aparecen en los periódicos. —Se acordó de que los artículos eran sobre mujeres desaparecidas, no sobre mujeres violadas. O asaltadas. O agredidas—. Ni se denuncian ante la policía. Ni ante nadie.

—Es lógico. —Greg encendió un cigarrillo—. La verdadera noticia es que el campus es más seguro para las mujeres ahora que nunca. Igual que el mundo en general.

—¿Ah, sí? —El señor Hannah cruzó los brazos. Sonreía como un demente—. Para el carro, chaval. Dame pruebas estadísticas de que el mundo es un lugar más seguro para las mujeres, aparte de que tenga una pinta genial a través de la lente de tus gafas de superhéroe.

—Eso está hecho. —Greg se acercó a uno de los Macintosh del fondo de la sala. Encendió el aparato y se sentó—. Tenemos en disquete todas las estadísticas delictivas de los últimos diez años.

—Me habré muerto de viejo antes de que se encienda ese chisme. —El señor Hannah se levantó y se acercó a las estanterías de metal que había detrás de su mesa. Pasó el dedo por los lomos de varios libros hasta que encontró lo que estaba buscando—. El Congreso de Estados Unidos obliga al FBI a recopilar al menos una vez al año los datos sobre delitos relevantes de un número fijo de cuerpos policiales de todo el país. —Sacó varios libros—. El informe más reciente que tengo es de 1989. —Le entregó un volumen a Julia—. Budgy —dijo dirigiéndose al único chico que no había intervenido en la refriega—. Ten la bondad de acercarte a la pizarra. Necesitamos un estudiante que no sea de letras para nuestros cálculos. Julia... —Le hizo un gesto de asentimiento con la cabeza—. ¿Población de Estados Unidos en 1989?

Ella abrió el libro y buscó en el índice. Encontró el número de página y a continuación la página correcta y leyó en voz alta:

—Era de 252.153.092.

—Divídelo por la mitad, Budgy. Los hombres no cuentan en esta ecuación.

—No es la mitad —repuso Budgy—. Las mujeres constituyen casi el 51% de la población.

—Mejor me lo pones. —El señor Hannah echó la ceniza de su cigarrillo en un vasito de plástico—. Pero divide por la mitad lo que te salga de ese cincuenta y uno por ciento, porque no recogen datos por debajo de la edad de consentimiento.

Julia pensó que había oído mal. Miró el libro que tenía en el regazo y pasó el dedo por la sección de Metodología. *La violación con fuerza incluye agresiones o intentos de agresión con el fin de cometer violación mediante el uso de la fuerza o la amenaza de fuerza. Sin embargo, el abuso sexual (sin fuerza) por debajo de la edad de consentimiento y otras agresiones sexuales se hallan excluidos.*

—Deberías dividir por la mitad esa cifra por tercera vez —dijo Greg—. Al menos un cincuenta por ciento de esas mujeres se arrepintieron cuando ya estaban metidas en faena.

—Alto ahí. —El señor Hannah levantó la mano como un árbitro pitando una falta—. No se permiten suposiciones. Ciñámonos a los datos. —Se dirigió de nuevo a Julia—. Entonces, en tu artículo dirías «según los datos contenidos en los informes anuales del FBI, bla, bla, bla», ¿no es eso?

Julia asintió, aunque hacía tiempo que aquella había dejado de ser su historia.

—¿Número de agresiones denunciadas en 1989? ¿Julia? —preguntó el señor Hannah.

—Ah, perdón. —Miró la columna correcta—. Violaciones con fuerza: 106.593

—Muy bien. 106.593 —repitió él, asegurándose de que Budgy apuntaba bien el número—. Seguramente la cifra no habrá cambiado mucho en los últimos cinco años, pero habrá que comprobarlo.

Julia se quedó mirando la pizarra, aturdida por el número. La población del condado de Athens-Clarke no llegaba a los cien mil habitantes. Aquel dato superaba el de la población total de la ciudad, incluyendo hombres, mujeres y niños.

—Vamos, Budgy. Que se mueva esa tiza. —El señor Hannah dio unas palmadas para que Budgy se pusiera en marcha—. Redondea, hijo. No tenemos todo el día.

Julia miró el dato otra vez, convencida de haberse equivocado. Pero no, allí estaba: 106.593. Miró las cifras hasta que comenzó a verlas borrosas. Más de cien mil mujeres. Y solo estaban incluidas las que superaban la edad de consentimiento. Y las que habían denunciado la agresión. Y aquellas a las que sus agresores habían amenazado con emplear la fuerza. ¿Cuáles eran aquellos otros delitos sexuales que no se incluían en las estadísticas? ¿Qué había de las mujeres que no acudían a la policía? ¿Y por qué el delito solo aparecía en los periódicos si la chica no estaba presente para contar lo ocurrido?

—Ya lo tengo. —Budgy subrayó la cifra tantas veces que la tiza se partió en dos—. Según las cifras actuales, una mujer estadounidense tiene una posibilidad del 0,0434% de sufrir una agresión sexual. Lo que equivale aproximadamente a un 43 por cien mil.

El señor Hannah conocía tan bien como Julia el dato de población de Athens.

—Así pues —resumió—, trasladando ese porcentaje a nuestra hermosa ciudad, serían aproximadamente veintidós mujeres al año, lo que equivale a una agresión sexual cada dos semanas y media.

Julia cerró el libro. ¿Serían Beatrice Oliver y Mona Sin Apellido dos de aquellas veintidós mujeres? Con Jenny Loudermilk sumarían tres. Dejando a un lado que ya estaban en marzo y que seguramente había otras, restaban al menos diecinueve mujeres que serían violadas en Athens antes de que empezara 1992. Y luego el reloj se pondría de nuevo en marcha y la cuenta empezaría desde cero otra vez.

Greg apagó la colilla de su cigarrillo metiéndola en una lata de Coca-Cola.

—Menos de un 0,5% a mí me parece bastante excepcional. —Cruzó los brazos—. Sería más fácil que te cayera un rayo encima o que te tocara la lotería.

Budgy se rio.

—¿Estás seguro, Einstein?

—Era una forma de hablar. —Greg se sacudió el sarcasmo con un ademán y preguntó a Julia—: ¿Puedes explicarnos otra vez por qué quieres contar esa historia? Son como, no sé, cien mil personas entre casi trescientos millones. Una gota de agua en el mar. Eso a nadie le importa. No es noticia.

A Julia no le dio tiempo a responder.

—¿Qué me decís del asesinato? —Lionel le quitó el libro—. Vamos a calcular los asesinatos. Quiero saber qué probabilidades tengo.

—Muy altas si tus padres descubren que estás suspendiendo trigonometría. —Budgy agarró la tiza—. Muy bien, la población era de 252 millones...

—Sida —dijo Julia.

Se volvieron todos para mirarla.

—Has dicho que no importaba porque solo son cien mil personas. —Procuró que no le temblara la voz—. En 1989 se diagnosticaron más o menos esos mismos casos de sida en Estados Unidos, pero la noticia fue portada de *Time*, de *Newsweek*... Todos los periódicos del país publican alguna noticia sobre el sida a diario, el presidente da discursos sobre el tema, el Congreso celebra comisiones y la Ley de Personas Discapacitdas garantiza que...

—La gente no puede mentir sobre si tiene el sida o no —la interrumpió de nuevo Greg.

Julia sintió que un rayo de fuego cruzaba su cuerpo.

—Si quieres especular, especula que el puñado de mujeres que mienten queda invalidado por todas aquellas que no denuncian las agresiones, o por las que son menores de edad, o por las que no recibieron una paliza durante la...

—El Director General del Servicio de Sanidad Pública ha afirmado que el sida es una epidemia. —El tono de Greg era de una pedantería exasperante—. Y no se dice «diagnosticado de sida», se dice «diagnosticado de VIH», el virus que causa el sida.

Julia masculló un exabrupto en voz baja, cosa rara ella. Greg fingió no oírla.

—Y, además, la gente se muere de sida. Las mujeres no se mueren por una agresión sexual.

—Parte de su vagina sí —añadió Lionel.

—Oye —Budgy le lanzó el borrador a la cabeza—, no seas capullo.

—¿Cuál sería el planteamiento de la noticia? —preguntó el señor Hannah a Julia.

Esta vez, ella no tuvo que pensárselo.

—Algo horrible les sucede al menos a cien mil mujeres americanas todos los años, y a nadie parece importarle.

—Estoy seguro de que en *Cosmopolitan* no piensan en otra cosa —replicó Greg con un bufido.

El señor Hannah lo hizo callar con un ademán.

—Sigue con tu resumen —le dijo a Julia.

—En el mundo periodístico, cuando algo malo le sucede a un grupo de población predominantemente masculino, se convierte en una epidemia que merece la atención de todo el país, pero cuando algo malo les sucede a las mujeres...

—Venga ya —gruñó Greg—. ¿Por qué siempre se tiene que reducir todo a lo cabrones que son los hombres?

—No se trata de...

—Ya sabemos que eres una feminista —añadió Greg.

—Yo no he...

—Nos odias por tener polla.

—¡Deja de interrumpirme! —El ruido que hizo Julia al golpear la mesa con el puño resonó como un disparo—. No te odio porque tengas polla. Te odio por ser un gilipollas.

La sala quedó en completo silencio.

Julia tomó aliento entrecortadamente, como si acabara de sacar la cabeza del agua.

—¡Genial! —Lionel le dio un puñetazo a Greg en el brazo—. ¡La reina de las nieves se anota un tanto!

—No se ha... —dijo Greg—. No es que...

Julia giró sobre sus talones y se dirigió a la puerta. Le temblaban las manos. Se sentía trémula, enfadada y, en el fondo, ligeramente orgullosa de sí misma por aquella fantástica réplica de despedida.

—Espera. —El señor Hannah la alcanzó en el pasillo.

Julia se volvió.

—Siento haber...

—Los buenos reporteros nunca se disculpan.

—Ah —dijo, porque no se le ocurrió nada más inteligente.

—Quiero el borrador de esa historia en mi mesa el viernes a las diez de la mañana.

Julia se quedó boquiabierta. No le salió la voz. Otra vez se le había cortado al respiración. Tenía que respirar.

—¿Es factible?

—Sí —respondió—. También tengo... Quiero decir que también puedo...

—Ponlo todo en tu artículo. Mil doscientas palabras.

—Mil doscientas palabras es la...

—La primera plana. —Le guiñó un ojo—. Lo has conseguido, niña.

Julia lo vio atravesar la densa humareda al regresar al chiquero.

La primera plana.

El pánico se apoderó de ella en cuanto echó a andar por el pasillo. Se llevó los dedos al cuello. Su pulso hacía tictac como una bomba. Fijó la vista en la luz que entraba por las puertas de cristal, a treinta metros de distancia.

El señor Hannah decía que lo había conseguido, pero ¿qué había conseguido exactamente? La historia de Beatrice Oliver no entraba en el encargo, en realidad. Beatrice había desaparecido. Seguramente había sido secuestrada (eso decía el detective), pero todo lo demás era pura especulación. Y lo mismo podía decirse de las hojas impresas que llevaba en el bolso acerca de aquellas veintiocho mujeres desaparecidas. Se habían esfumado. Era lo único que podía decirse al respecto. Eran jóvenes, eran guapas, eran llamativas, y habían desaparecido. ¿En qué sentido era eso noticia?

—Dios mío —masculló.

No era noticia. Al menos, no lo suficiente.

Eso era lo que le pasaba por hablar sin pensar. Se había aturullado, se había enfadado, se había hartado de que hablaran de ella como si no estuviera presente y la desdeñaran, y Greg había aprovechado un comentario de pasada para empujarla a hacer un comentario político, cuando en realidad ella solo quería decir que, si algo les pasaba a cien mil personas todos los años, no había duda de que era noticia.

Pero ¿por qué demonios había dicho que el sida solo afectaba a los hombres cuando Delilah demostraba lo contrario?

No había dicho que solo afectara a los hombres. Había dicho que afectaba mayoritariamente a hombres, y en ningún momento había afirmado que la violación fuera peor que el sida, había dicho que era espantosa por sí sola, sin compararla con ninguna otra cosa, y que nadie escribía al respecto. Ni siquiera parecían dispuestos a llamarla por lo que era. *Asalto. Agresión. Amenaza.* Con razón Jenny Loudermilk se había ido de la ciudad. ¿Cómo iba a hablar una mujer de algo horrible que le había ocurrido si ni siquiera se le permitía llamarlo por su verdadero nombre?

Esa era la noticia. Un crimen sin nombre. Víctimas sin voz.

Sacó una libreta y un boli de su cartera. Tenía que anotar aquello antes de que se le olvidara.

—¿Cómo tú por aquí, muñeca?

Casi se le cayó el bolígrafo. Robin estaba apoyado contra la pared. Tenía las manos metidas en los bolsillos. Llevaba una camisa de franela, unos vaqueros desteñidos y el pelo revuelto.

Julia sintió que una sonrisa bobalicona se extendía por su rostro.

—Pensaba que esta semana estabas de acampada.

—A mi hermana pequeña se le olvidó el inhalador del asma. —Robin le devolvió la sonrisa—. Tiene lo justo para durar hasta esta noche.

—Qué bien. Quiero decir que me alegro de que hayas venido a buscarlo tú.

—Todavía no me he pasado por casa. —Se inclinó y dejó que su frente tocara la de Julia—. Confiaba en tropezarme contigo.

A ella le dio un vuelco el corazón.

—¿Cómo sabías que estaba aquí?

—He preguntado por ahí.

—Ah.

—Estás muy guapa.

Debería haberse peinado. Y haberse lavado los dientes. Y haberse puesto algo más bonito. Y haber adelgazado tres kilos (maldita fuera la idiota de su abuela).

—Mira. —Robin le sostuvo la mano como si estuviera admirando una pieza de porcelana—. No sé si está bien que lo diga o no, pero toda mi familia está en el bosque y la casa está vacía, y no esperan que vuelva por lo menos hasta dentro de dos horas, y me gustaría muchísimo pasar un rato a solas contigo.

Julia asintió con la cabeza, y de nuevo le dio un vuelco el corazón al darse cuenta de por qué tenía importancia que la casa de sus padres estuviera vacía y él tuviera dos horas libres.

Robin acercó la nariz a la suya.

—¿Te parece buena idea?

Se quedó muda otra vez, por motivos inesperados. Esa mañana había estado convencida de que estaba lista para dar aquel paso. Ahora, en cambio, sentía los temblores iniciales de un ataque de ansiedad. ¿De veras podía hacerlo? ¿*Debía* hacerlo? ¿Querría Robin que siguieran juntos si se entregaba a él? ¿Y podía llamarlo «entregarse a él» si ella también lo deseaba?

Porque lo deseaba. A pesar de su pánico, sabía que lo deseaba.

¿Significaba eso que era una golfa, o una mujer liberada, o una calientapollas, o una zorra? No era solo cuestión de sexo. Se trataba de dilucidar si hacía demasiado o no hacía lo suficiente, si sabía cómo funcionaban las cosas o no tenía ni idea de nada.

De acuerdo, eso era una exageración. Conocía los rudimentos básicos, como es lógico (sabía dónde estaba cada cosa), pero también había otras cosas que hacer, que usar, que tocar o meterse en la boca o chupar o morder (¿o le habría mentido su hermana en ese aspecto? Porque sonaba bastante doloroso), y la verdad era que tenía diecinueve años y no tenía ni idea de cómo manejarse en aquel terreno. Por amor de Dios, pero si escondía sus píldoras anticonceptivas dentro de un zapato, al fondo del armario, porque no quería que Nancy Griggs fuera diciendo por ahí que era un poco ligera de cascos.

—¿Estás bien? —preguntó Robin.

Se llevó la mano al corazón. Le latía con un insidioso redoble de pánico, porque aun tomando la píldora podía quedarse embarazada, y hasta usando preservativos podía agarrar alguna enfermedad horrible, y su vida se acabaría y ya nunca vería su nombre impreso debajo de la cabecera del *Atlanta Journal*, ni podría informar ante las cámaras de los destrozos de un tornado, así que ¿por qué demonios iba a asumir un riesgo tan desorbitado?

—No pasa nada. —Robin le dedicó una media sonrisa ladeada—. En serio, si no quieres...

—Sí —dijo ella—. Sí que quiero.

16:20 horas. Frente al Tate Student Center, Universidad de Georgia, Athens

Todavía le temblaban los dedos cuando metió una moneda de veinticinco centavos en la cabina telefónica. Notaba la boca hinchada por los besos de Robin. Le cosquilleaban los pechos. Aún podía sentirlo dentro de ella. Tenía la impresión de llevar un enorme luminoso de neón sobre la cabeza anunciando *Julia Carroll: amada*.

Tenía ganas de cantar. Quería bailar. Quería ponerse en medio de la pradera de césped y lanzar su sombrero al aire.

Pepper contestó al segundo pitido.

—Residencia de los Carroll.

—Hola, soy yo.

—Ay, menos mal, cuánto me alegro de que llames. ¿Me oyes si hablo así? —preguntó su hermana en voz baja.

Julia miró a su alrededor como si alguien pudiera estar escuchándola.

—¿Qué pasa?

—Han castigado a la mocosa a quedarse en el cole después de clase.

Julia se olvidó por un instante de Robin.

—¿Es una trola?

—No. No le ha pasado nada, pero Angie Wexler intentó zurrarla en el pasillo al salir de clase.

541

Julia se llevó la mano a la boca. Pobre Guisantito.

—No te compadezcas de ella —dijo Pepper—. Mamá y papá ni siquiera van a castigarla.

Julia sintió que su compasión se desvanecía.

—Les ha dicho que había sido porque se negó a que Angie se copiara de ella en el laboratorio de química, pero lo que de verdad pasó es que Angie la pilló enrollándose con su hermano. Que tiene diecisiete años y coche.

Julia se alegró inmensamente de tener por fin más experiencia con los chicos que la tonta de su hermana pequeña.

—¿Se encuentra bien?

—Está toda compungida para que mamá y papá se compadezcan de ella. Pero aun así van a ir al Harry Bissett esta noche.

—¿No decía mamá que los camareros se pasaban de irónicos?

—Esto es Athens. Todo el mundo se pasa de irónico. ¿Por qué llamabas?

Julia arrancó una tira de pintura descascarillada de la cabina. Tenía un nudo en la garganta. De pronto se le saltaron las lágrimas y tuvo que parpadear para disiparlas. ¿Por qué estaba llorando?

—¿Estás bien?

—Claro. —Se limpió los ojos—. Cuéntame qué tal te ha ido el día.

Pepper se embarcó en una letanía de quejas sobre sus padres, su hermana y sus profesores del instituto.

Julia miró el cielo azul y despejado. Había llamado a Pepper para contarle lo de Robin, pero ahora no estaba segura de querer hacerlo. Lo que había pasado entre ellos era especial, y romántico, y hermoso, y placentero (estaba casi, casi segura de haber alcanzado el orgasmo), pero de pronto le parecía mal ponerse a chismorrear sobre ese asunto, sobre todo desde un teléfono público. Se lo contaría a Pepper al mes siguiente, cuando hubiera pasado más de una vez (y cuando estuviera segura de haber llegado al orgasmo). Lo dejaría caer como por casualidad: «Ah, *eso*. Claro que lo hemos hecho».

—En fin —concluyó Pepper—, esa niña tan rara, la de los ojos saltones, va a venir a estudiar con la mocosa. Yo seguramente me iré a ensayar con el grupo.

—Yo puede que me pase por el Manhattan —repuso Julia.

Robin le había dicho que tal vez pudiera escabullirse esa noche, cuando sus padres se fueran a dormir. Había una cabina telefónica cerca del puesto de los guardabosques. Le enviaría un mensaje al buscapersonas con tres unos si podía ser, y con tres doses si no. La idea de esperar en su habitación del colegio mayor a que sonara el busca se le hacía insoportable.

—Oye, cadete espacial, ¿estás ahí? —Pepper parecía molesta—. Te he preguntado si te has llevado mis pulseras.

Julia levantó la muñeca. Las pulseras plateadas y negras se deslizaron por su brazo.

—Mira en el cuarto de la mocosa.

—Luego miraré. Está muy disgustada. —Pepper bajó la voz otra vez—. Y créeme que esta noche voy a pasarme por casa de Angie Wexler a decirle cuatro cosas a esa zorrita con la nariz llena de mocos. Y al pedófilo de su hermano.

—Vale. —Julia apoyó la cabeza contra la pared. A Pepper se le daba mucho mejor intimidar a la gente. Ella prefería quedarse en segundo plano y brindarle apoyo en silencio—. Oye, ¿alguna vez te preguntas qué será de nosotras cuando seamos mayores?

Pepper soltó una carcajada de sorpresa.

—¿A qué viene eso?

Julia sabía a qué venía. Venía a que Robin la había estrechado entre sus brazos y ella había visto cómo la miraba y le había escuchado hablar de lo mucho que le gustaba su trabajo en la panadería y de que, si su carrera artística no llegaba a despegar, se veía trabajando con su padre y quizás algún día enseñándole el oficio a su propio hijo.

A su hijo...

Ella podía darle un hijo. Quería dárselo. Cuando estuvieran preparados.

—¿Cómo crees que serán nuestras vidas de aquí a, no sé, a veinte años?

—Estaremos hablando de hemorroides e intercambiando consejos sobre cómo mantener limpias nuestras dentaduras postizas.

—Haz la cuenta, boba. Tendremos la edad de mamá.

—Mamá lleva zapatos ortopédicos.

Julia gruñó. Tenía razón, pero ellas eran demasiado guays para envejecer así.

—Tú estarás casada con un tipo estupendo que te querrá muchísimo —dijo Pepper— y yo me habré divorciado de algún capullo que me abandonó cuando despegó su carrera musical.

Julia sonrió porque tal vez tuviera razón.

—Y la mocosa estará casada con algún genio de la informática que adore el suelo que pisa y tenga por lo menos medio millón de dólares en el banco —dijo.

—Y seguramente le pondrá los cuernos con el capullo de mi ex.

—Quizá la capulla seas tú y abandones a tu marido cuando despegue tu carrera musical.

—Quizá —dijo Pepper, aunque no parecía muy convencida.

—Oye. —Julia miró otra vez a su alrededor para asegurarse de que nadie la oía—. Sobre lo de la coca...

—Sí, ya sé.

No, no sabía.

Julia lo había visto otras veces. Primero a una amiga del instituto, luego a una chica de primero que dejó la carrera y acabó en el albergue.

—Puede pasar de ser divertido a ser un verdadero problema en muy poco tiempo.

—No te preocupes, en esta ciudad hay un albergue para indigentes de cinco estrellas.

—Lydia...

Pepper se quedó callada. Nadie la llamaba por su verdadero nombre.

—Más vale que cuelgue. Le dije a Su Alteza que iba a llevarle un cacao.

—Dale un beso de mi parte.

Pepper besó al aire y colgó.

Julia dejó la mano sobre el teléfono hasta mucho después de haber colgado. A Pepper le gustaba la cocaína. La había tomado dos veces desde aquella dichosa fiesta. Le gustaban las pastillas. Le gustaba estar con su grupo de música. Le gustaba evadirse, flotar y olvidarse de todo, sobre todo si había algún chico guapo cerca.

Pero no sería problema. Julia se aseguraría de ello. Su hermana era un espíritu libre. Estaba pasando por una fase, como cuando ella se negó a llevar cualquier prenda de color naranja, o cuando la mocosa solo comía guisantes dulces.

Cerró los ojos y se dejó embargar por una visión: sentadas en el porche de atrás de la casa del bulevar, Pepper y Guisantito jugaban a las cartas en los peldaños, sus padres en las mecedoras, niños corriendo por el jardín. *Sus* niños: los de Pepper, los de ella y hasta los de la mocosa, que tendría un hijo rubio y perfecto que acabaría por curar el cáncer poco después de negarse a desempeñar por tercera vez consecutiva el cargo de presidente de Estados Unidos.

Julia quería que sus hijos estuvieran muy unidos a los hijos de sus hermanas. Quería que sintieran el mismo apego que ella sentía por su familia. La misma seguridad. El mismo amor. A la gente que estaba muy unida a su familia nunca le pasaba nada malo. Tal vez ese hubiera sido el problema de Beatrice Oliver. Las primeras noticias del télex afirmaban que la chica desaparecida era hija única. ¿No habría sido distinto si hubiera tenido hermanas? ¿No habría ido una de sus hermanas con ella a comprar el helado y se habría quejado por el camino de lo que había pasado ese día en el instituto? ¿Y una hermana pequeña no habría armado un follón para que le permitieran acompañarlas?

Julia solo podía imaginarse las noches insomnes de la madre barajando todo aquello que podría haber hecho de otra manera: *si hubiera ido yo a la tienda; si la hubiera llevado en coche; si hubiéramos tenido más hijos para que la pérdida de una se viera mitigada por la presencia de los demás...*

Pero ¿podía mitigarse esa pena? Julia no alcanzaba a imaginar lo que era perder a un hijo. La muerte de una mascota muy querida, incluso de un jerbo o un hurón, dejaba desolada a toda su familia, incluida su madre. Lloraban delante del televisor, sollozaban durante la cena, se sumían en la tristeza mientras abrazaban a los restantes gatos y perros, y a las diversas criaturas que habitaban a su alrededor, como envueltos en una gran manta peluda.

Nadie lloraría la pérdida de Mona Sin Apellido. Nadie excepto ella, cuya imaginación no dejaba de desbocarse. ¿La tenían retenida como a Beatrice Oliver? ¿O quizá su situación se parecía más a la de Jenny Loudermilk, la chica que, tras ser agredida, había llegado a la conclusión de que lo más sencillo era desaparecer.

Fueran cuales fuesen las circunstancias, ¿acaso no desaparecía automáticamente una parte de una misma cuando le sucedía algo así de terrible? ¿Acaso el violador no se llevaba a la chica (a la mujer) en que algún día se convertiría su víctima y la sustituía por alguien que tendría miedo el resto de sus días? Aunque liberaran a Beatrice Oliver (aunque siguiera con vida), ¿cómo podía volver a casa después de haber sido violada? ¿Cómo podría mirar a su padre a los ojos? ¿No se sobresaltaría el resto de su vida cada vez que la mirara un hombre, aunque fuera un buen hombre?

Julia se limpió debajo de los ojos con las yemas de los dedos. Quizá Greg Gianakos tuviera razón y no debía permitir que sus emociones se interpusieran entre ella y una noticia.

Encontró su bici encadenada a la barra para bicicletas, pero no consiguió meter la dichosa llave en la cerradura oxidada. Se metió las manos en los bolsillos y regresó a pie a su colegio mayor. Los jardineros estaban trabajando en una parcela de césped destrozada por un grupo de jugadores de rugby. Julia procuró alejarse de ellos y contuvo la respiración cuando el olor a abono invadió sus fosas nasales. Intentó planificar el resto de la noche. Debería llevarse un saco de dormir a la biblioteca. Tenía que estudiar para su examen de psicología. Y rehacer el trabajo sobre Spenser. Y buscar más estadísticas para su artículo. Su artículo de primera plana. Dios, ¿en qué se había

546

metido? ¿Un borrador para el viernes? Podría considerarse afortunada si conseguía hacer aunque solo fuera un esquema.

—¿Te vas? —preguntó Nancy. Había aparecido de repente. Se rio al ver que Julia se sobresaltaba—. Solo soy yo, tonta.

—¿Por qué no salimos esta noche? —Dejar las preocupaciones para el día siguiente le parecía una idea estupenda—. He oído que Michael Stipe va a ir al Manhattan.

Nancy entornó los ojos.

—Yo he oído que iba a estar en el Grit. ¿O era en el Georgia Bar?

—Aun así podemos divertirnos. Y quizá conocer a un par de chicos guapos. Que nos inviten a unas copas.

Nancy le dio un empujón con la cadera.

—Creía que ya tenías un chico guapo.

Julia sonrió y se sonrojó, y se sintió aliviada, porque notó que había desaparecido la tensión entre ellas.

—Podríamos reunir a un grupo de gente. Sería divertido.

—No sé. Tengo que estudiar.

—Iremos a la biblioteca, luego a comer algo y después podemos reunirnos todos a eso de las nueve y media.

No había dicho la hora al azar. Robin había prometido avisarla por el busca a eso de las diez. Tres doses significarían que no podía escaparse, en cuyo caso sería agradable estar en un bar ruidoso donde podría desahogar su aplastante decepción bebiendo y bailando. Y si le mandaba tres unos, estaría más cerca de la casa de los padres de él, que seguiría vacía toda la noche.

—¿Qué me dices? —insistió, porque la mayoría de sus amigas eran en realidad amigas de Nancy—. Suena divertido, ¿no?

Nancy sonrió.

—Suena genial.

21:46 horas. Manhattan Café, centro de Athens, Georgia

Le encantaba bailar, sobre todo porque se le daba fatal. La gente se paraba para mirarla. La miraban no porque fuera atractiva, sino porque no paraba de hacer el tonto. Y, como decía su padre sobre casi todos sus novios anteriores, era difícil que te desagradara un tonto.

—¿Has visto a Top Gun? —Nancy señaló con la cabeza a un aspirante a Tom Cruise que estaba junto a la barra.

Julia entornó los ojos para ver a través de la densa cortina de humo de tabaco. El hombre llevaba una cazadora corta y gafas de sol, a pesar de que dentro del local hacía calor.

—Está bueno —dijo mientras intentaba seguir el ritmo de la música.

Intentar mantener una conversación nunca mejoraba su forma de bailar. La pista estaba a rebosar. La gente chocaba con ella, o quizá fuera ella la que chocaba con los demás. Tras recibir un codazo en las costillas, por fin se dio por vencida e indicó a Nancy con un gesto que la acompañara al cuarto de baño.

La cola estaba llena de estudiantes, la mayoría menores de veintiún años. Julia reconoció a la chica de esa mañana, aquella borde que se había llevado prestado el bolso de piel de Nancy y la había ofendido por sus calcetines. Saltaba a la vista que estaba borracha como una cuba. Se mecía adelante y atrás y recuperaba el equilibrio cuando estaba a punto de caerse de bruces. Las demás chicas no la ayudaban. Tal vez también las hubiera ultrajado por sus calcetines.

—Cielo santo —dijo Nancy—. Un poco de dignidad, por favor.

Julia levantó la voz para hacerse oír por encima de la música.

—¿La conoces?

—Deanie Crowder. —Nancy puso los ojos en blanco, dando a entender que lamentaba conocerla.

—Espero que tenga a alguien que la lleve a casa. —Julia sintió que su voz estridente comenzaba a temblar al fondo de su garganta.

Jenny Loudermilk se había ido sola a casa y mira lo que le había pasado.

—¿Por qué no paras de mirar el reloj?

Julia levantó la vista del reloj.

—Por nada. Es que tengo la sensación de que es más tarde de lo que es. —Tenía el buscapersonas puesto en función de vibración, pero aun así le echó un vistazo.

—¿Quién tiene que llamarte?

—Lo siento. Mi hermana pequeña se ha metido en un lío hoy.

—¿La Niña de Oro?

—No es tan terrible.

Volvió a guardarse el busca en el bolsillo. Debería haber llamado a Guisantito para preguntarle cómo estaba. Y debería haberse puesto más firme con Pepper respecto a las drogas. Era la hermana mayor. Tenía que velar por ellas, era su obligación. Buscaría tiempo para las dos ese fin de semana. Tal vez llevara a Guisantito a Wuxtry a comprar un disco. No era tan insoportable cuando se estaba a solas con ella.

—¡Avanzad! —gritó alguien desde el final de la cola.

Se acercaron un poco más al aseo. Julia se vio en un espejo alargado. Llevaba una camisa de Robin. Él la había sacado del cesto de la colada para ella. Julia se llevó la mano al cuello y notó el colgante de Pepper. Las pulseras negras y plateadas se deslizaron por su brazo. Devolvería el colgante ese fin de semana. Y las pulseras. Y el sombrero de paja, porque de todos modos era de Pepper.

—Estás genial —le dijo Nancy—. No, espera, estás precioooosa.

Julia se rio. Su amiga estaba imitando a aquel tipo bobalicón del Taco Stand que intentaba ligar con todas las chicas que cruzaban la puerta.

—¿Y yo? —preguntó Nancy.

—Tú también estás precioooosa.

Era cierto: estaba muy guapa. Había preferido ir al estilo de Cyndi Lauper, no como Julia, que iba como Madonna. Tenía el pelo oscuro de punta. Llevaba una chaquetilla corta de colores con reborde dorado. Su falda de crinolina negra se acampanaba justo por encima de la rodilla. Sus puntiagudas botas de cuero le estarían destrozando los pies, pero merecía la pena sufrir por tener aquel *look*.

—¿Tengo rímel? —preguntó Nancy.

Julia observó la piel de alrededor de sus ojos, buscando manchas de rímel.

—No. ¿Y yo?

—Estás maaaaravilloooosa —contestó Nancy imitando a la perfección el acento de Billy Crystal.

Por fin avanzó la fila y Julia entró en el primer reservado. Sintió vibrar el buscapersonas cuando estaba empezando a desabrocharse los vaqueros. No echó un vistazo al número enseguida. Se sentó en el váter. Miró al techo. Miró los carteles pegados en la puerta del reservado. Por fin miró el busca. Apretó el botón para ver el número.

222.

El corazón se le rompió en mil pedazos.

222.

Levantó la mirada, intentando contener las lágrimas. Sorbió por la nariz. Contó lentamente hasta cien. Miró hacia abajo otra vez, porque quizá se hubiera equivocado.

222.

Robin no podía escabullirse de sus padres.

O quizá sí podía, pero no quería. Quizás ella lo hubiera hecho fatal esa tarde. Quizá fuera aburrida. Quizá Robin sabía que no había llegado al orgasmo, o que había gritado demasiado al llegar al orgasmo, o que había respirado demasiado fuerte, o que había parecido tonta o...

—¡Dios! —gruñó alguien.

Julia oyó el sonido distintivo del vómito al caer en el agua del váter. Tenía que ser Alabama, también conocida como Deanie Crowder. Su forma de vomitar sonaba como si un pato estuviera siendo absorbido a través de una tuba.

A Nancy le dieron arcadas. Siempre que oía a alguien vomitar, desde una aciaga fiesta escolar cuando aún iba a la guardería, también a ella le daban arcadas, por solidaridad. Julia oyó el chasquido de los tacones de aguja de sus botas al rozar el cemento cuando salió corriendo del aseo.

En lugar de ir tras ella, Julia se apoyó contra la cisterna. Con el busca en la mano, rezó para que vibrara otra vez, por apretar el botón y ver 111: *Sí, puedo escaparme, por favor reúnete conmigo en casa de mis padres porque te quiero.*

En realidad, Robin no había dicho que la quisiera. ¿Era una tonta por estar así por él cuando ni siquiera le había dicho que era la dueña de su corazón, por encima de todas las demás?

Alguien aporreó la puerta del reservado.

—¡Aquí hay gente que quiere mear!

Tiró de la cadena. Se levantó. Abrió la puerta. Se lavó las manos. Regresó a la barra y se quedó lo bastante cerca de Top Gun para que él captara el mensaje.

—¿Te invito a una copa?

De cerca parecía un zangolotino, pero a Julia ya no le importaban esas cosas.

Ella sonrió con dulzura.

—Me encanta el Moscow Mule. —No era cierto, pero aquel cóctel de vodka, lima y ginger ale costaba cuatro dólares cincuenta y constituía un modo más eficaz de emborracharse que las cervezas PBR de a dólar que bebían cuando ellas mismas tenían que pagarse sus copas.

—Me gusta cómo bailas —le dijo Top Gun.

Julia apuró la bebida de un trago.

—Vamos.

Él la siguió a la pista de baile, donde demostró ser aún peor bailarín que ella. Arrastraba los pies de un lado a otro. Mantenía los codos doblados y chasqueaba los dedos. A veces miraba hacia abajo o hacia atrás, como si quisiera asegurarse de no haber pisado una caca de perro.

Por lo menos ella ponía el alma en el baile, estiraba los brazos, movía las caderas cuando C+C Music Factory les decía que bailaran ya. Top Gun se escabulló de la pista cuando pusieron un tema de Lisa Lisa.

—*Head to toe.* —Julia cerró los ojos y procuró no pensar en Robin.

No sabía si a él le gustaba bailar. Quizá ni siquiera le gustara Madonna. Tal vez solo lo había dicho para acostarse con ella. O quizá lo había dicho porque de verdad la quería. ¿Por qué iba a hablar de tener un hijo, de trabajar en la panadería de su padre, si no estaba pensando en su futuro?

O tal vez estaba pensando en su futuro sin ella.

No soportaba más estar rodeada de tanta gente. La pista de baile era demasiado agobiante. Se abrió paso entre el gentío. Encontró su bolso colgado del taburete de la barra donde lo había dejado. Rebuscó en él, ignorando el cepillo de dientes, el de pelo, la bolsa de aseo y las bragas de repuesto que había guardado por si acaso esa noche no dormía en el colegio mayor. El brillo de labios le pareció frío al ponérselo, porque estaba sudando y hacía calor en el bar. Un tío mayor la había invitado a otro Moscow Mule. El hielo se había derretido. El líquido había pasado de dorado a marrón. Se lo bebió de todos modos. El vodka le golpeó el fondo de la garganta como un martillo.

—Caray. —Nancy le dio unas palmadas en la espalda hasta que dejó de toser—. ¿Estás bien?

—¿Qué hora es?

Nancy miró el reloj de Julia.

—Las diez y treinta y ocho de la noche, exactamente.

Había estado bailando menos de una hora. Le había parecido una eternidad.

—Quiero irme.

—¿Por qué no esperas hasta las once y nos vamos juntas?

—No, me está matando la cabeza. —Se llevó la mano a la frente, que le dolía de verdad.

—Eras tú la que decía que no debíamos salir de noche solas.

—Solo si estamos borrachas, y yo no lo estoy. —La verdad era que se sentía un poco mareada, pero seguramente era porque el corazón roto se le había alojado al fondo del estómago—. Gracias por salir esta noche. Significaba mucho para mí, en serio. Y siento que no haya venido Michael Stipe.

—La verdad es que no creía que fuera a venir. —Nancy la miró como si se estuviera comportando de forma extraña. Y quizás así era—. ¿Seguro que estás bien?

—Te quiero, colega —dijo Julia—. Eres una buena amiga.

—Uf. —Nancy le frotó otra vez la espalda—. Yo también te quiero, colega.

Julia decolgó su bolso del respaldo de la silla. La pista seguía atestada de danzantes, trasnochadores y estudiantes que se arrepentirían de haberse dado aquel lujo cuando por la mañana sonara el despertador. Menos mal que ella no tenía clases al día siguiente. Se iría a su habitación en la casa del bulevar y se pasaría el día en pijama, enfurruñada, abrazando a los gatos y perros que hubiera a su alrededor y viendo teleseries.

Empujó la pesada puerta metálica. El aire nocturno fue la sensación más maravillosa que había experimentado nunca. Con cada paso sentía que sus pulmones se abrían como los pétalos de una flor. Le daba vueltas la cabeza de tanto oxígeno fresco. Estiró los brazos mientras caminaba por la acera desierta, abrazando la noche y la claridad que traía consigo.

Como diría su abuela, tenía que dominarse.

Robin Clark era un encanto, tierno, amable y maravilloso, y a ella le encantaba estar con él y hasta quizás estuviera enamorada, pero no era el único motivo por el que su mundo giraba sobre su eje.

Tenía diecinueve años. Iba a escribir su primer artículo de primera página. Iba a licenciarse entre las primeras de su promoción en una de las mejores escuelas de periodismo del país. Tenía buena salud. Tenía buenas amigas. Tenía una familia que la quería. En lugar de portarse como una estúpida adolescente cuyo corazón se hinchaba o se encogía dependiendo de lo que sintiera un chico (o de lo que podía sentir) por ella, tenía que actuar como una mujer adulta y afrontar los hechos. Robin la había llamado al busca para decirle que no podía ir. Si quisiera cortar con ella, si solo la hubiera utilizado, no se habría molestado en ir a escondidas hasta el puesto de los guardabosques y arriesgarse a incurrir en la ira de su familia.

¿No?

Porque ella sabía que el padre de Robin se tomaba muy en serio las acampadas. Era un acontecimento anual. Cerraba la panadería la primera semana del mes de marzo y se llevaba a toda la familia al bosque para pasar unos días con ellos. Y Robin no quería defraudarle. Era un buen chico. Era como el padre de Julia, y como el señor Hannah, y como David Conford, y como su abuelo Ernie. No era como Greg ni como Lionel, ni como el profesor Edwards, que en aquel preciso instante estaría diciéndole a alguna alumna desprevenida que le encantaría hablar más por extenso de su trabajo de clase mientras tomaban café y ¿sabía ella que vivía justo al otro lado del campus?

Pobre chica. Seguramente era de primer curso. Joven. Ingenua. Greg había dicho que Jenny Loudermilk era de primero. Por lo menos, antes de dejar los estudios. Iba caminando por Broad Street y en un segundo su vida había cambiado por completo. Nunca más volvería a ser esa chica que caminaba por la calle sin una sola preocupación.

Veintidós mujeres de Athens verían cambiar su vida así ese año. Y el siguiente. Y el posterior. Eso por no hablar de aquellas a las que les había sucedido antes.

Era horrible pensar que tus probabilidades mejoraban cada vez que violaban a otra. O que la atacaban. O que la agredían. O que la amenazaban. Como el reloj de Times Square, contando cómo bajaba la bola todas las Nocheviejas.

Beatrice Oliver, 22.

Jenny Loudermilk, 21.

Mona Sin Apellido, 20.

¿Quién sería la 19? ¿Alguna chica de primero borracha como una cuba? ¿La chica que estaba tomando café con el profesor Edwards al otro lado de la ciudad? ¿Deanie Crowder, que había echado la pota en el aseo del bar? Nancy la acompañaría a casa. Alguien tendría que acompañarla.

Julia tropezó con un adoquín roto de la acera. De pronto se sentía muy mareada. Tenía el estómago revuelto. La bebida. Tal vez el vodka fuera malo. O el ginger ale, aunque no estaba segura de que un refresco pudiera ser malo, aparte de quedarse sin gas. No hacía que te marearas, pero ella estaba mareada. Se apoyó en la pared y sintió que un chorro de líquido caliente le salía por la boca.

Se tapó la cara con las manos. Algo iba mal. Intentó orientarse. Sus padres estaban en el Harry Bissett, a unas manzanas de allí. No se alegrarían de verla así, pero se sentirían fatal si llegaban a descubrir que los había necesitado y no había recurrido a ellos.

Atajó por una bocacalle. Sentía flojas las piernas. Se apoyó contra un apestoso cubo de basura. Tenía un montón de pegatinas pegadas a un lado. Phish. Poison. Stryker. Intentó leer el letrero de la calle. Sus ojos sintetizaron las palabras convirtiéndolas en blancos pegotes sobre fondo verde.

Sus padres no podían estar lejos. Se apartó del cubo de basura. Intentó concentrarse en la acera, delante de ella. Cada paso era un esfuerzo. Tuvo que apoyarse en un Cadillac antiguo para tomar aliento. Vio unos alerones del tamaño de tablas de surf. A su padre le encantaban los Beach Boys. Le habían comprado *Still Cruisin'* por Navidad, hacía un par de años. Se había puesto mucho más contento que cuando le regalaron un libro sobre la vejez en su último cumpleaños.

—Pareces perdida.

Se giró bruscamente.

Había una furgoneta negra aparcada delante del Cadillac. La puerta lateral estaba abierta. Había un hombre entre las sombras. Julia lo conocía. Había visto antes aquella cara, quizá varias veces. ¿Ese mismo día? ¿El fin de semana? ¿En el centro? ¿En el campus? Lo tenía en la punta de la lengua, pero no conseguía que su cerebro hiciera la conexión.

—Lo siento —dijo, porque siempre se disculpaba por todo.

Él salió de la furgoneta.

Julia retrocedió, pero la acera se había convertido en arena.

El hombre avanzó hacia ella.

—Por favor —susurró Julia.

Sus hermanas. Sus padres. Robin. Nancy. Deanie. Beatrice Oliver. Jenny Loudermilk. Mona Sin Apellido.

Al final, no le tapó la boca con la mano, ni le puso un cuchillo en la garganta.

Sencillamente, le dio un puñetazo en la cara.

Julia Carroll, 19.

Nota de la autora

He jugado un poco con la fecha del concierto de Phish (fue el 1 de marzo), pero sería lógico que esos chicos rondaran todavía por allí, ¿no? Las cifras que cito, extraídas del informe anual del FBI, son en realidad de 1991, el año en el que transcurre este relato. En 2013, el término «violación con fuerza» fue sustituido por el de «violación» y se cambió su definición para hacerla más amplia (sin embargo, los datos de delitos de incesto y de relaciones consentidas entre un adulto y un menor siguen sin incluirse en esa cifra). El Centro de Control y Prevención de Enfermedades de Estados Unidos calcula que casi un ochenta por ciento de las agresiones sexuales nunca llegan a denunciarse. Según datos oficiales del año 2013, cada 6,6 minutos fue violada una mujer en Estados Unidos.